P.T. DEUTERMANN

MIŁOŚĆ NA PACYFIKU

Przełożyła Paulina Maksymowicz

BELLONA

Warszawa

Tytuł oryginału
Pacific Glory: A World War II Novel

Projekt okładki i stron tytułowych
Michał Bernaciak

Redaktor merytoryczny
Zofia Gawryś

Konsultant
Jerzy Majszczyk

Redaktor prowadzący
Agnieszka Szymańska

Redaktor techniczny
Bożena Nowicka

Korekta
Teresa Kępa

Zapraszamy na strony: www.bellona.pl, www.ksiegarnia.bellona.pl

Dołącz do nas na Facebooku
www.facebook.com/Wydawnictwo.Bellona

Nasz adres: Bellona SA
ul. Bema 87, 01–233 Warszawa
Dział Wysyłki: tel. 22 457 03 02, 22 457 03 06, 22 457 03 78
fax 22 652 27 01
biuro@bellona.pl

ISBN 978-83-11-12553-7

Wiceadmirałowi (w stanie spoczynku)
Edwardowi S. Briggsowi.

PODZIĘKOWANIE

Chcę podziękować Wydziałowi Historii Marynarki w Waszyngtonie za możliwość wykorzystania zdjęcia, które pojawiło się na okładce wydania oryginalnego (w USA). Dziękuję także mojemu redaktorowi, George'owi White'owi, a także redaktor naczelnej Indii Cooper za ogromną pomoc w przygotowaniu tekstu. Dzięki nim zrobiłem lepsze wrażenie niż na to zasługuję. Mój ojciec, wiceadmirał H. T. Deutermann, nie żyje już od dawna, pasjonował się jednak ogromnie wydarzeniami pod Samar w październiku 1944 roku i pod jego wpływem narodziła się ta książka.

Pearl Harbor, Hawaje

Mój syn, który tak naprawdę nie jest moim synem, prowadził łódź w kierunku zachodniego brzegu Ford Island; w oddali przed nami majaczyły zarysy zabudowań stoczni marynarki wojennej i sylwetki żurawi w doku, oświetlone czerwonym blaskiem świateł ostrzegawczych dla samolotów.

Wyglądał wspaniale, trzymając obie dłonie na sterze – przystojny, wysoki, dobrze zbudowany, pewny siebie; doskonały prawnik, mąż i ojciec, rozkoszujący się kolejnym perfekcyjnym wieczorem na Oahu.

– Gdzieś tutaj – zawołałem z pokładu barowego.

Przełączył silnik trzydziestosześciostopowego jachtu na luz, potem na bieg wsteczny, po czym stanął w odległości około dwustu jardów od rdzewiejących, pokrytych mewim łajnem betonowych pylonów kotwicznych pancerników. Po chwili, gdy jacht zwolnił do minimalnej prędkości, nacisnął przycisk, aby zrzucić kotwicę, a następnie wyłączył silniki. Podszedł, sprawdził kotwicę i za chwilę stanął obok mnie na rufie. Dolał szkockiej najpierw mnie, a potem sobie.

– Dałem pełną głębokość – powiedział. – Tu, pod nami.

– Dobry pomysł – odparłem. – Ludzie często zapominają, że Pearl Harbor to wielki podwodny krater.

Usiadł na leżaku, unosząc szklankę jak do toastu, po czym jął rozkoszować się moją single malt. Odwzajemniłem jego gest. Zmarszczył brwi, patrząc na stalowy hak zastępujący mi dłoń.

– Robią teraz takie dobre protezy – powiedział. – To nie do wiary, że nie chcesz się tego pozbyć.

Uśmiechnąłem się w gęstniejącym mroku. – Noga z drewna koa, hak ze stali? Ha, marynarzu. Brakuje mi tylko opaski na oko, bezczelnej papugi i lekkiego zagęszczenia czupryny. Wszystkim ładnym dziewczynom wokół trzęsłyby się nogi – i nie tylko nogi.

Roześmiał się. – My też się trzęśliśmy jako dzieci – powiedział – tyle że z innych powodów. – Pociągnął jeszcze łyk whisky i odstawił szklankę.

– A więc – powiedział – przyleciałeś tu aż ze wschodniego wybrzeża. Wspaniale cię widzieć, jak zawsze, ale co to za okazja?

– Muszę przekazać ci pewną wiadomość i opowiedzieć pewną historię – odparłem.

Ponownie zmarszczył brwi. Jako prawnik robił to zapewne dość często. Ludzie rzadko przychodzą do prawników z dobrymi nowinami. – Wszystko w porządku? – zapytał. – Z mamą? Ze zdrowiem?

– Wszystko w porządku – odpowiedziałem. – Nic z tych rzeczy. Chodzi o sprawy jeszcze z czasów wojny, a nawet kilku lat wcześniej. Najpierw wiadomość.

– Słucham – powiedział wyczekująco.

Wziąłem głęboki oddech. – Muszę ci się z czegoś wyspowiadać i opowiedzieć bardzo osobistą historię.

– Wyspowiadać? – powtórzył, marszcząc brwi. Był jednym z tych facetów od prawa korporacyjnego i teraz, na mgnienie oka, przybrał profesjonalną pozę.

– Tak – odparłem – ale nie z przestępstwa. Jak już mówiłem, to dotyczy czasów wojny.

Odwrócił na chwilę wzrok, wpatrując się w ciemne wody zatoki, w kierunku porośniętych trzciną bagien półwyspu Waipio i oświetlonego zwodniczym światłem sodówek magazynu amunicji marynarki wojennej.

– Czy ta opowieść mi się spodoba?

– Musisz jej wysłuchać. Sam zdecydujesz, co o tym sądzić. Czy mamy w szafce więcej szkockiej?

– Mamy tu niezły zapasik – odparł, moszcząc się wygodnie w fotelu.

Niezły zapasik, pomyślałem. Tak mawiał jego ojciec.

ROZDZIAŁ PIERWSZY

Guadalcanal, sierpień 1942 r.

– Pan Marshall Vincent. Przyszedłem pana zluzować, sir.

– Pan Jack O'Connor. Ogromnie się cieszę, że pana widzę, sir.

– Nie wątpię – powiedział Jack. – No cóż, jeśli chodzi o mnie, perspektywa psiej wachty niespecjalnie mnie cieszy. Co tu mamy?

Spotkali się na lewej burcie przy wejściu do sterówki podczas zmiany wachty oficerskiej na ciężkim krążowniku USS „Winston". Kilka kroków dalej tę samą procedurę przeprowadzali młodsi oficerowie. W pogrążonej w mroku sterówce kapitan drzemał w swoim fotelu, wachtowi rozmawiali więc przyciszonymi głosami. Dobrze wiedzieli, że nie budzi się śpiącej bestii, a już z całą pewnością nie należy budzić komandora Archibalda Corleya McClaina III, o ile można tego uniknąć.

Marsh wyrecytował meldunek o sytuacji taktycznej. – Płyniemy w szyku torowym, na czele „Vincennes", „Astoria" na końcu, w odstępach dwóch tysięcy jardów. Okręty zaciemnione, stan gotowości bojowej II, stan gotowości obronnej Zebra. Kurs trzy jeden zero, prędkość dziesięć. „Quincy" prowadzi zespół operacyjny oficer taktyczny dowódca USS „Chicago".

– „Chicago"? – zdziwił się Jack. – Sądziłem, że dowódcą taktycznym jest australijski admirał na HMAS „Australia".

11

– Zdaje się, że admirał i „Australia" odpłynęli na Tulagi na jakąś naradę. Dowództwo taktyczne objął więc „Chicago". Na południe od nas płynie jeszcze jeden zespół krążowników, ale nikt nas nie powiadomił, gdzie się znajdują ani kto sprawuje dowodzenie.

– Wspaniale – odparł Jack. – Jakieś nocne rozkazy z „Chicago"?

– Nie ma żadnych – odrzekł Marsh. – Nie było od nich ani słowa.

– A od kogokolwiek innego?

– Sprawdzamy radio co godzinę, rutynowo. Nasze oddziały znajdują się na wybrzeżu Tulagi i na samej Guadalcanal. To wszystko, co w tej chwili wiemy.

– No dobra – odparł Jack, kręcąc głową. – Co ma pan dla mnie poza tym?

Marsh rozumiał, że to niewiele, ale wojska wysłano zaledwie kilka dni wcześniej i wyglądało na to, że góra ma zamiar improwizować, dopóki Japończycy nie zareagują na desant. Poprzedniego popołudnia nastąpił już zresztą jeden atak z powietrza – na południu wciąż było widać łunę bijącą od płonącego transportowca; blask płomieni odcinał się jaskrawo na tle czarnych kłębów dymu.

– Najbliższa przeszkoda nawigacyjna to wyspa Savo, pozycja dwa pięć zero, osiem mil. Widoczność jak w dupie u Murzyna, ale, jak dotąd, żadnych Japończyków.

– O żadnych nie wiemy – dodał Jack.

– O żadnych nie wiemy – zgodził się Marsh. – A jeśli się pojawią, módlmy się, żeby stało się to za dnia.

Wcześniej, podczas zebrania oficerów, otrzymali informację, że poprzedniego dnia widziano zespół japoński, kierujący się z Rabaulu w stronę „szczeliny" – wąskiego przesmyku rozdzielającego Wyspy Salomona. Już niebawem mogli zostać wyparci z Guadalcanal. Szybkość japońskich krążowników była wszystkim doskonale znana.

– Jeśli przypłyną dzisiaj, mam nadzieję, że nasze radary ich wykryją.

– Daj Boże – odparł Jack. – Dozór radiolokacyjny?

– „Blue" jest gdzieś na północny zachód od nas, za Savo, „Ralph Talbot" na północny wschód od Savo. Oba mają radary. Łączyliśmy się z „Blue" godzinę temu. Kiepska słyszalność, żadnych nowych wiadomości.

Jeszcze meldunek o stanie dział i wyposażenia. Nic się nie zmieniło od kolacji. – No dobrze, Ślicznotko – powiedział.

– To wszystko. Do zobaczenia za sześć godzin.

– Schodzę – odparł Marsh, oddając mu ciężką lornetkę Bausch & Lomb 7x50. Odwrócił się w kierunku ciemnych sylwetek, widocznych za sterami. – Uwaga sterówka: pan O'Connor zaczyna wachtę pokładową – powiedział najciszej, jak mógł.

Z mostka podniósł się chór równie przytłumionych „tak jest". Marsh upewnił się, że kapitan wciąż jest pogrążony we śnie i ruszył do drzwi prowadzących do pomieszczenia nawigacyjnego. Noc była ciepła i wilgotna, a ciemność – nieprzenikniona; przed sobą widział jedynie słaby poblask czerwonej żarówki, oświetlającej zejściówkę. Mówiąc o nocnym spotkaniu z japońskimi krążownikami, nie żartował. Jako asystent oficera artyleryjskiego doskonale wiedział, że optyka dalmierzy artyleryjskich „Winstona" nie umywa się do japońskiej, a krążowniki wroga są szybsze i lepiej uzbrojone niż amerykańskie.

Uśmiechnął się, schodząc z pokładu. Jack nazwał go Ślicznotką. Przydomek ten towarzyszył mu od pierwszego roku spędzonego w Akademii, a był to rok 1928. Marsh nie był przystojny. W najlepszym razie można było określić go mianem „sympatycznego". Miał niecałe sześć stóp wzrostu, duże uszy, podłużną twarz o zapadłych policzkach, nad którą piętrzyły się niesforne czarne włosy, zakrywające wdowi czubek nad czołem, i przyjazne, błękitne oczy wiejskiego chłopca. W dniu

13

gdy starsze roczniki wróciły do Bancroft Hall po zakończeniu rejsu letniego, jeden ze starszych kadetów wpadł do pokoju pierwszoroczniaków, zlustrował spojrzeniem całą grupę, która zerwała się na równe nogi, stając sztywno na baczność, spojrzał na Marsha i rzucił: „Ślicznotka, nie da się ukryć". I tak już zostało po wsze czasy.

Przeszedł głównym korytarzem i przecisnął się niezgrabnie przez właz w ciężkiej pokrywie luku. Idąc powoli w kierunku swojej kabiny, czuł, że powieki ciążą mu coraz bardziej. „Do zobaczenia za sześć godzin", pożegnał się z nim Jack. Okręt znajdował się w stanie gotowości bojowej II, co oznaczało dla wszystkich wachty co sześć godzin. Marsh był tym już wykończony. Teraz miało być zaledwie odrobinę lepiej – wachta od szóstej rano do południa, sześć godzin przerwy, potem kolejna – od osiemnastej do północy. Niewiele miało to wspólnego z jego normalnym zegarem biologicznym. Jack miał wachty od dwunastej do osiemnastej, potem znienawidzoną psią wachtę od północy do szóstej rano, wydłużoną po ogłoszeniu alarmu bojowego. Mimo wszystko obaj miewali się lepiej, niż nieszczęśni żołnierze korpusu marines, próbujący za wszelką cenę utrzymać się na Lotnisku Hendersona mimo wściekłych ataków japońskiej piechoty.

Na „Winstonie" obsadzono główną baterię dział ośmiocalowych, a ich załogom zezwolono na „odpoczynek" na stanowiskach – w wieżach, maszynowniach i magazynach. Większość drzwi wodoszczelnych i pokryw luków na okręcie pozamykano, tylko nieliczne włazy pozostały otwarte. Na pokładzie oficerskim było gorąco jak w piecu – wszystkie pokrywy luków zaśrubowano, a wentylatory działały na zwolnionych obrotach, aby zapewnić lepszy dopływ powietrza do dużych kubryków w części dziobowej.

Marsh zatrzymał się na chwilę w toalecie dla oficerów, aby ulżyć pęcherzowi po sześciu godzinach nieustannego popijania kawy, a potem wszedł do swojej tak zwanej kabiny. Zrzucił buty i zwalił się na dolną koję w ubraniu. Jack O'Connor był jego współlokatorem. Wspólnie zajmowali niewielkie pomieszczenie o wymiarach osiem na pięć stóp, na rufie sterburty, za barbetą wieży numer dwa. W kabinie był iluminator, on także został zaśrubowany. Marsh rozważał przez chwilę, czy go nie otworzyć i nie wpuścić do środka choć odrobiny paskudnego, wilgotnego i gorącego powietrza południowego Pacyfiku, ostatecznie jednak zamknął za sobą drzwi kabiny i zaciągnął zasłonę. Potem opadł z powrotem na koję.

Od San Diego dzieliła go ogromna odległość, zarówno w czasie, jak i w przestrzeni. Jego matka ciągle tam mieszkała; ojciec zmarł na atak serca trzy lata wcześniej. Marsh urodził się i wychował na północ od miasta, w wiosce Escondido. W 1928 roku wyjechał do akademii dzięki uprzejmości partnera ojca w firmie prawniczej, który został kongresmenem. Od 1932 roku, gdy uzyskał dyplom, pływał na różnych okrętach Floty Pacyfiku, nie wychylając się, aby przypadkiem nie zostać kolejną ofiarą wielkiego kryzysu. Wielu z jego kolegów musiało zrezygnować ze służby z powodu cięć budżetowych w marynarce; ci, którzy zostali, musieli pogodzić się z obniżeniem żołdu. Cieszył się, że się nie ożenił – często zastanawiał się, w jaki sposób ci, którzy się na to zdecydowali, są w stanie związać koniec z końcem.

Służył na „Winstonie" dopiero od trzech miesięcy, gdy flotę przeniesiono do Pearl. Okręt przeszedł właśnie w stoczni remont generalny, który zakończył się już po ataku siódmego grudnia. Teraz zaś krążyli w nieprzeniknionych ciemnościach wokół wyspy Guadalcanal – jeszcze kilka miesięcy wcześniej nikt z nich nawet o niej nie słyszał. Marsh nie miał pojęcia, który geniusz dowództwa marynarki wybrał tę piekielną dziurę na miejsce lądowania, życzył mu jednak gorąco, aby – ktokolwiek to był – zakosztował wraz z nimi sześciogodzinnych wacht na pokładzie okrętu.

15

Czuł zapach potu, który oblepił jego ciało szczelnym pancerzem. Odkąd jeden z dwóch parowników do uzdatniania wody morskiej zaczął nawalać, wprowadzono racjonowanie wody do mycia; w praktyce oznaczało to dla każdego prysznic co trzy dni. Był to zresztą typowy marynarski prysznic: odkręcamy wodę, zakręcamy wodę. Mydlimy się. Odkręcamy wodę, zakręcamy wodę. Wychodzimy. Rozważał jeszcze przez chwilę, czy nie przemknąć się na dziób, żeby szybko się opłukać, ale zaraz zapadł w głęboki sen.

Śniło mu się, że leci; zbudziło go bolesne uderzenie o stalową podłogę przy koi i echo potężnego, ogłuszającego wybuchu – statek przechylił się na sterburtę, a następnie wyprostował, zasypując go lawiną drobiazgów, papierzyskami i przewróconymi krzesłami. Powietrze wypełnił ostry, gryzący dym. Gdy próbował wstać, nastąpiło kolejne uderzenie. Opadł na czworaki, czując, że stalowy pokład napiera na niego z siłą, która za chwilę zmiażdży mu kolana i nadgarstki. Krzyknął, ogłuszony bólem, i przewrócił się na bok. Tym razem przechył był niewielki. Czuł, że to oznacza coś ważnego, ale otępiały od snu mózg nie był w stanie się skoncentrować. Potem usłyszał krzyki na korytarzu i potężny świst pary gdzieś w pobliżu rufy. Wydawało mu się, że z oddali dobiega dźwięk trąbki, wygrywającej alarm bojowy ponad grzmiącym rykiem pary.

Nie był w stanie ruszać rękami, ból pulsował w rzepkach kolan. Musiał unieść się do góry na łokciach. Chwycił kapok i hełm, po czym je upuścił; paliły go dłonie. Słyszał, jak gdzieś ponad nim ośmiocalowe działa kierują się do góry – znajomy dźwięk miarowych uderzeń został zagłuszony niemal całkowicie przez potężny szum pary. Krzyki w korytarzu nasilały się; musiał przytrzymać się krzesła, aby wstać. Poczuł paraliżujący strach, uświadamiając sobie nagle, że „Winston" nie podnosi się z przechyłu. Zamiast tego okręt wydawał się zwalniać, przechylając się złowieszczo coraz bardziej na lewą burtę, belki kadłuba trzeszczały i skrzypiały pod pokładem.

Stanowisko bojowe Marsha, Sky One, znajdowało się przy przednim przeliczniku dział pięciocalowych, umieszczonych wysoko na nadbudówce nad mostkiem. Podpierając się wciąż jednym łokciem, zdołał założyć kamizelkę ratunkową i, pomagając sobie zębami, zawiązać paski. Hełm gdzieś zniknął, zrezygnował więc z niego i odgarnął zasłonę, by wyjść na korytarz, gdzie niemal przewrócił go tłum mechaników i oficerów ratowniczych, którzy biegli na rufę, już w maskach, odwijając po drodze mokry brezent z węża gaśniczego. Zdał sobie sprawę, że ma na nogach tylko skarpetki, rzucił się więc z powrotem do kabiny, aby założyć buty. Wydawało mu się, że słyszy trzask i huk wystrzałów z dział pięciocalowych, przebijający się przez salwy ośmiocalówek. „Cholerni Japońcy muszą być naprawdę blisko" – pomyślał. Wiedział, że aby dotrzeć do swojego stanowiska, musi wejść na górę, pokonując wiele drabinek. To nie miało prawa się udać: nie był w stanie poruszać dłońmi, a kolana chrzęściły przy każdym kroku, gdy próbował chwiejnie iść przez pokład.

Ruszył za ratownikami w kierunku głównego luku wiodącego na górny pokład; zdawało mu się, że wchodzi coraz wyżej. Po chwili uświadomił sobie, zaszokowany, że brodzą w słonej wodzie. Oznaczało to, że okręt od dziobu się zanurza, a nie tylko przechyla na bok. Nie wierzył własnym zmysłom do chwili, gdy zobaczył latarnię bojową leżącą na pokładzie; snop światła przeświecał przez wodę.

„Wielki Boże – pomyślał – jeśli zalewa drugi pokład, to już po nas".

– Opuścić okręt, opuścić okręt – rozległo się z systemu nagłośnienia. Słowa były ledwie słyszalne wśród gwizdu pary i zgiełku narastającego wokół przełazu. Ratownicy porzucili sprzęt i zgromadzili się przy drabince, aby przechodzić przez właz pojedynczo. Marsh czuł, że woda sięga jego goleni i wlewa się do butów. Musiał zaprzeć się ramieniem o dźwignię, aby nie upaść. Wszyscy na chwilę zamarli, gdy powietrze nad ich głowami rozdarł świst nadlatujących pocisków, po chwili zaś dały się słyszeć uderzenia o pancerz burtowy i potężna eksplozja, która zatrzęsła drabiną. Dysząc ciężko, zaczęli przepychać się do włazu; od strony dziobu biegli kolejni marynarze.

– Zdejmijcie tę cholerną pokrywę – Marsh usłyszał swój krzyk. – Następny, który będzie przechodził, niech zdejmie pokrywę!

Mężczyzna na szczycie drabiny odwrócił się na sekundę, skinął głową i podciągnął się do góry. Okrętem zatrzęsła kolejna fala eksplozji; słyszeli gwizd pocisków przelatujących przez wodoszczelne komory i straszliwy chór krzyków na górnym pokładzie. Wszystkie czerwone światła ewakuacyjne zgasły, pozostały tylko dwie latarnie w pobliżu drabiny. Dwóch kolejnych marynarzy przedostało się przez właz. Marsh stanął z boku, pozwalając spanikowanym mężczyznom walczyć o miejsce na drabinie; ci z dołu krzyczeli na tych znajdujących się u góry: szybciej, szybciej. Czuł, że drętwieją mu dłonie, walczył coraz bardziej desperacko, by utrzymać się na nogach. Wreszcie zdjęto pokrywę, marynarze mogli teraz przechodzić na górę po dwóch, trzech naraz. Woda na drugim pokładzie sięgała do ud, okręt przechylił się na lewą burtę o co najmniej dziesięć stopni. Marsh zastanawiał się, czy wywróci się dnem do góry, zanim uda mu się dosięgnąć drabiny. Teraz, gdy otwarto duży luk, widać było światło; nie był to jednak blask latarń bojowych, ale pomarańczowa łuna płonącego paliwa.

Wreszcie dołączył do przerzedzonego już strumienia wspinających się ludzi, bardziej pozwalając, by go popychali, niż przesuwając się samodzielnie w górę. W chwili gdy znalazł się nad włazem, ogromny mężczyzna, biegnący przed siebie z zaciśniętymi powiekami, przewrócił go na brzuch. Ułamek sekundy później kolejne pociski uderzyły w nadbudówkę, która zwisła nad wodą niczym Krzywa Wieża w Pizie. Jeden z pocisków uderzył w kajutę poczty okrętowej, trzydzieści stóp od miejsca, gdzie Marsh leżał na pokładzie. Odłamki szrapnela młóciły powietrze wokół, kładąc ludzi pokotem, pozostawiając po sobie kłęby dymu i kule płonącej masy. Próbował wstać, ale przewrócił go kolejny marynarz, który upadł wprost na niego, wrzeszcząc mu prosto do ucha i zalewając go krwią. Nie mogąc poruszać rękami, Marsh był bezradny. Kolejna salwa pocisków przeleciała nad lewą burtą i Marsh stwierdził nagle, że jest wdzięczny losowi za żywą tarczę, która go osłoniła – zadźwięczał rój stalowych odłamków, odbijając się od pokładu. Poczuł, jak leżący na nim mężczyzna wiotczeje trafiony jednym z nich.

„Nie mogę tu zostać – pomyślał. – Muszę się wydostać na zewnątrz".

Napiął mięśnie barków, aby zrzucić z siebie rannego. Poczołgał się przed siebie wśród ciał, zrzuconych na lewą burtę przez przechył statku, tonącego powoli w odmętach. Gramolił się po grodzi, szczękając ze strachu zębami. Jego ręce zanurzały się we krwi, i nie tylko we krwi, gdy ślizgał się jak wąż, próbując dostać się do najbliższego luku prowadzącego na główny pokład. Kolejna fala pocisków uderzyła w okręt. Słyszał plusk wody, gdy niektóre z nich wpadały do morza, rozbryzgując wokół drobne krople. Każde uderzenie sprawiało, że jego żołądek się zwijał, doprowadzając go niemal do wymiotów z przerażenia.

Dłoń martwego marynarza ściskała kurczowo uchwyt pokrywy luku, podziurawionej przez pociski; przez otwory przedostawały się promienie jaskrawego światła. Marsh odsunął ciało i naparł na uchwyt ramieniem. Pokrywa opadła; silny przechył statku sprawił, że przeleciał przez luk, a potem przez całą szerokość pokładu i wpadł na liny ratownicze.

Oślepiło go błękitnobiałe światło sześćdziesięciocalowego reflektora japońskiego krążownika, jaskrawe niczym oko złowieszczego potwora. Gwizd pary, wydobywającej się z uszkodzonych przewodów pokładu maszynowego, zagłuszał wszelkie inne dźwięki, także krzyki rannych leżących na pokładzie, o twarzach wykrzywionych groteskowo w powodzi jaskrawego światła. Na śródokręciu szalał pożar – przechowywano tam wodnosamoloty zwiadowcze; drugim źródłem ognia, w pobliżu dziobu, były prawdopodobnie zbiorniki z paliwem lotniczym. Woda podchodziła coraz wyżej, zamieniając płomienie w kłęby pomarańczowego dymu. Nagle zalała go fala i wtedy zdał sobie sprawę, że lewa strona głównego pokładu znajduje się pod wodą. „Za chwilę się przewróci – pomyślał. – Trzeba uciekać. Teraz".

Nabrał tchu, chwycił za linę ratowniczą i zsunął się do morza. Uświadomił sobie, że wokół niego inni robią to samo. Potem zobaczył mężczyznę, który pomagał wydostać się z okrętu rannemu koledze. Skarcił się w myślach: to on, jako oficer, powinien był tak właśnie postąpić, ale, do cholery, był zbyt przerażony, żeby to zrobić. Gdy znalazł się w wodzie i podniósł głowę do góry, poczuł, że przytłacza go ogrom nadbudówki „Winstona", wiszącej tuż nad nim. Z miejsca, gdzie jeszcze niedawno znajdował się mostek, spadała do morza lawina przedmiotów: książki sygnałowe, latarnie, kubki, lornetki, ciała i ich fragmenty, skrawki papieru wirujące niczym płatki śniegu. Gwizd pary nagle umilkł; w tej samej chwili o powierzchnię wody tuż przed nim uderzyła odcięta głowa i Marsh zobaczył kredowobiałą twarz Jacka. Krzyknął przerażony i zachłysnął się brudną, oleistą wodą.

Japoński krążownik znalazł się na trawersie. Wyłączył reflektor; wyglądał teraz jak ogromny, czarny smok – był tak blisko, że w szybach sterówki odbijała się pomarańczowa łuna szalejącego na „Winstonie" pożaru. Marsh widział działa przeciwlotnicze, wycelowane w tonący okręt. Masywne maszty, przypominające pagody, były jaskrawo oświetlone przez pulsujące światło wież działowych na dziobie i na rufie, wypluwających z luf kolejne pociski. Te przelatywały nad ich głowami i niknęły w ciemnościach – kadłub „Winstona" znalazł się poza zasięgiem uderzeń. Japoński krążownik odwrócił się rufą do wraku i odpłynął w poszukiwaniu kolejnych ofiar. Był tak blisko, że słychać było świst dmuchaw na pokładzie, kiedy nabierał prędkości. Gdy pozostał po nim jedynie kilwater, rozbitkowie ocknęli się z otępienia, by podjąć na nowo desperacką walkę o życie.

Marsh miotał się w ciepłej wodzie, walcząc z kamizelką ratunkową i usiłując oddalić się od tonącego okrętu. Pamiętał ćwiczenia na basenie podczas pobytu w akademii. Teraz jednak nie był w stanie porządnie odpychać się nogami – kolana miał zdrętwiałe. Płynął pieskiem, nieudolnie machając rękami, chcąc za wszelką cenę znaleźć się w bezpiecznej odległości od okrętu, zanim przewróci się całkiem i pociągnie go za sobą w głębinę. Po kilku minutach bolesnego wysiłku musiał jednak się odwrócić. Po prawej płonął jeden z samolotów zwiadowczych, wzniecając kule pomarańczowego ognia – to wybuchały zbiorniki z paliwem lotniczym, wypluwając swój ładunek do morza. Nad śródokręciem, w gigantycznym obłoku dymu i pary, majaczył niewyraźny kształt nadbudówki i ogarniętego płomieniami komina. „Za kilka minut – pomyślał – będę mógł zajrzeć do wnętrza kominów, gdy okręt położy się na burcie". Patrzył, jak „Winston", przechylając się coraz bardziej, nabiera wody, i walczył o oddech. Słyszał trzask grodzi pękających wewnątrz okrętu, niosący się echem w nocnym powietrzu. Tymczasem zdryfował już przed dziób, znajdujący się tuż pod powierzchnią wody. Gdy ucichł gwizd pary, dały się słyszeć inne, przerażające odgłosy: krzyki ludzi, trzask ognia, głuche dudnienie dobiegające spod wody, gdy „Winston" szykował się na śmierć.

Ponad tym zgiełkiem usłyszał nagle energiczne dudnienie, stuk stali o stal. Woda zalała mu twarz, musiał przetrzeć piekące od soli oczy. Znów zaczął nasłuchiwać.

Stukanie. Ktoś walił w stalową pokrywę na jednym z pokładów. Dźwięk się nasilał, pełen desperacji.

Oddalił się od okrętu o jakieś pięćdziesiąt stóp i dotarł do dziobu, ale dźwięk był doskonale słyszalny. Główny pokład

„Winstona" przechylił się już o czterdzieści pięć stopni, może więcej. Wszystko, co znajdowało się luzem na pokładzie, zostało pochłonięte przez morze. Jedna z wież dział ośmiocalowych obróciła się leniwie, z głośnym piskiem, kierując wszystkie trzy lufy ku niebu.

Znów to samo. Bum, bum, bum. Dźwięk dobiegał od strony głównego włazu forpiku. Palący się zbiornik z paliwem lotniczym na lewej burcie zalazł się już pod wodą, ale właz był nadal widoczny, oświetlony przez palący się samolot zwiadowczy.

Walenie w pokrywę włazu. Tam byli uwięzieni ludzie.

Przełknął ślinę. W ustach miał sucho, choć woda nieustannie zalewała mu twarz.

„Jesteś oficerem. Wiesz, co musisz zrobić".

Wiedział, ale nie potrafił się do tego zmusić. Wytężając wzrok w kierunku forpiku, który wydawał się przybliżać, czuł, jak jego ciało ogarnia paraliż. Po prawej stronie widział zwisające tuż nad wodą resztki nadbudówki i mały przyrząd centralny, oderwany i kołyszący się luźno ze zgrzytem stali. Wiedział, że „Winston" za chwilę zatonie, a on znajduje się zdecydowanie za blisko.

„Wiesz, co musisz zrobić".

„Do diabła z tym".

„Wiesz, co musisz zrobić".

Łańcuch kotwicy lewej burty zagrzechotał, gdy puściły hamulce i kotwica, już częściowo zanurzona w wodzie, zaczęła opadać na dno, trzy tysiące stóp niżej. Nagły hałas wyrwał Marsha ze stuporu. Nabrał tchu, a potem zaczął płynąć z powrotem w kierunku okrętu, niejasno uświadamiając sobie, że ma za plecami setki mężczyzn, którzy oddalają się w przeciwnym kierunku. Niektórzy z nich patrzyli na niego, jakby zwariował.

Bum. Bum. Bum. Głośno jak cholerny dzwon, im bardziej się zbliżał, tym głośniej.

Gdy dotarł do włazu, woda sięgała krawędzi pokrywy. Stukot wydobywał się ze środka przez cały czas, gdy gramolił się po linie ratowniczej z powrotem na pokład, czując palący ból w nadgarstkach. Opierał się na łokciach i na stopach, czołgając się niczym ranny krab przez dwie trzecie pokładu, wciąż wystającego nad wodę, nim wreszcie dotarł do włazu. Zaczepił jedną nogą o wentylator, aby nie ślizgać się we wszystkie strony po mokrym pokładzie.

Właz był zaśrubowany; mocno zaśrubowany. Klucz znajdował się w uchwycie, a blokada była nienaruszona, ale dłonie odmawiały mu posłuszeństwa. Pod sobą czuł wibrowanie pokładu – to pękały podziurawione pociskami grodzie, woda wdzierała się zachłannie do wnętrza okrętu. Starał się nie myśleć, co będzie, jeśli akurat teraz w końcu się przewróci.

Przeturlał się na bok, wyciągnął klucz i wpasował go na nakrętkę jak najstaranniej, na tyle, na ile pozwalały mu zdrętwiałe dłonie, potem wyciągnął wolną nogę i kopał, aż obluzowana śruba wypadła z gwintu. Pierwsze kopnięcie niemal zmiażdżyło mu rzepkę kolanową. Ból pozbawił go tchu. Ruszył jednak na kolejną śrubę, i na następną. Musiał zaprzeć się ramieniem o żurawik, aby utrzymać równowagę na przechylającym się coraz silniej pokładzie.

„To może się stać w każdej chwili – pomyślał, dysząc ciężko w wilgotnym powietrzu. – W każdej chwili może sie przewrócić".

Odkręcał kolejne śruby, aż w końcu, w końcu, wypadła ósma i ostatnia. Pokrywa odskoczyła z siłą napierających na nią dziesięciu mężczyzn. Wypadli przez właz jak wyrzuceni z procy, wraz ze strumieniem gorącego, oleistego powietrza pod ciśnieniem zwiększonym przez piętrzącą się wodę pod pokładem. Ponaddwunastoosobowa grupa śmiertelnie bladych, z trudem zachowujących panowanie nad sobą mężczyzn wygramoliła się spod pokładu. Marsh leżał z boku, wyczerpany, patrząc, jak umykają z płonącego piekła, rzucając się do morza niczym lemingi. Wreszcie uwolnił łokieć i ześliznął się po sterczącym niemal już pionowo pokładzie, chwycił na moment zanurzoną w wodzie linę ratowniczą, a potem zeskoczył z powrotem do wody, dołączając do gromady uciekających. Pracował z całych sił rękami, nieudolnie próbował płynąć żabką, odpychał się, jak mógł, obolałymi nogami, walcząc o życie. „W samą porę" – pomyślał, słysząc za sobą ogłuszający grzmot.

Niecałą minutę później okręt przewrócił się na lewą burtę; powietrze uchodziło z niego ze świstem, gdy ostatnia grupka desperatów na rufie dopełzła do krawędzi stojącego już teraz pionowo pokładu głównego, po czym kolejno, jeden za drugim, spadali do morza, aby pogrążyć się w odmętach wraz z ośmioma tysiącami ton stali i szczątków tonącego okrętu. Przez jedną przerażającą sekundę widział wycelowany w siebie strumień pary z drugiego komina, tryskający nad pomarańczowymi od ognia grzbietami fal. Wydawało mu się, że czuje gorący powiew, choć od okrętu dzieliło go już co najmniej sto jardów. Ostatnie wybuchy płonącego paliwa lotniczego oświetlały co jakiś czas śruby napędowe „Winstona", które, o dziwo, nadal obracały się powoli, podczas gdy okręt, leżąc na grzbiecie niczym bezradny żółw, zanurzał się powoli w głębinie. Kadłub, pokryty czerwoną minią ołowiową, kołysał się lekko w tył i w przód – to chyba odpadały kolejno wieże dział – aż wreszcie przechylił się do tyłu i runął do morza. Dziób wychynął na krótką chwilę spośród fal; gdy okręt się przewracał, błysnęła kotwica prawej burty, zaczepiona bezsensownie o liny ratownicze.

A potem, z kolejnym świstem sprężonego powietrza, w fontannie wody, obramowanej czarnym, lśniącym obłokiem ropy, okręt zniknął.

Nagła cisza była tak samo przerażająca jak to, co nastąpiło przed chwilą. Marsh wiedział, że wokół niego znajdują się ludzie, ciągle jednak słabo widział, oślepiony wcześniej blaskiem reflektorów. Poczuł zapach ropy i rzucił się w bok, chcąc uciec jak najdalej. Paliwo wciąż płonęło, tworząc kałuże ognia na powierzchni wody. W głębinie, pod sobą, poczuł potężny wstrząs, potem następny i jeszcze jeden. „To kotły – pomyślał – to już faktycznie koniec". Przez chwilę zastanawiał się, czy okręt spocznie na dnie burtą do góry, czy, opadając, zdąży się obrócić.

Zapach siarki stawał się coraz intensywniejszy. Nagle zdał sobie sprawę, że zapaliło się także paliwo wyciekające z okrętu. W oddali widział krzyczących mężczyzn, którzy znaleźli się w zasięgu płomieni; Marsh robił, co mógł, aby przyspieszyć i wydostać się z kręgu pożogi.

Z jego ust wydarł się jęk, gdy dwadzieścia stóp przed nim z morza wyprysnął czarny kształt. Po chwili rozpoznał go: jedna z licznych tratw ratunkowych okrętu, zrobionych z balsy i płótna, oderwała się od kadłuba i wyskoczyła na powierzchnię wody.

Walcząc ze wzburzonym morzem, wlokąc za sobą kapok, krępujący mu ruchy, z trudem dotarł do tratwy i wsunął bezużyteczną rękę pomiędzy sznury uchwytu. Ostatkiem sił podciągnął się do góry. Niemal natychmiast znalazł się w obłoku dymu, wiszącego nisko nad powierzchnią morza, i musiał przycisnąć głowę do dna tratwy, aby złapać odrobinę świeżego powietrza. Wyczuł, że leży na wiośle; prawą stopą wypchnął je z uchwytu. Jeszcze raz zaczerpnął tchu i usiadł, by skierować tratwę z dala od szalejącego pożaru, jednak w tej samej chwili fala gorąca uderzyła go w twarz. Tratwa zdążyła już przedryfować w sam środek jeziora płonącej ropy i sama zajęła się ogniem. Wrzasnął z bólu i przewrócił się na bok, desperacko próbując osłonić się przed płomieniami.

Zareagował tak, jak go uczono: zanurkować głęboko, powoli odbić w kierunku powierzchni, otworzyć oczy; jeśli zobaczy się ogień, wynurzyć się, obetrzeć twarz, zaczerpnąć powietrza, zanurkować znowu. Sprawdzało się to nie najgorzej, tyle że powietrza nie było zbyt wiele – ogień pożerał tlen, a cholerne odrętwienie rąk sprawiało, że mógł jedynie machać nimi bezładnie. Zanurkował znowu, choć kapok wypychał go w górę, nurkował raz za razem do chwili, gdy przestał widzieć migotanie ognia nad sobą. Wynurzył się na powierzchnię i wyczerpany położył na plecach, pozwalając, by kapok unosił go na wodzie. Tratwa była wciąż widoczna w oddali; płonęła żywym ogniem.

„To by było na tyle" – pomyślał. Po raz pierwszy zadał sobie pytanie, czy wyjdzie z tego żywy.

Niemal bez świadomości wiosłował rękami do tyłu, zmęczonym wzrokiem wypatrując w oddali płomieni; czuł, że kapok staje się coraz cięższy. Mówiono, że na kapoku można polegać przez dwadzieścia cztery godziny – później nasiąka wodą i tonie. Widoczne na powierzchni wody płomienie nagle się rozproszyły – powiała bryza, znów można było swobodnie oddychać.

Gdzie się wszyscy podziali? Z pewnością przeżyło więcej ludzi – zanim okręt zatonął, widział ich skaczących dziesiątki. Próbował krzyczeć, ale z gardła wydobył się jedynie słaby skrzek. Skóra prawego policzka piekła go, zapewne ciężko poparzona. Spróbował jeszcze raz, i tym razem usłyszał głos, wołający: „Tutaj!". Odwrócił się w wodzie i zobaczył w odległości około pięćdziesięciu stóp dużą tratwę, mocno zanurzoną w wodzie pod ciężarem kilkudziesięciu mężczyzn, uczepionych jej boków. Ruszył w jej kierunku ze zdwojoną energią, i już po chwili sznur ostatniego wolnego uchwytu oplatał jego przedramię.

Wszystkie inne miejsca wokół tratwy były już zajęte, w środku zaś znajdowało się około tuzina mężczyzn, wszyscy ciężko ranni. Usłyszał, jak ktoś woła go po imieniu: „Panie Vincent", poza tym jednak panowało dziwne milczenie. Prawdopodobnie wszyscy byli tak samo wyczerpani jak on i dosłownie walczyli o oddech. Z tyłu głowy czuł ból; wyciągnął dłoń, aby sprawdzić, czy krwawi. Poczuł, że płat skóry zostaje mu pod palcami. Jeden z mężczyzn na tratwie nagle usiadł, zaklął i wskazał na coś dłonią. Spojrzał w tym kierunku i zobaczył czarny kształt wyłaniający sie z ciemności, a przed nim smugę jaskrawego światła.

– Uderzy w nas! – wycharczał jeden z mężczyzn.

„Nie uderzy – pomyślał Marsh – ale minie nas blisko, i to nie jest nasz okręt".

– Japońcy! – wrzasnął inny. – Pieprzeni Japońcy!

Czarny krążownik zawisł nad nimi w ciemności dość blisko, aby poczuli potężne wibracje, wywołane przez ruch kadłuba o wadze trzynastu tysięcy ton, prącego przed siebie z prędkością ponad dwudziestu węzłów. Marsh był przygotowany na nadejście fali dziobowej, zdziwiło go jednak uczucie przyjemności, jakiego doznał, gdy ciepła woda obmyła tratwę. Po chwili zabłysło światło reflektora, a potem drugiego. Nie były to duże reflektory naprowadzające, ale niewielkie lampy sygnałowe; żółty przyćmiony blask omiatał powierzchnię wody, aby po chwili zatrzymać się na tratwie. Marsh instynktownie wiedział, co nastąpi za chwilę. Krzyknął do pozostałych, aby zeskoczyli z tratwy, puścił uchwyt i zanurkował najgłębiej, jak mógł, mimo kapoka. Czuł uderzenia dwudziestopięciomilimetrowych pocisków rozrywających tratwę i słyszał, jak furczą wokół niego, przecinając wodę.

Wiosłował ramionami, utrzymując się pod powierzchnią, aż światła zgasły i przestano strzelać. Gdy się wynurzył, czując, że za chwilę pękną mu płuca, japoński okręt zniknął w ciemnościach. Nie było też widać tratwy, rozszarpanej pociskami działka przeciwlotniczego z pokładu krążownika. Widział wokół zarysy kilku głów, wszystkie były jednak skierowane twarzami do dołu, kołysząc się bez życia w kilwaterze okrętu. Kilka stóp dalej z wody wynurzył się ktoś jeszcze, zanosząc się kaszlem i chwytając powietrze. Minęła kolejna minuta, zanim ogarnął sytuację.

– Niech ich wszyscy diabli – powiedział, plując wokół morską wodą. – Te sukinsyny to nie ludzie.

– Po prostu kończą robótkę – odparł Marsh – otrzymaliśmy od nich przywilej szybkiej śmierci w walce.

Mężczyzna popatrzył na niego podsiniałymi oczami. W twarzy, pokrytej ciemnym smarem, jaśniały tylko białka oczu.

– Na pewno jest pan oficerem – powiedział. Marsh zauważył, że nie ma na sobie kamizelki.

– Porucznik Vincent, zastępca dowódcy działa artyleryjskiego.

– Drugi mechanik Marty Gorman – odparł mężczyzna. – Szkoda, że nie mamy tu żadnego z tych waszych dział.

– Poszły do Davy Jonesa[1] – powiedział Marsh. – Potrzebuje pan kapoka.

– W drugiej maszynowni wszystkie się spaliły – odrzekł Gorman, ocierając ubrudzone smarem czoło. – Wierz pan lub nie, wydostałem się przez otwór po torpedzie. Była ogromna jak cholerna stodoła. Zdaje mi się, że wszyscy inni już wtedy nie żyli. Stałem za główną przekładnią redukcyjną, pobierałem próbkę smaru. Pewnie dlatego mnie nie trafiło. Cholerny cud.

Obok nich przepływał właśnie kawałek tratwy i Marsh go chwycił. Gorman podpłynął bliżej i złapał z drugiej strony. Wydawał się dość stary jak na drugiego mechanika, co oznaczało, że bywał zapewne na bakier z dyscypliną.

– No tak – powiedział Gorman – jest pan porucznikiem i w ogóle, czyli pan tu rządzi. Co robimy, kapitanie?

– Na początek może pan poczęstować mnie tą wyśmienitą kawą, którą robicie w maszynowni – powiedział Marsh, chcąc rozluźnić nieco atmosferę po koszmarze, jaki przeżyli na tratwie.

Gorman wyszczerzył zęby, które zajaśniały w ubrudzonej smarem twarzy. – Tak jest, kapitanie – rzekł – już się robi. Jedną kostkę cukru czy dwie?

Marsh wykrzesał z siebie ponury uśmiech. – Zobaczmy, czy uda nam się znaleźć jeszcze kawałek tratwy. I módlmy się lepiej, żeby Japończycy nie wrócili.

---

[1] Davy Jones – legendarny morski duch wg anglosaskiej mitologii żeglarskiej zabierający dusze ginących marynarzy i tonące okręty.

– Pieprzyć ich – odparł Gorman. – Módlmy się lepiej, żeby nie przypłynęły rekiny.

Marsh spojrzał na bezwładne głowy wystające z kamizelek ratunkowych – nie ulegało wątpliwości, że z każdego ciała płynie do morza świeża krew. – Lepiej oddalmy się więc od przynęty – powiedział.

Gorman ściągnął z jednego z trupów kapok i ruszyli w ciemność przed sobą; trzymali się kawałka tratwy, wiosłując w jednym rytmie i rozglądając się wokół w poszukiwaniu dalszych fragmentów. Nagle Marsh uświadomił sobie, że oto udało mu się objąć dowództwo na morzu: jego okrętem jest żałosna resztka roztrzaskanej tratwy, a załogą – jeden zadziorny Irlandczyk. „Nieźle ci idzie, Ślicznotko" – pomyślał. Zapowiadało się, że to będzie długa noc.

Widok, jaki zaskoczył ich o poranku, był wspaniały: dwa amerykańskie niszczyciele, przeczesujące od świtu okolicę w poszukiwaniu rozbitków. Gorman zdołał tymczasem odnaleźć i sklecić razem trzy części tratwy ratunkowej. Siedzieli teraz na niej okrakiem, częściowo zanurzeni, gdy jeden z niszczycieli podpłynął bliżej; potężna fala niemal odepchnęła ich na otwarte morze. Na widok tłumu mężczyzn na pokładzie, Marsh poczuł gwałtowny przypływ radości: najwyraźniej duża część załogi się uratowała. Nagle uświadomił sobie jednak, że tylko nieliczne twarze wydają się znajome. „Dobry Boże – pomyślał – co jeszcze wydarzyło się ostatniej nocy?".

Gorman chwycił za sznur siatki ładunkowej, przyciągnął prowizoryczną tratwę do burty i wspiął się na górę. Marsh próbował zrobić to samo, ale dłonie po prostu odmówiły mu posłuszeństwa. Widząc to, bosmanmat, znajdujący się na pokładzie, rzucił mu linę z węzłem ratowniczym. Opasał się nią i wciągnięto go na pokład. Gdy windowano go do góry, co rusz uderzał głową o stalowe poszycie, ale nie przeszkadzało

29

mu to w najmniejszym stopniu. Dobrze było znowu widzieć obok siebie amerykańską stal. Odniósł wrażenie, że wszyscy wokół się spieszą – być może obawiali się japońskich okrętów podwodnych, wysłanych w ślad za jednostkami ratowniczymi. W kilwaterze niszczyciela unosiły się dziesiątki nasączonych wodą, poplamionych krwią kapoków, a za nimi pojawiły się już pierwsze ostro zakończone płetwy; niektóre znikały pod wodą. W kłębach różowej piany błyskały ostre zęby. Nie wyławiano ciał.

Marsh dotarł wreszcie na poziom pokładu i padł przed siebie jak wyciągnięta z wody ryba. Czuł, że okręt ostro pruje do przodu. Chorąży w wymiętym mundurze khaki podszedł do niego, pytając o nazwisko i okręt.

– To znaczy, że jest więcej niż jeden? – zapytał Marsh. Wargi miał pokryte warstwą soli i smaru; mówił z trudem.

Twarz młodego oficera była ściągnięta, pod oczami miał sińce. – „Quincy", „Vincennes", „Astoria", „Winston" – wyrecytował, zapewne nie po raz pierwszy.

– Chryste Panie – mruknął Marsh – wszystkie zatonęły?

– Wszystkie – odparł tamten, przewracając strony zielonego kołonotatnika. – Pańskie nazwisko?

– Porucznik Marshall Vincent, zastępca dowódcy działa artyleryjskiego na „Winstonie" – odpowiedział. – Wszystkie?

– Przeklęta rzeź – odparł chorąży, podnosząc głowę. – Zbieraliśmy rozbitków przez całą noc. Czy może pan pójść za mną?

– Niespecjalnie – odpowiedział Marsh. – Może się zdołam poczołgać.

Jeden z marynarzy pomógł mu przejść na rufę, gdzie stała kolejka rozbitków. Był w stanie utrzymać się na nogach dopóki go podtrzymywano. Dwóch innych mężczyzn uwijało się przy rozbitkach, ocierając smar z ich twarzy i podając im wodę. Lekarz i dwaj jego pomocnicy badali ocalonych. Przy stojakach na bomby głębinowe leżało około dwudziestu ciał przykrytych kocami. Na pokładzie nie było nawet skrawka wolnego miejsca. Marsh przypuszczał, że okręt jest przeładowany. Nie zdawał sobie dotąd sprawy z dręczącego go pragnienia. Woda miała wspaniały smak.

Bez trudu odróżniał rozbitków od załogi okrętu – jej członkowie mieli na sobie suche mundury. Pozostali byli mokrzy, brudni i na ogół ranni. On miał prawdopodobnie skręcone lub połamane nadgarstki, oparzenia drugiego stopnia na głowie i szyi, a także ranę ciętą czaszki o długości czterech cali, której dotąd nie czuł. Miał też niewątpliwie pogruchotane stawy kolanowe, jak stwierdził lekarz, przykładając stetoskop do jego nóg; jednocześnie rozciągał je, aż zgrzytały kości, a Marsh z trudem powstrzymywał krzyk. Pielęgniarz włożył jego ręce w łubki i dał mu garść tabletek przeciwbólowych oraz szklankę wody, a następnie polecił marynarzowi, aby zabrał go gdzieś, gdzie będzie mógł odpocząć.

W świetle tego, co wydarzyło się ostatniej nocy, jego obrażenia zdawały się niemal banalne. Zniszczono cztery ciężkie krążowniki, tysiąc lub więcej ludzi zginęło w bitwie, właściwie – nie da się ukryć – stoczonej jednostronnie. Kolejnych kilka tysięcy ofiar ciągle wyławiano z morza. Słońce jeszcze nie wzeszło, a on zastanawiał się, czy japońskie okręty czają się w pobliżu, czekając, aż będą mogły dokończyć dzieła. Poczuł nagle, że znów jest chory z przerażenia, że nie może złapać tchu. Siedzący obok niego mężczyzna, starszy bosman z nogami w łubkach, trącił go w łokieć.

– Spokojnie, poruczniku – powiedział. Marsh odwrócił się, by na niego spojrzeć, walcząc o oddech. – Udało się panu. Wszystko będzie w porządku.

Dłonie miał zabandażowane, a obie nogi unieruchomione prowizorycznymi szynami, wykonanymi z miedzianych rurek. Patrzył na nadgarstki Marsha.

– Torpedy Japońców dają niezłego łupnia, no nie? – powiedział. – W jednej chwili stoję sobie spokojnie w sterowni, z papierosem i kawą, a w następnej cholerny okręt rozpada się na dwie części, a ja próbuję płynąć, mając przetrącone oba kulasy. To była jedna rybka, rozdarła nas na pół jak cholerną gałązkę.

– Który okręt?

– „Chuda Vinny" – odparł tamten – rozprawili się z nią w dziesięć minut.

„»Vincennes« – pomyślał Marsh – tak go nazywali". Oparł się o gródź i zamknął oczy. – Ja byłem na „Winstonie" – powiedział. – Dwie torpedy, tak mi się wydaje. Chwilę to potrwało, ale w końcu się przewrócił. Wtedy podpłynęli blisko i ostrzelali nas z ośmiocalówek. Jeden z nich wrócił, kiedy okręt zatonął, i walili do tratw ratunkowych. Skurczybyki.

– Właśnie zszedłem z niszczyciela – odpowiedział mężczyzna. – Japończycy używali swoich krążowników do holowania barek desantowych na Guadalcanal. Namierzaliśmy ich, zatapialiśmy krążowniki, a potem strzelaliśmy do barek, tak że zostawała z nich tylko krwawa miazga. Zdaje się, że nie powinniśmy się skarżyć, kiedy zabijają naszych na tratwach ratunkowych.

– Do diabła z tym – odpowiedział Marsh.

Bosman roześmiał się. – Halsey ma rację: Zabijać Japończyków, zabijać Japończyków i jeszcze raz zabijać Japończyków. To oni zaczęli z tym gównem.

Podeszli dwaj marynarze, trzymając garnek z zupą, i zaproponowali im po porcji. Marsh nie był głodny; bosman także nie, zapytał jednak, czy nie mają papierosów. Odstawili garnek i wyciągnęli paczkę. Marsh nie palił, ale tym razem nie odmówił. Zaciągając się, poczuł, że dopiero teraz rzeczywiście się uspokaja. Spojrzał na mężczyzn rozciągniętych na pokładach i pomostach. Niemal wszyscy, także ci na noszach, trzymali jarzące się papierosy. Zapach dobrego, amerykańskiego tytoniu dawał choć na krótką chwilę przyjemną odmianę po smrodzie płonącego paliwa, palących się ciał ludzkich i zakrwawionych mundurów.

Okręt zwolnił. Zauważono kolejną tratwę. Po długiej nocy rozpoczynał się równie długi dzień. Zaciągając się po raz trzeci, przypomniał sobie, dlaczego nie pali – wyrzucił więc papierosa, oparł bolącą głowę o przemoczony kapok, przez chwilę zastanawiając się, czy nie poprosić jednak o odrobinę zupy, po czym zasnął.

ROZDZIAŁ DRUGI

Midway, czerwiec 1942 r.

Porucznik Mick McCarty patrzył na siły Japońskiej Floty Połączonej z niekłamanym zadowoleniem. To się nazywa niezły zapasik tłustych celów strzeleckich. Oddalili się już o niemal dwieście mil od „Yorktowna" i nie znaleźli kompletnie nic. Jedna z grup już zawróciła z niczym. Jego dowódca wyznawał jednak ofensywną doktrynę: zarządził poszukiwanie w rozszerzającym się kwadracie. Dzięki temu odkryli samotny japoński niszczyciel, który płynął piętnaście tysięcy stóp pod nimi. Pozostawiając za sobą w błękitnej wodzie Pacyfiku biały ostry kilwater, zmierzał w kierunku grupy lotniskowców. Polecieli za nieświadomym swej zdradzieckiej roli Judaszem i znaleźli całą grupę, zanim zapas paliwa przeznaczonego na lot w jedną stronę spadł poniżej dziesięciu minut.

Dwa brzydkie, szare lotniskowce pod nimi rozpoczęły już realizację procedury obowiązującej w przypadku ataku z powietrza na najważniejsze okręty japońskie: zaczynały zataczać szerokie kręgi, co niemal uniemożliwiało samolotom torpedowym uformowanie szyku do ataku. Trudniej było również ustabilizować lot bombowców nurkujących. „Trudno nie znaczy jednak, że niemożliwe – pomyślał Mick – a przecież nie ma lepszego pod tym względem bombowca niż dauntless".

34

Dowódca podzielił ich na grupy, po jednej na lotniskowiec. Sam ruszył pierwszy, przewracając się na grzbiet, a potem opadając do pozycji pionowej z otwartymi klapami. Mick leciał jako drugi w kluczu, tuż za nim. Wciąż pamiętał pytanie, które zadał instruktorowi w szkole lotniczej: po jakiego diabła muszą robić półbeczkę, przygotowując się do ataku bombowego? Dlaczego nie wystarczy samo nurkowanie? W porządku, odpowiedział instruktor, spróbujmy w ten sposób. Trzydzieści sekund później silnik się wyłączył. Nurkowanie powoduje ujemne przeciążenie i odcięcie dopływu paliwa z układu grawitacyjnego, a co za tym idzie, silnik gaśnie. Zrozumiano? Zrozumiano.

„Co za piękny widok" – pomyślał, czując rosnące podniecenie, gdy słyszał, jak nasila się ryk silników. Maszyna dowódcy stała się maleńką kropką w oddali. Wychodząc swoim SBD z lotu nurkowego i przelatując nad masywnym kadłubem okrętu, widział coraz wyraźniejszy, charakterystyczny zarys samolotu „Dauntless". Chwilę później lotniskowiec zakołysał się na wodzie, a obok niego wykwitła nad powierzchnią biała fontanna morskiej piany.

„Nie trafił – pomyślał Mick – ale mógł uszkodzić kadłub i pewnie potężnie wystraszył siedzących w kotłowni mechaników".

Mick ustabilizował lot, ściskał drążek steru mocniej, niż to było konieczne, oceniając przeciążenie płatowca na podstawie kąta nachylenia podczas lotu. „Prowadź go, prowadź" – pomyślał, nastawiając celownik na białe strzałki na pokładzie startowym lotniskowca, przechylając maszynę najdelikatniej jak mógł, aby zgrać się z rytmem zwrotu okrętu.

„Patrz na wysokościomierz". Utkwił wzrok w pulpicie sterowniczym. Wskazówki obracały się tak szybko, że widział tylko tę mniejszą. Dwanaście tysięcy.

„Prowadź go".

„Dziesięć tysięcy".

„Prowadź".

„Osiem tysięcy. Sześć tysięcy. Spokojnie. Przechylaj go powoli, biorąc zakręt".

„Cztery".

„Trzy". Coraz wyraźniej widział samoloty na pokładzie, spadające z góry amerykańskie bombowce nurkujące, maleńkie jak mrówki, załogę pokładową, która szukała schronienia.

„Nie schowacie się dziś, słonka – pomyślał. – Teraz".

„Dauntless" szarpnął gwałtownie, uwalniając się od ciężaru tysiącfuntowej bomby. Mocno pociągnął za drążek steru, zostało mu zaledwie dwa, dwa i pół tysiąca stóp wysokości, aby wyrównać lot. Wysokość, jak mawiali instruktorzy, to twój najlepszy przyjaciel.

„Co racja, to racja" – pomyślał, zmagając się z odczuwalnymi skutkami przeciążenia.

Jak przez mgłę uświadomił sobie, że znalazł się w zasięgu ognia artylerii przeciwlotniczej, nie było już jednak na nic czasu – mógł tylko mieć nadzieję, że maszyna zdoła wyrównać lot i oddalić się od źródła hałasu. Poczuł, że pasek pod brodą wrzyna mu się w klatkę piersiową; przeciążenie rosło, głowa ciążyła mu coraz bardziej. Słuchawki spadały z uszu.

– Tak trzymaj, Bestia! – krzyknął ktoś przez radio. – Dałeś mu po tyłku. Pali się. Tak trzymaaać!

– Dosyć gadania – usłyszeli niewyraźny głos dowódcy. – Wykończcie go. Zachować odstęp. Dobić go, a nie tylko nadwerężyć.

Wytężając przekrwione oczy, Mick zobaczył wreszcie przed sobą jasny błękit nieba zamiast granatu oceanu i odrobinę zwolnił uścisk dłoni na drążku. Przeciążenie zmniejszyło się, był już w stanie odwrócić głowę i spojrzeć za siebie, na swój lotniskowiec.

Jego lotniskowiec.

Ognista kula płonącego paliwa jaśniała nad środkową częścią lotniskowca, tam gdzie uderzyła jego bomba. Wtedy, na jego

36

oczach, nastąpiła druga wielka eksplozja, gdzieś w głębi okrętu; języki płomieni zaczęły rozprzestrzeniać się z poziomu pokładu hangarowego. Eskortujące okręt jednostki rozpierzchły się, próbując umknąć przed ogniem bombowców. Nie były świadome, że pilotów interesuje wyłącznie okaleczony lotniskowiec.

„Wzięliśmy ich z zaskoczenia – pomyślał Mick – pewnie właśnie szykowali się do wylotu. Bomby na pokładzie, wszędzie węże paliwowe, pełno samolotów, i to wszystko za chwilę spłonie".

Wyrównał lot, odruchowo unosząc nogi, gdy zdał sobie sprawę, że znajduje się zaledwie dwadzieścia stóp nad poziomem morza. Skierował się w górę, chcąc odzyskać nieco wysokości i wrócić do punktu zbornego. Zrzucił jedyną bombę, jaką miał na pokładzie, teraz więc chodziło już tylko o to, by wrócić bezpiecznie w jednym kawałku, nie ściągając sobie na kark buszujących w okolicy Zer[2]. Skierował się na wschód, wypatrując kolegów.

Jego tylny strzelec odezwał się przez radio, gratulując Mickowi trafienia. Spojrzał znów za siebie i zobaczył, że lotniskowiec, j e g o lotniskowiec, płonący teraz żywym ogniem, zwalnia coraz bardziej. Widniejący w oddali słup czarnego dymu, który wzbijał się w niebo na tle skłębionych białych chmur, dawał nadzieję, że druga eskadra zdołała zniszczyć drugi lotniskowiec.

Uradowany, uderzył dłonią w pulpit sterowniczy. „Dorwałem lotniskowiec! Jasna cholera – pomyślał – to smakuje lepiej niż TD[3] w meczu piechota–marynarka, rozegranym podczas ostatniego roku w akademii". Podczas porannej odprawy suge-

---

[2] „Zero" – Mitsubishi A6M Reisen (popularna nazwa „Zero", wg oficjalnego kodu amerykańskiego oznaczony jako „Zeke"), podstawowy typ samolotu myśliwskiego, używanego przez Cesarską Japońską Marynarkę Wojenną podczas II wojny światowej.

[3] TD – „touchdown" – przyłożenie; w futbolu amerykańskim zdobycie sześciu punktów przez dobiegnięcie gracza z piłką do pola punktowego albo złapania piłki już w polu.

rowano, że celem nalotu będą te same lotniskowce, które brały udział w ataku na Pearl Harbor. Zemsta miała słodki, naprawdę słodki smak. To był najlepszy dzień w jego życiu, a przecież lotniskowców mogło tu być więcej. Przy odrobinie szczęścia mogli wrócić na „Yorktown", uzbroić się i powtórzyć całą operację, zanim dwa pozostałe lotniskowce amerykańskie, „Enterprise" i „Hornet", zdążą w ogóle włączyć się do zabawy.

Przez radio słyszał ożywioną paplaninę; w pewnej chwili rozpoznał sygnały wywoławcze eskadr „Enterprise". Podobno odkryli trzeci lotniskowiec w odległości około dwudziestu mil, i zamienili go w perzynę. Podniecenie opadło dopiero wtedy, gdy dowódca zażądał raportu o stanie paliwa. Mick rzucił okiem na wskaźniki, zamrugał i spojrzał jeszcze raz. Wyciągnął dłoń w rękawicy i postukał palcem w oba wskaźniki w nadziei, że ruszą się choć odrobinę. Zgłosił się, meldując, że poziom paliwa spadł poniżej połowy. W sieci zapadła cisza; oznaczało to, że Mick nie będzie w stanie wrócić na lotniskowiec. Czeka go awaryjne wodowanie.

Dowódca polecił mu wejść powoli na osiemnaście tysięcy stóp, a potem na optymalną wysokość. Mick poczuł się nieco lepiej, słysząc, że takie samo polecenie dostało siedmiu innych pilotów. Zakładając, że uda im się wrócić do swoich, mieli lecieć na wysokości wystarczającej, aby lot ślizgowy umożliwił im dotarcie w pobliże niszczycieli eskortowych, o ile będzie to konieczne. Potem wystarczyłoby już tylko przeżyć wodowanie. Uprzedził przez radio swojego strzelca, że może pojawić się taka konieczność.

„Cholera – pomyślał. – To psuje całą zabawę".

Nieoczekiwany tylny wiatr pozwolił pechowej siódemce wrócić do lotniskowców. Mick przełączył się na częstotliwość używaną przy starcie i lądowaniu w samą porę, aby usłyszeć, jak oficer pokładu startowego wypytuje poszczególnych pilotów o stan paliwa. Pierwsi dwaj zgłosili, że nie będą w stanie wylądować. Polecono im, aby wodowali w pobliżu niszczycieli. Trzeci był zdania, że powinno mu wystarczyć paliwa na lądowanie, po chwili przyznał jednak, że nie jest tego całkowicie pewien. On także dostał polecenie, aby wybrać jeden z niszczycieli i przeprowadzić przy nim manewr wodowania.

Mick zdawał sobie sprawę, że oficer startowy – twardy, czterdziestopięcioletni dowódca, Hugo Oxerhaus – chce za wszelką cenę uniknąć sytuacji, w której doszłoby do utraty sterowności, a w konsekwencji – do paskudnej kraksy na pokładzie. Z drugiej strony, żadna z załóg nie mogła pozwolić sobie na utratę samolotu, szczególnie w sytuacji, gdy japońskie lotniskowce, lub to co z nich pozostało, znajdowały się w odległości zaledwie kilkuset mil na zachód. Poza tym nie mógł znieść myśli, że dzień taki jak ten ma się zakończyć umyślnym wodowaniem.

Rzucił okiem na wskaźniki, schodząc powoli w dół, a potem pstryknął przełącznikami, aby przetoczyć resztkę paliwa pozostałego w zbiornikach pod skrzydłami do zbiornika centralnego. „Przynajmniej na jednym zbiorniku będę mógł polegać – tłumaczył sobie – poniżej pięciu procent zawartości, prawidłowy odczyt i tak jest niemożliwy".

Usłyszał, jak wywołują go przez radio, i potwierdził odbiór.

– Stan paliwa – rozległ się głos z wieży kontroli.

– Pięć do dziesięciu procent – skłamał Mick. Naprawdę chciał uniknąć wodowania.

– Potwierdź, że jesteś w stanie wykonać podejście do lądowania – to już był głos samego szefa Oxerhausa.

– Wpuśćcie mnie od razu – powiedział Mick – jeśli będziecie zwlekać, będę musiał wodować.

– Masz zezwolenie na jedno podejście – powiedział dowódca. – Nie złapiesz liny[4], nie próbujesz więcej podchodzić, zrozumiano?

---

[4] Lina aerofiniszera – lina hamująca, rodzaj łapacza stosowany głównie na lotniskowcach, niekiedy także na lotniskach lądowych. Składa się z zespołu lin, zamocowanych nad powierzchnią lądowiska w poprzek pokładu startowego. Lądujący pilot łapie za jedną z lin za pomocą specjalnego haka wysuwanego z części ogonowej samolotu, co powoduje jego gwałtowne wyhamowanie na pokładzie.

– Zrozumiałem, rozłączam się.

Mick zaczął obniżać lot. Słysząc, że pompa paliwa głośno protestuje, wyłączył ją. Wskaźnik zbiornika centralnego pokazywał pięć procent, co oznaczało, że w gruncie rzeczy nie wiadomo, ile paliwa tak naprawdę zostało.

Odczekał do ostatniej minuty z ustawieniem przyrządów według procedury lądowania; przyszedł czas na „magiczną trójkę": wyciągnięcie haka. Otwarcie klap. Wypuszczenie podwozia.

Szeroki biały kilwater lotniskowca zaczął się zwężać, gdy rozpoczął podejście. Zobaczył oficera sygnałowego, stojącego na platformie z wyciągniętymi ramionami; zielone chorągiewki powiewały na wietrze. Sądząc po dźwiękach, silnik pracował prawidłowo. Kiedy przechodził nad progiem, kierunek i siła wiatru były wprost wymarzone. Na znak dany przez sygnałowego odciął zasilanie. Wstrzymał oddech, słysząc, jak hak zgrzyta o powierzchnię pokładu; po chwili poczuł wyczekane szarpnięcie liny aerofiniszera. Usłyszał radosny okrzyk podoficera. Automatycznym ruchem przesunął dźwignię na pozycję pełnej mocy, na wypadek, gdyby hak ominął lub puścił linę i samolot musiałby wystartować ponownie lub wyjechać za burtę.

Silnik zgasł.

Samolot zatrząsł się i stanął w miejscu, śmigło wiatrakowało; załoga pokładowa sygnalizowała, aby opuścił strefę lądowania.

Nie był w stanie tego zrobić. Hydraulika nie działała, podobnie jak silnik. Nie mógł nawet podnieść haka.

Przez głośniki słychać było desperackie nawoływanie; wokół zaroiło się od ludzi, którzy odczepili linę i przepchnęli SBD na bok. Piętnaście sekund później kolejny samolot wylądował na pokładzie na resztkach paliwa.

Mick ściągnął pilotkę, otarł zlaną potem twarz i podniósł osłonę kabiny. Spojrzał w górę. Jako pierwsza w zasięgu jego wzroku znalazła się twarz jednego z oficerów sygnałowych; pod pachą trzymał chorągiewki. Nie wyglądał na zadowolonego.

– Szef chce pana widzieć w wieży kontroli, poruczniku – powiedział. – Najlepiej od razu.

Dziesięć minut później Mick, wyprężony na baczność, stał w wieży kontroli – przeszklonym pomieszczeniu w nadbudówce nad pokładem startowym. Wraz z nim znajdował się tam dowódca eskadry, komandor porucznik „Sztylet" Watson. Obaj mieli na sobie kombinezony lotnicze, w których uczestniczyli w nalocie, ich twarze były nadal czerwone i spocone, a włosy pod skórzanymi pilotkami przyklepane jak wilgotny mech. Watson uprzedził Micka, że ma się nie odzywać, zostawiając to jemu – o ile w ogóle będą mieli szansę powiedzieć cokolwiek.

Komandor Oxerhaus siedział na swoim krześle rozparty jak na tronie, z którego miał widok na cały pokład startowy. Natychmiast rozpoczął jedną ze swych słynnych już tyrad, stopniowo podnosząc głos i czerwieniejąc na twarzy: porucznik McCarty, znany światu jako najgłupszy pilot i największy dupek wszech czasów, naraził na ryzyko cały dywizjon, lądując bezmyślnie na pokładzie w niezwykle trudnej sytuacji, nie bacząc na znajdujący się za nim kolejny samolot, również lecący na resztkach paliwa. Zlekceważył rozkazy, okłamał dowództwo, podając fałszywy stan zbiornika z paliwem tylko dlatego, że ma mentalność dziewuszki, która nie chciała zepsuć sobie fryzury, lądując na idealnie spokojnym morzu, w zasięgu wzroku niszczyciela ratunkowego, i tak dalej, i tak dalej. Gdy wreszcie przerwał na chwilę, by zaczerpnąć tchu, dowódca Micka zdołał wtrącić słowo.

– Było nie było, szefie – powiedział – ten tu Mick spuścił dziś tysiącfuntową bombę w sam środeczek japońskiego lotniskowca. To chyba powinno jakoś się liczyć.

– Fantastycznie – parsknął Oxerhaus. – Z tego, co wiem, na tym polegało jego pieprzone zadanie. Miło mi słyszeć, że chociaż raz w swojej krótkiej karierze zdołał wykonać pieprzone zadanie. Szczerze mówiąc, guzik mnie obchodzi, co się stało

41

z japońskim lotniskowcem. Interesuje mnie mój pokład startowy, moja załoga i utrzymanie dyscypliny wojskowej na tym lotniskowcu. Mam zamiar porozmawiać z kapitanem, gdy tylko zakończy się ta operacja, i będę domagał się usunięcia tego dupka, zrozumiano? A teraz wyjść mi stąd, zanim stracę panowanie nad sobą.

Watson szturchnął Micka i wspólnie wycofali się z wieży kontroli. Zeszli po drabince wiodącej na pokład startowy; Watson zatrzymał się przy włazie, zdjął skórzaną pilotkę i podrapał po swędzącej spoconej czaszce; ciepły podmuch wiatru przywiał dym spalin okrętowych.

– Przykro mi, dowódco – powiedział Mick – sądzę, że mogę tak powiedzieć.

– Sądzisz?

– No cóż, ja to widzę tak: moja maszyna bezpiecznie wróciła do domu. Ostatnio mówiono mi, że każdy samolot jest na wagę złota. Przynajmniej przyłożyłem się do zniszczenia japońskiego kurnika[5]. Na trzydziestu ośmiu chłopaków, tylko trzech zaliczyło trafienie. Moim zdaniem, nic się nie stało, nie ma o czym mówić.

– Mick, a gdybyś rozwalił się na pokładzie? Oxerhaus ma rację: Wszyscy czekający za tobą poszliby na dno, stracilibyśmy cztery samoloty zamiast jednego. To było naprawdę duże ryzyko. No dobra, udało ci się tym razem, ale to się nie równoważy z tym, co mogło się stać.

Mick potrząsnął głową. – Dowódco! Dorwaliśmy dzisiaj trzy japońskie okręty. Barkowce. Eskadry SBD. Trzy pieprzone lotniskowce! Na litość!

– Mieliśmy pomoc, Mick.

– Niby czyją, chłopaków torpedowych? Nie widziałem tam ani jednego.

---

[5] Kurnik („bird farm") – slangowe określenie lotniskowców w czasie II wojny światowej.

42

– To dlatego, że wszyscy zostali zestrzeleni, zanim udało nam się tam dotrzeć. Przylecieli jako pierwsi i dlatego żadne Zero nie zdążyło wystartować z pokładu. Torpedowcy dali nam wolną drogę. Łapiesz?

O tym Mick słyszał po raz pierwszy. – Wszyscy?

– Wszyscy. Zginęli, żeby dać nam wolną drogę. Nie myśl więc, że sam jeden cokolwiek dziś osiągnąłeś, z wyjątkiem tego lądowania.

– Cholera, dowódco, trafiłem go przecież. I z tego, co widziałem, trafiłem go i zatopiłem.

– A słówko „my" istnieje może w twoim słowniku, Mick? Ja też tam byłem, pamiętasz?

– Tak, sir, oczywiście, był pan tam. Ale, przepraszam. To jest pieprzenie. Samolot wrócił, ja wróciłem, trzy japońskie kurniki się usmażyły, i wszyscy mają do mnie pretensję?

Dowódca eskadry oglądał przez chwilę uważnie swoje buty.

– To nie był twój pierwszy wyskok, Mick. Ci goście na górze mają dobrą pamięć, wiesz?

Mick nie znalazł odpowiedzi. Trudno było się z tym nie zgodzić.

– Powiem tylko tyle, dowódco– odezwał się wreszcie – będziemy pamiętać ten dzień. Jest wojna. Wszyscy ryzykują, kiedy się robi gorąco. Cholera, może się przecież zdarzyć, że ktoś się roztrzaska o pokład, kiedy nic się nie dzieje, bez widocznej przyczyny. Dorwałem lotniskowiec, na miłość boską!

– Szefostwo nie będzie na to patrzyło w ten sposób, Mick.

– Bo szefostwo to kupa cholernych starców, którzy dochrapali się swoich stanowisk w ciągu trzydziestu lat życia w pokoju.

– Nie zaczęliśmy tej wojny, Mick, nie zapominaj o tym? Szefostwo to najlepsi ludzie, jakich mamy. Admirał Spruance? Nie jest nawet lotnikiem, a zlikwidował dzisiaj trzy japońskie lotniskowce.

– On nie zlikwidował żadnych lotniskowców – odparł Mick. – To my, tacy faceci jak pan i ja, dopadliśmy lotniskowce.

– Jak powiedział dowódca, Oxerhaus, Mick – to twoje zadanie. Spruance powierzył ci zadanie, a ty je wykonałeś.
Mick się poddał. – W cholerę z tym. Muszę się napić.
– Lepiej uważaj, Mick – powiedział Watson. – Sprawa jeszcze się nie skończyła. Będziesz musiał spotkać się dziś z kapitanem okrętu.
– Tak jest, sir – powiedział Mick, wyrzucając ręce w górę w geście bezradności. Skierował się do sali odpraw. Było tam gwarno, pozostali piloci głośno przeżywali sukces operacji. Machano rękami, z minuty na minutę rósł entuzjazm dla osiągnięć eskadry, podsycany dodatkowo plotkami wyolbrzymiającymi ich znaczenie. Ktoś dostrzegł wchodzącego Micka i wszyscy rzucili się na niego, besztając go za lądowanie przy zgaszonym silniku; wiedział jednak, że darzą go szczerym podziwem. Jeden z kolegów z eskadry wskoczył na stół, stanął na jednej nodze, jak żuraw, po czym jął skakać po blacie, rozkładając szeroko ramiona, i skrzeczeć, imitując trzeszczący silnik; po chwili padł na blat i zakończył występ rozgłośnym pierdnięciem.
Wszyscy zawyli ze śmiechu. Mick wyszczerzył zęby, wciąż jednak miał ochotę się napić.
Na okrętach marynarki wojennej picie alkoholu było oficjalnie zabronione, od dawna jednak czyniono nieformalny wyjątek dla pilotów na lotniskowcach, pod warunkiem że potrafili zachować dyskrecję. Mick wyciągnął z szafki swój kubek, wydobył butelkę ze schowka i nalał sobie kolejkę. Pozostali zajęli się tymczasem kimś innym, rozochoceni przez oficera eskadry. Watson dotąd nie zszedł z góry, Mick postanowił więc się wymknąć, zanim tamten wróci.
Burbon sprawił, że poczuł znajome ciepło, rozchodzące się wzdłuż kręgosłupa. Miał ochotę na jeszcze jedną kolejkę, zdecydował jednak, że na razie się wstrzyma. Najpierw czekała go przeprawa z kapitanem lotniskowca. Co prawda kapitan „Yorktowna" był znany z upodobania do brawury i Mick spo-

44

dziewał się, że ułagodzi wściekłego Oxerhausa, a jego skarci z porozumiewawczym mrugnięciem, po czym cała sprawa skończy się poważnym ostrzeżeniem. Piloci byli zbyt potrzebni, by można było wyrzucić kogoś, ot tak sobie, zwłaszcza kogoś, kto miał na koncie trafiony lotniskowiec. Wypłukał kubek i wstawił go z powrotem do szafki, starając się nie patrzeć na inne kubki, wiszące dnem do góry, należące do chłopaków, którzy nie wrócili z akcji.

Wracając do swojej kabiny, przylegającej do sali odpraw, poczuł, że lotniskowiec zmienia kurs, zataczając szeroki łuk. Usłyszał brzęk i hałas na pokładzie; personel pokładowy ściągał pozostałe samoloty na pokład hangarowy i przygotowywał się do wysłania patrolu walki powietrznej. Z tego co wiedział, nie zlokalizowano dotąd czwartego Japończyka, a to mogło oznaczać, że jeszcze będą kłopoty.

Jego kombinezon wydzielał zmieszaną woń potu, ozonu i oleju hydraulicznego. Naprawdę marzył o prysznicu; zamiast tego jednak wybrał ostatecznie swoją koję we własnej kabinie. Jego współlokatora jeszcze nie było, na tablicy widniała jednak informacja, że został już przechwycony po wodowaniu. Wiadomo było, że przerzucą go na pokład za pomocą urządzenia linowego, gdy tylko niszczyciel ratunkowy podpłynie do „Yorktowna" burta w burtę.

Leżąc, słyszał silniki startujących samolotów patrolu walki powietrznej, osiągające pełną moc, i dudnienie kół na drewnianym pokładzie. Jeden, drugi. Do walki, tygrysy. Po chwili już spał.

Sygnał alarmowy obudził go zaledwie minutę później; tak mu się przynajmniej zdawało. Spojrzał na zegarek i przekonał się, że spał niemal od godziny. Słyszał tupot nóg na korytarzu – to załoga okrętu zajmowała stanowiska bojowe. Opadł z powrotem na koję. Podczas alarmu bojowego piloci stanowili jedynie zbędny balast; pozostawali w salach odpraw swoich eskadr lub w kabinach, podczas gdy piloci myśliwców i załogi dział przygotowywały się do odparcia ataku każdej jednostki, która zdołałaby przedrzeć się przez ochronną tarczę patrolu walki powietrznej. Przez radiowęzeł przemówił dowódca okrętu.

– Do wszystkich, mówi kapitan. Stan gotowości. Radary wskazują liczne niezidentyfikowane samoloty. Patrol powietrzny nawiąże kontakt bojowy, ale wszyscy mają być w stanie gotowości. Organizacja ruchu: usunąć wszystkie samoloty z pokładu, obsługa techniczna: opróżnić wszystkie przewody paliwa. Obsługa uzbrojenia: potwierdzam stan gotowości obronnej Zebra; patrol powietrzny „Enterprise" zameldował, że samoloty torpedowe biorą udział w ataku. To wszystko.

Samoloty torpedowe, pomyślał Mick. To wszystko? To wystarczy. Widział już, co potrafią japońskie samoloty torpedowe w Pearl Harbor. Poczuł, jak „Yorktown" drży, nabierając prędkości, aby rozpocząć zygzakowanie. „Nic to nie da, chłopcy – pomyślał. – Japończycy wiedzą lepiej, jak sobie poradzić w takiej sytuacji: płynąc, należy zataczać kręgi. Bombowiec mógłby się przedostać, ale samolotom torpedowym byłoby naprawdę ciężko".

Wentylacja się wyłączyła; maleńka kabina natychmiast zaczęła się nagrzewać. Mick zajmował pomieszczenie na prawej burcie. Nie więcej niż sto stóp dzieliło go od stanowisk dwóch dział przeciwlotniczych okrętu. Zastanowił się, czy nie przejść do sali odpraw, ale standardowym zachowaniem było jednak: po ogłoszeniu alarmu bojowego należy zostać na miejscu. Dodatkowo, przebywając w swoich kabinach, piloci unikali wybicia całej eskadry w przypadku trafienia w salę odpraw.

Zaskrzeczał telefon bezbateryjny.

– Porucznik McCarty – powiedział. – Jestem sam.

– Dobra – odparł oficer administracyjny. – Zostań na miejscu.

„Ależ tu jest echo" – pomyślał. – Odebrałem i zrozumiałem.

Położył się z powrotem na koi i czekał. Niebawem usłyszał znajomy łoskot dział niszczycieli eskortowych; po minucie rozległy się głośniejsze dźwięki, dochodzące z lekkich krążowników. Gdy samoloty nieprzyjaciela próbowały przedrzeć się przez kordon patrolu powietrznego, okręty osłaniające lotniskowiec zamknęły wokół niego szczelny krąg. Mick widział okręty eskorty rozświetlające niebo pociskami i zdawał sobie sprawę, że przynajmniej niektórym japońskim samolotom udało się przebić. Myśliwce musiały prędzej czy później zaprzestać pościgu, aby nie wlecieć w kurtynę ognia okrętowych dział przeciwlotniczych.

Westchnął, wstał z koi i założył swój aparat oddechowy, stalowy hełm i kamizelkę ratunkową. Już po chwili czuł, że spływa potem. Otworzył drzwi i wyjrzał na pusty korytarz. Na żadnym końcu nie było wodoszczelnych drzwi: woda w korytarzu oznaczała, że lotniskowiec jest już pod wodą. Wszedł z powrotem do kabiny, ale zostawił drzwi otwarte, aby wpuścić nieco więcej świeżego powietrza.

Pięciocalowe działa „Yorktowna" dołączyły do ogólnego zgiełku, powodując drżenie mebli i lamp. Hałas z dział nad głównym pokładem nasilił się, gdy dołączyły do nich baterie dział czterdziestomilimetrowych. Wydawało mu się, że słyszy wycie silnika samolotu nad pokładem startowym, ale bomba nie wybuchła. Potem usłyszał kolejny – to samo, bliski ogień dział przeciwlotniczych nad pomostami roboczymi na prawej burcie, a potem dudnienie na rufie, od którego zatrząsł się cały okręt.

Skurczybyki, trafili nas, pomyślał, ale „Yorktown" płynął dalej, a działa strzelały z tą samą mocą. Zawieszone u sufitu lampy kołysały się przy każdym wstrząsie; z wiązek kabli, biegnących pod sufitem kabiny, spływała chmura drobniutkiego pyłu. Usłyszał wycie syreny na pokładzie hangarowym, nie wiedział jednak, co to może oznaczać. Nagle uświadomił sobie, że niewiele wie o samym lotniskowcu – z wyjątkiem tego, jak dostać się do samolotu i wystartować z pokładu. Usiadł z powrotem na koi, ciągle pocąc się obficie; nie był w stanie się położyć, mając na sobie cały sprzęt ratowniczy. To było dziwne uczucie, siedzieć tak w swojej kabinie, słysząc bitwę szalejącą gdzieś nad nim, na górnym pokładzie.

Nagle stracił równowagę i przewrócił się; w uszach dźwięczał mu huk naprawdę potężnej eksplozji. Kiedy się otrząsnął, poczuł, że kabina wypełnia się dymem. Nic nie widział; po chwili uświadomił sobie, że hełm spadł mu na oczy. Spróbował wstać, ale coś było nie w porządku z pokładem – był przekrzywiony niczym zmięty dywanik, a przepierzenie w tylnej części kabiny rozpłaszczyło się nad jego ramieniem. Próbował myśleć, ale doznany szok sprawił, że szumiało mu w głowie. Mógł jedynie leżeć na podłodze, próbując zebrać się w garść.

– Uwięziony – powiedział głośno; czując, jak rośnie temperatura, a powietrze gęstnieje od dymu, wiedział, że usmaży się w tej pułapce, jeśli nie zdoła szybko wymyślić czegoś konstruktywnego.

Spróbował się poruszyć, ale gruba kamizelka ratunkowa o coś zaczepiła, unieruchamiając go. Usłyszał w korytarzu ryk uwalniającej się pary.

Coś tu jest nie tak, pomyślał. Kotły znajdują się kilkaset stóp stąd. W pomieszczeniu zrobiło się nieznośnie gorąco. Brakowało powietrza, dusił się.

„Muszę się poruszyć, poruszyć się.

Najpierw muszę zaczerpnąć tchu".

Nałożył maskę na twarz i pociągnął za linkę. Poczuł podmuch bezwonnego gazu, po czym do maski wdarł się czysty tlen.

„W porządku – pomyślał. – Teraz wydostać się z kapoka i wynosić się stąd w diabły".

Brzęcząc jak owad próbujący przepoczwarzyć się z kokonu, ruszył w kierunku drzwi, rozwiązując sznurki kamizelki ratunkowej. Drzwi wylądowały gdzieś w korytarzu; rama przybrała postać przedziwnej, powyginanej konstrukcji z metalu. Ogłuszony przez ryk pary, dobiegający z korytarza, ledwie usłyszał kolejne uderzenie bomby, głęboko po stronie sterburty. „To na pewno Val"[6] – pomyślał. Jeden z tych, które przebijają opancerzenie.

Uwolnił się wreszcie od kamizelki i wydostał z kabiny. Było tu coraz ciemniej; tylko kilka lamp bojowych rzucało żółte, przyćmione światło tu i tam. Spojrzał w górę. Nad głową zobaczył wężowe kłęby dymu, szukające ujścia. Ryk pary był głośniejszy w korytarzu, teraz jednak wydawało mu się, że dobiega z rufy, gdzieś zza wieży kontroli. Dym coraz bardziej wypełniał korytarz, przesączając się z góry i opadając na wyasfaltowany pokład, było coraz goręcej, nieznośnie gorąco. Lampy bojowe wyglądały jak żółte ślepia, mrugające złowieszczo wśród czarnych kłębów dymu.

W prawo, czy w lewo? Oto było pytanie.

Na rufie mógł spodziewać się piekła – pary, dymu, prawdopodobnie potężnego pożaru i licznych zniszczeń. Do przodu? Na końcu korytarza znajdował się co prawda pojedynczy właz, wyglądało jednak na to, że aby do niego dotrzeć, będzie musiał pokonać niejedną paskudną przeszkodę.

Na rufie rozległ się huk kolejnej eksplozji; tym razem w korytarzu pojawiła się płonąca kula ognia. Rozpłaszczył się na ziemi, zakrywając twarz i głowę ramionami; płomień przeleciał nad nim, pozbawiając go owłosienia na ramionach i głowie. Potem zniknął. Zerknął przez ramię. Dym, kłębiący się na rufie, jarzył się złowrogą, czerwoną poświatą.

Do przodu, zdecydował.

Było ciężko. Nie był w stanie wstać z powodu wirów gorącego dymu tuż nad jego głową. Za każdym razem, docierając do przejścia, musiał przerzucać się całym ciałem na drugą stronę

---

[6] Aichi D3A (alianckie oznaczenie kodowe Val) – japoński pokładowy bombowiec nurkujący z okresu II wojny światowej, jeden z dwóch użytkowanych przez państwa Osi.

– przestrzeń wolna od dymu sięgała zaledwie około dwunastu cali nad podłogę. „Jak na treningu futbolowym" – pomyślał, gdy pełz przed siebie na kolanach, podpierając się łokciami.

Wreszcie dotarł do drabinki wiodącej na górny pokład. „Gdzie u diabła są pozostali? – zastanowił się. – Czyżby wszyscy zostali uwięzieni w salach odpraw na rufie?".

Sięgnął w mroku do uchwytu włazu, spodziewając się, że zapewne jest zablokowany, mylił się jednak. Przeturlał się na plecy, a potem dźwignął na kolana, chcąc pchnąć właz.

To był wielki błąd.

W momencie kiedy pokrywa włazu odskoczyła od zrębnicy, wytworzone w korytarzu wysokie ciśnienie sprawiło, że natychmiast zatrzasnęła się z hukiem, pociągając za sobą Micka, który nie zdążył nawet zdjąć dłoni z uchwytu. Hełm spadł mu z głowy, prawe ramię uwięzło między szczeblami drabinki, wiodącej na górny pokład. Dym wypełniał wolną przestrzeń z siłą wodospadu; był na tyle gorący, aby przypalić jego lotniczy kombinezon i zdeformować maskę aparatu ratunkowego.

Usłyszał grzmot dobiegający z góry i zadarł głowę, usiłując dostrzec cokolwiek przez szybko matowiejące szkła maski. Kolumna gorącego dymu, zawierającego cząsteczki niestrawionego przez ogień paliwa, dotarła do wolnej, wypełnionej świeżym powietrzem przestrzeni, i przemieniła się w słup ognia, buchający u szczytu drabinki. Mick przywarł do jej dolnych szczebli, uświadamiając sobie nagle, że coraz gorzej mu się oddycha. Ile czasu mu zostało? Zapomniał nastawić licznik.

„Nie mogę wejść tam na górę, w ten koszmar".

„Nie mogę wrócić do kabiny".

„Nie zdołam wyciągnąć ręki z drabinki".

– Cholera – mruknął.

Czuł, że przestaje jasno myśleć. Zdał sobie sprawę, że przestał też się pocić, a to z pewnością nie było dobre – nie w takiej temperaturze. Oddychając przez maskę, miał wrażenie, że próbuje ciągnąć powietrze przez zakrzywioną słomkę. Zaczął się szarpać, próbując uwolnić ramię ze szczebli.

Gorąco. Tak cholernie gorąco.

I nagle udało się. Uwolnił się z takim impetem, że przeleciał w powietrzu i uderzył całym ciałem o stalową podłogę przedsionka. Kołki mocujące drabinki trzymały mocno, obluzowały się jednak, gdy potężny wybuch gdzieś w dole spowodował oberwanie uchwytów.

Torpeda.

Tym razem ogromny okręt przechylił się na bok; w tym momencie uderzenie drugiej torpedy wyzwoliło przepływ energii tak potężny, że Mick poczuł go całym sobą.

Nagle znalazł się pod wodą – słup gazów, wyrzucony ponad pokład startowy przez pierwszą torpedę, sprawił, że potężna masa wody runęła w głąb okrętu i dosłownie wymyła go z przedsionka, rzucając nim po korytarzu niczym pijanym pająkiem. Zatrzymało go wreszcie paskudnie bolesne zderzenie z progiem włazu.

Spróbował złapać oddech, ale pochłaniacz właściwie już nie funkcjonował. Spojrzał w górę: słup ognia zgasł. Zdawał sobie sprawę, że ma zaledwie minutę. Pełznął do drabinki jak krab po zalanym ciepłą, słoną wodą korytarzu, wgramolił się na nią, dotarł do przedsionka, po czym wyturlał na pokład startowy niczym worek kartofli. Z włazu ponownie wystrzelił słup ognia o wysokości trzydziestu stóp. Mick ślizgał się po przekrzywionym pokładzie – ogromny okręt przechylił się na lewą burtę. Wpadł między łańcuchy mocujące do pokładu jeden z samolotów, dziesięć stóp od pomostu roboczego na lewej burcie.

Ściągnął z twarzy maskę i odetchnął morskim powietrzem, przesyconym dymem z pobliskich baterii preciwlotniczych, wciąż rażących pociskami. Otarł oczy i spojrzał na morze. Nadlatywał kolejny samolot torpedowy. Lewą stopę miał wciąż zasupłaną w łańcuch, mógł więc tylko patrzeć z fascynacją, jak smugi ciągnące się za pociskami nikną w zetknięciu z powierzchnią wody kilka tysięcy stóp od lewej burty i wznosić okrzyki triumfu, widząc, jak samolot zamienia się w rozżarzo-

ną do białości kulę ognia, trafiony pociskami z dwudziestomilimetrowych dział. Jedyny ocalały fragment samolotu, silnik
gwiazdowy z wciąż podłączonym do niego śmigłem, spadł na
pokład okrętu i potoczył się po pasie startowym, wydając grze-
chot niczym ostrze piły, zaledwie piętnaście stóp od miejsca,
w którym znajdował się Mick. Kręcące się śmigło wygryzało
wielkie kawały drewna z powierzchni pokładu; jeden z nich
uderzył go w ramię, nim silnik przetoczył się dalej.

Mick leżał na plecach, śmiejąc się histerycznie. Kiedy znalazł go jeden z członków ekipy strażackiej leżał z kolanami
podciągniętymi w górę, pod podziurawionym jak rzeszoto my-
śliwcem, zaśmiewając się na myśl o ostatnim locie oderwanego
śmigła.

– Cholerny, popieprzony lotnik – mruknął jeden z marynarzy z obsługi technicznej, gdy kładli go na noszach. Nad jego
głową zamajaczyły maszty krążownika, który podpłynął, aby
zabrać rannych z pokładu.

ROZDZIAŁ TRZECI

Pearl, wrzesień 1942 r.

Dwa i pół tygodnia po koszmarnej klęsce koło wyspy Savo ci, którzy przeżyli, zdołali wrócić do Pearl. Wszyscy ocaleni członkowie załóg czterech zatopionych krążowników zostali zabrani do Espiritu Santo, prowizorycznej bazy logistycznej na wyspie w pobliżu Guadalcanal. Tam załadowano ich na pokład jednego z przerobionych na transportowce statków pasażerskich, wykorzystywanych do przewożenia posiłków dla Guadalcanal. W trakcie transportu zmarło kolejnych sześćdziesięciu siedmiu ludzi, których pochowano w morzu. Oznaczało to, że podczas całej podróży do Pearl ceremonie pogrzebowe odbywały się co trzeci dzień. Marsh miał uczucie, że zostawiają za sobą ślad w postaci pokrytych krwią pogrzebowych całunów, obciążonych cegłami z okrętowej kotłowni, który biegnie za nimi przez cały południowy Pacyfik.

Spośród prawie tysiąca dwustu marynarzy na „Winstonie" niemal czterystu zginęło lub zaginęło i zostało uznanych za zmarłych. Podobne straty odnotowano na pozostałych okrętach. Ponieważ transport obejmował ocalałych z wszystkich czterech jednostek, minęło kilka dni, zanim udało się dokonać stosownych obliczeń. Najstarszym rangą oficerem z „Winstona", który przeżył, był zastępca dowódcy, komandor Jerry

Wilson. Komandor McClain został rozerwany na strzępy przez pocisk, który uderzył bezpośrednio w mostek kapitański. Jego zastępca podzielił rozbitków z okrętu „Winston" na trzy grupy: sprawnych fizycznie oficerów, podoficerów i marynarzy; rannych, objętych opieką ambulatoryjną i ciężko rannych. Marsh trafił do grupy drugiej – był w stanie kuśtykać, choć ręce miał właściwie niesprawne. Okazał się najstarszym rangą wśród ocalałej załogi obsługującej działa, co stanowiło pewien przyczynek do refleksji, gdy dowiedział się, że spośród trzystu ludzi należących do tej grupy przeżyło zaledwie stu pięćdziesięciu. Ciała pozostałych leżały na dnie morza u wybrzeży wyspy Savo lub znalazły wieczny spoczynek we wrakach zatopionych okrętów. Oto, jak się kończy przegrana bitwa morska, podsumował ten fakt zastępca dowódcy: w przeciwieństwie do armii lądowej, marynarka nie korzysta z opcji odwrotu i przegrupowania.

Lekarze ze szpitala marynarki wojennej weszli na pokład, aby ocenić stan rannych, gdy tuż po zachodzie słońca okręt zacumował przy nabrzeżu 1010 w Pearl Harbor. Władze wojskowe zadecydowały o umieszczeniu rozbitków w barakach kompleksu mieszkalnego przy Hickam Field, w pobliżu Hospital Point. Marsh otrzymał zadanie eskortowania najciężej rannych, którzy mieli iść do szpitala. Lekarze okrętowi założyli mu na ręce opatrunki gipsowe, nie mogli natomiast użyć specjalnie jego kolanom, które po prostu zabandażowali. Szpital okazał się dramatycznie przepełniony. Brakowało ambulansów i część chorych trzeba było przewozić na pakach wojskowych furgonetek.

Zapach szpitala stał się wyraźny, gdy tylko zaparkowali przed budynkiem. Charakterystyczną słodką woń hawajskich kwiatów, kołysanych przez wiatr drzew palmowych, i łagodnego morskiego powietrza stłumił odór środków dezynfekujących, wymiocin, swąd spalonej skóry i ciężki smród ropy, który wciąż unosił się nad Pearl Harbor. Choć od ataku minęło niemal osiem miesięcy, ślady po nim były wciąż widoczne w zatoce, nad którą górowały szczątki pancernika „Arizona", czerniejące na tle konturów wyspy Ford.

Pracownicy personelu medycznego, którzy powitali ich przy drzwiach, sami wyglądali niczym ofiary bombardowania. Lekarze, pielęgniarki i aptekarze o szarych twarzach i podkrążonych oczach obserwowali nadjeżdżające ciężarówki pełne rannych z wyrazem zmęczenia. Mężczyźni wchodzili ostrożnie, starając się nikogo nie potrącić ani nie urazić. Wewnątrz budynku smród był jeszcze trudniejszy do zniesienia. Personel szpitalny zarządził przyniesienie stołów z kantyny oficerskiej, ponieważ zabrakło noszy, i większość nowo przybyłych układano na nich w głównym holu. Nie mogąc posługiwać się rękami, Marsh stał w miejscu, „nadzorując" działania pozostałych. We wszystkich oknach wisiały zasłony zaciemniające, co sprawiało, że w środku było jeszcze duszniej. Od strony zatoki, tam gdzie ściany zostały rozorane przez kule karabinów maszynowych, okna były pozabijane deskami.

– Japończycy traktują karabinami maszynowymi nawet szpital – zwrócił się Marsh do jednego z medyków.

– Akurat zabrakło im bomb – odparł mężczyzna gorzko. – Witamy w Pearl.

Dwa tygodnie później Marsh został wezwany do kwatery głównej na przesłuchanie przed komisją śledczą. Jego nadgarstki się goiły, ale pogruchotane kolana sprawiały, że poruszał się z dużym trudem. W ciągu dnia nie było najgorzej, w nocy jednak zacinały się niczym zardzewiałe zawiasy, przez co każdy poranek był prawdziwą męką. Skuteczne środki przeciwbólowe zarezerwowano dla leżących w szpitalu najciężej rannych. Jemu przysługiwał jedynie preparat PC, zawierający kofeinę, w nocy miał więc do wyboru leżeć bezsennie lub próbować zasnąć mimo palącego bólu kolan. Gdy zasypiał, śniły mu się koszmary, kończące się zawsze tak samo: widokiem ogromnej, czarnej sylwetki „Winstona", który przewraca się na niego. Gdy wezwano go do złożenia zeznań, był wykończony fizycznie i psychicznie.

Marsh sądził, że zostali odesłani do Pearl Harbor, aby zregenerować siły i wyzdrowieć. W przypadku marynarzy była to prawda. Oficerowie jednak pracowali od świtu do nocy, próbując uporać się z następstwami utraty ciężkiego krążownika. Spośród siedemdziesięciu dwóch oficerów ocalało czterdziestu jeden, z tego dwunastu przebywało w szpitalu. Pozostali byli nieustannie zajęci odtwarzaniem raportów operacyjnych, pisaniem listów kondolencyjnych, inwentaryzowaniem sprzętu i odwiedzaniem leżących w szpitalu kolegów, aby upewnić się, że ci ostatni nie zagubili się w chaosie wojskowej placówki medycznej. Jednocześnie każdy z nich robił co mógł, aby poradzić sobie z osobistymi problemami. Marsh, jako kawaler, spędził większość dorosłego życia na okręcie. Był to wspaniały sposób na oszczędzanie pieniędzy, zarazem jednak, z chwilą gdy „Winston" poszedł na dno, stracił wszystko, co miał. Musiał teraz zdobyć nowe mundury, bieliznę, buty, emblematy, kartę identyfikacyjną, książeczkę racji żywnościowych, a następnie sporządzić wykaz wszystkich rzeczy osobistych, które utracił w związku z zatopieniem okrętu. Po dwóch tygodniach takich czynności był prawie gotów powrócić do stosunkowo prostych w porównaniu z tym wacht okrętowych u wybrzeży wyspy Savo.

Prawie, ale nie do końca.

Nie był szczególnie dumny ze swoich dokonań pod Savo. Wszyscy zastanawiali się, co by się stało, gdyby „Winston" miał jednak szansę stawić czoła zaprawionej w bojach flocie japońskiej. Japończycy mieli dużą bazę w Rabaulu, u szczytu łańcucha Wysp Salomona, co w żargonie taktycznym oznaczało, że dysponują wewnętrzną linią obrony. Następnej nocy po amerykańskim lądowaniu na Guadalcanal cztery krążowniki i grupa niszczycieli mogły przekonać się, co to oznacza. Tymczasem nastał wrzesień, a amerykańska marynarka wojenna ciągle prowadziła działania w obszarze Wysp Salomona, po długim i trudnym okresie komplikacji logistycznych. Marsh zdawał sobie sprawę, że dotąd w tej wojnie Amerykanie dwukrotnie dostali po tyłku – raz w Pearl Harbor i drugi raz pod Savo. Jednostki znajdujące się w tym rejonie były nieustannie narażone na ataki samolotów, alarmy spowodowane faktyczną lub błędnie rozpoznaną obecnością okrętów podwodnych, a także na ogień japońskiej artylerii nadbrzeżnej. Japończycy wciąż nadpływali przez „Szczelinę" w poszukiwaniu obiektów ataku, co oznaczało konieczność ogłaszania na wszystkich jednostkach nocnych alarmów bojowych, napinających nerwy załóg do granic wytrzymałości.

Oczywiście, żołnierze piechoty morskiej na wybrzeżu Guadalcanal mieli gorzej. Okręty amerykańskie mogły wycofać się z rejonu, w którym spodziewano się nocnej wizyty z Rabaulu. Marines mogli jedynie zakopać się głębiej w błocku Guadalcanal, gdy na brzegu rozpoczynał się ostrzał, kuląc się tuż przy ziemi pod piekielnym ogniem pożarów, wzniecony przez płonące samoloty i sprzęt bojowy. Ludzie, którzy tam byli, snuli opowieści o żołnierzach przypominających zombi, wypełniających z bunkrów o poranku, by stwierdzić, że Henderson Field, dosłownie wydarte dżungli przez Japończyków, stało się zbiorowiskiem wielkich jak baseny pływackie kraterów i płonących części samolotowych. A więc nie, stwierdził, tak naprawdę nie był gotowy, żeby tam wrócić, choć wiedział, że to nieuchronne.

Odkrył, że siedzenie przy długim zielonym stole przed komisją śledczą nie jest przyjemne. Stół był rzeczywiście zielony. Zabrano go z kantyny oficerów i nakryto zielonym suknem. Członkowie komisji siedzieli po jednej, a samotny zeznający – po drugiej stronie. Celem przesłuchania miało być „dochodzenie" w sprawie okoliczności utraty USS „Winstona" i innych krążowników – słowo „utrata" było tu pojęciem operacyjnym. Marsh sądził, że słowo to odnosi się do faktu, że okręt został utracony w morzu podczas walki, wyglądało jednak na to, że mroczni komandorzy, zasiadający w komisji, podchodzą do tego raczej w stylu: Jest pan jednym z oficerów, którzy utracili „Winstona". „Utracili" – strona czynna czasownika. Chcemy wiedzieć, dlaczego to zrobiliście.

Komisji przewodniczył kontradmirał Floty Pacyfiku, który jednak mówił niewiele. Pozostali byli komandorami marynarki wojennej, i to oni zadawali większość pytań. Będąc jedynie porucznikiem, Marsh nie znajdował się w centrum zainteresowania komisji, musiał jednak odpowiedzieć na mnóstwo pytań dotyczących wymiany ognia, kontroli strat, informacji posiadanych przez dowództwo na temat pozycji nieprzyjaciela, stanu wyposażenia „Winstona" – czyli w jego przypadku baterii pięciocalówek – i ogólnego stanu gotowości okrętu. Czy załoga była zmęczona? Czy przyczynił się do tego system wacht? Czy zostali odpowiednio przeszkoleni do walki w nocy, a jeśli tak, to jak często odbywały się ćwiczenia? Czy system kontroli strat był dobrze zorganizowany i skuteczny, a może załoga po prostu rozproszyła się bez ładu i składu, gdy nastąpił atak?

Marsh odpowiadał, jak umiał najlepiej, podświadomie broniąc reputacji okrętu i jego załogi. Oczywiście, że mieli problemy. Każdy okręt je miał – awarie maszyn, niedostateczne wyszkolenie, brak części zamiennych, świeżej żywności, fizyczne wyczerpanie po ośmiu miesiącach nieustających walk – starał się to wszystko przedstawić najbardziej wiarygodnie. Wyraz twarzy członków komisji wskazywał jednoznacznie, że inni oficerowie z „Winstona", którzy zeznawali przed nim, przyjęli tę samą taktykę, ale komisja nie wydawała się tym zbytnio przejęta. Przypuszczał, że w gruncie rzeczy chodzi o to, aby dowiedzieć się, jakie było morale załogi i czy nie utracono ducha walki. Jako kapitanowie, sprawujący dowództwo, mieli prawo oczekiwać równego zaangażowania w obronę okrętu od własnych oficerów i załóg.

Po trzech godzinach komandor, który go przesłuchiwał, zapytał, czy Marsh ma cokolwiek do dodania.

Znowu zdrętwiały mu kolana. Chcąc jak najszybciej opuścić salę, Marsh zaprzeczył. I wtedy go zaskoczyli.

– Poruczniku Vincent, mam pytanie – powiedział przewodniczący. Marshowi wydawał się wręcz zgrzybiałym staruszkiem, ale spojrzenie jego niebieskich oczu było bystre, a wzrok przeszywał Marsha na wylot niczym japońskie szperacze.

– Tak, sir?

– Czy pominął pan cokolwiek, relacjonując swoje działania od chwili opuszczenia okrętu?

Marsh próbował zebrać myśli, zastanawiając się, czy może mu grozić jakaś nieznana pułapka prawna. Wciąż odczuwał wstyd, że dołączył do przerażonego tłumu ścigającego się do lin ratunkowych, szczególnie że komisja pytała go wcześniej o rolę, jaką odegrali oficerowie w organizacji akcji ewakuacyjnej.

– Nie wydaje mi się, panie admirale – powiedział.

Przewodniczący odchylił się do tyłu na krześle. – Komisja otrzymała informację – powiedział – że wrócił pan na „Winstona" tuż przed tym, jak okręt się przewrócił. Czy to prawda?

– Eee, no, tak, sir.

– Proszę nam opisać tę sytuację.

Marsh opowiedział, jak usłyszał stukanie w pokrywę włazu, wrócił, żeby ją otworzyć, a potem wszyscy razem uciekli ile sił w nogach, aby nie dać się wessać w głębinę wraz z tonącym okrętem.

– Jak się to panu udało mimo połamanych nadgarstków i kolan?

– To były tylko zwichnięte rzepki, sir – odpowiedział Marsh.
– Pamiętam, że doczołgałem się na łokciach na pokład, a potem kopałem klucz nogami, żeby obluzować śruby zawiasów.

Niektóre z nich wypadły same pod wpływem eksplozji, nie było więc tak źle, jak mogłoby to wyglądać.

– Dlaczego po prostu nie otworzył pan włazu?

– No cóż, w tym celu musiałbym użyć rąk, sir. Poza tym koło otwierające właz było zdeformowane. Myślę, że w przeciwnym razie zdołaliby wydostać się sami.

– W rzeczy samej – powiedział admirał. – Ale nie zdołali. To pan ich wyciągnął. Wrócił pan na pokład i wyciągnął ich. Mam rację?

Marsh zastanowił się przez chwilę, widząc, dokąd zmierza ta rozmowa. – Sir – powiedział – kiedy wydostałem się na pokład, byłem śmiertelnie przerażony. Okręt był bez wątpienia skazany na zagładę, chodziliśmy po grodziach, a nie po pokładzie. Japończycy wymierzyli w nas jeden ze swoich potężnych szperaczy. Czułem się, jakby był skierowany bezpośrednio we mnie; potem otworzyli ogień i myślałem, że umrę ze strachu. Widziałem, że inni pomagają kolegom przy linach ratunkowych, ale ja? Nie byłem w stanie myśleć. Nie byłem w stanie czekać. Nie pomogłem nikomu. Ześliznąłem się po linie jak szczur, kiedy zaczęli walić w nas z ośmiocalówek.

– Do czego pan zmierza, poruczniku?

– No cóż, moim zdaniem, panie admirale, fakt, że wróciłem na pokład po prostu równoważy drugi fakt, że jako oficer wyróżniłem się jedynie wygraną w wyścigu: kto pierwszy do wody.

Marsh nie był w stanie patrzeć im w twarze, z drugiej strony czuł jednak ulgę. Wciąż palił go wstyd na myśl o tamtej ucieczce.

– Panie Vincent – powiedział cicho admirał – w tej sytuacji miał pan pełne prawo się przerazić. To nie czyni pana tchórzem. Odwaga przejawia się w wielu rzeczach; to co pan zrobił, było nie tylko odważne, to było bohaterskie. Czy rozumie pan różnicę?

Marsh potrząsnął głową.

– Odwaga pozwala nam działać w sytuacji podbramkowej. O bohaterstwie możemy mówić w przypadku osoby śmiertelnie przerażonej – jej mózg woła wielkim głosem „Uciekaj!”, a mimo to ta osoba, podobnie jak zrobił to pan, zawraca na pięcie i rusza na pomoc innym, którzy naprawdę jej potrzebują. Innymi słowy, panie Vincent, zachował się pan wzorowo.

No cóż, pomyślał Marsh, to brzmi nieźle – ciągle jednak zastanawiał się, czy gdyby pozostał na pokładzie, udałoby mu się uratować kilku chłopców więcej. – Dziękuję, sir.

– Doskonale, panie Vincent. Jeśli członkowie komisji nie mają więcej pytań, to wszystko, sir.

– Dziękuję, sir.

– Może pan odejść, poruczniku – powiedział jeden z komandorów, widząc, że Marsh nie rusza się z miejsca.

– Tak jest, komandorze – odparł Marsh – tylko kolana odmówiły mi posłuszeństwa.

Kapitan wstał, obszedł stół dookoła i pomógł Marshowi wstać i utrzymać się na nogach. Drugi wziął go pod drugie ramię i wspólnie ruszyli. Marsh czuł się jak dziecko. Był zawstydzony i chciał jak najszybciej zniknąć im z oczu.

Tego popołudnia po lunchu spotkał się z komandorem Wilsonem, zastępcą dowódcy „Winstona", który wyszedł z opresji w stosunkowo dobrym stanie, przynajmniej fizycznie. Jako komandorowi, przysługiwał mu własny pokój w kwaterze oficerów. Gdy Marsh zapukał i wszedł, Wilson siedział przy biurku, na którym piętrzył się stos papierów. Patrzył na pierścień Akademii Marynarki Wojennej, leżący na blacie. Zewnętrzna strona lśniła złotem; wnętrze było czarne. Spojrzał na Marsha.

– Muszę to jakoś wyczyścić – wskazał na pierścień. – Nie mam bladego pojęcia, w jaki sposób.

Marsh dostrzegł, że komandor ma na palcu, podobnie jak on, własny pierścień. – Czyj to? – zapytał.

– Kapitana – odparł Wilson. – Zdjąłem mu go z palca, kiedy schodziliśmy z okrętu. Mam zamiar odesłać go jego żonie, Helen. Ten czarny nalot to wszystko, co z niego zostało.

– Aha – mruknął Marsh. – Jest pan pewien, że to jego?

– Nie byłem pewien, kiedy go zdejmowałem – odparł komandor – choć dłoń spoczywała na szczątkach kapitańskiego fotela. Potem, gdy miałem dość czasu, żeby mu się przyjrzeć dokładniej, udało mi się odcyfrować imię i nazwisko, wygrawerowane w środku.

Dłoń. Marsh przełknął ślinę. – Czy nie da się tego po prostu zmyć?

– Zapewne – odparł Wilson.

Nagle Marsh zdał sobie sprawę, że Wilson wygląda, jakby był myślami gdzie indziej. Oczy miał podkrążone, przez twarz przebiegały mu nerwowe tiki. Malował się na niej charakterystyczny wyraz, który zaczynał już rozpoznawać, określany przez korespondentów wojennych mianem „pustego spojrzenia". – Tak naprawdę, przede wszystkim zastanawiam się, co mam napisać w liście.

Marsh zaczynał wszystkie listy kondolencyjne od standardowej formułki, stosowanej przez Marynarkę Wojenną, do której dodawał kilka bardziej osobistych uwag, o ile znał poległego na tyle dobrze, by wiedzieć o nim cokolwiek. W jego dziale było ponad trzystu ludzi, nie miał więc szans poznać wszystkich osobiście. Rozumiał, że oficjalne formułki wojskowe z pewnością nie załatwią sprawy, gdy w grę wchodził list do żony kapitana, zwłaszcza z dołączonym do niego TYM pierścieniem. Widząc, że zastępca dowódcy jest psychicznie wyczerpany, szybko podjął decyzję.

– Może pozwoli pan, że ja go wyczyszczę, komandorze – powiedział.

Wilson podał mu pierścień, nie patrząc na niego; po twarzy widać było, że w myślach przeżywa na nowo tamtą straszliwą noc na pokładzie „Winstona". Marsh zabrał pierścień do ogólnodostępnej łazienki i próbował zmyć z niego zaschniętą krew pod strumieniem gorącej wody. Potem poszedł do swojego pokoju, odnalazł starą szczoteczkę do zębów i wrócił z nią do łazienki, by szorować dalej. Symbole akademii i rocznika kapitana były prawie całkowicie zatarte, ledwie widoczne. Wprawiony w pierścień nefryt zmatowiał i pękł pośrodku. Dziwnym trafem nazwisko kapitana, wygrawerowane pajęczastym pismem po wewnętrznej stronie pierścienia, było doskonale widoczne.

Marsh próbował sobie wyobrazić reakcję wdowy, gdy listonosz przyniesie jej list wraz z pamiątką po mężu. A może tak się nie stanie – może komandor przekaże pierścień któremuś z kolegów kapitana z San Diego, aby dostarczył jej osobiście? A jak to świadczyło o Wilsonie? Zapewne wspiął się na zrujnowany mostek, by sprawdzić, czy ktokolwiek przeżył uderzenie pocisku. Mimo rozgrywającego się wokół koszmaru, miał dość współczucia i przytomności umysłu, aby pomyśleć w takiej chwili o wdowie po kapitanie.

Wielki człowiek.

Gdy Marsh przyniósł pierścień z powrotem, padło pytanie, jak sobie radzi?

– Nadal kuleję, sir – odparł – ale z pewnością miewam się lepiej niż wielu innych.

– Z pewnością – rzekł Wilson. – Wie pan, zadzwonił do mnie jeden z członków komisji i opowiedział, jak zawrócił pan na pokład, żeby wyciągnąć tamtych ludzi. Jak to się stało, że dotąd o tym nie słyszałem?

– Podobnie jak ja nie słyszałem dotąd, że wrócił pan na mostek, komandorze – odparł Marsh.

Zastępca dowódcy zamrugał i uśmiechnął się. – Zabawne, do czego jesteśmy zdolni, gdy sytuacja staje się rozpaczliwa, prawda? Jak by nie było, został pan zgłoszony do odznaczenia.

Tym razem to Marsh musiał się uśmiechnąć. – Tylko tego panu brakowało, sir – powiedział. – Więcej papierologii.

– Nie mam nic przeciwko takiej papierologii, Marsh – odparł tamten. Podniósł pierścień do góry. – Ale to...

Marsh wrócił z bazy do szpitala, zahaczając po drodze o kantynę oficerską, gdzie zjadł kolację. Kierownik zdołał jakimś cudem utrzymać dostawy świeżych warzyw i owoców z położonych na wyspie gospodarstw rolnych; Marsh starał się jadać je przynajmniej raz dziennie. Nie był także jedynym kulejącym oficerem. Przy drzwiach wejściowych stały laski, aby ci mniej sprawni nie musieli przytrzymywać się stolików. On używał dwóch. Zapytał też kierownika, czy może „pożyczyć" sobie jedną parę. Ten zaprzeczył, potem rozejrzał się dookoła i kazał mu przynieść je z powrotem, zanim odpłynie.

W kantynie było tłoczno jak zwykle, zarówno w sali jadalnej, jak i przy barze. Marsh nigdy nie miał zbyt tęgiej głowy, dołączył więc do innych oficerów z „Winstona", siedzących przy stole w kącie sali, którzy wymieniali się opowieściami o swoich przesłuchaniach przed komisją. Zauważył, że za jego plecami cichnie gwar – zupełnie jakby stał za nim sam Nimitz.

– O, do jasnej – powiedział Billy Renton, jeden z oficerów mechaników. – Spójrzcie tylko na nią!

Marsh odwrócił się na krześle i niemal z niego spadł. Przez jadalnię przechodziła właśnie grupka pielęgniarek i lekarzy. Wśród nich znajdowała się Gloria Hawthorne, ubrana w uniform pielęgniarki wojskowej, w którym wciąż wyglądała jak miss świata. Marsh gapił się na nią, jak wszyscy mężczyźni w kantynie, przez kolejnych kilka sekund, aż dotarła do jednego ze stolików na zadaszonym patio w pobliżu bufetu, zwanym z hawajska *lanai*. Patrzył za nią, choć już zniknęła w oddali, owładnięty falą wspomnień.

Gloria Hawthorne.

W akademii dzielił pokój z Williamem „Tommym" Lewisem i Mickiem „Bestią" McCartym. Cała trójka zaprzyjaźniła się po pierwszym roku na tyle, by wspólnie umawiać się na spotkania z dziewczynami w Annapolis. Miało to sens, ponieważ żaden z nich nie miał zbyt dużo pieniędzy, w grupie zaś łatwiej było podzielić się kosztami. Pewnej soboty Tommy przedstawił im Glorię, i przez kolejne dwa i pół roku Ślicznotka i Bestia stawali na głowach, by odbić ją koledze. Już wtedy, jako dwudziestokilkuletnia studentka szkoły pielęgniarskiej w Penn, była prawdziwą pięknością i miała całą ich trójkę na każde skinienie. Była dwa lata starsza od Tommy'ego, dorównywała mu wzrostem, miała błyszczące czarne włosy, twarz hollywoodzkiej aktorki i wspaniałe ciało.

Tommy był w ich grupie tym najdojrzalszym i najbardziej statecznym – przy tym zaś był tak przystojny, jak Marsh pospolity. Bestia, niezwyciężony mistrz sportu, wciąż robił kolejne podejścia, nieodmiennie natykając się na mur eleganckiej i chłodnej rezerwy. Marsh trzymał się na ogół na uboczu, ograniczając się do wysyłania tęsknych spojrzeń w kierunku dziewczyny. Ostatecznie Tommy zwyciężył w tej rozgrywce i zdobył najwyższą stawkę – serce Glorii. Pobrali się zaraz po skończeniu akademii, w lipcu 1932 roku. Od tej pory minęło prawie dziesięć lat – przez cały ten czas, od dnia ślubu, nie spotkali się ani razu.

Siódmego grudnia ubiegłego roku Marsh dowiedział się, że Tommy był starszym mechanikiem na USS „Arizona". Teraz zaś spoczywał jako jedna z 1177 ofiar, pogrzebanych we wraku okrętu. Marsh pamiętał, że widząc jego nazwisko na liście poległych, zastanawiał się, czy on i Gloria byli wciąż małżeństwem, gdy zginął. Nigdy nie przyszło mu do głowy, że ona także mogła znaleźć się w strefie działań wojennych. Zastanawiał się przez chwilę, czy nie podejść i nie przywitać się z nią, ale zrezygnował. Pewnie nie poznałaby go w tym żałosnym stanie, w jakim się znalazł, a to byłoby naprawdę krępujące. Wyglądałby jak ci wszyscy okropni nudziarze, próbujący poderwać piękną kobietę. Być może, pocieszył się, spotka ją jeszcze w szpitalu.

Miesiąc później Marsha spotkało podwójne zaskoczenie: awans na komandora porucznika i medal Srebrnej Gwiazdy. Taki awans w epoce przedwojennego kryzysu zasługiwałby na miano szybkiego, ale to już nie były te czasy. Marsh wiedział, że jest to głównie efekt strat, jakie poniesiono u wybrzeży Wysp Salomona, a nie błyskotliwego rozwoju jego kariery.

Dowódca Floty Pacyfiku uznał, że pora rozdzielić załogi krążowników utraconych pod Savo. Z reguły załogi zatopionych okrętów wysyłano razem do obsadzenia nowej jednostki, jako już istniejący, zgrany zespół. Tym razem, w obliczu koszmarnych strat poniesionych pod Savo, było to po prostu niemożliwe; wraz z awansem otrzymał rozkaz podjęcia obowiązków na nowiutkim niszczycielu USS „Evans", przygotowywanym właśnie do wypłynięcia w morze w stoczni marynarki wojennej w Bostonie. Marsh nie mógł się już doczekać, kiedy opuści Pearl. Glorii Lewis nie spotkał więcej.

ROZDZIAŁ CZWARTY

– No dobra, chłopaki, jesteśmy. Lotnisko Międzynarodowe Hendersona. Nie widzę dymu, nie widzę pożarów, nie widzę Zer, bądźcie więc w pogotowiu.

Mick puknął dwukrotnie w mikrofon radia, aby potwierdzić odbiór; to samo zrobili piloci pięciu pozostałych samolotów mieszanej sekcji. Rzeczywiście, było już je widać – Lotnisko Hendersona na zapomnianej przez Boga wyspie Guadalcanal. Lecieli wzdłuż wybrzeża w kierunku południowym, przygotowując się do podejścia od prawej strony. Na zachodzie widniał wierzchołek góry Austen, w oddali za nim majaczył łańcuch Kavo. Lotnisko wyglądało jak ciemnoczerwona blizna na tle jaskrawej zieleni dżungli. Druga „blizna" wyzierała spośród tropikalnej roślinności równolegle do pierwszej.

– Gdzie „pagoda"? – spytał ktoś.

– Rozebrali – odparł dowódca plutonu. – Japończycy wykorzystywali ją jako cel na lotnisku. Zeszłej nocy był tu atak artyleryjski, słyszeliśmy, jak mówią, żeby trzymać się na lewo od linii środkowej.

„Widać, że tu byli" – pomyślał Mick. Powierzchnię lotniska pokrywały czarne kratery; niektóre zdążyły już wypełnić się wodą. Na głównym pasie startowym widać było spychacze batalionów budowlanych, wypełniające jamy czerwoną ziemią.

– Czy spychacze zjadą na bok? – zapytał ktoś inny.

– Nie – odparł lakonicznie dowódca. – Macie je wyminąć, jak najostrożniej. Starajcie się uważać, żeby wami nie zarzucało na ziemi; zepsujecie nawierzchnię i narazicie się budowlanym.

„Ominąć spychacze – pomyślał Mick. – Super. To dopiero będzie ciekawe w trakcie dobiegu, zwłaszcza z czterema pięćsetfuntowymi bombami, podczepionymi pod skrzydła". Był jedynym pilotem marynarki wojennej w tej grupie. Pozostali należeli do marines. Otworzył klapy i czekał, aż dowódca rozpocznie podejście. Siedział za sterem bombowca Dauntless Avenger, bez tylnego strzelca na pokładzie. Dwie godziny wcześniej wystartowali z lotniskowca „Hornet", aby zastąpić samoloty zniszczone przez nocny wypad sił japońskich z bazy w Rabaulu – jeden z tych, które marines określali mianem „Tokio Express".

Oficjalnie Mick występował jako „sierota", pilot pozbawiony jednostki macierzystej. Gdy „Yorktown" zatonął pod Midway, eskadry znajdujące się na pokładzie przydzielono na inne lotniskowce lub podzielono, jeśli straciły zbyt wiele samolotów. Micka wysłano, prawdopodobnie na polecenie Oxerhausa, do bazy rezerwy – jak określały ją „sieroty" – Stacji Lotniczej Korpusu Marines Kanehoe na wyspie Oahu. „Sierotami" nazywano pilotów, którzy utracili samoloty na zatopionych lotniskowcach lub czekających na przydział nowych, które miały przypłynąć ze wschodu. Mick spędził jakiś czas w Pearl, lecząc rany, szybko jednak wrócił do formy. Długi okres wyczerpujących walk na Guadalcanal dochodził do punktu kulminacyjnego, co oznaczało, że będą tam potrzebne samoloty i piloci. „Sieroty", którymi można było obsadzić bombowce i myśliwce, były więc mile widziane, i kiedy dwaj pułkownicy piechoty morskiej przyjechali do Pearl z Makalapa, szukając ochotników, Mick podniósł do góry zabandażowane ramię, mówiąc, że wcześniej pilotował dauntlessa i że mu się nudzi.

– Możemy coś na to poradzić – zapewnił go jeden z pułkowników. – Kiedy może pan wyruszyć?

– Zaczynamy podejście – powiedział dowódca i skręcił ostro w prawo, w kierunku północno-zachodnim. Mick zaczekał na swoją kolej, a potem dołączył do spiralnej kolumny samolotów, schodzących na pas startowy. Jedynym naprawdę niebezpiecznym aspektem tego lądowania, nie licząc lejów i ruchomych spychaczy, były umieszczone pod skrzydłami samolotu bomby przeciwpancerne. Gdyby miał lądować na lotniskowcu, zrzuciłby je przed rozpoczęciem manewru, ale kierownik lotów na USS „Hornet" był nieugięty: z jakiegoś powodu ktoś z dowództwa uparł się wręcz desperacko, by przetransportować je na Guadalcanal. Mick został poinformowany, że ma wylądować z bombami na pokładzie. Nie był pewien, do czego marines mają zamiar wykorzystać bomby przeciwpancerne – spodziewał się, że utoną bezowocnie w grząskim błocie, ale rozkaz, to rozkaz.

Przed sobą widział ogromną, czarną chmurę burzową, przesłaniającą popołudniowe słońce nad cieśniną Żelaznego Dna, jak nazywali ją marynarze, widoczną na północnym zachodzie. Wyrównał lot, powtórzył poniewczasie w myśli procedurę lądowania i posadził samolot na pasie startowym, wypatrując ruchomych spychaczy w chmurze pyłu, wznieconej przez lądującą maszynę. Próbował nie myśleć o bombach. Nie są uzbrojone, powtarzał sobie. Zapalniki leżały na tylnym siedzeniu. Gdyby któraś z bomb się oderwała, mogłaby co najwyżej wystraszyć śmiertelnie operatorów spychaczy.

Po dobiegu i kołowaniu, podczas którego prowadził go pomalowany w szachownicę lotniskowy dżip, doprowadziwszy samolot do prowizorycznej płyty do parkowania, Mick wyłączył silnik. Gdy wysiadał, otoczyła go obsługa lotniska, wypytując o problemy techniczne i upewniając się, że bomby nie są uzbrojone. Po chwili podjechała po nie niewielka ciężarówka. Oddał zapalniki i przeszedł do stojącego opodal dużego namiotu z tabliczką „Dowództwo". Obok wejścia huczał potężny generator. W środku, przy stołach skleconych z bambusowych tyk i skrzynek po amunicji, siedzieli żołnierze marines. Radiooperatorzy byli zajęci pracą, niektórzy stukali w klawisze maszyn do pisania, jeszcze inni rozmawiali głośno przez przenośne telefony. W głębi namiotu stał wysoki, chudy oficer w kowbojskim kapeluszu, ze złotymi insygniami w kształcie dębowych liści, oznaczającymi, że jest majorem korpusu marines.

– To ty jesteś tym gościem z marynarki? – zawołał.

– Tak, sir – odparł Mick, podchodząc bliżej, by podać mu rękę. – Mick McCarty, „szyper barki", gotowy do rozpoczęcia służby.

– Świetnie – powiedział major – przywiózł pan dla nas jakieś bomby?

– Tak.

– Dobry chłopak – odparł major. Mówił z rozwlekłym teksańskim akcentem, a do pasa miał przytroczony rewolwer z kościaną kolbą. – Był pan pod Midway?

– Byłem – powiedział Mick.

– Przysłużył się tam pan Jezuskowi?

– Zrzuciłem tysiącfuntową bombę na japoński kurnik – rzucił Mick.

– Przyda nam się pan tutaj – stwierdził major. – Przede wszystkim pokażę panu, gdzie jest nasza kantyna.

Wyszli z namiotu w księżycowy krajobraz kraterów w czerwonej ziemi, przesiąkniętego ropą piasku i stosów sprzętu wojskowego, przykrytych zniszczonym brezentem. Major szedł dziwnie chwiejnie, jak gdyby jego mózg utracił zdolność do kontrolowania ruchów kończyn. Poprowadził Micka do kolejnego namiotu, opatrzonego niewielką tabliczką z napisem „Klub". Była przestrzelona w dwóch miejscach. Przed wejściem widniała wypełniona wodą dziura w ziemi o średnicy co najmniej dwudziestu stóp. Weszli do środka i Mick mógł się przekonać, jak wygląda kantyna w wersji marines. Zamiast krzeseł używano tu skrzynek po amunicji; w niektórych znajdowały się jeszcze łuski nabojów. Funkcję stołów pełniły puste szpule po kablach. Kontuarem było oderwane skrzydło zniszczonego samolotu, przypalone na jednym końcu i podziurawione przez szrapnele, oparte na dwóch lotniczych zbiornikach paliwa. Mick miał nadzieję, że są puste. Za barem widniały stalowe regały, wypełnione butelkami z wódką.

– Na co ma pan ochotę? – zapytał major.

– Whisky – odrzekł Mick. „Ci goście znają się na swojej robocie – pomyślał. – Okopią się, wystawią warty, zabiją wszystkich Japońców w pobliżu, a potem zbudują kantynę. W marynarce nie zdążyliby przez ten czas napisać rozkazu".

Major postawił przed nim butelkę i dwa kubki. Usiedli przy jednym z prowizorycznych stolików i major nalał kolejkę.

– Pańskie zdrowie, poruczniku – powiedział. – A teraz niech mi pan wyjawi: Co pan tutaj robi?

Mick uniósł kubek w toaście, a potem zaczerpnął łyk. Na zewnątrz przejeżdżały z łoskotem spychacze. Z daleka, z krańca lotniska dobiegały odgłosy przypominające ostrzał artyleryjski.

– Jestem pilotem bombowca – powiedział. – I jestem w tym niezły. Jestem też zawodowym oficerem marynarki; przyznaję, że na tym polu bywa nieco gorzej.

Major uzupełnił zawartość kubków. – Komu pan podpadł? – spytał.

– Kierownikowi lotów na „Yorktownie", na przykład – odparł Mick. – Ale to było przed jego zatonięciem. Nie wiem, czy przeżył, ale jeżeli tak, to z pewnością jest nadal wkurzony.

Major pokiwał głową. – A wcześniej?

– No cóż, sir – powiedział Mick – kto by spamiętał te wszystkie głupoty.

71

Major prychnął. – Jak to się stało, że pana tu wysłali?

– Zgłosiłem się na ochotnika.

– O cholera, nikt z nas tutaj nie zrobiłby czegoś takiego.

– Nie miałem w sumie wielkiego wyboru – powiedział Mick.

– Pułkownik z dowództwa Floty Pacyfiku, który do nas przyjechał, twierdził, że to będzie przygoda. Nie kłamał chyba?

Major wyszczerzył zęby. – Nie, kolego, z pewnością nie kłamał. Sam się o tym przekonasz, zwłaszcza gdy Japończy przypłyną nocą ze swoimi wielkimi działami okrętowymi. To będzie przygoda życia, niejednemu wystarczyłaby nawet na dwa życia.

– Czy jest pan pilotem, majorze? – spytał Mick.

– O, tak – odparł major – w tym naszym maleńkim raju na ziemi jestem zastępcą dowódcy tak zwanych połączonych sił powietrznych, znanym nieoficjalnie jako Cactus Air Force. Dowódca wylądował w szpitalu z malarią, jestem więc teraz pełniącym obowiązki. Proszę zapytać, skąd się tutaj wziąłem.

– Należy pan do piechoty morskiej – powiedział Mick – oczywiście, zgłosił się pan na ochotnika.

– Aha – odparł major – zgadł pan. A teraz proszę zapytać, dlaczego.

– Dlaczego?

– Mam guza mózgu, dlatego. Mam raka, tak przynajmniej sądzą te konowały z marynarki. Mówią, że nie ma nawet sensu mnie ciąć. Twierdzą też, że z całą pewnością umrę.

– Czy to boli? – zapytał Mick.

Major patrzył na niego przez chwilę. – Wie pan – powiedział wreszcie – to pierwsze inteligentne pytanie, jakie mi zadano na temat mojej choroby. Odpowiedź brzmi: nie, to nie boli. Ale dziękuję, że pan zapytał.

– Rozumiem, stwierdził pan, że skoro i tak ma umrzeć, to dlaczego nie umrzeć w chwale? Zamiast leżeć w szpitalu i robić pod siebie?

– Dokładnie tak, poruczniku. Umrzeć w chwale. A zanim umrę, zabić tylu Japończów, ilu tylko się da, tak samo jak oni zabili mojego brata w Kaneohe w dniu niesławy, jak to określił pan Roosevelt. I wie pan co? Zabijanie Japończyków na tej wyspie to miła robota. Kiedy się tu zjawiają, jest ich cała horda – i giną hordami. No, ale pan przyjechał tutaj po coś innego.

– Ależ ja lubię zabijać Japończyków.

– Kto z nas tego nie lubi, kolego, kto z nas nie lubi. Ale potrzebujemy kogoś takiego jak pan, żeby zatapiał okręty, a nie tylko te bandy żółtych robali, kryjących się tu po krzakach i żrących ryż krzywymi zębami. Mówię o wielkich okrętach. O ciężkich krążownikach. O pancernikach. Potrzebujemy kogoś, kto wie, jak spuścić ciężką bombę na taki okręt i posłać go na dno.

– Mogę się wam przydać, majorze.

– W ciągu dnia, czy w nocy?

Mick dopił whisky i odstawił cynowy kubek na blat. – W ciągu dnia, to żaden problem. W nocy? Nigdy nie próbowałem.

– Oni przypływają nocami – powiedział major. – Przypływają nocami, a wtedy nasze wspaniałe okręty naszej wspaniałej marynarki wojennej rozpływają się w powietrzu albo dołączają do kupy złomu w odmętach cieśniny Żelaznego Dna. Wszystkie nasze wspaniałe lotniskowce i tym podobne usuwają się z drogi, gdy przez „Szczelinę" płyną Japończycy, plując ogniem. A my siedzimy tutaj jak bezbronne króliczki, podczas gdy te wielkie skurczybyki podpływają do brzegu i robią nam piekło na ziemi. Jest też cholernie głośno. Tu prawie nie da się spać.

– I chcecie latać w nocy? Bombardować ich przy świetle księżyca? Nie widząc horyzontu?

– Właśnie tak, partnerze – powiedział major. – Zobaczy pan, jak to jest siedzieć w bunkrze i zastanawiać się, czy następny pocisk przedrze się przez drewno i trawę.

– No dooobra – odrzekł Mick. – Przypuszczam, że da się wystartować. Może też uda się namierzyć krążownik albo nawet pancernik, jeśli księżyc – albo ogień – będzie świecił wystarczająco jasno. Problem polega na tym, skąd mamy wiedzieć, kiedy zrzucić bombę, i co ważniejsze, kiedy zmienić kierunek lotu.

– Nie ma sprawy, poruczniku. Rzuca pan wtedy, kiedy te małe skurwysyny popatrzą w górę, wytężą wzrok, zobaczą, że pan nadlatuje i zaczną przeklinać po japońsku.

– Tyle, że bombę należy zrzucić w momencie, gdy znajduje się pan na wystarczającej wysokości, aby zdążyć wyrównać lot i się oddalić, a to zależy od tego, czy widzi pan horyzont. To będzie naprawdę trudne w ciemności.

– Kto powiedział, że będzie ciemno? Nie będzie ciemno. Zawsze jest tu bardzo jasno, gdy nadpływają wielkie okręty. Płonące namioty, zbiorniki z paliwem, samoloty, składy amunicji, nawet dżungla czasami zajmuje się ogniem. Ma pan od cholery światła.

Mick pokręcił głową i się uśmiechnął. Major dokończył whisky. – Prawdziwy problem – stwierdził – to pas startowy, bo z reguły roi się na nim od cholernych dupków.

– Więc gdzie mamy lądować?

– Proponuję lądować na plaży, poruczniku – powiedział major. – Te gnojki nigdy nie zrzucają bomb na plażę.

Mick spojrzał na niego bez słowa. Widział plażę, gdy lądowali tego popołudnia. Miała może czterdzieści stóp szerokości, wybrzeże było nierówne i porośnięte palmami. – Ma pan jeszcze trochę tej whisky, majorze?

– Jasne – odparł major z uśmiechem. Usłyszeli hałas na zewnątrz; do środka weszli pozostali żołnierze marines z sekcji. – Dopóki pamiętam: witamy na „Kaktusie".

Tymczasem na zewnątrz niebo zasnuło się czarnymi chmurami i szum ulewnego deszczu zagłuszył inne dźwięki.

„Wylądować dauntlessem na plaży w ciemnościach – pomyślał Mick. – Ci faceci zbyt długo siedzą w dżungli". Z drugiej strony misja wydawała się interesująca. Ostatnia rzecz, jakiej spodziewają się Japończycy, to bombowce nad nocnym Guadalcanal. I – musiał przyznać – mają cholernie dobre powody, żeby się ich nie spodziewać.

Następnego dnia już o świcie Mick dołączył do gromadki skacowanych pilotów, zgromadzonych w namiocie dowództwa. Przydzielono mu jako kwaterę pojedynczy namiot przy pasie startowym, w połowie drogi pomiędzy pasem technicznym a prowizoryczną płytą do parkowania, ukrytą w lesie. Marines dostali gorzką nauczkę, aby w nocy samoloty nie przebywały w pobliżu lotniska. Japońskie krążowniki były wyposażone w pociski ze specjalnymi głowicami, które zamieniały niestrzeżone maszyny w stosy metalowego złomu. Major, po którym nocna libacja nie pozostawiła śladu, jeśli nie liczyć lekkiego drżenia rąk, poprowadził odprawę.

– Witam szanownych członków naszego klubu – zaczął, wyciągając zatłuszczoną plastykową mapę wyspy. – Zaczynamy kolejny piękny dzień na Guadal-pieprzonym-canal. Oto harmonogram na dziś.

Poinformował ich, że tego ranka dwa pułki przystąpiły do natarcia na północ od rzeki Matanikau i będą potrzebowały wsparcia z powietrza.

– Do wiadomości nowych: używamy co prawda małych, dwustupięćdziesięciofuntowych bomb, ale dobra wiadomość jest taka, że pod każdym skrzydłem mieści się ich aż cztery, a dwieście pięćdziesiątka wystarczy, żeby roznieść w strzępy paru Japońców, kryjących się w norkach.

Mick podniósł dłoń. – Kto kontroluje uderzenie? – zapytał.

Major uśmiechnął się. – To nie jest uderzenie, poruczniku. To eskorta. Dzielimy się na sekcje po dwa samoloty. Każda sekcja jest kontrolowana przez oficera naprowadzania, znanego jako Wysunięty Kontroler Powietrzny (FAC). FAC to podporucznik wyposażony w radio, zajmujący wysunięte stanowisko, wyjątkowo żądny krwi. Sekcja nawiązuje łączność radiową z FAC, który przekazuje namiar na cel. Jeden z was namierza cel, drugi go kryje, na wypadek, gdyby Japończycy mieli w pobliżu działo przeciwlotnicze. Zrzucacie bombę, wycofujecie się, czekacie na następne wezwanie. Kiedy jednemu skończą się bomby, zamieniacie się, ten, który krył, zrzuca, ten, który zrzucał, kryje. Zrzucicie wszystko, wracacie do bazy, uzbrajacie się, tankujecie, wracacie do akcji i tak do zachodu słońca. FAC ma ze sobą żołnierza obsługującego moździerz, może więc oznaczać cele dymem fosforowym. Własną linię frontu rozpoznacie bez trudu – wystarczy, że będziecie wypatrywać piechoty morskiej, machającej do was rękami i wskazującej wam, gdzie siedzą źli faceci. Łatwizna, w gruncie rzeczy.

– Co z ich samolotami? – zapytał ktoś.

– Bywa, że przylatują bombowce, czasami dwa razy dziennie, jeśli pogoda jest dobra. Od tego mamy myśliwce na stanowiskach patrolu walki powietrznej. Zabawna rzecz: Japończycy nie wysyłają swoich myśliwców razem z bombowcami, nie powinno więc być żadnych Zer.

– A jeżeli?

– Kisicie swoje bombki pod skrzydełkami i lecicie na nich, poruczniku. Po to Bóg wyposażył was w pięćdziesiątki.

– Czy mamy tylnych strzelców? – zapytał inny pilot.

– Nic z tego – odparł major. – Dzięki temu jesteście w stanie unieść więcej bomb.

Nikt więcej nie miał pytań.

– To wszystko, chłopcy i dziewczynki – powiedział major. – Śniadanko na koszt linii lotniczych. I pamiętajcie, stamtąd nie wraca się z bombami. Znajdźcie sobie cokolwiek podejrzanego za naszą linią frontu i zrzućcie resztę bomb, jeśli FAC nie namierzy celu. W porządku? Do dzieła.

Śniadanie składało się z papierosa, kubka mocnej kawy i kanapki na ciepło z mięsem nieodgadnionego gatunku, skąpanym w keczupie, musztardzie i ostrym sosie, by zagłuszyć smak zgnilizny. Potem wyruszyli. Mick był zdania, że jeśli zabraknie mu paliwa, wystarczy, że beknie potężnie w kierunku silnika, by móc lecieć dalej.

Rozdział Piąty

Nim nadszedł listopad, Mick czuł się w Cactus Air Force jak w domu. Zrzucali bomby, umykali z pola rażenia pocisków własnej artylerii, chybiali i trafiali. Z treści komunikatów radiowych wynikało niezbicie, że ich obecność na polu walki jest ogromnym pokrzepieniem dla piechoty. Mick odkrył, że bawi się lepiej niż we flocie; gdy o zachodzie słońca wracali z pola walki, miał zawsze poczucie, że – używając ulubionego powiedzonka majora – przysłużył się Jezuskowi.

Któregoś wieczoru, schodząc do lądowania nieco później niż zwykle, zauważył kilka spychaczy pracujących na wąskiej plaży. Jeden z nich cofał właśnie, wyrównując ubity piasek. Drugi napierał na drzewa palmowe, aby obalić je na ziemię. Gdy spotkali się w namiocie dowództwa, Mick zagadnął o to majora.

– Jak pan widział, właściwie nie ma tu plaży – odparł tamten. – W każdym razie nie według naszych standardów. Wyczyścimy więc pas o szerokości pięćdziesięciu stóp równolegle do linii brzegowej, wyrównamy go, a potem ułożymy drzewa z powrotem na piasku. W ten sposób, kiedy Japońcy przylecą na rekonesans, nie zobaczą pasa startowego. Będą widzieli tylko stosy przewróconych drzew. Gdyby przyjrzeli im się lepiej, ujrzeliby, że do każdego z nich przymocowano drut. Po

77

zmroku przez plażę przejedzie spychacz, który je ściągnie. Jutro wieczorem po kolacji proszę się do mnie zgłosić, przespacerujemy się tam.

„Oho" – pomyślał Mick. Miał już nadzieję, że major zapomniał o swoim szalonym pomyśle nocnego bombardowania. Tak jak wszyscy uczestniczył w nocnych wypadach podczas szkolenia w Pensacola, zakładano jednak, że udział w operacjach nocnych wymaga specjalnych kwalifikacji i dotyczy myśliwców, a nie bombowców. Bombowce nurkujące, wykorzystywane do walki na morzu, bazowały przede wszystkim na widoczności. W nocy pilot nie byłby w stanie określić, w którym momencie ma odbić do góry, a światła, na temat których żartował major, mogły być widoczne nad polem bitwy, ale nie w głębi cieśniny.

Kolacja, zaserwowana na metalowej tacy, składała się z marnej podróbki chili na garstce kleistego ryżu, wydartego Japończykom, gdy zapasy żywności korpusu marines uległy wyczerpaniu. Gdy Mick kasłał i płakał nad palącym sosem, sierżant kwatermistrz przyniósł mu kilka grubych kromek chleba i kwartę piwa.

– Zjedzcie wszystko, dziewczynki i chłopcy – powiedział – bo więcej nie zobaczycie mięsa, chyba że gdzieś was stąd przeniosą.

Mick opuścił kantynę mniej więcej godzinę później, wciąż nie odzyskawszy głosu po palącej w gardło kolacji. Nie był w stanie myśleć o chili jako o mięsie bez wewnętrznego sprzeciwu, jednak smakowało całkiem nieźle, gdy kubki smakowe były sparaliżowane przez ogień. S-2 – oficer wywiadu – wyposażył pilotów w specjalne puszki z mięsem, które mieli zrzucać nad dżunglą. W środku każdej z nich znajdował się granat z wyciągniętą zawleczką. Wieść niosła, że Japończycy głodują, marines zaś byli zdania, że przyzwoitość nakazuje podzielić się z nimi jedzeniem.

Niektórzy zostali w kantynie na drinka, ale Mick był zmęczony i miał dość budzenia się na kacu. Było późno i światła wokół lotniska zostały wygaszone. Wiedział z grubsza, gdzie znajduje się jego namiot, ale nigdy nie próbował do niego dotrzeć w takich ciemnościach. Wyszperał w kieszeni latarkę, aby znaleźć drogę. Z ciemności wyłoniła się sylwetka uzbrojona w karabin.

– Hejże, kochaniutki – powiedział żołnierz cicho – zgaś to cholerne światło.

Mick zatrzymał się i wyłączył latarkę. – To jak mam trafić do swojego namiotu? – zapytał.

– Odprowadzimy pana, poruczniku – odparł mężczyzna, omiatając kombinezon lotniczy Micka promieniem własnej latarki, która dosłownie po sekundzie zgasła. – Inaczej skończy pan z kulą snajpera w czaszce.

– Są tak blisko?

– O, tak. Siedzą w ciemnościach, pojedynczo i dwójkami, między drzewami, w dżungli, ze swoimi siedemdziesiątkami siódemkami. Kto w nocy świeci, ten daleko nie poleci. Proszę za mną, sir.

Mick poszedł za nieznajomym żołnierzem, wdzięczny za pomoc. Fascynował go luz, panujący na Henderson Field, w porównaniu z lotniskowcami, który jednak nie przeszkadzał marines skutecznie się bronić w bazie, zdobytej z tak ogromnym trudem.

Wartownik odprowadził go do namiotu, przypomniał o zakazie zapalania światła i upewnił się, że Mick zna drogę do bunkra. Choć wiedział, jak dostać się do bunkra z namiotu, nigdy dotąd nie odbył tej drogi. Tymczasem zaczął w ciemnościach całkiem nieźle rozróżniać kształty, przeszedł więc trzydzieści jardów, jakie dzieliły namiot od bunkra – była to po prostu jama wygrzebana spychaczem w ziemi i nakryta pniakami palm i workami z piaskiem. Zszedł niezdarnie w dół po prowizorycznych schodkach, skręcił w prawo, a potem w lewo, ominął przegrodę i włączył latarkę. Bunkier miał dwadzieścia stóp długości, dwanaście szerokości i znajdował się około dziesięciu stóp pod powierzchnią. Stały tu trzy ławki, zrobione z pniaków i skrzynek po amunicji, ustawione w podkowę przy ścianach. Strop, składający się ze stalowych palet transportowych, wspierały pnie palm, rozstawione na mokrej ziemi co trzydzieści stóp. Powietrze było tu jeszcze bardziej duszne i gorące niż na powierzchni; czuć było subtelną woń *eau de latrine*. Na ziemi stała głęboka na cal kałuża; gdy włączył latarkę, jakiś gryzoń pierzchnął spod jego stóp.

Wszedł z powrotem na górę po stopniach z worków z piaskiem i wrócił do namiotu; sprawdził, czy w łóżku nie zagnieździły się insekty lub węże, omiatając je czerwonym promieniem latarki, udrapował nad nim moskitierę i z westchnieniem opadł na posłanie. Wiedział, że marines kryjący się w dżungli nie mogą liczyć na takie luksusy, jak posłanie i moskitiera, i zastanawiał się przez chwilę, jakim cudem są w stanie znieść ataki owadów. Zostawił wejście do namiotu otwarte, aby wpuścić do środka nieco powietrza, choć nie wiele to dało. Pod posłaniem poczuł karabin M-1, podniósł go więc i umieścił obok siebie. Przypomniał sobie, jak na pierwszym roku akademii starszy sierżant korpusu marines recytował, dzierżąc w jednej dłoni karabin, a drugą trzymając się za krocze: „Tu mam karabin, a tu mam pistolet, tym będę zabijał, tym się bawić wolę". Upewnił się, że jest naładowany i zabezpieczył go.

Odetchnął z trudem, wysyłając w powietrze chmurę czosnku i ostrych przypraw. Wydawało mu się, że słyszy, jak niewielkie owady spadają na ziemię na zewnątrz moskitiery. Cholernie dobre chili, choć wydawało mu się, że się rusza w jego żołądku. Taki miało zwyczaj.

Kolejny dzień minął dość zwyczajnie. Na kolację dostali potrawę znaną jako gulasz robiony granatem na japońskim ryżu. Była to mieszanka różnych rodzajów mięsa z puszek, którą nazwano gulaszem. Żołnierze mieli ciekawy repertuar nazw, zarezerwowanych dla tego dania, spożywanego nieodmiennie z ogromną ilością ostrego sosu. Mick zjadł swoją porcję i już miał wrócić do namiotu, gdy przypomniał sobie, że major chciał go widzieć po kolacji. Poszedł więc do namiotu operacyjnego. Major siedział z tyłu nad komunikatami radiowymi. Widząc Micka, przywołał go ruchem dłoni.

– Obserwatorzy z Choiseul mówią, że płyną do nas trzy ciężkie krążowniki japońskie i kilka niszczycieli. Będą tu koło drugiej, może koło trzeciej w nocy. Mam zamiar wyruszyć na polowanie i chciałbym, żebyś poleciał ze mną jako mój skrzydłowy.

– Jaką mamy fazę księżyca?

– Widoczność koło trzech czwartych, wschód o dwudziestej trzeciej, niebo jest bezchmurne. Spychacze ściągają właśnie palmy. Proponuję, żebyśmy się przeszli.

Ruszyli ścieżką w stronę plaży, gdzie jeden ze spychaczy wlókł właśnie pnie palmowe na bok, a dwa pozostałe czekały na skraju, aby wyrównać teren. Według majora pas miał nieco ponad dwa tysiące stóp długości.

– SBD nie przejedzie po czymś takim – powiedział Mick, rozgarniając ubity piach lotniczym butem.

– Udało mi się „pożyczyć" z warsztatu parę pęczków blachy perforowanej. Jeden odcinek zostanie nią wyłożony, na wystarczającej szerokości, żebyśmy mogli wystartować, będzie jej dość na tysiąc stóp.

– Rozumiem, że kiedy będziemy wracać, pas startowy może już nie istnieć – stwierdził Mick – ale dlaczego z niego nie wystartujemy?

– Bo nie będziemy wiedzieli, że te skurczybyki tu są, dopóki nie spadnie na nas pierwszy pocisk. Mamy tylko jedną szansę, nie możemy więc wylecieć za wcześnie i ryzykować, że skończy nam się paliwo, zanim się pojawią. Musimy zaczekać, aż zacznie się strzelanina. Wtedy wystartujemy.

Mick znów kopnął w piach. – A więc stąd wystartujemy, ale jak wrócimy?

- Zostawią nam tę blachę po starcie. Jeśli będzie potrzebna, zabiorą ją, i wtedy będziemy musieli lądować trudniejszym sposobem.

- Zarzuci nami na ziemi, mamy to jak w banku – powiedział Mick.

- Nie – odparł major – będziemy lżejsi o co najmniej tysiąc funtów po powrocie. Ustawiam śmigło w chorągiewkę, wyrównuję lot, lekko wznoszę się do góry i przyspieszam. Wyciągam hak, jak do aerofiniszera, a potem siadam na piasku. Pestka.

Mick w ciemnościach patrzył na majora. Dostrzegł na jego twarzy uśmiech kota z Cheshire. Zdał sobie sprawę, że rozmawia z szaleńcem.

- Proszę spojrzeć na to w ten sposób, poruczniku – kontynuował major. – Japończycy zostaną totalnie zaskoczeni. Wrócą z dzisiejszego wypadu i opowiedzą pozostałym, że w nocy nad Canal latają bombowce nurkujące? To ich wykończy. Możemy to zrobić tylko raz, ale oni o tym nie wiedzą.

„Zrobimy to tylko raz, bo obaj przy tym zginiemy" – pomyślał Mick. – Rozumie pan, że w każdej chwili możemy stracić panowanie nad sterami.

- Do cholery, poruczniku, wie pan przecież, jak to się robi. Ja jestem specem od myśliwców, ale pan ma tylko zrobić to, co zwykle. No, co pan na to?

Ten człowiek ma NAFOD[7] – pomyślał Mick. „Brak widocznego lęku przed śmiercią, tak to nazywali w Pensacola. Cierpi na śmiertelną chorobę i nie obchodzi go, czy on i jego guz zostaną pogrzebani w morzu, czy też nie".

Micka jednak to obchodziło. Z drugiej strony major miał rację: Japończycy zostaliby kompletnie zaskoczeni. Jak dotąd, to oni byli górą każdej nocy. Amerykańskie bombowce nurkujące, latające nocami, poważnie pokrzyżowałyby im szyki. Ba,

---

[7] *No apparent fear of death* (ang.) – określenie odnoszące się do osób nieodczuwających lęku przed śmiercią.

musieliby też zakładać, że w pobliżu znajduje się amerykański lotniskowiec, o którym nie mieli pojęcia.

– No dobra – zgodził się Mick – ale tylko raz.

– Nie mamy więcej samolotów – odparł major pocieszająco.

– Zbiórka o dwudziestej trzeciej, będziemy w gotowości, ruszymy pewnie gdzieś około trzydziestu minut po północy.

Zabawa zaczęła się jednak dopiero około drugiej czterdzieści. Mick i major przysypiali w kabinach swoich samolotów na północno-zachodnim krańcu blaszanego pasa od godziny wpół do pierwszej. Każdy z nich miał przytroczone pod skrzydłami po dwie pięćsetfuntowe bomby, które dostarczył wcześniej Mick, a zbiorniki paliwa były pełne. Obsługa naziemna zdjęła ze skrzydeł samolotów siatki ochronne i ułożyła się do snu na piasku obok nich.

O drugiej czterdzieści niebo za nimi rozświetliło się niczym po uderzeniu pioruna i usłyszeli grzmot ciężkich dział. Minutę później to samo stało się w głębi lądu, po ich prawej – rozległy się dźwięki eksplozji i zaczął się atak na Henderson Field. Obsługa wyczołgała się spod samolotów, zagrały silniki. Gdy byli gotowi, Mick zasalutował w kierunku majora i ruszył przed siebie. Major zaczekał, aż oddali się od niego na około dziesięć długości, aby silnik nie nabrał zbyt dużo piasku, i podążył za nim.

Świecił księżyc, oczy Micka przywykły już do ciemności i widział całkiem nieźle. Wystartował, zanim metalowy pas pod kołami samolotu się skończył, wyrównał lot, aby nabrać prędkości, i ruszył w górę. Nie oglądał się za siebie – to major miał trzymać się w szyku. Lecieli nisko na południowy wschód, a potem zawrócili, kierując się poza obszar cieśniny, aby uniknąć gradu pocisków, spadających na lotnisko z japońskich okrętów. Mick nie widział ich jeszcze, dostrzegał jednak błyski luf.

– Jestem gotowy – zawołał do majora. – Wchodzę na wysokość osiem.

– Odebrałem, osiem – głos majora był spokojny, chłodny i opanowany. Mick nie odczuwał żadnej emocji. Start był tą łatwą częścią zadania.

Z ośmiu tysięcy stóp dobrze widzieli, co się dzieje na lotnisku. Tam, gdzie znajdował się pas startowy, jaśniały płomienie. Serie eksplozji wskazywały, gdzie celują japońskie krążowniki. „Trzeba było zabrać rakiety" – pomyślał Mick. Widział błyski wystrzałów i lądujące pociski, nie potrafił jednak określić, gdzie znajdują się okręty.

– Nie widzę ich – powiedział.

– Ja też nie – odparł major. – Czają się gdzieś w pobliżu.

– Lećmy w kierunku księżyca – powiedział Mick, w nadziei, że wypatrzy w dole sylwetkę okrętu. Nie było sensu bombardować w ciemnościach, nie widząc celu. Skręcił delikatnie w kierunku księżyca i wykonał obrót o około 180 stopni, aby oddalić się od zaciemnionych okrętów w dole. Po kilku minutach poinformował majora, że ma zamiar zejść na wysokość trzech tysięcy stóp i skierować się w stronę księżyca. Major potwierdził i ruszył za nim.

Z wysokości trzech tysięcy stóp dostrzegał błyski dział wszystkich trzech okrętów i był w stanie określić mniej więcej, w jakim szyku płyną. Nadal nie widział okrętów, ale być może, gdyby przelecieli tuż obok, potem skręcili w prawo i zeszli do dwóch siedmiuset, dostrzegliby ich zarysy. Problem polegał na tym, że należało zrzucić bomby pod właściwym kątem w stosunku do ruchu okrętów, przyjęte zasady głosiły zaś, że trzeba je zrzucać równolegle do szyku, aby zmaksymalizować pokrycie celu.

Powiedział majorowi, co ma zamiar zrobić. Ten wpadł jednak na lepszy pomysł.

– Zejdziemy do pięciuset stóp i ostrzelamy ich, gdy tylko staną się widoczni. Jeśli spowodujemy pożar na pokładzie, choćby niewielki, potem będziemy mogli zbombardować tych małych skurczybyków bez problemu.

– Jak dla mnie, brzmi to nieźle – odrzekł Mick. W dole, pod nimi, widać było błyski dział, teraz już dużo bardziej jaskrawe. – Schodzę na dwa siedemset.

Major ponownie podążył za nim; kiedy mieli lufy dział przed sobą, ustawił się na jego trawersie, aby mogli strzelać jednocześnie. Mick miał nadzieję, że dźwięk wystrzałów z dział japońskich zagłusza ryk silników; wpatrywał się w pogrążony w ciemności obszar, obok którego widać było błysk salw.

Są. Kształty.

– Widzę ich – zawołał.

– Potwierdzam. Niech płoną.

Zbliżyli się na mniej więcej dwa tysiące jardów i otworzyli ogień. Mick zszedł jeszcze nieco niżej, pilnując wysokościomierza, tak aby wyrównać lot na wysokości trzystu stóp. Major trzymał się go idealnie. Wiedzieli, że maszty mogą mieć wysokość nawet stu pięćdziesięciu stóp. Na wysokości połowy mili okręty stały się wyraźnie widoczne w blasku księżyca; Mick skierował lufy obu karabinów na środkowy, otworzył ogień; widział, jak pociski smugowe trafiają w ciemną masę stali. „Teraz już wiedzą, że tu jesteśmy" – pomyślał.

– Odchodzimy, teraz – zawołał, gdy przelatywali nad okrętami. – Wchodzimy na trzy.

Wiedział, że muszą zejść z trajektorii pocisków dużych, ośmiocalowych dział, aby uniknąć zestrzelenia, jeśli nie przez działa główne, to przez dwudziestopięciomilimetrowe działa przeciwlotnicze, rozmieszczone na obu burtach krążowników. Wznieśli się na wysokość trzech tysięcy stóp za kolumną okrętów i Mick, obejrzawszy się za siebie, zobaczył linię pocisków – Japończycy próbowali wytropić ich w ciemnościach. Ujrzał też niewielkie, migające, czerwono-żółte płomienie na wodzie.

– Wysokość siedem – powiedział.

– Potwierdzam, siedem. Teraz bombardujemy?

– Potwierdzam, bombardujemy – powiedział Mick. – Zrzucamy jedną bombę na ostatniego, odchodzimy w prawo, do góry i powtarzamy.

– Odebrałem.

Przelecieli za okręty, które znów pogrążyły się w ciemnościach. Major leciał za nim, trzymając się dość blisko, by nie stracić go z oczu, ale wystarczająco daleko, aby dać Mickowi czas na zanurkowanie, zrzucenie bomby i powrót. Gdy znaleźli się na odpowiedniej wysokości, niewielki płomień znów stał się widoczny. Lecąc na wysokości siedmiu tysięcy stóp, Mick skierował bombowiec w jego stronę, odczekał, aż cel się przybliży i ruszył do ataku.

To była ta niebezpieczna część. Miał zaledwie kilka sekund, by wymanewrować w kierunku małego płomyka, zbliżyć się do niego, zrzucić bombę i wznieść się do góry. Nie mając odniesienia w postaci horyzontu, nie mógł precyzyjnie wycelować i miał nadzieję, że major to zrozumie. Wysunął hamulec aerodynamiczny, aby mieć czas na zmianę położenia, pilnując cały czas wysokości. Gdy wysokościomierz wskazywał trzy i pół tysiąca stóp, zrzucił pierwszą bombę.

– Pierwsza poszła, odchodzę na prawo – zawołał, puszczając hamulce. – Wchodzę na siedem.

– Potwierdzam, siedem.

Zobaczył w dole potężny błysk, a po chwili drugi, nieco słabszy. Wspinając się z powrotem na siedem tysięcy stóp, Mick widział pod sobą potężne źródło ognia. Co więcej, w jego świetle zobaczył też dwa kilwatery. Japończycy zrozumieli wreszcie, że są atakowani z powietrza, i uruchomili swoją procedurę obronną: zwiększyli prędkość i zataczali koła.

– Widzę dwa kilwatery – zawołał major.

– Potwierdzam, dwa kilwatery i jeden pożar.

– Ułatwimy sobie życie – powiedział major. – Walnij w tego skubańca jeszcze raz. Tamci dwaj za szybko się ruszają.

– Potwierdzam – powiedział Mick.

– Schodzę jeszcze raz – powiedział major.

Ruszyli ponownie na rozświetlony pożarem okręt. Nie rozpoczął obrotu. Dwa pozostałe przestały strzelać w kierunku Henderson Field i szły na pełne morze, oddalając się od Guadalcanal. Strzelały na oślep w ciemnościach, dzięki czemu stały się lepiej widoczne, ale nie aż tak dobrze, jak ten, który został trafiony.

– Schodzę – powiedział Mick. – Tak jak poprzednio.

– Potwierdzam.

Tym razem Mick celował daleko przed siebie, po chwili jednak zdał sobie sprawę, że intensywny blask płomieni go oślepia. Nie miał wyboru: aby wycelować, musiał popatrzeć w ogień. Zamrugał oczami, wpatrując się w wysokościomierz, ale na próżno: nie był już w stanie odczytać wysokości. Nagle nie miał pojęcia, gdzie się znajduje. W nagłym przypływie paniki zrzucił bombę i odbił do góry.

– Zrzucona – zameldował. – Wchodzę na dziesięć.

Major nie odpowiedział; Mick obejrzał się za siebie. Zobaczył duży, biały obłok, wznoszący się obok okrętu. – Chybiłem – mruknął, nie czując nawet, że mikrofon stał się gorący. Potem przestał już widzieć cokolwiek: pod bombowcem wykwitła kula ognia, najpierw jaskrawożółta, a po chwili czerwona.

– Ja nie – odparł major – wykończyłem skurczybyka.

„Musiał trafić w magazyn" – pomyślał Mick. Nie w główny, ale może w jeden z magazynów pocisków przeciwlotniczych. – Nie ulega wątpliwości, sir – powiedział. – A teraz ta gorsza część.

– E tam – odpowiedział major – teraz proszę lecieć za mną.

– Nic już nie widzę.

– Włączę światła – powiedział major – bułka z masłem.

Gdy odlatywali, czerwona kula ognia gasła. Nie byli w stanie zobaczyć, co właściwie się stało, ale salwy w kierunku wyspy ucichły. Dolatywali do Henderson Field i major nawiązał łączność z bazą. Było oczywiste, że nie będą mogli lądować na pasie. Płonęły pożary, choć Mick nie mógł określić dokładnie, co się pali. Zatoczyli szerokie koło nad lotniskiem; major rozmawiał z bazą na innej częstotliwości. Mick był ciekaw, czy krążownik zatonął, czy też wraca do Rabaulu. „Sprawdzimy to rano" – postanowił. Uszkodzony okręt przy świetle dziennym byłby kuszącym celem. Major odezwał się ponownie.

– Pas startowy jest rozpieprzony. Samochody wyjadą na plażę, oświetlą ją reflektorami.

– Mam nadzieję, że Japończycy wrócili do domu – powiedział Mick – to dopiero byłaby dla nich gratka.

– E, cholera, jeśli znowu zaczną, to tym lepiej oświetlą nam plażę. Zresztą, piasek na tym nie ucierpi, no nie?

Mick wyszczerzył zęby w ciemnościach. Nie ulegało wątpliwości, to wariat. – Blachy nadal tam leżą?

– Leżą, chłopie – odparł major – ale już je biorą z powrotem. Rano ma tu być jakaś gruba ryba z Pearl, trzeba więc było się trochę pospieszyć.

Major wysunął się do przodu i leciał z wiatrem na wysokości około pięciuset stóp nad plażą. Widzieli światła reflektorów czterech jeepów skierowane w morze. Mick widział światła, ale nie był w stanie dostrzec piaszczystego pasa. „Och, do diabła – pomyślał. – Jeśli major się rozbije, będę widział plażę".

Zwolnił do minimalnej prędkości, otworzył klapy i podążył za majorem. Hak wypuszczony, klapy otwarte, śmigło w chorągiewkę i szorujemy brzuchem po ziemi.

Nie, moment: Blacha nadal tam leży! Opuścić koła, wciągnąć hak z powrotem.

Poczuł, jak opływa go zimny pot, gdy uświadomił sobie, że omal nie popełnił fatalnego błędu. Przełknął głośno ślinę. To wszystko było jednym wielkim szaleństwem.

Schodząc w dół, widział po prawej ciemną powierzchnię oceanu; spodziewał się, że w każdej chwili mogą ją rozświetlić błyski pocisków, padających pomiędzy stojące na plaży jeepy. Potem zobaczył światła samolotu majora, który dotarł do umownego progu drogi startowej i wylądował, wzniecając kłęby piachu, następnie przejechał przez całą długość odcinka pokrytego blachą i wreszcie stanął w miejscu.

„Moja kolej" – pomyślał Mick. Ustawił się – taką przynajmniej miał nadzieję – na środek blaszanego pasa i nic nie widząc, zaczął powoli schodzić do lądowania. Nagle zobaczył: stojący na plaży żołnierze wetknęli ponad setkę latarek w otwory w blasze; promienie światła, skierowane w górę, tworzyły przerywaną, świetlną linię środkową.

Bułka z masłem, pomyślał, schodząc jak na lotniskowiec, dokładnie na krawędź blaszanego pasa startowego. To było głośne lądowanie, samolot podskakiwał jak szalony, udało mu się jednak wykołować na ubitym piasku i zatrzymać się dokładnie za maszyną majora. Dopiero wtedy uświadomił sobie, z jaką siłą ściskał kurczowo drążki sterowe. Podniósł osłonę kabiny i zobaczył majora, stojącego wśród gromadki żołnierzy, klaszczących i krzyczących radośnie. Najwyraźniej wieści już się rozniosły: dwóch wariatów zdołało zmusić Japończyków do odwrotu. Wysiadając, Mick zobaczył dwa spychacze, ściągające metalową blachę; kolejny ściągał z powrotem na plażę palmowe pnie.

Na lotnisku tymczasem wrzała praca, kolejne spychacze wyrównywały powierzchnię; żołnierze piechoty gasili płomienie wśród drzew, spychacze z uniesionymi w górę lemieszami napierały na drzewa, strząsając z nich snajperów. Jeden z jeepów zabrał ich do namiotu dowództwa, gdzie również czekało ich entuzjastyczne przyjęcie. Mick oddał głos majorowi, który zrelacjonował całą akcję, gestykulując zawzięcie i przechwalając się zwyczajem lotników – oto zatopili dwa krążowniki, pozostałe, a było ich co najmniej pięć, wycofały się w panice, pozostawiając za sobą ogień i dym. Mick opadł na skrzynkę po amunicji, sącząc z kubka kawę, do której przewidujący sierżant dolał mu szczodrze whisky, podczas gdy major zabawiał towarzystwo.

– Co to za gruba ryba ma tu być o poranku? – zapytał sierżanta, obserwującego widowisko z szerokim uśmiechem na twarzy.

– Nowy dowódca – odparł sierżant – zostaniemy uhonorowani.

Mick zapytał, co to znaczy.

– Nowym dowódcą ma być generał brygady – odparł sierżant, przewracając oczami.

– To znaczy, że kończy się dobra zabawa?

– Tak to bywa z generałami, poruczniku – powiedział sierżant. Spojrzał na zegarek. – Niech pan się prześpi. O siódmej wyrusza pan znowu.

Poranna odprawa zaczęła się i skończyła, a potem ruszyli do akcji. O trzeciej po południu ogłoszono, że wszyscy mają się zebrać, ponieważ nowy dowódca będzie przemawiał do pilotów eskadry. Mick był zdziwiony, nie widząc majora. Pocztą pantoflową dowiedział się, że został ukarany za nocny wypad bombowców. „Już po zabawie – skonstatował Mick – sierżant miał zupełną rację".

Przemówienie generała nie odbiegało od normy: praca zespołowa, najwyższe standardy, świat na nas patrzy, to będzie długa walka, ale zwycięstwo będzie po naszej stronie. Następnie ogłosił, że za trzydzieści minut w kantynie wszyscy dostaną piwo. Rozejść się. Stali na baczność w lepkim upale, patrząc, jak odchodzą generał, jego adiutant i zdenerwowany oficer operacyjny. Jako jedyny pilot marynarki przydzielony do Cactus Air Force Mick zdecydował, że piechota morska może spokojnie integrować się bez niego. Wyruszył na poszukiwanie majora.

Major, jak się okazało, skrył się w miejscowym odpowiedniku klubu oficerskiego. Był to barak złożony z trzech zespawanych ze sobą kontenerów, ukryty za piaszczystym wałem w pobliżu plaży. Samotny generator, warczący w ciężkim od wilgoci powietrzu, zapewniał zasilanie dwóm wiatrakom i jednej lodówce. W lodówce trzymano piwo i było to najlepiej zabezpieczone miejsce w całym klubie. Major, choć wyraźnie pijany, powitał Micka niczym ukochanego brata. Jednonogi sierżant przyniósł mu zmarznięte piwo i zostawił ich samych.

– Czemu nie poszedł pan na cholerne przyjęcie? – zapytał major.

– Nie mogłem nigdzie znaleźć mojego dowódcy – odparł Mick.

– Nie jestem już żadnym dowódcą – odrzekł major. – Mają tu teraz dowódcę pełną gębą. Mnie odeślą do San Diego.

– No nie, nie może mnie pan zostawić samego w tej dziurze – zaprotestował Mick.

– To nie tak, jak pan myśli – odparł major – ale nieważne. Musi pan tam pójść, pokazać się.

– Do diabła z tym – powiedział Mick – z reguły przy takich okazjach wpadam wyłącznie w kłopoty. Czy to piwo w ogóle kiedyś rozmarznie?

– Dawaj – powiedział major. Wyciągnął nóż i odciął górną część puszki, a potem oddał ją Mickowi. – Lodowy kaktus dla pana.

Mick spróbował piwnego szronu. – Gdyby podać do tego sandwicz z naszym mięskiem, mielibyśmy królewski posiłek – stwierdził.

W wejściu pokazał się drugi porucznik o bardzo chłopięcym wyglądzie. – Przepraszam, sir – powiedział do Micka – pan kapitan, to znaczy, pan porucznik McCarty, sir?

– A kto, do cholery, pyta? – zainteresował się major, nagle nastawiony bardzo wojowniczo.

– Przepraszam, panie majorze, sir, generał chciał wiedzieć, co się stało, yyy, z porucznikiem marynarki. Bo nie ma go na przyjęciu, sir.

91

Major rzucił Mickowi współczujące spojrzenie. – Generałowie zawsze mają wszystkich na oku. Lepiej niech pan zabiera stąd tyłek, poruczniku.

Mick podziękował młodemu i zapewnił go, że zaraz przyjdzie.

– Majorze – powiedział. – Jestem zaszczycony, że mogłem polecieć z panem. Dziękuję za ostatnią noc.

– Tak jak panu obiecałem, kiedy się poznaliśmy – odparł major – mieliśmy naszą przygodę, prawda. Poradzi pan sobie tutaj. A teraz proszę zabrać się stąd, zanim się upiję i narobię sierżantowi kłopotów.

Wymienili uściski dłoni, patrząc sobie w oczy, a potem Mick wyszedł i ruszył wzdłuż plaży, mijając ułożone schludnie palmowe pniaki. Gdy dotarł do kantyny, okazało się, że generał zdążył tymczasem opuścić przyjęcie i udał się na inspekcję obrony, zostawiając żołnierzy, by mogli zająć się tym, co robią najlepiej. Mick dołączył do zabawy. Kiedy zrobiło się ciemno, wrócił chwiejnym krokiem do namiotu; od nadmiaru konserwantów w piwie rozbolała go głowa. Opadł na posłanie. Zanim zasnął, zdążył się jeszcze upewnić, że karabin, naładowany i zabezpieczony, spoczywa jak dziecko w jego ramionach.

We śnie słyszał dźwięk syreny i policyjnych gwizdków. Potem wszystkie inne odgłosy zagłuszył ryk piły; świadomość powoli wracała. Potem zdawało mu się, że lewituje w powietrzu, przyciśnięty do płótna namiotu; huk eksplodującego pocisku na zewnątrz rozrywał mu bębenki i pozbawiał tchu.

Opadł na ziemię w miejscu, gdzie jeszcze przed chwilą znajdowało się jego posłanie. Płachta namiotu i moskitiera uwieńczone wierzchołkami okolicznych palm nakryły go niczym całun, a potem spadł na niego deszcz błota i piasku. Wydawało mu się, że ma w uszach wodę, słyszał tylko głośny szum. Poczuł, że spadają dwa kolejne pociski, już nie tak blisko jak poprzedni, ale wystarczająco blisko, by ponownie obsypać go piachem. Próbował zaczerpnąć tchu, ale siatka moskitiery blokowała dopływ świeżego powietrza.

„Bunkier – pomyślał, obracając się na bok. – Muszę się dostać do bunkra". Czuł wstrząsy, choć nie słyszał kolejnych pocisków – niektóre padały bliżej, inne dalej, ogromne pociski, wprawiające w drżenie ziemię.

Spróbował przesunąć się w bok, ale nie mógł. Sądził, że na namiot napiera co najmniej jeden przewrócony pień, przyrzucony dodatkowo błotem, palmowymi liśćmi i śmieciami. Spadały kolejne pociski, ale raczej w oddali, w obszarze lotniska. Były też inne. Zdawało się, że nie uderzają o ziemię, ale wybuchają w powietrzu, rażąc stalowymi odłamkami pnie palm i wszystko, co miało nieszczęście wystawać w promieniu rażenia ponad powierzchnię gruntu.

Zdecydował, że jedyne, co może zrobić, to spokojnie czekać na pomoc. Dopóki leżał na boku, był w stanie oddychać, a rumowisko, pod którym się znalazł, prawdopodobnie chroniło go przed uderzeniem szrapneli, ścinających wierzchołki drzew i zamieniających niechronione niczym samoloty we wstążki metalowego confetti. Wydawało się, że atak trwa całą wieczność. Zastanawiał się, czy major wyruszył na jeden ze swych nocnych wypadów. I wtedy wszystko skończyło się tak samo nagle, jak się zaczęło.

Bolała go głowa i chciało mu się pić. Powietrze w jego więzieniu stało się jeszcze bardziej gorące, jeśli to było w ogóle możliwe. Zastanawiał się, ile tego cholerstwa mogło spaść na namiot. Czy go w ogóle znajdą? Czy na zewnątrz pozostał ktokolwiek żywy, kto mógłby go szukać? Generał wspominał, że japońskie pancerniki mogą przypłynąć z Rabaulu, żeby zniszczyć lotnisko, zwłaszcza po ostatnim nocnym ataku bombowców. Większość chłopaków była zdania, że przesadza – chce w ten sposób zwiększyć dramatyczny wydźwięk swojego przyjazdu i pogrążyć majora. Mick nie wysłuchał, na

93

szczęście, kazania – w przeciwnym razie zapytałby generała, czy pancerniki będą się pchały na wyspę, na której znajdują się bombowce gotowe do nocnych ataków. Podczas zaawansowanego szkolenia w Teksasie przekonał się, czym jest ogień z ośmiocalowych haubic, ale te pociski były większe. Dużo większe. Być może więc generał miał rację. Ta myśl bardzo się Mickowi nie podobała.

Coraz trudniej mu było oddychać. Płuca pracowały prawidłowo, ale powietrza było coraz mniej.

„Świetnie – pomyślał. – Uduszę się tutaj pod całym tym chłamem". „No dobra, mądralo – powiedział sobie – nie możesz tu leżeć bez końca. Nikt się nie zjawi, żeby ratować twój bezwartościowy tyłek. Jest jak na »Yorktownie«: czas działać".

Spróbował się poruszyć, żeby sprawdzić, na ile ma swobodę ruchów. Był w stanie wyciągnąć nóż, zatknięty za cholewę prawego buta, i podciągnąć go prosto pod klatkę piersiową, nie mógł jednak obrócić dłoni i przeciąć brezentu. Poruszył się znów, naruszył jednak stabilność stosu przedmiotów, coś nad nim się przesunęło, zrzucając kupę piasku wprost na nogi i pozbawiając go możliwości poruszania nimi. Czuł, że dotyka policzkiem zimnej stali karabinu, to jednak w jego sytuacji niczego nie zmieniało.

„Żywcem pogrzebany" – pomyślał, ale po chwili odrzucił tę myśl. Poczuł na twarzy wilgoć. Nie ból, ale z całą pewnością wilgoć. Udało mu się wyciągnąć trzema palcami maleńką latarkę i ją zapalić. W czerwonym świetle zobaczył na płótnie ciemną, rosnącą powoli plamę.

„O Jezu – pomyślał. – Leżę na dnie krateru, który wypełnia się wodą". Tak samo jak te wszystkie kratery, które widział pierwszego dnia podczas lądowania.

Kropla spadła mu na policzek, potem następna.

„Chwileczkę – pomyślał. – Woda podnosiłaby się do góry, a nie kapała w dół". Wyciągnął język i zlizał wilgoć z policzka. Słona.

To nie woda.

To krew.

To była krew, ale nie jego krew. Niedobrze.

Próbował odpędzić od siebie ponure obrazy, pojawiające się w jego wyobraźni. Popełnił błąd i spojrzał na pomost roboczy „Yorktowna", gdy zabierano go na krążownik. Gumowymi wężami przeciwpożarowymi spłukiwano z pokładu fragmenty ciał na pomosty. Gdy idący na dno lotniskowiec przechylał się coraz bardziej, to co się działo na jego pokładzie, przypominało scenę z powieści „Grzęzawisko".

Zamknął oczy i próbował uspokoić oddech. Wiedział, że kiedy skończy się tlen, zacznie oddychać dwutlenkiem węgla, a potem straci przytomność. W uszach ciągle potężnie mu szumiało, nie był więc pewien, czy usłyszałby wołanie z zewnątrz, gdyby ktokolwiek przybył mu na ratunek. Kolejne krople spadały mu na policzek. Zamknął oczy i próbował się zastanowić.

Po chwili coś uderzyło go w ramię. Spojrzał w bok w migoczącym świetle latarki. Był to kawałek prętu zbrojeniowego. Cofnął się szybko, zaledwie zdążył rozpoznać kształt przedmiotu. Po chwili znowu poczuł uderzenie, tym razem w klatkę piersiową. Krzyknął.

Cisza. Wytężył słuch, próbując wyłapać jakikolwiek dźwięk mimo szumu w uszach. Po chwili zdawało mu się, że słyszy głosy. Zdenerwowane. Pełne złości.

Pręt pojawił się znów, tym razem ledwie widoczny, po jego lewej stronie.

Zrozumiał. Gdzieś nad nim leżał trup, pręt trafił w ciało i pokrył się krwią, a ratownicy poszli dalej.

Krzyknął ponownie, ale naprawdę brakowało mu powietrza. Nawet w jego uszach krzyk zabrzmiał jak słabe skrzeknięcie. Potem przypomniał sobie o karabinie.

Czy lufa jest pełna błota? Czy to cholerstwo nie eksploduje podczas strzału? „No i co z tego?" – Pomyślał.

Przekręcił nadgarstek, sięgnął dłonią i pociągnął za spust. Nic się nie stało.

Karabin był zabezpieczony. Próbował go odbezpieczyć, ale nie był w stanie chwycić wystarczająco mocno.

Pchnął desperacko, zwolnił bezpieczenik, położył palec na spuście i pociągnął. Karabin odbił do tyłu, a jego prawa ręka walnęła z całym impetem o ziemię. Bolało jak przy złamaniu. Huk był obezwładniający. Cała wolna przestrzeń wypełniła się dymem. Bolała go ręka, palce kłuły, jakby ktoś wbijał w nie setki igieł. Pociągnął za spust ponownie, właściwie nie był to ruch, ale skurcz. Od drugiego wystrzał naprawdę zabolały go bębenki, był jednak zdeterminowany. „Jeśli mam tu zginąć, przynajmniej zginę, próbując – pomyślał – głuchy czy nie".

Kilka chwil później czyjeś dłonie rozgarnęły piach i poczuł dopływ świeżego powietrza. Wygrzebanie go spod stosu trwało pięć minut.

– Wszystko będzie dobrze, mówił ktoś – proszę więcej nie strzelać, poruczniku, dobrze? Chłopak wyglądał na nie więcej niż piętnaście lat. Był bardzo młody i bardzo wystraszony.

Wyciągnęli go i położyli na noszach. Protestował, mówiąc, że może iść sam, ale oficer sanitarny zignorował go. – Wszystko w porządku, poruczniku – powiedział jeden z dzieciaków. – Wszystko będzie w porządku, ale proszę wsiąść do jeepa, dobrze? – Gdy wyjeżdżali z obozu, w świetle reflektorów zobaczył, że bunkier, a właściwie krater, w którym znajdował się bunkier, wypełnia się wodą. Pływały w niej krwawe szczątki. Poczuł mdłości na myśl, że wszyscy, którzy się w nim schronili, zostali przerobieni na hamburgery.

Płonące kałuże paliwa przy drogach kołowania i płytach postojowych oświetlały lotnisko. Mick nie widział, co się pali, ale pas startowy był rozorany, a wszędzie walały się szczątki samolotów, nawet na drzewach. O dziwo, spychacze już wyjechały; warcząc, spychały piach i błoto do kraterów, inne ściągały na bok rozwalone wraki lub rozjeżdżały ogniska, by

96

je ugasić. Od czasu do czasu poza linią lotniska przelatywał pocisk smugowy – oddziały ochrony starały się wyłuskać snajperów kryjących się na drzewach pobliskiej dżungli.

Oficer sanitarny wrzucił pierwszy bieg i obolałe uszy Micka zaprotestowały. Spytał chłopaka, co się stało.

– Japońskie pancerniki – odparł młody oficer. – Rozpieprzyły tu wszystko w drobny mak. Widzieliśmy ich, przy brzegu, cholernie wielkie działa, a potem te pociski!

– Patrzyliście?

– Tak, sir – odparł dzieciak z dumą. – Spałem w jednym z ambulansów, nie było dokąd iść, otworzyłem więc tylko tylne drzwi i patrzyłem.

– Nie uciekliście do bunkrów?

– My, medycy, nie mamy bunkrów, poruczniku. Gdybyśmy siedzieli w bunkrze, skąd mielibyśmy wiedzieć, gdzie nas potrzebują?

– Racja – przytaknął Mick, i wreszcie opadł na siedzenie. „Medycy – pomyślał. – Ktoś w szkole powiedział im pewnie, że są niezniszczalni, niech mu Bóg błogosławi".

Główny oficer sanitarny oceniał w szpitalu polowym, w długim namiocie otoczonym przez rzędy noszy ustawionych na gołej ziemi, stan rannych. Mick oświadczył, że właściwie nic mu nie jest. – Oprócz tego – podniósł do góry prawą dłoń – jakoś nie sprawuje się najlepiej.

– Nie musi pan krzyczeć, poruczniku – powiedział oficer, oglądając jego dłoń – stoję tuż obok pana.

Mick popatrzył na niego. – Pogrzebało mnie żywcem, doktorze – wypalił, sam zdziwiony, że to mówi.

– To musiało być straszne, prawda? – zapytał oficer, notując coś w zeszycie.

– Żartuje pan ze mnie?

– Absolutnie, poruczniku. Ja? Zasikałbym się na śmierć ze strachu. Proszę posłuchać, jeśli pan chce, mogę dać panu zwolnienie ze służby z powodu złego stanu psychicznego.

– Cholera, nie – powiedział Mick – wolę raczej dorwać ten okręt. Proszę powiedzieć majorowi, że jestem gotów na kolejny wypad na plażę.

Oficer spoważniał. – Hm – powiedział. – Z powodu tego cholernego szumu w uszach Mick musiał pochylić się nad nim, aby zrozumieć, co mówi.

– Co?

– Major próbował wystartować, kiedy to całe gówno się zaczęło. Wpadł do krateru, zarzuciło go, wybuchł pożar.

– Kurwa!

– No, tak – powiedział oficer.

– Cholera – warknął Mick. – Cholera. Cholera. Cholera.

– Wszyscy to mówią.

– Powiedział mi, że ma guza mózgu – powiedział Mick. – Że skoro już i tak ma umrzeć, to równie dobrze może jeszcze zabrać ze sobą paru Japońców.

Oficer uśmiechnął się. – Guza mózgu? No, niezupełnie.

– Zastanawiałem się...

– No cóż, major miał problem z alkoholem. Codziennie rano, przed każdą odprawą, któryś z medyków musiał stawiać go na nogi. Tyle, że chłopak latał lepiej, kiedy był narąbany, niż większość pilotów na trzeźwo. Dlatego pozwolili mu uganiać się za Japończami. Wiedział pan, że był asem?

– Nie dziwi mnie to. Był prawdziwym dowódcą, oto, czym był.

– Święta prawda, poruczniku – powiedział lekarz, przecierając zmęczone oczy. – To co, jest pan gotów do polowania na Japończyków?

– Muszę się napić kawy – odparł Mick – i może odrobinę whisky. A potem? Cholera, no pewnie, że tak.

– Amerykańska whisky – mruknął doktor, klepiąc go po łopatce. – Brzmi znajomo.

Gest okazał się bolesny dla jego pleców. Cholera, właściwie bolało go wszystko. Oprócz puchnącej coraz szybciej prawej dłoni, i to go martwiło.

Dostał leczniczą kolejkę whisky o fatalnym smaku, po czym ruszył do namiotu dowództwa, który jakimś cudem przetrwał bombardowanie. Przed wejściem widniał ogromny krater, nad którym przerzucono prowizoryczną platformę z desek. Generator był zepsuty, do oświetlenia środka użyto więc latarek. Prawdziwym problemem był brak samolotów. Japońskie okręty zamieniły Henderson Field w kupę błota; osmalone szczątki maszyn walały się wśród nielicznych ocalałych palm.

– Nie został żaden? – zapytał Mick.

Chorąży marynarki popatrzył na niego mętnym wzrokiem; w obu dłoniach dzierżył zapalone papierosy. – Zostały cztery, sir. Ale nie ma paliwa.

– Jeżeli znajdę paliwo, czy mogę dostać jeden z tych czterech?

– Czy zdoła pan się podpisać, poruczniku?

– Mick spojrzał na swoją prawą dłoń, która zdążyła tymczasem niemal podwoić swoją zwykłą objętość. Spróbował zacisnąć ją w pięść, ale nie było reakcji. Ciągle też nie czuł w niej bólu.

– O żesz, do cholery – mruknął – pieprzony gnat.

– Lepiej niech pan się z tym trzyma z daleka od polowego szpitala – ostrzegł chorąży. Mają tam nowego chirurga, przyjechał z generałem. Lubi amputować.

– A niech tam. Równie dobrze mógłbym sam to zrobić – powiedział Mick – w ogóle cholerstwa nie czuję.

Poszedł z powrotem do namiotu medyków i zgłosił głównemu oficerowi sanitarnemu, że nie czuje dłoni.

– Poczuje pan – odparł tamten. Sięgnął do kieszeni i wyciągnął niewielką buteleczkę pełną pigułek. Wyjął dwie i podał Mickowi. – Kiedy zacznie boleć, niech pan weźmie obie naraz, ale na siedząco. Najlepiej w bezpiecznym miejscu. To świństwo jest naprawdę mocne.

Mick opuścił namiot tylnym wyjściem i szedł wzdłuż tego, co zostało z lotniska. Przechodząc obok namiotów szpitalnych, widział, że wielu leżących na noszach żołnierzy ma zakryte twarze. Niemal wszystkie pożary zostały tymczasem ugaszone, gdzieś z oddali dobiegały odgłosy pojedynczych wystrzałów. Zdał sobie sprawę, że znów normalnie słyszy. Starł z szyi zaschniętą krew i kilkakrotnie przełknął ślinę.

Prawa dłoń ciążyła mu niczym ołowiana rękawica bokserska. „Karabin musiał ją złamać" – pomyślał. Oprócz tego czuł się całkiem nieźle. Może był nieco roztrzęsiony, a jego kombinezon śmierdział latryną, ale był żywy, w przeciwieństwie do tych wszystkich nieszczęśników, którzy tu leżeli. Wstąpił do namiotu szpitalnego i poprosił lekarza w spryskanym krwią mundurze o temblak. Założył go, wyżebrał małą filiżankę kawy, wyszedł na zewnątrz i usiadł na pniaku.

Miał poczucie, że powinien napisać do domu, aby poinformować wszystkich, że wciąż żyje. Problem tkwił w tym, że nie miał komu tego napisać. Gdy nadszedł kryzys, jego ojciec był wiceprezesem lokalnego oddziału banku. Popełnił samobójstwo, kiedy bank upadł w 1929 roku i ujawniono nieprawidłowości w jego zarządzaniu. Matka popadła w obłęd rok później, a Mick, jedyny syn, rzucił się w wir kariery futbolowej w Akademii Marynarki Wojennej. Matka przebywała obecnie w państwowym zakładzie dla umysłowo chorych. Od czasu do czasu pisał do niej, ale ostatnio, gdy ją odwiedził, równie dobrze mogła znajdować się na Marsie.

Obejrzał zdewastowane lotnisko i zdecydował, że właściwie może zostać tu, gdzie jest. Czuł się, jak gdyby wrócił po ataku na lotniskowiec. Oczekiwano, że pilot, który nie jest w stanie latać, zejdzie wszystkim z drogi. Przez kolejną godzinę siedział, patrząc na jeepy podjeżdżające pod szpital polowy, wypełnione noszami; zbyt wiele z nich kierowało się w stronę prowizorycznej kostnicy. Zsunął się z pniaka, oparł o niego plecami i zasnął.

O wschodzie słońca na świeżo wyrównanym pasie startowym wylądowały dwa R4D. Podjechały w kierunku szpitala polowego, po czym zgasiły silniki w chmurze błękitnawych spalin. Mick rozpoznał jeden z nich – była to wojskowa wersja Douglasa DC-3, przystosowanego do potrzeb powietrznego transportu medycznego. Personel szpitala polowego przystąpił do ładowania na pokład samolotów najciężej rannych. Z namiotu dowództwa wyszedł starszy porucznik, zamienił kilka słów z jednym z lekarzy i podszedł do Micka. Był bardzo wychudzony z powodu malarii, szedł o lasce. Mick przypuszczał, że może ważyć około dziewięćdziesięciu funtów.

– Pan porucznik McCarty? – zapytał.

– Tak.

– Poleci pan na Santo.

– Dlaczego?

– Dlatego – odparł mężczyzna, wskazując na jego dłoń. – Nie może pan z tym latać, ma pan się udać na leczenie. Tam jest prawdziwy szpital.

– Mogę używać do latania drugiej ręki.

– Hej, poruczniku. Jestem tylko posłańcem, rozumie pan? To rozkaz dowódcy. Jeśli może pan latać, proszę zostać. Jeśli nie, jedzie pan się kurować.

– Czym się pan zajmuje na co dzień? – zapytał Mick.

Mężczyzna wyszczerzył zęby. – Byłem nawigatorem naprowadzania – powiedział. – Snajper przestrzelił mi kolano. Teraz jestem tu chłopcem na posyłki. Niezła zamiana, co?

Mick pokręcił głową, podniósł się sztywno i podszedł do najbliższego samolotu. Natychmiast zatrudniono go przy ładowaniu rannych. Widząc, że ma niesprawną prawą dłoń, ustawili go w taki sposób, aby mógł podnosić nosze lewą. „Może być – pomyślał. – W końcu nogi nadal mam sprawne".

Kiedy samoloty były gotowe do odlotu, powiedział dowódcy transportu, że ma lecieć z nimi na Santo. Sierżant Korpusu

Lotniczego patrzył na niego przez chwilę bez wyrazu. – Nie mamy tu siedzeń, kapitanie – powiedział.

– Poruczniku – poprawił go Mick. – Lotnictwo marynarki. Może mógłbym stać?

– Lot potrwa dwie godziny, poruczniku – powiedział sierżant.

– Generał powiedział, że mam lecieć na Santo – odparł Mick.

– W takim razie proszę wsiadać – zgodził się sierżant. – Proszę się jednak pospieszyć. Mówią, że niedługo będzie nalot z Rabaulu.

Wystartowali pięć minut później; samolot trząsł się i podskakiwał na wyrównanej naprędce powierzchni lotniska. Kilku ciężko rannych zaczęło krzyczeć z bólu, gdy mocno obciążony samolot jechał po pasie startowym, nabierając rozpędu i plując ogniem z silników, by wreszcie podnieść się niechętnie na samym skraju lotniska. Mick znalazł sobie miejsce w tylnej części samolotu, w komórce na kamizelki ratunkowe. Założył kapok, aby mieć oparcie pod głową i usiadł na stosie innych, opierając się o zepsuty generator z namiotu dowództwa, który wysłano do Nouméa do naprawy. Przed sobą widział długie rzędy noszy, przymocowanych przy ścianach bocznych samolotu na czterech poziomach. Widział lekarzy, kilka pielęgniarek zajmujących się rannymi, podłączających kroplówki, ocierających czoła, rozdających pigułki i wyrazy sympatii. Piloci wpuścili do środka nieco powietrza, wchodząc na wysokość pięciu tysięcy stóp, i po raz pierwszy od czasu, gdy znalazł się na wyspie, Mick doświadczył dobrodziejstw klimatyzacji.

Prawa dłoń zaczynała pulsować. Wyciągnął dwie pigułki. „Wziąć obie, powiedział lekarz – ale jeśli coś się stanie, nie chcę tu leżeć nieprzytomny” – zdecydował Mick. Postanowił wziąć jedną, a drugą zachować na później. Po piętnastu minutach już spał głęboko.

Po upływie – jak mu się zdawało – zaledwie kilku sekund ze snu wyrwał go dźwięk dwudziestomilimetrowych pocisków, przedzierających się przez poszycie ogona samolotu, a potem lewej strony kadłuba, gdy piloci zmienili kierunek lotu, chcąc najwyraźniej zgubić lecący za nimi japoński myśliwiec. Mick próbował zebrać myśli, ale mózg miał otępiały od pigułki. Ciężkie pociski waliły w leżący za nim generator; inne przelatywały obok jego głowy przez całą długość samolotu. Słyszał krzyki rannych, którzy zostali trafieni; po chwili zaś Douglas przechylił się mocno w lewo i siła ciążenia przygniotła Micka do podłogi. Wnętrzne kabiny wypełniało się powoli dymem, a jeden z silników hałasował w sposób niewątpliwie niepokojący.

Ogon samolotu oberwał kolejną serią i oba silniki zgasły zalane paliwem. Było słychać tylko gwizd powietrza; samolot, pozbawiony sterowności, szedł szeroką spiralą w dół.

„Do cholery – pomyślał Mick. – Zestrzeliwałem Zera, a teraz mam spieprzyć się w dół jako pasażer?".

Dym w kabinie gęstniał; Mick instynktownie zwrócił się w kierunku kamizelek ratunkowych; samolot szedł ostro w dół, ryk powietrza przechodził w *crescendo*. Przynajmniej ostrzał umilkł, w tych warunkach jednak nie robiło to już zbyt wielkiej różnicy.

„Idziemy w dół – pomyślał Mick. – Spadając z prędkością trzystu węzłów, walniemy o powierzchnię oceanu jak o beton, i zaraz dowiem się, czy kaznodzieje mieli rację, czy też nie".

O dziwo, nie czuł strachu. Walczył wiele razy, nieraz cudem uniknął śmierci, a połowa chłopaków, z którymi kiedyś latał, już nie żyła. Wydawało się, że to naturalna kolej rzeczy. Przypomniał sobie, jak brzmi nieoficjalne credo pilotów z „Yorktown": Latać w marynarce. Umierać w marynarce.

Umysł, otępiały od środków przeciwbólowych, podpowiadał mu słabo, że coś w tym powiedzonku nie pasuje do sytuacji, ale nie mógł przecież nic z tym zrobić. Zastanawiał się, czy piloci jeszcze żyją, ale nagle samolot z trudem wyrównał lot. Zaczął przechylać się w drugą stronę, w kierunku ogona. Czuł nacisk na żołądek, spowodowany przez siłę ciążenia, gdy maszyna skierowała się w górę, aby przygotować się do wodowania w Pacyfiku.

„Nie, nie, nie – pomyślał Mick. – Za szybko, o wiele za szybko. Nie można wodować z taką prędkością. Trzeba lecieć płasko, potem podnieść dziób samolotu, sprowadzić go na dziesięć stóp nad wodę, pilnując, żeby skrzydła były wyrównane, i zamknąć oczy. Pod warunkiem że silniki działają. Sądząc po odgłosach, ci kolesie znaleźli się właśnie między przysłowiowym młotem a kowadłem, o którym tyle mówili instruktorzy".

Światło wpadające przez iluminatory zmieniło kolor z białego na błękitny; poczuł, jak dziób samolotu idzie do góry. Usiadł na stosie kamizelek ratunkowych i czekał. Wielki generator za jego plecami prawdopodobnie uratował mu życie, gdy przez ogon samolotu przeleciał grad japońskich pocisków. Teraz modlił się, żeby mocowania nie puściły i żeby generator nie zmiażdżył go podczas wodowania.

Poczuł, jak ogon samolotu podskakuje na grzbietach fal, a potem maszyna uderzyła o powierzchnię oceanu. Nad chórem krzyków rannych wzniósł się ryk wody, rozbryzgującej się po obu stronach samolotu. Nagle zapadła cisza, ale tylko na chwilę. Jęki rannych mężczyzn, przywiązanych do noszy, były straszne. Samolot trzymał się dość równo na powierzchni, Mick jednak czuł, że wokół jego kostek wzbiera woda. Sprawdził, czy jest cały, wyplątał się spośród kamizelek ratunkowych i rozejrzał wokół.

Wnętrze samolotu wypełniał kurz. Pacjenci leżeli unieruchomieni na noszach po obu stronach kokpitu. Potem zobaczył, że podłogę zalewa woda. Światło, widoczne w iluminatorach, początkowo białe, zieleniało z każdą chwilą.

Wydostać się, wydostać się, wydostać się stąd! – wrzeszczał głos w jego głowie.

Przegramolił się przez stertę skrzynek z narzędziami i ruszył przed siebie, próbując nie patrzeć na rannych, z opatrunkami zabarwionymi czerwienią świeżej krwi, jęczących i płaczących, wyciągających do niego, gdy przechodził, zabandażowane ręce.

Przed drzwiami, podziurawionymi przez pociski, leżały bezwładnie zakrwawione ciała trzech pielęgniarek. Dwie z nich nie żyły albo były nieprzytomne, jedna próbowała wstać. Wyciągnął rękę i postawił ją na nogi, zdając sobie sprawę, że woda sięga mu już do kolan. Główne drzwi znajdowały się po lewej, niedaleko miejsca, w którym wcześniej siedział. Pociągnął ją w kierunku ogona samolotu, stawiała jednak opór.

– Ranni – wymamrotała – musimy ich wydostać.

Popatrzył na nią. Brunetka. Pospolita okrągła twarz, wystraszone brązowe oczy. Zakrwawiony mundur, dłonie i nadgarstki.

– Jak? – zapytał. – Nie będą w stanie pływać ani nawet unosić się na powierzchni.

– Ma pan kamizelkę – gdzie jest reszta? – zapytała. – Przyniosę je.

– Musimy otworzyć drzwi, zanim samolot pogrąży się głębiej – odparł. – W przeciwnym razie zamkną się na dobre pod ciśnieniem wody.

– Jeśli otworzy pan drzwi, to nas zaleje – odparła, po czym dotarło do niej, że to beznadziejne. Patrzyła gdzieś za jego plecy, na nosze ustawione przy ścianach, jak w katakumbach. Te, które znajdowały się najniżej, były już zalane wodą. Tam leżeli najciężej ranni, wielu z nich było już nieprzytomnych. „Na szczęście" – pomyślał Mick.

Widział, że zrozumiała. Przeniesienie rannych było niemożliwe. Po otwarciu drzwi woda wleje się do wnętrza i samolot szybko zatonie. Jeśli tego nie zrobią, pójdą na dno wraz z pozostałymi. Woda wdzierała się do środka w takim tempie, że nie byliby w stanie zrobić dla rannych absolutnie nic. Znaleźli się w tym samolocie właśnie dlatego, że odnieśli najcięższe obrażenia, i nie byli zdolni poruszać się samodzielnie. Teraz wszyscy mieli zginąć.

– Żyją? – zapytał, wskazując na dwie pozostałe pielęgniarki.

– Nie sądzę – odparła drżącym głosem, przebiegając palcami po otworach w drzwiach, pozostawionych przez pociski. – Padło tyle strzałów.

Gdzieś pod nimi dał się słyszeć łomot i okrzyk bólu – to jeden z marines zdołał uwolnić się z więzów i spadł na podłogę; jego twarz znalazła się pod wodą. Pozostali krzyczeli, by ich wypuścić; inni, którzy rozumieli, co się stanie, po prostu płakali lub wzywali matki. Robiło się coraz bardziej duszno – samolot pogrążał się w morzu, ciężkie silniki ciągnęły część dziobową do dołu.

Mick westchnął i wziął ją pod rękę; razem ruszyli przez kokpit, przestępując nad nieruchomym już ciałem mężczyzny; twarz o szeroko otwartych oczach znajdowała się pół stopy pod wodą. Gdy dotarli do drzwi, Mick pociągnął za pokrętło. Nie poruszyło się. Chwycił za podpory po obu stronach drzwi, zaparł się nogami i pchnął z całych sił. Zraniona prawa dłoń dała o sobie znać falą bólu tak silną, że był bliski zemdlenia, ale pokrętło obróciło się o kilka stopni, a potem jeszcze o kilka. Do wnętrza wdarła się strużka morskiej wody; podłoga nachyliła się bardziej w kierunku dziobu. Popchnął drzwi.

– Wychodzimy, teraz! – krzyknął do pielęgniarki, która zdawała się niezdolna do wykonania jakiegokolwiek ruchu. Wciąż patrzyła na rannych, przytroczonych do ścian podwodnej trumny, dłońmi zasłaniała usta, a jej oczy były pełne łez. Przepchnąłby ją na zewnątrz, gdyby nie musiał wkładać całej siły w przytrzymywanie drzwi w pozycji otwartej. Samolot zatrzeszczał pod naporem sił oddziałujących na kadłub, a potem przechylił się na prawo. Woda wdzierała się jednak do wnętrza z wielką szybkością, w dużej mierze przez drzwiczki kokpitu. Po prawej puścił iluminator, wody było coraz więcej. Przechył na prawo sprawił, że dolna część drzwi wynurzyła się na moment na powierzchnię, nastąpiło ich gwałtowne otwarcie i Mick został wypchnięty na zewnątrz. Obawiając się, że strumień wody wrzuci go z powrotem do wnętrza samolotu, złapał pielęgniarkę za kostkę i wyciągnął z kokpitu, po czym oboje wpadli do morza.

Gdy znaleźli się na powierzchni, zobaczyli nad sobą lewe skrzydło samolotu; silnik pluł parą i paliwem, łopaty śmigła były powyginane. Pielęgniarka unosiła się na falach tuż przed nim, zanosząc się histerycznym płaczem. Złapał ją lewą, zdrową dłonią za koszulę i zaczął z trudem płynąć stylem grzbietowym, chcąc oddalić się od samolotu i od rosnącej na powierzchni wody plamy paliwa lotniczego. Z jakiegoś powodu znosiło ich na kadłub maszyny. Mick poczuł drżenie i spojrzał do góry. Lewe skrzydło pogrążało się w morzu. Przyspieszył, wciąż ciągnąc ją za sobą; ogromny kawał blachy uderzył o wodę dziesięć stóp od nich, poczuł na twarzy rozbryzgujące się krople.

„Oderwało się prawe skrzydło" – pomyślał. Wykończony przestał płynąć i spojrzał na swoją pasażerkę. Była nieprzytomna, zwisała teraz bezwiednie ciężarem na jego ciele i kapoku, który miał na sobie. Przez kilka minut unosił się swobodnie na wodzie, rozglądając się dookoła. We wszystkich kierunkach widział jedynie błękit Pacyfiku. Wydawało mu się, że na północnym wschodzie dostrzega wierzchołki pasma Kavo, ale mógł się mylić. Czy piloci zdołali wysłać wołanie o pomoc?

Spojrzał znowu na samolot, który opadał teraz równo na dno; widać już było tylko górną część kadłuba i ogona. Jedynym słyszalnym dźwiękiem było stukanie lewego silnika, stygnącego w morzu. Widział tylko górny zarys głównych drzwi. Z kabiny nie dobiegały już krzyki.

„Potrzebujemy tratwy" – pomyślał. Zdawało mu się, że widział dmuchane tratwy po prawej, przy głównych drzwiach. Czy ta cholerna kobyła utrzyma się na powierzchni dość długo, by zdążył wrócić do środka i wyciągnąć tratwę?

Potrząsnął pielęgniarką i krzyknął do niej. Otworzyła oczy, które od razu rozszerzyły się ze strachu. – Coooo? – spytała.

– Utrzymuj się na wodzie – rozkazał, puszczając ją, aby rozwiązać kapok. Zanurzyła się natychmiast, ale po chwili wypłynęła na powierzchnię, odkasłując.

– Weź kamizelkę – powiedział – wracam do środka, może znajdę tratwę.

Patrzyła na niego bez wyrazu, gdy odwiązywał ostatnią tasiemkę i wręczał jej nasiąknięty już wodą kapok. Nie zdołała go złapać; odpłynął kawałek, niesiony na grzbiecie małej fali. Przeklął, chwycił go, obrócił ją w wodzie i przełożył jej ręce przez otwory kamizelki. Zawiązał jedną tasiemkę na piersi i puścił ją. Znów płakała, przyciskając małe piąstki do oczu.

Samolot znajdował się w odległości ponad pięćdziesięciu stóp; widać już było jedynie statecznik. Zastanawiał się, dlaczego jeszcze nie zatonął, modląc się zarazem, aby potrwało to jeszcze kilka minut.

Zanim dotarł do celu, górna część drzwi była pod wodą, a na wysokości jego twarzy znalazła się antena radiowa. Zobaczył, że poszycie wygina się tuż nad drzwiami pod naporem lewego skrzydła. Zaczerpnął tchu i zanurkował, wdzierając się przez częściowo otwarte drzwi do wnętrza kabiny. Docierało tu nieco światła, ale niewiele. Wszystko nabrało zielonego koloru morskiej wody. We wnętrzu unosiły się setki białych kształtów; po chwili zdał sobie sprawę, że to prawdopodobnie bandaże. Trzymając jedną ręką za obramowanie drzwi, macał wokół siebie w ciemnościach, tam gdzie – jak mu się zdawało – widział wcześniej gumowe tratwy. Celowo nie zaglądał do głównej kabiny. Nie znalazł tratwy, musiał natomiast zaczerpnąć powietrza.

Skoro samolot unosi się na wodzie, pomyślał, to gdzieś tutaj musi być kieszeń powietrzna. Zaryzykował – wpłynął do kabiny, pozwalając, by woda uniosła go pod sam sufit, gdzie rzeczywiście znajdowała się kieszeń powietrzna. Zaczerpnął tchu, a następnie wrócił do półotwartych drzwi, z których padał już jedynie słaby promień zielonkawego światła w coraz bardziej ciemniejącym wnętrzu. Tym razem znalazł tratwę. Złapał ją, była jednak przymocowana; nie mógł znaleźć zatrzasków. Znów zaczynało mu brakować powietrza. Spanikował, słysząc trzask kadłuba. Podpłynął znów do góry, zaczerpnął tchu; wracał jeszcze dwukrotnie, nie był jednak w stanie odczepić tratwy od przegrody.

Przy trzeciej próbie wymacał półokrągły pierścień. Z czasów szkolenia w Pensacola pamiętał, że taki pierścień uruchamia tratwę.

„Do cholery z tym" – pomyślał, i pociągnął. Tratwa zaczęła wypełniać się dwutlenkiem węgla. Złapał za jeden jej koniec, który zaczął rosnąć w oczach, i przesunął się w kierunku drzwi. „Jeśli to zadziała, ciśnienie, które wytworzy się przy napełnianiu tratwy, powinno rozerwać mocowania – pomyślał. – Jeśli jednak będzie to trwało zbyt długo, tratwa wypełni się do pełnej objętości i utknie we wnętrzu samolotu".

Pociągnął ponownie, próbując wepchnąć wijący się kształt w otwór drzwiowy, ale zabrakło mu powietrza. Puścił ją więc i wypłynął na powierzchnię; po chwili usłyszał dwa głośne stuknięcia i ogromna tratwa ratunkowa na piętnaście osób wyskoczyła spod wody obok niego. W chwili gdy do niej dopłynął i złapał za jeden z uchwytów, ogon samolotu pogrążył się w otchłani. Nie wydarzyło się nic spektakularnego. W jednej chwili samolot był jeszcze widoczny nad wodą, w następnej – już go nie było; poszedł na dno wraz ze swoimi nieszczęsnymi pasażerami.

Przez kilka minut odpoczywał na wodzie obok tratwy, potem zaś wdrapał się do środka. Usiadł i rozejrzał się, szukając pielęgniarki.

Nie widział jej.

Uniósł się na kolana, próbując zyskać jak największe pole widzenia, i nawoływał, a jego głos odbijał się pustym echem nad falami. Nawet jeżeli znowu zemdlała, powinna unosić się na wodzie, pomyślał. Z całą pewnością zawiązałem na niej jedną tasiemkę kapoka. Wyciągał szyję do góry, by lepiej widzieć, krzyczał nieustannie. Próbował wstać, ale tratwa była zbyt mało stabilna. Po dziesięciu minutach się poddał. Po prostu jej nie było. Fale dochodziły do wysokości jednej, może dwóch stóp; widoczność we wszystkich kierunkach sięgała kilkuset jardów.

Nic.

Usiadł na gumowym dnie tratwy i obejrzał pulsującą bólem prawą dłoń. Nie spuchła, ale skóra wydawała się ciemniejsza, jak gdyby nabiegła krwią. Usłyszał jakiś dźwięk i podniósł wzrok. Zobaczył przepływającą w pobliżu ostrą, ciemnoszarą płetwę. Przypomniał sobie, że pielęgniarka miała zakrwawione dłonie. Być może to wyjaśnia, gdzie się podziała, pomyślał, ciesząc się, że znajduje się na tratwie.

Morze było dość spokojne, nie minął jeszcze poranek. „Resztę dnia ma pan wolną, poruczniku Jonaszu" – pomyślał. Starał się nie myśleć o rannych przywiązanych do noszy, we wnętrzu wypełniającego się z wolna wodą samolotu. Żałował szczerze, że nie udało mu się uratować żadnego z nich, ale co mógł zrobić? Wypchnąć krwawiące, połamane ciała do wody i pomóc im szybciej się utopić?

No, ale.

Dobiegł go dźwięk przypominający silnik samolotu, podniósł więc głowę. Przez chwilę lustrował bezchmurne niebo, ale niczego nie dostrzegł.

Japończycy? Wrócili, żeby wykończyć tych, którym udało się przeżyć? Słyszał wiele takich historii.

Niebo wydawało się czyste, po chwili jednak zobaczył lekką mgiełkę na wysokości może pięciu tysięcy stóp. Wyglądało na to, że samolot prowadzi poszukiwania w rozszerzającym się kwadracie, nie było jednak sensu wołać ani machać. Jeśli on ich nie widział, oni również z pewnością nie widzieli jego. Po kilku minutach samolot oddalił się na północny zachód, z powrotem w stronę Guadalcanal.

Mick podniósł się na kolanach i rozejrzał się jeszcze raz w nadziei, że zobaczy pielęgniarkę, dostrzegł jednak w oddali jedynie kilka płetw rekinów. Wyciągnął torbę z zapasami, w której znalazł wodę, racje żywnościowe i papierosy. Wypił puszkę wody, ale wspomnienie strasznych scen, które rozegrały się we wnętrzu samolotu, sprawiło, że nie był w stanie tknąć jedzenia. Zignorował dwa krótkie wiosła, przytroczone do górnej części burty. Najpierw chciał się przekonać, w którą stronę dryfuje. W drugiej torbie znajdowały się kamizelki ratunkowe. Założył jedną na siebie, ale bez nadmuchiwania. Była wyposażona w reflektor na baterię, który mógł mu się przydać, gdyby ekipa ratownicza wyruszyła mu na spotkanie łodziami, a może nawet niszczycielem. Wiedział, że tak się stanie wyłącznie wtedy, jeżeli piloci zdążyli nadać sygnał mayday, gdy zaatakowały Zera. Jeśli nie, nic się nie stanie do chwili, gdy okaże się, że transport medyczny nie dotarł na Espiritu Santo. Do tego czasu zniosłoby go niezły kawałek. Ustawił nad sobą daszek chroniący przed słońcem, położył się na dnie łódki i zapadł w drzemkę.

Obudził się o zachodzie słońca. Niebo było pomarańczowoczerwone; na zachodzie kłębiły się potężne cumulonimbusy. Wpatrzył się w horyzont w nadziei, że dostrzeże zarys lądu, ale nic takiego nie było widać – nawet wysokich grzbietów górskich na Guadalcanal. Morze było wciąż dosyć spokojne. Twarz piekła go od słońca, ale oprócz tego – i pulsującego bólu prawej dłoni – nic mu właściwie nie dolegało. Tratwa była zaopatrzona w zapasy dla piętnastu osób na okres tygodnia; dopóki utrzymywała się na wodzie, a on znajdował się w środku, dopóki nie wypatrzyły go japońskie samoloty, miał szansę żyć. Znalazł jeden ze sznurów zabezpieczających i przymocował go do kamizelki, a potem znów przeszukał torbę z zaopatrzeniem. Wyciągnął rakietnicę i sześć rakiet. Sprawdził, gdzie znajduje

111

się wiadro do wylewania wody. Sądząc po tym, jak bywało na Guadalcanal, pogoda mogła gwałtownie się zmienić. Nadal nie był głodny, ale zmusił się do zjedzenia części porcji i wypicia kolejnej puszki wody. Przypomniał sobie, że wciąż ma przy sobie jeszcze jedną pigułkę leku. Przeszukał kieszenie i wydobył ją; nie wyglądała najlepiej. Mimo to połknął ją i znów poszedł spać.

Około północy obudził go szum ulewy. Nie było błysków ani grzmotów, tylko nagły, zimny deszcz; morze zdawało się płaszczyć pod jego naporem. Leżąc z głową przyciśniętą do gumowego dna łódki, nie tyle słyszał, co czuł wibrowanie gdzieś w głębinie pod tratwą.

Usiadł. Noc była bezgwiezdna, a deszcz szumiał nad jego głową, mimo to był pewien, że słyszy dźwięk jednego lub kilku wielkich silników. Kutry patrolowe? Odgłos był zbyt potężny. Niszczyciel japoński? Na tę myśl zadrżał w ciemnościach. Nie pamiętał, czy są wyposażone w turbiny parowe, czy Diesla, przypuszczał jednak, że raczej w turbiny. Nadstawił ucha i obrócił się, by słyszeć lepiej, ale dźwięki zdawały się otaczać go ze wszystkich stron. Cokolwiek to było, zbliżało się z każdą chwilą. Wreszcie był w stanie określić kierunek. Nie obawiał się zderzenia – gumowa tratwa odbiłaby się od kadłuba okrętu, chyba że zostałaby trafiona bezpośrednio przez dziób i przecięta na pół.

Czy powinien wysyłać sygnały? To było dobre pytanie. A jeśli to Japończycy? Był raczej pewien, że znajduje się na południowy wschód od Guadalcanal. Japończycy stacjonowali na północ od wyspy, a zatem było mało prawdopodobne, aby którykolwiek z ich okrętów zapędził się aż tak daleko na południe. „Tak samo myśleli chłopcy w Pearl Harbor" – przypomniał sobie.

Dźwięk narastał, ale wciąż nic nie było widać. A potem nagle zobaczył. Zobaczył wyłaniający się z ciemności podłużny kształt, nisko na wodzie, a przed nim – białoszary grzbiet fali.

112

Zobaczył szereg otworów w bocznej części, a potem coś w rodzaju pokładu działowego ponad nimi.

Okręt podwodny, który wypłynął na powierzchnię – ale czyj? Miał zaledwie kilka sekund na podjęcie decyzji.

Sięgnął do kamizelki i włączył biały reflektor. Światło, rozbłysłe w ciemnościach, niemal go oślepiło; czuł, jak okręt przesuwa się pod nim. Nie wiedząc czemu i po co, wrzasnął:

– Ej, wy tam!

Chwilę później tratwa zakołysała się na wodzie, odepchnięta przez płynący okręt. Poczuł na twarzy gorące powietrze, wypluwane przez silniki, i zapach paliwa. Potem silniki przycichły. Czyżby go usłyszeli?

Wyciągnął wiosło i obrócił tratwę w kierunku, z którego dobiegał odgłos pracujących silników. Okręt był całkowicie zaciemniony, Mick mógł więc jedynie nadstawiać ucha, nie zgasił jednak reflektora. Wiedział, że bateria nie wytrzyma długo, ale w niemal całkowitych ciemnościach światło jaśniało z daleka niczym potężna latarnia.

Odgłos silników wydawał się zamierać w oddali. Przestał wiosłować i usiadł, nie mając pojęcia, co dalej. Zastanawiał się, czy nie wyłączyć reflektora, zamiast zużywać baterię; gdyby jednak zawrócili, mogli go namierzyć wyłącznie dzięki promieniowi światła. Może powinien wystrzelić rakietę.

Dziesięć minut później zdumiał się, gdy coś dużego rozkołysało tratwę na boki, wyłaniając się z wody tuż za nią; gdy się obejrzał, ujrzał nad sobą dziób okrętu podwodnego. Na pokładzie widział zarysy sylwetek i wycelowane w siebie czerwone światła latarek.

– Wyłącz ten reflektor – zawołał ktoś. Mick zgasił swoją latarkę.

Z ciemności wyłoniła się ze świstem sznurowa drabinka; opadła z pláśnięciem na gumowe dno tratwy. Mick się nie wahał. Naprężył drabinkę i wspiął się po śliskim, mokrym sznurze do góry; dwie silne ręce chwyciły go i wciągnęły na pokład.

113

– Kim jesteś? – zapytał jakiś głos.

Mick przedstawił się.

– Pilot?

– Tak, pilot marynarki, ale tym razem leciałem jako pasażer – zdał im relację z tego, co się stało. Za burtą rozległ się trzask; po chwili drabinka została wciągnięta z powrotem na pokład. Mick słyszał, jak powietrze uchodzi z sykiem z tratwy; już po chwili czyjeś ręce podtrzymywały go, pomagając mu pokonać właz. Trzymając się jedną ręką, zszedł po niezwykle stromej drabince, mając jednego marynarza przed sobą, a drugiego za sobą. Właz i wnętrze łodzi były oświetlone czerwonym światłem. Ogromna, okrągła pokrywa włazu u szczytu drabinki zamknęła się z głośnym hukiem.

Godzinę później siedział w maleńkiej kajucie wraz z dowódcą. Okręt zanurzył się; kapitan obawiał się, że biały reflektor Micka mógł zostać dostrzeżony z innej jednostki. Mick przebrał się – mokry kombinezon lotniczy zamienił na czyjś zapasowy mundur – po czym zdał szczegółową relację z wydarzeń ostatniej doby. Dowódca, wyraźnie wyczerpany komandor porucznik, potrząsnął tylko głową, słysząc o ewakuacji rannych. Spojrzał na Micka, który miał minę winowajcy.

– Nie pan ponosi za to odpowiedzialność – powiedział – tylko cholerni Japońcy. Samolot był oznakowany, prawda? Czerwonym krzyżem?

– Tak mi się zdaje – odparł Mick. – Gdy wylatywaliśmy, było jeszcze dość ciemno. Nie zwróciłem uwagi.

– Te skurczybyki cenią śmierć ponad wszystko – powiedział dowódca. – Wyciągnęliśmy z wody rozbitka po tym, jak zatopiliśmy jeden z ich niszczycieli. Był nieprzytomny, leżał na wodzie w kamizelce ratunkowej. Kiedy się ocknął, już na pokładzie, i dowiedział sie, że opatrywał go nasz doktor, ugryzł go w rękę, a potem sturlał się z powrotem do wody. Od tamtej pory nie zawracamy sobie głowy cackaniem się z nimi.

– Zapewniam pana, że marines też się z nimi nie cackają – powiedział Mick. – No więc, gdzie mnie pan zabierze? Z powrotem na Canal?

– Pewnie mógłbym – odparł dowódca. – Albo może pan płynąć z nami do Darwin.

Mick wyszczerzył zęby. – Cholera, dowódco, musiałbym się zastanowić. Darwin, Australia czy Guadalcanal. Cholernie ciężki wybór.

– Prawda? – odparł dowódca. – Poszukajmy dla pana wolnej koi.

ROZDZIAŁ SZÓSTY

USS „Evans" był nowym niszczycielem klasy Fletcher o wyporności dwóch tysięcy dwustu ton, z dwiema turbinami parowymi o mocy sześćdziesięciu tysięcy koni mechanicznych, z pięcioma pojedynczymi działami pięciocalowymi i dwiema wyrzutniami torpedowymi. Załoga liczyła około trzystu dwudziestu osób. Marsh był zastępcą dowódcy, a zatem inni członkowie załogi zwracali się do niego, używając skrótu XO[8]. Po oddaniu do eksploatacji, testach w warunkach rzeczywistych i trzech miesiącach przyspieszonego szkolenia taktycznego w Guantánamo, w końcu lata 1943 roku „Evans" przepłynął przez Kanał Panamski i wyruszył do Pearl Harbor, jako jeden z dwunastu niszczycieli eskortujących lotniskowiec USS „Lexington".

Przed opuszczeniem Pearl, Marsh odwiedził kwatery kilku podoficerów, którzy zdołali przeżyć zatopienie „Winstona". Była to sugestia komandora Wilsona. – Znajdź chłopaków z „Winstona" i zabierz ich ze sobą na nowy okręt – powiedział Marshowi. – Bardzo ci się przydadzą jako członkowie załogi. – Marsh odnalazł drugiego mechanika Marty'ego Gormana, pięciu podoficerów, którzy obsługiwali działa okrętowe, a także

---

[8] XO – *Executive Officer* (ang.), zastępca dowódcy.

podporucznika Johna Hennessy'ego, który służył w dziale nawigacji. Wszyscy marzyli o tym, żeby wydostać się z Pearl tak samo gorąco jak on, komandor Wilson zajął się więc nimi wszystkimi.

Wśród Floty Pacyfiku krążyły pogłoski, że Guadalcanal trzyma się nieźle, w związku z czym powstał plan przerzucenia sił amerykańskich na dalsze wyspy łańcucha środkowego Pacyfiku, poczynając od północnego krańca Wysp Salomona. Nikt nie miał złudzeń, że wojna jest bliska pomyślnego zakończenia, szczególnie gdy „Evans" opuścił kanał i wpłynął do Pearl Harbor, mijając po drodze melancholijne wraki pancerników „Arizona", „Oklahoma", a następnie – za Ford Island – „Utah".

– Cholera, XO, co to za smród? – zapytał jeden z chorążych.

– To jest dokładnie to, o czym pan myśli, panie Cauley – odpowiedział Marsh.

Stali na skrzydle mostka; w powietrzu unosiła się zmieszana woń paliwa, mułu i spalonej izolacji elektrycznej, dominował jednak nad nimi mdlący zapach rozkładających się ciał. Pancernik „Arizona" znajdował się dokładnie tam, gdzie został zatopiony owego fatalnego poranka; wystające nad wodę stalowe elementy wraku były spalone i czarne. Pancernik „Oklahoma", który, zaatakowany przez torpedy, przewrócił się do góry dnem, został podniesiony i zepchnięty na brzeg przy wyspie Ford; pompy pracowały dzień i noc, wylewając z wnętrza okrętu wodę, by przywrócić go do służby.

– Myślałem... – powiedział chorąży Cauley – to znaczy, no, czy oni nie, no, nie wyciągnęli ciał? Już po wszystkim?

Marsh stwierdził, że Cauley jest niezwykle naiwny, nawet jak na chorążego Rezerwy Marynarki Wojennej po dziewięćdziesięciodniowym kursie dla kandydatów na oficerów i sześciu miesiącach służby na morzu. Kapitan rzucił Marshowi porozumiewawcze spojrzenie ze swojego stanowiska na mostku i przewrócił oczami.

– Wewnątrz wraku USS „Arizona" znajduje się nadal ponad tysiąc ciał – powiedział Marsh – i pozostaną tam na zawsze. Kilka miesięcy temu udało się podnieść „Oklahomę". Szczątki ludzkie, które znajdowały się we wnętrzu okrętu, są z niego częściowo wydobywane za pomocą pomp usuwających wodę, rozumie pan?

Cauley na myśl o tym przełknął głośno ślinę i zamilkł, patrząc, jak okręt podchodzi do pirsu. Od ataku minęło półtora roku, ślady zniszczeń były jednak wciąż widoczne. Niektórym uszkodzonym pancernikom przywrócono tymczasem pływalność. Trafiły do stoczni marynarki wojennej na zachodnim wybrzeżu, gdzie przygotowywano je do powrotu do służby. Patrząc na „Oklahomę", Marsh z trudem mógł sobie wyobrazić, że którykolwiek z pokonanych olbrzymów zdoła jeszcze wyruszyć na morze. Mówiono, że dowództwo marynarki ma zamiar pozostawić „Arizonę" i „Utah" tam, gdzie są.

Lotniskowiec podpłynął tymczasem do nabrzeża, by wziąć na pokład samoloty. Eskortujące go niszczyciele otrzymały rozkaz udania się do pirsów przy East Loch. Chorąży Lee, asystent dowódcy działu artyleryjskiego, dawał komendy do steru, a oficer nawigacji – porucznik Hennessy – nadzorował manewry. Kapitan obserwował ich uważnie, gotów przejąć kontrolę, gdyby któryś z młodszych oficerów zrobił coś wyjątkowo głupiego. Wszyscy wiedzieli, że często im się to zdarza. Reszta załogi zajęła stanowiska manewrowe – pierwszy i drugi dział na górnym pokładzie, na dziobie i rufie, gotowe, by zająć się linami cumowniczymi, podczas gdy marynarze obsługujący działa przygotowywali odbijacze na śródokręciu. Mechanicy znajdowali się na stanowiskach pod pokładem, w kotłowniach i maszynowniach. Dział nawigacji zajął miejsca w sterówce, pomieszczeniu nawigacyjnym oraz na mostku sygnałowym.

Zadaniem Marsha jako zastępcy dowódcy było dopilnowanie, aby wszyscy znajdowali się na stanowiskach i nadzorowanie manewrów, tak aby okręt zacumował bezpiecznie obok innych niszczycieli stojących już w porcie. Z reguły przy takich okazjach przebywał w pobliżu mostka, gdy kapitan pilnował młodszych oficerów podczas pracy. Kiedy okręt znalazł się na miejscu postoju, rozpoczął inne prace. Kilka kolejnych godzin zajął mu nadzór dostaw paliwa, zapasów, poczty, towarów, części zamiennych, a następnie przyjmowanie nowych członków załogi oraz oficerów odwiedzających pokład.

Wreszcie, około piątej, był wolny i mógł wraz z kapitanem oddalić się do kantyny oficerskiej. Wszyscy z wyjątkiem wacht opuścili tymczasem okręt, by zażyć nieco upragnionej wolności i odpoczynku. Kapitan Warren miał stopień komandora. Wcześniej pełnił funkcję głównego inżyniera na lekkim krążowniku przeciwlotniczym, a dowództwo na USS „Evans" było nagrodą za bohaterską służbę podczas zażartych walk w obszarze Wysp Salomona. Zarówno on, jak i Marsh mieli za sobą straszne przeżycia, co zbliżyło ich do siebie i ułatwiło wspólne dowodzenie okrętem. Marsh był dość młody jak na zastępcę i już zdążył nauczyć się wiele od swego przełożonego.

Dowódca eskadry niszczycieli, wyglądający niezwykle młodo komandor marynarki wojennej, siedział ze swymi dowódcami przy barze. Warren dołączył do zwierzchnika, Marsh dostawił do ich stolika stołek barowy i usiadł na nim ze szklanką upragnionej szkockiej. Stołek był wygodny, a szkocka wyśmienita. Obok niego usiadł mężczyzna w luźnych spodniach i kolorowej hawajskiej koszuli. Przedstawił się jako doktor Ernie King i zamówił burbona.

– Który okręt? – zapytał. Najwyraźniej nie miał wątpliwości, że Marsh jest oficerem. Marsh odparł więc, że jest zastępcą dowódcy na „Evansie".

– To niszczyciel?

– Zgadza się. Należeliśmy do grupy operacyjnej „Lexingtona".

– Aha, widziałem dzisiaj, jak cumuje. Większy niż poprzedni „Lexington". Wy, chłopcy, macie najlepszą zabawę.

119

Mając wciąż w pamięci ponury los „Winstona", Marsh stwierdził, że ta zabawa jest nieco przereklamowana. King się roześmiał.

Marsh spytał go, czy pracuje w szpitalu marynarki wojennej. Tamten potwierdził. Zapytał więc z kolei, czy zna siostrę Glorię Lewis, a może Hawthorne. King popatrzył na niego z nagłym zainteresowaniem.

– Panią Everest? No pewnie, że znam. Jestem chirurgiem, a ona przełożoną jednego z zespołów pielęgniarek naszego oddziału.

– Pani Everest?

– Nie da się na nią wdrapać – powiedział z zabawnym, ukośnym uśmieszkiem. – Chociaż, cholera, każdy z nas o tym marzy. Rzeczywiście zna ją pan?

Marsh opisał bardzo ogólnie historię swojej znajomości z Glorią. King pokiwał smutno głową, gdy Marsh wspomniał o jej powiązaniach z katastrofą USS „Arizona".

– Wie pan – powiedział – przypuszczam, że właśnie dlatego wydaje się tak godna pożądania, pomijając jej oczywiste kobiece atuty. Jest niemalże eteryczna. Wycofana, cicha, trochę smutna. Jedyne, o czym się myśli, to żeby wziąć ją w ramiona.

– Jedyne?

Znów wyszczerzył zęby, jakby wymagał tego niepisany kodeks twardziela, ale po chwili uśmiech spełzł z jego twarzy.

– Prawda jest taka – stwierdził – że jest tu wiele ładnych pielęgniarek, ale Gloria Lewis to klasa sama w sobie. Jest tak cholernie piękna, a przy tym całkowicie nieosiągalna. Widziałem ją w kaplicy w ostatnią niedzielę. Przyszła w tym ponurym stroju, który nosi, kiedy nie ma na sobie fartucha. Twarz okolona czarnym welonem. Zapiera dech w piersiach; to najlepsze określenie, jakie przychodzi mi do głowy. Goya dałby wszystko, żeby móc ją namalować. Jest odległa jak gwiazda poranna. Wszyscy faceci w kaplicy gapili się na nią, a ona kompletnie nie zwracała na nich uwagi.

– Jej mąż był moim kolegą w Annapolis – powiedział Marsh – to był wyjątkowy gość.

– Musiał być taki – odparł tamten, kiwając palcem na barmana, aby zamówić następną kolejkę. – Ona też jest najlepsza na naszym oddziale. Wcielenie rzeczowości, przez cały czas. Żadnych żartów, jałowego gadania, żadnych pomyłek. Ale nawet kiedy ma na twarzy maskę, chirurdzy podczas pracy wolą na nią nie patrzeć. Za bardzo rozprasza uwagę.

– No cóż, taką ją pamiętam – powiedział Marsh.

– Skoro już pan tu jest, dlaczego pan do niej nie wpadnie? Proszę ją odwiedzić.

Marsh wyjawił, że nie wie, jak to zrobić. Nie chciał mówić wprost, że notowania jego męskiego uroku wciąż stoją kiepsko. Podobnie jak odwaga, stwierdził w duchu.

– O, to żaden problem. Proszę zadzwonić do szpitala. Zapytać o oficera dyżurnego. Powiedzieć mu, że chce pan skontaktować się z siostrą chorążym Lewis. Znajdą ją dla pana.

– Jest chorążym?

– One wszystkie są chorążymi, z wyjątkiem jednej starej nietoperzycy, przełożonej wszystkich pielęgniarek, ta jest podporucznikiem. Ja jestem komandorem. Wielka mi rzecz. Stopień nic nie znaczy – chodzi tylko o to, żeby jakoś zaszeregować młode dziewczyny w tym świecie oficerów, rozumie pan.

– Jaki jest numer szpitala? – zapytał Marsh.

Godzinę później wędrował wysadzaną palmami ulicą Hospital Point, gdzie mieściły się kwatery pielęgniarek. Budynki w kolonialnym stylu, z werandami, przekształcono na dormitoria dla personelu medycznego. Oficer dyżurny odebrał wiadomość i oddzwonił do niego kilka minut później, mówiąc, że siostra chorąży Lewis asystuje właśnie przy zabiegu, ale będzie mogła spotkać się z nim po godzinie osiemnastej. Zbliżając się do celu, zobaczył wielką dziurę w chodniku. Był przekonany,

121

że to krater po bombie, ale po chwili zdał sobie sprawę, że to po prostu efekt niekończącego się konfliktu wewnętrznego w Departamencie Robót Publicznych Bazy Marynarki Wojennej. Pewne rzeczy po prostu się nie zmieniają.

Wszedł na ścieżkę prowadzącą do drzwi budynku; na werandzie siedziała ładna, młoda dziewczyna o słodkiej buzi, która posłała mu uśmiech. Miała na sobie strój, nazywany, jak miał się dowiedzieć później, *muumuu* – długi do samej ziemi, kwiecisty i obszerny.

– Witam – powiedziała. – Kim pan jest?

Marsh przedstawił się, mówiąc, że przyszedł zobaczyć się z siostrą Lewis. Miał na sobie mundur, nie musiał więc podawać stopnia wojskowego. Dziewczyna przedstawiła się jako Sally Adkins i oznajmiła, że pójdzie po Glorię. Wróciła po minucie, mówiąc, że Gloria za chwilę się zjawi.

– Skąd pan jest? – zapytała. – Czy jest pan komandorem albo kimś takim?

Marsh usiadł obok niej na wiklinowym fotelu. – Jestem świeżutko upieczonym komandorem porucznikiem – odparł – i zastępcą dowódcy na niszczycielu z grupy „Lexingtona". Krążownik nazywa się „Evans".

– No proszę – powiedziała, a on ze zdziwieniem stwierdził, że to zrobiło na niej wrażenie. Z bliska widać było, że zbliża się do trzydziestki; miała przepiękne, niebieskie oczy. – Co oznacza „świeżutko upieczonym"?

– Awansowałem niedawno – odpowiedział. – Jestem z San Diego w Kalifornii. A pani?

– Ja jestem z St. Louis, ale znam San Diego. Tam odbywałam szkolenie pielęgniarskie.

– W dzisiejszych czasach każdy, kto jest w marynarce, musiał bywać w San Diego.

– Nosi pan jeden z tych ogromnych pierścieni – czy to znaczy, że studiował pan w Annapolis?

– Tak, ale wydaje mi się, że od tamtej pory minęły wieki.

– O rety – powiedziała. – Nie ma tu zbyt wielu wojskowych z Annapolis, w każdym razie takich, którzy byliby zdolni poruszać się o własnych siłach. Skoro studiował pan w Annapolis, to znaczy, że należał pan do grupy facetów nadających sobie nawzajem zabawne przydomki. Jak brzmiał pański?

– Ślicznotka – usłyszał znajomy głos za plecami. – Witaj, Marsh.

Odwrócił się, wstał i z wielkim trudem wydobył z siebie głos.

– Gloria – powiedział. – Tak mi przykro z powodu Tommy'ego.

Nie tak miał zamiar rozpocząć rozmowę, ale smutek malujący się na jej twarzy sprawił, że nie mógł inaczej.

– Dzięki, Marsh – odrzekła, spoglądając w zamyśleniu na pobliską zatokę i wystające z wody poczerniałe szczątki wraku u wybrzeży Ford Island. – To było straszne. Chodźmy na spacer. Przez cały dzień wdychałam opary środków odkażających. Rozpaczliwie potrzebuję świeżego powietrza.

– Miło było pana poznać, komandorze – zawołała Sally, gdy schodzili po schodach werandy. – Proszę nas jeszcze odwiedzić.

Marsh zapewnił ją, że to zrobi, po czym zeszli na dół.

– Sally jest taka kochana – powiedziała Gloria. – Mężczyźni są zachwyceni, gdy przychodzi na oddział, a dla mnie jest zawsze bardzo miła. Mieszkamy w jednym pokoju.

– Straciłem kontakt z tobą i Tommym po rozdaniu dyplomów – powiedział. Większość żon i rodzin oficerów została w kraju, gdy Flota Pacyfiku została przeniesiona na Hawaje. – Od jak dawna jesteś w Pearl?

– Od czasu, gdy flotę przeniesiono tu z Kalifornii – odparła – był tu szpital polowy, postanowiłam więc przyjechać. Kiedy w Europie zrobiło się naprawdę kiepsko, zaczęliśmy rozważać mój powrót do kraju, ale... odsuwaliśmy to w czasie.

– Masz rodzinę? – zapytał. – Dzieci?

– Nie – odparła ze słabym uśmiechem. – Tommy chciał zostać inżynierem budowy okrętów. Mówił, że powinniśmy zaczekać do czasu, kiedy dostanie pracę w stoczni i zacznie nocować w domu. A potem, ta wojna...

Marsh przytaknął. Jeden z jego kolegów z roku, zmęczony służbą na morzu, postanowił zostać inżynierem. Teraz, gdy kraj był w stanie wojny, utknął w stoczni, podczas gdy kumple z rocznika, którzy kończyli z nim akademię, awansowali i podróżowali po świecie, przeżywając ekscytujące przygody. Na przykład pod Savo.

– A ty, Marsh? Ożeniłeś się? Masz rodzinę?

– Ja? Ożenić się?

– No, tak, dlaczego nie?

– Spójrz na mnie, Glorio – nie wyprzystojniałem specjalnie od czasów akademii. Większość chłopaków nie ma nawet ochoty poznać mnie ze swoimi siostrami, choćby z tymi jednonogimi, których nikt nie chce.

Roześmiała się, choć podejrzewał, że mogła myśleć tak samo, zadając mu to pytanie.

– Wychowałam się w pobliżu kolonii amiszów – powiedziała – cenili sobie mężczyzn o pospolitym wyglądzie.

– Pospolitym? Dzieciaki wciąż jeszcze mnie pytają, czy mieszkam pod mostem, razem z innymi trollami. Pytają zresztą dopiero wtedy, kiedy skończą im się kamienie i nie mają już czym we mnie rzucać.

– Czy koledzy nadal nazywają cię Ślicznotką?

– O ile ich widuję – powiedział. – Ostatnio wszyscy zwracają się do mnie wyłącznie „XO".

– XO – powtórzyła. – Całkiem nieźle, Marsh, jak na jedenaście lat służby. Tommy mówił mi, że ma szansę na zastępcę dowódcy dopiero po piętnastu latach na pancerniku, a dojście do komandora zajęłoby mu dwadzieścia lub więcej.

– To zmienia się teraz dość szybko – odparł, gdy dotarli do skraju Hospital Point. Boje unoszące się na wodzie przy wejściu do kanału mżyły słabym światłem; ich reflektory skierowane były na pełne morze. Opowiedział jej o swoich przejściach na „Winstonie" i przyznał się do swojej bytności w szpitalu w sierpniu zeszłego roku. Zbeształa go, że jej wtedy nie odszukał, ale usprawiedliwił się, że nie miał pojęcia, iż pracuje w Pearl. Nie była to oczywiście prawda, widział ją przecież w kantynie, w rzeczywistości jednak nie chciał odnawiać znajomości tak prędko po śmierci Tommy'ego.

– Leżałeś tu jako pacjent?

– Nie, nie byłem tak ciężko ranny. Nie kładli do szpitala nikogo, kto był w stanie utrzymać się samodzielnie na nogach.

– Sierpień 1942 roku – powiedziała. – Savo. Pamiętam. Najgorzej było z tymi, którzy zostali poparzeni. Obawiam się, że większość nie przeżyła. Ale mogę się mylić – ten okres zatarł mi się w pamięci.

– Nie potrafię sobie nawet wyobrazić.

– Owszem, potrafisz – odparła – zwłaszcza że sam byłeś na „Winstonie". Wszyscy ci nieszczęśni rozbitkowie byli w stanie szoku. Mogli chodzić, mówić, ale nie patrzyli na nikogo. Myślami byli chyba nadal tam, na morzu, na okręcie.

– Tak, to prawda – powiedział, przypominając sobie to wszystko aż nazbyt dobrze. Głowa Jacka kołysząca się na morzu tuż obok niego. Odepchnął od siebie to wspomnienie. – Nie masz...

– Nie – powiedziała cicho.

Musiał przez chwilę się zastanowić. – Jeśli nie masz nic przeciwko temu, Glorio – powiedział – chciałbym spytać, gdzie wtedy byłaś? Tamtego dnia?

– Właśnie tu, gdzie teraz stoimy, Marsh.

Do diabła, pomyślał. – Patrzyłaś na to? Widziałaś to?

– O Boże, tak. Japońskie samoloty znajdowały się nad moją głową, odlatywały z Pearl. Niektóre z nich ostrzelały szpital, chyba tylko dla zabawy. Oczywiście wiedziałam, gdzie cumuje „Arizona". Jeszcze w piątek byłam na pokładzie, na obiedzie. Widziałam, jak wypływali, Marsh. Widziałam tę eksplozję ognia i dymu walącą prosto z komina.

125

– Dobry Boże – wyszeptał Marsh.

– Wiedziałam, Marsh. Chryste, wiedziałam!

Zachwiała się lekko, a on przytrzymał ją za ramiona, gdy szlochała bezgłośnie, powtarzając cicho: wiedziałam, wiedziałam, wiedziałam.

– To niewytłumaczalne – powiedział, wdychając zapach jej włosów. Wiele razy śnił, że trzyma Glorię Hawthorne w ramionach, ale nigdy nie sądził, że nastąpi to w tak smutnej chwili. – Ale kiedy druga torpeda uderzyła w „Winstona", wiedziałem, że już po nas. Okręt zadrżał po pierwszym uderzeniu, jak struną gitary, szarpnięta zbyt mocno. Ale po drugim? Napęczniał wodą jak worek ze świeżo wypraną bielizną, jakby było mu już wszystko jedno. Poszycie zatrzeszczało, a potem wszystko zaczęło się rozpadać, fragmenty kadłuba pryskały jak odłamki szkła, wyskakiwały nity. Kiedy pogrążał się w morzu, rozległ się potworny jęk. Tak samo jak ty, ja wiedziałem.

Uspokoiła się i odsunęła nieco, ale niezbyt daleko. – Czuję się taka(...) jak to określić?

– Winna?

Spojrzała na niego, jej oczy zalśniły. – Tak! Winna. Stałam na falochronie i patrzyłam, gdy Tommy i pozostali odfruwali w niebo przez komin „Arizony", zostały z nich tylko drobne cząsteczki węgla w potężnej, gotującej się, czarno-czerwonej chmurze. To była niedziela! Do diabła z nimi, Marsh, do diabła z nimi!

– Pracujemy nad tym, Glorio – powiedział. – Uwierz mi, zanim to wszystko się skończy, Japonia usmaży się w piekle. Obiecuję ci to.

Westchnęła głęboko i odwróciła się od niego, wpatrując się w ciemniejące wody zatoki. Niechętnie opuścił ramiona. Widzieli już tylko światła reflektorów nad wyspą Ford, tam gdzie pompy pracowicie opróżniały wnętrze okrętu „Oklahoma". Przypomniał sobie, co powiedział chorążemu Cauley.

– Glorio – rzekł – zostaniemy tu tylko kilka dni. Może poszlibyśmy razem na obiad?

Odwróciła się i spojrzała na niego. – Och, nie wiem, Marsh. Byłoby zupełnie jak w Annapolis. Pamiętasz, jak wędrowaliśmy we czwórkę po Crabtown w poszukiwaniu tanich jadłodajni? Jak jedliśmy rybę z frytkami u Greka? Jak piliśmy piwo w szklankach od coca-coli?

– To już przeszłość, Glorio.

Westchnęła. – Nie jestem pewna, czy bym to zniosła, Marsh. Nie ma już Bestii, nie ma Tommy'ego, nie rozumiesz?

– Ja bym to zniósł, Glorio – odparł, zadziwiając sam siebie.

Mrugnęła, zaskoczona. – Ach, tak – powiedziała.

– To znaczy, słuchaj, zapomnij o tym. Rozumiem...

– Och, Marsh. Tak mi przykro. Przyzwyczaiłam się myśleć tylko o sobie. Oczywiście, pójdźmy gdzieś.

– Aha.

Uśmiechnęła się i noc pojaśniała na chwilę. – Mam jutro wolny dzień, mam zamiar przede wszystkim się wyspać. Spotkajmy się po południu, około szóstej. Weź taksówkę. Znam jedno miłe miejsce w Aiea.

Gloria Hawthorne Lewis leżała w wannie, patrząc, jak palce jej stóp i dłoni marszczą się pod wpływem stygnącej wody. Sennie wspominała szczęśliwe weekendy w Akademii Marynarki Wojennej, w czasach, gdy – chcąc nie chcąc – odgrywała rolę gwiazdy w ich dość nietypowej, czteroosobowej grupce. Tommy Lewis, Ślicznotka Vincent, Bestia McCarty i oczywiście ona. Bestia, gwiazda sportu, olbrzymi i nieustraszony, o śmiałych oczach i potężnych dłoniach, przybierający agresywne, męskie pozy. Tommy – intelektualista, bystrzak, jak mawiali aspiranci o tych najinteligentniejszych, jedyny wśród nich, który sprawiał, że za dotknięciem dłoni motyle w jej brzuchu wzbijały się do lotu. I Ślicznotka, biedny Ślicznotka, facet o twarzy, która mogłaby zachwycić jedynie karykaturzystę, przeraźliwie nieśmiały z powodu swojego wyglądu,

127

a jednak patrzący na nią z niemal namacalną tęsknotą, gdy myślał, że nie zwraca na niego uwagi. W duchu cieszyła się, że to Marsh Vincent, a nie Mick McCarty pojawił się znów w jej życiu.

Wspólny obiad był dość kameralnym wydarzeniem, pełnym wspomnień o Annapolis; oboje wciąż krążyli myślami wokół Tommy'ego; jego duch majaczył gdzieś tuż obok nich. Zwracała się do niego „Marsh", a nie „Ślicznotko", jak gdyby chcąc podkreślić, że oboje stali się innymi ludźmi. Gloria, wdowa, dzień po dniu nurzająca się we krwi na oddziale chirurgicznym; Marsh, zastępca dowódcy, w drodze na zachód, gdzie miał znów zmierzyć się z okropieństwami wojny, przysparzającej szpitalowi coraz to nowych pacjentów.

Od ataku na Pearl Harbor minęły prawie dwa lata; restauracja była pełna hałaśliwych mężczyzn, z upływem czasu przekonanych coraz bardziej, że wygrają wojnę i ukarzą zdradzieckich japońskich skurczybyków za zło, które im wyrządzili. Marsh zapytany, czy takie same nastroje panują we flocie, odparł, że oficerowie marynarki nie wybiegają myślami tak daleko. Spytała go również, czy nie zostawił w Stanach dziewczyny, z którą wiązałby plany na przyszłość. Odpowiedź całkowicie ją zaskoczyła.

– Chciałbym ożenić się z tobą – powiedział.

Nadal czerwieniła się na samo wspomnienie. Wcześniej była przekonana, że ma sytuację całkowicie pod kontrolą.

– Zakochałem się w tobie już w Crabtown – wyznał. – Po prostu nigdy dotąd nie miałem odwagi przyznać się do tego.

– Marsh – powiedziała, walcząc z przypływem emocji. – Nie wiem, co powiedzieć.

– Mogłabyś się zgodzić – odrzekł z krzywym uśmiechem.

Przechylił się przez stół i chwycił jej lewą dłoń, na której wciąż nosiła miniaturkę pierścienia akademii i obrączkę ślubną. Jego dłoń była ciepła, ona jednak nie potrafiła myśleć o niczym oprócz tych dwóch kawałków metalu.

128

– Posłuchaj, Glorio, wiem, to było aroganckie z mojej strony. Wygląda na to, że wojna leczy z nieśmiałości. Czas wydaje się mieć dzisiaj większą wartość niż kiedyś.

– Czy chodzi o miłość, Marsh, czy może o coś innego? – spytała wreszcie.

– Co innego?

– Pragnienie, Marsh. Pragnienie. Czy ty rzeczywiście mnie znasz, czy tylko zakochałeś się w ładnej dziewczynie, z którą kiedyś kumplowałeś się w Annapolis?

– Powiedzieć, że jesteś ładna, Glorio, to za mało – odparł.

– Tak przypuszczam, Marsh. Dlatego też wiem wszystko o pożądaniu. Mężczyźni patrzą na mnie z pożądaniem. Tak jest od czasu, gdy skończyłam szesnaście lat. Teraz mam trzydzieści trzy lata i to jak wyglądam, nadal wpływa na moje relacje z mężczyznami. Lekarze, pielęgniarze, pacjenci i obcy faceci w kantynie, nawet przygodnie spotkani marynarze.

– A więc chciałabyś, żeby choć raz jakiś mężczyzna docenił twoje wnętrze? – zapytał z nieruchomą twarzą.

Roześmiała się głośno, słysząc ten banał, i on też wyszczerzył do niej zęby.

– Wiem, wiem – powiedziała – paniusia za dużo wymaga. Słuchaj, wtedy, w Annapolis, było mi z wami naprawdę wspaniale. Zawsze gdy jechałam do was na weekend, lądowałam w samym centrum wszechświata, która kobieta nie byłaby tym zachwycona? Zakochałam się w Tommym, no cóż, bo się w nim zakochałam. Ale wspaniale było też włóczyć się razem ze Ślicznotką i z Bestią.

– Chcesz mi powiedzieć, że to jak cię widzę, jest jedynie moim wyobrażeniem o tobie?

– Oczywiście, że tak, Marsh. Ludzie tak właśnie robią. Wszyscy to robimy. Ty byłeś tym nieśmiałym. Byłeś facetem, który nigdy nie zebrał się na odwagę, żeby wyjawić mi swoje uczucia. A ja? Byłam królową balu ze swoją świtą trzech dziarskich aspirantów. Teraz jesteś zastępcą dowódcy niszczy-

129

ciela, a ja jestem wdową wojenną. Żadne z nas nie jest tą samą osobą, którą było kiedyś.

– No dobrze – powiedział – przyznaję ci rację. Zacznijmy więc wszystko od początku. Nazywam się Marsh Vincent. Skończyłem Akademię Marynarki Wojennej. Słyszałem, że ty też, w pewnym sensie.

Spojrzała na niego i westchnęła. – Czy nie zapominasz o kimś?

– O Tommym?

– Tak, Marsh. O Tommym. O mężczyźnie, za którego wyszłam za mąż.

Puścił jej dłoń i uciekł na chwilę spojrzeniem, potem podniósł szklankę.

– Glorio, to nie Tommy leży we wraku „Arizony". Tommy poszedł tam, gdzie idą po śmierci dobrzy ludzie. Ty i ja jesteśmy wciąż na służbie, przynajmniej na razie.

– Mój umysł o tym wie, Marsh. Moje serce nie jest tego pewne. Zaraz powiesz mi, że życie toczy się dalej, że nie mogę zostać wdową na zawsze.

– Coś w tym rodzaju, Glorio. Nie możesz przecież dołączyć do Tommy'ego.

– Zrobiłabym to, gdybym mogła, Marsh.

Uśmiechnął się, zrezygnowany. – Ja też – powiedział – naprawdę podziwiałem Tommy'ego. Pan Prostolinijny. Urodzony, żeby zwyciężać, a przecież zawsze miał dość przyzwoitości, żeby okazywać zdziwienie, kiedy wygrywał.

Powiedział to bez cienia sarkazmu. Najwyraźniej nie tylko ona tęskniła za Tommym Lewisem. Bestia nazwał go kiedyś księciem. Gdy spytała, co chciał przez to powiedzieć, Bestia odparł, że niektórzy ludzie są po prostu bardziej wartościowi od innych. Tommy, choć sam szedł przez akademię jak burza, był zawsze chętny do pomocy tym, którzy w przeciwieństwie do niego zawsze biedzili się nad każdym egzaminem; potrafił zaoferować wsparcie w taki sposób, że nikt nie czuł się tym zażenowany. Inteligentny, przystojny, szczerze serdeczny i miły dla innych. Już wtedy wszyscy wiedzieli, że Tommy jest kimś niezwykłym.

– Cholerna wojna – powiedział Marsh – kiedy się skończy, odchodzę z marynarki, oczywiście, jeśli przeżyję.

– Co innego możesz robić?

– Nie mam pojęcia – odparł – może zostanę prawnikiem, jak mój tata. Z pewnością jednak mam dość tego wszystkiego. Mam dreszcze na samą myśl o wypłynięciu w morze.

– Być może miałbyś do tego inne podejście, gdybyś sam objął dowodzenie. Przypuszczam, że niedługo ci to zaproponują.

Roześmiał się. – Im bliżej do tego, tym bardziej przeraża mnie rola dowódcy – powiedział. – Odpowiedzialność za życie tylu ludzi. Zdaje mi się, że nie jestem na to dość silny. Na pewno nie mam wystarczającego doświadczenia.

Wyciągnęła korek dużym palcem u nogi i wyszła z wanny, żeby się wytrzeć. Bardzo lubiła Marsha, choć nigdy nie budził w niej takich uczuć jak Tommy. Obiecała, że będzie do niego pisać, głównie dlatego, że tak bardzo potrzebował kogoś, z kim mógłby pozostać w kontakcie. Wydawało mu się, że jest w niej zakochany – ale ona wiedziała lepiej.

Drzwi łazienki otworzyły się i weszła Sally, owinięta ręcznikiem.

– Zostawiłaś mi trochę ciepłej wody? – spytała pogodnie. – Jak tam randka z komandorem? Jest słodki.

– To nie była randka, Sal – odparła Gloria – to tylko dawny przyjaciel. Poza tym, to komandor porucznik.

– Ha – rzekła Sally, siadając na brzegu wanny i odkręcając wodę. – Widziałam, jak ten biedak na ciebie patrzy, poza tym, odkąd cię znam, nie umówiłaś się z nikim na obiad.

To prawda, pomyślała Gloria, ale nie chciała dłużej rozmawiać na ten temat. Sally zawiesiła ręcznik na stelażu i weszła do ogromnej ceramicznej wanny. Gloria rzuciła na nią okiem. Całkiem nieźle, pomyślała. Może troszkę zbyt pełna w biodrach, ale jest tak słodka, żywa, zawsze uśmiechnięta; i te piękne niebieskie oczy w ładnej twarzy. Facet, który ją zdobędzie, będzie prawdziwym szczęściarzem.

A może Marsh?

– Hej, Sal – powiedziała – mogłabyś wyświadczyć mi przysługę.

Sally Adkins napisała tego wieczoru swój pierwszy list do miłego komandora o twarzy wiejskiego chłopca. „Przepraszam, do komandora porucznika" – pomyślała, chichocząc. Zastanawiała się, czy będzie rozczarowany, otrzymawszy list od niej, a nie od jej pięknej współlokatorki. Sally miała dużą wprawę w pisaniu listów. Starsza pielęgniarka w szpitalu, porucznik McHale, poinstruowała dyskretnie wszystkie swoje pielęgniarki, aby pisały do swoich pacjentów, szczególnie tych, którzy mieli wrócić na front. Oni żyją tymi listami, powiedziała im. Musiały używać marszczącego się, białego papieru i kopert wojskowych; każdy list miał być też sprawdzany przez szpitalnego cenzora, o tej zasadzie więcej się jednak mówiło, niż w rzeczywistości stosowało. Sally pisywała do pięciu żołnierzy, wszyscy należeli do piechoty morskiej, i nabrała ogromnej wprawy w komponowaniu jedno- lub dwustronicowych relacji o banalnych wydarzeniach dnia codziennego poza linią frontu.

Miała przy tym świadomość, że komandor porucznik Vincent zrobił na niej pewne wrażenie. Był starszym oficerem, a jednak traktował ją uprzejmie, rozmawiał swobodnie, przynajmniej do momentu, gdy na horyzoncie pojawiła się Gloria Lewis. W tej chwili ona mogła równie dobrze wyparować ze swego fotela. Zbeształa się w myślach za tę konkluzję. Każda kobieta mogła zniknąć w chwili, gdy Gloria wchodziła do pokoju, ponieważ mężczyźni nie byli w stanie oderwać od niej wzroku. Fakt, że wydawała się przy tym całkowicie nieprzystępna, dodawał jej tylko uroku. Nic dziwnego, że pan Vincent, który najwyraźniej znał ją od lat, zachowywał się tak samo. Nie było mowy, aby Sally mogła rywalizować z Glorią o względy jakiegokolwiek mężczyzny.

Chyba że...

Przyszło jej do głowy coś, co sprawiło, że na chwilę przestała oddychać.

A gdyby tak pisała do pana Vincenta, ale podpisywała swoje listy jako Gloria Lewis? Albo tylko inicjałami, G.L.?

Byłby zachwycony, oczywiście, a ona? Mogłaby puścić wodze fantazji, pisać zupełnie inaczej, niż do tamtych pozostałych. Mogłyby to być prawdziwe listy miłosne. Zawsze chciała otrzymywać listy miłosne i odpisywać na nie. Komu mogłoby to zaszkodzić przez krótki czas?

Chwileczkę. A gdyby on wrócił do Pearl – okręty często wracały. Przyszedłby wtedy do Glorii, przekonany, że go pokochała, i zostałby odepchnięty. Gloria dowiedziałaby się, co zrobiła Sally, i rozpętałaby się straszna awantura. A pan Vincent? Byłby zdruzgotany na wieść, że to wszystko było tylko mistyfikacją.

Potrząsnęła głową. Nie. To byłoby okrutne.

No cóż, a gdyby zaczęła pisać do niego, nie podpisując się? Albo gdyby podpisywała swoje listy jako „tajemnicza wielbicielka"? Na kopertach i tak nie pisały swoich nazwisk; tylko inicjały i numery pokoi w kwaterze pielęgniarek. Posłaniec przychodził do budynku raz dziennie i zostawiał listy na łóżku w jednym z pokoi. Gdyby tak zrobiła, adres zwrotny brzmiałby: S.A., pokój 232, kwatera pielęgniarek, Poczta Polowa Floty, Pearl Harbor, Hawaje. Gloria nie otworzyłaby tak zaadresowanego listu – uznałaby, że jest przeznaczony dla Sally.

Czy on domyśliłby się? Czy w ogóle o niej pamiętał? Gdyby się podpisała, mógłby po prostu pomyśleć, że to miło z jej strony, ale gdyby dostał list od tajemniczej wielbicielki? To uczyniłoby ją bardziej interesującą, a być może, jedynie być może, zdołałaby sprawić, że odwróciłby wzrok od niedostępnej Pani Everest.

Dlaczego nie?

Drogi panie Vincent, zaczęła.

ROZDZIAŁ SIÓDMY

„Evans" wypłynął z Pearl dzień wcześniej niż zaplanowano. Dla XO oznaczało to kompletne wariactwo: konieczność zmieszczenia w jednym dniu wszystkich zadań, rozplanowanych pierwotnie na dwie doby. Pierwsze cztery niszczyciele oczyściły zaminowany obszar wokół wejścia do Pearl Harbor i zajęły stanowiska. Za nimi podążył lotniskowiec i pozostałe okręty eskorty. „Evans" płynął na końcu, goniąc wszystkie jednostki, by zająć swoje miejsce w szyku. Po wypłynięciu z portu należało zwiększyć prędkość – był to jeden ze sposobów na uniknięcie okrętów podwodnych. „Evans" znalazł się na swoim miejscu dwie godziny później, po czym zwolnił do dwudziestu węzłów. Jak zwykle Marsh nie miał pojęcia, dokąd zmierzają – tyle że płynęli na zachód, zawsze na zachód. Co będą robić, gdy dotrą na miejsce, pozostawało tajemnicą; dowództwo nie było łaskawe dzielić się tymi informacjami z załogami niszczycieli.

Działania taktyczne na „Evansie" ograniczały się do ochrony lotniskowca przed atakiem z powietrza i z głębiny w czasie gdy samoloty wylatywały na akcję, niekiedy nawet kilkaset mil od okrętu. Od czasu do czasu kapitan otrzymywał komunikat specjalny dotyczący spodziewanych ataków z powietrza,

134

które przekazywał swoim oficerom. Poza tym załoga nie miała pojęcia, co się dzieje. Marsh nie miał nic przeciwko temu, ponieważ w ten sposób nie musiał się martwić kwestiami abstrakcyjnymi. Codzienność przysparzała mu na ogół wystarczająco dużo problemów.

Tymczasem na okręcie wprowadzono regularny grafik trzech wacht, co oznaczało, że przez cały czas, gdy „Evans" będzie przemieszczał się z punktu A do punktu B, oficerowie pokładowi będą pracowali w trybie wacht czterogodzinnych, a następnie ośmiu godzin odpoczynku. W chwili dotarcia do obszaru objętego walką załoga przechodziła na tryb wacht sześciogodzinnych lewej burty i sterburty, co oznaczało, że jej połowa będzie znajdowała się na stanowiskach na całym okręcie – na mostku, w pomieszczeniach technicznych oraz przy działach, w pełnej gotowości bojowej. Problem w tym, że po kilku tygodniach takich wacht ludzie byli z reguły wykończeni – Marsh doświadczył już tego na „Winstonie".

Okręt szedł już w szyku od godziny, gdy z pomieszczenia sonaru skontaktowano się z mostkiem, aby zgłosić wykrycie obiektu. Marsh przeglądał właśnie z kapitanem rozkazy admiralskie na mostku, gdy przez głośnik rozległ się komunikat. Kapitan zerknął na Marsha, westchnął i potrząsnął głową. Wyglądało na to, że za każdym razem, gdy formacja okrętów opuszcza Pearl, jeden z niszczycieli eskortujących wykrywa obiekt. Z reguły alarm okazywał się fałszywy; mimo to cała formacja była zobowiązana zareagować po odebraniu komunikatu. Wszystkie niszczyciele musiały ogłosić stan gotowości bojowej na co najmniej godzinę, zanim stwierdzono, że obiektem jest wieloryb lub inne stworzenie żyjące w oceanie. Było to szczególnie denerwujące, gdy zgłaszający okręt był „nowicjuszem" we Flocie Pacyfiku, takim jak „Evans", który dopiero co przybył ze wschodniego wybrzeża, by rozpocząć służbę.

– Dostaniemy za to po uszach – powiedział kapitan, sięgając po radio i wskazując ruchem głowy oficerowi pokładowemu, aby ogłosił stan gotowości bojowej.

– Zapewne – odparł Marsh – ale musimy to sprawdzić.

„Evans" opuścił wyznaczone stanowisko i skierował się w stronę, z której pochodził sygnał – na północ od formacji. Lotniskowiec, odebrawszy raport, natychmiast przyspieszył do trzydziestu węzłów, by opuścić niebezpieczny obszar, zygzakując szeroko, co miało utrudnić atak torpedowy. Komandor eskadry niszczycieli, wiedząc, ile fałszywych zgłoszeń odnotowano już na wodach wokół Pearl, odłączył kolejny okręt od grupy – USS „Hodson" – podczas gdy jej pozostała część ruszyła za lotniskowcem. Marsh zszedł do Centrum Informacji Bojowej – CIC, określanego w skrócie mianem Bojówki. Przede wszystkim musiał się upewnić, że w pobliżu nie ma amerykańskich okrętów podwodnych. Sprawdził rozkład i przekonał się, że nie.

– Wszystkie stanowiska obsadzone, przygotowane do GQ[9] – zameldował oficer pokładowy. – Dla całego okrętu ogłoszono stan gotowości obronnej Zebra.

– Bardzo dobrze – powiedział kapitan. – Uzbroić bomby głębinowe na sto pięćdziesiąt stóp.

W CIC dwóch oficerów rozpoczęło żmudny proces namierzania obiektu. Każdy wykryty obiekt z założenia traktowano jako japoński okręt podwodny, dopóki wersja ta nie została zweryfikowana. Pomiędzy CIC a pomieszczeniem sonaru wymieniano nieustannie komunikaty telefoniczne; operatorzy w CIC wprowadzali dane położenia i zasięgu. Na rufie działowi zdejmowali blokady z wyrzutni bomb głębinowych. Obsługa dział pięciocalowych ładowała pociski. Wszystkie lornetki na pokładzie były skierowane na morze; wypatrywano peryskopów.

Kapitan, wyższy rangą niż dowódca „Hodsona", objął dowodzenie taktyczne i wydał drugiemu okrętowi rozkaz okrążania. Oznaczało to, że „Hodson" będzie zataczał duże kręgi wokół

---

[9] GQ – *general quarters* (ang.), alarm bojowy.

okrętu, który wykrył obiekt. Zgodnie z tą taktyką należało przekazywać na drugą jednostkę informacje na temat zasięgu i położenia do momentu nawiązania kontaktu sonarowego z obiektem. Następnie oba okręty miały przepłynąć nad obiektem i zrzucić bomby głębinowe. W momencie przejścia sonar nie był w stanie wykryć niczego – dźwięk zagłuszały własne silniki. Po ataku należało zatoczyć krąg i ponownie nawiązać kontakt; następnie drugi okręt przystępował do zrzucenia bomb. Manewr należało powtarzać do czasu, gdy coś się wydarzy.

Pozostała jeszcze jedna rzecz: Uncle Joe. Był to kod przekazywany za pomocą telefonu podwodnego, aby dać Amerykanom ostatnią szansę na identyfikację przez natychmiastowe wynurzenie. Operatorzy sonaru wysyłali sygnał Uncle Joe raz za razem. Gdyby otrzymali odpowiedź, lub gdyby na powierzchnię wynurzył się amerykański okręt podwodny, wszyscy mogliby wrócić do swoich zajęć. Jeżeli nic się nie działo, należało zakładać, że wykryto obiekt należący do nieprzyjaciela. W takim wypadku niszczyciele mogły rozpocząć atak.

Kapitan skontaktował się z obsługą sonaru na trzecim pokładzie. – Sonar, jaka jest jakość kontaktu?

– Średnia czystość sygnału, stały odbiór, echo czyste, metaliczne. Płynie na granicy zasięgu, około dwustu stóp.

– Jesteście pewni, że to nie jakieś stworzenie?

Odezwał się główny operator sonaru, bosman Ripley. – Tak, sir, to wygląda dość jednoznacznie. Wiem, że w tej odległości od Pearl nie powinno być Japończyków, ale...

– Nie przejmujcie się tym, bosmanie. Nie miało ich tu być także siódmego grudnia. Jeśli będą zakłócenia, proszę dać mi znać.

– Tak jest, kapitanie – odparł Ripley. Przyszedł na „Evansa" ze szkoły wojskowej na Key West i był specjalistą w swoim fachu. Jeżeli Ripley był zdania, że jest o czym mówić, istniała duża szansa, że ma rację. Kapitan kazał załodze rufowej ustawić bomby na eksplozję na głębokości dwustu stóp.

„Hodson" zgłosił tymczasem, że ich sonar także wykrywa przerywany sygnał; wyniesy obu okrętów były zbliżone. Operatorzy utrzymywali jednak, że podejrzewają raczej obecność dużego stworzenia morskiego. Mimo to załoga była gotowa rozpocząć zabawę, prosząc jednak zarazem, aby nie zmarnowano zbyt dużej liczby bomb. W końcu mieli tu partnerować nowicjuszowi.

Kapitan zaskoczył Marsha, wydając rozkaz, aby „Hodson" jako pierwszy przystąpił do ataku; „Evans" miał w tym czasie krążyć wokół niego. Z „Hodsona" potwierdzono rozkaz, rozpoczynając manewr z prędkością osiemnastu węzłów; „Evans" tymczasem wycofał się, aby nie stracić sygnału. Po chwili nad wodę wytrysnęło sześć olbrzymich fontann – to bomby zrzucone przez „Hodsona" eksplodowały na głębokości dwustu stóp. „Hodson" zmienił kurs i podążył za „Evansem", meldując – zgodnie z oczekiwaniami – o utracie sygnału.

– Macie go nadal, XO? – zawołał kapitan.

– Potwierdzam. Jesteśmy gotowi.

– Naprowadzić „Hodsona" z powrotem na sygnał. Potem zaczynamy atak.

W ciągu pięciu minut zespół bojowy naprowadził „Hodsona" na sygnał sonaru. Kontrolę nad okrętem przekazano do CIC, po czym Marsh wydał rozkaz, aby oficer pokładowy na mostku obrał kurs na cel i zwiększył prędkość do osiemnastu węzłów. Obsługa wyrzutni miała przyjmować rozkazy z CIC, które dysponowało pełnym obrazem taktycznym sytuacji. Chodziło o to, aby precyzyjnie wybrać moment zrzucenia bomb, przepływając nad celem.

– Jeden – powiedział Marsh. – Dwa. – Chwila ciszy. – Namierzyć środek.

Miotacze na lewej i prawej burcie wystrzeliły; pozostałe bomby głębinowe stoczyły się bezgłośnie ze stalowych stojaków zamontowanych nad rufą okrętu. Chwilę później poczuli drżenie od potężnych uderzeń w głębinie.

138

– Sonar stracił sygnał.

„Evans" zatoczył szerokie koło i wrócił na poprzedni kurs. „Hodson" utrzymał sygnał i teraz naprowadzał „Evansa" z powrotem na cel, ale sygnał był już bardzo słaby. Marsh wiedział, że to normalne po eksplozji na tak dużej głębokości. Woda mogła pozostawać wzburzona nawet przez godzinę, bardzo utrudniając dalsze namierzanie sygnału. Na „Hodsonie" ciągle panowało przekonanie, że „Evans" wytoczył wojnę jakiemuś żyjącemu pod wodą stworzeniu. Operator radiowy wydawał się znudzony.

Operatorzy sonaru na „Evansie" złapali sygnał minutę później i powiedzieli to samo: czystość sygnału spadła, nie sposób było namierzyć położenia i głębokości obiektu. „No dobrze – pomyślał Marsh – spełniliśmy swój obowiązek i prawdopodobnie zabiliśmy jeszcze jednego niewinnego wieloryba. Czas się stąd zwijać".

I wtedy usłyszeli na zewnątrz tępy grzmot; kilka chwil później poczuli, jak pokład faluje po podwodnym uderzeniu.

„Evans" przechylił się ostro na lewą burtę i zwiększył prędkość. Zapłonęła lampka głośnika. – Do wszystkich załóg, tu kapitan. „Hodson" storpedowany. Oderwało mu dziób. To był jednak okręt podwodny. Mostek przejmuje kontrolę.

– Tak jest – odparł Marsh – nawiążę łączność z komandorem i poinformuję o sytuacji.

Podczas gdy Marsh składał raport przez radio, okręt ponownie wykonał zwrot; pomiędzy oficerami radiolokacji z CIC i radiowcami toczyła się ożywiona narada. Sytuacja straciła wszelkie znamiona rutyny, co potwierdził kolejny komunikat.

– Do wszystkich załóg, tu sonar! Zlokalizowaliśmy torpedy, położenie trzy trzy zero! – Głos operatora sonaru stał się dziwnie piskliwy.

Marsh zamarł na moment w miejscu ze ściśniętym żołądkiem. Spojrzał na wskaźnik kursu i odczytał wartość: 320.

Marsh nie musiał nic mówić. Kapitan był tu dowódcą, i to on powinien zrobić wszystko, by uciec przed zmierzającymi w ich kierunku torpedami. Po „Winstonie" Marsh wiedział o japońskich torpedach właściwie wszystko. Odczuwał przerażenie, ale zdawał sobie sprawę, że nie może pod żadnym pozorem tego okazać. Gdyby „Evans", nie, gdyby kapitan zrobił wszystko jak należy, torpedy przeleciałyby obok nich z prędkością niemal pięćdziesięciu mil na godzinę.

Czuł się bezradny. Oficerowie radiolokacji stali wokół stołu niczym nieruchome posągi, wsłuchując się w płynące nieprzerwanym strumieniem komunikaty operatora sonaru: silny efekt Dopplera w echu, dwie, być może trzy torpedy, obecny zasięg poniżej tysiąca jardów, płyną prosto na „Evansa", który przechylił się właśnie lekko przy kolejnym obrocie. I wtedy Marsh wziął się w garść.

– Hej! – krzyknął. – Robimy zwrot! Mamy tu okręt podwodny do upolowania. Musimy go namierzyć jeszcze raz.

Wszyscy pochylili się nad stołem. Obsada mostka powinna już widzieć ślad na wodzie, choć czasami zdarzało się, że japońskie torpedy nie pozostawiały żadnego śladu. Marsh zażądał informacji, czy ślad jest widoczny, przez chwilę jednak z mostka nikt nie odpowiadał. Potem usłyszał krzyki sygnalistów, którzy dostrzegli ślad na wodzie.

Marsh polecił obsadzie CIC, aby przygotowała się na wstrząs, i wspiął się ostrożnie na palce, pamiętając, jak fatalne skutki dla jego kolan miał atak na „Winstona".

Minęła bardzo długa minuta. Mężczyźni nie mieli odwagi patrzeć na siebie nawzajem.

– Echa sygnału w przegrodach! – zawołał operator sonaru. Rozległo się głośne zbiorowe westchnienie. Torpedy przepłynęły obok i zniknęły z pola widoczności sonaru. Wiedzieli, że będą pruły do przodu, dopóki nie skończy im się paliwo, a potem pogrążą się w otchłani. Zespół radiolokacyjny wrócił do swoich zajęć.

Marsh zameldował na mostek o przybliżonym zasięgu okrętu podwodnego i jego położeniu, podczas gdy sonar, mimo echa spowodowanego przez torpedy, usiłował ustalić jego pozycję. Wreszcie kapitan określił kierunek, z którego nadpłynęły torpedy, a Bojówka – przybliżoną pozycję okrętu podwodnego, i wszystko było gotowe. Powierzchnia wody wokół „Evansa" zafalowała, sonar ponownie stracił sygnał, a okręt wykonał kolejny zwrot.

– Nie ma echa – zaraportował operator sonaru.

Nie mając nic do roboty wśród oficerów radiolokacji, Marsh wyszedł z pomieszczenia nawigacyjnego i udał się na mostek. Wszyscy tu obecni wyglądali na dość zdenerwowanych. W odległości około trzech mil widać było „Hodsona", nad którym kłębił się dym. Wszystko, co znajdowało się przed przednim działem, zniknęło. Z pierwszego komina unosił się w niebo słup czarnego, gęstego dymu, co prawdopodobnie oznaczało duży pożar w przedniej kotłowni – torpeda musiała uderzyć w przewód paliwowy prowadzący do kotłów. Marsh widział mężczyzn w kamizelkach ratunkowych i hełmach, biegających po pokładzie i rozwijających w obie strony węże gaśnicze. Zszedł na dół do pomieszczenia Bojówki w samą porę, by usłyszeć, że operator sonaru ciągle niczego nie wykrył.

Marsh gapił się przed siebie. Torpedy, jego nemezis. Nie widział już blasku porannego słońca, ale promienie reflektorów; słyszał krzyki ludzi w korytarzach „Winstona", gdy wokół raziły ośmiocalowe pociski, rozrywając wszystko na kawałki. Czuł, jak poczerniały mostek „Winstona" chwieje się nad jego głową, słyszał uderzenia o wodę ciał spadających ze wszystkich czterech pokładów.

– XO! – zawołał kapitan. – Ocknij się!

Marsh nie wiedział, ile czasu tak stał, ale kapitan najwyraźniej miał go na oku. – Tak jest – powiedział automatycznie i wszedł do środka.

Pozbawiony dziobu „Hodson" wypadł z gry. Marsh naradził się z oficerami radiolokacji, po czym podał sektor przeszukiwania dla obsługi sonaru. – Sektor przeszukiwania to dwa cztery zero do jeden sześć zero, zasięg dwa tysiące pięćset jardów.

Przez głośnik rozbrzmiewały kolejne komunikaty sonaru i rozkazy oficerów radiolokacji z CIC. Kapitan prowadził teraz „Evansa" szerokim zygzakiem, aby utrudnić kolejny atak torpedowy, trzymając kurs na przyjęte położenie okrętu podwodnego. Jego głos był chłodny i spokojny; Marsh, choć emocje w nim buzowały, starał się go naśladować.

– Mostek sygnałowy do dowódcy. Widzimy na powierzchni ślady ropy i jakieś śmieci.

– Zrozumiałem – powiedział kapitan. – Położenie?

Sygnaliści podali położenie względne. Marsh spojrzał na żyrokompas, dokonał odpowiednich przeliczeń i podał dane oficerom radiolokacji, którzy mieli spróbować określić na ich podstawie kierunek ruchu okrętu podwodnego. Musieli zakładać, że ropa i szczątki na powierzchni to pułapka – w ten sposób załoga nieprzyjaciela próbuje przekonać ich, że zrzucone pociski trafiły w cel.

– Co pan o tym myśli, XO? – zapytał kapitan.

– Strzelaliśmy praktycznie na ślepo – powiedział Marsh – musielibyśmy naprawdę mieć kupę szczęścia, żeby go trafić.

– No właśnie, też tak sądzę. Nie dajmy nic po sobie poznać. Ster w prawo!

Kapitan zapytał o pozycję do ataku. Marsh musiał mu powiedzieć, że nie ma jeszcze informacji.

– W takim razie proszę zgadywać, najlepiej jak pan potrafi – warknął.

Marsh podał pozycję w przybliżeniu i wrócił na mostek. Spojrzał jeszcze raz w kierunku „Hodsona". Kolumna dymu wciąż była gęsta, co oznaczało duży pożar. Nie było widać płomieni, ale szarawy dym wydobywał się w coraz większych ilościach z rozerwanych włazów wśród szczątków pokładu

142

dziobowego. Nieco większe zanurzenie części przedniej wskazywało na prawdopodobne zalanie magazynów w tym obszarze; mimo to okręt sprawiał wrażenie stabilnego. Kolejna torpeda posłałaby go jednak prosto na dno.

„Evans" zwiększył prędkość do dwudziestu węzłów i ruszył do kolejnego ataku; tym razem bomby ustawiono na eksplozję na głębokości dwustu pięćdziesięciu stóp. Zakładano, że Japończycy zeszli niżej, aby ukryć się w głębi oceanu. Sonar nadal nie wykrywał echa. Radiotelegrafista zgłosił, że eskadra została powiadomiona o zdarzeniu. Korzystali z wysokiej częstotliwości radiowej, dlatego musieli najpierw zaszyfrować wiadomość; sygnały mogły być odbierane także w Japonii, nawet z obszaru Hawajów. Marsh przyłożył do oczu lornetkę, omiatając wzrokiem horyzont.

Słuchał, jak kapitan rozmawia z dowódcą „Hodsona", pytając, czy poradzą sobie sami w czasie, gdy „Evans" będzie kontynuował polowanie. Odpowiedź była krótka: potwierdzam, panujemy nad sytuacją, dorwijcie skurwysyna. W chwili gdy kapitan odkładał słuchawkę, „Hodson" rozświetlił się błyskiem potężnej eksplozji. Albo ogień doszedł do magazynów amunicji, albo okręt podwodny dokończył dzieła. W jednej sekundzie widzieli przed sobą okręt, a w następnej – już tylko spiętrzoną chmurę dymu i szeroki na pół mili okrąg, utworzony przez spadające do morza fragmenty okrętu i ciała członków załogi. Marsh stłumił wysiłkiem woli obezwładniające uczucie strachu i pobiegł z powrotem do Bojówki.

Jeśli to był okręt podwodny, nie sposób było stwierdzić, z której strony nadpłynęły torpedy. Znali pozycję „Hodsona", własną pozycję i określone w przybliżeniu położenie Japończyków. Marsh popukał w mapę ołówkiem i polecił oficerowi, aby podał kurs zero osiem zero, tak aby przepłynęli obok miejsca, w którym „Hodson" rozleciał się w drzazgi. Podał kolejny wyliczony sektor przeszukiwania dla sonaru, obsługa stwierdziła jednak, że niczego nie da się namierzyć, dopóki nie miną

143

wodnego kotła w miejscu, gdzie jeszcze przed chwilą znajdował się niszczyciel o wyporności dwóch tysięcy dwustu ton.

Mijały minuty. Marsh, zdenerwowany nie mniej niż pozostali, słuchał komentarzy kapitana i załogi mostka pokładowego; okręt wciąż płynął zygzakiem, aby utrudnić nieprzyjacielowi ewentualny atak. Wrócił na mostek; „Evans" zbliżył się do miejsca eksplozji na tyle, że widać już było marynarzy unoszących się na wodzie. Potem pobiegł z powrotem na pokład łodziowy; okręt zmniejszył na chwilę prędkość, aby umożliwić bosmanom zrzucenie tratw ratunkowych dla rozbitków. Było ich niewielu. Potem „Evans" przyspieszył ponownie i rozpoczął przeszukiwanie. Doświadczony dowódca okrętu podwodnego mógł wykorzystać zatopienie „Hodsona", aby zejść głębiej i oddalić się, mając na koncie jedno skuteczne trafienie. Kapitan oddał dowodzenie oficerowi pokładowemu z poleceniem, aby rozpocząć poszukiwanie w rozszerzającym się kwadracie.

– Nie przestraszył się dwóch niszczycieli – powiedział kapitan – więc myślę, że raczej zostanie w okolicy. Przegapił grupę lotniskowca, ale wie, że tamci odpłynęli już za daleko. Teraz gramy jeden na jednego, tyle że on zarobił już jeden punkt.

To nie była pocieszająca myśl, Marsh był jednak zdania, że kapitan ma rację. Przez chwilę zastanawiał się, czy nie powinni odpuścić i zmiatać jak najdalej i jak najszybciej. Tyle tylko, że mieli ludzi za burtą, a zatopienie, a przynajmniej powstrzymanie japońskiego okrętu podwodnego, czającego się w pobliżu Pearl, było ich podstawowym obowiązkiem jako załogi niszczyciela. Żeby wyrównać szanse, potrzebowali jednak wsparcia dodatkowych trzech, może czterech okrętów. Problem w tym, że odebranie i odszyfrowanie raportu przez stacje nabrzeżne mogło zająć kolejnych kilka godzin; tymczasem dystans dzielący ich od reszty grupy wzrósłby o jakieś dwieście mil. Wtedy usłyszał głos jednego z obserwatorów.

– Samoloty, dwa, położenie względne zero osiem zero, kąt podniesienia trzydzieści, nadlatują!

Wszyscy, którzy mieli lornetki, rzucili się na sterburtę, by spojrzeć na niebo. To muszą być Amerykanie, pomyślał Marsh, oczywiście, chyba że Japończycy zdołali przemycić na obszar Hawajów swój lotniskowiec, co znowu nie było całkiem nieprawdopodobne.

– SBD – powiedział kapitan – admirał chyba się zainteresował, dlaczego dwa jego niszczyciele nadal się tu pałętają.

Samoloty zbliżyły się, zakołysały skrzydłami i zaczęły krążyć nad „Evansem". Nie były uzbrojone – miały tylko dodatkowe zbiorniki z paliwem. Bojówka nawiązała kontakt z dowódcą grupy i zdała relację z ostatnich wydarzeń. Pilot potwierdził odbiór, przeleciał nad nielicznymi tratwami, unoszącymi się na wodzie za „Evansem", i skierował na zachód, by zwiększyć wysokość i zasięg komunikacji radiowej. Ponownie zgłosił się dowódca grupy, mówiąc, że cztery mile na zachód na wodzie unosi się smuga ropy wzdłuż osi wschód–zachód.

– Jasna cholera! – powiedział kapitan. Obrócił się na krześle. – Kapitan do Bojówki – rzucił. – Ster prawo, na dwa siedem zero. Cała naprzód, do dwudziestu dwóch węzłów. – Potem zwrócił się do Marsha. – XO, proszę iść z powrotem do środka, porozmawiać z pilotami, podać im przybliżoną pozycję. Może uda nam się dopaść tego skurwiela.

Marsh zwrócił się ponownie do dowódcy grupy lotniczej, pytając, czy jeden z samolotów mógłby poprowadzić dla nich obserwację z powietrza. Dowódca wyznaczył do tego zadania swojego skrzydłowego, a następnie wzniósł się wysoko ponad ruchomy ślad ropy na powierzchni wody. Okręt skierował się na zachód na wyznaczoną pozycję, choć wiedziano, że Japończycy usłyszą ich, zanim jeszcze zdołają wykryć ich obecność. Kapitan podchodził z prędkością dwudziestu dwóch węzłów, zygzakując szeroko, aby utrudnić tamtym ponowny atak. To nie pora na głupie błędy ze zdenerwowania, powiedział Marshowi.

Po chwili jego głos rozległ się przez radiowęzeł; załoga została z grubsza poinformowana, co się dzieje. Wszyscy na górnym pokładzie mieli wypatrywać peryskopu. Morze lekko falowało, było jednak dość spokojnie. Gdyby Japończyk wystawił peryskop dość wysoko, „Evans" lub jego podniebny pomocnik mogliby mówić o szczęściu.

Przy prędkości dwudziestu dwóch węzłów powinni dotrzeć do celu w ciągu około dwunastu minut, płynęli jednak zygzakiem, co oznaczało, że muszą liczyć raczej koło dwudziestu. „Evans" mógł przyspieszyć, ale powyżej dwudziestu dwóch węzłów sonar stawał się praktycznie bezużyteczny. Marsh nie chciał myśleć, co dzieje się w duszach rozbitków z „Hodsona", patrzących jak „Evans" niknie za horyzontem. Nie dało się ukryć, że zrzucili dużo więcej tratw, niż było trzeba. „Musieli trafić w magazyn – pomyślał. – Zmiotło go w ciągu sekundy". Czekali nerwowo, modląc się w duchu, aby nie usłyszeć wizgu kolejnych torped.

– Sygnał sonaru, dwa dziewięć zero, zasięg tysiąc pięćset jardów.

– Tu dowódca, będziemy szybko atakować – wyrównujemy kurs, XO.

I tak zrobili. Kapitan nieznacznie zmniejszył prędkość, aby ułatwić nasłuch operatorom sonaru; okręt przestał zygzakować i ruszył wprost na cel. Przygotowane bomby były nastawione na głębokość od stu pięćdziesięciu do dwustu pięćdziesięciu stóp. W tym momencie pilot samolotu zaczął krzyczeć coś o torpedzie; po chwili usłyszeli podniecony głos operatora sonaru.

– Dowódca, tu sonar, namierzyliśmy torpedę na dziobie, mamy silny efekt Dopplera!

Japoński dowódca musiał się domyślać, dlaczego przestali zygzakować. Wystrzelił jeden pocisk i zszedł niżej. Sonar potwierdził, że torpeda idzie wprost na „Evansa".

– Dowódca, do wszystkich załóg, torpeda w zasięgu – przejdzie obok lewej burty. Bojówka, zmienić ustawienie wszystkich bomb na dwieście pięćdziesiąt stóp, bądźcie w gotowości.

– Bojówka, zrozumiałem – powiedział Marsh, a jeden z radiotelefonistów podał komunikat dalej na rufę. Pytanie brzmiało: czy okręt podwodny wykona zwrot przed zwiększeniem zanurzenia? A jeśli tak, to w którą stronę? Pilot nawiązał łączność. Ślad ropy skręcał w prawo. Marsh sprawdził kierunek wiatru. Wiał z przeciwnej strony. Skręt śladu w prawo oznaczał, że łódź także wykonuje zwrot w prawo.

– Dowódca, do Bojówki, zasięg ataku pięćset jardów. Zwrot w prawo, powoli, ster o pięć stopni, teraz.

– Bojówka, zrozumiałem, idziemy w prawo.

– Wyrzucić pierwszą!

„Evans" wykonał ostry zwrot. Marsh zaznaczył na mapie miejsce przeprowadzenia manewru, wiedział bowiem, że zwrot spowoduje powstanie w wodzie wiru, który może zostać błędnie zinterpretowany przez obsługę sonaru jako namierzony obiekt. Wyrzucono bomby głębinowe, szły pewnie i głęboko. Miał poczucie, że biorą rewanż za „Hodsona", nawet gdyby mieli nie trafić okrętu, przepływając nad nim.

„Evans" zatoczył szerokie koło i zwolnił do piętnastu węzłów, próbując ponownie namierzyć cel. Samolot wciąż krążył nad nimi na wysokości kilku tysięcy stóp. Gdyby cokolwiek wypłynęło na powierzchnię, pilot zobaczyłby to jako pierwszy. Potem czekali, ciągle zmieniając kurs, aby uniknąć torped. Nawigacyjni przekazywali dane dotyczące zasięgu i położenia operatorom sonaru, starając się namierzyć łódź, ale zakłócenia spowodowane przez bomby były tak duże, że sonar wykrywał jedynie obłok turbulencji.

Czekali dalej, płynąc zygzakowatym kursem jak lotnicy. Lecisz prosto, wlatujesz w kłopoty, prędzej czy później ktoś cię wykończy. Marsh postanowił jeszcze raz zajrzeć na mostek.

Wszyscy, którzy mieli lornetki, wypatrywali usilnie śladów po uderzeniu. Morze było wezbrane, wiatr niósł woń dymu z kominów.

Nagle z mostka sygnałowego rozległ się okrzyk: – Nasz samolot nurkuje za rufą, pozycja względna jeden siedem zero!

147

Spojrzeli we wskazanym kierunku i zobaczyli, jak SBD otwiera ogień do czegoś płynącego w ich kilwaterze, a potem zobaczyli wyłaniający się okręt podwodny. Nie czekając na rozkaz, działa pięciocalowe rozpoczęły ostrzał potężnej sylwetki, majaczącej około pół mili za rufą; przednia część sterczała teraz nad wodną pianą, oblepiającą ją niczym śnieg. Kapitan zarządził zwrot, aby umożliwić atak przednich dział – cała ich piątka zaczęła teraz strzelać, dołączyło do nich jedno z czterdziestopięciomilimetrowych dział rufowych. Hałas był straszliwy, ale nikt nie narzekał. Mostek zasnuł się dymem, w powietrzu czuć było zapach prochu.

Dziób okrętu podwodnego uniósł się w powietrze i tak pozostał. Marsh nie potrafił określić jego typu, widział jednak ślady co najmniej trzech trafień działa głównego na masywnym, niemal kwadratowym kadłubie. Potem okręt zaczął się zanurzać, bulgocząc pęcherzykami ropy i powietrza. SBD trzymał się w pewnej odległości, poza linią ognia dział, które wciąż strzelały, gdy okręt na powrót pogrążał się w morzu. Marsh pobiegł do Bojówki, wiedząc, co muszą teraz zrobić. Kapitan był szybszy.

– Wszystkie załogi, przerwać ogień, przerwać ogień. Bojówka, natychmiast atakujemy w punkcie zanurzenia, położenie zero osiem pięć, zasięg sześćset jardów.

Kapitan skierował okręt w miejsce, gdzie Japończycy zeszli pod powierzchnię, i ponownie zrzucono bomby ustawione na dużą głębokość. Potem odpłynęli kawałek dalej, zwolnili i czekali na sygnał sonaru. W głośniku Bojówki rozlegały się dźwięki sonaru i rejestrowane echa. Ostatni atak spowodował przeciągły szum, po chwili jednak doczekali się sygnału, który słyszeli dotąd wyłącznie na taśmach podczas szkolenia: trzeszczenie i turkot zapadającego się okrętu podwodnego, który pogrążał się w otchłań o głębokości mniej więcej dwunastu tysięcy stóp.

Marsh nawiązał łączność z pilotem, by go uprzedzić, że za chwilę na powierzchni powinna pojawić się plama ropy

i szczątki okrętu. SBD obserwował przebieg ataku z wysokości około dwustu stóp. Już po chwili odparł, że widzi plamę,
jak również prawdopodobnie ciała poległych marynarzy. To
było najlepsze potwierdzenie. Załoga mogła wypuścić na powierzchnię trochę paliwa i śmieci, aby wprowadzić nieprzyjaciela w błąd, ale przecież nie marynarzy.

– Bojówka, tu dowódca, koniec alarmu bojowego. Zdaje się,
że załatwiliśmy jednégo.

– Tu Bojówka, zrozumiałem, bierzemy kurs z powrotem na
rozbitków z „Hodsona".

Marsh zwolnił pilota, mówiąc, że zabiorą rozbitków z „Hodsona" z powrotem do Pearl, a potem, jeśli nie otrzymają innych
rozkazów, dołączą do swojej grupy bojowej. Pilot zapewnił, że
przekaże tę informację i zamelduje o zatopieniu łodzi. Marsh
podziękował mu za pomoc.

Okręt potrzebował około pół godziny, aby wrócić w miejsce,
gdzie powinni znajdować się rozbitkowie z „Hodsona". Marsh
zszedł do latryny oficerskiej – doznany strach sprawił, że teraz musiał ulżyć żołądkowi. Potem poszedł do swojej kajuty,
zamknął drzwi i położył się na koi. Nakrył twarz poduszką
i oddychał głęboko, próbując odsunąć od siebie przerażające
obrazy z tego poranka. „Hodson" pozbawiony dziobu. Fontanna potężnej eksplozji, fragmenty okrętu i ciał, unoszące się na
powierzchni. Przerażające wycie japońskich torped, rozlega-
jące się w głośnikach sonaru. Plama ropy i ciała kołyszące się
na powierzchni, gdy okręt podwodny implodował w czarnej
otchłani oceanu.

Usłyszał pukanie i po chwili zobaczył przy swojej koi kapitana. Wciąż był w pełnym umundurowaniu, w dłoni dzierżył biały porcelanowy kubek, który podał Marshowi. Na dnie
znajdowała się odrobina whisky.

Marsh, niezwykle zawstydzony, usiłował wygramolić się
z koi, kapitan jednak położył mu dłoń na ramieniu i zmusił go
do wzięcia kubka.

– Może to panu trochę pomoże – powiedział. – Ja też sobie nie żałowałem. Proszę to wypić, XO, i wracać na pokład. Każdemu z nas się to zdarza.

Wyszedł, zahaczając hełmem o framugę drzwi. Marsh wypił whisky i się zakrztusił.

Każdemu z nas się to zdarza.

No cóż, w takim razie wszystko w porządku.

Odetchnął głęboko jeszcze parę razy, przepłukał usta, aby nie śmierdzieć alkoholem, i poszedł z powrotem na pokład, nadzorować akcję wyciągania rozbitków.

Wyławianie tratw zajęło im ponad godzinę. Przypłynąwszy na miejsce, doliczyli się na wodzie niewiele ponad trzydziestu mężczyzn, niektórzy z nich już się nie poruszali. Bilans był doprawdy ponury. Załoga „Hodsona" liczyła co najmniej trzystu ludzi. Torpedy japońskie, wystrzeliwane przez okręty i łodzie podwodne, należały do najpotężniejszych rodzajów broni w tej wojnie. Z pokładu „Evansa" spuszczono motorówkę, aby pościągać tratwy i zminimalizować czas postoju na wodzie. Trzeba było liczyć się z możliwością, że okręt podwodny miał gdzieś w okolicy partnera; wszyscy na głównym pokładzie słyszeli dźwięki sonaru, nastawionego na pełną moc. Ściągnąwszy tratwy i ocalałe resztki załogi „Hodsona", wzięli kurs z powrotem na Pearl. Marsh miał nieodparte wrażenie, że do Pearl Harbor trafia wyłącznie jako dostarczyciel ludzi do szpitala marynarki wojennej.

Manewry portowe zajęły im sześć godzin, po czym wypłynęli ponownie, kierując się na zachód, aby połączyć się z grupą bojową, która zdążyła tymczasem oddalić się o ponad trzysta mil. Na nabrzeżu czekały ambulanse, aby zabrać rannych do Hospital Point. „Evans" miał na pokładzie trzydziestu siedmiu rannych i dwunastu zabitych. Mieli nadzieję, że uda się uratować więcej, ale eksplozja magazynu wysyła na dno cały okręt, o czym mógł przekonać się każdy, kto widział wrak „Arizony".

150

Marsh patrzył, jak wyładowywano rozbitków ze skrzydła mostka na sterburcie. Sznur ambulansów odjechał w kierunku szpitala. Przez chwilę marzył, że jedzie z nimi, żeby zobaczyć Glorię. Potem w marzenia wdarła się rzeczywistość. Główny inżynier zapytał, czy zdołają w ciągu godziny uzupełnić paliwo. Marsh kazał mu wszystko przygotować i zapomniał o Glorii. Posłał po oficera działowego, by ten zorientował się, czy mogą także uzupełnić zapas bomb głębinowych. Paliwo mogli dostać z lotniskowca; bomby trzeba było przewieźć łodzią desantową z magazynu.

Gdy mieli wypłynąć, na nabrzeże wjechała ciężarówka wioząca sześciu lotników, którzy mieli rozpocząć służbę na „Lexingtonie", i kilka worków poczty. Marsh był zajęty pisaniem sprawozdania na temat zatonięcia „Hodsona" i walki z japońskim okrętem podwodnym, zobaczył więc pilotów dopiero wtedy, gdy minęli obszar zaminowany i obrali kurs na wschód. Jednym z nich okazał się nikt inny, jak jego dobry kolega z czasów akademii, Mick McCarty, znany jako Bestia.

Mick nie zmienił się nic od czasu, gdy brylował w Annapolis jako gwiazda futbolu – wysoki, przystojny, niezwykle wysportowany, był ucieleśnieniem typowej dla Irlandczyków swobody i wdzięku. Marsh czuł się nieco dziwnie, widząc, że ciągle nosi mundur porucznika, podczas gdy on, z tego samego rocznika, zdążył już zostać komandorem porucznikiem. Wymienił uściski dłoni z pozostałymi lotnikami, nakazał jednemu z chorążych, by zaprowadzili ich do kajut, a potem usiadł wraz z Mickiem w kwaterze starszych oficerów. Wtedy dostrzegł na jego prawej dłoni skórzaną rękawicę.

– Cholera, Ślicznotko – powiedział Mick. – Sądziłem, że w końcu trochę wyprzystojniejesz, ale jesteś brzydszy niż kiedykolwiek. Przy okazji, gratuluję awansu.

– Dzięki, Bestio – powiedział Marsh – jak brzmi toast armii brytyjskiej? Za długą i krwawą wojnę? Jak długo byłeś w Pearl?

– Dwa dni, dwie noce, wystarczająco długo, żeby dorobić się kaca i zobaczyć się z Glorią Lewis. Wiedziałeś, że jest w Pearl?

Marsh opowiedział mu o swoim spotkaniu z Glorią i o spędzonym z nią wieczorze. Zauważył, że nie pozbierała się jeszcze po śmierci Tommy'ego na „Arizonie".

– Do diabła, zauważyłem – powiedział Mick. – Miałem nadzieję, że uda mi się pocieszyć zbolałą wdowę, ale dała mi jasno do zrozumienia, że nie mam na co liczyć. Co za cholerne marnotrawstwo.

Mick ganiał za spódniczkami z entuzjazmem – i jak się zdawało, z dużym powodzeniem – odkąd Marsh go znał. Samotne, zaręczone, mężatki, ślepe, kulawe, szalone – Mick nie odpuszczał żadnej. W akademii przechwalał się bez końca swoimi podbojami. Zgodnie z jego teorią, na każde pięć odmów przypadała jedna zgoda, wystarczyło więc zaczepić sześć kobiet, aby odnieść gwarantowany sukces. Tylko Gloria Hawthorne bez ustanku grała mu na nosie.

– Na czym teraz latasz?

– SBD-5 – odparł Mick. – Próbowałem dostać się na myśliwce, ale miałem za słabe stopnie. No, ale pod Midway było wesoło.

– Byłeś pod Midway?

– Byłem jednym z tych, którzy zatopili „Kaga" – powiedział Mick. – To był najlepszy moment w moim życiu. Lepszy niż pierwszy dzień w wojsku. Zrzuciłem tysiącfuntówkę na pokład i wracając na „Yorktown", patrzyłem, jak się pali.

– Masz o czym opowiadać – powiedział Marsh – ja wylądowałem w wodzie, kiedy „Winston" został zatopiony, no, ale dzisiaj przynajmniej częściowo go pomściliśmy, dorwaliśmy japoński okręt podwodny.

– No proszę – odparł tamten – jak mówił Halsey, zabijać, zabijać, zabijać Japońców.

– Ruszamy właśnie na spotkanie jego Wielkiej Błękitnej Foty – powiedział Marsh. – w Pearl mówi się, że podobno zaczynamy zwyciężać.

– Pozwól, że ci coś powiem, kolego – odparł Mick, poważniejąc. – Japończy miewają się całkiem nieźle. Ostatnio, kiedy wracałem na pokład po akcji, mój samolot był podziurawiony tak, że musieli go przewrócić na bok, kiedy już wygramoliłem się na zewnątrz. W życiu nie widziałem bardziej bojowo nastawionych skurczybyków. Zapewniam cię, że ta zabawa jeszcze potrwa.

– Pewnie masz rację – powiedział Marsh. – Pod Midway musiało być chyba cholernie niewesoło?

– Nie zrozum mnie źle – odparł Mick – wygramy tę wojnę. Będziemy cisnąć, dopóki nie wycofają się z powrotem pod kieckę swojego cesarza, a potem pokażemy im, kto tu rządzi. Ale to nie będzie bułka z masłem.

– Dzisiaj mogliśmy się o tym przekonać – powiedział Marsh. – Mieliśmy okręt podwodny na celowniku, a mimo to zdołali storpedować magazyn „Hodsona". Udało nam się wrócić z zaledwie jedną dziesiątą załogi, a i tak pewnie nie wszyscy przeżyją.

– Byłem na „Yorktown", kiedy „Hamman" dostał – powiedział Mick – był tuż obok, pomagali załodze w gaszeniu pożaru. W jednej chwili tam stał, a w następnej już go nie było, a na „Yorktown" zarządzono ewakuację.

– Japońskie torpedy. Mieliśmy dziś szczęście.

– Jak to mówił Napoleon? Gdybym miał wybierać pomiędzy dobrym generałem a szczęściarzem, zawsze wybiorę szczęściarza?

Z jakiegoś powodu te słowa przyprawiły Marsha o dreszcz. Wciąż widział japońskie szperacze, za każdym razem, gdy zamykał oczy i myślał o „Winstonie". Mick dostrzegł jego reakcję.

– Och, do cholery, Ślicznotko – powiedział – popatrz na to z perspektywy lotnika: kiedy twój czas nadchodzi, to nadchodzi. Tymczasem strzelaj, póki możesz, i nie zamartwiaj się tym, czego i tak nie możesz zmienić. Halsey planuje najazd na Tokio, a my wszyscy polecimy za nim jak trąba powietrzna. Co do mnie, nie mogę się doczekać, o ile tylko uda mi się nie wpaść wcześniej w kłopoty.

– No tak – powiedział Marsh – pewnie masz rację. Gdzie się podziewałeś po „Yorktown"?

– Uwierzysz, jeśli ci powiem, że byłem na Guadalcanal, a potem w Darwin?

– Darwin? A coś ty tam u diabła robił?

– Polatałem z Australijczykami i siłami powietrznymi MacArthura. Tak to bywa, kiedy zostaniesz sierotką.

– Nie rozumiem, „sierotką"? To znaczy, że po „Yorktown"...

– Wywalili mnie z eskadry i zostałem żołnierzem fortuny, tak można by to ująć. Długa historia.

– Muszę iść na górny pokład – powiedział Marsh – ale potem... musisz mi wszystko opowiedzieć. Chcesz, żeby nasz lekarz obejrzał ci rękę?

Mick uniósł do góry dłoń w rękawiczce i spojrzał, jakby widział ją po raz pierwszy. – Tę rękę? – odparł. – Nie. Dopóki nikt oficjalnie o tym nie wie, mogę latać.

Rozdział Ósmy

Po kąpieli Gloria wśliznęła się w *muumuu* i wyszła na werandę kwatery pielęgniarek. Było tuż po północy; przyniosła sobie jednego papierosa. Wszyscy, których znała w szpitalu, palili, ale ona wypalała tylko dwa dziennie: jednego do porannej kawy, drugiego – przed położeniem się spać. Paliła, gdy nikt nie widział – matka wbiła jej do głowy, że damy nie palą w miejscach publicznych. Teraz, gdy nastała wojna światowa, Gloria wiedziała, że zasady, którymi się kieruje, są beznadziejnie przestarzałe, a jednak trzymała się ich, gdy tylko mogła.

Księżyc świecił gdzieś za budynkiem, ale noc była pogodna, od Diamond Head wiała lekka, tropikalna bryza. Bugenwilla była w pełnym rozkwicie, podobnie jak nieliczne orchidee. „Jest niemal zbyt pięknie" – pomyślała. Sally oznajmiła, że z radością napisze do „przystojnego" komandora porucznika Glorii, o ile ona sama również to zrobi. Gloria obiecała, że napisze, po czym uświadomiła sobie, że nie ma adresu. Musiała pójść do Punktu Pocztowego Floty, aby dowiedzieć się, jak zaadresować list, aby dotarł na USS „Evans". A może nie? – zastanawiała się. Jeśli Sally dobrze wywiąże się z zadania, ona nie będzie już musiała pisać.

155

Usłyszała głosy dobiegające z ciemnej ulicy. W Pearl Harbor wciąż obowiązywało zaciemnienie, latarnie były więc wygaszone. Wreszcie zobaczyła sylwetki na chodniku, zmierzające w stronę kwatery pielęgniarek. Cztery dziewczyny w uniformach szły w towarzystwie wysokiego ciemnowłosego mężczyzny w mundurze. Chichotały niczym podlotki otaczające gwiazdę filmową; Gloria przypuszczała, że to nowy chirurg, o którym mówiło całe dormitorium. Co on tu robi?

Zgasiła papierosa o poręcz fotela i pochyliła się, aby wstać i wejść do środka. W tym momencie uświadomiła sobie, że pod cienkim *muumuu* jest naga, co musiał dostrzec każdy, widząc ją w drzwiach. Usiadła z powrotem i ściągnęła poły tkaniny, aby jak najmniej uwydatniała jej kształty.

Pielęgniarki podeszły bliżej, zobaczyły Glorię i wesoło przedstawiły ją doktorowi Stembridge. Rzeczywiście był wysoki, śniady i niezwykle przystojny; mówił cicho i starannie wymawiał głoski, z lekkim nowojorskim akcentem.

– Siostra Hawthorne – powiedział, ujmując jej dłoń i ściskając ją lekko. Musiał pochylić się nieco, ponieważ Gloria nie wstała z fotela; wydawało się, że jest do tego przyzwyczajony. Jego dłoń była zarazem miękka i twarda jak stal – ręka chirurga.

– Doktorze – powiedziała – witamy w Pearl.

– Och, daj spokój, Glorio – zawołała jedna z dziewcząt. – Powiedz *aloha*, jesteśmy na Hawajach!

– Nie mówię po hawajsku – powiedziała Gloria. – Wydaje mi się, że to brzmi śmiesznie, kiedy Amerykanie używają tego języka.

Dziewczyny przewróciły oczami; zaczęto się żegnać wśród kolejnej serii chichotów i podziękowań za spacer. Weranda opustoszała, ale Stembridge nie spieszył się do powrotu. Zdawało jej się, że węszy w powietrzu.

– To bugenwilla? – zapytał retorycznie. Przeszedł przez werandę. – Nie czułem tego zapachu od czasu wycieczki do Ogrodu Botanicznego. A to chyba są orchidee.

– Tak, to wszystko rośnie tu niemal na dziko – odparła ze swego bujanego fotela. – Jeśli lubi pan kwiaty, Hawaje pana zachwycą.

Wrócił do niej i usiadł na górnym stopniu werandy. – Jest pani naczelną pielęgniarką na oddziale chirurgicznym, prawda? – zapytał.

– Tak. Drugi oddział chirurgiczny.

– Super – odparł – bardzo się cieszę, że będziemy razem pracować. Gdzie odbyła pani szkolenie, jeśli mogę zapytać?

– Penn – odpowiedziała.

– Bardzo dobrze – stwierdził – to świetna szkoła. Czy pracuje pani od czasu uzyskania dyplomu?

– Wyszłam za mąż w czasie studiów w Akademii Marynarki Wojennej, gdy Tommy skończył szkołę – wyjaśniła – ale potem on od razu rozpoczął służbę, a ja poszłam do pracy. Przez kilka lat nie miałam zatrudnienia, ale na ogół pracowałam. Płacili lepiej niż w marynarce.

– To samo można powiedzieć o większości miejsc – odparł z lekkim uśmieszkiem. – Czy pani mąż służy we Flocie Pacyfiku?

– Na wiecznej wachcie – odpowiedziała. – Był MPA – asystentem inżyniera – na „Arizonie".

Nabrał tchu i głośno wypuścił powietrze. – No proszę – powiedział. – Dziwię się, że nie opuściła pani Hawajów.

– Byłam potrzebna, szczególnie po ataku. Zostałam od razu zatrudniona i przeniosłam się tutaj. Nasze mieszkanie w centrum zarekwirowano, musiałam więc gdzieś się zatrzymać.

– To brzmi sensownie.

– 1942 nie był zbyt dobrym rokiem. Oto, jak tu trafiłam.

– Siłą rozpędu? – powiedział. – Wiem, jak to działa. Straciłem żonę i dwójkę dzieci na początku zeszłego roku. Zderzenie czołowe z ciężarówką. Akurat na Merritt Parkway. Z reguły nie jeżdżą tamtędy ciężarówki. Okazało się później, że kierowca był pijany.

Tym razem to ona wyraziła współczucie.

– Pracowałem wtedy w Nowym Jorku. Wziąłem miesiąc wolnego, myślałem, że zwariuję, wróciłem więc do pracy. Wydawało się, że to jedyne rozwiązanie.

– Tak, z pewnością – powiedziała. Lekki powiew wiatru poruszył tkaniną *muumuu*, przyciskając materiał do jej piersi. Wyczuła, że na nią patrzy.

– Teraz czuję zapach bzu – powiedział. – Proszę pozwolić mi zgadnąć: po ciężkim, długim dniu wzięła pani kąpiel i spryskała się wodą toaletową o zapachu bzu.

Poczuła, że się czerwieni. Tak właśnie było. Nieudolnie próbowała otulić się szczelniej tkaniną. Nagle poczuła się obnażona.

– Przepraszam – powiedział, kładąc rękę na piersi. – Moja żona miała taki zwyczaj. Tak naprawdę woda toaletowa o zapachu bzu była naszym sygnałem rozpoznawczym.

– Sygnałem rozpoznawczym?

– Wie pani. Przecież była pani mężatką. Pracowałem do późna, przeglądałem dokumenty w gabinecie, a ona wchodziła, mając na sobie tyle co nic. Czułem zapach bzu, gdy stawała za moimi plecami. – Roześmiał się cicho. – Znaczyło to: pora do łóżka, najlepiej już teraz, od razu.

Poczuła, że traci oddech. Ona i Tommy mieli bardzo podobny zwyczaj. Patrzyła przed siebie, czując, że płoną jej policzki.

– Przepraszam – powiedział. – Znów wprawiłem panią w zakłopotanie. Pójdę już. Miło było panią poznać i chwilę porozmawiać. Jutro będę znacznie bardziej oficjalny, mogę panią o tym zapewnić.

– Dobranoc, doktorze – wykrztusiła z trudem.

Skinął głową w oficjalnym, lekkim ukłonie, schodząc po schodach.

– Nie wprawił mnie pan w zażenowanie – zawołała za nim – po prostu mnie pan zaskoczył.

Odwrócił się. – To mi się zdarza bez przerwy – powiedział. – Powtarzam sobie, że kiedyś do tego przywyknę, ale potem ogarnia mnie zwątpienie. Dobranoc.

Następnego ranka spotkali się na drugim oddziale. Pacjentem był młody żołnierz piechoty morskiej z przestrzeloną klatką piersiową. Jedno płuco zostało uszkodzone, a żebro w pobliżu rany wylotowej zmiażdżone. Pacjent był już przygotowany do operacji i znajdował się w narkozie, gdy Stembridge wszedł na salę operacyjną. Podszedł do stołu operacyjnego i przedstawił się pielęgniarkom.

– Witam panie – powiedział – nazywam się doktor Allan Forrest Stembridge i jestem torakochirurgiem. Proszę się przedstawić i powiedzieć pokrótce o swoich kwalifikacjach.

Gloria, jako starsza pielęgniarka, wystąpiła pierwsza – opisała swoje przeszkolenie i doświadczenie zawodowe. Następnie to samo zrobiły cztery pozostałe pielęgniarki. Z reguły zabiegi przeprowadzało dwóch lekarzy, ale w szpitalu było aż pięć sal operacyjnych, a napływ rannych podczas kampanii na Wyspach Salomona był tak duży, że brakowało chirurgów. Stembridge zapisywał, słuchając uważnie, z powagą i koncentracją, która sprawiła, że niektóre pielęgniarki gubiły wątek.

– Dziękuję – powiedział wreszcie. – Teraz moja kolej. Mam czterdzieści sześć lat, skończyłem Brown, a potem uczelnię medyczną Harvardu. Od czternastu lat pracuję jako torakochirurg, ostatnio specjalizuję się w chirurgii urazowej. To będzie nasza pierwsza wspólna operacja. Kiedy skończymy, przekażę swoje uwagi siostrze Lewis, a potem ona przekaże je paniom.

Zapytał anestezjologa, czy stan pacjenta jest stabilny i czy jest gotów do operacji. Ten założył maskę i potwierdził, dodając, że zabieg wymaga dodatkowej ostrożności, ponieważ funkcjonuje tylko jedno płuco. Stembridge rzucił okiem na zdjęcie rentgenowskie wiszące pod lampą nad stołem.

– Dobrze – powiedział. – Musimy więc szybko działać. Zapraszam panie.

159

Dziewięćdziesiąt minut później było już po wszystkim, a Gloria czuła się wyczerpana. Stembridge pracował jak maszyna, tnąc szybko, nieprzerwanie, nie zastanawiając się nad tym, co robi i dokąd zmierza. Zresztą nic nie budziło wątpliwości. Starając się za wszelką cenę dotrzymać mu kroku, młodsze pielęgniarki, podając narzędzia, wpadały czasami na siebie nawzajem. Tuż przed końcem zarządził liczenie gazików. Gloria, jako nadzorująca, znała ich liczbę; jak się okazało, on także. Z reguły chirurdzy pilnowali liczenia tylko z grubsza, pozostawiając to zadanie pielęgniarkom.

Gdy skończyli, Stembridge odszedł od stołu i usiadł w kącie sali operacyjnej, by odpocząć kilka minut przed rozpoczęciem kolejnego zabiegu. Anestezjolog, starszy lekarz zbliżający się do sześćdziesiątki, gwizdnął cicho, gdy krzątali się wokół żołnierza, by przewieźć go na salę pooperacyjną.

– Superman – mruknął – już się obudził.

Gloria zdjęła maskę, siatkę okrywającą włosy i rękawiczki.

– Jestem pod wrażeniem – szepnęła.

– Zobaczymy, jak będzie wyglądał po sześciu następnych – odparł anestezjolog.

– Czy ten dzieciak przeżyje? – spytała Gloria.

– Może – odparł lekarz – ale pewnie nie. Długo to trwało, zanim tu trafił. Wie pani, jak to jest– operacja się udała, a pacjent...

Nim dzień pracy dobiegł końca, co nastąpiło około siódmej wieczorem, Gloria była gotowa przyznać tytuł supermana Sembridge'owi. Wszystkie kolejne operacje wyglądały tak samo jak pierwsza: ta sama żelazna koncentracja, nabrzmiała od emocji cisza, gdy kolejne dłonie podawały chirurgowi kolejne instrumenty, zanim zdążył o nie poprosić. Gdy ostatni pacjent został przewieziony na salę pooperacyjną, zespół był bliski omdlenia. Stembridge pojawił się w drzwiach i poprosił Glorię, aby spotkała się z nim w stołówce szpitalnej za kwadrans.

Bolały ją nogi i kręciło jej się w głowie. Nigdy nie widziała nikogo podobnego do tego faceta; uświadomiła sobie, że odczuwa strach przed spotkaniem z nim.

– Cieszę się, że to ty masz tam pójść, a nie ja, słonko – powiedziała jedna z dziewcząt. – Ten gość jest niesamowity.

– Wyczyść te narzędzia naprawdę starannie, Doris – odparła Gloria – jutro rano on znowu tu będzie, i my także.

Gloria poszła do przebieralni pielęgniarek i zmieniła strój na zwykły uniform. Potem udała się do stołówki na poszukiwanie Supermana. Już tam był, popijał kawę i palił papierosa. Zamachał do niej, widząc, że wchodzi na salę, i zgasił papierosa, gdy siadała na krześle obok niego.

– Proszę się mną nie przejmować – powiedziała – sama wypalam dwa dziennie, a przez resztę czasu zadowalam się tymi, które wypalają inni.

Uśmiechnął się, zobaczyła na jego twarzy zmarszczki i uświadomiła sobie, że supermani także bywają zmęczeni.

– Mieliśmy dobry dzień – powiedział. – Musimy tylko popracować nad gotowością twojego zespołu.

Gloria uniosła brwi.

– Chodzi mi o to, że trochę mnie spowalniają. Jeśli pojawia się krwotok, należy podać ssak, a potem kleszczyki. Nie powinienem prosić ani o jedno, ani o drugie.

Skinęła głową. – Mimo wszystko sugerowałabym, żeby pan prosił – powiedziała. – Z reguły mamy tu asystującego chirurga. Dziewczęta muszą do pana przywyknąć. Niektórzy chirurdzy złoszczą się, gdy próbujemy wyprzedzać ich życzenia.

– Już niedługo to nie będzie problemem – powiedział.

– Doprawdy – odrzekła. Znała dwóch chirurgów, którzy naprawdę robili z tego problem, a obaj byli starsi od niego.

– Zdaje się, że powinienem to pani powiedzieć – rzekł. – Przyjechałem tu, żeby objąć stanowisko ordynatora oddziału.

Zamrugała. Sądziła, że jest tylko kolejnym chirurgiem, którego skłoniono prośbą lub pochlebstwem, aby porzucił świat cy-

161

wilów i przystąpił do chwalebnej walki o życie tysięcy młodych żołnierzy walczących w tej wojnie. Potem zobaczyła na jego kołnierzyku srebrne dębowe liście. Czyżby był komandorem?

– Właśnie tak. Wybrałem drugi oddział operacyjny, ponieważ powiedziano mi, że jest pani najlepszą pielęgniarką na chirurgii, jaką mamy.

– To przesada – odparła. – Mam większe doświadczenie w pracy szpitalnej, ale jest tu wiele...

Uniósł dłoń do góry, by ją uciszyć. – Ja także – powiedział. – Oto, czego od pani oczekuję. Obserwowałem panią dzisiaj. Nie zdawała pani sobie z tego sprawy, bo była pani zajęta pilnowaniem wszystkich innych. Gdy jedna z dziewcząt właśnie miała popełnić błąd, wkroczyła pani do akcji, cicho, dyskretnie, zanim zdążyłem okazać niezadowolenie.

Wzruszyła ramionami. – To po prostu moja praca – powiedziała.

– Mam zamiar popracować na wszystkich salach. W losowej kolejności. Kiedy będę miał pełen obraz sytuacji, wezmę się za chirurgów i podciągnę ich do swoich standardów. Chciałbym, żeby pracowała pani razem ze mną, a potem podciągnęła wszystkie pielęgniarki do swoich standardów.

– W ten sposób urazimy uczucia kilku osób – powiedziała – poza tym, niektóre ze starszych pielęgniarek są równie dobre jak ja, jeśli nie lepsze.

– Zobaczymy – powiedział – jeśli faktycznie jest tak, jak pani mówi, to pójdziemy dalej. Pięć sal operacyjnych w jednym szpitalu to dość sporo, szczególnie w tak niewielkim. Czy może sobie pani wyobrazić, że jest ich dwadzieścia?

– Dobry Boże, nie – odparła.

– Proszę się przyzwyczajać do tej myśli – odpowiedział. – Zaczynamy, dopiero zaczynamy na dobre atakować Japończyków. Pokazali już, że nie mają zamiaru się poddać. Kiedy będziemy musieli przystąpić do inwazji na wyspy, ofiar będzie setki tysięcy. Zanim to się stanie, tutejsze zespoły należy odpowiednio przygotować do przeszkolenia personelu kolejnych szpitali. Moim zadaniem jest właśnie dopilnowanie tego.

– Dlaczego ja?

– Jestem szybki, siostro Lewis. Widziała pani zresztą. Podejmuję decyzję i działam. To nie zawsze się sprawdza, ale z reguły jednak tak. Potrzebuję kogoś w zbliżonym wieku, kto zostałby moim asystentem, a fakt, że mamy za sobą podobne przejścia natury osobistej, no cóż, to w gruncie rzeczy wiele ułatwia.

– Co takiego? – spytała, zdziwiona, że pozwolił sobie na osobistą uwagę.

– Zakładam, że nie pogodziła się pani jeszcze ze śmiercią swojego męża, zwłaszcza że codziennie patrzy pani na ten wrak w zatoce. A ja tęsknię ogromnie za moją żoną. Będziemy ze sobą blisko współpracować. Mam tu na myśli to, że chcę, aby nasza relacja była ściśle zawodowa.

Gloria była zdumiona. – O jakiej innej relacji możemy mówić, doktorze?

– Proszę się nie denerwować – odparł. – Młode pielęgniarki są niezwykle wrażliwe. Często dają się oczarować starszym lekarzom. Widziała pani, jak to wygląda.

– A my, stare wyjadaczki, nie ulegamy takim słabościom? Uśmiechnął się do niej. – Właśnie tak – powiedział.

– Nawet gdy taki lekarz jest wysoki, ciemnowłosy i przystojny?

– Nawet gdy sama pielęgniarka jest prawdziwą pięknością – odparł. – Proszę, Glorio, niech pani się nie dąsa. Wie pani, że mam rację.

– Ach, tak, mówi pan do mnie „Glorio"?

– Tak. Proszę śmiało zwracać się do mnie per „Doktorze".

Próbował zachować nieprzenikniony wyraz twarzy, ale iskierka uśmiechu w jego spojrzeniu mówiła sama za siebie. Bez wątpienia żartował sobie z niej. Wreszcie postanowiła się uśmiechnąć. – Dobrze – powiedziała – to będzie interesujące.

– A więc zgadza się pani?

– Jest wojna, doktorze. Zrobię, co będę mogła, żeby się przydać.

Odchylił się na krześle i spojrzał na nią z uśmiechem. – Super – powiedział.

Gloria spotkała się z pozostałymi starszymi pielęgniarkami w dormitorium. Sale operacyjne były zamknięte z powodu dezynfekcji. Pierwsza z nich miała być niebawem gotowa na przyjęcie ciężko rannych – czekano na transport lotniczy z zachodniego Pacyfiku jeszcze tego wieczoru. Trzy spośród czterech pielęgniarek były tu od siódmego grudnia. Czwarta była nowa.

– No dobrze, moje panie, na pewno zastanawiacie się, dlaczego was wezwałam – powiedziała.

– Z pewnością chodzi o tego nowego chirurga – powiedziała Etta Mae Beveridge. Była niemal rówieśniczką Glorii; przyjaźniły się.

– Czy to prawda, że jest pełnym komandorem? – zapytała Janet Wright.

– Tak, to prawda, i w pewnym sensie dlatego właśnie się tu spotykamy – powiedziała Gloria. – To nie jest tylko kolejny chirurg. Wygląda na to, że przysłano go tutaj na stanowisko ordynatora chirurgii, żeby nas przygotować do naprawdę poważnego rozszerzenia działalności.

– Tutaj? – zawołała Etta Mae. – Tu ledwie jest dość miejsca dla nas.

– Nie tutaj – odparła Gloria – gdzieś na zachodzie. Nie powiedział dokładnie gdzie ani nawet kiedy, ale ma to coś wspólnego z planowaną inwazją na Japonię.

Na tę wieść natychmiast wybuchła ożywiona paplanina, Gloria uciszyła jednak zgromadzone pielęgniarki, wracając do tematu. Streściła im, jakie oczekiwania ma Stembridge, i czekała na ich reakcje. Z pewnością nie spodziewała się tego, co miało za chwilę nastąpić.

Etta Mae zaczęła chichotać, pozostałe pielęgniarki po chwili przyłączyły się do niej.

– O co chodzi? – spytała.

– Och, kochanie, jesteś naprawdę słodka. Nie sądzisz chyba, że wybrał cię na asystentkę dlatego, że jesteś z nas najstarsza?

– No cóż, jestem najstarsza i jestem pielęgniarką na chirurgii dłużej niż którakolwiek z was – powiedziała Gloria. – Sądzę jednak, że powinnam was z góry przeprosić.

– Glorio – powiedziała Etta Mae – mężczyzna, który wygląda tak jak on, z pewnością nie wybrał cię dlatego, że jesteś najstarsza w tym towarzystwie.

Gloria poczuła, że się czerwieni. – To nie ma absolutnie nic...

– Och, wiemy, wiemy i nie musisz przepraszać. Pomożemy ci. Uważaj tylko na siebie, słoneczko. Jeśli mnie intuicja nie myli, on będzie oczekiwał naprawdę BLISKIEJ współpracy.

– Cholera, ja nie miałabym nic przeciwko temu, żeby nawiązać z nim bliską współpracę – powiedziała Janet. Nastąpiły kolejne wybuchy śmiechu i Gloria uświadomiła sobie, że jej pierwsze wystąpienie w roli oficjalnej asystentki Stembridge'a całkowicie wymknęło się spod kontroli, choć przecież wszystkie myliły się co do niego. I co do niej.

Kolejnego wieczoru Gloria siedziała z pozostałymi dziewczętami przed kwaterą pielęgniarek, trzymając w dłoni szklankę z piwem i zanurzając stopy dla ochłody w wilgotnej, zielonej trawie porastającej Hospital Point. Tropikalna bryza poruszała liście palm i marszczyła lustro wody w wejściu do zatoki, oddalonym o zaledwie kilkaset stóp. Słońce już zaszło, na niebie widniała malownicza łuna.

– O, patrzcie – powiedziała jedna z pielęgniarek – to lotniskowiec, prawda?

Gloria osłoniła oczy, by spojrzeć w kierunku zachodzącego słońca. Rzeczywiście, do Pearl zmierzał masywny lotniskowiec klasy Essex, a za nim podążał sznur mniejszych okrętów.

– To chyba „Lexington" – powiedziała inna pielęgniarka.

– W stołówce chodziły słuchy, że ma zawinąć tu na tydzień.

Glorię zawsze dziwiła prędkość, z jaką okręty przepływały przez wąskie ujście zatoki. Tommy mówił jej, że za zewnętrzną rafą prądy są silne i okręty muszą utrzymywać prędkość, aby nie stracić kontroli nad sterem. Lotniskowiec przepływał obok Hospital Point, mijając grupkę siedzących na leżakach pielęgniarek w odległości zaledwie kilkuset jardów. Wielu marynarzy stało na górnym pokładzie, machając do nich, one zaś odmachiwały. Słyszały już huk ogromnych wentylatorów pod pokładem startowym. Rozkaz z pokładu hangarowego odbił się echem na wodzie, gdy okręt mijał rafy koralowe w pobliżu brzegu. Gloria poczuła pachnący siarką dym, wydobywający się z masywnego komina.

„»Lexington« – pomyślała. – A więc jest tu Bestia, a być może także Ślicznotka, jeśli jego okręt nadal pływa w grupie »Lexingtona«". Wiedziała, że pewnie jeszcze tego wieczoru obaj do niej zajrzą. Postanowiła, że będzie się umawiać wyłącznie z całą trójką, razem. Była raczej pewna, że Marsh nie zaprotestuje przeciwko temu, ale Bestia? Będzie musiał się z tym pogodzić. Ostatnia rzecz, jaka była jej potrzebna, to wieczór spędzony na nieustannym opędzaniu się od jego wielkich dłoni, usiłujących zbadać dokładniej szczegóły jej anatomii, zwłaszcza gdy napił się wódki.

– Idę do środka – powiedziała – strasznie bolą mnie nogi.

– Na pewno nie chcesz iść z nami do kantyny? – spytała jedna z pielęgniarek. – Skoro przypłynął lotniskowiec, wieczór będzie szalony.

– Szaleństwo to ostatnia rzecz, jakiej mi teraz trzeba – odparła Gloria. – Gdyby ktokolwiek mnie szukał, odbierzcie, proszę, wiadomość.

Prawie się udało. O jedenastej jedna z dziewcząt, Betty Billings, zapukała cichutko do drzwi Glorii. Gloria, która właśnie miała zamiar zgasić światło, odłożyła „Timesa". – Co tam? – spytała.

– Na dole stoi ogromny facet – odparła dziewczyna. – Niesie dwa mai tai i mówi, że jeśli nie zejdziesz, żeby się z nim napić, przyjdzie na górę.

– To cholernie kiepski pomysł – powiedziała Gloria, odruchowo podciągając kołdrę.

– Glorio, on jest ogromny. Myślę, że jest pilotem. Nie będę w stanie go zatrzymać, jeśli rzeczywiście zechce wejść. Proszę cię.

– Betty, powiedz mu po prostu, żeby sobie poszedł, a jeśli tego nie zrobi, zadzwoń do patrolu nabrzeżnego. Oni umieją sobie radzić z pijakami.

– On nie jest pijany, przysięgam. No, nie bardzo. Jest w sumie dość słodki. Mówi, że wie, że tu jesteś, bo sprawdzał w szpitalu.

– Gloooriaaaa! – rozległ się głos w holu na dole.

– O Boże – powiedziała Gloria.

– Gloooooriaaaa!

– No dobrze – westchnęła. – Zejdź na dół i powiedz mu, żeby się zamknął, zaraz zejdę.

Dziesięć minut później otworzyła drzwi budynku i rozejrzała się. Bestia siedział w jednym z wiklinowych foteli na drugim końcu werandy, trzymając w każdej dłoni dużą szklankę pełną owocowego napoju. Gloria miała na sobie bawełnianą piżamę i długi szlafrok. Podeszła do niego i podsunęła sobie fotel. We włosach tkwiło kilka lokówek, które miały uczynić ją mniej atrakcyjną niż zwykle.

– Bestio, na miłość boską – co ty tu robisz?

– Jestem zakochany. Pożądam. No, i trochę wypiłem.

– Nie da się ukryć.

– No cóż, jak by to powiedzieć. Jesteś najpiękniejszym stworzeniem na zachód od San Diego i po prostu musiałem się z tobą zobaczyć. Podoba ci się mój jeep?

– Twój jeep?

– Tak, mój jeep – odparł, wypijając połowę jednego mai tai.

– Tam stoi. To ten z fajnymi antenami.

– A skąd właściwie go wziąłeś?

– Od tych gnojków z armii. Wydaje im się, że tu rządzą. Zostawiają kluczyki w stacyjce, kiedy idą do kantyny. Kto u diabła mógłby ukraść jeepa, no nie? Niezbyt dobrze mi się szło, więc przyjechałem. Zobacz, to dla ciebie. Nie rozlałem ani kropelki, chociaż parę razy wjechałem na trawnik.

– Mick – zaczęła.

– Bestio – odparł. – Nienawidzę imienia Mick. Mój dowódca mówi do mnie Mick. Chyba mnie wywalą. Znowu. Nie jestem dobry w grze zespołowej, tak mówią. Chociaż jestem asem. Podwójnym, dla ścisłości. Dwunastu Japońców poszło do Jezuska. A może do Buddy. Tak, do Buddy. To ten co lubi Japońców. Weź ode mnie to mai tai, na litość, drętwieje mi ręka.

Wzięła od niego szklankę i przysiadła na poręczy fotela.

– As oznacza, że zestrzeliłeś pięć samolotów, tak? Naprawdę nie sądzę, żeby wylali pilota, któremu się to udało.

– Podwójny – odparł i odbiło mu się. – Cholerny rum. Już czuję nadciągającego kaca.

– A więc może pora przestać?

Spojrzał na to, co zostało z drinka. – Przestać? Ja nigdy nie przestaję. Nigdy. Żadna kobieta na świecie nie powiedziała mi jeszcze nigdy, przestań, przestań. – Spojrzał na nią z ukosa. – I ty też mi tego nie powiesz, boska Glorio o najpiękniejszych piersiach, nogach...

– Przestań – powiedziała. – Widzisz, zrobiłam to. Spójrz na mnie.

– Niczego innego nie pragnę – wymamrotał – tylko patrzeć na ciebie.

Wyciągnęła lewą dłoń na wprost jego twarzy. – Widzisz ten pierścionek?

– O Boże – powiedział – to twoja miniatura?

– Tak, Mick. Ciągle tu jest. Możesz więc darować sobie tę gadkę donżuana. Za co mają cię wywalić?

Skończył swoje mai tai i wyrzucił szklankę za siebie, w krzaki.

– Straciłem dwóch skrzydłowych. Dowódca twierdzi, że to moja wina. Mówi, że zaślepia mnie pogoń za glorią i chwałą. – Rzucił na nią okiem, próbując się uśmiechnąć. – Gdyby tylko wiedział – dodał.

– W jaki sposób straciłeś skrzydłowego?

– Skrzydłowych – poprawił – było ich dwóch. To jakaś mania. Nikt już nie lata sam. Wyłącznie w parach. Jeden strzela, drugi jest skrzydłowym. Ten, który strzela, ma wykańczać Japończów. Skrzydłowy ma chronić strzelca przed wszystkimi innymi Japończami. Statystyka. Teraz liczy się tylko statystyka.

– Myślałam, że jesteś pilotem bombowca?

– Byłem – rzekł. – Nie ma czego bombardować, przeszedłem więc na myśliwce. Duży błąd. Ci faceci biorą wszystko strasznie poważnie.

– Rozumiem, że zawsze to ty byłeś strzelcem.

– Cholera, no pewnie – odparł. – Masz zamiar to wypić?

– Nie, i ty też nie. – Wylała drinka w krzaki.

– Hej – powiedział – sporo za niego zapłaciłem.

– Trudno – odparła. – Masz już zupełnie dosyć.

Odchylił się na fotelu i westchnął głęboko. „Jest naprawdę ogromny – pomyślała. – Ciekawe, jak się mieści w kokpicie".

– Trzeba rozmawiać, rozumiesz? – powiedział. – Trzeba grać w zespole. Musisz zawsze mówić swojemu skrzydłowemu, co masz zamiar robić, żeby mógł cię kryć.

Nabrał powietrza i odetchnął głęboko. W powietrzu zapachniało rumem. – Ale ja tak nie potrafię, rozumiesz? Jestem samotnym strzelcem. Robię szalone rzeczy. Japończy mają swoje zasady, i nasi wspaniali lotnicy też. Trzeba pilnować procedur. A ja po prostu lecę, szaleję jak prawdziwa Bestia, i ci biedni zasrańcy pojęcia nie mają, co się dzieje, gubią się, a ja ich wykańczam.

– Co się stało z twoim skrzydłowym?

– Skrzydłowymi – poprawił ją znowu. – Było ich dwóch. To rekruci, latają jako skrzydłowi tych bardziej doświadczonych. Pokazujemy im, jak to się robi, rozumiesz?

Przytaknęła.

– Tak, jak mówiłem, robię szalone rzeczy. Nurkuję w trakcie walki. Robię beczki. Lecę prosto na nich. Japończycy nie wierzą własnym oczom. Potem zaczynam strzelać. Cholera, to nic trudnego. Podobno stracili najlepszych strzelców pod Midway. Ci, którzy zostali, są w większości gorzej wyszkoleni. Ale nie mogę się koncentrować na niczym innym. Nie mogę się troszczyć o cholernego skrzydłowego.

– I zostawiasz ich w tyle, a sam bawisz się w swoje akrobacje? A potem Japończycy biorą się za rekruta?

Spojrzał na nią, zaskoczony. – Tak, cukiereczku, dokładnie tak to było. Dwa razy, na moje grzechy. Jezu, jesteś tak piękna, że słowami nie da się tego opisać.

– Mick – powiedziała – wychodzi twoja irlandzka natura. To rum przez ciebie przemawia.

– Nie, to nieprawda – odparł – biegałem za tobą już w szkole, przez cały ten czas, no wiesz. Tak samo długo, jak Tommy. – Podniósł rękę. – Przepraszam, nie powinienem był tego mówić. Tommy był najlepszy. Najlepszy facet zdobył najlepszą dziewczynę. W porządku. Ale to nie znaczy, że nie można pomarzyć.

– Wkroczyłeś na zakazany teren, Mick. Musisz wrócić na okręt, odespać. Złożymy to wszystko na karb gorzałki. A potem zapomnimy o tym.

Odprężył się na krześle, jego rysy zmiękły, kolana rozjechały się, ręce opadły bezwładnie. Zaskoczył ją widok rezygnacji malującej się na jego twarzy.

– Jestem ciężkim przypadkiem, Glorio – powiedział cicho. – Moje szczytowe osiągnięcie to mecz piechota–marynarka na pierwszym roku. Od tamtej pory idzie mi tylko coraz gorzej.

Gdyby nie wojna, wypieprzyliby mnie dawno temu. Pod Midway dałem z siebie wszystko. Teraz chcą mnie wysłać do piechoty morskiej. Na tyły marynarki. Nie będzie już lotniskowców. Wszyscy dowódcy są już na froncie. Nie ma miejsca dla takich jak ja, nieważne, czy jest się asem, czy nie.

– Każdy z nas ma swoje zadania, Mick – powiedziała łagodnie. – Wy walczycie na zachodnim Pacyfiku, odpieracie japońskie ataki. My tutaj też pracujemy na dwunastogodzinnych zmianach, na tej niby-rajskiej wyspie, składając was do kupy. Pewnego dnia zwyciężymy, i co wtedy?

– Nie mam cholernego pojęcia – wyznał – ale boję się o tym myśleć. Pokój? Dla takiego gościa, jak ja? Pogubiłbym się. Nie, ja odejdę! Ha! W glorii i chwale!

Uśmiechnęła się do niego; odpowiedział jej uśmiechem i jego twarz odmłodniała o dziesięć lat. Nagle zdała sobie sprawę, że właśnie po to tu przyszedł.

– Wyjdź za mnie – powiedział.

– Po co? – spytała.

– Bo cię ko-o-o-o-cham – powiedział przeciągle.

– Jasne, że tak.

– Naprawdę.

– Chcesz się ze mną ożenić?

– Tak.

– Więc odstaw gorzałkę, trzymaj się z daleka od kantyn oficerskich, wkrocz na ścieżkę prawości i zostań wzorowym oficerem marynarki.

– Jezu, Gloria – jęknął – mówisz tak, jakbyś już była moją żoną!

Oboje zaczęli się śmiać i nagle zapanowała między nimi zgoda.

– Wiesz, kto naprawdę chciałby się z tobą ożenić, prawda? – zapytał.

– Nasz zastępca dowódcy niszczyciela?

171

– W rzeczy samej. On zrezygnowałby z wódki i z całej reszty, i zrobiłby wszystko, czego byś zażądała. Braciszek Marshall kochał się w tobie od samego początku.

– Wiem – odpowiedziała.

– Ale.

– No tak, ale – mówiła dalej, żałując, że wylała mai tai w krzaki. – Spróbuję ci to wyjaśnić.

– Zamieniam się w słuch – odparł. – Nie, to raczej tekst dobry dla Ślicznotki.

– Traktujesz kobiety jak jaskiniowiec. Ja – bohater, ty – kobieta. Na plecy, kobieto. A Ślicznotka? On zawsze trzyma się na uboczu, jest nienagannym dżentelmenem, ma serce na dłoni, czeka tylko, żeby jakaś kobieta doceniła to jego szczerozłote serce.

– A Tommy?

– Odczep się.

– To on zwyciężył, Glorio. Bądź sprawiedliwa.

– Tommy był mądralą. Nigdy się nie zalecał. Nigdy nie objął mnie ramieniem i nie położył mi dłoni na tyłku. Po prostu któregoś dnia wziął mnie za rękę i powiedział: „Chodź ze mną”.

– Nie mów „tyłek” – poprosił – powiedz *derrière*. Boże, uwielbiam to słowo. Francuzi są całkiem niegłupi.

– Mówiłam o twojej dłoni, Bestio.

– Ta już nie bardzo się do czegokolwiek nadaje – powiedział, unosząc dłoń w rękawiczce. – Ale ta...

– Mick – powiedziała.

– Glorio Hawthorne – odparł.

– Glorio Hawthorne Lewis – odparowała.

– Już nie.

– Na zawsze, Mick. Na zawsze.

Popatrzył na nią; w jego wzroku dostrzegła tęsknotę, rozpaczliwą tęsknotę. Tego się nie spodziewała, nie po nim. Zaskoczyło ją to – i podnieciło, po raz pierwszy od tamtego strasznego dnia. Natychmiast stłumiła to uczucie.

172

– Mam operację o siódmej – powiedziała. – Czas, żebyś poszedł do domu.

– Do domu.

– Pozwól, że wezwę ci taksówkę. Zostaw tu tego jeepa. Patrol brzegowy pewnie już go szuka.

– Glorio, Glorio, Glorio. Pewnie niełatwo jest być tobą.

– Niełatwo?

– Ci wszyscy faceci, którzy się do ciebie zalecają. Pragną cię, pożądają, kochają, zalecają się do ciebie i marudzą, kiedy się opierasz.

– Raz się nie oparłam, Bestio – odrzekła. – I raz wystarczy.

– Nigdy.

– Na zawsze.

Westchnął. Skinął głową. – No dobrze, próbowałem.

– Owszem.

– Zginę tam, wiesz o tym?

– Mam nadzieję, że nie.

– Tak czy inaczej, tak będzie. Kiedy wsiadam do samolotu, uruchamiam silniki, kołuję, a potem ruszam pełną parą, podrywam się do lotu, dotykam grzbietu fali podwoziem, wtedy czuję, że żyję, Glorio. Że naprawdę żyję.

– Nie potrafię sobie tego wyobrazić.

– Pozwól mi się kochać – powiedział. – Niebawem się tego nauczysz.

„Nie ma na to odpowiedzi" – pomyślała.

– No dobrze – powiedział – możemy uznać, że zostałem oficjalnie odprawiony.

– Dobranoc, Bestio McCarty. Leć szybko i nisko.

– Pamiętaj o mnie, piękna pani. I pamiętaj, że jeden fajerwerk sypie tysiącem iskier.

Bestia oddalał się od kwatery pielęgniarek chwiejnym krokiem, co składał na karb zbyt długiego czasu spędzonego na morzu. Z pewnością nie z powodu alkoholu, był o tym przekonany, ponieważ ciągle miał ochotę się napić. Gdy dotarł do kantyny, obsługa właśnie ustawiała krzesła do góry nogami na blatach stołów. Usiadł przy barze i zamówił kolejne mai tai.

– Przykro mi, szefie – powiedział barman – właśnie zamykamy.

– Możesz mi chyba zrobić jeszcze jednego – poprosił Mick – wiem, że masz je przygotowane. Dodaj tylko rumu i się stąd zmywam.

Barman, potężny Samoańczyk, miał płaską i życzliwą twarz.

– Nic z tego, szefie, zamknąłem już. Wypiłeś dosyć. Pozwól, że wezwę taksówkę.

– Nie chcę pieprzonej taksówki – warknął Mick. – Chcę drinka.

Barman potrząsnął tylko głową i się odwrócił. Chłopcy porządkujący krzesła obserwowali sytuację bez niepokoju. Widzieli to już setki razy. Dziś jednak, gdy barman odwrócił się ponownie, zobaczył za barem Micka, szukającego mieszanki mai tai.

– Hej! – zawołał, gdy Mick, nie mogąc znaleźć odpowiedniej butelki, jął zwalać pozostałe z hukiem na podłogę. Sprzątacze zastygli na swoich miejscach. To dopiero była rozrywka.

– Z drogi – powiedział Mick – skoro nie chcesz mi zrobić drinka, to zrobię go sobie sam.

Barman, którego łatwiej byłoby przeskoczyć niż obejść, zmierzył Micka wzrokiem i wzruszył ramionami. – Hej, Benny – zawołał – zadzwoń po HASP[10].

Mick zignorował go, nalał sobie rumu do szklanki, dodał mieszankę, podszedł do stolika w kącie i usiadł. Pięć minut później nadjechały dwa jeepy Hawajskiej Policji Wojskowej. Do baru podeszło czterech policjantów. Jeden z nich był oficerem piechoty, trzej pozostali należeli do marynarki. Oficer

---

[10] *Hawaiian Armed Services Police* (ang.) – Hawajska Policja Wojskowa.

– drobny człowieczek w okularach – sięgał Mickowi do ramienia; miał na sobie mundur piechoty i wypolerowane buty, ze znoszonego futerału przy białym pasie wyglądał Colt 45. Trzej marynarze byli potężni i silni. Wszyscy mieli na sobie plastikowe hełmy i odprasowane drelichy z białymi sztylpami, a w dłoniach trzymali pałki.

Oficer podszedł do Micka. – Proszę pokazać mi dowód tożsamości, poruczniku – powiedział.

– Wypchajcie się, piechoto – odparł Mick. – Mój mundur jest moim dowodem tożsamości, a ja nikogo nie zaczepiam.

– Dowód tożsamości, proszę – nalegał oficer; trzej marynarze stanęli za nim.

Mick zignorował oficera i zmierzył wzrokiem pozostałych.

– Nudzi się wam, chłopaki? – zapytał, dopił drinka i wstał.

– Chętnie się rozerwiemy – powiedział najpotężniejszy z trójki. – Możesz też pójść z nami po dobroci. Przejdziemy się do centrum, spotkamy się z miłym panem w biurze marynarki, wypełnimy parę papierków, a potem będziesz mógł odespać zarwaną noc na naszej kwaterze.

– Nigdzie nie idę – powiedział Mick – ani z wami, ani z nikim innym. Spieprzajcie, mięczaki.

Oficer spojrzał przez ramię na najwyższego, który skinął głową i uderzył pałką o udo. Oficer odsunął się, robiąc mu miejsce. Mick wstał i rzucił się do przodu, zaciskając pięści, po czym potknął się o wysuniętą do przodu stopę oficera i upadł na ziemię. Gdy próbował wstać, HASP rzucili się na niego z pałkami, bijąc go po ramionach, udach, łokciach, goleniach i kolanach. Gdy Mick przestał się opierać, ten najwyższy podszedł do niego i uderzył fachowo za prawym uchem, pozbawiając go przytomności.

Następnego ranka Mick obudził się w skrzydle oficerskim izby wytrzeźwień kwatery głównej HASP w centrum Honolu-

175

lu. Miał mdłości i potężnego kaca. Czuł pulsujący ból głowy, wszystkie potraktowane uderzeniami pałek mięśnie doskwierały mu nieznośnie. Za prawym uchem miał potężnego guza; gdy próbował wstać, kręciło mu się w głowie. Wreszcie przestał próbować.

Stalowe drzwi otworzyły się z trzaskiem; policjant HASP podał mu kubek z czarną kawą. – Kibel jest po prawej, w głębi korytarza. Jeśli masz zamiar rzygać, zrób to tam. Narzygasz tutaj – będziesz sprzątał. Proszę iść do kibla, wrócić tu i czekać. Sir.

Po dwóch trudnych godzinach Mick został zabrany do biura, gdzie oddano mu portfel, zegarek i pierścień akademii. Czekało na niego dwóch kolejnych HASP. Sierżant poinformował go, że zostanie odwieziony do Pearl, gdzie ktoś chce się z nim zobaczyć.

– Nie wątpię – powiedział Mick.

– Będzie pan się stawiał, poruczniku? – zapytał sierżant, żołnierz korpusu marines w średnim wieku. HASP, jak zawsze optymistycznie nastawieni do życia, położyli dłonie na pałkach.

Mick machnął ręką. – Mam już dosyć – powiedział.

– Mądra decyzja – skwitował sierżant – proszę pójść za nimi.

Policjanci posadzili go na przednim siedzeniu jeepa; jeden z nich prowadził, drugi siedział tuż za pasażerem. Świeże powietrze dobrze mu zrobiło, ale gdy dojechali na miejsce, Mick jęknął. Przywieźli go do kwatery głównej marynarki wojennej. Przebywali tam starsi oficerowie, a ostatnią rzeczą, na jaką miał ochotę, było spotkanie ze starszym oficerem. Miał wygnieciony mundur i śmierdział wódką. Był nieogolony i czuł się tak, jakby zamiast głowy miał fermentującą dynię. Przypuszczał, że jest cały posiniaczony, ale kolesie z HASP wiedzieli jak bić, żeby ślady zostały pod mundurem.

Policjanci zaparkowali i odprowadzili Micka do budynku, a następnie do biura; tu kazali mu usiąść. Na drzwiach gabinetu

oficera widniała tabliczka ADMINISTRACJA BAZY MARY-
NARKI WOJENNEJ. Potem stanęli za nim na baczność; po
chwili z gabinetu wyszedł podoficer kancelaryjny, mówiąc, że
komandor jest gotów przyjąć Micka u siebie.

Mick wstał i podążył za oficerem do gabinetu wewnętrznego. Tam, na wózku inwalidzkim, siedział za biurkiem nikt inny
tylko komandor Hugo Oxerhaus.

No proszę – powiedział Oxerhaus, zacierając ręce – a mówią, że Boga nie ma.

Mick spędził kolejne trzy tygodnie w kwaterze głównej marynarki wojennej jako osobisty asystent komandora Oxerhausa. Sypiał w kwaterze oficerskiej i jadał w mesie marynarskiej.
Nie wolno mu było pić alkoholu ani odwiedzać kantyn oficerskich. Po incydencie z HASP został wykluczony z eskadry,
która odpłynęła wraz z lotniskowcem, a on został na lądzie.

Całymi dniami siedział przy biurku przed gabinetem Oxerhausa, próbując zapanować nad nieprzerwanym strumieniem
dokumentów i papierzysk. Raz na godzinę Oxerhaus wołał go
do siebie i beształ za takie czy inne błędy administracyjne. Był
przykuty do wózka inwalidzkiego – złamał kręgosłup, spadłszy
z drabiny, podczas ewakuacji z tonącego „Yorktowna". Mick
musiał wozić go do ubikacji i czekać na niego przed drzwiami,
dopóki nie będzie gotów wrócić do biura.

Inni oficerowie pracujący w kwaterze głównej obchodzili
Micka z daleka, wiedząc doskonale, do czego zdolny jest Oxerhaus. Siniaki, które powstały podczas spotkania z HASP, zniknęły dopiero po trzech tygodniach. Zdążył się już dowiedzieć,
że lanie jest standardową procedurą działania HASP w stosunku do osób przysparzających kłopotów. Kiedy się na to skar-
żył, inni patrzyli na niego jak na kretyna: na całej wyspie, dosłownie wszyscy, włącznie z cywilami, wiedzieli doskonale,
że z HASP pod żadnym pozorem nie należy zadzierać.

Dowiedział się także, że zakaz picia alkoholu jest karą dodatkową, obmyśloną specjalnie dla niego. Przez pierwsze trzy wieczory udawało mu się namawiać przygodnie spotkanych lotników, by przynieśli mu piwo z kantyny, potem jednak Oxerhaus zmusił go do przysięgi honorowej, że nie tknie alkoholu, dopóki dla niego pracuje. Mick dotrzymał słowa, ale przymusowa abstynencja zamieniła jego noce w koszmar jeszcze gorszy niż kolejne dni.

Prawa ręka, która goiła się bardzo wolno od czasu incydentu na Guadalcanal, po zetknięciu z pałkami HASP ponownie nabrała kolorów tęczy. Starał się to ukrywać, jak tylko mógł, był bowiem pewien, że Oxerhaus skorzysta z tego pretekstu, żeby wyrzucić go z lotnictwa marynarki. Mick nie miał ochoty doczekać końca wojny w bazie na jakimś zadupiu. W trzecim tygodniu służby Oxerhaus zauważył jednak, co się dzieje. Zaskoczył Micka, każąc mu pójść do chirurga w Stacji Lotniczej Kaneohe. Lekarz zbadał go, po czym usiedli, by omówić kwestię dłoni. Mick objaśnił, w jaki sposób doznał urazu, a następnie – powtórnego urazu.

– Pałka HASP niespecjalnie panu pomogła – powiedział lekarz. – Jeśli miał pan nadzieję, że w ten sposób uniknie dalszej służby w lotnictwie, z pewnością się to panu udało. Ale przecież nie tego pan chce, prawda?

– Absolutnie – odparł Mick. – Jedyne co potrafię, to latać i zabijać Japońców, i niczego innego nie chcę robić. Ostatnio jednak odnoszę wrażenie, że dowództwo lotniskowców zajmuje się wyłącznie tworzeniem bezsensownych procedur. Przyznaję, że czasami nieco je naginałem, ale zastanawiam się, czy marynarka potrzebuje jeszcze takich ludzi jak ja.

Lekarz, pięćdziesięcioletni komandor Korpusu Służby Medycznej, wstał i zamknął drzwi do swojego biura. Wyciągnął paczkę cameli, podał jednego Mickowi i sam także zapalił. Do czasu, gdy rozstał się z gorzałką, Mick palił bez wielkiego przekonania, teraz jednak stał się zagorzałym palaczem.

– Lotnictwo marynarki rzeczywiście się zmienia, poruczniku – powiedział lekarz. – Widzę to dzień po dniu. Na początku czterdziestego drugiego walczyliśmy tylko o przetrwanie. Najpierw długi okres pokoju, potem wielki kryzys, to wszystko sprawiło, że służba w marynarce stała się grą – ten, kto nie podnosił głowy zbyt wysoko, mógł liczyć, że utrzyma się na stanowisku. Ktoś musiał umrzeć lub przejść na emeryturę, aby ktoś inny mógł dostać awans. Japończycy przerzedzili nieco szeregi tutaj, w Pearl, ale teraz znowu do ataku ruszyła banda gogusiów. Karierę robi się szybko, łatwo zasłużyć na dobrą reputację. Doświadczeni lotnicy bardziej boją się pogwałcenia procedur niż japońskich myśliwców. Skończył pan akademię?

Mick przytaknął.

– Sądząc po wzroście, z pewnością grał pan w futbol i był w tym dobry.

– Wtedy jeszcze wszyscy mnie raczej lubili – powiedział Mick. – Nazywali mnie Bestią. Kiedy wchodziłem na boisko, witali mnie nawet specjalnym okrzykiem.

– No tak, ja też kiedyś byłem na takim meczu piechota–marynarka, w Philly. Świetna sprawa. Pewnie i w boju widział pan już niejedno?

– Ustrzeliłem lotniskowiec pod Midway, jeśli to ma jakieś znaczenie.

Lekarz skinął głową. – I wtedy zetknął się pan z Oxerhausem? Na „Yorktown"?

Mick był zaskoczony. – Zna pan go?

Lekarz zaciągnął się głęboko papierosem i zdusił go o popielniczkę. – Taa, znam go. Miałem z nim do czynienia w Pensacola, zanim został dowódcą lotów na „Yorktown". Ten gość to niezły gnojek, zawsze taki był. Wie pan, że żona zostawiła go dla innego żołnierza?

– A co to był za żołnierz?

– Niech pan zgaduje trzy razy, poruczniku, pierwsze dwa się nie liczą.

179

– Koleś z SBD?

Lekarz przytaknął. Mick tylko potrząsnął głową.

– No tak, przede wszystkim trzeba wyrwać pana z łap Oxerhausa, w przeciwnym razie utknie pan tutaj na dobre. Muszę w tym celu odesłać pana do kraju, na leczenie. Zabieg chirurgiczny, może potem rehabilitacja. Myślę, że najlepsza byłaby baza w Pensacola.

– Czy zabieg cokolwiek tu da? – zapytał Mick, podnosząc do góry pokiereszowaną dłoń.

– Pewnie nie – przyznał lekarz – z czasem utraci pan krążenie w tej dłoni, a potem pewnie trzeba będzie ją amputować. W każdym razie mogę pana odesłać do kraju i wyzwolić pana z tej biurowej klatki.

– Kiedy mógłbym jechać?

– Dziś wypiszę zlecenie, napiszę raport w taki sposób, żeby odpowiednio naświetlić sytuację tamtejszym lekarzom. Potem musi pan sam wykombinować, jak wrócić na pokład lotniskowca i zająć się strzelaniem do Japończyków. Umowa stoi?

Mick zgasił papierosa. – To najlepsza propozycja, jaką dostałem w tym roku – odparł. – Stoi.

Po powrocie do kabiny Marsh z zaskoczeniem przyjął fakt, że na koi leży list. Zapakowany w jedną z mikroskopijnych wojskowych kopert, pachniał lekko damskimi perfumami. Z pieczęci, przystawionej na kopercie przez Pocztę Floty w Pearl, wynikało, że został wysłany przed trzema tygodniami.

Gloria?

Na adresie zwrotnym widniały jedynie inicjały, ale widniał pod nimi napis: kwatera pielęgniarek w Pearl.

Gloria do niego napisała. Poczuł, że serce bije mu mocniej.

Otworzył list, delikatnie, żeby nie rozedrzeć cienkiego papieru. Dłonie miał mokre od deszczu; tusz natychmiast zaczął rozmazywać się po niemal przezroczystej kartce.

Drogi panie Vincent,

Mam nadzieję, że miewa się pan dobrze i jest bezpieczny, na tyle, na ile to możliwe tam, gdzie się pan znajduje. Byłam zachwycona naszym ostatnim spotkaniem. Dni mijają nam szybko, zapewne podobnie jak panu. Pracujemy jak zawsze ciężko, z pewnością wie pan dlaczego jeszcze lepiej, niż my tutaj. Personel powiększa się dzień po dniu, dostajemy też nowe narzędzia i leki. Nasza wspólna przyjaciółka jest teraz asystentką ważnego chirurga, nadzorującego przygotowania do rozbudowy szpitala.

Mam nadzieję, że znajdzie pan czas, by odpisać na mój list. Ogromnie ucieszyłaby mnie wiadomość, że pański stan się poprawił. Tymczasem proszę na siebie uważać.

Tajemnicza wielbicielka

Marsh przeczytał list ponownie i uśmiechnął się. To z pewnością ta młoda pielęgniarka, którą spotkał na werandzie budynku zajmowanego przez pielęgniarki, gdy przyszedł odwiedzić Glorię. Był nieco rozczarowany, że nie Gloria do niego napisała, ale potrafił to zrozumieć.

Myślał o niej właściwie przez cały czas, gdy tylko mógł znaleźć wolną chwilę na myślenie, co nie zdarzało się często. Okręt płynął pełną parą, by dołączyć do Wielkiej Błękitnej Floty, która podjęła walkę na wyczerpanie z japońskimi bazami na Wyspach Salomona i dalej na północy. Miał jednak świadomość, że w pewien sposób Gloria oddala się od niego. Musiał przyznać sam przed sobą, że nadzieje na zbliżenie do niej były jedynie mrzonką. Wcześniej sądził, że teraz, gdy Tommy'ego już nie ma, zdoła nawiązać z nią coś w rodzaju związku na odległość. Po wizycie w Pearl zrozumiał, że wciąż bardzo kocha swego poległego męża, i żaden mężczyzna nie zdoła prędko zająć jego miejsca. Skorzystał jednak z nadarzającej się okazji, by przynajmniej podjąć próbę nawiązania z nią korespondencji,

181

aby pozostać w kontakcie. Łudził się nadzieją że zmęczy ją opłakiwanie Tommy'ego, a wtedy chciał być w pobliżu, choćby jedynie na papierze.

Tajemnicza wielbicielka. Uśmiechnął się znowu. Sally, tak miała na imię. Sally jakaś tam, nazwisko zaczynało się na A. No cóż, z całą pewnością odpisze – miło było dostać list od kogokolwiek, wspomniała też o „wspólnej przyjaciółce". Być może pisząc do Sally, zdoła utrzymać kontakt z Glorią. Mieszkały w tym samym pokoju, zapewne rozmawiały czasami o wspólnych znajomych. A także pisały do nich.

Ktoś zapukał do drzwi. Posłaniec z mostka zameldował, że kapitan chce go widzieć.

– Zaraz będę – powiedział Marsh, składając list na czworo i wkładając go do koszyka z dokumentami czekającymi na załatwienie.

ROZDZIAŁ DZIEWIĄTY

Pearl, październik 1943 r.

Gloria była dumna z siebie, że nie cierpi na chorobę morską, choć pewnie nie bez znaczenia był tu fakt, że wody wybrzeża Honolulu były spokojne i gładkie jak stół. Wraz z pięćdziesiątką innych członków personelu medycznego znajdowała się na pokładzie najnowszego okrętu szpitalnego marynarki. Superman wysłał ich w rejs szkoleniowy, chcąc, by członkowie zespołów pracujących w nowej bazie wojskowej mieli przynajmniej pojęcie, jak taki okręt wygląda.

Ten wyglądał z grubsza jak pasażerski statek transatlantycki, którym zresztą był jeszcze siedem miesięcy wcześniej, zanim pomalowano go na biało, umieszczono na burtach zielone pasy, a na kominach, po bokach i na górnych pokładach – ogromne, czerwone krzyże. Główna mesa i bawialnia zostały zamienione w sale operacyjne; w magazynach przechowywano narzędzia i leki. Każda z sześciuset kabin mogła pomieścić czterech pacjentów. Załogę tworzyli kupcy, a nie oficerowie marynarki; oczywiście, nie było też uzbrojenia. Wszyscy wiedzieli, iż nie ma żadnej gwarancji, że Japończycy uszanują czerwone krzyże – zwłaszcza po tym, jak w 1942 roku zatopili australijski okręt szpitalny „Aurora". Ten, ochrzczony mianem „Salvation", miał wyporność blisko trzydziestu tysięcy ton –

183

był dużo większy niż „Aurora" – i zakończył właśnie trzytygodniowy okres przygotowań do rejsu w stoczni w Pearl.

Dzisiejsza próba morska, jak nazwał ją Stembridge, była przeznaczona przede wszystkim dla inżynierów ze stoczni, którzy przeprowadzali testy, podczas gdy personel medyczny zapoznawał się z salami operacyjnymi i ich wyposażeniem. Wypłynęli z Pearl wcześnie rano, by okrążyć wyspę Oahu. Gloria była naprawdę zmęczona po całym dniu bieganiny po korytarzach, pokładach i kajutach za Stembridge'em, który zarządził ogólną inspekcję – sam uzbrojony w latarkę, ona zaś z dużym notesem, w którym odnotowywała skrzętnie setki, tysiące drobnych niedociągnięć. Przeprowadzili też pozorowaną operację w jednej z czterech sal, by odkryć między innymi, że w zestawach anestezjologicznych brakuje rurek doprowadzających gaz na stół operacyjny.

Pozostała godzina do zachodu słońca. Gloria i Stembridge stali na mostku nawigacyjnym na sterburcie, tuż przed obszerną sterówką. Doktor porównywał notatki ze sprawozdaniem ochmistrza ze stoczni. Gloria zsunęła z nóg służbowe trzewiki i rozkoszowała się chłodem stali, kojącym ból zmęczonych stóp. Wyspa Oahu leżała na sterburcie w odległości około dwunastu mil, bladozielona w żółknącym świetle późnego popołudnia. Przepływając obok Diamond Head, widzieli z daleka Honolulu. Dalej na zachodzie spostrzegła maszty okrętów wojennych, zacumowanych w zatoce Pearl, i żurawie stoczni.

Dowódca okrętu, rumiany, okrągły człowieczek o twarzy leśnego chochlika, zszedł z mostku, by przed zawinięciem do portu zapalić papierosa i wypić kubek kawy. Był oficerem na statku handlowym linii Moore–McCormack, od której zarekwirowano tę jednostkę. Miał na sobie granatową marynarkę z czterema paskami, białe spodnie i białą koszulę z rozpiętym kołnierzykiem. „Cztery paski wyglądają wręcz niestosownie w zestawieniu z jego twarzą" – pomyślała Gloria; załoga jednak traktowała go z pełnym respektem.

Wyżej, na pokładzie sygnałowym, dwaj sygnaliści marynarki gawędzili z cywilnym oficerem nawigacyjnym. Jeden z nich wskazał na Pearl, mówiąc: – Hej, mamy sygnał świetlny. – Drugi odwrócił się, spojrzał na Pearl, i polecił jednemu z oficerów handlowych, na oko pięćdziesięcioletniemu, z siwiejącą, długą brodą, aby odkrył latarnię sygnałową okrętu. Gloria rzuciła okiem na wodę w kierunku bazy marynarki i zobaczyła samotne, żółte światło, mrugające do nich pospiesznie ponad lasem masztów i żurawi. Starszy sygnalista marynarki kazał temu drugiemu zapisywać, podczas gdy sam miał odczytać sygnał. Brodaty oficer z widocznym zadowoleniem przyjął fakt, że marynarka przejęła inicjatywę, i mrugnął do dowódcy, stojącego na dolnym pokładzie – niech wojskowi się bawią.

– To pewnie chodzi o kod wywołania – powiedział Stembridge nad jej ramieniem.

– Co to takiego, kod wywołania?

– Kod liczbowy lub słowny, zmieniany codziennie. Każdy statek czy okręt dopływający do Pearl musi go podać. Jeśli nie jest w stanie, oddziały w Fort DeRussy otrzymują rozkaz, żeby otworzyć ogień z nabrzeżnych szesnastocalowych dział.

Rzuciła mu spojrzenie z ukosa. – Akurat! – powiedziała, nie wierząc w ani jedno słowo.

– Przerwa w nadawaniu, przygotuj się – zawołał odczytujący. Patrzył teraz przez lornetkę przypiętą do masztu latarni, manewrując zarazem jej uchwytem w taki sposób, aby skierować ją w stronę latarni sygnałowej w bazie. Drugi mężczyzna zaczął wypełniać blankiet wiadomości, który trzymał przed sobą.

– Able, Love, Able, Roger, Mike, przerwa – alarm.

Dowódca, słysząc to, zamarł w miejscu i wyrzucił papierosa za burtę. Stał, nasłuchując, gdy odczytujący przekazywał dalszy ciąg wiadomości.

– Ink, Dog, Zebra, Ink, Easy, Charlie, Ink, Easy, przerwa – idziecie.

– Nan, Able, przerwa – na.

– Peter, Oboe, Love, Easy, przerwa – pole.

– Mike, Ink, Nan, Oboe – cholera! Minowe!

Gloria usłyszała, jak kubek dowódcy z trzaskiem rozbija się o pokład. Odwróciła się, żeby zobaczyć, gdzie się podział, gdy okrętem zatrzęsło potężne uderzenie – dziób uniósł się na wysokość dwudziestu stóp w powietrze, a potem eksplodowała gigantyczna fontanna brudnej wody i kłębów dymu. Wystrzeliła na sto stóp do góry i opadła, powodując potężną falę. Okręt zadrżał na całej długości i zaczął zwalniać; dziób zanurzył się głęboko i podniósł na powrót do góry.

Gloria leżała na pokładzie, obok niej Stembridge i ochmistrz okrętowy. Cała trójka próbowała chwycić rzeźbioną, drewnianą drabinkę i wstać, gdy okręt, także dziobem, wpłynął na kolejną minę. Fontanna wody tym razem była nieco mniejsza, wydawało się jednak, że uderzenie miało znacznie większą siłę. Kolejny strumień wody po stronie sterburty był na tyle daleko, że raczej go zobaczyli, niż poczuli. Gloria patrzyła z przerażeniem, jak przednia część pokładu dziobowego wygina się w dół na długości sześćdziesięciu stóp i znika w morskiej głębinie. Tuż za nim, z trzaskiem kabestanów i trzeszczeniem lin, runęły połączone poprzeczką słupy w kształcie litery H.

Dowódca, blady jak kreda, zszedł na skrzydło mostka i polecił sygnalistom, aby wysłali do bazy sygnał SOS. Gloria słyszała w sterówce podniesione głosy. Dowódca wbiegł z powrotem do środka, wykrzykując rozkazy. Ochmistrz podążył za nim, krzycząc coś o organizowaniu oddziału awaryjnego. Nad nimi sygnalista wojskowy zaczął nadawać sygnał tak szybko, że ruchy jego dłoni wydawały się niemal niedostrzegalne. Nigdzie nie było brodatego oficera handlowego.

– Zejdźmy lepiej na dół – powiedział Stembridge, biorąc ją za ramię. – Niech wszyscy zbiorą się w jednym miejscu. To cholerstwo może pójść na dno razem z nami.

Jak gdyby w odpowiedzi, na górnym pokładzie zatrzeszczały nagle głośniki okrętowe.

– Tu kapitan. Wpłynęliśmy na minę. Dwie miny. Zespół techniczny ma się stawić przy włazie numer trzy ze sprzętem do wylewania wody. Wszyscy członkowie personelu medycznego przejść na lewą burtę, tę po stronie otwartego morza, na pokładzie łodziowym, z kamizelkami ratunkowymi. Dowódcy łodzi ratunkowych opuścić łodzie na lewej burcie i czekać w gotowości.

Gdy biegli mostkiem za sterówką na lewą burtę, Gloria poczuła, że pokład się przechyla. Zdała sobie sprawę, że schodzą lekko w dół. Zatrzymali się, aby przepuścić marynarzy, którzy w kamizelkach ratunkowych i stalowych hełmach spieszyli do włazu przy lewej burcie. Wyraz ich twarzy był jednoznaczny.

– Gdzie pani kamizelka? – spytał Stembridge.

– Nie mam pojęcia – odparła, czując się nagle jak idiotka.

Zeszli po pierwszej drabince; po chwili Stembridge przy przegrodzie wewnętrznej dostrzegł schowek na kamizelki ratunkowe. Otworzył go, podał jej kamizelkę, a sam założył drugą.

Gloria spojrzała na swoją. Kamizelka była szaroniebieska, miękka i gąbczasta, z przedziwnym splotem białych sznurków, zwisających niczym macki ośmiornicy. Pachniała smołą. Być może oficjalnie przysługiwał jej tytuł oficera marynarki, nie miała jednak najbledszego pojęcia, co zrobić z kapokiem.

– Proszę się odwrócić i wyciągnąć ręce przed siebie – rozkazał Stembridge. Wsunął jej kamizelkę na jedno, potem na drugie ramię, obrócił ją twarzą do siebie i zaczął zawiązywać tasiemki. – Myślę, że nasi ludzie zmieszczą się w dwóch łodziach. Porozumiem się z dowódcami; proszę zebrać wszystkich, zaprowadzić dyscyplinę. Upewnić się, że nikt nie został pod pokładem. Zrozumiano?

Kiwnęła głową, co nie było łatwe, ponieważ doktor zawiązał tasiemkę tuż pod podbródkiem. Patrzył jej głęboko w oczy.

– Przestraszona?

187

Pokład przechylał się coraz bardziej. – Tak.

– Dobrze. Proszę się skupić. Wszyscy są przestraszeni, dlatego zrobią wszystko, co im każe ktoś, kto ma autorytet. Proszę wydawać polecenia, a nie sugerować. Wszyscy mają się zebrać w pobliżu jednej lub dwóch łodzi. Potem trzeba ich przeliczyć.

Poczuli, że silnik drży; okręt zaczął dość mocno się kiwać. Silnik ponownie się wyłączył. Stembridge nasłuchiwał.

– Wał śruby jest pewnie złamany – powiedział.

– Czy to źle?

– To znaczy, że nie będziemy mogli wypłynąć z pola minowego – odparł. – Miejmy nadzieję, że Pearl przyśle holowniki. Dobrze. Idziemy.

Na lewej burcie roiło się już od personelu medycznego; wszyscy walczyli z kamizelkami ratunkowymi. Kilku marynarzy, także w kamizelkach, opuszczało łodzie. Przednia część okrętu była już mocno zanurzona, a wciąż przechylał się na lewą burtę. Gloria słyszała, jak marynarze instruują personel medyczny, aby złapali za liny, by nie dopuścić do zbyt mocnego wychylenia. W nadburciu znajdowały się włazy, wszystkie zostały otwarte. Gloria zobaczyła Sally Adkins, zawołała ją i poprosiła, aby pomogła jej zorganizować personel. Sally natychmiast zajęła się stojącymi najbliżej, każąc im ustawić się w szeregu. Większość osób patrzyła na nią tępo.

– Tak jak na szkoleniu, do diabła – krzyknęła. – Raz, dwa!

Gloria zauważyła, że jeden z oficerów marynarki handlowej kiwa głową z uznaniem, gdy ładna błękitnooka blondynka obejmuje dowodzenie. Rozejrzała się za Stembridge'em, ale nie mogła go dostrzec wśród rozgardiaszu. Hałas na pokładzie łodziowym ucichł; lekarze, pielęgniarki, asystenci i technicy ustawiali się w szeregach; w napompowanych kapokach wyglądali jak wielkie szaroniebieskie dynie. Gloria usłyszała świst, potem drugi – to załoga na mostku wystrzeliwała rakiety w wieczornym powietrzu. Potem pojawił się Stembridge.

– Czy są wszyscy?

– Sally prowadzi musztrę – powiedziała. – Kiedy mamy wejść do łodzi?

– Kapitan sądzi, że tylko magazyny na dziobie zostaną zalane, ale nie można odpalić silników. Problem w tym, że dryfujemy na krawędzi pola minowego.

– Jak, do diabła...

– Błąd nawigacyjny. Za wcześnie skręcili do Pearl. Płynie do nas niszczyciel z holownikami. Kapitan uważa, że powinniśmy na razie pozostać na pokładzie. – Przyjrzał się nierównemu szeregowi medyków; stojący na przedzie trzymali się lin ratowniczych, by nie upaść. – Porozmawiam ze wszystkimi. Proszę wziąć jednego z lekarzy i razem z nim sprawdzić, co się dzieje w salach operacyjnych. Trzeba upewnić się, że nikt nie został na dole.

Na okręcie wciąż paliły się wszystkie światła, jednak gdy schodzili pod pokład, do tego co zostało z bawialni i mesy, panowała śmiertelna cisza. „Salvation" nie był parowcem. Był wyposażony w silniki Diesla napędzające generatory, które z kolei dostarczały energię do silnika elektrycznego podłączonego do śruby napędu. Słyszeli teraz ich szum gdzieś pod stopami; gdyby nie nastąpiło przechylenie pokładu i kołysanie lamp, nic nie wskazywałoby, że okręt padł ofiarą nie jednej, ale aż dwóch min. Z reguły na pokładzie znajdowało się do tysiąca dwustu osób – pasażerów i załogi, teraz zaś byli tu tylko marynarze, inżynierowie ze stoczni i zespół medyczny.

Szli szybko przez sale operacyjne; Gloria czuła, że lekarz się spieszy. Spytała, dlaczego.

– Jeśli uderzy w nas kolejna, cholerna mina, lepiej, żebyśmy nie znajdowali się tutaj, na dole – dlatego.

Nie pomyślała o tym; przyspieszyła kroku. Od dwóch lat widywała pacjentów, którzy przeżyli zatopienie okrętu. Nigdy nie sądziła, że sama może znaleźć się na ich miejscu. Po sprawdzeniu sal operacyjnych upewnili się, że w pokojach wybudzeń także nikogo nie ma; by nie upaść, musieli trzymać się ścian, co nie ułatwiało poruszania się.

Potem usłyszeli hałas przywodzący na myśl ryk zranionego zwierzęcia. Dochodził spoza potężnych, stalowych drzwi znajdujących się przed nimi; widniał na nich napis „Kuchnia". Gloria uświadomiła sobie, że stoją przed wodoszczelnym włazem. Lekarz poszedł przodem i chwycił za obręcz uchwytu.

– Chwileczkę! – krzyknęła za nim. Obejrzał się na nią. Wskazała na krawędź drzwi, spod której sączyły się krople wody, ściekające z góry, znad framugi.

– O cholera – powiedział – tonie. Nie otworzymy tych drzwi.

Na dźwięk ich głosów, hałas za drzwiami się nasilił. – Wydaje mi się, że musimy – powiedziała. – Tam jest ktoś, kto potrzebuje pomocy.

– Jeżeli to zrobimy, a woda wdarła się do środka, nie zdołamy już ich zamknąć. W ten sposób możemy zatopić okręt.

Patrzyli na siebie, świadomi, że znajdują się prawdopodobnie na wysokości powierzchni lub nawet lekko pod nią, zważywszy, jak bardzo opuścił się dziób okrętu. Potem usłyszeli dźwięk – był to bez wątpienia głos ludzki, choć bulgoczący i stłumiony przez wodę.

– Nie możemy go tak po prostu zostawić – powiedziała Gloria.

– No dobrze – powiedział lekarz – to cholerstwo prawdopodobnie i tak zatonie. Proszę stanąć z tyłu.

Ujął za uchwyt, nie zdążył jednak się odsunąć. Ciśnienie wody po drugiej stronie pchnęło drzwi, przyciskając go do grodzi. Chlusnęła na nich fala zielonkawej wody o wysokości dwóch stóp; Gloria z trudem utrzymała się na nogach. Za włazem zobaczyli plątaninę rur, zwisających z sufitu. Z jednej z nich ciekła woda; na ziemi leżał mężczyzna, unieruchomiony wśród szczątków jakichś sprzętów. Rzucili się na stos metalowych części, rozgarniając je; wreszcie lekarz zdołał chwycić mężczyznę za ramię. Widzieli jego twarz o wschodnich rysach pod sześciocalową warstwą wody. Oczy i usta miał szeroko otwarte.

190

Lekarz zaklął. Było za późno. Wspięli się z powrotem na rumowisko i próbowali zamknąć właz. Musieli odczekać kolejną minutę, nim poziom wody w pomieszczeniu i na zewnątrz się wyrównał, wreszcie jednak się udało. Gloria czuła się jakby była naga – mokry materiał oblepiał jej nogi, młody lekarz był jednak bardziej zainteresowany tym, co działo się na okręcie.

– Cały ten przedział niebawem zostanie zalany – powiedział. – Musimy komuś to zgłosić. Może inżynierowie mogliby zablokować jakoś ten przewód.

– Dobrze – powiedziała. – Ale jak mamy się stąd wydostać?

– Spróbujmy wrócić tą samą drogą – odparł; ruszyli z chlupotem po śliskiej podłodze z powrotem do sal operacyjnych.

Minęło dziesięć minut nim udało im się wydostać na pokład łodziowy. Słońce już zaszło, okręt oświetlały tylko latarnie. Zameldowali się u Stembridge'a, który wspiął się na mostek, by poinformować kapitana o ich odkryciu. Gloria ruszyła na poszukiwanie Sally.

– Są tu wszyscy – powiedziała Sally. – Niszczyciel wypłynął, ale przypuszczam, że teraz stoi w miejscu.

– Nie zdziwiłabym się – odparła Gloria.

Sally spojrzała na jej mokre spodnie. – Co się z tobą działo?

Gdy Gloria opowiedziała, Sally zadrżała na myśl o topielcu, który zginął, choć pomoc była tak blisko.

Widziały już sylwetkę niszczyciela i światła jego reflektorów. Za nim, w oddali, widniały cztery mniejsze kształty; w gasnącym świetle dnia majaczyły białe fale. Wydawało się, że trafiony okręt odzyskał równowagę i już się nie przechyla. Gloria patrzyła na refleksy świateł na wodzie. Zastanawiała się, jaka odległość dzieli ich od kolejnych min. Fakt, że niszczyciel nie podpływa bliżej, zmartwił ją; tłum zgromadzony na pokładzie łodziowym z pewnością zdawał sobie sprawę z grozy sytuacji. Przez megafon rozległ się głos.

– Załoga pokładowa, przejść na rufę, przygotować się do odbioru liny holownika.

191

Patrzyli, jak sześciu marynarzy biegnie przez pokład, by odebrać linę od jednego z holowników. Kapitan, z poważną twarzą, zszedł z mostka, aby dodać medykom otuchy. Powiedział im, że obie miny trafiły w ten sam obszar okrętu, na razie, na szczęście, nie zalewa ich woda.

– Ten niszczyciel przekazuje dane nawigacyjne holownikom. Na brzegu uruchomiono nawigację pomocniczą, tak żebyśmy mogli uzyskać dokładną pozycję w odniesieniu do pola minowego. Holownik wyprowadzi nas w bezpieczny rejon. Potem dołączą do niego pozostałe i odholują nas na płyciznę w pobliżu Pearl.

– Dlaczego nie do zatoki? – spytał Stembridge.

– Zanurzenie dziobu jest zbyt duże – odparł kapitan – dadzą nam tratwy, podniosą trochę dziób, dzięki temu przedostaniemy się przez rafę. To zajmie całą noc, moi mili, jeśli chcecie, usiądźcie więc sobie w którejś z sal jak najbliżej pokładu łodziowego. Musicie mieć jednak pod ręką kamizelki ratunkowe.

– Jak to się stało? – zapytał jeden z lekarzy.

– Jeden z oficerów nawigacyjnych popełnił poważny błąd. W każdym razie, to wasza ostatnia noc na pokładzie. Moja zapewne także.

Rzeczywiście trwało to całą noc; Gloria zdrzemnęła się na sofie, podkładając pod głowę dodatkowy kapok. Główna kuchnia okrętu została całkowicie zalana, ale kuchnia kapitańska zaserwowała im około ósmej wieczorem kanapki i zupę. Kolejnego ranka okręt dobrnął do ujścia kanału; częściowo przemoknięte pneumatyczne tratwy zdołały utrzymać dziób wystarczająco wysoko. Tymczasem personel medyczny został zabrany na łodzie ratunkowe i odstawiony na nabrzeże przy Hospital Point. Tego samego dnia Gloria dowiedziała się, że niszczycielem, który przypłynął im z pomocą jest USS „Evans", gdzie funkcję zastępcy dowódcy pełni Marsh Vincent.

Marsh skończył służbę o osiemnastej i zszedł do mesy na obiad. Potem poszedł do kwatery pielęgniarek. Grupa lotniskowca miała wyruszyć w morze następnego ranka. Chciał, jeśli będzie to możliwe, zobaczyć się z Glorią, ale to Sally powitała go na werandzie.

– Gloria jest wykończona – powiedziała. – Śpi. Może pan jednak odwiedzić mnie, jeśli ma pan ochotę.

– Moja tajemnicza wielbicielka – stwierdził Marsh z ciepłym uśmiechem – no pewnie, że tak.

Sally z sekretnego schowka pielęgniarek przyniosła dwa piwa, po czym usiedli na zacienionej werandzie. Marsh nie miał pojęcia, że Gloria wraz z personelem medycznym znajdowali się na pokładzie „Salvation".

– Mało brakowało – powiedział. – Jedna mina więcej albo gdyby jedna z nich trafiła w burtę, a okręt poszedłby na dno jak worek cegieł. I tak ledwie zdążyli z tratwami.

– Chyba coś w tym jest, że niewiedza może być błogosławieństwem – odparła. – Niewiele nam powiedziano, otrzymaliśmy tylko polecenie, żeby zebrać się na pokładzie łodziowym i trzymać blisko łodzi ratunkowych.

– Pani także tam była?

– Przeprowadziłam musztrę na pokładzie łodziowym – rzekła z dumą. – Wydawałam rozkazy, a wszyscy mnie słuchali.

Zasalutował jej żartobliwie. – Dobra robota, oficerze Sally. Gdyby nie była pani taka śliczna, uśpiłbym panią i wrzucił na pokład jako członka załogi.

Jej oczy się zaiskrzyły. – Nie musielibyśmy już pisać listów, prawda? – powiedziała.

– Te listy były wspaniałe – odparł. – Nie zdawałem sobie sprawy z tego, jak bardzo brakuje mi korespondencji do chwili, gdy zaczęła pani do mnie pisać. Dostałem też jeden list od Glorii, ale potem była już pewnie zbyt zajęta.

Iskierka w jej oczach przygasła i Marsh zdał sobie sprawę, że napomknięcie o Glorii było błędem z jego strony.

– Jest ostatnio bardzo zapracowana – powiedziała Sally. – Superman postawił ją na czele swojego projektu, a poza tym wciąż pracuje na oddziale.

– Superman?

– Och, tak go wszyscy nazywają. Doktor Stembridge, szef chirurgii. Wysoki, śniady, przystojny, bardzo szybki podczas zabiegów, wszystko wie, wszystko widział, jednym ruchem ręki buduje i burzy... a Gloria musi nieustannie wokół niego skakać.

– Rozumiem – powiedział Marsh. Zastanawiał się, czy ta relacja wykracza poza życie zawodowe, uświadomił sobie jednak, że nie ma prawa zadać takiego pytania. – Czy ktokolwiek z personelu wybiera się na zachód na nowych okrętach szpitalnych?

– Nie, jeśli będą nadal wpływały na miny – zażartowała Sally. – Poważnie mówiąc, tak, takie jest założenie projektu. Superman szkoli nas na wypadek ciężkich strat, uczy segregować rannych, a nawet przeprowadzać zabiegi, które nazywa dwuetapowymi. Chodzi o to, by zrobić tylko tyle, ile jest niezbędne, a potem przejść do następnego pacjenta, później wrócić do tego już wstępnie opatrzonego i zrobić wszystko, co należy.

– To brzmi jak plan na okoliczność inwazji – powiedział.

– Pan wie o tych sprawach więcej niż my.

– Niekoniecznie. Codziennie dostajemy plan lotów z lotniskowca, informują nas o spodziewanych atakach z powietrza. Oprócz tego na niszczycielach nie wiadomo zbyt wiele. Nasz świat ogranicza się do tego, co widać na horyzoncie. Czy był tu może Bestia?

Skrzywiła się i spuściła wzrok.

– No dobrze, co się stało?

Opowiedziała mu o nocnych odwiedzinach Micka. Marsh tylko potrząsnął głową. – Czy miał z tego powodu jakieś nieprzyjemności?

– Nikt nie wie. Słychać go było w całej kwaterze, zanim Gloria zdołała wreszcie się go pozbyć. Potem słuch o nim zaginął.

– Chciałem wpaść do niego; no cóż, może spotkamy się w kantynie. – Spojrzał na zegarek. – Muszę wracać. Odpływamy rano. Aha, to tajemnica.

– No pewnie – odparła – wie o tym tylko cała baza.

Roześmiał się. – Wszystko się zmieniło od grudnia czterdziestego pierwszego.

– Tylko nie u nas – odparła – tyle że mamy więcej rannych niż w czterdziestym drugim.

– Ta wojna wciąż przybiera na sile – powiedział. – Po Midway mieliśmy w całej flocie może dwa lotniskowce. Teraz „Lex" jest jednym z sześciu, a to tylko jedna grupa bojowa.

– Japończycy chyba domyślają się, jak to się skończy – powiedziała.

– Oni modlą się o śmierć – odparł. – Honorowa śmierć w walce to dla nich największe możliwe osiągnięcie. Przypuszczam, że będziemy musieli wybić ich co do jednego, nim ta wojna się skończy.

– To brzmi wspaniale, komandorze – mruknęła.

– Przepraszam – odparł. Nakrył jej dłoń swoją. – Będzie pani do mnie pisała, prawda? Żyję tylko tymi listami.

– Oczywiście, że będę. Spróbuję również namówić Glorię, żeby napisała choć raz.

Popatrzył jej w oczy. – Proszę zapomnieć o Glorii – powiedział.

– A czy pan jest w stanie zapomnieć o Glorii? – spytała.

– Próbuję – odrzekł. – Powoli dociera do mnie, że wszystko, co sobie na jej temat wyobrażałem, tkwiło wyłącznie w mojej głowie. A teraz staram się dorosnąć.

Ścisnęła jego dłoń. – Niech pan nie będzie dla siebie zbyt surowy, komandorze Marsh. Gloria Lewis łamie męskie serca od niechcenia, po prostu przechodząc obok. Sprawia, że inne kobiety stają się niewidoczne.

– Nie aż tak niewidoczne, tajemnicza wielbicielko – pochylił się i pocałował ją lekko w policzek – Proszę trzymać się z dala od pól minowych, dobrze?

Wspięła się na palce, objęła go za szyję i pocałowała go długo i namiętnie. – Proszę do nas szybko wracać, komandorze Marsh – szepnęła – życie jest krótkie.

Marsh złapał taksówkę, jadącą w kierunku przystani. W środku siedziało już dwóch innych komandorów poruczników. Jeden służył na okręcie podwodnym, drugi na niszczycielu. Sądząc po wydzielanych oparach, wieczór mieli niezwykle udany. Ten z niszczyciela zapytał Marsha, na jakim okręcie służy. Odparł, że jest zastępcą dowódcy na „Evansie".

– Zastępca dowódcy – powiedział ten z łodzi podwodnej. – Cholernie jesteś młody jak na zastępcę dowódcy, no nie?

Marsh wzruszył ramionami. – Nie czuję się już taki młody – odparł.

Roześmiali się. Okazało się, że jeden z nich jest zastępcą na łodzi należącej do floty, a drugi – na niszczycielu z jego eskadry. Ten z łodzi podwodnej pochylił się do przodu. – Chce pan ode mnie dobrą radę, XO? – zapytał.

– Oczywiście.

– Proszę znaleźć jakąś chusteczkę i zetrzeć tę szminkę z twarzy. W przeciwnym razie ktoś, kto pana nie lubi, mógłby wysłać liścik do żony.

– To nie problem – powiedział Marsh – nie mam żony.

– A, w takim razie niech pan ją zostawi. Załoga pana pokocha.

Szturchnął kolegę i obaj parsknęli histerycznym, pijackim śmiechem. Marsh także się uśmiechnął, ale z zupełnie innych powodów.

Gloria nie wiedziała, kto wpadł na pomysł zorganizowania przyjęcia dla personelu szpitala na plaży w Waikiki, ale podchwycono go skwapliwie i niebawem zrealizowano. Wszyscy

196

mieli chęć się zabawić, a oficer dowodzący szpitalem zdołał wykroić nieco grosza z tak zwanego funduszu opieki socjalnej i rekreacji. Przyjęcie miało się odbyć w niedzielne popołudnie za budynkiem hawajskiego hotelu Royal; w szpitalu został tylko personel dyżurny. Wszyscy inni przyjechali na plażę busami marynarki wojennej, kursującymi raz na godzinę pomiędzy Pearl i centrum Honolulu. W blaszanych pojemnikach wypełnionych lodem chłodziło się piwo i napoje; przy barze, stojącym w głębi plaży, serwowano mocniejsze trunki.

Gloria przyjechała wraz z grupą pielęgniarek, wśród których znalazła się Sally i trzy starsze pielęgniarki. Wszystkie przebrały się w damskiej łaźni, a potem dołączyły do tłumu lekarzy, sióstr, pracowników administracji, sprzątających, a także oficerów sztabowych z kwatery głównej Floty Pacyfiku generała Nimitza, zgromadzonych na wzgórzu Makalapa. Na jedną kobietę przypadało mniej więcej sześciu mężczyzn, z czego większość pań była całkiem zadowolona. Gloria, podobnie jak wiele obecnych tam kobiet, nie umiała pływać, ograniczyła się więc do brodzenia na płyciźnie; znaleźli się jednak śmiałkowie, którzy dopływali do rafy koralowej i próbowali swych sił w surfingu. Ona jednak uważała, by nie zamoczyć nowego kostiumu kąpielowego w obawie, że odsłoni zbyt wiele. Kupiła go w centrum miasta pod wpływem impulsu niemal sześć miesięcy wcześniej, ale dopiero po raz pierwszy miała go na sobie w miejscu publicznym. Na ten śmiały krok namówiła ją Sally.

Późnym popołudniem personel hotelu uruchomił grille. Gloria musiała odsunąć plażowy koc nieco dalej, gdyż powietrze wypełniło się dymem. Podnosząc się, zobaczyła Stembridge'a, machającego do grupki ludzi zgromadzonych pod palmami. Rozpoznała dwie ze stojących tam kobiet, ale żadnego z mężczyzn. Stembridge przedstawił ją jako Glorię Lewis, koordynatorkę szpitalnego oddziału chirurgii. Mężczyźni byli oficerami sztabowymi z kwatery głównej Floty Pacyfiku. Wysłuchała nieuważnie ich nazwisk, a potem zajęła miejsce na dużym kocu obok kapitana jakiegoś-tam, ubranego w hawajską kwiecistą koszulę, zarzuconą na zielony wojskowy strój pływacki.

Za jej plecami znajdowała się niewielka chatka z wąskim barem; samotny barman dzierżył pieczę nad ogromnym blenderem do koktajli. Stembridge skinął na niego, zamawiając następną kolejkę. Chwilę później barman niósł już dla wszystkich zmrożone szklanki wypełnione płynem; wzięła jedną. Powąchała. Napój pachniał świeżym ananasem i owocami tropikalnymi. Dzięki Bogu, pomyślała, to nie jedno z tych straszliwych mai tai, po których głowa ciąży człowiekowi jak kamień. Nie wyczuwała alkoholu. Zaczerpnęła łyk. Napój był pyszny.

– Smakuje pani? – zapytał kapitan, szpakowaty mężczyzna około pięćdziesiątki, spoglądający dyskretnie na jej tyłek za każdym razem, gdy zdawało mu się, że tego nie widzi.

– Tak – powiedziała – bardzo dobry. Jak się nazywa?

– Upadek Misjonarza – odparł z uśmiechem. – Bierze się świeżego ananasa, odcina wierzchołek, wyciska sok, potem nacina się owoc pionowo od środka. Później wypełnia go dżinem Five Islands i z powrotem nakłada czubek. Wystawia się owoc na słońce na kilka dni, aby zaczął fermentować, a potem należy go zamrozić. Zwykle przynoszą ananasa ze słomką, dzisiaj jednak wygarnęli smakowitą zawartość ze środka i zmieszali z lodem. Jeden, to sama przyjemność. Po drugim, ma pani szansę zostać gwiazdą wieczoru.

Uśmiechnęła się. – Dziękuję za ostrzeżenie. Nie mam skłonności do gwiazdorstwa.

– Powinna pani grać w filmach – powiedział, przysuwając nogę do jej kolana. – Z pewnością jest pani na to wystarczająco piękna.

– Dziękuję, bardzo pan uprzejmy – odparła chmurnie, wiedząc, do czego zmierza. Popatrzyła na Stembridge'a, sygnalizując bez słów „pomocy". Powiedział coś do ślicznej, młodej pielęgniarki, siedzącej u jego boku, wstał i podszedł do Glorii.

– Smakuje pani? – zapytał.

– Z pewną dozą ostrożności mogę powiedzieć, że tak – odparła. – Kapitan wytłumaczył mi, jak przygotowuje się ten napój.

– To tajemnica państwowa, kapitanie – powiedział Stembridge. – Psuje pan całą zabawę. Glorio, przedstawię panią chirurgowi floty.

Podał jej dłoń i pomógł podnieść się z koca. Uśmiechnęła się do zdruzgotanego kapitana i podeszła do nieznajomego lekarza, przytrzymując elastyczną tkaninę kostiumu. Zauważyła, że Stembridge nie puścił jej dłoni, przedstawiając ją chirurgowi. Wyzwoliła ją delikatnie i podała starszemu kapitanowi, który bez wątpienia miał już na koncie co najmniej dwa, a może i trzy Upadki Misjonarza. W gruncie rzeczy był tak pijany, że jego aktywność ograniczała się do uśmiechów i kiwania głową. Spojrzała na Stembridge'a.

– No cóż, to pani wysłała mi SOS – powiedział. – Proszę uważać się za uratowaną. O, proszę, gra muzyka. Zatańczmy.

Z zawieszonych na drzewach głośników popłynęła melodia wygrywana przez orkiestrę w hotelu, rozbrzmiewając w pobliżu drewnianego podestu, pełniącego funkcję sali tanecznej. W półmroku migotały żółte pochodnie, powietrze przesycone było zapachem olejku cytronelowego.

Czuła się dość niezręcznie, tańcząc boso z przystojnym mężczyzną, ubranym jedynie w kąpielówki. Niektóre z kobiet opasały się wokół bioder kolorowymi, plażowymi spódnicami, i Gloria żałowała, że nie zrobiła tak samo. Czuła się tym dziwniej, że na parkiet wzięli ze sobą drinki. Strój kąpielowy przylegał do ciała, oblepiając je niczym druga skóra, a sztywny stanik sprawiał, że piersi sterczały jak kule bilardowe. Dolna część stroju niemal całkowicie odsłaniała uda. Zobaczyła Sally tańczącą z oficerem z kwatery głównej floty. Miała na sobie podobny strój, tyle że zrobiony z jeszcze cieńszego materiału. Nieszczęsny oficer z trudem unikał następowania jej na stopy, nie mogąc skoncentrować się na tańcu. Sally mrugnęła do niej ponad jego ramieniem.

Stembridge wydawał się skupiony – starał się nie wpadać na nią całym ciałem, ona zaś uważała, by ograniczyć kontakt cielesny. Aura męskości, jaką roztaczał, była jednak obezwładniająca – zapach potu, olejku do opalania i nuta czegoś daleko bardziej pierwotnego. Był dobrze zbudowanym mężczyzną, bez grama zbędnego tłuszczu, o długich, silnych ramionach i dłoniach, skórze stwardniałej po wielu latach pracy na oddziale chirurgicznym. Popijała drinka, wciąż przekonana, że nie może zawierać dużo alkoholu – nie przy tej ilości lodu i soku owocowego.

Inna para, tańcząca za jej plecami, wpadła na nich nagle, i poczuła czyjeś palce na swoich pośladkach. Odsunęła się gwałtownie i znalazła się w ramionach Stembridge'a. Zamarła na chwilę; on także. Ich ciała zetknęły się na całej wysokości, poczuła gwałtowny przypływ pożądania, jakiego nie doświadczyła od lat, gdy twarda, umięśniona klatka piersiowa przywarła do stanika jej kostiumu.

Muzyka zamilkła i szybko odsunęli się od siebie. Stembridge, udając, że nic się nie stało, spoglądał przez jej ramię, witając się z kimś, kogo po chwili przedstawił także Glorii, próbującej odzyskać głos i panowanie nad sobą. Dołączyli do rozgadanej kolejki, która uformowała się przed rusztami do grilla. Stembridge stanął za nią i znów poczuła jego obecność, jak gdyby ich ciała skłaniały się ku sobie, przyciągane nieodpartą siłą. Wychyliła jednym haustem resztę drinka i odstawiła rozchyloną jak kielich szklankę na blat. Była zadowolona, że robi się ciemno – nie miała wątpliwości, że na szyję wypełzł jej płomienny rumieniec. A może to tylko Upadek Misjonarza? Teraz czuła, że drink zawierał jednak nieco alkoholu. Nie była pijana, ale też nie miała zaprawy w piciu, niewiele więc było trzeba, żeby poczuła uderzenie do głowy.

– Usiądźmy tam – powiedział Stembridge, gdy mieli już w dłoniach pełne talerze. Wskazywał na mały stoliczek tuż przy parkiecie. Gdy usiedli, zapytał, czy ma ochotę na jeszcze jednego drinka. Zachwiała się odrobinę, siadając na krześle.

– Jeden w zupełności mi wystarczy – odrzekła – ale proszę sobie nie przeszkadzać.

– Ja? – odparł. – Ja nie piję. To tylko lód i sok ananasowy, dzięki któremu nie muszę wysłuchiwać tyrad „prawdziwych mężczyzn", wyzywających mnie od mięczaków.

– Taki egzemplarz to w marynarce prawdziwa rzadkość – powiedziała.

– Wódka za bardzo mi kiedyś zasmakowała – wyjaśnił. – Przestałem pić, póki to jeszcze było możliwe. Samokontrola jest dla mnie czymś bardzo istotnym.

– Ja z reguły potrzebuję drinka przed zaśnięciem. Jeden koktajl, jeden papieros. Moje dwa grzechy.

– Tylko dwa? – zapytał z uśmiechem. – Zdaje się, że ma pani nudne życie.

– Hm – odparła, patrząc ponad jego ramieniem na tęczowy zachód słońca nad Diamond Head.

Po powrocie do kwatery pielęgniarek Gloria, ciągle w stroju kąpielowym, udała się prosto do łazienki. Po obiedzie spostrzegła dwie wychodzące pielęgniarki i wsiadła wraz z nimi do pustego autobusu. Stembridge nie miał jej za złe wczesnego powrotu – sam oznajmił, że wróci następnym. Dostali co prawda oficjalne przepustki, umożliwiające wychodzenie po godzinie policyjnej, musieli jednak korzystać z autobusów wojskowych.

Weszła do łazienki i włączyła światło. Rumieniec zniknął, ale oczy miała lekko przekrwione z powodu słońca i podstępnego drinka. Włosy były matowe i pozbawione życia, przesuszone słonym wiatrem. Weszła pod prysznic wciąż w stroju kąpielowym. Umyła włosy, a potem podeszła do lustra. Miała rację co do tego stroju: przemoczony wyglądał na niemal przezroczysty; obszar intymny rysował się ciemnym konturem. Przyrzekła sobie pamiętać o tym następnym razem, gdy będzie szła na plażę.

Leżąc w łóżku, wróciła myślami do tamtej chwili na parkiecie. Inną rzeczą jest zdawać sobie sprawę z pożądania, jakie się budzi w mężczyźnie oddalonym na bezpieczną odległość. Zupełnie inną zaś odczuć to tak bezpośrednio. Była zdumiona siłą własnej reakcji. Czyżby oszukiwała się przez ostatnie dwa lata od śmierci Tommy'ego? Przynajmniej Stembridge, w przeciwieństwie do pozostałych, miał nad nią litość i nie tłumaczył jej, że musi wrócić do ludzi, zacząć życie na nowo i tak dalej. W gruncie rzeczy zawsze zachowywał się wobec niej bardzo poprawnie – a jednak to, co poczuła podczas tańca, nie budziło wątpliwości. Czy należy sądzić, że pojawiło się między nimi coś bardziej subtelnego? Czy może używał wobec niej psychologicznych sztuczek? Udawał, że jej nie pożąda do chwili, gdy sama tego nie poczuje, w nadziei, że to ona ruszy do ofensywy?

„Gdyby ktoś mnie słyszał" – pomyślała. Przez dwa lata odgrywanie Pani Everest niezwykle ułatwiało jej życie. Po co to teraz zmieniać?

A jednak.

Rozdział dziesiąty

Pearl, grudzień 1943 r.

W dniu Bożego Narodzenia kapitan, dwaj inżynierowie ze stoczni i Marsh stali przy obudowie przekładni redukcyjnej silnika na sterburcie, patrząc, jak główny inżynier odśrubowuje pokrywę. „Evans" został wycofany z operacji Tarawa, gdy głośny, grzechoczący hałas dobiegający z silnika wymusił jego awaryjne wyłączenie. Kilkutonowe przekładnie redukcyjne przenosiły 2400 obrotów na minutę turbin parowych do śrub napędowych okrętu. Naprawa wymagała wizyty w stoczni, i tak „Evans" zawinął z powrotem do Pearl.

Załoga pozostawała oczywiście w nieutulonym żalu na myśl, że spędzi święta na Hawajach, zamiast na linii frontu – rzucało się to w oczy do tego stopnia, że kapitan zastanawiał się głośno, czy awaria jest rzeczywiście kwestią przypadku. Kazał Gormanowi sprawdzić, czy coś może być na rzeczy, ten jednak zbył podejrzenia śmiechem. Marsh był skłonny się z nim zgodzić – załoga była raczej nastawiona pozytywnie i chętna do walki, i chociaż wszyscy myśleli z przyjemnością o dwutygodniowym pobycie na Hotel Street, Marsh był zdania, że posądzanie kogokolwiek o dywersję jest doprawdy przesadą.

Ponieważ mieli spędzić na lądzie dwa tygodnie, postanowiono dokonać również przeglądu uzbrojenia, bo podczas operacji przybrzeżnych pięciocalowe działa były mocno eksploatowane. W tym celu trzeba było zdjąć podstawy pięciu dział i zastąpić je nowymi, następnie zaś przeprowadzić skomplikowaną kalibrację. Projekt ten wraz z planem koniecznej naprawy zepsutych pomp, zaworów, konserwacji kadłuba i drobniejszych zadań, spisanych skrzętnie w stosach dokumentacji, oznaczał, że przez cały czas pobytu w porcie załoga będzie zmuszona do normalnej pracy.

Dobra wiadomość była taka, że Marsh, jako zastępca dowódcy, mógł schodzić z okrętu każdego wieczoru, to z kolei oznaczało, że będzie się mógł widywać z Sally. Listy, wymieniane przez cały rok 1943, znacznie ich do siebie zbliżyły i teraz z niecierpliwością czekał na spotkanie. Wypłynęli w morze zaledwie na początku października, wydawało mu się jednak, że minęło dużo więcej czasu. Marsh wiedział, że na gruncie osobistym musi unikać jednego, jedynego pola minowego: Glorii. Wciąż pamiętał, jak zmienił się wyraz oczu Sally, gdy wspomniał o niej po incydencie z okrętem szpitalnym. Powiedział jej wtedy, żeby zapomniała o Glorii, i przyrzekł sobie, że na dobre zamknie w szczelnym sejfie pamięci swoje chłopięce marzenia. Teraz, patrząc jak inżynierowie myszkują wśród pokrytych brązowym smarem mechanizmów, zadawał sobie pytanie: zapomnieć o Glorii? Kiedy już znalazł się w Pearl, był zdania, że dużo łatwiej było to obiecać niż zrobić, w porę jednak przypomniał sobie, że Sally z pewnością dołoży starań, by plan się powiódł.

– Dlaczego się pan uśmiecha, XO? – spytał kapitan.

Marsh potrząsnął głową, mówiąc: – Nic takiego, kapitanie.

Kapitan popatrzył na niego i sam pokręcił głową. –To ta pielęgniarka, prawda? – powiedział. – Boże, dopomóż nam, zdaje się, że mój zastępca jest zakochany.

Sally wróciła z łazienki, dzierżąc kosmetyczkę z przyborami do makijażu, rzuciła okiem na Glorię i powiedziała: – To nie fair.

Gloria uśmiechnęła się, przyłożyła do ust chusteczkę i spojrzała na odbity na niej ślad szminki. Poświęciła dziś sporo czasu barwom wojennym. Zwykle nie malowała się prawie wcale. Kosmetyki były drogie i trudno dostępne, a paradowanie po oddziale zapełnionym ciężko rannymi mężczyznami w pełnym kobiecym rynsztunku byłoby rzeczywiście nie fair. Dziś jednak, pomyślała, czas wyjść z cienia, założyć ciemnoniebieską, wyciętą suknię balową, buty na wysokich obcasach, zaprezentować włosy, ułożone przez miejscową fryzjerkę. Miała na sobie jedyną parę przyzwoitych nylonów, jakie znalazły się w jej dobytku; całości dopełniały trzy strategiczne muśnięcia wonnym Lanvin Aprège.

– No dobra – powiedziała Sally. – Kto ma być twoją ofiarą?

– Superman – odparła Gloria. – Wydaje mi się, że bawi się ze mną w kotka i myszkę.

– Wszyscy są zdania, że on biega za tobą – powiedziała Sally. – Czy nie tak to jest?

– Niezupełnie – odrzekła Gloria.

– Ale przecież wciąż jesteście razem. Na chirurgii, na zebraniach, na spotkaniach tych wszystkich komitetów.

Gloria odwróciła się, patrząc na nią. – Przygotowujemy się do otwarcia dwudziestu dwóch szpitali polowych – powiedziała. – Nawet ja nie wiem, gdzie mają się znajdować, ale to oznacza trzy tysiące ludzi personelu medycznego. To praca, Sally. Czy zdarzyło mi się kiedyś spędzić noc poza kwaterą?

– No, nie – odrzekła Sally – ale wiesz, jakie plotki krążą wśród dziewcząt.

– Nie dołączaj do ich grona.

– Dobrze, dobrze. Przepraszam. Więc o co chodzi?

– No, właśnie o to. Superman nigdy nie wykonał żadnego, najmniejszego nawet gestu. Nigdy nie próbował mnie uwodzić. Nigdy nie okazywał uczuć. Tańczy ze mną, trzyma mnie za rękę, a nad moim ramieniem rozmawia z kimś innym.

205

– Rozumiem – powiedziała Sally. – Celowo ignoruje najatrakcyjniejszą kobietę w szpitalu. Wreszcie zaczynasz się zastanawiać – o co tu chodzi?

Gloria uśmiechnęła się znowu. – A więc dziś wieczorem mam zamiar zrobić wielkie wejście. Przejdę obok niego, rzucę mu uśmiech jasny niczym niewielka elektrownia, a potem poproszę do tańca pierwszego oficera, jaki mi się napatoczy. A potem następnego. Zrobię trochę zamieszania. To będzie mój wkład w bal sylwestrowy. Będę flirtować bezwstydnie ze wszystkimi. Z wyjątkiem Supermana.

Sally uniosła brwi. – A co się stanie, jeśli któryś z nich uzna, że został przez ciebie zachęcony do działania? Pani Everest zaczyna się rozpuszczać? Jak zdołasz ugasić raz rozniecony ogień pożądania?

– Spokojnie – odparła Gloria. – Będzie tu Marsh Vincent. Dzwonił wcześniej, mówiłam ci? Jeśli będę musiała, poproszę go o ratunek.

– Komandor Vincent ma do ciebie stosunek niezupełnie obojętny, Glorio. Jeśli będziesz próbowała schronić się w jego ramionach, może cię czekać niespodzianka.

– Więc może Superman zechce mnie uratować. Dowiemy się, na ile wciągnęła go ta gierka.

Sally spojrzała z ukosa. – Glorio – to nie jesteś ty.

Gloria nałożyła rękawiczki. – To właśnie ja, tu i teraz – odparła. – A zresztą, Sally, co ty właściwie o mnie wiesz?

– Wiem, że od prawie dwóch lat żyję w twoim cieniu. Pielęgnujesz pamięć o swoim zmarłym mężu. Odpierasz ataki hordy napalonych facetów, którzy marzą tylko o tym, żeby dorwać się do twojej bielizny, i robisz to z godnością. Nagle chcesz odgrywać wampa?

Gloria poczuła, że się czerwieni. Ciętą ripostę miała już na końcu języka, ale zamiast odpowiedzieć, odwróciła się do lustra. – Do zobaczenia na przyjęciu, Sal – powiedziała.

Gdy odwróciła się ponownie, Sally nie było już w pokoju.

206

– Cholera – mruknęła, biorąc torebkę.

Oczywiście, Sally miała rację; Gloria nie potrafiłaby wytłumaczyć, co się z nią dzieje – mogłaby powiedzieć jedynie, że pewne rzeczy zaczynają ją przerastać. Fizyczna obecność Stembridge'a, jego bliskość w połączeniu z wystudiowaną obojętnością, fale pożądania, emitowane przez wszystkich innych zdrowych mężczyzn, z którymi miała do czynienia, w świecie, w którym stosunek liczby mężczyzn do kobiet wynosił dwadzieścia do jednego, nienaturalny kontrast pomiędzy poczuciem własnej atrakcyjności a ciągłymi próbami udowadniania sobie i innym, że zwykłe ludzkie pragnienia są jej obce. Superman stracił czujność tylko na moment, tylko w tej jednej, pamiętnej chwili, wtedy na plaży, i ona także. Nie mógłby temu zaprzeczyć, choć natychmiast zamaskował swoją reakcję zwykłą jowialnością.

Ostatni raz rzuciła okiem w lustro. Twarz miała zarumienioną, usta chyba zbyt czerwone. Dopasowana suknia, rękawiczki, wysokie obcasy, błysk pończoch – wszystko to niemal krzyczało „Spójrz na mnie". Tommy nie wypuściłby jej z domu w takim stroju. Zdarłby z niej to wszystko i zaniósł do łóżka.

Uśmiechnęła się do wspomnień, po chwili jednak uśmiech zbladł, tak jak wspomnienie Tommy'ego znikało powoli z jej życia. „Wojna – pomyślała – zwykła machina, generująca rozstania, za które nikogo nie można winić". Nie zrobiła nic złego ani on nie zrobił nic złego, a potem ta przeklęta wojna rozdzieliła ich niczym topór, tak samo bezwzględnie i nieodwracalnie.

„Spójrz prawdzie w oczy, maleńka – pomyślała. – Bestia miał rację. Tommy odszedł na zawsze.

Ale ja nie. Ja nadal tu jestem".

Może rzeczywiście przyszedł czas, żeby żyć dalej, o ile pamięta jeszcze, jak to się robi.

Usiadła w wykuszu okna na korytarzu i patrzyła, jak duża grupa pielęgniarek zmierza w kierunku klubu oficerskiego;

większość z nich chwiała się niepewnie na wysokich obcasach pantofli, których nie nosiły od wielu tygodni. Zaczekała, aż grupa przeszła dalej, a potem zeszła na dół i usiadła na werandzie. Widziała stąd wejście do klubu. Patrzyła na nieprzerwany strumień mężczyzn w białych mundurach galowych, przechodzących przez duże, szklane drzwi. Bal sylwestrowy rozpoczął się oficjalnie pół godziny wcześniej, chciała jednak, aby na sali zebrało się dość potencjalnych ofiar, nim zrobi swoje wielkie wejście.

Marsh rzeczywiście dzwonił przed kilkoma dniami, nie powiedziała jednak Sally, że szukał właśnie jej, a nie Glorii. Cieszyła się z tego, uznała, że to znak, że zapomniał o dawnym zauroczeniu. Był taki miły. Jego pospolitość budziła ciepłe uczucia. Ta dwójka była dla siebie stworzona; wiedziała, że będą ze sobą szczęśliwi, gdy Marsh wreszcie uświadomi sobie ten fakt. Mężczyźni myślą czasami tak powoli! Ze zdziwieniem dowiedziała się, że „Evans" zawija do portu tak szybko po ostatnim postoju, ale Sally rozpromieniła się na wieść o tym. Poczuła ukłucie zazdrości: wojna zniszczyła jej małżeństwo, ale zbliżyła do siebie tych dwoje.

Potem przypomniała sobie, że w klubie spotka prawdopodobnie Micka McCarty'ego. Zastanawiała się, co zrobi, widząc ją w pełnym rynsztunku. „Będzie się śmiał, oto, co zrobi" – pomyślała. Trzeba to było przyznać Mickowi: miał poczucie humoru. Problem mógł pojawić się wyłącznie wtedy, gdyby się bardzo upił. Zawsze mogła wtedy zwrócić się o pomoc do najbliżej stojących oficerów, a oni spławiliby go, zanim zdążyłby mrugnąć.

A Stembridge? Co zrobi? Na każdym spotkaniu, na które przychodzili oboje, zawsze odrywał się od grupy, z którą właśnie rozmawiał, żeby przywitać się z nią z ciepłą poufałością – poufałością, na którą w gruncie rzeczy nigdy sobie nie zapracował. Oczywiście, inni mogli sądzić, że mają się ku sobie. Fakt, że udawała przez tyle miesięcy niedostępną, a on niezainteresowanego mógł wyglądać w oczach personelu jak kampania, której celem było wyprowadzenie wszystkich w pole.

A jednak był zainteresowany. Wiedziała o tym. Wystarczyło, żeby stanęła odrobinę zbyt blisko, a ton jego głosu ulegał zmianie. To był jeden z jego problemów – nigdy nie przestawał mówić, spierać się, pouczać, instruować. Z drugiej strony, na oddziale był rzeczywiście Supermanem. Jego oczy rozjaśniały się nad maską, gdy patrzył na kolejnego pacjenta, a pielęgniarki spieszyły do niego z instrumentami. Czasami wychodził z sali pomiędzy kolejnymi zabiegami; zastanawiała się niekiedy, czy pomaga sobie łykiem czystego tlenu, czy może używa substancji chemicznych. Wiedziała, że to mało prawdopodobne; lekarze uzależnieni od pigułek musieli z reguły brać ich coraz więcej i więcej, aż do punktu, w którym przychodziło załamanie. Stembridge to był po prostu Stembridge – ucieleśnienie energii, inteligencji, uprzejmej niecierpliwości i doprowadzającej do szału rezerwy, gdy szło o dobrze strzeżone wdzięki Glorii Lewis. Sprawdziła, czy do sali klubowej ciągle jeszcze napływają goście, i zdecydowała, że nadeszła pora, by złamać kilka serc, a zwłaszcza jedno – chyba że ten jeden miał rzeczywiście ją zaskoczyć.

Marsh dostrzegł Sally, gdy tylko weszła do środka w otoczeniu gromadki pielęgniarek. Znalazł się w grupie około tuzina oficerów, którzy ruszyli natychmiast w ich stronę jak stado myśliwców, odrywając się od baru niczym formacja eszelonowa – wszyscy lekko zaczerwienieni, w pięknych białych mundurach. Z reguły się spóźniał, tym razem jednak dowódca, wiedząc o Sally, kazał mu skrócić służbę i przekazać obowiązki oficerowi dyżurnemu. Zamówił też pokoje w kwaterze głównej, korzystając z przywilejów przysługujących oficerom dowództwa, aby nie musieć wlec się z powrotem na okręt wśród nocy na oczach całej załogi.

Sally uścisnęła go gorąco, ku rozczarowaniu dwóch innych mężczyzn, wyraźnie nią zainteresowanych.

– Postawi mi pan drinka, marynarzu? – zapytała cicho.

– No jasne, ślicznotko – odparł Marsh i wyprowadził ją z tłumu.

Znaleźli po ścianą stolik dla dwóch osób, usiedli i po prostu patrzyli na siebie. Bez względu na to, co powie, upomniał się Marsh, nie wspominać pod żadnym pozorem o G.L. Patrząc w błękitne oczy, stwierdził, że nie będzie mu szczególnie trudno dotrzymać tego postanowienia.

– Nie spodziewałam się was tak szybko – powiedziała.

– Co powiedziałaś swojemu chłopakowi? – zapytał Marsh.

– Któremu, mądralo? Jest ich co najmniej, no nie wiem, czterech, pięciu?

Miała na sobie błyszczącą, długą, zieloną suknię, obcisłą u góry, pod którą kryły się interesujące warstwy i fałdy koronek i nylonu. Strój uwydatniał ponętną sylwetkę. Marsh zawsze uważał się za faceta, który najpierw zwraca uwagę na nogi kobiety, ale obcisły stanik trudno było zignorować.

– Zapuszczasz żurawia, marynarzu – powiedziała z ukośnym uśmieszkiem.

– Sama tak się ubrałaś – odparł. – Czy mam udawać, że jesteś facetem?

Westchnęła głęboko, co uwydatniło dekolt sukni i wyglądające spod niego koronki w sposób oszałamiający. Z pewnością nie była facetem. Zanim zdążył kolejny raz błysnąć dowcipem, orkiestra zaczęła grać i Sally zaproponowała taniec. „Chętnie zatańczę – pomyślał. – Najlepiej powoli i w czułym uścisku".

Przetańczyli powoli dwie piosenki i wracali właśnie do stolika, gdy weszła Gloria. „Nawet chłopcy z orkiestry musieli ją zauważyć – pomyślał Marsh – na sekundę czy dwie zgubili rytm". Hałaśliwy tłumek oficerów przy barze odwrócił się jak na komendę i wszyscy utkwili w niej wzrok; co śmielsi zaczęli przepychać się do przodu pomiędzy tańczącymi. Po chwili

210

Marsh zauważył stolik, przy którym siedzieli starsi oficerowie z Korpusu Medycznego. Jeden z nich wstał, gdy Gloria weszła na salę – wysoki, ciemnowłosy, niezwykle przystojny komandor.

– Na co patrzysz? – spytała Sally na wysokości jego prawego ramienia.

– Na kłopoty, zdaje się – odparł.

Odwróciła się, żeby spojrzeć, i gwizdnęła cicho. – Widzisz tego wysokiego? Komandora? Patrz, co się będzie działo.

Usiedli i patrzyli, jak Gloria sunie dostojnie przez parkiet niczym królowa Saby, powoli ściągając rękawiczki, najpierw jedną, potem drugą. Komandor stał niecałe pięć stóp dalej; wyciągnął rękę. Gloria obdarzyła go promiennym uśmiechem, poruszyła palcami w powitalnym geście i przeszła dalej, zmierzając wprost do grupy oszołomionych komandorów poruczników. Krąg zamknął się wokół niej i poniósł ją w kierunku baru. Gloria rozmawiała ze wszystkimi, jakby znała ich od lat. Wysoki komandor zamarł w miejscu, wyraźnie oszołomiony.

– To było zaplanowane? – zapytał Marsh.

– O, tak – odparła. – To doktor Stembridge. Jej szef. Nazywają go w szpitalu Supermanem, bo „super" to jego ulubione powiedzonko. Poza tym jest naprawdę doskonałym chirurgiem.

– Teraz chyba nie było tak super – skwitował Marsh. – Opowiedz mi o wszystkim.

Odsunęła się od niego i rzuciła mu nieodgadnione spojrzenie.

– Wyrosłem już z tego – powiedział – ale zobaczysz, że będzie ciekawie. Zastanawiam się, czy ona wie, że Bestia jest tutaj.

Sally wyglądała na zaalarmowaną. – Naprawdę? O rety. To znaczy, że może się zrobić naprawdę ciekawie. Będziesz musiał postawić mi chyba jeszcze niejednego drinka.

– Jeszcze raz szampan? – zapytał Marsh.

211

– Jeszcze wiele razy – zachichotała. Patrząc w jej roziskrzone, błękitne oczy, przestał myśleć o Glorii, niewidocznej za murem białych mundurów. Marsh zdecydował, że już czas, aby on sam uczynił śmiały krok.

– Czy mówiłem ci już, że wynająłem na dziś pokój w kwaterze głównej? – zapytał.

– Czy mówiłeś coś o szampanie? – spytała, celowo ignorując wzmiankę o pokoju.

– Ach, tak, rzeczywiście – odparł. Skinął na przechodzącą kelnerkę. Gdy przyjęła zamówienie, dostrzegł, że Sally próbuje stłumić uśmiech.

– Co cię tak rozbawiło? – zapytał. Musiał podnieść głos, by przekrzyczeć zgiełk panujący na sali.

– Ile czasu zbierałeś się, żeby mi o tym powiedzieć?

– Około pięciu sekund – odparł.

– Jestem pod wrażeniem – powiedziała. Opadła na oparcie krzesła, przeczesała rękami włosy i dotknęła jego prawej nogi pod stołem stopą w nylonowej pończoszce.

– Może więc otworzymy tego szampana gdzie indziej? – spytała.

Marsh próbował odpowiedzieć, nie jąkając się zbytnio; Superman i Gloria ulotnili się całkowicie z jego pamięci.

Gloria próbowała zapanować nad efektem co najmniej pięciu wypitych koktajli i nad umizgami co najmniej pięciu rozochoconych młodych mężczyzn. Czuła się wspaniale, choć wiedziała, że w pewnej chwili trzeba się będzie wycofać. Było niemal jak kiedyś, w Annapolis, gdy napierały na nią tłumy kadetów marynarki – każdy z nich miał wielkie nadzieje, żaden nie miał najmniejszych szans. Dostrzegła, że niektóre pielęgniarki przyglądają jej się ukradkiem. Oddała spojrzenia dwóm, które szybko odwróciły wzrok. Starała się nie patrzeć w kierunku stolika lekarzy, nie chcąc wywołać kolejnych kłopotów.

Wszyscy chcieli z nią zatańczyć, oznajmiła jednak, że potrzebuje najpierw jeszcze jednego drinka. Z pięciu stojących przed nią szklanek szybko zrobiło się dziesięć – spróbowała zawartości każdej, choć tylko po małym łyczku. Hałas na sali rósł – orkiestra próbowała przebić się przez gwar rozmów. Lotnicy, siedzący razem przy dwóch stolikach, zrobili się nieco zbyt głośni, ale nadal byli zabawni. Tłum był za duży, by wentylatory mogły rozproszyć zaduch w powietrzu; poczuła, że poci się pod warstwą makijażu. Odwróciła się i oparła o bar, wypinając pierś do przodu; omiotła wzrokiem salę bankietową. Nieoczekiwanie stwierdziła, że patrzy na nią Mick McCarty.

Patrzyli na siebie przez długą chwilę, nie słysząc dźwięku toczących się wokół rozmów. A potem Mick uśmiechnął się tym swoim diabelskim, irlandzkim uśmiechem. Oddała mu uśmiech.

W tej samej chwili usłyszała niemal jego głos, mówiący: pójdę z pierwszą dziewczyną, która się do mnie uśmiechnie. I już był przy niej, umiejętnie przedarł się przez tłum, górując wzrostem nad otaczającymi ją żołnierzami; i już znaleźli się na parkiecie. Mick nigdy nie umiał tańczyć, ale z pewnością umiał obejmować kobiety w taki sposób, że nie dbały o brak umiejętności tanecznych. Prawa dłoń spoczęła poniżej jej biodra, na tyle nisko, by zdała sobie z tego sprawę.

– Hej, piękna – powiedział, naśladując odzywki dziewcząt, odwiedzających bary w centrum miasta. – Tak cholernie cię kocham.

Zachichotała. – Słyszałam o twoim karcerze – powiedziała, wpatrując się w jego ramię.

– Byłem w karcerze, w kłopotach, w boleści, w izbie wytrzeźwień, w Pensacola, w klinice, a teraz jestem znowu tutaj, na rajskiej wyspie ananasowej. Jutro albo za kilka dni wracam na morze, i znowu będę w centrum wydarzeń.

Przyjmują cię z powrotem?

213

– Niechętnie – odparł – ale, wierz mi lub nie, mamy więcej samolotów niż pilotów, chyba więc nie mają wyboru.

Uścisnęła jego lewą dłoń. – Dlaczego nadal nosisz rękawiczki? – spytała.

– Moja prawa łapa nie wygląda za dobrze – odparł. – Skutki rehabilitacji. Działa, ale wygląda jak dzieło Frankensteina.

– Zapomniałam – rzekła; orkiestra skończyła grać jeden utwór i rozpoczęła następny.

W tej chwili pojawił się przy nich Stembridge. – Pozwoli pan, poruczniku? – zapytał, klepiąc Micka w łopatkę.

– Chce pan ze mną zatańczyć? – zapytał Mick niewinnie.

– Nie jest pan w moim typie – odparł Stembridge – ale ta pani, owszem.

Mick spojrzał na Glorię, która kiwnęła głową niemal niedostrzegalnie. – Nie odchodź daleko – szepnęła.

Mick skinął szybko głową Stembridge'owi i wrócił do baru. Gloria podała mu dłoń, Stembridge podszedł bliżej. Zaczęli tańczyć; tłum zamykał się wokół nich. Gloria czekała, żeby coś powiedział, ale milczał. No dobrze, pomyślała. Grajmy w tę grę. A jednak przysunęła się do niego, przyciskając się do jego uda, a potem do drugiego.

– Rozumiem, że dostałem karę – powiedział wreszcie.

– O czym pan mówi? – spytała, ponownie przysuwając się bliżej.

– O, do diabła – powiedział – nie mam pojęcia. Pani i ja jesteśmy tak blisko od miesięcy, a przecież nie jesteśmy. Naprawdę chciałbym zaciągnąć panią do łóżka, ale za każdym razem, gdy o tym myślę, pani...

– Co takiego?

Westchnął. – Nic takiego. Zdaje się, że byłem zbyt zajęty odgrywaniem Supermana. Przepraszam, Glorio. Powinienem był być bardziej uważny.

– Sądzi pan, że tego potrzebuję? Męskiej uwagi?

214

Odsunął się od niej. – Tak, tak myślę. Może sobie pani tego nie uświadamia, ale tak, tak właśnie sądzę. Uwagi. Ba, więcej, konkurenta.

Odwróciła wzrok. Przejrzał ją. Tego dokładnie chciała i – spójrzmy prawdzie w oczy – nie była wobec siebie uczciwa. Wobec niego, wobec siebie.

– Minęły dwa lata – powiedziała – od tego strasznego dnia. Może pan tego nie zrozumie.

– Proszę mi pomóc.

– Odkąd skończyłam szesnaście lat, zabiegają o mnie mężczyźni. Tommy był... inny. Nie grał w gierki. Zakochał się we mnie, a ja zakochałam się w nim. To było cenne. A cała reszta? Myślę, że chodziło wyłącznie o pożądanie.

– Pożądanie jest czymś bardzo ludzkim – rzekł. – My, biedni mężczyźni, jesteśmy jego niewolnikami. Tarzan widzieć Jane. Tarzan chcieć Jane. Jane położyć się albo Tarzan wziąć pałkę.

– Jakie to wygodne – odparła, spoglądając na niego. – O ja biedny, mówi duży, silny mężczyzna. Jestem trwale okaleczony przez krótkie spięcie pomiędzy mózgiem a...

Położył jej palec na ustach, potem go zdjął i przyjrzał się śladom szminki. – O ja biedny, faktycznie – powiedział. Uśmiechnął się i ona także. – Nieustannie zadaję sobie pytanie: czy jestem zakochany w Glorii Lewis, czy to tylko pożądanie?

– Wie pan już, jaka jest odpowiedź?

– Chcę panią poznać jako kobietę. Nie jako koleżankę z pracy, nie jako przełożoną pielęgniarek, nie jako moją asystentkę, ale jako piękną kobietę. Cały czas miałem jednak uczucie, że to nie będzie możliwe, dopóki nie będzie pani gotowa, żeby na nowo stać się kobietą. Czułem, że nie byłoby właściwe z mojej strony, gdybym, jak by to ująć najlepiej – gdybym naciskał?

I wtedy wrócił Mick. Klepnął Stembridge'a w łopatkę, może nieco mocniej niż należało. – Komandorze, czy mogę?

215

Stembridge odsunął się ze spojrzeniem utkwionym w Glorii. – Chyba jednak należało to zrobić – powiedział. Skinął do Micka. – Poruczniku.

Potem odszedł, a Mick zamknął ją w potężnym uścisku. Chciała się odwrócić, powiedzieć coś do Supermana, ale odpowiedni moment minął, być może na zawsze. Z jakiegoś dziwnego powodu poczuła ukłucie żalu. Potem zwróciła się do Micka.

Hej, przyniosłem ci drinka – powiedział.

– Widzę – odparła – mam nadzieję, że jest ich więcej tam, skąd go wziąłeś.

– Jest niezły zapasik – odparł.

Wypiła połowę i oddała Mickowi szklankę. Potem, patrząc mu prosto w oczy, przysunęła się bliżej, przyciskając się do niego całym ciałem. – Zmiana planów – wyszeptała.

– Doprawdy – powiedział; po jego twarzy rozpełzł domyślny uśmieszek.

– Doprawdy – odparła. – Idę do toalety. Ty wyjdź na zewnątrz i zapal papierosa. Potem się przejdziemy albo coś.

– Coś – odpowiedział – z całą pewnością coś.

Zanim doszli do kwatery pielęgniarek, szedł już bardzo blisko za nią, ogromne dłonie wędrowały po jej ciele, a ona bezmyślnie pozwalała mu robić, co chciał, aż do momentu, gdy dotarli do jej pokoju na górze; wtedy popchnęła go na łóżko. Nie trzeba było słów, wiedziała o tym. Chciał się podnieść, ale potrząsnęła głową i zaczęła zdejmować suknię, powoli, potem coraz szybciej, czując narastające pożądanie. Mick ściągnął odzież, rozrzucając wokół fragmenty munduru, a potem opadł z powrotem na łóżko. Gloria patrzyła na niego przez chwilę pożądliwie, a potem położyła się na nim, przesuwając piersiami po jego ciele.

– Nie ociągaj się – mruknęła.

– Pamiętam – odparł i wdarł się w nią głęboko. Zachłysnęła się powietrzem, wyginając ciało pod wpływem fali rozkoszy;

216

nadeszła szybko, nim Mick zdążył się zorientować. Potem złapał ją za biodra i zaczął się poruszać, napawając się widokiem jej ciała i grzywy włosów, zasłaniających twarz. Po chwili doszła znowu, tym razem z ogromną siłą, z okrzykiem ulgi. Przyciągnął ją do siebie i pocałował mocno w usta, wyginając grzbiet i wchodząc jeszcze głębiej, nie przestając jej całować, aż odepchnęła go, by zaczerpnąć tchu. Już po chwili klęczała na łóżku, a on brał ją od tyłu, masywne ramiona zamykały ją w uścisku, gdy ją ujeżdżał. To bolało, zaczęła więc się opierać, ale jej własne ciało zdradziło ją ponownie; poczuła, że znów szczytuje, ból zniknął, i wtedy on także eksplodował, głęboko w niej.

Przewróciła się na przepocone prześcieradło, próbując złapać oddech. Mick nie wysuwał się z niej; próbował podciągnąć się w górę, by mogła zaczerpnąć tchu. Była zdumiona, widząc ślady szminki na prześcieradle; próbowała je zetrzeć, ale dłonie odmawiały jej posłuszeństwa. Całe jej ciało drżało niczym galareta, każdym centymetrem wstrząsały dreszcze. Opadł na łóżko obok niej, obejmując ją mocno; jego oddech pachniał szkocką. Zanurzył twarz w jej wilgotnych włosach i słuchał gwałtownego bicia serca.

Wtedy pomyślała o Tommym, który nigdy nie wziąłby jej w taki sposób. Tommy kochał ją bardzo, ale nigdy nie osiągnąłby takiej głębi pożądania i seksualnej przemocy. Tommy był mózgiem. Delikatnym, kochającym mózgiem. Mick był Bestią. Czekała, aż pojawi się poczucie winy, ale nie nadchodziło. Przez ostatnie dwa lata jej dusza była martwa, teraz jednak obudziła się ze snu. Pomyślała o Marshu; była to ciepła myśl. Był z Sally, a Sally była dla niego stworzona. Silniejsza od niego, ale wystarczająco sprytna, by nie dać mu tego odczuć, nawet gdy kierowała nim precyzyjnie, tak jak chciała. Poczuła, że Mick porusza się za nią. Zaczął gładzić ją po pośladkach.

– Słyszałaś kiedyś historię o ankieterze, który prowadził badania na temat seksualności? – zapytał.

– Nie.

– Ankieter pojawił się na ganku pewnej kury domowej i poprosił, żeby odpowiedziała na pytania ankiety. Zgodziła się. Zadawał jej po kolei pytania ze swego kwestionariusza, a wreszcie doszedł do ostatniego: Czy zdarza się pani zapalić po seksie?

– No i?

– Odpowiedziała: wie pan, nigdy nie patrzyłam.

Roześmiała się i oboje spojrzeli.

– Jeszcze nie – powiedziała.

– Popracujmy nad tym jeszcze trochę.

– Najpierw powiedz mi, gdzie masz ten swój niezły zapasik?

Marsh puścił Sally przodem w drzwiach do pokoju w kwaterze głównej i zamknął je za sobą. Pod pachą niósł wilgotną butelkę szampana; nagle uświadomił sobie, że nie ma co z nią zrobić. Pokoje przypominały bardziej cele niż apartamenty hotelowe: pojedyncze metalowe łóżko, metalowa szafka, szafa, umywalka, jedno krzesło i stalowe biurko. Wspólne łazienki znajdowały się w głębi holu. Postawił butelkę na blacie biurka, niepewny, co robić dalej. Sally podeszła do łóżka i usiadła, wskazując gestem, aby zajął miejsce obok niej.

– Potrzebujemy lodu – powiedział – przydałoby się wiaderko albo co. I kieliszki. Zapomniałem o kieliszkach.

– To akurat ostatnie, czego nam trzeba – powiedziała, zrzucając buty. Poklepała materac. Usiadł obok niej. Ku jego zdziwieniu, zerwała się na nogi i stanęła przed nim. Potem odwróciła się do niego tyłem.

– Suwak, mój miły panie – powiedziała. – Proszę.

– Racja – powiedział. Sięgnął do jej pleców i rozpiął mały zatrzask u góry sukienki, a potem suwak. Odsłaniał stopniowo miękkie kontury pleców. Skrzyżowała ręce na ramionach i już po chwili sukienka opadła na podłogę. Miała na sobie długą halkę, a pod nią pas do pończoch i inne kobiece fatałaszki.

Przez chwilę siedział nieruchomo, z dłońmi na jej biodrach, czując pod nimi gładką jedwabistość białego nylonu. Potem pochylił głowę, przyciskając czoło do jej pleców, wdychając zapach perfum i czując rosnące pożądanie.

Zsunęła ramiączka halki, która opadła na biodra. Nie powiedziała ani słowa, ale wiedział, czego oczekuje. Ujął halkę i ściągnął ją w dół, nie podnosząc głowy. Potem przesunął dłonie na talię, jakby wygładzając na niej pozostałe części bielizny. Oparła się o niego, gdy przebiegał rękami po jej ciele, delikatnie, ale z wprawą, czując, jak narasta w nim podniecenie. Pozbawił ją resztek ubrania i oto stała przed nim naga. Potem odwróciła się, objęła jego głowę ramionami i poprosiła, żeby ją pocałował.

Godzinę później Sally leżała z głową opartą o jego klatkę piersiową, jej włosy zasłaniały mu twarz, wtulała się w niego całym ciałem. Gdy otworzył oczy, zobaczył na stole butelkę szampana. Była nadal wilgotna, ale nie tak bardzo jak on. „Cholera! – Pomyślał. – Musiała chyba czytać w jego myślach". Wzięła go za rękę i westchnęła z zadowoleniem.

– Zdaje się, że przegapiliśmy rozpoczęcie Nowego Roku – powiedział.

– Były chyba jakieś fajerwerki – odrzekła – czy to się liczy?

Marsh uśmiechnął się w ciemności. – No pewnie – odparł.

Milczała przez kilka minut. Sądził, że już zasnęła, ale potem usłyszał westchnienie.

– Co takiego? – zapytał.

– Nowy Rok – odpowiedziała – pamiętam czasy, kiedy Nowy Rok oznaczał wyłącznie dobrą zabawę, nie mogliśmy się doczekać, co też się dalej wydarzy. Teraz już tak nie jest.

– Przypuszczam, że wszystko może się zdarzyć w ciągu kilku najbliższych miesięcy – powiedział. – Te skurczybyki mogą nawet się poddać. Musieli już chyba się zorientować, że nie wygrają tej wojny. A Roosevelt nie będzie z nimi negocjował. Nie po siódmym grudnia.

– Naprawdę wierzysz, że się poddadzą?

– Nie – odparł po chwili zastanowienia. – Najwyraźniej nie mają tego we krwi. Słyszałem, że musieliśmy zabić cztery tysiące siedmiuset ludzi, żeby zdobyć Tarawę, zginęło także prawie tysiąc naszych. Kolejne dwa tysiące to ranni lub zaginieni. Po wszystkim przy życiu zostało tylko siedemnastu Japońców.

Westchnęła znowu. – A więc ta wojna będzie trwała bez końca.

– Nie będzie – odrzekł – ale będzie nam się tak wydawało. Tarawa jest maleńka – ma może pół mili szerokości. Poczekaj, co będzie, kiedy ruszymy na ich wyspy.

– Szczęśliwego Nowego Roku – powiedziała.

– Teraz jest teraz – odparł. – Zobaczmy, czy ten szampan nadaje się jeszcze do picia.

– Po szampanie kręci mi się w głowie – powiedziała – a jeśli zakręci mi się w głowie, wszystko może się zdarzyć.

– Jest tylko jeden sposób, żeby się tego dowiedzieć. Pozwól, że się podniosę.

– Podniesiesz? – spytała niewinnie.

Jakiś czas po północy Marsh odprowadził ją do Hospital Point, do kwatery pielęgniarek. Gdy dotarli do ganku, z zaskoczeniem zobaczyli kobietę siedzącą na werandzie; jej twarz kryła się w cieniu.

– Gloria? – spytała Sally, wchodząc na górę – to ty?

Marsh podążył za Sally, ale po chwili się zatrzymał. Gloria nie tyle siedziała, co leżała rozwalona na jednym z krzeseł. Kosztowna fryzura rozpadła się, a suknia balowa była podarta. Z przodu tkanina zsunęła się niebezpiecznie nisko; była boso. Szklany wzrok wskazywał jednoznacznie, że jest jej wszystko jedno jak wygląda.

– Gloria, kochanie – powiedziała Sally, przyklękając przy niej. – Co się stało? Co ci jest?

Marsh sądził, że to wie. Uległa wreszcie Mickowi – z tego, co widział, Pani Everest została podbita całkowicie i nieodwołalnie. Uchwyciła jego spojrzenie i posłała mu krzywy uśmiech.

– No, Marsh – powiedziała – jak ci się teraz podoba dziewczyna twoich marzeń, co?

Sally rzuciła mu ostrzegawcze spojrzenie ponad jej ramieniem i spróbowała naciągnąć jej nieco wyżej suknię.

– O, do diabła, Sally, nie zawracaj sobie tym głowy – westchnęła Gloria – i tak jest do wyrzucenia. Macie papierosa?

Sally odsunęła się, a Marsh wyciągnął paczkę lucky strike'ów. Gloria wzięła jednego, wetknęła go sobie do ust, przysunęła bliżej jego dłoń z wyciągniętą zapalniczką. „Udaje hardą – pomyślał – ale ręce jej drżą". Chciał ją przytulić, ale wiedział, że to niemożliwe. Zaciągnęła się głęboko, wypuściła dym kącikiem ust, spojrzała na Sally i posłała mu kolejny krzywy uśmiech.

– Zdaje się, że nie jestem jedyną grzesznicą dziś w nocy, prawda? – stwierdziła. Mimo półmroku, Marsh zobaczył, że Sally czerwienieje.

– A, co tam – powiedziała – szczęśliwego Nowego Roku. Czy można zacząć kolejny rok lepiej, niż odrobiną igraszek? Bóg jeden wie, jak bardzo było mi tego trzeba. – Czknęła lekko, przyłożyła rękę do twarzy, zaskoczona, po czym czknęła znowu. – Troszkę się dziś upiłam – powiedziała.

– Myślę, że czas pójść na górę – odrzekła Sally.

Gloria zaciągnęła się papierosem, a potem wyrzuciła go w krzaki. – A co, przeszkadzam? – Trójka to już tłum?

– Gloria, proszę – powiedziała Sally. Marsh zaczął coś mówić, ale zrezygnował i zamilkł.

– No dobra, kochani – zdecydowała Gloria i wstała z krzesła. Suknia natychmiast opadła, odsłaniając białe piersi. Marsh nie mógł oderwać od niej wzroku.

– Hej, spójrz no tutaj – powiedziała Gloria, obejmując obie piersi stulonymi dłońmi. – Podobają ci się, Marsh? Chcesz potrzymać? Mick nie miał nic przeciwko temu.

– Gloria! – krzyknęła Sally.

– Cholera, zapomniałam – powiedziała Gloria, chwiejąc się lekko na nogach. – On woli trzymać twoje niż moje. Racja. Słusznie. Słusznie.

Sięgnęła do skraju sukni, próbując okryć się jak najszczelniej, a zarazem nie upaść. Sally wzięła ją pod ramię, rzuciła mu zmęczone spojrzenie i wprowadziła bardzo nietrzeźwą Glorię Lewis do budynku.

Marsh usiadł na krześle, z którego przed chwilą wstała Gloria. W powietrzu unosił się zmieszany zapach ciężkich perfum, dymu papierosowego, alkoholu i kobiecego pożądania.

Próbował przerzucić mózg na jałowy bieg, nie chcąc rozmyślać o tym, co stało się właśnie oczywiste: Gloria była całkowicie poza jego zasięgiem. Bez powodzenia usiłował nie wspominać widoku jej nagiego ciała. Potem zdał sobie sprawę, że to jeszcze nie koniec świata.

Sally nie była pijana, gdy usiadła na łóżku. Może lekko wstawiona, ale miała wyraz twarzy kobiety świadomej, czego chce, i zdecydowanej doprowadzić swój plan do końca. Gdy się kochali, było to podniecające, mimo nieuchronnych elementów komizmu, kiedy usiłowali dopasować się do siebie jak najlepiej. Była rzeczowa, promienna, emanowała pierwotnym, gwałtownym pożądaniem, w którym nie było nic romantycznego, przynajmniej nie za pierwszym razem. Drugi był znacznie wolniejszy, delikatniejszy, całowali się długo; czuł, jak narastają w nim emocje po wielu latach niemal absolutnego celibatu. Byli zakochani i udowodnili to sobie nawzajem w najlepszy z możliwych sposobów.

A Mick? Co się tu wydarzyło? Gloria wyglądała, jakby obszedł się z nią bez ceregieli, a to było zastanawiające. Czy ta wulgarna gadanina była tylko wynikiem zbyt dużej ilości alkoholu, czy może czegoś innego – czy były to słowa kobiety, która uświadomiła sobie wreszcie, że potrzebuje mężczyzny, i znalazła dokładnie to, czego szukała? W jego fantazjach Gloria nigdy nie występowała nago, z dłońmi na biodrach, nigdy nie zwracała się do niego ani do innego mężczyzny: No dobra, chłopczyku, zerżnij mnie, jeśli jesteś mężczyzną. Od początku miała rację: stworzył sobie wyidealizowany, przesycony miłością wizerunek tej kobiety, nie zastanawiając się nawet ani razu, co by było, gdyby powiedziała: tak.

Usłyszał, że Sally schodzi po schodach. Wstał i podszedł do ramy drzwi, obitej moskitierą. Stanęła na progu, ale nie wyszła na zewnątrz.

– No – powiedział – jeszcze raz, szczęśliwego Nowego Roku, tajemnicza wielbicielko.

Uśmiechnęła się. – Muszę wrócić na górę. Mamy w pokoju istne pobojowisko. Teraz poszła nabałaganić w łazience. Przypuszcza, że Mick wrócił do klubu.

Spojrzał na zegarek. – Klub jest już zamknięty – stwierdził.

– Mówiła coś? Czy to było...

Sally potrząsnęła głową. – Mówi, że musi się wykąpać, że musi się wyszorować, wyszorować się do czysta, tak to ujęła. Biedactwo. Tylu facetów biegało za nią, odkąd Tommy zginął. A teraz...

– Byłem jednym z nich – odparł Marsh.

No cóż, wiem – powiedziała przez moskitierę.

– Do chwili, gdy pojawiłaś się ty.

Uśmiechnęła się znowu. – Dobra odpowiedź, komandorze. Bardzo dobra odpowiedź. Myślisz, że uda ci się odwiedzić mnie, zanim wrócicie na morze?

– Jeśli tylko XO pozwoli mi zejść z okrętu, to tak.

– Myślałam, że to ty jesteś XO.

– O, rzeczywiście. Zdaje się, że to oznacza odpowiedź twierdzącą. Dobranoc, tajemnicza wielbicielko.

Marsh zmierzał przez trawnik w kierunku klubu oficerskiego, gdzie rzeczywiście światła były już wygaszone. Na parkingu stało kilka służbowych samochodów, wokół nie widział jednak żywej duszy. Jedną jednak słyszał. Ktoś śpiewał cicho przed drzwiami klubu. To była piosenka o piwie. – Dwadzieścia dziewięć butelek piwa na półce, dwadzieścia dziewięć butelek...

Podszedł bliżej; Bestia wodził mętnym wzrokiem, kołnierzyk białego munduru miał rozpięty, w dłoni dzierżył butelkę piwa. Z jakiegoś powodu zdjął buty, które stały obok niego na trawie. Spojrzał na Marsha; próbował się skoncentrować, ale po chwili zrezygnował.

– Pójdę cichutko – obwieścił. – Nie wolno zadzierać z HASP, bo to może bardzo zaszkodzić.

Marsh usiadł o stopień wyżej od niego. W ten sposób znalazł się z nim twarzą w twarz.

– To ja, Ślicznotka – powiedział cicho – a nie HASP.

– Ślicznotka Vincent, jak pragnę zdrowia. – powiedział Mick. – Zaliczyłeś dzisiaj trafienie z piękną Sally? Ależ była nabuzowana, człowieku. Kobieta z misją. Widziałem, jak wychodziliście.

Marsh nie odpowiedział. Mick napił się piwa, przyjrzał pustej butelce i wyrzucił ją w krzaki; uderzyła z łoskotem o stos innych. Spojrzał na Marsha z ukosa.

– Byłeś w kwaterze pielęgniarek, prawda?

– Tak, odprowadziłem Sally – odparł. – Znaleźliśmy Glorię na werandzie.

– Naprawdę – powiedział Mick i odbiło mu się potężnie. – Wyszła się ochłodzić, jak sądzę.

– Ochłodzić się.

– Tak, koleżko, ochłodzić się – parsknął Mick. – Kiedy odchodziłem, była nadal tak gorąca, że szminka rozpuszczała jej się na ustach. Nie podoba ci się to, kochasiu?

– Przypuszczam, że to wasza sprawa, twoja i jej – powiedział Marsh – a nie moja.

– Gówno! – warknął Mick. – Nie szukałbyś mnie, gdyby tak było. Myślisz, że ją zgwałciłem, tak?

Marsh spojrzał wreszcie na niego. – Owszem, przyszło mi to do głowy, Mick – powiedział.

– Bo to ja, tak? Mick McCarty, porażka floty. Upija dziewczynę i robi jej złe rzeczy. Tak? Tak myślisz?

– A jak mam myśleć, Mick?

– Dobra, panie nieszczęśliwie-zakochany. Powiem ci, co masz myśleć. Jeśli chodzi o Glorię Hawthorne, to zawsze taka właśnie była różnica między nami. Ty myślisz. Ja działam.

– Lewis – powiedział Marsh.

– Co?!

– Lewis. Ma na nazwisko Lewis.

– Już nie, kolego. Tommy Lewis się usmażył. Tommy Lewis, drogi panie, jest już tylko częścią tego smrodku, który czujesz, kiedy wiatr powieje z Ford Island. Nie, mój drogi, dzisiaj nie było żadnej Lewis. Dała mi to do zrozumienia bez ogródek. Nie wiem, co było pomiędzy nią a tym ładnym doktorkiem, ale dzisiaj? Pani Everest się rozpuściła. Na parkiecie, w drodze powrotnej, kiedy popchnęła mnie na łóżko i spojrzała mi w oczy, wiedziałem, że czas działać, czas jak cholera. Mogę ci to udowodnić, mam jeszcze na plecach ślady jej paznokci. Chcesz zobaczyć?

– Nie. Nie chcę zobaczyć.

– Ale to ja jestem tym złym, tak?

– Myślę, że ją wykorzystałeś.

– I to cię rozwścieca? Bo nigdy nie miałeś dość jaj, żeby zrobić pierwszy ruch? Gość, który zawsze lubił patrzeć z boku? Pamiętam cię, kolężko, z czasów, kiedy włóczyliśmy się po Crabtown. Patrzyłeś z daleka, taki desperacko zakocha-a-a-a-ny, ale zbyt tchórzliwy, żeby wziąć to, co było w ofercie.

– Gloria nigdy nie była w ofercie – powiedział Marsh.

225

– Mało wiesz na ten temat, chłopczyku – odparł Mick. – Oto nasza tajemnica: to nie był nasz pierwszy raz, wiesz? Tyle, że wtedy chciałem jej tak bardzo i pieprzyłem się z nią tak mocno, i miała orgazm tak potężny, że ją to wystraszyło, uciekła więc do Tommy'ego, a Tommy, ten stary spryciarz, wiedział dokładnie, co zrobić, żeby ją zdobyć. Nie wiedziałeś o tym, no nie?

Marsh był zdumiony. – Nie, nie wiedziałem.

– Posłuchaj, co mówisz – parsknął Mick. – „Nie, nie wiedziałem". Bo byłeś zbyt przestraszony. Założę się, że umierasz ze strachu, odkąd zaczęła się ta wojna, mam rację? To jest męska sprawa, chłopcze. To sprawa dla wojowników. Módl się, żeby ta pielęgniareczka nie zorientowała się w porę, jaki naprawdę jesteś, bo pogoni cię tak samo jak Gloria.

– Gloria dokonała wyboru dawno temu, Mick, i nie wybrała ani mnie, ani ciebie. To nie ma nic wspólnego ze strachem.

– Gówno. Nadal się boisz, no nie? Boisz się za każdym razem, kiedy wypływacie z Wielką Błękitną Flotą. Boisz się od chwili, gdy pierwszy raz wypłynąłeś w morze, tak czy nie? A teraz? Nadal skaczesz wokół Glorii jak piesek na dwóch łapach. Przyjdzie na ciebie czas, Vincent. Przyjdzie czas, kiedy będziesz musiał zmierzyć się z olbrzymami, jak mawiali chłopcy w czasie wojny domowej, i wtedy przekonasz się, z czego jesteś zrobiony. Osobiście nie wątpię, że wszystko spieprzysz.

To zabolało. Marsh mówił sobie, że to tylko pijackie gadanie. Nie odpowiedział.

– Och, spieprzaj stąd – powiedział Mick z odrazą. – Jestem teraz marynarzem na przepustce. Właśnie przeleciałem kobitkę, teraz się porządnie upiję, a potem wyrzygam. Potem wrócę na okręt, do pozostałych. A jutro albo pojutrze wracam na morze, szukać Japońców, i powybijam ich wszystkich.

– A Gloria?

– Co z Glorią?

– Co się z nią stanie?

– Stanie? O czym ty, do diabła, pieprzysz? A, rozumiem. Jesteś dżentelmenem, a ona jest damą. No dobra. Oto, co stanie się z Glorią. Pójdzie do klasztoru, założy habit i podaruje resztę swojego życia Chrystusowi, żeby zmazać plamę na swoim świętym honorze, która powstała, gdy na jej drodze stanął gość, słusznie nazywany przez wszystkich Bestią!

Marsh wstał i odwrócił się, żeby odejść.

– Pieprzyć twoje szlachetne serduszko, Ślicznotko – zawołał za nim Mick. – Ona jest kobietą, a nie świętą, tak jak one wszystkie. Są kobietami, po pierwsze i po ostatnie. Wszystko inne, miłość, romanse, to tylko twoja wyobraźnia. Bóg sprowadził je na ziemię, żebyśmy mogli się mnożyć, nic więcej.

Marsh zawrócił i spojrzał na niego. Mick wyszczerzył nagle zęby.

– O, takie spojrzenie powinieneś ćwiczyć, tygrysku. Spojrzenie, które mówi: mam ochotę cię zabić. Ćwicz codziennie przed lustrem. Pomyśl o tym, jak Gloria jęczała pode mną, jeśli ci to pomoże. Potem przyjdzie taki dzień, kiedy spojrzysz śmierci w oczy, i wtedy będziesz mógł wykorzystać to spojrzenie. Czasami zdarza się, że i śmierć spuści wzrok. A teraz spadaj stąd. Chcę się odlać.

Gloria siedziała na parkowej ławce na skraju Hospital Point, słuchając głosu trąbki, emitowanego przez radiowęzeł z centrali w Hickam. Zapadała noc, holowniki wpływały do zatoki, strumień samolotów, przelatujących nad Hickam, się przerzedził. Próbowała nie patrzeć w kierunku ciemniejącego wraku „Arizony", oświetlonego przez latarnie na wyspie Ford. Usunięto z niego działa i potężną nadbudówkę; okręt wyglądał teraz jak martwe zwierzę, unoszące się na wodzie. Ciągle jednak pozostał grobowcem. Mówiono nieraz o wyciągnięciu wszystkich ciał, ale raport nurków potwierdził, że to niemożliwe. Uszkodzenia we wnętrzu wraku były zbyt duże, operacja byłaby zbyt niebezpieczna.

Siedząc na prawym końcu ławki, w ogóle nie widziała okrętu. Zapaliła drugiego papierosa, wmawiając sobie, że robi to tylko po to, żeby odpędzić komary, i patrzyła na migające światła boi nad kanałem. Bardzo się starała nie myśleć o niczym istotnym, a ostatnio papierosy szalenie jej w tym pomagały. Nie była w stanie odsunąć wspomnienia sylwestrowej nocy, a dzisiejsza kłótnia z Sally sprawiła, że narzucały się z tym większą siłą. Napięcie między nimi rosło od tamtego pamiętnego wieczoru. Wiedziała, że to głównie jej wina, i że będzie musiała niebawem rozwiązać problem albo poszukać nowej współlokatorki.

Usłyszała czyjeś kroki zbliżające się od strony kwatery głównej, zaciągnęła się ostatni raz i wyrzuciła papierosa do wody.

– No proszę, o wilku mowa – powiedziała na widok Sally.

– A więc jestem wilkiem?

– Myślałam właśnie, jak mam cię przeprosić za to, że byłam taka okropna. To wszystko moja wina, naprawdę mi przykro. Proszę cię, wybacz mi.

– To mi wystarczy – odparła Sally – nie musiałaś wyrzucać papierosa z mojego powodu.

– Stare nawyki – odparła Gloria – moja matka byłaby zdruzgotana, widząc, że palę w miejscu publicznym.

– Moja była zdruzgotana, gdy nie udało jej się wypalić trzech i pół paczki dziennie – odpowiedziała Sally – i to ją w końcu zabiło, w trzydziestym dziewiątym. Byłam nawet przy tym. Jak tam Superman? Nie widziałam, żebyście spędzali razem zbyt wiele czasu.

Gloria roześmiała się cicho. – Przypuszczam, że nigdy w życiu nie był tak zaskoczony, jak wtedy, na balu.

– Nie przywykł do tego, żeby ktoś nim pomiatał.

– Można powiedzieć, że dostał odprawę – powiedziała Gloria.

– Należało mu się po tym, jak lekko cię traktował. To musiała być dla niego niezła nauczka.

– Pewnie dlatego wróciłam na pełen etat na drugim oddziale, zamiast spędzać całe dnie na zebraniach. Jeśli się nad tym zastanowić, właściwie wyszłam na tym nie najgorzej.

– Chciałabym zadać ci delikatne pytanie – powiedziała Sally.

– Zobaczmy, czy uda mi się zgadnąć – odparła Gloria. – Czy jest jakaś biologiczna przyczyna, że codziennie rano wymiotuję w łazience, zanim ktokolwiek się obudzi?

– No cóż, o to właśnie chciałam zapytać.

Gloria westchnęła. – Czemu nie? – spytała, patrząc w ciemniejące niebo. – Dlaczego moje życie miałoby wyglądać niby normalnie, kiedy cały świat przewrócił się do góry nogami?

Sally nie odpowiedziała. Siedziały przez kilka minut w ciemnościach, po czym Gloria podjęła przerwany wątek. – I nie, nie szukam kogoś, kto pokątnie usuwa ciąże, jeśli to chciałaś wiedzieć.

– Masz zamiar urodzić to dziecko?

– Oczywiście, że tak. Dziecko nie zrobiło nic złego. Nie powinnam zabijać go z powodu własnych błędów życiowych.

– Jak sobie poradzisz? – spytała Sally. – To znaczy, kiedy się dowiedzą...

– To co zrobią? Wygnają mnie na Molokai, do obozu trędowatych? To nie jest zaraźliwe, nie było przynajmniej, kiedy ostatnio sprawdzałam. Mogę pracować do końca drugiego trymestru. Potem wezmę jakiś urlop zdrowotny. Kapelan mówi, że niedaleko jest klasztor katolicki – kobiety w takiej delikatnej sytuacji jak ja – niech mu Bóg błogosławi, tak się wyraził – mogą tam rodzić i oddawać dzieci do adopcji.

– No proszę – Sally nie zdobyła się na nic więcej.

– Najgorzej będzie w szpitalu. Pani Everest wreszcie dostała za swoje. Dała sobie przyprawić brzuch, jak pierwsza lepsza dziewczyna marynarza.

– Minie kilka miesięcy, zanim będzie widać – powiedziała Sally – może nawet więcej.

229

– No cóż, nikt z pewnością nic nie powie, ale wszyscy to pomyślą. Nawet jeśli nie pomyślą, będę myślała, że myślą. Żałuję tylko, że moje pierwsze dziecko nie było dzieckiem Tommy'ego. Rozmawialiśmy o tym, ale bał się, że skoro nadchodzi wojna, to coś może się wydarzyć. Cholera, miał rację.

– A kto, to znaczy, czy ty, o Boże, nie miałam na myśli...

Gloria się uśmiechnęła. Biedna Sally była naprawdę zażenowana. – Czy chociaż wiem, kto jest ojcem?

– Nie, nie, nie, nie to miałam na myśli, zupełnie – zaprotestowała Sally.

– Nie ma sprawy, Sal, uspokój się. Ja to wiem, nikt inny nie musi wiedzieć, a szczególnie nie muszą wiedzieć Marsh Vincent i Mick McCarty. Mają teraz wystarczająco dużo własnych kłopotów. To mój problem, a na razie także moja tajemnica. Reszta świata musi to przyjąć do wiadomości, czy się to komu podoba, czy nie.

Rozdział jedenasty

Mick chwycił drugi kubek kawy i opadł na krzesło w kącie sali odpraw; oficer wywiadu przygotowywał się właśnie do rozpoczęcia odprawy. Była tu cała eskadra, wentylator ledwie nastarczał świeżego powietrza. Na górze słyszał szuranie kabli – załogi pokładowe, zwane „koszulkami" z powodu różnokolorowych bluz, oznaczających funkcje, przygotowywały się do akcji. Latał z Ósmą już od siedmiu miesięcy, od czasu krótkiego pobytu w Pensacola. Na razie nie było najgorzej. Nie mógł liczyć na szybki awans, ale udało mu się, jak dotąd, nie wkurzyć nikogo ważnego. Jak dotąd.

Rozluźnił dłoń. Przede wszystkim słuchała go, choć wciąż nie wyglądała najlepiej. Chirurg lotnictwa dotrzymał słowa. Lekarze w Pensacola nie powiedzieli mu właściwie nic nowego – uraz mógł mu zapewnić zwolnienie ze służby lotniczej, jeśli miał jej dosyć; mógł też poddać się operacji, rehabilitacji, aby odzyskać sprawność przynajmniej częściowo. Mick wybrał to ostatnie – procedura okazała się dużo bardziej bolesna niż sam uraz. Znów zaczął pić, ale tempo operacji powietrznych sprawiało, że musiał mieć to pod kontrolą. Pozwolili mu wreszcie wrócić na wojnę i zaokrętować się na „Enterprise", który stał w porcie w Pearl w czasie świąt i Nowego Roku,

231

czekając, aż ofensywa na środkowym Pacyfiku rozkręci się na dobre. Nie był szczególnie cierpliwym i wyrozumiałym instruktorem, a dowódca jego eskadry szkoleniowej zaczynał już narzekać, że zbyt szczodrze rozdaje złe oceny. Mick oblewał nowych raz za razem, krytykując młodych pilotów za tchórzliwość i wyszydzając zasady panujące w dowództwie grupy szkoleniowej. Rozkaz przeniesienia przyszedł w samą porę.

Minęły dwa tygodnie, nim udało mu się zwiać z Pearl i załapać na „Enterprise". W rosnącym gwarze sali odpraw wspomniał wydarzenia nocy sylwestrowej. Gloria wróciła wreszcie do żywych; poczuł, że na samo wspomnienie tamtego szalonego wieczoru przebiega go dreszcz. Żałował przebiegu spotkania ze Ślicznotką Vincentem, no ale, Jezu, ten gość zawsze brał wszystko tak poważnie. „Zupełnie jakby spotkał się z Sir Galahadem i tłumaczył mu się z nocy spędzonej z lady Marion. Czy kim tam – pomyślał. – Może to była Ginewra". W każdym razie miał nadzieję, że ta mała blondwłosa pielęgniareczka postawi wreszcie tego biedaka do pionu, raz a dobrze. Marsh był XO, a walka miała niebawem rozpocząć się na dobre. Wiadomo było, że Japończycy będą walczyć do ostatniego człowieka, i najwyraźniej tego samego spodziewali się po Amerykanach. Teraz, kiedy piechota morska szła na Guam i Saipan, chodziły słuchy, że japońska flota wojenna może wyruszyć im na spotkanie, po tym jak zwiewała przed nimi przez większość czterdziestego trzeciego.

– Panowie – oficer wywiadu lotniczego stał na podium. Zgromadzeni w sali lotnicy zignorowali go. Dowódca eskadry, komandor Bill Blake, wstał, przyłożył dwa palce do ust i gwizdnął. Gdy rozmowy ucichły, skinął głową w kierunku oficera.

– Panowie – zaczął znowu sztywny komandor porucznik – japońska flota lotniskowców jest na pełnym morzu.

W sali rozległy się ciche okrzyki aprobaty.

– Jak wiecie, nasza grupa bojowa od dwóch dni odpiera ataki z powietrza. Góra nazywa to bombardowaniami wahadłowymi. Samoloty dolatują do nas z lotniskowców, potem wracają na najbliższą wyspę, biorą paliwo i amunicję, i bombardują nas znowu w drodze powrotnej na swoje okręty.

– Jest na to rada? – zapytał dowódca.

– Niespecjalnie, dopóki nie wiemy, gdzie ich szukać, dowódco – odparł tamten. – Na razie nie udało nam się zlokalizować lotniskowców nieprzyjaciela.

– Ale one wiedzą, gdzie jesteśmy my? – zapytał dowódca.

– Dopóki kręcimy się w pobliżu Saipan, wygląda na to, że tak. Wysłaliśmy na zwiady okręty podwodne, mają zrobić po trzysta pięćdziesiąt mil, w każdej chwili możemy więc spodziewać się meldunku. Wasi kumple z myśliwców mają już zajęcie, ale wy, chłopcy, nie wyruszycie, dopóki nie dostaniemy rzetelnego potwierdzenia.

– Wiemy, że przylatują z zachodu – może powinniśmy po prostu ruszyć w tamtą stronę, tak jak oni pod Midway, i znaleźć sukinsynów? – zapytał Blake.

– Admirał Spruance nie zapomniał jeszcze, jakie prezenciki przywieźli dla nas pod Midway. Nie chce wplątać się w bitwę pancerniki kontra lotniskowce. Jego misją, naszą misją jest ochrona tych, którzy lądują na Saipan.

– Ale, cholera, mamy siedem ciężkich i osiem lekkich lotniskowców. Chyba moglibyśmy kilka z nich wypchnąć na polowanie? Pod Midway mieliśmy łącznie tylko trzy.

– Dowódco – powiedział oficer wywiadu – takie decyzje zapadają dużo wyżej, niż sięga mój poziom kompetencji, rozumie pan? Na razie proszę pozwolić, że pokażę panom, jak, według naszego rozeznania, są uzbrojeni.

Powiesił na ścianie arkusz papieru, co wywołało ciche gwizdy w przednich rzędach, które zajmowali starsi oficerowie eskadry. Mick ze swego miejsca nie widział dobrze arkusza, ale wydawało się, że jest gęsto zapełniony.

– Pięć ciężkich lotniskowców, cztery lekkie, pięć pancerników, stadko ciężkich krążowników i niszczycieli. Praktycznie cała ich tak zwana Flota Powietrzna. Łącznie sześćset, może siedemset samolotów, razem z tymi, które czekają na lądzie. Na tę informację w sali zapadła cisza. Eskadry myśliwców z trzech pobliskich grup bojowych przez cały ranek odpierały ataki z zachodu i z północy. Jak dotąd tylko kilka japońskich samolotów przedostało się przez kordon, w tym jeden, który omal nie zdołał trafić Wielkiego E[11].

– Jak już mówiłem, bombowce nie wyruszą, dopóki nie będziemy wiedzieli na pewno, gdzie znajdują się lotniskowce nieprzyjaciela.

– Stracony dzień – powiedział komandor Blake – jest już piętnasta. Jeśli mielibyśmy zrobić dzisiaj kilkaset mil w tę i z powrotem, kąpiel mamy jak w banku.

– No cóż, będę strzelał – zaczął oficer, co wywołało salwy śmiechu. Dowódca machnął ręką i śmiechy ucichły.

– Nie przypuszczam, żebyście mieli dziś jeszcze gdziekolwiek polecieć. Jeśli was to pocieszy, mogę powiedzieć, że myśliwce zadają Japońcom naprawdę ogromne straty, możecie mi wierzyć – ogromne. Siedemdziesiąt samolotów tutaj, trzydzieści tam, trzydzieści siedem z czterdziestu dwóch nad Guam, mówimy o takich liczbach. Nawet według standardów przeciętnego pilota myśliwca to jednak jest dużo.

Znowu wybuchł śmiech. Piloci myśliwców byli znani z wyolbrzymiania swoich sukcesów – nagrania z kamer przymocowanych do działek bezlitośnie obnażały tę słabostkę. Piloci bombowców, dla odmiany, byli zawsze skrupulatni aż do bólu. Każdy zatopiony okręt musiał należeć do klasy krążowników, jeśli już nie pancerników.

---

[11] „Big E" – pieszczotliwa nazwa, używana przez żołnierzy w stosunku do USS „Enterprise".

– Jak by nie było, jeśli choć połowa z tego, co opowiadają piloci, jest prawdą, gdy już znajdziemy Flotę Powietrzną, nie powinniśmy mieć z nią przesadnych trudności.

„Łatwo ci powiedzieć" – pomyślał Mick. Oficerowie wywiadu stali za nimi murem – z reguły daleko, daleko za nimi, kiedy zaczynało się robić naprawdę gorąco. Wiele zależało od tego, czy myśliwce będą mogły wystartować wraz z nimi. Jeśli nie, kilkaset Zer broniących japońskich lotniskowców mogło stanowić dla nich ciężki orzech do zgryzienia.

Oficer przekazał informację o spodziewanych na Marianach warunkach pogodowych na kolejne dwa dni oraz streścił ogólny plan działania. Podkreślił, że admirał Spruance nie zostawi swoich marines bez ochrony, co oznaczało, że lotniskowce amerykańskie będą się trzymały w pobliżu sił inwazyjnych. To z kolei znaczyło, że kiedy już dostaną zielone światło do akcji, czeka ich długi lot, na dystansie co najmniej dwustu mil, może więcej. Mogli być pewni, że dotrą do celu. To, czy uda im się wrócić, stało pod znakiem zapytania.

Po zakończeniu odprawy dowódca wstał. – Chłopcy, nikt z nas nie jest tak naprawdę przygotowany do nocnych lotów, a to znaczy, że dziś już za późno na pogoń za lotniskowcami. Nie zdołają długo ukrywać tak wielu okrętów, niebawem na nich ruszymy. Kładźcie się wcześnie spać, żebyście byli gotowi o brzasku.

Tej nocy, w jednej z dwóch kwater starszych oficerów, Mick słuchał, jak piloci myśliwców przechwalają się sukcesami dnia. Twierdzili, że był to dla nich najlepszy dzień wojny, że zestrzelono lub zniszczono na ziemi dosłownie setki japońskich samolotów przy stosunkowo niewielkiej liczbie własnych ofiar. Grupy bojowe skierowały się wreszcie na zachód, na poszukiwanie japońskich lotniskowców, i wszystko wskazywało na to, że już jutro swoje święto będą mieli piloci bombowców.

Cała eskadra zgromadziła się w sali odpraw już o siódmej, czekając na krótką odprawę i rozkaz wylotu. Wszyscy piloci myśliwców, obecni na pokładzie, ruszyli już o brzasku, kierując się do swoich stacji patrolu powietrznego, oddalonych o siedemdziesiąt mil od Wielkiego E. Dla pilotów Ósmej ten dzień miał być jednak kolejnym dniem wielkiej klapy. Myśliwce wróciły i wyruszyły ponownie, liczba zgłoszonych akcji bojowych jednak znacznie spadła. Oficer wywiadu przychodził do sali odpraw dwukrotnie, by poinformować ich, że wciąż czekają na informacje o pozycji japońskich lotniskowców. O trzynastej Mick poszedł się zdrzemnąć do swojej kajuty. O czternastej trzydzieści nadeszło z sali odpraw wezwanie: jeden z okrętów podwodnych namierzył japońską Flotę Powietrzną na tyle precyzyjnie, że start bombowców wyznaczono za godzinę. Zgłoszono zatopienie jednego lotniskowca, chmara pozostałych czekała, aby zajęły się nimi amerykańskie wojska.

Mick wstał, przemył twarz, przygotował ekwipunek i wrócił do sali odpraw. Ostatnia odprawa była krótka, a rozkaz napawał optymizmem: mają kierować się na zachód i południowy zachód, dwieście osiemdziesiąt mil stąd czekają Japończy. Na nakolannikach zapisali częstotliwości i sygnały wywoławcze; warunki pogodowe w obszarze, do którego zmierzali, określono jako CAVU[12]. W ataku uczestniczą wszystkie amerykańskie lotniskowce. Jakieś pytania?

Był tylko jeden problem, o którym nikt nie chciał wspominać. Wiadomo było, że zanim wrócą, zacznie robić się ciemno. Mick czekał, aż ktoś powie głośno to, co było oczywiste: nocny odwrót po ataku, a potem długi lot powrotny gwarantowały niejeden wypadek w powietrzu. Teoretycznie wszyscy piloci mieli kwalifikacje do nocnych lotów, w praktyce jednak były one potwierdzone wyłącznie w eskadrach wyspecjalizowanych. Wszyscy przechodzili ćwiczenia nocne na dobrze

---

[12] CAVU – *Clear Air, Visibility Unlimited* – powietrze przejrzyste, widoczność nieograniczona.

oświetlonych polach w Pensacola, ale zasadniczo obsady lotniskowców marynarki wojennej atakowały wyłącznie w ciągu dnia. Jedna kraksa na pokładzie, przed stadem bombowców czekających na swoją kolejkę, żeby wrócić do kurnika, mogła wykończyć całą grupę powietrzną, co jakże obrazowo opisał niegdyś komandor Oxerhaus. Nikt nie powiedział ani słowa. Niewypowiedziane pytanie zawisło w powietrzu.

– Piloci bombowców przechodźcie do swoich samolotów – rozległo się w głośnikach.

Dowódca Blake wstał. – No dobra, chłopaki, macie szansę na powtórkę z Midway. Zróbcie wszystko, żeby ich dopaść.

Gdy Mick zakładał spadochron i kamizelkę ratunkową, podszedł do niego jeden z dwóch chorążych eskadry, Georgie White. On i Mick zostali kumplami przy karcianym stoliku.

– Mick – powiedział. – Ja chyba nie dam rady.

– Nie dasz rady polecieć, czy wrócić na pokład? – zapytał Mick.

– Nocne lądowanie – powiedział Georgie – ja tego nie zrobię. Wiem, że tego nie zrobię.

– Rozmawiałeś z dowódcą?

– Tak – odparł Georgie.

– Co ci powiedział?

– Że jeśli skrewię, będę tego żałował przez resztę życia.

– To dopiero pomógł.

– Cholera, wiem, o co mu chodzi. Ale reszta mojego życia będzie bardzo krótka, bo ono się skończy przy pierwszym podejściu do nocnego lądowania. Ledwo zdałem w Pensacola, nawet mój instruktor powiedział, że gdyby nie wojna, oblałby mnie z miejsca.

Mick spojrzał na swoje nakolanniki. – Słuchaj, Georgie. Wysyłamy kilkaset bombowców na japońskie lotniskowce. Jeśli można wierzyć tym samochwałom z myśliwców, a na nich trzeba jednak zawsze brać poprawkę, nie będą w stanie zbytnio się bronić.

237

– Wiem, wiem.

– Ale wszyscy będziemy wracali na resztkach paliwa, w cholernych ciemnościach. Jeśli jeden gość rozwali się przy lądowaniu, wszyscy skończymy w zupie.

Georgie skinął głową.

– Jeśli rzeczywiście jesteś przekonany, że nie dasz rady, nie rób tego. Nie zabijaj siebie i swojego strzelca.

– Zabiorą mi stopień, Mick.

– To zajmiesz się czymś innym. Albo pojedziesz do domu. Zrobiłeś już swoje.

– Jezu, człowieku, nie mam pojęcia, co robić.

– Chcesz mojej rady? Idź do dowódcy, powiedz, że chcesz się wycofać, że nie chcesz ugotować pozostałych chłopaków, bo wiesz, że nie dasz rady wylądować w nocy. Taka jest prawda?

– No, tak, tak myślę.

– No właśnie, Georgie. Nikt nie może cię winić za to, że powiedziałeś prawdę. Dowódca może robić z tego wielkie halo, ale tak naprawdę to po prostu tylko kolejny atak. Muszę się zbierać.

Mick poszedł na pokład, by wsiąść do samolotu. „Wielki E" zdążył już ustawić się odpowiednio do kierunku wiatru, który wiał teraz na pokładzie z względną prędkością czterdziestu pięciu węzłów. Obsługa pokładowa krzątała się, dając znaki kolejnym samolotom – piloci rozkładali i blokowali skrzydła, a następnie kołowali, by ustawić się w szeregu. Liny flag sygnałowych były wyprężone na wietrze; łopoczące na nich flagi wskazywały rozkaz: „Rozpocząć operację powietrzną".

Jego strzelec, bosman Jimmy Sykes, siedział już w środku. Pod kadłubem podwieszona była tysiącfuntowa bomba, zdolna przebić opancerzenie. Oprócz tego do skrzydeł przymocowane były jedynie dwa dodatkowe zbiorniki z paliwem. Otaczały go dwadzieścia trzy inne bombowce, niektóre z nich dostały już sygnał, by kołować do linii startowej. Pozostałe czekały na swoją kolej wśród kłębów błękitnawego dymu. Niszczyciele, trzymające się za lotniskowcem, migotały w słońcu. Mick rozejrzał się, sprawdzając, gdzie jest Georgie, nie dostrzegł go jednak. Pokładowy zamachał do niego, opuścił więc limuzynę i przygotował się do lotu.

Godzinę i czterdzieści minut później dostrzegli pierwsze kilwatery i japońskie okręty, które na ich widok zaczęły zataczać koła. Z wysokości piętnastu tysięcy stóp wyglądały jak maleńkie czarne kropki na powierzchni granatowego morza; jaskrawobiałe linie kilwaterów wskazywały niezbicie, gdzie się znajdują. Nie było żadnych myśliwców. Mick musiał przyznać niechętnie, że choć raz chłopaki z myśliwców mówili prawdę. Widział pod sobą ogień artylerii przeciwlotniczej, czerwone płomienie i czarne kłęby dymu. Na sygnał zrzucili dodatkowe zbiorniki z paliwem.

Komandor Blake odezwał się przez radio, kazał pilotom uzbroić się i poprowadził do ataku na największy lotniskowiec. Jeden po drugim bombowce odwracały się w locie, po czym schodziły w dół.

– Wygląda to znajomo – mruknął Mick do siebie.

– Spójrz na te wszystkie cholerne okręty! – zawołał strzelec Sykes.

– Uważaj, Jimmy – odparł. Podniósł klapy i ruszył przed siebie.

Schodził lotem nurkowym jako siódmy, nad lotniskowcem unosił się już dym. Zobaczył ogromne fontanny wody, rozpryskującej się po obu burtach okrętu, i łunę ogromnego pożaru na pokładzie startowym. Raczej poczuł, niż zobaczył ogień dział przeciwlotniczych, umieszczonych na pokładach niszczycieli i krążowników eskortujących lotniskowiec, z pewnością jednak dostrzegł, że bomba spuszczona przez samolot lecący przed nim trafiła w pokład startowy. Zobaczył chmurę pyłu i kurzu, a potem nastąpiła potworna eksplozja – cały pokład podskoczył i zamienił się w kulę pomarańczowego ognia.

Mick odbił się do góry i zawrócił. Dauntless zatrzeszczał pod ciężarem ogromnej bomby, gdy skręcił w lewo, starając się wyrównać lot.

Nie ma sensu marnować kolejnej bomby na to cacko, pomyślał. Trafiony, zatopiony. Rozglądał się właśnie za nowym celem, gdy dowódca zgłosił się przez radio, wzywając eskadrę, by skierowała się na zachód, w poszukiwaniu kolejnego lotniskowca. Mick dostrzegł jednak jakiś okręt, wyłaniający się spośród mgły. Był zbyt nisko, na dziewięciu tysiącach stóp; widział wokół błyski dział przeciwlotniczych. Zwrócił uwagę, że okręt nie zatacza kręgów. Zamiast tego odpływał na północny wschód, jak gdyby próbując uciec, zamiast bronić lotniskowca.

Mick błyskawicznie podjął decyzję. Zamiast podążyć za eskadrą, skierował się wprost na okręt i zanurkował; pokład ogromniał przed jego oczami – to był najprawdopodobniej ciężki krążownik. Nastawił celownik dauntlessa na prawo, na dziób okrętu, zszedł do czterech tysięcy stóp i spuścił bombę.

Natychmiast odbił na prawo i do góry, chcąc wyrównać lot przed okrętem, wydostać się z obszaru walki i podążyć za eskadrą.

– Jasna cholera! – krzyknął Sykes przez głośnik.

– Dostałem go? – zapytał Mick, z trudem otwierając usta; przeciążenie sprawiło, że czuł nacisk na twarz, miał zaburzenia widzenia.

– O Boże, TAK – powiedział Sykes. – Popatrz tylko!

Mick wyrównał lot na wysokości około dwustu stóp nad poziomem morza, odbił w prawo i popatrzył na swój krążownik. Zobaczył słup czarnego dymu, czerwone i pomarańczowe płomienie tam, gdzie jeszcze przed chwilą płynął okręt.

Znów skręcił w prawo i zbliżył się do niego, opuścił dziób i zaczął strzelać z przednich działek. Nie obchodziło go, czy cokolwiek uszkodzi. Chciał jedynie, żeby kamery zarejestrowały to, co stało się z japońskim krążownikiem. Lecieli przez gęstniejącą chmurę dymu i ognia; samolot podskakiwał z powodu turbulencji, spowodowanych wysoką temperaturą. „Musiałem trafić w magazyn – pomyślał. – Po prostu zmiotło go z powierzchni morza".

Ponownie nabrał wysokości i się rozejrzał. Flota japońska była rozproszona; coraz to nowe bombowce amerykańskie spadały z nieba, przeszywając powierzchnię morza potężnymi pociskami. Wśród białych obłoczków unoszących się nad falami gęstniało kilka kolumn czarnego dymu. Spojrzał na wskaźniki paliwa i pociągnął za dźwignię przepustnicy. Zrzucił bombę, nie miał tu już nic do roboty. Czas wrócić do eskadry, a potem skierować się z powrotem na pokład lotniskowca. Rozejrzawszy się, uświadomił sobie, że słońce zachodzi. Spojrzał na radio, by upewnić się, że ma ustawioną właściwą częstotliwość.

Kilka minut później usłyszał, jak komandor Blake dyscyplinuje swoje owieczki, które tymczasem pozbyły się pocisków. Mick słuchał przez kilka minut, patrząc na smugi kondensacyjne widoczne na północy, a potem ruszył w kierunku stadka. Był wdzięczny losowi, że w pobliżu nie widać ani jednego Zera. Piętnaście minut później dołączył do pozostałych bombowców Ósmej. Dwóch brakowało. Te, które znalazły się w miejscu zbiórki, uformowały eszelon i zgłaszały się teraz do dowódcy.

– Gdzie byłeś, McCarty? – zapytał komandor Blake.

– Dorwałem krążownik – odparł Mick – czekałem w kolejce za lotniskowcem, ale wyleciał w powietrze, ruszyłem więc na polowanie.

– My też, McCarty – powiedział Blake – stęskniliśmy się za tobą.

Cholera, pomyślał Mick. Będzie gadanie. Rzeczywiście, powinien był lecieć za nimi.

Niebo na wschodzie z każdą chwilą ciemniało coraz bardziej.

– Czy mamy kłopoty, poruczniku? – zapytał Sykes przez głośnik. Miał na głowie słuchawki telefonu – jedna z nich ustawiona była na łączność wewnątrz samolotu, druga – na częstotliwość taktyczną, przypisaną eskadrze.

– Czy kiedyś ich nie mieliśmy, Jimmy?

W drodze powrotnej nie rozmawiano zbyt wiele. Piloci koncentrowali się na stanie paliwa i myśleli o czekającym ich lądowaniu. Mick polecił Sykesowi, by wydobył listę kontrolną procedur, które musieli zrealizować w przypadku ewentualnego wodowania, i przypomnieli sobie wszystkie punkty. Podczas kolejnej godziny, która pozostała im do zakończenia lotu, dowódca przedstawił kolejność lądowań, biorąc pod uwagę ilość paliwa, jaką mają do dyspozycji poszczególni piloci. Z „Enterprise" nadszedł komunikat, że lotniskowiec kieruje się na zachód, by zmniejszyć odległość dzielącą go od samolotów; wszyscy jednak wiedzieli, że mimo to będą musieli podchodzić do lądowania w ciemnościach.

Mick znalazł się na końcu listy – nie brał udziału w polowaniu na inne lotniskowce wraz z resztą eskadry, miał więc największy zapas paliwa. Teraz, gdy podniecenie opadło, zdawał sobie sprawę, że należało pozostać z eskadrą. To było po prostu logiczne, pomyślał. Fakt, że nie było sensu marnować bomby na okręt stojący w płomieniach, fakt, że obrócił drugiego Japończyka w perzynę. Wiedział jednak, że jego reputacji w Ósmej ten wyczyn nie poprawi. Sykes uprzedzał go już dawniej, że niektórzy piloci eskadry nazywają go Samotnym Strażnikiem[13]. Służyło tu kilku kolesi z „Yorktown", którzy dochrapali się szefowania; zadbali o to, żeby stał się znany jako indywidualista, zanim się jeszcze pojawił. Był też starszy od większości pilotów, którzy uzupełnili braki kadrowe w Ósmej.

Któregoś dnia słyszał, jak dwaj podchorążowie użyli określenia „dziwna sprawa", mówiąc o tym, że Samotny Strażnik

---

[13] *Lone Ranger* (eng.) – Samotny Strażnik z Teksasu; postać z popularnego amerykańskiego westernu.

jako jedyny przeżył katastrofę transportu medycznego pod Guadalcanal. Zaczepił ich wtedy; natychmiast przybrali oficjalne pozy. Następnego dnia kazał Sykesowi namalować białego konia na boku samolotu. Potem ostatecznie zamknął się w swojej skorupie – latał najlepiej, jak potrafił, ale w eskadrze trzymał się z boku. Zostawili go w spokoju; nie miał nic przeciwko temu. Pod Midway zatopił lotniskowiec, dziś – krążownik. Mogli gadać za jego plecami, ile tylko chcieli, ale nie mogli pozbawić go tych osiągnięć; obraz zarejestrowany przez kamerę poprze jego słowa. Do diabła z nimi, jeśli nie mają poczucia humoru.

Dowódca odezwał się przez radio, mówiąc, że dotarli do punktu spotkania z lotniskowcami. W życiu bym nie zgadł, pomyślał Mick, wpatrując się w widoczną pod samolotem czarną otchłań.

Księżyc nie świecił; światło gwiazd było mocno przyćmione przez sunące wysoko po niebie chmury. Wszyscy marzyli już tylko o tym, żeby znaleźć się w domu; w jakimkolwiek domu. Dowódca nakazał dziesięciu samolotom ze swej eskadry, by zaczęły krążyć na wysokości ośmiu tysięcy stóp, a następnie zgłosił manewr do „Enterprise". Słyszeli, że inne eskadry robią to samo; niebawem na częstotliwości Mayday zabrzmiały pierwsze meldunki o wodowaniu. Nagle wszędzie, wokół rozbłysło światło. Wszystkie wielkie lotniskowce włączyły czerwone i białe reflektory pokładowe; szperacze wycelowano w powietrze, by służyły jako latarnie sygnałowe dla powracających. Wyglądało to trochę jak uroczysta premiera w Hollywood, i napawało otuchą. Mick zastanawiał się, kto miał dość odwagi, by podjąć tę decyzję. Prawdopodobnie admirał Mitscher, Spruance nie był lotnikiem. Oczywiście, gdyby w pobliżu czaiły się japońskie łodzie podwodne, zamieniłyby lotniskowce w perzynę.

– Ósma, tu Wielki E, macie czystą drogę – rozległo się przez radio. – Podawajcie stan paliwa.

Zgłosił się komandor Blake, który odczytał listę kolejności lądowań według numerów bocznych i nakazał pierwszemu pilotowi, by rozpoczął podejście. Pozostali mieli zejść na pięć tysięcy stóp powyżej poziomu podejścia, które mieli zaczynać na wysokości jednego tysiąca nad powierzchnią morza.

– Który jest nasz? – zapytał Sykes ze stanowiska strzelca.

– Cholera, nie mam pojęcia – odparł Mick – chyba ten. Ale jeśli będziemy musieli, wyląduję na pierwszym, który się do mnie uśmiechnie.

Sykes roześmiał się. – Wio, Silver![14] – powiedział.

Jako pierwszy do lądowania miał podchodzić jeden z podchorążych. Mick obserwował, jak światła na jego skrzydłach zbliżają się coraz bardziej do krawędzi pokładu lotniskowca – zapewne Wielkiego E – i przesuwają się tuż nad pokładem, by przelecieć na drugą stronę lotniskowca.

– Przeleciałeś, przeleciałeś – odezwał się głos w radiu – próbuj jeszcze raz, dwa dziewięć. Następny w kolejce, wstrzymaj się na razie.

Dwa dziewięć, pomyślał – to Georgie. Siedząc jak na szpilkach, Mick patrzył, jak pilot zawraca w lewo, ponownie wykonuje podejście; tym razem na oko szło mu całkiem nieźle, aż do chwili, gdy wylądował, krzesząc iskry, obok mostka na burcie, przechylił się na bok i wpadł do morza. Jeden z niszczycieli eskortujących natychmiast podpłynął bliżej, kierując reflektory w miejsce, gdzie samolot pogrążył się w morzu; Mick jednak widział jedynie kłęby pary i dymu, unoszące się nad wodą obok szerokiego kilwateru okrętu. „Georgie, Georgie – pomyślał. – Trzeba było mnie posłuchać".

– Sygnalizacja pokładowa, sygnalizacja pokładowa, trzy jeden, zaczynaj podejście.

Cholera, pomyślał Mick. Normalnie zamknęliby pokład, żeby sprawdzić aerofinisze i sprzątnąć śmieci. Numer trzy jeden musi chyba lecieć na samych oparach.

---

[14] Silver – imię konia, należącego do Samotnego Strażnika.

Trzy jeden wylądował za pierwszym podejściem. Trzy sześć dwa razy nie złapał liny i wreszcie kazano mu wodować w pobliżu drugiego niszczyciela – przy drugiej próbie stracił część podwozia. Dowódca wylądował po pierwszej próbie, ale następnemu pilotowi zabrakło paliwa podczas podejścia, stracił sterowność i zwalił się wprost w kilwater lotniskowca, nie zdążywszy nawet rozpocząć procedury wodowania.

Jasny gwint, pomyślał Mick, to nas będzie kosztowało więcej samolotów niż dzisiejszy atak. Nagle jego uwagę przyciągnął świetlny błysk gdzieś w kierunku północnym, potem drugi i kolejne. Gdy zastanawiał się, co to właściwie ma oznaczać, jeden z nich rozświetlił niebo i okolicę blaskiem eksplozji, wybuchając około dziesięciu tysięcy stóp nad Wielkim E. Ktoś naprawdę igra dzisiaj z losem, pomyślał Mick. Patrzył, jak rakieta sygnalizacyjna opada między czekającymi samolotami; tymczasem w niebo wzbiła się kolejna. Noc zamieniła się w dzień; kolejne trzy samoloty wylądowały bezpiecznie przy pierwszym podejściu. Nadeszła jego kolej.

– Teraz my, Jimmy – powiedział – trzymaj się.

Zszedł przed rufę lotniskowca, obserwując podświetlone chorągiewki w dłoniach oficera sygnałowego na pokładzie. W ostatniej chwili, gdy miał już rozpocząć lądowanie, flara oświetlająca pokład „Enterprise" zgasła. Powinna pojawić się następna. Jednak tak się nie stało i w krytycznej chwili Mick stwierdził, że został całkowicie oślepiony. Przez ułamek sekundy widział jeszcze działa pięciocalowe zamontowane na sterburcie; potem wylądował ze straszliwym łomotem. Odruchowo dodał gazu – była to standardowa procedura w przypadku, gdy nie udało się złapać liny; w kolejnej chwili przeleciał nad dziobem i znalazł się nad atramentowoczarną powierzchnią oceanu.

Wciąż lecąc z pełną prędkością, podniósł dziób i przygotował się na uderzenie o wodę, ale dauntless zdołał wspiąć się do góry na tyle, że mógł wyrównać lot, nabrać prędkości i odetchnąć.

– Dwa siedem, stan paliwa?

– Dwa siedem, mam dość na jeszcze jedno podejście, może dwa – zawołał Mick

– Zrozumiałem, dwa siedem, rób swoje. Masz zielone światło na pokładzie.

– Dwa siedem – odparł Mick, aby potwierdzić przyjęcie rozkazu. – Wszystko w porządku tam z tyłu, Jimmy? – zawołał do strzelca. Wydawało mu się, że czuje zapach spalin.

– Eeee, tak jest, ale mamy problem, zdaje się. Coś nam się urwało, gdzieś za oparciem mojego fotela. Jest tu dość wietrznie.

– Dwa siedem, tu szef.

– Dwa siedem?

– Dwa siedem, znaleźliśmy wasz tylny hak na pokładzie. Proszę wybrać sobie niszczyciel i wodować obok niego, poruczniku.

Jasny gwint, pomyślał Mick. Mam tyle paliwa, ile mi potrzeba, a mimo to muszę wodować. Cholera!

– Dwa siedem, zrozumiałem – potwierdził. Opuścił strefę lądowania i zaczął rozglądać się za niszczycielem. Wokół lotniskowca krążyło ich mnóstwo. Wciąż nie widział zbyt dobrze, ale jednak z każdą chwilą coraz lepiej. Gdzieś nad nim eksplodowały kolejne flary. „Gdzie byłyście, kiedy was potrzebowałem?" – pomyślał z goryczą.

– No dobra, dzielny żołnierzu – powiedział – zaczynamy wodowanie. Sprawdź kamizelkę, włącz latarkę i popchnij oparcie mojego fotela. Uwaga na limuzynę.

Mick włączył światła lądowania i przeleciał obok niszczyciela, około trzech mil od bakburty Wielkiego E. Widział mężczyzn krzątających się na pokładzie przy łodziach motorowych, inni zgromadzili się przy żurawiku.

– Jeśli uda mi się zrobić to prawidłowo, uderzymy o wodę płasko, a potem dziób się zanurzy. Musisz się wydostać na jed-

246

ną lub drugą stronę i odpłynąć od niego. Jeśli nas obróci, płyń za pęcherzykami powietrza i nie napełniaj kamizelki, dopóki nie oddalisz się od samolotu. Będzie jak na szkoleniach, tylko więcej hałasu, łapiesz?

– Łapię, szefie. Tylko nisko i powoli, proszę.

– Nisko, powoli i płasko – powiedział Mick i opuścił klapy. Wciąż leciał na wysokich obrotach, aby czysto wejść do wody.

Przeleciał obok niszczyciela, nie gasząc świateł, aby mogli go odnaleźć w ciemnościach. Dowódca, widząc, że ma zamiar wodować obok sterburty, skierował na wodę dodatkowe reflektory, aby dać Mickowi punkt odniesienia.

Chłopcy mają wprawę, pomyślał Mick. Odbił na lewo, zawracając, wyrównał lot około pół mili za okrętem i zaczął zwalniać. Chodziło o to, żeby wyłączyć silnik tuż nad wodą, z dziobem skierowanym leciutko do góry, na wysokości niszczyciela. Skręcił po raz ostatni.

Zbliżając się do okrętu, widział, że leci za szybko, o wiele za szybko. Jeśli teraz zgasi silnik, wyląduje daleko przed niszczycielem, a jeśli mieli zostać uratowani, liczyła się każda minuta. Przyspieszył bardziej i znów zawrócił. Dopóki miał paliwo, mógł przymierzać się dowolnie długo.

Drugie podejście było lepsze. Zaczął schodzić nisko dużo wcześniej; tym razem poczuł, jak wielki bombowiec drży, wytracając prędkość kilkaset jardów za okrętem. Czekał do momentu, gdy powierzchnia wody znikła z pola widzenia, a potem powoli przesunął dźwignię do tyłu. Chwilę później samolot uderzył o wodę z głuchym hukiem i natychmiast obrócił się do góry nogami. Do otwartej kabiny wdarła się woda. Mick odczekał przepisowe trzy sekundy, by samolot ustabilizował się na wodzie, odbezpieczył pasy i wyprysnął ze swojego siedzenia, tak jak to robił dziesiątki razy podczas szkolenia w akademii. Sekundę później uderzył głową o skrzydło, a potem wypłynął na powierzchnię. Napełnił kamizelkę ratunkową.

Rozejrzał się, szukając Jimmy'ego, ale nigdzie go nie widział, zaczął więc wołać go po imieniu. Samolot zanurzał się powoli, stojąc teraz w pionie; widział jeszcze godło w kształcie gwiazdy, wymalowane w pobliżu ogona. Światła lądowania nadal paliły się pod wodą, uwydatniając sylwetkę samolotu na tle zielonkawej toni. Pływał wokół ogona, wykrzykując imię Jimmy'ego, ale nie mógł go znaleźć. Przez ułamek sekundy wydało mu się, że widzi jego ramię w zielonkawej otchłani pod samolotem. Cholera! Nadal siedział w kokpicie strzelca. Mick zanurkował, by go wydobyć, i w tej samej chwili światła zamrugały i zgasły, a samolot osunął się w głębinę Morza Filipińskiego, odpychając Micka ciężarem statecznika wysokości. Gdy wynurzył się znów na powierzchnię, wypchnięty przez nadmuchaną kamizelkę, zobaczył obok siebie burtę okrętu i las wyciągniętych rąk. Wbrew sobie pozwolił im wciągnąć się na pokład łodzi ratunkowej.

Cholera, pomyślał. Diabli, diabli, diabli!

– Co takiego, poruczniku? – zawołał młody podchorąży w kapoku, przekrzykując ryk silnika łodzi. – Wszystko w porządku? Jest pan ranny?

– Jeszcze nie – mruknął Mick. – To tylko moja prawa dłoń. I mój strzelec.

Pozwolił usadzić się na dnie łodzi. Ktoś zarzucił mu na ramiona wilgotny koc. Chciał prosić, aby rozejrzeli się za Jimmym, wiedział jednak, że nie ma to już sensu. Miejsce wodowania było oświetlone jaskrawym, białym światłem reflektorów; stalowoszara burta niszczyciela zbliżała się z każdą chwilą. Gdyby Jimmy wypłynął na powierzchnię, zobaczyliby go.

Mick zamknął oczy, czując gwałtowny przypływ łez. Nie był Samotnym Strażnikiem. Był pieprzonym Jonaszem we własnej osobie. Zupełnie jak w tamtym samolocie transportu medycznego.

Następnego dnia Mick siedział przed nieoficjalną komisją śledczą eskadry, zdając raport z wydarzeń poprzedniego dnia. Komisja składała się z trzech oficerów – zastępcy dowódcy Ósmej i dwóch komandorów poruczników z drugiej eskadry bombowej „Enterprise". Przy drugim końcu stołu siedział podoficer kancelaryjny, notując zeznania. Komandor Blake i asystent dowódcy operacji lotniczych znajdowali się w pomieszczeniu w charakterze milczących obserwatorów.

Gdy Mick skończył, poproszono go, aby wyjaśnił, dlaczego utracił kontrolę nad samolotem w ostatniej chwili podczas lądowania, i co jego zdaniem mogło się stać ze strzelcem. Mick wiedział, że celem przesłuchania jest zgromadzenie faktów, zanim zatrą się one w pamięci uczestników zdarzenia, a nie obarczenie go winą za oderwanie haka i utratę strzelca podczas wodowania. Opisał więc flarę, która go oślepiła, a następnie zgasła akurat w chwili, gdy potrzebował jej najbardziej. Potem opowiedział o samym wodowaniu.

– Czy podoficer Sykes został ranny podczas ataku?

– Nie, sir. Żadnemu z nas nic się nie stało. W drodze powrotnej powtórzyliśmy razem procedurę wodowania. Nie podobało mi się pierwsze podejście, zawróciłem więc, żeby znaleźć się bliżej niszczyciela. Nie był przypięty szelkami, założył kamizelkę, zgłosił, że jest gotowy.

– Domyśla się pan, co mogło się stać?

– Uderzyliśmy dość mocno, mimo że się starałem, i doszło do kapotażu. Gdy woda wdarła się do wnętrza, straciłem kontakt z Sykesem. Zrobiłem tak, jak nas uczono na kursach. Kiedy wypłynąłem na powierzchnię, zacząłem go szukać w okolicach ogona. – Zawahał się.

– Tak?

– No cóż, światła lądowania nadal działały, kiedy samolot szedł na dno. Wydaje mi się, że widziałem jego ramię, wynurzające się z kokpitu strzelca. Nie jestem pewien. Samolot zatonął szybko, a potem światła zgasły. Trwało to może około sekundy.

Członkowie komisji wymienili spojrzenia, nikt jednak nie skomentował słów Micka.

– Próbowałem zanurkować i odnaleźć go, ale nie byłem w stanie z powodu kamizelki. Potem pojawiła się łódź ratunkowa i wciągnęli mnie do środka.

– A więc mógł uwięznąć we wnętrzu samolotu?

Mick westchnął. – To możliwe, sir. Mógł też stracić przytomność albo w ogóle zginął i tylko kamizelka wypchnęła ciało częściowo z kokpitu.

Zastępca dowódcy zadał jeszcze kilka pytań na temat parametrów lotu w chwili uderzenia, a potem zapytał, czy inni mają cokolwiek do dodania. Nie mieli. XO spojrzał ponad ramieniem Micka, skinął niemal niedostrzegalnie, po czym padło kolejne pytanie.

– Odłączył się pan od eskadry podczas ataku na lotniskowiec. Z pana raportu wynika, że nie sądził pan, aby warto było spuszczać na niego kolejną bombę, ponieważ i tak stał już w płomieniach. Następnie, jak pan mówi, zobaczył pan ciężki krążownik i zrzucił na niego bombę, w wyniku czego okręt eksplodował i zatonął. Zgadza się?

– Tak, sir – prawa dłoń znów zaczęła boleć. Mick zdał sobie sprawę, że odkąd zaczęło się przesłuchanie, zaciska mocno pięści.

– Oczywiście, nie jesteśmy w stanie tego udokumentować, ponieważ nikt oprócz pana tego nie widział.

– Zanurkowałem w miejscu, gdzie nastąpił wybuch, i włączyłem kamerę. Ale oczywiście...

– Tak, film zatonął wraz z samolotem. No dobrze: Dlaczego nie dołączył pan do eskadry, gdy pozostali piloci kierowali się na zachód?

– Straciłem z nimi kontakt po nurkowaniu. Kiedy odzyskałem wysokość, nikogo już nie było. Zewsząd waliły działa przeciwlotnicze, okręty przemieszczały się we wszystkich kierunkach, i trochę czasu minęło, zanim udało mi się wejść z powrotem na bezpieczną wysokość, ponieważ nie pozbyłem się nadprogramowego tysiąca funtów.

– Pana radioodbiornik działał prawidłowo?

– Tak, sir, ale byłem dość zajęty. Japończycy nie byli szczęśliwi, widząc, jak płonie ich lotniskowiec.

– A kiedy już był pan bezpieczny?

– Zacząłem szukać kolejnego celu.

– Czy próbował pan skontaktować się z dowódcą w trakcie tych poszukiwań?

– No cóż, nie, sir. Pomyślałem sobie, że pewnie ruszyli w pogoń za kolejnym celem, a zanim do nich dołączę, będzie już po zabawie. – Słysząc własne słowa Mick nie miał wątpliwości, że jego argumenty brzmią dosyć żałośnie.

– No dooooobrze – powiedział XO. – Czy fakt, że pozostał pan w tyle za innymi, mógł zapewnić panu większą rezerwę paliwa niż pozostałym w chwili powrotu?

Mick mrugnął. To zabolało. – Tak, sir, myślę, że tak – przyznał w końcu. – Po zrzuceniu bomby wróciłem na większą wysokość, a potem zacząłem rozglądać się za swoimi. Nigdzie nie poleciałem; trzymałem się tylko wystarczająco wysoko, żeby nie oberwać ogniem artylerii.

– A pańskie radio działało bez zarzutu, prawda?

„Znowu to powtarza" – pomyślał Mick. Wiedział, do czego pije XO. – Tak, sir. Słyszałem, jak pozostali szykują się do ataku, ale mnie tam nie było, nie miało sensu pchać się tam za nimi.

– A więc krążył pan nad polem bitwy, a potem?

– Zobaczyłem smugi kondensacyjne na wschodzie i dołączyłem do pozostałych.

– Czy krążownik, który pan zbombardował, wciąż płonął?

– Już go nie było, XO – powiedział Mick. – Zdaje mi się, że uderzyłem prosto w magazyn. Rozpadł się po pierwszej, wielkiej eksplozji, a kiedy dym opadł, nie zostało w tym miejscu nic. Nie było nawet japońskich niszczycieli.

251

Mick usłyszał, że za jego plecami drzwi otworzyły się cicho, a po chwili się zamknęły, nie odwrócił się jednak.

– No dobrze, Mick, dziękuję panu. Proszę pamiętać, że to nieformalna procedura, a nie oficjalne przesłuchanie przed trybunałem czy sądem, czy cokolwiek w tym rodzaju. Mamy pański raport, a także raporty innych pilotów, przesłuchaliśmy również obsługę pokładową w sprawie tego, co wydarzyło się na pokładzie startowym. Jeśli pozbierał się pan już fizycznie po wodowaniu, może pan podjąć swoje zwykłe obowiązki.

– Tak jest, sir.

– To wszystko.

Wstając, aby wyjść, Mick przekonał się, że dowódcy nie ma już w pomieszczeniu.

Tydzień później Mick otrzymał rozkaz dołączenia do Jedenastej Połączonej Eskadry na jednym z lotniskowców eskorty. Dowódca eskadry zapukał do drzwi jego kajuty, pytając, czy może zamienić z nim słowo. Poinformował Micka, że jeden z niszczycieli eskorty, „Evans", odpływa następnego dnia, by dołączyć do Błękitnej Floty, która miała wesprzeć inwazję MacArthura na Filipiny. Mick miał popłynąć na „Evansie" do zatoki Leyte, a następnie przesiąść się na lotniskowiec „Madison Bay".

– Udupili mnie, prawda, XO? – zapytał Mick, wiedząc, jakiej może się spodziewać odpowiedzi.

– No, niezupełnie – odparł XO. – W całej flocie szukają pilotów na lżejsze lotniskowce. Potrzebują dwóch kolesi od bombowców, dostaliśmy polecenie, żeby wyznaczyć po jednym z każdej eskadry.

– Aha.

– Ujmijmy to tak, Mick: w normalnych okolicznościach dowódca dostałby regularnego szału na wiadomość, że ma się pozbyć doświadczonego pilota.

– Tym razem jednak podpisał moje zwolnienie bez emocji i wypił kolejną filiżankę kawy.

252

– Polecili nam wybrać właśnie ciebie, Mick.

– Nie wątpię.

– Przypuszczam, że dowódca obsługi pokładowej miał tu coś do powiedzenia.

– Aha. A fakt, że straciłem strzelca, zapewne nie okazał się pomocny.

XO milczał przez chwilę. – Mniej więcej jednej czwartej pilotów, którzy wodowali tamtej nocy, nie udało się uratować. Wszyscy wiemy, co się dzieje, kiedy prędkość spada ze stu dwudziestu węzłów do zera na zaledwie dziesięciu stopach. Jeśli nie siedzisz prawidłowo, łamie ci kark. Tak pewnie było z Sykesem. Więc to nie dlatego.

– A może jestem za bardzo Samotnym Strażnikiem?

– Być może. Powiedz mi: czy chciałbyś, żebym został twoim skrzydłowym?

Mick musiał to przemyśleć. Z punktu widzenia kompetencji podczas walki, XO byłby wymarzonym kandydatem, ale jako partner? – Skrzydłowi latają na myśliwcach, XO – powiedział.

Zastępca dowódcy patrzył na niego w milczeniu. Mick westchnął i wreszcie skinął głową.

– No dobrze – powiedział XO – „Evans" będzie brał paliwo jutro rano. Wtedy się przeniesiesz. Punktualnie o ósmej twoje papiery będą gotowe.

Mick kiwnął głową. – Dziękuję, że powiedział mi pan o tym osobiście, XO. Czy mam złożyć pożegnalną wizytę dowódcy i komandorowi grupy?

– Zrób, jak uważasz, Mick – odparł tamten, zatrzaskując za sobą drzwi.

– Czyż nie zawsze tak robię? – powiedział Mick do zamkniętych drzwi. „Komandor grupy mnie nie zna" – pomyślał Mick. – Dowódca jednak znał go dobrze, a więc brak pożegnania oznaczał niezbicie, że został wylany. Wszystko, co robił, było po prostu z góry skazane na porażkę.

Rozdział dwunasty

Po nieoczekiwanym urlopie na Pearl, „Evans" spędził osiem miesięcy u boku Trzeciej Floty, przedzierającej się przez kolejne archipelagi wysp na środkowym Pacyfiku. Załoga blaszanki[15], służącej jedynie za eskortę „Enterprise", nie była wtajemniczona w wielkie plany strategiczne. Misja każdego niszczyciela była jasna i prosta: chronić swój lotniskowiec i wykonywać zadania w grupie uderzeniowej zgodnie z rozkazami – przenosić ludzi, ratować lotników po wodowaniu, odpierać ataki nieprzyjacielskich samolotów, stać na straży lotniskowca podczas operacji lądowych, co trzeci dzień uzupełniać zapas paliwa z jednego z lotniskowców lub tankowców, prowadzić ćwiczenia bojowe i strzelnicze, szkolić nowych na pokładzie, naprawiać uszkodzony sprzęt i odsypiać, kiedy tylko kto może.

Rutynowo ogłaszano GQ tuż przed świtem, a potem ponownie o zachodzie słońca. Strzelano do samolotów wysyłanych z lotniskowców przez cały boży dzień, które przedostały się przez ochronną barierę patroli powietrznych. Od czasu do czasu otrzymywali rozkaz dołączenia do grupy okrętów wy-

---

[15] *Tin can* (ang.) – blaszanka: niszczyciel w żargonie amerykańskiej marynarki wojennej.

znaczonej do ostrzału nabrzeży; kierowali wtedy ogień z dział pięciocalowych w dżunglę na znanych i nieznanych wyspach i wysepkach. Czasami Japończycy także otwierali do nich ogień, „Evans" miał jednak szczęście – ani razu nie został trafiony. Marsh zwrócił na to uwagę kapitanowi, który stwierdził, że i tak pewnie ich to nie minie. Kapitan bał się bardziej min podwodnych niż japońskiej artylerii. Na tym etapie wojny „Evans" strzelał już wyłącznie na radar. Japończycy nadal bazowali na optycznych układach kontroli ognia.

We wrześniu 1944 roku Stany Zjednoczone zintensyfikowały przygotowania do ataku na Filipiny – świętego Graala MacArthura, gdzie Ameryka poniosła szczególnie dotkliwą klęskę na półwyspie Bataan. Dowództwo w Waszyngtonie podzieliło obszar Pacyfiku na dwie części. Generał Douglas MacArthur dowodził obszarem południowo-zachodniego Pacyfiku, a admirał Chester Nimitz – wszystkim, co działo się w pozostałych częściach Oceanu Spokojnego. W ciągu ostatniego roku piechota i marynarka wojenna MacArthura szły na północ z Australii przez Nową Gwineę i Borneo, a siły marynarki i piechota morska Nimitza wyparły Japończyków z Wysp Salomona, by następnie ruszyć na ich potężne bazy w Rabaulu i w lagunie Truk, a potem skoncentrować atak na Marianach – na wyspach Guam, Tinian i Saipan.

Od czasu do czasu jednostki Grupy Uderzeniowej Halseya wspomagały VII Flotę MacArthura. Na początku sierpnia 1944 roku kapitan otrzymał informację, że „Evans" ma dołączyć do eskadry lekkich transportowców, przygotowującej się do inwazji na Filipiny. Celem miała być początkowo wyspa Mindanao, ostatecznie jednak zdecydowano, że atak nastąpi na Leyte, na południowy wschód od głównej wyspy archipelagu, Luzon.

Trzy tygodnie wcześniej jednak Marsha zaskoczył kapitan niespodziewaną informacją. Dowódca poprosił go na stronę w kwaterze starszych oficerów i pokazał mu dokument. Była to lista oficerów awansowanych ze stopnia komandora na kapitana marynarki. Znajdowało się na niej nazwisko kapitana okrętu „Evans", którego poinformowano zarazem, że ma zostać kapitanem na nowym ciężkim krążowniku klasy Baltimore.

— To oznacza zmianę dowództwa, XO – powiedział – zupełnie, jakby nie miał pan już dość na głowie.

Marsh pogratulował mu, tłumiąc jęk. Nawet tutaj, na zachodnim Pacyfiku, zmiana dowództwa oznaczała cały tydzień inspekcji, raportów, audytów, zebrań, sprawozdań i wszelkich innych atrakcji związanych z przekazaniem pałeczki przez oficera dowodzącego jego następcy. To wszystko będzie dodatkiem do codziennej pracy w eskadrze. Dowódcy poszczególnych działów, trzymający wachty co sześć godzin, będą musieli zrezygnować ze snu, aby przygotować raporty dla nowego kapitana na temat gotowości obronnej swojej maszynerii, sprawozdania dotyczące oficerów, bosmanów i marynarzy, listy wyposażenia wartościowego oraz uczestniczyć w inspekcjach wszystkich części okrętu.

Z reguły zmiana dowództwa następowała wtedy, gdy okręt zawijał do portu, ale Błękitna Flota bywała w portach rzadko, zwłaszcza niszczyciele. „Evans" spędził jedynie kilka dni na kotwicowisku jednej z wysp – załoga miała wtedy okazję zejść na brzeg, posiedzieć na plaży, wypić kilka piw i rozegrać mecz softballu. Gdyby mieli szczęście, mogli liczyć, że uda im się spędzić Boże Narodzenie w Pearl, tak jak w grudniu 1943 roku – tyle że znalezienie się tam w ubiegłe święta zmniejszało ich szanse na ponowny powrót do portu.

– Tego nam tylko brakowało – powiedział Marsh – czy wie pan, kto będzie nowym dowódcą?

– Tak – odparł kapitan – i to jedna z rzeczy, o których muszę z panem pomówić. Weźmy sobie kawę i chodźmy na pokład.

Ruszyli w kierunku mostka. Potem wyszli na skrzydło mostka po zawietrznej, by popatrzeć na wschodzące gwiazdy. Kilka mil dalej ostatnie patrole powietrzne wracały na pokład „Enterprise", oświetlony czerwonymi i bursztynowymi światłami kierunkowymi. Operacje lotnicze zostaną wznowione tuż przed świtem, gdy cała grupa uderzeniowa zacznie wysyłać patrole. Fakt, że dzień pracy w marynarce rozpoczynał się przed świtem, był jedną z konsekwencji ataku nad Pearl Harbor. Wcześniej na okrętach marynarki wojennej zakotwiczonych w porcie dzień rozpoczynał się około dziewiątej, podobnie jak na statkach cywilnych.

Obserwator przeniósł się do sterówki, by im nie przeszkadzać, mimo to kapitan zniżył głos. Nie było na świecie większych plotkarzy niż marynarze.

– Nowym dowódcą będzie komandor Bill Hughes – powiedział – to mój kolega ze szkoły.

To mówiło wiele. Kapitan odsłużył już swoje jako komandor, właśnie miał dostać cztery paski i objąć dowodzenie nad jeszcze większym okrętem. Jego szkolny kolega najwyraźniej pozostał za nim nieco w tyle.

– Nie widziałem go kilka lat – powiedział – ale charakter pana pracy jako zastępcy prawdopodobnie ulegnie zmianie, i mam poczucie, że jestem panu winien tę informację.

– To brzmi złowieszczo.

– No cóż, miałem początkowo pewne zastrzeżenia, gdy przysłano pana tutaj na zastępcę, głównie dlatego, że jest pan tak młody. Z drugiej strony miał pan doświadczenie bojowe, Srebrną Gwiazdę za odwagę i ukończoną akademię. I poradził pan sobie znakomicie.

– Dziękuję, sir.

– Naprawdę tak myślę. Załoga i starsi oficerowie pana szanują, i tu dochodzimy do sedna sprawy: Bill Hughes jest potwornym krzykaczem.

Marsh poczuł, że robi mu się słabo. Słyszał o takich typach – oficerach znających tylko jedną metodę dowodzenia: absolutną tyranię i nieustanne wybuchy furii. Znajdowali błędy i niedociągnięcia wszędzie i u wszystkich, wymagając zarazem najwyższych standardów pracy i dyscypliny.

257

– Musi pan wiedzieć – kontynuował kapitan – że będzie pan czymś w rodzaju bufora pomiędzy dowódcą a resztą załogi. Będzie pan lordem protektorem dla swoich oficerów i marynarzy. Nie znaczy to, że może pan być nielojalny: kapitan, to kapitan. Ale gdy straci nad sobą panowanie i urządzi awanturę młodszemu oficerowi w obecności jego podwładnych, to pan będzie musiał wezwać tego oficera wieczorem do swojej kabiny i wytłumaczyć mu, że nie dopuścił się zdrady stanu. Że dowódca po prostu dał się ponieść nerwom i nie ma zamiaru rozstrzelać go o świcie na tylnym pokładzie. Rozumie pan?

– A kto będzie chronił mnie? – zapytał Marsh, nie do końca żartobliwie.

Kapitan uśmiechnął się w ciemnościach. – To jest ta trudniejsza część, XO. Jeśli dowodzenie niszczycielem ma przebiegać bez zarzutu, dowódca i zastępca muszą się zgrać zarówno pod względem profesjonalnym, jak i personalnym, co, jak mniemam, udało się panu i mnie. W przypadku Billa Hughesa będzie pan zmuszony odegrać rolę piorunochronu.

– To brzmi wspaniale.

– Oto, co mam na myśli: proszę spróbować zachowywać się w taki sposób, aby wrzeszczał raczej na pana, a nie na załogę. Rozumie pan: hierarchia służbowa. Jeśli już zacznie się wyżywać na oddziałach, proszę starać się w miarę możliwości minimalizować szkody. W przeciwnym razie stracą ducha. Gdy japońskie samoloty będą zrzucać na was torpedy, nie ma nic gorszego jak dowódca, który wrzeszczy, że nie udało się wam zestrzelić skurwysyna, zanim torpeda spadła na pokład.

– Proszę w takim razie powiedzieć mi jedną rzecz: jeżeli to ja mam być gościem, na którego będzie wrzeszczał przez większość czasu, jakie mam szanse uzyskać u niego przyzwoitą ocenę?

– Zaczynał pan na krążownikach, prawda? – spytał kapitan.

– Tak, sir. Służyłem na trzech po kolei.

– No cóż, na krążownikach marynarki przywiązuje się nieco większą wagę do formalności niż na niszczycielach – powiedział. – My ogłaszamy alarm GQ. Na krążowniku odgrywa się sygnał na trąbce. My przychodzimy na wachty w koszulach z krótkim rękawem, na krążownikach wymaga się długiego rękawa i krawata. Dowódca krążownika od czasu do czasu przychodzi do kwatery starszych oficerów na obiady. Na niszczycielu dowódca jada zawsze z pozostałymi oficerami.

– Pamiętam – powiedział Marsh.

– No cóż, na niszczycielach wszyscy trzymają się razem, zwłaszcza gdy w grę wchodzi reputacja. Mówię tu o zwykłych oficerach, a nie o tych cudownie awansowanych. Jeśli okręt sprawuje się dobrze, realizuje swoje misje, nie osiada na mieliźnie, to jeden kiepski raport oceniający od kogoś takiego jak Bill Hughes zostanie zinterpretowany jako oznaka szacunku dla pana. Ludzie, którzy zasiadają w komisjach do spraw awansu i dowództwa, wiedzą, jak to działa, i znają krzykaczy takich jak Bill Hughes.

– Jeśli ma taką reputację, to dlaczego powierzają mu dowodzenie?

– Nie mam pojęcia – może jakiś admirał do kogoś zadzwonił? Prawdopodobnie brakuje wykwalifikowanych dowódców. W ostatnich dwóch latach straciliśmy sporo oficerów średniego szczebla. Cholera, był pan przecież pod Savo: zdziesiątkowano tam załogi trzech amerykańskich krążowników. Ilu potencjalnych dowódców i zastępców straciliśmy wtedy w ciągu jednej nocy?

Marsh wrócił myślą na „Winstona"; był w stanie wymienić co najmniej sześciu oficerów, którzy byliby pewniakami do awansu, gdyby nie to, że wszyscy spoczęli w morzu w cieśninie Żelaznego Dna. Przez właz sterówki wpadał ciepły wiatr, mimo to przebiegł go dreszcz. Srebrna Gwiazda czy nie, miał poczucie, że tamtej nocy nie spisał się tak, jak należało. „Bestia miał chyba rację – pomyślał – gdy dojdzie do prawdziwej

259

walki, pewnie sparaliżuje go strach. Już zaczynał się bać nowego dowódcy, a przecież nawet go jeszcze nie poznał".

– Ostatnia rzecz – powiedział kapitan. – To wszystko, co panu dziś powiedziałem, nie jest do opowiadania w kwaterze oficerów. Może pan najwyżej chronić porządnych chłopaków najlepiej, jak pan potrafi. Nie może pan otwarcie krytykować kapitana, w przeciwnym razie stanie się pan częścią problemu. Nieważne, co pan czuje, musi pan trzymać się zasad hierarchii służbowej.

– Ci chłopcy nie są głupcami, dowódco. Przejrzą mnie natychmiast.

– Pewnie tak, ale proszę pamiętać, że tylko dyscyplina sprawia, że okręt płynie do przodu, szczególnie w czasie wojny. Jeśli popularny i szanowany zastępca otwarcie okazuje nielojalność kapitanowi, załoga traci zaufanie do dowódcy. Potem przychodzi ten koszmarny moment, gdy dowódca wydaje rozkaz, a ktoś go kwestionuje. A potem wszyscy giną.

– A jeśli rozkaz jest błędny?

– To haczyk, który tkwi głęboko w systemie hierarchii wojskowej, XO. Młodszy oficer nie ma pojęcia, jakie jego zwierzchnik otrzymał informacje, do których, z powodu stopnia, nie ma dostępu. Jeśli sądzi pan, że doszło do pomyłki, może pan wyrazić swoje wątpliwości; jeśli jednak dowódca potrząśnie głową i powie „nie", musi pan wykonać rozkaz. Ktoś musi mieć autorytet, i tą osobą jest kapitan. Za coś w końcu dostaje luksusową kajutę.

To ostatnie było żartem – mieszcząca się na lewej burcie kajuta kapitana miała może osiem na dwanaście stóp. Marsh wiedział jednak, o co chodzi.

– Czasami odnoszę wrażenie, że wszyscy jesteśmy aktorami – powiedział – udajemy, że na wszystko mamy odpowiedź.

– To zaskakujące, w jakim stopniu dowodzenie polega na odgrywaniu ról. Nie mam tu na myśli hollywoodzkich występów. Mówię o tym, że gdy jesteś kapitanem, wszyscy cię obserwują, w każdym momencie. Trzeba sprawiać wrażenie spokojnego, pewnego siebie, mądrego, wyrozumiałego i cierpliwego, nawet jeśli się w ogóle takim nie jest.

– Tak, sir, wydaje mi się, że rozumiem. Ale jeśli jest się zastępcą, a kapitan nie spełnia tych warunków?

– W takim wypadku zastępca musi nadrabiać jego braki zawodowe tak, żeby nikt się nie zorientował. W końcu przecież chodzi nie o to, kto jest dowódcą, a kto zastępcą dowódcy – chodzi o to, by zatroszczyć się o okręt i załogę. Proszę się skupić na tym, a pana raporty oceniające z pewnością nie będą złe, tak czy inaczej. W gruncie rzeczy to system, który świetnie działa.

– Czy wiedział pan o tym wszystkim, gdy obejmował pan dowództwo? – zapytał Marsh.

– Nie – odparł tamten z uśmiechem – komisje wybierają dowódców, oceniając ich potencjał zawodowy. Czasami się mylą, ale z reguły wybierają dobrze, o czym zapewne przekona się pan, gdy nadejdzie pańska kolej.

Marsh potrząsnął głową. – Im bliżej do tego...

Kapitan odkaszlnął w ciemnościach. – Tak, wiem. To niesamowite, gdy o tym pomyśleć. My, zawodowi, obawiamy się bardziej tego, że podwinie nam się noga w karierze zawodowej, niż japońskich bombowców i torped. Sądzę, że poradzi pan sobie bardzo dobrze, gdy nadejdzie pana czas; a nadejdzie szybciej, niż się pan spodziewa.

– Dopiero co zostałem komandorem porucznikiem – powiedział Marsh – myślę więc, że jeszcze wiele przede mną.

– Brakuje panu pewnie rok, XO. Jak by nie było, Bill Hughes fantastycznie przygotuje pana do dowodzenia okrętem. Pokaże, jak nie należy działać w trudnych sytuacjach.

– I całą tę naukę będę miał zupełnie za darmo.

Kapitan zaśmiał się cicho. Marsh wiedział, że będzie mu go brakowało.

Komandor Bill Hughes dotarł na okręt tydzień później, po długiej przeprawie z Pearl; trasa wiodła przez Pacyfik na pokład „Enterprise". Pewnego pięknego poranka „Evans" podpłynął do lotniskowca, aby odebrać Hughesa i jego bagaż. Wysoki, smukły oficer miał wąską, kościstą twarz i wyraźne cienie pod oczami; był ewidentnie zmęczony długą podróżą. Kapitan oddał mu swoją kajutę, a sam przeniósł się do jeszcze mniejszej, tuż za mostkiem. Komandor Hughes po zaokrętowaniu przespał dwanaście godzin. Przespał nawet poranną musztrę działowych kolejnego dnia – nie obudził go huk pięciocalówek.

Wraz z nim na pokładzie pojawił się drugi oficer, niski i pękaty w przeciwieństwie do wysokiego i szczupłego Hughesa. Był to rabin Sidney Morgenstern, nowy kapelan na „Evansie". Marsh nie miał pojęcia, że dostaną kapelana, i nie zdołał ukryć zdziwienia, gdy spotkali się na trapie.

– Witamy na pokładzie, rabbi – powiedział, gdy Morgenstern się przedstawił. – Czy spaceruje pan tylko między okrętami, czy może jest pan naszym nowym kapłanem?

– Należę do pana, XO – odparł tamten z uśmieszkiem. – Mieliśmy trzech rabinów na „Bunker Hill" i uznano, że to ja jako pierwszy mogę iść na stracenie, dlatego zostałem wybrany, by przejść na niszczyciela.

– No cóż, w takim razie znajdziemy panu jakąś koję – powiedział Marsh. – Mamy na pokładzie może ze trzech Żydów, ale rozumiem, że może pan udzielić porady duchowej każdemu, kto będzie jej potrzebował?

– Oczywiście – odparł tamten. – Dlatego mam gwiazdę Dawida na jednym, a krzyż na drugim kołnierzyku. Ostatnio, gdy sprawdzałem, w grę wchodził ten sam Bóg.

Marsh przekazał rabina oficerowi zaopatrzeniowemu i udał się do nowego kapitana. Jako zastępca był odpowiedzialny za koordynację procesu przekazania statku i całą ceremonię zmiany dowódcy. W ciągu kolejnego tygodnia wszystko szło nie najgorzej; kontrola wykazała brak jedynie kilku drobnych przedmiotów, na przykład lornetek. Gdy wszystko się skończyło i kapitan Warren przeszedł na inny okręt, by rozpocząć długą podróż z powrotem do Stanów, komandor Hughes wezwał Marsha do swojej kajuty na rozmowę z cyklu jak-będą-wyglądały-moje-rządy-na-tym-okręcie. Nie był specjalnie przyjazny, Marsh wyczuwał jednak, że to raczej chęć utrzymania profesjonalnej postawy, niż osobista antypatia.

– Każdy dostaje jeden kredyt zaufania – powiedział Hughes – potem, jeśli ktokolwiek nawali, policzę się z nim osobiście. Nie będę tolerował niekompetencji ani rozluźnienia dyscypliny.

Marsh skinął głową. Na takie dictum nie było dobrej odpowiedzi; mógł co najwyżej zauważyć, że załoga „Evansa" składa się z chłopaków, którzy właśnie skończyli szkołę średnią, a oficerami są cudownie awansowani rezerwiści. Nie byli właściwie niekompetentni, tyle że nie mieli szans dowiedzieć się dokładnie, jak wszystko powinno działać.

– To dobra, solidna załoga, kapitanie – powiedział Marsh.

– Mają dobre chęci, ale są dosyć zieloni. Jeśli coś idzie nie tak, z reguły oznacza to, że po prostu nie wiedzieli, co należy zrobić.

– W takim razie musimy wziąć się ostro za ich szkolenie – powiedział Hughes – kiedy zaatakują nas Japończycy, będzie za późno na naukę.

Tyle że Marsh wiedział doskonale, jak wyglądała nauka w marynarce wojennej przez cały rok 1942. Ogromne straty, zarówno w tym, jak i w następnym roku, odzwierciedlały ten fakt. On został zastępcą dowódcy, nie mając żadnego przeszkolenia, poza tym, że obserwował zastępcę na „Winstonie". Ogromna rotacja wśród dowodzących na okrętach wojennych nie poprawiała sytuacji. Gdy załoga jako tako przywykła do kapitana, zastępował go inny – wielu komandorów chciało jak najszybciej odfajkować funkcję dowódcy na morzu.

– Proszę przedstawić mi swoją ocenę poszczególnych oficerów – powiedział kapitan. – Zacznijmy od dowódców poszczególnych działów.

Na „Winstonie" kapitan miał cztery paski, zastępca trzy; pięciu komandorów poruczników pełniło funkcje dowódców działów. Wszyscy oficerowie na pokładzie, z wyjątkiem lekarza, zaopatrzeniowca i kapelana, byli zawodowcami po akademii. W roku 1944 sytuacja przedstawiała się zupełnie inaczej: dowódca i Marsh byli absolwentami akademii. Wszyscy inni oficerowie na okręcie wywodzili się z rezerwy, a najbardziej doświadczony z nich służył na morzu od niecałych trzech lat. Kapitan skinął głową, gdy Marsh skończył mówić.

– Jestem niecierpliwym człowiekiem, XO – powiedział – nigdy nie nauczyłem się niańczyć załogi. Mówię im, czego oczekuję, i spodziewam się, że wykonają moje polecenia, wyczyszczą pokład z rdzy, wysprzątają na błysk maszynownię. Jeśli nie staną na wysokości zadania, zwykle krzyczę. Proszę tego nie brać do siebie. Po prostu tak już mam. Niewykluczone, że nieraz przyjdzie panu łagodzić spory pomiędzy mną, oficerami i załogą.

Marsh omal się nie roześmiał na wspomnienie słów kapitana Warrena. „Hughes jest przynajmniej zdolny do uczciwej samooceny – pomyślał. – Krzykacz, który ma świadomość, że jest krzykaczem, to z pewnością lepszy człowiek niż ten, który nie widzi w takim zachowaniu nic niestosownego".

Nie przewidział jednak, jak wybuchowy okaże się zwierzchnik. Przekonał się o tym przy okazji uzupełniania paliwa. Co trzeci dzień okręt podpływał do lotniskowca; przez liny, rozpięte pomiędzy burtami, przerzucano czarny, gruby wąż. Podłączano go do zbiornika na pokładzie, a następnie lotniskowiec zaczynał pompować paliwo; inżynierowie na dolnym pokładzie otwierali i zamykali odpowiednie zawory, rozprowadzające ropę do zbiorników umieszczonych w dnie okrętu.

Tym razem udało im się przepełnić jeden ze zbiorników na dziobie. W takim przypadku paliwo zaczyna wylewać się przez otwory zbiornika na główny pokład, pokrywając ludzi, deski pokładu i burty lepką warstwą czarnej, gęstej cieczy. To okręt odbierający paliwo powinien zasygnalizować, że zbiorniki są niemal pełne i należy zaprzestać pompowania, nie było więc wątpliwości, kto zawinił. Co gorsza, starsi oficerowie obserwowali przebieg całego zdarzenia z pokładu lotniskowca. Załoga „Evansa", który skąpał się w czarnej ropie, była więc niezwykle zażenowana.

Kapitan Hughes nie powiedział ani słowa, gdy jednak okręt odpłynął od lotniskowca, by zająć pozycję, wezwał głównego inżyniera, asystenta odpowiedzialnego za obsługę napędu i mata obsługującego kotły, nadzorującego stan zbiorników z ropą. Następnie doszło do kontrolowanej eksplozji. Marsh stał za kapitanem ze wzrokiem wbitym w stal pokładu pod swoimi nogami, a Hughes wrzeszczał i wrzeszczał, tocząc pianę z ust. Marsh był pewien, że słychać go na całym okręcie; wachtowi na mostku z pewnością nie uronili ani słowa. Rozlanie paliwa było żenujące. Marsh był jednak zdania, że ta awantura jest po prostu upokarzająca.

Następnie kapitan opadł na fotel i zażądał informacji na temat dalszego przebiegu dnia. Jeszcze przed chwilą był niemal purpurowy. Teraz spokojnie pytał o harmonogram zadań, jak gdyby jego furia wyłączyła się za naciśnięciem czarodziejskiego przycisku. Gdy Marsh wyrecytował listę przewidzianych na ten dzień manewrów, kapitan poinstruował go, że ma przeprowadzić formalne dochodzenie, aby dowiedzieć się, w jaki sposób inżynierom udało się tak spektakularnie zawalić procedurę uzupełniania paliwa.

– Przypuszczam, że niedoświadczony palacz źle odczytał dźwięk, dobiegający ze zbiornika – powiedział Marsh – albo trafiliśmy na bańkę powietrza.

265

– Proszę nie przypuszczać, XO. Chcę wiedzieć dokładnie, co się wydarzyło, potem zajmiemy się dodatkowym przeszkoleniem.

Marsh spotkał się z głównym inżynierem i z asystentem obsługującym napęd, porucznikiem JG „Szwedem" Bolserem, zaraz po lunchu. Było tak, jak „przypuszczał". Podczas przepompowywania uczniowie szkoleni na palaczy byli rozstawiani przy urządzeniach sygnalizujących stan zapełnienia zbiorników, aby mierzyć poziom paliwa za pomocą stalowych taśm. Palacz nazwiskiem McWhenny włożył taśmę do zbiornika odwrotną stroną. Było to bardzo proste.

Marsh poinstruował inżyniera, że należy oznaczyć taśmy w taki sposób, aby zapobiec ich nieprawidłowemu umieszczeniu we wlocie, oraz przeprowadzić szkolenie dla wszystkich młodszych palaczy odpowiedzialnych za sprawdzanie poziomu paliwa.

– Czy McWhenny zostanie ukarany? – zapytał porucznik „Kit" Carson, główny inżynier.

– Mam nadzieję, że nie – odparł Marsh. – Dzieciak się po prostu pomylił, to wszystko.

– Sądząc po reakcji kapitana, myślałem, że wszyscy zawiśniemy na rejach.

– Przejdzie mu – powiedział Marsh – to dość żenujące tak się upaprać na oczach wszystkich.

– No cóż, „Szwed" i ja mamy zamiar spędzić większość czasu w tym tygodniu pod pokładem, w głównej sterowni – odparł tamten – już nigdy w życiu nie chcę, żeby ktoś na mnie wrzeszczał w taki sposób.

– W takim razie nie możecie chrzanić roboty – odparł Marsh – bo inaczej to właśnie was czeka.

– Ciekawe, co będzie, kiedy pojawią się Japońce. Zacznie wrzeszczeć, ludzie się zdenerwują i dopiero będziemy mieli problem.

Jego słowa sprawdziły się co do joty dwa dni później, po ataku lotniskowców na Guam. W odwecie Japończycy zaatakowali grupę uderzeniową kilkoma bombowcami kate, którym towarzyszyło dość myśliwców, aby piloci z lotniskowców mieli pełne ręce roboty. Kate ruszyły za trzema dużymi lotniskowcami, większość jednak udało się utrzymać w bezpiecznej odległości albo zestrzelić. Jeden z nich skierował się jednak na „Evansa". Podczas ataku na lotniskowiec najwyraźniej oberwał – lecąc, ciągnął za sobą smugę dymu. Spudłował i teraz leciał na poziomie mniej więcej tysiąca stóp, wytracając wysokość. Marsh podejrzewał, że pilot zdając sobie sprawę, że nie uda mu się wrócić do bazy, postanowił przynajmniej dopaść niszczyciela – nurkował teraz płytko, kierując się wprost na „Evansa".

Strzelano do niego ze wszystkich dział na pokładzie – pięciocalowych, czterdziestomilimetrowych, nawet z dwudziestomilimetrówek o krótkim zasięgu. Bombowiec leciał prosto na nich, kierowanie ogniem nie było więc specjalnie problematyczne. Marsh widział fragmenty poszycia, odpadające pod uderzeniami pocisków. Jego stanowisko alarmowe podczas ataku z powietrza mieściło się na dodatkowej nadbudówce, za kominem na rufie. Dzięki temu, gdyby pocisk trafił w mostek, zastępca uchodził z życiem i mógł objąć komendę; na razie jednak Marsh mógł tylko patrzeć. Hałas dział był ogłuszający; mimo to, nawet wśród grzmotu wszystkich dział równocześnie, słyszał głos oddalonego o sto pięćdziesiąt stóp kapitana Hughesa, który ryczał na oficera działowego, każąc mu dorwać skurczybyka. Marsh sądził, że kapitan zarządzi manewry unikowe; zamiast tego „Evans" płynął prosto przed siebie z szybkością dwudziestu siedmiu węzłów, ułatwiając pilotowi nakierowanie się na cel. Zdążył spuścić trzy bomby, nim jedno z dział pięciocalowych dosięgło zbiornika, umieszczonego pod kadłubem samolotu. Kate eksplodował w płonącej kuli paliwa lotniczego, ale wszystkie trzy bomby zmierzały w ich kierunku; Marsh i jego dwaj radiotelegrafiści instynktownie zanurkowali za osłonę zabezpieczającą.

Pierwsza z bomb wylądowała w wodzie w odległości około stu jardów i eksplodowała z potężnym hukiem, który – Marsh był tego pewien – musiał śmiertelnie wystraszyć załogę pod pokładem. Druga trafiła w skraj mostka sygnałowego, za sterówką, odbiła się z głośnym brzękiem i wpadła do wody, nie wybuchając. Trzecia przeleciała nad przednim kominem i eksplodowała dwieście jardów dalej. Fragmenty bombowca spadały do wody wokół okrętu; ogon unosił się przez chwilę na powierzchni niczym płaska skała, by ostatecznie pogrążyć się w głębinie.

Wszystko skończyło się nagle, nieoczekiwanie działa ucichły, napięcie opadło. Przez chwilę, w całkowitej ciszy, rozbrzmiewał wyłącznie głos kapitana Hughesa, który nadal krzyczał na działowego, besztając go, że pozwolił kate podlecieć tak blisko. Wydawało się to surrealistyczne. Po chwili wszystko wróciło do normy; przy znajomym ryku motorów płynącego z pełną prędkością okrętu wszyscy pilnie obserwowali niebo, by nie przegapić innych bombowców. Pięć minut później Marsh został wezwany na mostek, mimo że alarmu bojowego dotąd nie odwołano, a znajdujące się w pobliżu niszczyciele eskortujące raziły ogniem z dział do niewidocznych samolotów nieprzyjaciela.

Kapitan kipiał z gniewu. Trzęsącym się palcem gestykulował w kierunku dział pięciocalowych, tocząc grzmiącą tyradę na temat działa numer pięćdziesiąt jeden, które nie oddało nawet jednego strzału w kierunku nadlatującego bombowca; działo pięćdziesiąt dwa strzelało głównie w wodę. W tym samym momencie działo numer pięćdziesiąt jeden, najbardziej wysunięte z baterii dział pięciocalowych, wystrzeliło raz w kierunku sterburty, z dala od szyku okrętów. Nagły hałas zaskoczył wszystkich, szczególnie kapitana, który stał tyłem do okna. Podskoczył i stalowy hełm zsunął mu się na oczy, nadając twarzy dość zabawny wygląd.

– Dowiem się, co się stało – powiedział szybko Marsh, chcąc uniknąć patrzenia na twarze zgromadzonej na mostku załogi. – Przypuszczam...

– Powiedziałem już panu! – wrzasnął kapitan – żadnych przypuszczeń! Fakty. Chcę znać fakty. Ten skurczybyk prawie nas dorwał, a dwa z moich pięciu dział nawet nie wystrzeliły w jego kierunku! Proszę się natychmiast dowiedzieć, co się tu dzieje!

– Czy mamy odwołać alarm, kapitanie? – zapytał oficer pokładowy – patrol powietrzny zameldował, że to już koniec ataku.

– Nie! – odwarknął kapitan. – Wszyscy zostaną na stanowiskach, dopóki nie dowiem się, co się stało z tymi działami.

Oficer działowy, porucznik „Killer" Keller, znajdował się na swoim stanowisku bojowym na Sky One, najwyższym i najdalej wysuniętym przyrządzie artyleryjskim na pokładzie, umieszczonym dwa poziomy powyżej mostka. Marsh był niemal pewny, że i tym razem jest w stanie wydedukować, co się stało: w przypadku działa numer pięćdziesiąt jeden doszło do zawieszenia ostrzału; w przypadku działa numer pięćdziesiąt dwa – do utraty synchronizacji z wykresem. Wspiął się na drabinkę przyrządu, po czym „Killer" potwierdził jego przypuszczenia.

Działo numer pięćdziesiąt jeden wystrzeliło trzydzieści razy, po czym się zablokowało. Ponieważ działo się nagrzewało, z zasady kierowano je w stronę nieprzyjaciela lub w bezpiecznym kierunku, by odczekać dziesięć minut, a dopiero potem opuścić klin zamka, wyjąć uszkodzony pocisk i załadować nowy. Gdyby załoga opuściła klin od razu, proch mógłby się zapalić z powodu wysokiej temperatury, wytworzonej przez trzydzieści oddanych strzałów, a wybuch zmiótłby podstawę działa z pokładu. Dlatego czas oczekiwania był tak istotny.

– A pięćdziesiątka dwójka?

– Odcięło im zasilanie – odparł „Killer" – przeszli na sterowanie ręczne. Przy celowniku siedział jeden z nowych. W całym tym zamieszaniu zapomniał wycelować.

– Wspaniale – odparł Marsh – kapitan nie jest zadowolony.

– Słyszeliśmy – odparł „Killer" z krzywym uśmieszkiem.

– Chyba nawet Japończy słyszeli. Ale popatrz no tutaj: mamy niespodziankę.

Jeden z sygnałowych, bosman trzeciej klasy, trzymał przed sobą pogięty niemiłosiernie ogon japońskiej bomby, która nie wybuchła, odbijając się od mostka sygnałowego. Obaj oficerowie zauważyli mokrą plamę z przodu jego drelichowych spodni.

– Trochę się przestraszyliście, co, sygnałowy? – zawołał Keller przekrzykując wiatr.

Chłopak wyszczerzył do niego zęby. – Szkoda, że pan nie widział, co zrobił Pettybone – odkrzyknął – musiał wyrzucić spodnie za burtę.

Tak powinno być, pomyślał Marsh. Dzieciak zeszczał się w spodnie i śmieje się z tego. Ja też bym pewnie się zeszczał, pomyślał, ale tak właśnie ma być w marynarce – mamy być blisko siebie, razem. Nie stało się nic niezwykłego: wiele rzeczy miało prawo wymknąć się spod kontroli, szczególnie na prawie nowym okręcie. Utratę zasilania działa numer pięćdziesiąt dwa spowodowały prawdopodobnie wibracje wytworzone przez ogień całej baterii; gdzieś zadziałał bezpiecznik. Nowy dzieciak, rozgorączkowany na widok pierwszego japońskiego bombowca, lecącego wprost na jego okręt – w tym także nie było nic dziwnego. „Trzeba będzie – pomyślał Marsh – jakoś uświadomić kapitanowi, że tak to wszystko działa, niechby się trochę rozluźnił. Przyjechał tu z innego świata, w którym perfekcję osiągało się za pomocą maszyny do pisania. Teraz znalazł się na prawdziwym, brudnym froncie marynarki wojennej i musiał zdać sobie sprawę, że coś takiego jak perfekcja tutaj nie istnieje".

Nie było jednak o tym mowy. Kapitan zażądał, by nowy dzieciak został przeniesiony na inne stanowisko. Główny inżynier miał osobiście sprawdzić wszystkie bezpieczniki w systemie zasilania dział, aby potwierdzić ich sprawność. Cały okręt miał pozostać w stanie alarmu bojowego do chwili zrealizowania jego poleceń, mimo że dowództwo zaleciło, aby „Evans" wrócił na wyznaczone stanowisko ochrony przed okrętami podwodnymi za lotniskowcem. Co do zablokowania działa, kapitan oznajmił, że procedura, którą zrealizowano, jest dobra w czasach pokoju; podczas ataku działowi mają obowiązek odblokować działo natychmiast i przystąpić do dalszej walki.

Marsh posłusznie wypełniał kolejne rozkazy, jednak tego samego wieczoru zaniósł kapitałowi podręcznik obsługi działa okrętowego 5"/38, wydany przez Biuro Zaopatrzenia; stwierdzono w nim jednoznacznie, że zasad obsługi nagrzanych dział należy przestrzegać bezwzględnie w każdej sytuacji, ponieważ zapalenie prochu po opuszczeniu klina może doprowadzić do eksplozji ładunków i wysadzenia w powietrze całego okrętu. Kapitan przeczytał instrukcję, zamknął książkę i spojrzał na Marsha z dezaprobatą.

– To mój okręt, do cholery, i to ja będę podejmował decyzje, co zrobić w przypadku zablokowania działa. Oczywiście pod warunkiem, że zostanę o tym fakcie poinformowany. Proszę mi powiedzieć, dlaczego nie zgłosili, że działo jest zablokowane?

Marsh był tym pytaniem zaskoczony. Zakładał dotąd, że problem został zgłoszony. – Muszę się tego dowiedzieć – odparł więc. – To także standardowa procedura.

– Coś panu powiem, XO. Używając pana ulubionego sformułowania, przypuszczam, że zakładał pan, że to zrobili. Przypuszczał pan, że wystąpił problem z zasilaniem, że pojawił się taki czy inny kłopot. Musi pan z tym skończyć. Przypuszczanie i zgadywanie jest nieprofesjonalne. Musi pan wiedzieć. MUSI pan wiedzieć. JA muszę wiedzieć.

– Tak jest, sir. Będę nad tym pracował.

– Jak wygląda procedura przekazywania informacji ze stanowiska działowego do mnie, na mostek?

Marsh opisał system komunikacji, służący kontroli dział.

271

– A więc w przypadku zablokowania działa obsługa zgłasza takie zdarzenie do centrum kierowania ogniem, centrum informuje Sky One, stamtąd informacja trafia do centrali bojowej, a następnie do mnie na mostek?

– Tak jest, sir.

– A pana ten system nie obejmuje?

– Moja stacja komunikacyjna wyposażona jest w przełącznik, który umożliwia mi nasłuch wszystkich prowadzonych rozmów. Głośnik mojego telefonu jest podłączony do obwodu komunikacyjnego dowództwa, 1JV, mogę więc przejąć dowodzenie, gdyby cokolwiek wydarzyło się na mostku.

– Na przykład, gdyby uderzyła w niego bomba, ponieważ dwa z naszych dział nie wystrzeliły.

– Tak jest, sir, dokładnie tak – Marsh nie wspomniał ani słowem o „niespodziance". Miał podejrzenie, że to chyba nie najlepszy moment.

– Wie pan co, to chyba dość niewygodne. Moim zdaniem XO powinien znajdować się w Bojówce, gdzie będzie miał najlepszy obraz sytuacji taktycznej, zamiast siedzieć za dwoma kominami i napawać się orzeźwiającą bryzą.

Jego ton był teraz spokojny, jak gdyby rozmyślał na głos. Marsh zdał sobie nagle sprawę, że ma do czynienia z tęgim mózgiem, a te wszystkie krzyki są być może dyktowane frustracją, nie złością.

– Tyle, że gdyby pocisk uderzył właśnie tam, powiedzmy, pomiędzy Bojówką a mostkiem, okręt straciłby za jednym zamachem dwóch najstarszych rangą oficerów.

– Stamtąd kieruje pan obroną przed okrętami podwodnymi.

– Torpeda nie uderzy w mostek – odparł Marsh. – Pamięta pan „San Francisco" pod Guadalcanal? W wyniku uderzenia w mostek zginął admirał, kapitan okrętu, zastępca admirała i wszyscy oficerowie mostkowi z wyjątkiem jednego. Oficer łączności musiał przejąć dowodzenie nie tylko na okręcie, ale także nad całą grupą bojową do chwili zakończenia ataku.

- Wiem - odparł kapitan. - Zróbmy tak. Jutro chcę spotkać się w kwaterze starszych oficerów z szefem działowych i z głównym inżynierem, o ile nie będziemy mieli znowu na głowie japońskich bombowców. Chcę ustalić na przyszłość, jak ma wyglądać nasza komunikacja wewnętrzna, tak aby następnym razem zablokowanie działa nie wymagało odbycia czterech rozmów telefonicznych, zanim dowiem się o zdarzeniu.

- Tak jest, sir - powiedział Marsh.

I tak upływał im dzień za dniem. Gdy cokolwiek szło niezgodnie z planem, kapitan Hughes wrzeszczał i krzyczał, wystawiając na pośmiewisko w równym stopniu siebie, jak i karconych oficerów. Następnie odbywał nieprzyjemną rozmowę z Marshem, zawsze zachowując spokój i kontrolę nad sytuacją w takim samym stopniu, w jakim wcześniej ją tracił. Próbując bezskutecznie chronić starszych i młodszych oficerów przed atakami kapitańskiego gniewu, Marsh zdał sobie niebawem sprawę, że każda taka sytuacja jest dla niego cenną lekcją.

Co ciekawe, załoga nie znienawidziła nowego dowódcy nawet w połowie tak, jak przewidywał to Marsh. Po jakimś czasie przywykli do ataków furii, ponieważ za każdym razem padało wyjaśnienie, dlaczego kapitan tak bardzo się zdenerwował, co należy zmienić i dlaczego jest to istotne na okręcie w strefie działań wojennych. Z jego logiką nie sposób było się kłócić. Marsh wolałby, co prawda, żeby komunikował swoje przemyślenia w sposób mniej nieprzyjemny - taki miał jednak charakter, i w końcu był przecież kapitanem. Marty Gorman, który od czasów służby na „Winstonie" został już dwukrotnie awansowany, przedstawił Marshowi punkt widzenia załogi dolnego pokładu: kapitanowie są zsyłani z góry, niczym części zamienne do maszynowni. Niektórzy są bardziej hałaśliwi od innych, spełniają jednak swoje zadania.

Niekiedy kapitan Hughes osobiście demonstrował załodze, jak należy wykonywać powierzone obowiązki. Pewnego razu „Evans" musiał wyłączyć jeden z czterech kotłów w celu kon-

273

serwacji; gdy ponownie uruchamiano kocioł, z rury wydobył się kłąb czarnego dymu, wyróżniając „Evansa" spośród okrętów płynących w szyku. Dymu było tak dużo, że oficer flagowy z lotniskowca zakomunikował im systemem sygnalizacji świetlnej, że mają natychmiast się uspokoić. Kapitan poczęstował inżynierów jedną ze swoich płomiennych tyrad, po czym zszedł pod pokład, do przedniej kotłowni, i osobiście odpalił kocioł, a obsługa obserwowała go w milczeniu. Marsh musiał przyznać, że smużka dymu, która podczas tej czynności wydobyła się z rury, była naprawdę minimalna; przy okazji kapitan pokazał, że wie, jak wyregulować pompy paliwowe, dmuchawy i palniki, by prawidłowo uruchomić kocioł, nie powodując przy tym powstawania dymu.

Obsługa jednego z dział pięciocalowych podczas ćwiczeń strzelniczych zdołała zepsuć podajnik prochu w trakcie ładowania – ziarna wielkości klusek rozsypały się wokół silników elektrycznych i we wnętrzu podstawy działa. Na mostku zrobiło się dużo szumu, po czym dowódca zjawił się na miejscu wypadku, by osobiście przeszkolić obsługę w zakresie ładowania, dosyłania nabojów i zamykania lufy. Naciskał odpowiednie przyciski na pulpicie, demonstrując, że wie, w jaki sposób i kiedy należy uruchamiać kolejne urządzenia, co miało dowodzić, że skoro ON potrafi to zrobić, tym bardziej powinni to umieć ONI, nie powodując zagrożenia eksplozją we wnętrzu działa. Usuwanie resztek prochu zajęło dwie godziny, podczas których na całym okręcie ogłoszono alarm bojowy. Marsh był zdania, że w ten sposób każe się całą załogę za błąd obsługi pojedynczego stanowiska, i wreszcie powiedział to na głos. Kapitan przypomniał mu, że dopóki proch nie zostanie w całości usunięty, może dojść do eksplozji, a co za tym idzie, stan alarmu bojowego jest koniecznością – nie chodzi o to, by kogokolwiek karać, ale wszyscy mieli być w gotowości na wypadek takiego zdarzenia.

Marsh zdał sobie wreszcie sprawę, że on i kapitan myślą zupełnie inaczej. Kapitan zawsze dostrzegał szerszą perspektywę, nawet gdy brudził sobie ręce w kotłowni czy we wnętrzu działa, udzielając swoim podwładnym kolejnej lekcji. Miał kilka lat więcej doświadczenia niż Marsh i wyglądało na to, że zdobył w tym czasie lepsze kwalifikacje jako dowódca, niż Marsh mógłby mieć nadzieję. Tyle że trzy tygodnie później Marsh zajął jego miejsce, gdy kapitan Hughes zakończył życie.

Był to jeden z tych przypadków, gdy niewielka grupka marynarzy zdołała schrzanić pozornie proste zadanie. Jeden z żurawików do łodzi ratunkowej miał uszkodzone ramię. Ślusarze okrętowi mieli je zespawać, najpierw jednak należało oczyścić powierzchnię. Kiedy została oczyszczona i przygotowana do spawania okazało się, że jedna z czterech śrub mocujących uchwyt ramienia do pokładu jest ułamana. Wysłali więc jakiegoś ucznia po wiertarkę elektryczną, po czym wywiercili kilka otworów w uchwycie, próbując bezskutecznie wykręcić śrubę. Zwierzchnik, który nadszedł w tym właśnie momencie, uznał za stosowne wziąć przykład z kapitana i zaczął na nich krzyczeć.

Kapitan, który znajdował się na pokładzie nad nimi, zainteresował się, co się dzieje. Zszedł do żurawików, by interweniować osobiście – a zauważywszy galimatias, jaki spowodowali ślusarze, wykonując prostą skądinąd czynność, chwycił wielką wiertarkę, aby pokazać im osobiście, jak mają rozprawić się z oporną śrubą. Przewiercił się precyzyjnie przez łeb śruby, następnie przez trzpień, po czym trafił dokładnie w kabel pod napięciem 440 woltów, biegnący pod podstawą uchwytu żurawika. Rozległo się nieprzyjemne buczenie, a kapitana otoczył purpurowy błysk; poczuli zapach spalonego mięsa. Uruchomił się bezpiecznik głównego układu zasilania, i już po chwili w kabinie Marsha złowrogo zadźwięczał telefon.

Nim dotarł na miejsce wypadku, przerażeni marynarze zdołali oderwać kapitana od stalowego pokładu, nie ulegało jednak wątpliwości, że już nic więcej nie można dla niego zrobić. Usta miał szeroko otwarte, wykrzywione grymasem, który upodabniał go do dzikiego zwierzęcia, a białka oczu były dosłownie ugotowane. Dwóch młodszych marynarzy, przewieszonych przez burtę, składało daninę Neptunowi; Marsh także poczuł przypływ mdłości, patrząc na osmalone zwłoki. Przyszedł młodszy sanitariusz, dźwigając czarną torbę, rzucił tylko okiem na ciało i potrząsnął głową. Nie musiał nic mówić. Wysłał dwóch ludzi do izby chorych, żeby przynieśli worek.

Rabin Morgenstern pojawił się od razu, gdy usłyszał, jak wzywają młodszego sanitariusza do żurawików. Ukląkł obok sztywnego ciała kapitana i bezskutecznie próbował zamknąć mu powieki. Po chwili narzucił na ramiona wąski szal i zaczął recytować psalm dwudziesty trzeci. Stojący wokół niego marynarze zdjęli czapki, Marsh zrobił to samo. Po chwili rabin podniósł się, mówiąc do Marsha, że przygotuje wszystko do pogrzebu na morzu. – Zwykle to ja się tym zajmuję – powiedział Marsh.

– Już nie – odparł rabin – teraz jest pan kapitanem, czyż nie?

Marsh stanął jak wryty. Oczywiście, rabin miał rację. Marsh poszedł na mostek i przywołał oficera sygnałowego, każąc mu przynieść blankiet depeszy. Okręt znajdował się w polu widzenia lotniskowca; Marsh był zdania, że takiej wiadomości nie powinien przekazywać siecią radiową TBS, używaną przez wszystkie okręty grupy. Porucznik John Hennessy, dowódca działu nawigacji, zajrzał mu przez ramię, gdy Marsh pisał zwięzły raport. Gdy skończył, Hennessy zwrócił mu uwagę, że o czymś zapomniał.

– O co chodzi?

– Sir, musi pan napisać, że objął pan dowodzenie.

– Domyślą się tego, na miłość boską.

– Nie, sir, nie to miałem na myśli – odparł Hennessy – musi pan zrobić wpis w dzienniku okrętowym, a potem poinformować dowódcę grupy, kto został dowódcą, podając nazwisko, stopień i numer.

– Ach, tak – powiedział Marsh – ma pan rację.

Z jego punktu widzenia to, co nastąpiło, było co najmniej osobliwe. Przed tym okropnym dniem pełnił de facto funkcję dowódcy starszych oficerów, co oznaczało, że stoi po ich stronie, w opozycji do ataków furii kapitana, a w każdym razie obawia się ich tak samo jak oni. Zgodnie ze wskazówkami kapitana Warrena, Marsh opiekował się starszymi oficerami, uważając bardzo, żeby nie powiedzieć niczego, co mogliby zinterpretować jako niesubordynację z jego strony. Teraz to on miał być kapitanem, choćby tylko „pełniącym obowiązki", a John Hennessy miał objąć funkcję jego zastępcy. Zmiana w tonie głosu Hennesy'ego, jego zachowanie, jak i fakt, że zaczął zwracać się do Marsha per „sir", świadczyły jednoznacznie, że wszystko się zmieniło.

– No dobrze – powiedział Marsh – jest pan po mnie najstarszy stopniem. To oznacza, że będzie pan pełnił obowiązki mojego zastępcy, proszę więc napisać wiadomość i upewnić się, że zawiera wszystko, co należy, dobrze?

– Tak jest, sir – odparł John. Dawniej powiedziałby po prostu „jasne, XO". Niewidzialna, a jednak namacalna przepaść dzieląca kapitana od reszty załogi już się otwierała, i Marsh czuł z tego powodu lekki niepokój.

Wspólnie wprowadzili odpowiedni wpis w dzienniku, po czym Marsh formalnie objął tymczasowo dowództwo nad USS „Evans". Pięć minut później komodor eskadry „Evansa", znajdujący się na jednym z pozostałych niszczycieli, odebrał sygnał świetlny. Natychmiast przekazał, że należy przeprowadzić dochodzenie zgodnie z podręcznikiem JAG[16] w celu ustalenia okoliczności zdarzenia; przyjęto też do wiadomości, że Marsh objął tymczasowo dowodzenie. Godzinę później rozpoczął się

---

[16] JAG – wojskowe biuro dochodzeniowe.

nalot japońskich bombowców z lądu, i „Evans" wrócił do swoich zwykłych zajęć, zestrzeliwując ogromne, czarne samoloty, gdy tylko pojawiały się w zasięgu rażenia. Tym razem wszystkie działa zachowywały się bez zarzutu, jakby chcąc uczcić pamięć kapitana Hughesa. Po odwołaniu alarmu bojowego „Evans" podpłynął do innego niszczyciela, aby wziąć na pokład lekarza, który miał przeprowadzić autopsję. Tego samego wieczoru załoga uczestniczyła w ceremonii pogrzebowej pod przewodnictwem rabina, po czym Marsh wziął kubek z kawą, poszedł na mostek i po raz pierwszy w życiu usiadł w fotelu kapitana. Wydawało mu się, że nie byłoby właściwe, gdyby to zrobił, zanim oddali ciało kapitana Hughesa morskim głębinom. Wciąż czuł się nieswojo i zastanawiał się, czy postępuje właściwie.

Mając w pamięci zachowanie komandora Wilsona, zastępcy dowódcy na „Winstonie", przed pogrzebem zdjął pierścień akademii z palca komandora Hughesa i włożył go do sejfu. Nie był pewien, kto powinien wystosować oficjalne kondolencje – on czy też komodor – tego wieczoru napisał jednak do wdowy po kapitanie, wyrażając najgłębszy żal z powodu śmierci komandora Hughesa w wyniku wypadku podczas działań na morzu. Dołączył do listu pierścień Hughesa, zapakował całość w sakiewkę z oficjalnym nadrukiem marynarki wojennej i zaadresował ją do żony kapitana w Waszyngtonie, w siedzibie komodora. Wiedział, że telegram z powiadomieniem o śmierci męża dotrze do niej dużo szybciej niż ta paczka. Pokrótce wyjaśnił, co się stało, i podkreślił, jak wiele on sam, jako zastępca, nauczył się od kapitana Hughesa i jak bardzo wszyscy na statku szanowali i cenili jego wiedzę i doświadczenie zawodowe. To ostatnie stwierdzenie było oczywiście naciągane, miał jednak jak najlepsze intencje. Taka była jego pierwsza decyzja jako dowódcy.

Następnego ranka spodziewał się otrzymać wiadomość od komandora grupy bojowej – sądził, że zostanie poinformowany o wyznaczeniu kogoś starszego rangą spośród personelu admirała, kto mógłby objąć dowodzenie okrętem. Zamiast tego komandor zwrócił się do niego, nakazując, aby „Evans" postępował zgodnie z wcześniejszymi rozkazami – miał odłączyć się od grupy bojowej „Enterprise" i skierować do zatoki Leyte, aby połączyć siły z VII Flotą admirała Kinkaida, który obejmie nad nim dowodzenie. Najpierw jednak kazano im podpłynąć do Wielkiego E i odebrać lotnika, który miał zostać odesłany na jeden z lotniskowców eskorty. Przeprowadzono więc transfer: list Marsha trafił na pokład „Enterprise" w zamian za jednego lotnika.

Dopiero gdy odpłynęli od burty lotniskowca i skierowali się na południe, Marsh ze zdumieniem powitał gościa na pokładzie. Był to nikt inny jak Mick McCarty we własnej osobie. W głowie pojawił mu się obraz sponiewieranej Glorii Hawthorne, odgonił go jednak szybko i powitał Micka tak uprzejmie, jak tylko był w stanie. Mick przekazał mu sakiewkę kurierską, zawierającą skróconą wersję rozkazu w sprawie inwazji na Leyte. Porozmawiali chwilę, po czym Marsh oddał go porucznikowi Hennessy'emu, aby znalazł dla niego wolną koję. Potem Marsh przeszedł do kajuty kapitańskiej, aby zapoznać się z treścią rozkazu. Zdecydował, że będzie korzystał z tej małej kajuty jako gabinetu, nie zmieniając miejsca zakwaterowania do czasu, gdy na okręt zawita nowy dowódca. Kajuta kapitańska na bakburcie stała więc pusta, przypominając załodze, że obecny kapitan pełni swoją funkcję jedynie tymczasowo.

Wraz z „Evansem" od grupy odłączyły się dwa inne niszczyciele, tworząc, według żargonu marynarki wojennej, zespół bojowy. Najstarszy rangą spośród kapitanów – oczywiście nie był nim Marsh – objął dowództwo nad wszystkimi trzema okrętami, które utworzyły kolumnę, by podążyć w kierunku zatoki Leyte z prędkością dwudziestu węzłów na godzinę. Flota znajdowała się około dwustu mil na południowy zachód od obszaru działania grup bojowych dużych lotniskowców. Gdy uformowali szyk, Marsh włączył radiowęzeł okrętowy i formalnie ogłosił, że przejął tymczasowo dowództwo na pokładzie. Opowiedział również ze szczegółami, co stało się z kapitanem Hughesem, wiedział bowiem, że pod pokładami szerzą się już plotki na ten temat. Poinformował też załogę, że zespół będzie stanowił wsparcie dla grupy bojowej lotniskowców, biorących udział w inwazji generała MacArthura na Filipiny, która ma rozpocząć się od wyspy Leyte. Powiedział ogólnie, czego mogą się spodziewać na podstawie treści rozkazu operacyjnego.

– Gdy siły amerykańskie wylądują na Leyte, Japończycy ruszą do przeciwnatarcia, i mocno uderzą – powiedział, robiąc przerwę po każdym zdaniu, aby echo jego słów przebrzmiało w głośnikach. – Jeśli stracą Filipiny, będzie to oznaczało, że zablokowaliśmy im wszystkie drogi zaopatrzenia z południowo-wschodniej Azji. Stamtąd biorą ropę. Jeśli zdołamy ich odciąć, będą skończeni. Mają tuziny lądowisk i dużą armię na wyspie Luzon, która będzie nas nękać dzień w dzień. Mogą nawet wysłać przeciwko nam swoją flotę bojową. Filipiny są tak ważne. – Na koniec ogłosił, że natychmiast po dołączeniu do sił inwazyjnych zatankują i się dozbroją.

Nastąpiło to kolejnego ranka – przepompowali paliwo z tankowca floty, a potem podpłynęli do okrętu z amunicją. Uzupełnienie zapasów zajęło im niemal cały dzień; Marsh spędził go prawie w całości na mostku, w kapitańskim fotelu lub przy nadzorowaniu młodszych oficerów. Od zatoki Leyte dzieliło ich jeszcze około stu mil, i pewnie dlatego Japończycy jeszcze się nie pokazali. Na razie. Byliby kuszącym celem – lotniskowce, tankowce, okręty transportowe i zaopatrzeniowe, łącznie około siedmiuset jednostek zmierzających w kierunku zatoki Leyte – wąskiego pasa wody pomiędzy filipińskimi wyspami Leyte i Samar. 3 Flota Halseya, powróciwszy po tygodniu ataków lotniczych na Formozę, przystąpiła z kolei do nalotów na północne bazy japońskie na wyspie Luzon i prymitywne lądowiska na Leyte. Być może dzięki temu gromadząca się przed inwazją flota cieszyła się chwilowym spokojem.

Lotniskowce wyglądały dziwnie. Niektóre z nich były przerobionymi statkami handlowymi. W marynarce wojennej wykorzystywane jako CVL, lekkie lotniskowce. Pozostałe zaprojektowano jako CVE – lotniskowce eskortowe. Mieściło się na nich około dwóch tuzinów samolotów, podczas gdy dużo większe lotniskowce floty klasy Essex mogły pomieścić ponad dziewięćdziesiąt. Nie były opancerzone, właściwie nie były też uzbrojone – standardowo miały jedno otwarte działo pięciocalowe na rufie. Wyporność każdego z nich wynosiła około dziesięciu tysięcy ton – w przypadku lotniskowców floty było to trzydzieści sześć tysięcy ton. Słabe parametry wynagradzała liczebność, dzięki której przydzielono im zadanie wspierania z powietrza sił piechoty morskiej, tak aby żołnierze nie musieli sami bronić lądowisk na brzegu, jak zdarzyło się na Guadalcanal.

„Evans" objął pieczę nad jednym z trzech zespołów bojowych, na które podzielono złożoną z szesnastu małych lotniskowców grupę MacArthura. Jednostka bojowa, do której przydzielono „Evansa", miała znaleźć się najbliżej okrętów biorących udział w inwazji i obszarów lądowania; składała się z sześciu małych lotniskowców i eskortujących je niszczycieli. Dwa pozostałe zespoły bojowe miały znajdować się dalej od brzegu jako rezerwa wsparcia powietrznego do momentu rozpoznania, jak silna kontrofensywa czeka atakujących. Radiowy sygnał wywoławczy grupy bojowej brzmiał Taffy, a poszczególnym zespołom przypisano sygnały Taffy Jeden, Dwa i Trzy. Wszyscy byli zdania, że zakrawa to na groteskę[17], sygnały wybierano jednak w taki sposób, aby podsłuchujący wróg nie mógł się rozeznać, jaki typ okrętu wchodzi w grę. Wieczorem wszystkie trzy niszczyciele zajęły wyznaczone

---

[17] *Taffy* (ang.) – cukierek toffi, ciągutka.

stanowiska i załogi jęły przyzwyczajać się do nowych warunków – i nowych, dużo mniejszych lotniskowców. Pierwszym zadaniem „Evansa" było przekazanie Micka McCarty'ego na pokład USS „Madison Bay".

Patrząc, jak „Evans" podpływa do rufy USS „Madison Bay", Mick uznał, że ten ostatni nie budzi zachwytu jako lotniskowiec. Czytał o okrętach tej klasy zanim opuścił „Enterprise". „Madison Bay" miał niecałe pięćset stóp długości i wyporność zaledwie ośmiu tysięcy ton. Na pokładzie mieściły się dwadzieścia cztery samoloty, myśliwce i bombowce, tworzące tak zwaną eskadrę mieszaną. Okręt miał jedną katapultę, a wysepka znajdowała się niemal na samym dziobie. Kominy wystawały z boku pokładu startowego, niezgrabnie pochylone pod kątem 45 stopni, aby zapobiec wytwarzaniu turbulencji przez gorące gazy. W pogodny dzień i przy dobrych wiatrach okręt wyciągał maksymalnie osiemnaście węzłów, a i wtedy nie zachwycał wyglądem.

Mick odchodził z Wielkiego E cicho i bez rozgłosu. W dniu odjazdu pożegnał się z nielicznymi kolegami w sali odpraw. Między innymi odruchowo poszedł poszukać Georgiego, wtedy jednak przypomniał sobie, że przecież nie wrócił z misji. Dowódca był „zajęty", ale zastępca złapał go w korytarzu i życzył mu szczęścia. Wszedł też do izby chorych, by zaopatrzyć się w zapas maści, którą smarował chorą rękę. Potem zszedł na pokład hangarowy i skierował w stronę barbety na śródokręciu, aby czekać, aż podpłynie „Evans".

Pierwszą rzeczą, o której się dowiedział, gdy już znalazł się na pokładzie, było to, że jego kumpel został właśnie kapitanem. Po kłótni na Pearl, niemal dziewięć miesięcy wcześniej, Mick nie był pewien, jak zostanie powitany, ale Marsh był uprzejmy i zachowywał się dość przyjaźnie. Zupełnie jakby się umówili, żaden z nich nie wspomniał ani słowem o Glorii Lewis.

282

Teraz, po tygodniu, cumowali na spokojnym morzu tuż za jego nowym domem, tym brzydkim kaczątkiem, z którego nigdy nie wykluje się piękny lotniskowiec. Stał obok Marsha na mostku, wciśnięty pomiędzy kapitański fotel i tarczę namierniczą.

– No – powiedział Marsh – co o tym sądzisz?

– Sądzę, że zostałem całkowicie i prawdziwie udupiony – powiedział Mick. – Spójrz tylko na to coś. Podskakuje na falach niczym ta puszka.

– No tak, za to są bez przerwy w akcji – odparł Marsh – Wielka Błękitna Flota od czasu do czasu przeprowadza jakąś spektakularną akcję, ale ci kolesie walą do Japońców dzień w dzień. Kiedy chłopcy MacArthura zejdą wreszcie na brzeg, będzie tu takich szesnaście.

Szesnaście? – zastanowił się Mick. Policzył w myślach. Nawet z poprawką na królowe hangaru[18], oznaczało to więcej samolotów, niż mieli pod Midway. No cóż, szkoda, że będą latać nad garstką bunkrów i okopanych stanowisk. Chłopaki z myśliwców może będą mieli trochę rozrywki, kiedy Japończycy ruszą z wyspy Luzon, ale wielkie lotniskowce Halseya od dwóch tygodni stały bezczynnie. Po Morzu Filipińskim, po bitwie, którą lotnicy marynarki zdążyli już ochrzcić mianem „wspaniałego strzelania do indyków nad Marianami", nie zostało chyba zbyt wielu doświadczonych pilotów. A samoloty bez pilotów nic nie były warte.

Marsh przytknął do oczu lornetkę. – Jest Roger – zawołał – idziemy.

Oficer pokładowy wywołał mostek sygnałowy i wydał rozkaz wywieszenia flagi R, wskazującej, że niszczyciel rozpoczyna podchodzenie. Mick, żegnając się z Marshem, podał mu lewą dłoń. Marsh potrząsnął nią nieuważnie, pochłonięty

---

[18] *Hangar queens* (ang.) – potoczne określenie samolotów uziemionych z przyczyn technicznych, spędzających najwięcej czasu w hangarze.

obserwowaniem niebezpiecznego manewru – „Evans" przyspieszył do dwudziestu węzłów i zbliżył się do lotniskowca od strony sterburty, by zatrzymać się w odległości zaledwie stu stóp.

Mick, czekając na przesiadkę, odczuwał przygnębienie. Od czasu Midway przerzucano go po całym Pacyfiku – z lotniskowca na lotniskowiec, ze stanowiska na stanowisko. Wciąż był jedynie porucznikiem, i wszystko wskazywało na to, że raczej nim zostanie, podczas gdy jego kolega z klasy i współlokator z pokoju, Marsh Vincent, awansował na komandora porucznika i objął dowodzenie nad niszczycielem, choć doszło do tego w dość osobliwy sposób. Góra musiała go cenić, w przeciwnym razie natychmiast przysłano by kogoś, aby go zastąpił.

Poza tym była jeszcze Gloria. Tamta noc w Pearl nie miała nic wspólnego z miłością i romantyzmem. Później doszło do kłótni z Marshem, która zniszczyła ich przyjaźń chyba nieodwracalnie, co było jasne, mimo że Marsh przez cały tydzień zachowywał się wobec niego uprzejmie. Mick teraz wspomniał o incydencie tylko raz. Przeprosił Marsha, że nazwał go tchórzem. Ale on zbagatelizował całą sytuację, mówiąc coś o zgubnym wpływie alkoholu na organizm w gorącym klimacie.

– Poruczniku – odezwał się jeden z marynarzy – jeśli pan jest gotów, to my także.

Mick zacisnął sznur kapoka i wspiął się na chwiejne krzesełko, podczepione pod liny. Minutę później wjeżdżał na górę pomiędzy burtami dwóch okrętów, zawieszony na urządzeniu złożonym ze zblocza i liny z manili o średnicy dwóch cali, ochlapywany przez fale, rozbryzgujące się w dole o stalowe burty i modlił się, żeby go nie upuścili. Marynarze z niszczycieli słynęli z tego, że nie przepuszczają okazji, by napędzić porządnego stracha pasażerowi chybotliwego środka transportu. Wreszcie znalazł się na wysokości zwiniętych lin ratunkowych. Sześć silnych rąk chwyciło krzesełko, pomagając mu wysiąść. Wilgotny worek marynarski leżał już na platformie barbety. Gdy zdjął kamizelkę ratunkową, potężny oficer w poplamionym benzyną kombinezonie lotniczym podszedł, by go przywitać.

– Bestia McCarty, jak pragnę zdrowia – powiedział – witamy wśród Nietykalnych.

Mick rozpoznał go od razu. Grał w ataku w drużynie marynarki, gdy Mick był na pierwszym roku w Annapolis. Nazywał się Maximo Campofino i był od niego dwa lata starszy. Nosił odznakę z dębowymi liśćmi, oznaczającą stopień komandora porucznika.

– Szalony Maks, jak się miewasz? Jesteś tu dowódcą?

– Za moje grzechy. Coś ty narobił – rozkwasiłeś nos przybocznemu admirała czy coś w tym rodzaju? No dobra, bierz swój worek i wchodzimy pod pokład, zanim te małpy pokładowe zaczną w nas rzucać bananami.

Mick spodziewał się, że zejdą włazem wiodącym na pokład hangarowy, zamiast tego zobaczył jednak jedynie korytarz. Maks zabrał go do sali odpraw i przedstawił jako ostatniego wygnańca ze świata wielkich lotniskowców. Wszyscy wydawali się być nastawieni dość przyjaźnie, mieli już nawet przygotowany dla niego kombinezon lotniczy.

– Gdzie, u diabła, jest pokład hangarowy? – zapytał Mick, już przebrany w znajomy strój roboczy.

– Mamy na tej łódce tylko pół hangaru – odparł Maks – połowę wysepki, połowę pokładu startowego, jedną wyrzutnię, dwa dźwigi, i to wszystko, partnerze. Powinniśmy mieć dwadzieścia cztery samoloty, ale zwykle jest około osiemnastu, dziewiętnastu, z tego może dwanaście gotowych dziennie do lotu. Ale chłopaki i tak nas kochają.

– A misje?

– Wylatujemy, odbieramy zgłoszenie z FAC, schodzimy na wysokość wierzchołków drzew i obracamy wszystko w perzynę. Niezła zabawa, przez większość czasu.

– To samo robiłem na Canal – powiedział Mick – nie było tak jak pod Midway, ale masz rację. Chłopaki na ziemi kochali nas jak cholera.

– Nadal kochają, chłopie. Byłeś pod Midway? Ustrzeliłeś coś grubszego?

Mick opowiedział im o swoich doświadczeniach, a potem opisał bitwę na Morzu Filipińskim. Starał się nie przechwalać, żeby nie wyjść na bufona już pierwszego dnia. Piloci wokół byli dość młodzi, kilku wyglądało dosłownie jak dzieciaki.

– Jesteś asem? – zapytał któryś.

– Jestem pilotem bombowca, ale zestrzeliłem Japończom parę samolotów. Wiesz, asy to raczej ci z myśliwców.

– Jak by nie było, fantastycznie cię tu widzieć – odparł Maks. – Chodź, pokażę ci łódkę. To zajmie nie więcej niż pięć minut.

Potrwało to dłużej, ale niewiele dłużej. Maks wyjaśnił, że CVE są produkowane masowo, jak najtaniej i jak najszybciej.

– Niewiele mogą, ale jest ich dużo. Jak się zbiorą wszystkie, są w stanie rozwalić aluminiową chmurę[19]. Nic spektakularnego, ale dla tych, którzy nie odrywają się od ziemi, liczy się skuteczność w powietrzu. Skąd ta rękawiczka?

Mick dopiero teraz uświadomił sobie, że odruchowo oszczędza prawą dłoń – mimo to bolała go często, a skóra przybierała niekiedy ciemny kolor, szczególnie wieczorami. Wyjaśnił Maksowi, że był ranny i że postawiono go przed wyborem: albo wróci do domu i odda się w ręce specjalistów, albo rzuci latanie.

– Dobry wybór – powiedział Maks. – Nasz chirurg mógłby rzucić na to okiem. Jest naprawdę niezły.

– Macie tu chirurga?

---

[19] *Aluminum Overcast* (ang.) – aluminiowa chmura, potoczna nazwa samolotu C-5, nazywano tak również bombowiec Convair B-36.

– Tak, po jednym na trzy lotniskowce. Ten akurat stacjonuje chwilowo u nas, ale się zmieniają. Chodź, pokażę ci samoloty.

Maks oprowadził go po pokładzie hangarowym, a następnie po pokładzie startowym, aby mógł obejrzeć wszystkie samoloty. Mick zauważył, że wszystkie są ozdobione w charakterystyczny sposób – mają domalowane zęby, zabawne nazwy, poprzyklejane kalkomanie. Zapytał, czy mógłby umieścić na jednym z nich wizerunek białego konia. Maks skierował go do bosmanów – to oni tworzyli te malowidła. Mick zauważył, że Maks nie zadał sobie trudu, żeby zapytać, co symbolizuje biały koń. Postanowił jednak, że w ten sposób upamiętni zarówno Jimmy'ego Sykesa, jak i swoją reputację we flocie.

Po posiłku, zaserwowanym w południe, Mick udał się do punktu medycznego, gdzie powitał go chirurg w średnim wieku o nazwisku Lowenstein, który spoglądał na niego zmęczonym wzrokiem spoza niezwykle grubych szkieł okularów. Mick wyjaśnił mu, w jaki sposób doznał obrażeń dłoni.

– O rany – powiedział lekarz – gdyby mnie tak pogrzebano żywcem, ani chybi straciłbym rozum.

– Byłem tego bliski. I co pan sądzi?

– Straci pan tę dłoń, oto co sądzę. Nie od razu, ale układ krążenia został poważnie uszkodzony. Pewnego pięknego dnia będzie trzeba ją amputować. Dziwię się, że jest pan w stanie trzymać drążek.

– Żartuje pan ze mnie?

– Ani trochę, poruczniku. Bardzo boli?

– Czasami boli bardzo, najmocniej dokucza, kiedy drętwieje. Na ogół ból nie jest zbyt silny.

– No cóż, gdybyśmy byli w kraju, musiałbym pana natychmiast zwolnić ze służby. Ale nie jesteśmy. Inwazja zacznie się w ciągu dziesięciu dni, i dopóki jest pan w stanie utrzymać drążek w ręku i latać tą swoją maszyną, będzie pan to robił. Ale musi pan wiedzieć, czego się spodziewać, młody człowieku.

– Jezu.

287

– Nie zrobił pan sobie tego podczas bójki w barze, poruczniku. Został pan ranny, jak miliony innych w tej cholernej wojnie. Jak się pan miewa pod innymi względami?

Lekarz przebadał go szybko i zalecił przyjmowanie niewielkich dawek aspiryny. Poinstruował, w jaki sposób ma masować chorą rękę, dodając, że podczas snu powinien starać się trzymać ją jak najwyżej.

– A skąd będę wiedział, że pora już, żebym, no...

– Pozna pan po zapachu.

Mick zamrugał. – Fantastycznie – powiedział.

– Pytał pan, poruczniku. Jak już mówiłem, powinni byli odciąć ją panu już tam, na wyspie.

– Byli trochę zajęci, doktorze. Nie ma pan pojęcia, jakim horrorem były walki o Canal.

Lekarz posłał mu krzywy uśmiech i uniósł do góry koszulę, pokazując dwie różowe blizny po kulach na klatce piersiowej.

– Akurat mam, poruczniku. Byłem tam od sierpnia czterdziestego drugiego. Przeprowadzałem właśnie zabieg w kraterze po bombie, stojąc po kolana w wodzie, wokół mnie pływały ludzkie szczątki, gdy trafił mnie snajper. Przestrzelił się dokładnie przez znak czerwonego krzyża, mały skurwiel.

– Chirurg marynarki wysłany do Guadalcanal?

– Byłem wtedy tylko marnym czeladnikiem. Zrobiłem dyplom eskadry medycznej, kurując się w Oakland. Wszyscy z regularnej służby zdążyli już się znaleźć na lotniskowcach. Aha, byłbym zapomniał. Slipki w dół, sprawdzimy, czy wszystko w porządku z pana osobistym wyposażeniem bojowym, tak?

A-Day wyznaczono na dwudziestego października – najpierw mieli lądować rangersi[20], aby oczyścić wyspy o naj-

---

[20] *Army Rangers* – elitarna formacja komandosów Armii Stanów Zjednoczonych przeznaczona do operacji specjalnych.

większym znaczeniu strategicznym u wejścia do zatoki Leyte. „Evans" przypłynął na miejsce dwunastego, a Marsh i pozostali oficerowie musieli natychmiast zapoznać się z nowymi rozkazami operacyjnymi, ponieważ pierwotnie celem inwazji miała być wyspa Mindanao, a nie Leyte.

Jednocześnie przedzierali się przez stosy dokumentów dotyczących dochodzenia JAG w sprawie śmierci kapitana Hughesa. Fakty były oczywiście dość jednoznaczne. Bardziej delikatną kwestią okazały się przyczyny, które doprowadziły do incydentu – tym zajął się Marsh. Pakiet sprawozdań wysłano do komodora, który znajdował się wciąż gdzieś na Morzu Filipińskim wraz z flotą Halseya, na pokładzie jednego z dużych lotniskowców. Wiadomo było, że zgodnie ze standardową procedurą takich dochodzeń, pakiet wróci do nich z mnóstwem pytań, poprawek, poleceń zmiany użytych sformułowań i tak dalej. Cały proces przebiegał zawsze tak samo, bez względu na stopień wojskowy człowieka, który zginął na skutek nieszczęśliwego wypadku. Tym razem chodziło o dowódcę, było więc wiadomo, że starsi oficerowie szczególnie starannie przeanalizują każdy niuans. Marsh cieszył się jedynie, że chwilowo ma sprawę z głowy.

Po pewnym czasie otrzymał wiadomość, w której komodor informował go, że komandor nazwiskiem L.J. Benson, z biura naczelnego dowódcy Floty Pacyfiku, jest już w drodze, aby objąć dowodzenie na „Evansie". Przez ułamek sekundy Marsh poczuł lekkie rozczarowanie, ale szybko wrócił do rzeczywistości. Był komandorem porucznikiem. Nawet w czasie wojny od objęcia dowództwa nad okrętem w normalnych warunkach dzieliłyby go dwa, trzy lata, zakładając, że Departament Marynarki Wojennej w ogóle byłby skłonny uczynić go dowódcą. Wiadomość oznaczała, że należy rozpocząć przygotowania do kolejnej zmiany dowództwa. Tym razem nieszczęsny oficer nawigacyjny, John Hennessy, musiał pogrążyć się bez reszty w papierkowej robocie – oczywiście z pomocą samego Marsha.

Marsh z rozbawieniem obserwował załogę, próbującą rozstrzygnąć, jak właściwie należy się do niego zwracać – XO, czy też kapitanie. Ponieważ komandor Benson został oficjalnie wyznaczony na następnego dowódcę, polecił załodze, by nazywali go XO. Niektórym się to udawało, innym nie. Każdy, kto zwracał się do niego z jakąkolwiek sprawą, gdy siedział w fotelu kapitańskim na mostku, używał tytułu kapitana. Jeżeli zaś przechadzał się po pokładzie, mówiono do niego XO.

W ciągu dwóch dni poprzedzających A-Day „Evans" zapewniał wsparcie oddziałom płetwonurków, które oczyszczały teren w okolicy dwóch głównych plaż. Pięciocalowe działo okrętu szybko przepłoszyło japońskich snajperów, usiłujących utrudnić im to zadanie. Pewnej rozrywki dostarczyło im również rozminowanie wejścia do zatoki Leyte. Były to duże, czarne, okrągłe kule z kontaktowym urządzeniem zapalającym, naszpikowane kilkoma tysiącami funtów materiału wybuchowego każda, co sprawiało, że eksplozje dawały efekt wyjątkowo malowniczy. W wyszukiwaniu min pomagały im samoloty; pewnego dnia przy burcie pojawił się SBD z białym koniem wymalowanym na boku. Osłona kabiny pilota była podniesiona, samolot podleciał blisko i zszedł na niewielką wysokość. W pilocie Marsh rozpoznał Bestię, który machał do niego niedbale, przelatując z warkotem obok okrętu. Gogle miał zsunięte na czoło, a z kącika ust zwisało wielkie cygaro. Załoga była zachwycona. „Bestia nareszcie w swoim żywiole" – pomyślał Marsh.

To, co wydarzyło się w dniu inwazji, nie było zbyt spektakularne. Przed świtem grupa wysłużonych okrętów – niektóre podźwignięto z błota po klęsce pod Pearl Harbor – rozpoczęła grzmiące bombardowanie. Z satysfakcją patrzono, jak posyłają pociski z dział czternasto- i szesnastocalowych w głąb dżungli w pobliżu plaży i dalej, choć obserwowanie tych pocisków przelatujących nad głowami zgromadzonych na „Evansie" marynarzy okazało się próbą dla nerwów. Pociski szesnastocalowe, o wadze niemal trzech tysięcy funtów każdy, wydawały głęboki, turkoczący dźwięk, przelatując nad nimi w stronę japońskich bunkrów, niewielkich okopów i stanowisk dział. Kiedy oddziały dotarły na brzeg, napotkały jedynie słaby, źle zorganizowany opór. Najwyraźniej Japończycy wycofali swoje główne siły – jak szacowano, około dwudziestu tysięcy żołnierzy – na stoki gęsto zalesionego pasma górskiego, wyznaczającego geograficzny kręgosłup wyspy Leyte. Przybrzeżne niszczyciele, prowadzące wsparcie ogniowe, zostały zaskoczone przez kilka japońskich samolotów, które pojawiły się nie wiadomo skąd. Atak odparły okrętowe działa AA, z pomocą myśliwców z lotniskowców Taffy, zgrupowanych w pobliżu wybrzeża. Marsh przypomniał sobie, co Mick mówił na temat strzelania do indyków: ci Japońcy nie byli zbyt agresywni.

Dwudziestego czwartego wszystkie pancerniki i większość niszczycieli uczestniczących w inwazji skierowała się na południe, w stronę wschodniego wybrzeża Leyte, do cieśniny Surigao – wąskiego przesmyku pomiędzy Leyte a kolejną dużą wyspą, Mindanao. Początkowo żadna z załóg nie wiedziała dlaczego, ale wieczorem usłyszeli przez radio TBS, że japońska flota okrętów wojennych wyruszyła, by zaatakować łańcuch wsparcia logistycznego inwazji. Była to doprawdy kiepska wiadomość, chociaż, o czym z pewnością nie wiedzieli Japończycy, większość zaopatrzenia przerzucono już na ląd, a transportowce były puste. „Evans" i trzy inne niszczyciele pozostały z tyłu, aby chronić lotniskowce eskortowe z grupy Taffy 3. Marsh podejrzewał, że „Evansa" wybrano w tym celu ze względu na tymczasowość jego funkcji jako p.o. dowódcy. Słuchając komunikatów radiowych i patrząc, jak pospiesznie utworzona formacja bojowa znika za horyzontem, można było odnieść wrażenie, że to raczej wypad na południe, niż stan wyjątkowy. Jak zwykle wiedzieli niewiele o sytuacji taktycznej poza tym, co mogli zobaczyć na własne oczy.

Tej nocy przygotowali się na wieczorny alarm bojowy, mieli też podpłynąć do jednego z lotniskowców eskortowych, aby uzupełnić paliwo. W ostatniej chwili całą operację odwołano z powodu problemów ze sterowaniem na pokładzie lotniskowca. Marsh trochę się tym zdenerwował. Każdy kapitan niszczyciela troszczy się przede wszystkim o paliwo na swojej jednostce. Okręt o wyporności dwa tysiące dwieście ton z założenia pali dosyć sporo, tym bardziej gdy komandorzy oczekują natychmiastowego wykonania każdego rozkazu przy pełnej prędkości, z werwą i wigorem. „Evans" dochodził tymczasem do magicznej liczby pięćdziesięciu procent, poniżej której uzupełnienie paliwa było we flocie obowiązkowe. Lotniskowiec eskortowy, USS „Gambier Bay", polecił im, by wrócili następnego dnia. Wzięli więc kurs na stanowisko wsparcia ogniowego u wybrzeży maleńkiej wysepki Palo, gdzie armia, przedzierająca się w głąb lądu, napotykała coraz silniejszy opór.

Gdy dotarli do celu, Marsh nalał sobie kawy i poszedł na mostek sygnałowy, gdzie można było poczuć lekki powiew bryzy podczas tego dusznego wieczoru. Dołączył do niego rabin. Morgenstern okazał się cennym członkiem załogi. Łatwo nawiązywał kontakty, lubił ludzi, zawsze chętnie pomagał oficerom z papierkową robotą i sprawami administracyjnymi. Nieustannie opowiadał stare dowcipy, słuchacze jednak grzecznie się śmiali, nawet jeśli słyszeli żart już setki razy. Codziennie składał też kapitanowi sprawozdanie na temat samopoczucia załogi i wszelkich problemów, z jakimi borykają się oficerowie.

– Jak minął dzień, rabbi? – zapytał Marsh, zadowolony, że go widzi.

– Podejrzanie dobrze – odparł Morgenstern, mieszając kawę kieszonkowym scyzorykiem. – Jest za cicho, jak na tak dużą inwazję.

– Dziś w nocy na pewno będziemy mieli coś do roboty – powiedział Marsh – armia lubi wysyłać nas przed linię frontu na misje N-B po zapadnięciu zmroku.

– N-B?

– Nękania i blokowania. Strzelamy na oślep w dżunglę w wyznaczonych miejscach. Japończy nie mają pojęcia, gdzie wyląduje pocisk, są więc w strachu i kopią całymi nocami, a nasze chłopaki mogą uciąć sobie drzemkę.

– Cudownie. Gdzie się podziały wszystkie okręty?

– Popłynęły na południowy zachód. Mówi się, że japońska flota płynie przez cieśninę Surigao, że będzie zasadzka.

Omówili kilka spraw związanych z personelem, ale ze słów rabina wynikało, że wśród załogi tego dnia nic szczególnego się nie działo. Przez większość czasu spoglądali tylko na słońce, które chowało się za pasmem gór, i udawali, że nie jest wcale aż tak gorąco.

– Jak podoba się panu dowodzenie? – zapytał Morgenstern.

– Podoba się? Obawiam się, że to nie jest właściwe określenie – odparł Marsh.

Morgenstern się uśmiechnął. – Patrzę na tych wszystkich facetów, którzy robią, co mogą, żeby dorwać się do władzy – powiedział – a potem widzę, jak w ciągu sześciu miesięcy siwieją od tego ze szczętem.

– Odkąd zaczęła się moja kariera, bezustannie snułem rozważania, jak to ja robiłbym wszystko inaczej niż inni. Nie bałbym się nowych pomysłów. A teraz jestem taki sam jak wszyscy moi dotychczasowi dowódcy – przede wszystkim ostrożny.

– Ponieważ pana decyzje wpływają na nas wszystkich, a jeśli pan coś schrzani, staniemy w obliczu klęski.

– Właśnie. To było dla mnie największą niespodzianką.

– Przynajmniej zdaje pan sobie z tego sprawę – powiedział Morgenstern. – Widziałem już takich, którzy nie zdołali uświadomić sobie zagrożeń związanych z dowodzeniem na morzu.

– No cóż, staram się. Niebawem zawita do nas prawdziwy dowódca, a ja czekam na niego z coraz większym utęsknieniem.

– Z tego, co wiem, załoga byłaby zadowolona, gdyby pozostał pan na stanowisku.

– Miło to słyszeć – odparł Marsh – zobaczymy, co powiedzą, kiedy zacznie się prawdziwa gorączka. Japończycy wyślą swoich najlepszych ludzi, żeby utrzymać Filipiny, a miałem już z nimi do czynienia.

Gdy dochodziła północ, zwolniono ich z funkcji wsparcia ogniowego i zarządzono wycofanie się do zatoki Leyte, gdzie mieli dołączyć do grup Taffy. Najstarszy rangą pośród dowódców niszczycieli został mianowany komandorem ochrony przeciwpodwodnej i wysłał „Evansa" na stanowisko na północny zachód od zespołu lotniskowców eskortowych. Trzy pozostałe niszczyciele zamykały szyk, co dawało optymalną ochronę przed okrętami podwodnymi, jak również przed atakiem z powietrza. W grupie złożonej w większości z ciężkich okrętów niż jednostek eskortowych, żadna formacja nie zapewniała zresztą dostatecznej obrony. Dwie pozostałe grupy lotniskowców eskortowych wypłynęły jeszcze dalej, poza zasięg radaru „Evansa", na południowy wschód.

Był październik, okres tajfunów; nocne powietrze było ciężkie, gorące i niezwykle wilgotne. Od czasu do czasu przez zatokę Leyte przechodziły deszczowe szkwały w kierunku położonej na północy wyspy Samar. Niekiedy manewrowali okrętami w taki sposób, aby wejść w linię szkwału i spłukać sól z górnych pokładów. Jeżeli deszcz był dość obfity, rzucano słówko załodze, i ci jej członkowie, którzy nie pełnili akurat wachty, wybiegali na zewnątrz, aby zafundować sobie upragniony prysznic ze słodkiej wody.

Około pierwszej w nocy Marsh został wezwany przez oficera wachtowego Centrum Informacji Bojowej. Wyglądało na to, że w powietrzu jest dość wilgoci, by dało się wyłapać transmisję radiową z południa, gdzie najwyraźniej trwała duża bitwa.

Radio TBS nadawało się z reguły do rozmów na odległość ograniczoną przez widoczny horyzont, tej nocy jednak, dzięki korzystnej pogodzie, zasięg wzrósł do kilkuset mil. Marsh nie mógł spać z powodu gorąca, poszedł więc do CIC, a potem na mostek, by wystukać częstotliwość sił bojowych południa. Przyszedł również rabin; Marsh zaczął objaśniać mu znaczenie dobiegających przez radio dźwięków.

To była jedna z reguł w marynarce: im mniejsza jednostka, tym chętniej jej załoga korzystała z radia. To, co działo się tej nocy w cieśninie Surigao, nie odbiegało pod tym względem od schematu. Kutry torpedowe miały najwyraźniej zaatakować jako pierwsze, a ich załogi, rozgadane nie mniej od pilotów, wznosiły entuzjastyczne okrzyki przy każdym trafieniu i ostrzegały się nawzajem przed zderzeniem wśród chaosu, który powstał podczas ataku. Potem ruszyły niszczyciele, wypluwając ogniste torpedy na flankach w kierunku japońskich okrętów wojennych i krążowników. Przy górnym, północno-wschodnim ujściu cieśniny czekało cierpliwie sześć amerykańskich liniowców. Po ostrzale wybrzeża, nie mając wystarczająco dużo amunicji przeciwpancernej, by wziąć udział w bitwie, wstrzymały ogień, czekając, aż Japończycy przypuszczą atak torpedowy. Gdy okręty japońskie zbliżyły się na odległość jedenastu–dwunastu mil, rozległ się huk dział czternasto- i szesnastocalowych, niczym wezwanie do rozpoczęcia kolejnej odsłony odwetu za Pearl Harbor.

Sygnał radiowy to zanikał, to znów powracał z taką siłą, że siedzący na mostku podskakiwali przy odbiorniku. Było to ekscytujące; nie ulegało wątpliwości, że Japończycy dostają właśnie tęgie lanie. Około trzeciej Marsh, siedząc w fotelu kapitańskim, zapadł w sen. „Jutro też będzie dzień" – zdążył jeszcze pomyśleć, nim uświadomił sobie, że jutro już nadeszło. Poranny alarm bojowy, wschód słońca, śniadanie i znów rozpocznie się walka, a w dżunglę polecą pociski.

ROZDZIAŁ TRZYNASTY

Oficer pokładowy obudził Marsha piętnaście po piątej, na pół godziny przed wyznaczonym czasem alarmu bojowego. Dzięki temu zdążył przejść do swojej kabiny, wziąć szybki prysznic, zmienić przepocony mundur na czysty i wrócić na mostek w chwili, gdy rozbrzmiał sygnał alarmu. Sprawdzono wszystkie działa, podobnie jak na innych niszczycielach. Podczas pierwszej próbnej salwy na lotniskowcach eskortowych ogłoszono alarm, myśląc, że doszło do ataku, z czasem jednak wszyscy do tego przywykli. Po czterdziestu minutach oczekiwania z CIC zgłoszono, że radary niczego nie wychwyciły. Marsh zauważył, że zbiera się na potężną ulewę – należało się spodziewać, że załogi wszystkich małych dział na pokładzie zmokną do suchej nitki.

– Odwołać alarm – powiedział oficerowi pokładowemu, po czym kazał mu zwolnić, chcąc dać tym na górze dość czasu, by otrząsnęli kapoki i hełmy i narzucili brezentowe płachty na odsłonięte dwudziestki i czterdziestki. Kiedy schodzili na śniadanie, o pokład zabębniły właśnie pierwsze krople deszczu, który już po chwili przesłonił całkowicie formację lotniskowców. Radar przeszukiwania powierzchni stał się tym samym bezużyteczny – echo radiolokacyjne od morza zniekształciło sygnał doszczętnie, zacierając całkowicie obraz na ekranie. Marsh zszedł do kwatery starszych oficerów po swoją porcję jajecznicy z proszku, polaną obficie keczupem, z zimnym tostem i gorącą kawą. Lekarze sprzątnęli tymczasem cały swój ekwipunek, a rabin, który od chwili ogłoszenia alarmu przebywał w kwaterze wraz z ekipą medyczną, jadł już śniadanie.

– Wracamy dziś do wsparcia ogniowego, XO? – zapytał.

– Nie mam pojęcia, rabbi – odparł Marsh – pewnie tak, zważywszy że wielkie działa ruszyły na południe. Zależy pewnie od tego, co Japończycy zgotują nam na brzegu.

Obok nakrycia Marsha u szczytu stołu zaskrzeczał telefon. Sięgnął po słuchawkę.

– XO.

– Kapitanie, tu chorąży Cauley, z Centrum Informacji Bojowej. Dostaliśmy właśnie informację od jednego z czarnych kotów[21], widzieli podobno trzy, może cztery pancerniki zmierzające w naszym kierunku.

Marsh odstawił kubek, odnotowując w myślach, że musi przypomnieć Cauleyowi, żeby nie nazywał go już kapitanem.

– Gdzie one są?

– PBY twierdzi, że płyną od wybrzeża wyspy Samar, ale dowódca Taffy kazał mu sprawdzić, czy to nie nasze okręty wracające z Surigao. Czekamy na odpowiedź.

Chorąży potrafili być wkurzający. – Od której części wybrzeża Samar?

– Chwileczkę – odparł tamten. Po chwili był już z powrotem. – Na północny zachód od nas.

– Cieśnina Surigao jest na południowy zachód od nas – powiedział Marsh. Inni oficerowie usłyszeli słowo „pancerniki" i zmianę tonu Marsha. Wszyscy przestali jeść.

---

[21] *Black cats* (ang. czarne koty) – chodzi tu o eskadrę patrolową łodzi latających PBY.

297

– Tak, sir – odpowiedział Cauley – wiem o tym. Zakładam, że admirał miał na myśli pancerniki Halseya.

– Nie „zakładaj", Jerry – warknął Marsh. „Komandor Hughes byłby ze mnie dumny" – pomyślał. – Dowiedz się.

– Jedna chwila, XO.

Marsh słyszał w tle podniesione głosy dyżurujących w CIC. W podnieceniu chorąży Cauley wciąż przyciskał guzik głośnika radiowego. „Czemu, u diabła, pancerniki Halseya miałyby płynąć do Leyte? – zastanawiał się Marsh. – Może chodziło o to, by zatuszować fakt, że starzy wyjadacze nadal kotłują się na południu w cieśninie Surigao?".

Cauley wrócił. – Sir – powiedział wyraźnie podniesionym głosem – PBY twierdzi, że to Japończyky – czarne okręty, maszty jak pagody, a jeden z nich to największy pancernik, jaki widział w życiu. Mówi, że są z nimi także niszczyciele.

– Ogłosić alarm bojowy – rozkazał Marsh i odłożył słuchawkę. Pozostali oficerowie przy stole pośpiesznie kończyli śniadanie, odsuwali krzesła i ruszali na swoje stanowiska. Marsh podążył za nimi w chwili, gdy rozległ się alarm. Słyszał niezadowolone głosy marynarzy, przekonanych, że to kolejny cholerny próbny alarm, milkli jednak na widok Marsha wspinającego się po drabince i zdążającego na mostek.

Dochodząc do kabiny, słyszał, jak komandor grupy bojowej wydaje rozkaz alarmowy przez TBS do niszczycieli, aby stworzyły zasłonę dymną. Chwycił kapok oraz hełm bojowy i pospieszył na mostek, czując, jak „Evans" przebija się przez podmuchy wiatru, by skręcić w prawo.

– Gdzie oni są? – zawołał, przekrzykując narastający szum wichru, napierającego na drzwi kabiny.

– Trzy trzy zero, odległość szesnaście mil – zawołał oficer pokładowy z mostka na lewej burcie. – Nie widzę okrętów, ale strzelają do naszej Cataliny, widzę ogień z dział przeciwlotniczych.

Strugi deszczu siekły powierzchnię morza. Na ekranie radaru „Evansa" przybrały postać cienkich, jasnozielonych linii. Dowódca grupy bojowej wydał rozkaz, aby lotniskowce eskortowe skierowały się na południowy wschód z maksymalną prędkością. „Evans" znajdował się za formacją lotniskowców, dlatego też załoga nie musiała obawiać się kolizji, w przeciwieństwie do sześciu małych jednostek, które zmuszone do jednoczesnego manewru, musiały uważać, aby nie powpadać na siebie. Marsh zdał sobie sprawę, że ze wszystkich okrętów grupy to właśnie „Evans" znajduje się prawdopodobnie najbliżej tego, co znaczyło niebo na północnym zachodzie drobnymi, czarnymi chmurkami wystrzałów broni przeciwlotniczej.

„Evans" z łatwością osiągał prędkość dwudziestu siedmiu węzłów, nawet gdy pracowały tylko dwa kotły. Lotniskowce eskortowe jednak nie były w stanie płynąć szybciej niż z prędkością osiemnastu.

– Czy jesteśmy pewni, że to Japończycy? – zapytał John Hennessy. – Wciąż nie namierzono ich przez lornety.

W tej samej chwili sześć potężnych fontann wodnych wykwitło opodal najbliższego lotniskowca, „Gambier Bay", plującego czarnym dymem z pochylonych kominów.

– Teraz już tak – powiedział cicho Marsh – to na pewno pancernik, skoro strzela z takiej odległości.

– I bierze naszych w widły – dodał John. – Boże, te pociski są ogromne!

– Mostek, tu Bojówka, kontakt radarowy przerywany z powodu pogody – dobiegło z głośnika. – Ale wygląda na to, że mamy tu dwie grupy, odległość piętnaście mil i zmniejsza się.

„Skurwysyny – pomyślał Marsh, czując, jak kurczy mu się żołądek. – Piętnaście mil stąd? Japońskie pancerniki? A gdzie do cholery są nasze?"

– Samoloty startują, kapitanie – zawołał marynarz stojący na oku na sterburcie.

Marsh spojrzał we wskazanym kierunku i zobaczył, jak pierwszy samolot odrywa się od pokładu „Gambier Bay" akurat w chwili, gdy wokół okrętu wybuchło sześć kolejnych gejzerów, jakby próbując strącić startującą maszynę. Słupy wody wznosiły się wyżej niż samolot – był to raczej przykry widok. Drugi samolot ukazał się nad pokładem; pod kadłubem widniała pojedyncza, duża bomba.

Wydając rozkaz, aby wszystkie lotniskowce skierowały się na południowy wschód, admirał osiągnął dwa cele: zredukował prędkość zbliżania się okrętów japońskich i ustawił lotniskowce w odpowiednim kierunku w stosunku do wiatru, co ułatwiło start samolotom. Generatory „Evansa" pracowały tymczasem pełną parą, wypluwając olbrzymie kłęby szarawego dymu, które wisiały nad powierzchnią morza, by osłonić małe lotniskowce przed namierzeniem przez dalmierze nieprzyjaciela. Pozostałe niszczyciele spieszyły się teraz, by znaleźć się pomiędzy lotniskowcami eskortowymi a nadpływającymi wrogimi okrętami; one również spowite były kłębami dymu. „Dym, deszcz, w dodatku robi się naprawdę mgliście" – pomyślał Marsh. Wydał rozkaz inżynierom, by uruchomili kotły i już niebawem kominy „Evansa" zaczęły również wypluwać czarne, gęste obłoki sadzy.

Kolejna salwa trafiła w rufową część pokładu lotniczego „Gambier Bay". Marsh zobaczył, jak oderwany fragment pokładu frunie ponad sterburtą, otoczony językami ognia i dymem. Okręt został trafiony, ale samoloty wciąż startowały. Niektóre z nich nie miały przytroczonych bomb, ale na niebie było ich coraz więcej – wystrzeliwały z pokładów lotniskowców we wszystkich kierunkach. Gdyby z każdego z nich wystartowało po dziesięć, to na siły japońskie ruszyłoby pięćdziesiąt wściekłych szerszeni tylko z ich części grupy bojowej Taffy. John Hennessy odezwał się przez radio z Bojówki.

– Mostek, tu Bojówka, według odczytów z radaru nieprzyjaciel rozdzielił siły. Największe jednostki płyną na nas od zachodu, północnego zachodu. Wygląda na to, że pozostali chcą znaleźć się na północno-wschodniej stronie formacji lotniskowców.

„Krążowniki" – pomyślał Marsh, choć wciąż były zbyt daleko, by można je było zobaczyć. Ciężkie krążowniki japońskie. Te ogromne, czarne drapieżniki z wyrzutniami długich lanc[22] i działami ośmiocalowymi. W tej samej chwili dostrzegł mniejsze, ale wciąż imponującej wielkości pociski lądujące w pobliżu „Gambier Bay" i tuż za pozostałymi pięcioma lotniskowcami. „Strzelają na granicy zasięgu – pomyślał. – Musimy się bardziej postarać, zasłona dymna tu nie wystarczy". W tym momencie przez radio TBS nadszedł rozkaz. Mówił chyba sam admirał Sprague.

– Chłopcy, zaczynajcie atak torpedowy, powtarzam, natychmiast atak torpedowy!

– Jasny gwint – mruknął oficer pokładowy.

„Faktycznie, jasny gwint" – pomyślał Marsh. Polecił Johnowi Hennessy'emu, by przyszedł na mostek i zastąpił oficera pokładowego podczas manewrów – musieli skierować się wprost na nadpływające niszczyciele, wciąż niewidoczne za amerykańską zasłoną dymną. Tymczasem obsługa nakierowała dwie pięcioboczne podstawy wyrzutni torpedowych, przygotowując je do ataku. Oficer torpedowy na mostku był gotów. Marsh szybko podniósł do oczu lornetkę, by upewnić się, że pozostałe niszczyciele podążają w tym samym kierunku. Płynęły, ciągle plując dymem. Zdawało się, że majaczący za nimi „Gambier Bay" pozostaje w tyle za innymi lotniskowcami. Marsh miał nadzieję, że dwie pozostałe grupy Taffy również szykują się do ataku, nie wiedział jednak, jak daleko się znajdują. Być może odległość była wystarczająco duża, aby nic im nie zagrażało, samoloty zaś mogły dotrzeć na miejsce dość szybko. Potrzebna im była każda pomoc.

---

[22] *Long Lance* (ang. „długa lanca") – najlepsza japońska torpeda kalibru 609 mm.

Gdy okręt wyrównał kurs i ruszył w stronę krążowników, Marsh czekał, aż dowódca grupy niszczycieli przejmie dowodzenie, nic takiego jednak nie nastąpiło. Właściwie miało to nawet sens: jedyną nadzieją, że uda im się dokonać czegokolwiek konstruktywnego, było bezpośrednie starcie, w takim wypadku zaś wszyscy doskonale znali swoje zadania. Wystarczyło wybrać Japońca i otworzyć ogień. Niech żyje admirał Nelson.

„Evans" przebił się wreszcie przez zasłonę dymną i oczom załogi ukazał się przerażający widok. Dziesięć mil dalej na północny wschód zespół ciężkich krążowników napierał na flankę lotniskowców eskortowych; po lewej, dużo dalej, majaczyły krępe sylwetki pancerników – jeden z nich górował nad pozostałymi. Wpatrując się przez lornetkę w masywne, czarne piramidy okrętów, Marsh zobaczył żółtopomarańczowe języki ognia, wypluwane przez działa sześciocalowe w kierunku lotniskowców. Kilka chwil później dał się słyszeć groźny, przeciągły warkot obracających się półtoratonowych wyrzutni; gejzery wody wystrzeliły nad powierzchnię w pobliżu lotniskowców trzymających się najbardziej z tyłu. Niektóre z nich były jaskrawo zabarwione, dzięki czemu załogi poszczególnych okrętów nieprzyjaciela mogły łatwiej zlokalizować, gdzie padają wysyłane przez nie pociski.

Marsh wiedział, że niszczyciele z pancernikami nie mają szans, „Evans" musiał więc celować do krążowników. Walka pomiędzy ciężkim krążownikiem japońskim a niszczycielem amerykańskim musiała być walką nierówną. Te pierwsze dysponowały dużo lepszym uzbrojeniem – na pokładzie każdego z nich znajdowało się dziesięć dział ośmiocalowych i więcej pięciocalowych, niż mieli ich Amerykanie. Przy bezpośrednim natarciu Japończycy mogli zboczyć na lewo i na prawo, ostrzeliwując ich z sześciu dział ośmiocalowych, mając przeciwko sobie jedynie dwa działa pięciocalowe znajdujące się na dziobie „Evansa". Łączna prędkość, z jaką zbliżały się do siebie jednostki, wynosiła już niemal sześćdziesiąt węzłów – wystarczyło dziewięć minut, by Japończycy znaleźli się tuż obok. Wiadomo było jednak, że są w stanie obrócić amerykańskie niszczyciele w perzynę zanim jeszcze dopłyną – działa ośmiocalowe dosięgną ich, zanim blaszanki zdołają dopłynąć do krążowników. Marsh zdawał sobie sprawę, że muszą jakoś rozbić szyk nieprzyjaciela.

Kazał oficerowi torpedowemu na mostku celować w pierwszy krążownik poczwórną salwą w sterburtę, w kierunku północnym. Pierwszy krążownik formacji japońskiej otworzył ogień w stronę pozostałych niszczycieli płynących wraz z „Evansem", pociski jednak padły daleko od celu. Niszczyciel odpowiedział ogniem z przednich dział pięciocalowych, mimo że krążownik pozostawał poza ich zasięgiem.

– Torpeda wycelowana – dobiegło z głośnika.

Marsh podał oficerowi pokładowemu kurs. Podniósł dłoń.

Okręt wykonał zgrabny zwrot w lewo przy prędkości dwudziestu siedmiu węzłów, wyrównał kurs, i Marsh opuścił dłoń. Usłyszał świst na śródokręciu, gdy cztery z dziesięciu torped wpadły do wody i skierowały się w stronę pierwszego krążownika. Japończycy także zorientowali się, co się dzieje, i cała linia zawróciła na wschód, wykonując manewr unikowy. Marsh zbyt późno zdał sobie sprawę, że należało raczej upozorować atak, przynajmniej jednak zwrot Japończyków pozwolił opóźnić tempo, w jakim zbliżali się do lotniskowców. To była ta dobra wiadomość. Zła była taka, że zmiana kursu wystawiła ich na ostrzał wszystkich japońskich dział ośmiocalowych, nie tylko przednich. Wszystkie otworzyły teraz ogień na „Evansa" i pozostałe niszczyciele. Na morzu zaroiło się od zabarwionych jaskrawo gejzerów wody, niektóre z nich wybuchały niebezpiecznie blisko. Marsh mógł tylko się domyślać, że w kierunku „Evansa" wystrzelono również kilka torped Long Lance.

Marsh wycofał się z powrotem do sterówki i osobiście zmienił kurs tak, by uniknąć torped, podążając za miejscami wybu-

303

chu. W teorii można było zakładać, że po nieudanym strzale Japończycy skorygują ustawienie wyrzutni. W rezultacie ostatnie miejsce, w którym doszło do wybuchu, powinno okazać się stosunkowo bezpieczne, przynajmniej na krótką chwilę. Musieli zdać sobie sprawę, że zmiana kursu umożliwiła niszczycielom ucieczkę, wrócili więc na poprzedni kurs, wciąż strzelając ze swych pozostałych dział w kierunku „Evansa", a także najbliższych lotniskowców eskortowych. Na każdą salwę najbardziej oddalonych pancerników wystrzeliwali dwie swoje, mimo to formacja lotniskowców wyglądała jakby otoczyła ją trąba wodna.

Marsh polecił dowódcy działa, by wycelował w jeden z okrętów znajdujących się w ich zasięgu, i pięciocalówki otworzyły ogień do pierwszego krążownika będącego w odległości siedemnastu tysięcy jardów, a więc na granicy zasięgu „Evansa". Strzelano z pięciocalowych dział. Gdyby jednak udało się trafić w opancerzoną burtę krążownika, pocisk prawdopodobnie odbiłby się od niej jak piłka. Marsh miał nadzieję, że przy odrobinie szczęścia zdołają dosięgnąć górnej części burty, z reguły słabiej opancerzonej.

Zbłąkany pocisk wybuchł tuż nad powierzchnią, rozpryskując fontanny wody i odłamków, które wpadły na mostek „Evansa" przez otwory działowe. Coś uderzyło o stalowy hełm Marsha, przekręcając go na bok. Telefonista obsługujący 1JV chwycił się za szyję i uklęknął powoli, rozbryzgując wokół fontanny krwi. Przerażony sternik pochylił się nad nim, ale nie mógł nic zrobić, by zatamować krew z przerwanej tętnicy. Marsh krzyknął, że ma zdjąć mu słuchawki i przejąć obsługę 1JV; w tym samym momencie o pokład uderzył kolejny pocisk ośmiocalowy, zasypując go fragmentami rozgrzanej stali i kroplami słonej wody. Sternik założył zakrwawione słuchawki i próbował nawiązać kontakt z innymi stacjami, najpierw jednak musiał wytrząsnąć z mikrofonu niemal ćwierć kwarty krwi. Marsh był pewien, że chłopak zwymiotuje, ale jakoś się pozbierał. On sam czuł, że boli go głowa i nie jest w stanie myśleć jasno. Przyłożył dłoń do karku i poczuł, że jest mokra od krwi. Hełm jakoś przestał na niego pasować, więc go zdjął. Zobaczył wgniecenie wielkości piłki tenisowej. „Przynajmniej spełnił swoje zadanie" – pomyślał, usiłując wziąć się w garść mimo dojmującego szumu w uszach.

Postanowił, że będą podążać w ślad za gejzerami wzniecanymi przez pociski, próbując zarazem ustawić się odpowiednio do kolejnego ataku torpedowego. Za każdym razem, gdy „Evans" wykonywał zwrot, krążowniki zygzakowały, by uniemożliwić załodze wycelowanie. Trafienie w krążownik poruszający się z prędkością trzydziestu pięciu węzłów graniczyło z cudem, choć zbliżyli się już na tyle, że do walki włączyły się baterie japońskich dział cztero- i pięciocalowych. Zaczęło się bezpośrednie starcie i Marsh mógł już tylko pozwolić działowym i załogom celowników robić, co do nich należy. Na horyzoncie roiło się od celów; należało tylko przez cały czas odpowiednio manewrować. Jak mówili piloci myśliwców – podczas takiej walki nigdy nie trzymaj prostego kursu.

Nagle przednia część krążownika płynącego na czele znikła w eksplozji wody i ognia – jeden z niszczycieli dokonał niemożliwego i trafił go torpedą. Krążownik zwolnił wyraźnie, ale nie przestawał strzelać. Pozostałe otoczyły uszkodzony okręt, ledwo unikając kolizji, i zbliżały się coraz bardziej, wciąż prowadząc ogień. Gdy jeden z krążowników znalazł się za drugim, „Evans" skorzystał z okazji, by wypuścić kolejne dwie torpedy. Jedna z nich natychmiast zeszła na zły kurs i ruszyła w dal, podskakując na falach. Przynajmniej nie zawróciła w kierunku „Evansa", za co Marsh był szczerze wdzięczny. Druga trafiła w bok trzeciego krążownika w obszarze śródokręcia i eksplodowała z potężnym pluskiem. Ku rozpaczy Marsha, okręt płynął dalej, jak gdyby nic się nie stało, i wypuścił kolejną salwę w kierunku „Evansa". Wszystkie dziesięć pocisków, wyjąc, przeleciało nad pokładem.

Marsh usłyszał ze śródokręcia radosne okrzyki, gdy torpeda dosięgła celu, już po chwili jednak „Evans" przyjął salwę pocisków ośmiocalowych na pokład i na sterburtę. Wiwaty przerodziły się we wrzask – załogi dział czterdziesto- i dwudziestomilimetrowych zostały zdziesiątkowane. Jeden z pocisków przeleciał gładko przez kabinę nawigacyjną, bez trudu rozrywając cienką blachę stalową nadbudówki. Zanim radiotelegrafista w kabinie zdążył zareagować, pocisk przeciął go na pół. Na dziobie działo numer pięćdziesiąt jeden wypluło ogromną chmurę brudnoszarego dymu z obu włazów i zamilkło na zawsze. Pięćdziesiąte drugie ciągle strzelało, podobnie jak pozostałe. Salwa ominęła mostek, ale jeden z pocisków zerwał potężną antenę radaru z fokmasztu.

Wtedy Marsh zauważył, że zwalniają. Spojrzał ku rufie i dostrzegł dwie potężne dziury w przednim kominie, który zaczął się niebezpiecznie przechylać. Gdy sięgał do przycisku telefonu wewnętrznego, kolejne pociski wylądowały w pobliżu; jeden z nich uderzył płasko o wodę, podskoczył na falach i uderzył w kotwicę na sterburcie, nie wybuchając. Pozostałe eksplodowały, zwalając na pokład „Evansa" niewyobrażalne ilości wody. W głośniku odezwał się główny inżynier, porucznik Carson.

– Mostek, tu maszynownia, straciliśmy kocioł jeden A. Przypuszczam, że dymnice pionowe są uszkodzone. Przełączymy się na jeden B tak szybko, jak tylko zdołamy.

– Tu mostek, przyjąłem – odpowiedział Marsh – robi się tu gorąco.

– Tak, słyszeliśmy, kapitanie.

Oczywiście, że słyszeli – pociski wybuchające pod wodą wytwarzały dźwięk niczym bomby głębinowe, słyszane na pokładzie okrętu podwodnego.

Marsh wydał rozkaz, by okręt zatoczył szeroki łuk, chcąc wydostać go ze strefy zagrożenia, było jednak za późno. Gdy sternik obracał kołem, nadeszła kolejna salwa – tym razem otrzymali mocne uderzenie lub nawet dwa w sterburtę, na poziomie linii wodnej. Jeden z pocisków wleciał wprost do maszynowni na dziobie, gdzie mechanicy usiłowali podłączyć rezerwowy kocioł. Z przechylonego komina przedniego wydobywały się kłęby czarnego dymu, którym towarzyszył świst ulatującej pary.

Marsh słyszał już wcześniej ten dźwięk na „Winstonie" i dobrze wiedział, co to oznacza. Wszyscy na dole byli prawdopodobnie martwi, a „Evans" płynął na jednym kotle rufowym. Chmura czarnego, tłustego dymu, wypływająca z uszkodzonego komina, miała potężne rozmiary. Pocieszający był jedynie fakt, że Japończycy, uznając okręt za zatopiony, skierowali uwagę na inne cele.

Ponownie zmienił kurs, okręt jednak reagował opornie. Krążowniki japońskie przypuściły atak na dwa lotniskowce, płynące na końcu formacji. Z obu wydobywały się kłęby dymu. Działo numer pięćdziesiąt dwa zamilkło – obsługa musiała zaczekać, aż pracujący pod pokładem uzupełnią zapas amunicji. Pięćdziesiątka jedynka także milczała, dymiąc wszystkimi otworami. Wtedy Marsh zobaczył ogromną wyrwę w płycie bocznej podstawy, spowodowaną uderzeniem ośmiocalowego pocisku. Gdyby pocisk eksplodował, cały dziób okrętu wyleciałby w powietrze. Tak czy inaczej, cała obsługa prawdopodobnie pożegnała się z życiem. Wyczerpywał się zapas szczęścia „Evansa" – ta myśl sprawiła, że poczuł mdłości. Zdał sobie sprawę, że ściska lornetkę tak mocno, aż rozbolały go ręce.

Gdy „Evans" chwiejnie oddalał się z miejsca katastrofalnego spotkania z linią krążowników, na niebie ukazały się amerykańskie samoloty. Marsh wywołał wszystkie stacje, by zgłosić uszkodzenia, patrząc, jak kolejne maszyny zniżają lot nad krążownikami, zrzucając bomby, pociski, chyba nawet bomby głębinowe. Nie był w stanie dostrzec, czy którakolwiek z nich zadała dotkliwe straty, ale krążowniki rozpierzchły się, próbując uniknąć pocisków, przy czym dwa z nich omal się nie zderzyły. Marsh zastanawiał się, gdzie dotychczas podziewały się samoloty. Spojrzał na zegarek i uświadomił sobie, że minęło zaledwie piętnaście minut od rozpoczęcia akcji. „Czas płynie szybko, gdy się dobrze bawimy" – pomyślał. Przynajmniej krążowniki wydawały się bardziej zainteresowane lotniskowcami niż niszczycielami; po chwili jednak przypomniał sobie o pancernikach. Rzucił okiem na horyzont na północnym zachodzie i poczuł, jak coś ściska go za serce. Nie dwa, ale trzy pancerniki – wciąż odległe, jednak zbliżały się coraz bardziej, wieżyczki były przesłonięte kulami ognia – to były salwy pocisków szesnastocalowych. Patrzył z przerażeniem, jak salwa dosięga jednego z najbliższych niszczycieli, obracając go w perzynę wraz z całą załogą w ciągu jednej oślepiającej sekundy.

Nadszedł czas, by umknąć za kurtynę deszczu.

Rozdział czternasty

Od dziesięciu dni Mick i pozostali piloci VC-Eleven przechodzili szkolenia i uczestniczyli w pierwszych nalotach na obszar położony za dwoma najważniejszymi przyczółkami desantowymi na Leyte. Nie napotkali oporu w powietrzu – zdarzało się, że otwierała do nich ogień japońska artyleria przeciwlotnicza, zdawało się jednak, że żołnierze nieprzyjaciela rozpłynęli się gdzieś w głębi dżungli, pozostawiając wolne wybrzeże dla spodziewanego desantu.

Mick przyzwyczaił się już do lądowania na krótkim pokładzie małego okrętu. Jak zauważył Maks, pas nie był krótszy, niż w przypadku dużych lotniskowców, tyle że kończył się na dziobie, zamiast w połowie długości jednostki. Pokład lotniskowca stwarzał fałszywe wrażenie, że jest na nim nieco miejsca na margines błędu, dowodził Maks. Na małym lotniskowcu nie było wątpliwości: musiałeś wiedzieć, co robisz. Na razie pogoda była dobra, a morze spokojne. Mickowi nie było spieszno sprawdzić, jak będzie się lądowało przy silnej fali.

Tej nocy w kwaterze oficerów rozmawiano głównie o serii ataków przeprowadzonych przez szybkie lotniskowce na północ od Leyte. Najwyraźniej japońskie okręty dotarły tu z Borneo, zostały jednak nieźle poturbowane na morzu

309

Sibuyan na zachód od Leyte. Przez radio plotkowano, że bombowce Helldiver zdołały zatopić największy pancernik, jaki kiedykolwiek widziano. Teraz desantowce wielkopokładowe płynęły na północ, gdzie ponoć znów pojawili się Japończycy. Halsey chciał najwyraźniej pomścić słynną już „porażkę" Spruance'a, który nie zdołał wykończyć wszystkich japońskich lotniskowców podczas bitwy na Morzu Filipińskim. Wszyscy piloci rozmawiali tylko o tym, pijąc kawę w niewielkiej mesie.

– Moim zdaniem – powiedział Maks – skoro Spruance zestrzelił wszystkie ich samoloty podczas wspaniałego polowania na indyki, to dlaczego mielibyśmy się przejmować ich lotniskowcami?

– A co, jeśli wyposażą w nowe? – zapytał jeden z pilotów bombowców.

– I co? – odparował pilot myśliwca – obsadzą je nastolatkami? Kiedy ostatnio zestrzeliłem Zero, pilot wyglądał na dwanaście lat.

– Widziałeś pilota?

– Uderzyłem go z boku – odparł tamten – zobaczyłem jego twarz na chwilę przed tym, jak urwało mu ogon. Był w szoku. I zaraz już było po nim.

– No widzicie – powiedział Maks– i to się liczy.

– Halsey ciągnie za sobą całą flotę?

– Zdaje się, że zostawił w odwodzie pancerniki na wypadek, gdyby Japońcy postanowili jeszcze raz spróbować szczęścia na Leyte.

Pilot myśliwca wydawał się zdziwiony tą rewelacją. – Byłem dziś rano na patrolu – powiedział – na północny zachód stąd, niedaleko cieśniny Bernardino. Nie widziałem żadnych okrętów.

– Pewnie są na wschodzie, uzupełniają paliwo. Byk słusznie zostawił je w odwodzie – niespecjalnie się przydają do walki z lotniskowcami.

310

– Nie chciałbym zobaczyć jednego z nich wyłaniającego się zza horyzontu – powiedział Mick – byłem po niewłaściwej stronie, kiedy wywalały mi gówno na głowę. Od cholery hałasu. Wszyscy zaśmiali się i rozeszli do swoich kajut. Mieli wylecieć po ogłoszeniu alarmu bojowego o piątej czterdzieści pięć, potem wrócić na śniadanie, by następnie skierować się do rejonu operacji desantowej w zatoce, gdzie miały się odbyć kolejne misje.

Następnego ranka Mick wyszedł na pokład startowy, by napić się kawy i wypalić po śniadaniu papierosa na świeżym powietrzu. Robiło się gorąco, morze było spokojne – szkwały ciągnęły w kierunku odległej wyspy Samar. W formacji płynęło pięć lotniskowców, rozproszonych w sposób przypadkowy w odstępach około pięciu mil, dzięki czemu samoloty miały zyskać swobodę ruchu po starcie. Trzy niszczyciele i pojedynczy okręt eskortowy znajdowały się gdzieś na południowym wschodzie, poza zasięgiem wzroku. Grupa z „Madison Bay", znana jako Taffy Trzy, miała tego dnia zapewniać wsparcie na pierwszej linii. Taffy Jeden i Dwa miały wolny poranek, przynajmniej chwilowo, pozostawały jednak w stanie gotowości na wypadek, gdyby okazały się potrzebne na brzegu.

Wojsko posuwało się w głąb lądu od strony zatoki Leyte; w obszarze niewielkich wzgórz za plażami wybrzeża natrafiono wreszcie na realny opór. Mick spodziewał się, że to będzie długi dzień – będą zrzucać niewielkie bomby na bunkry, podczas gdy myśliwce z „Madison Bay" ostrzelają je pociskami rakietowymi. Pozostałe lotniskowce zorganizowały już zapewne stanowiska patrolu walki powietrznej pomiędzy rejonem operacji desantowej a wyspą Luzon, skąd Japończycy krótkimi wypadami utrudniali organizację zaopatrzenia dla potrzeb inwazji.

Mick przyzwyczaił się już do rutyny i polubił swoje nowe zajęcie. Eskadra składała się z samorodnych talentów i doświadczonych pilotów, których z takich czy innych przyczyn – o tym na ogół się nie mówiło – wydalono z macierzystych jednostek. Maks, dowódca, nazywał ich Nietykalnymi, co było jednak pewną przesadą. Wszyscy wiedzieli, że dni chwały wielkich lotniskowców dobiegają końca; po Midway, po długiej, wyczerpującej kampanii na Wyspach Salomona i słynnym już wspaniałym odstrzale indyków zaczynało im brakować równorzędnych przeciwników. Teraz ich zadaniem miało być to, co robiła eskadra Micka – wspieranie wojsk lądowych i żołnierzy korpusu marines, przemierzających wybrzeże w poszukiwaniu odpowiedniego miejsca na bazy bombowców, które mogłyby latać nad Japonię. Potrzeba było wielu samolotów; stocznie w kraju zawiesiły więc produkcję okrętów wielkopokładowych, zastępując je licznymi, niewielkimi lotniskowcami CVE. Jak twierdziła załoga, skrót ten oznaczał „combustible, vulnerable, expendable" – łatwopalne, bezbronne, przeznaczone na stracenie; w tej wojnie liczyły się jednak liczby.

Samolot Micka zatankował zapas paliwa i pobrał uzbrojenie na cały dzień. Teraz czekał jako drugi w kolejce do katapulty startowej i patrzył, jak obsługa podwiesza niewielkie bomby i zakłada taśmy nabojowe, wypełnione błyszczącymi pociskami. Fotel tylnego strzelca wyjęto, by samolot mógł unieść więcej amunicji. Od rana odczuwał lekkie pulsowanie dłoni; zdjął więc rękawiczkę, aby przeprowadzić test zapachu. Przyzwyczaił się stale nosić rękawiczkę, by ukryć ciemnoczerwoną barwę skóry; wszyscy wiedzieli o jego problemie, ale nikt o tym nie mówił. Dopóki był w stanie trzymać drążek steru i latać, była to wyłącznie jego prywatna sprawa. Tego ranka Ta Ręka, jak już przywykł ją w myślach nazywać, wydawała się spuchnięta, a skóra była bardziej naciągnięta niż zwykle. Inni piloci także cierpieli z powodu fizycznych dolegliwości; a najdziwniejsze, że fakt ten wydawał się cementować więź łączącą Nietykalnych. Jedno było pewne: nikt tu nie wykazywał się nadwrażliwością na porażki, jak na wielkopokładowych. Te

małe lotniskowe były pod tym względem podobne do niszczycieli marynarki.

Podszedł do niego Chudy Graham z twarzą zasłoniętą niemal w całości ogromnym cygarem.

– Kolejny piękny dzień w marynarce – zagaił.

– Taa, bracie – odparł Mick. Chudy miał nadwagę, co było
niezłą sztuką w tych warunkach, zważywszy na jakość wojen-
nego wiktu. Miał dużą, okrągłą twarz i ujmująco serdeczne
podejście do świata. Jego myśliwiec, wczesny model Hellcat,
znajdował się przed Mickiem w kolejce do katapulty.

– Nie ma dużego wiatru – zauważył – będziemy strzelać
cały ranek. Słyszałeś, jaki kocioł był wczoraj na południu?

– Chłopaki w mesie mówili coś, że Japończycy wpadli jak śliw-
ki w kompot – odparł Mick. – A ty co słyszałeś?

– Walki pancerników – odparł Chudy. – Japończycy strasznie
dostali po tyłkach.

– A więc nasze pancerniki jednak są w pobliżu – powiedział
Mick.

– To nie były pancerniki Halseya – odparł Chudy – to była
straż, ci, którzy oberwali pod Pearl. Niektóre zostały przywró-
cone do służby jako lotniskowce. Są zbyt wolne, żeby nadążyć
za wielkopokładowymi, ale wystarczą, żeby zastawić pułapkę.
To musiała być dla nich piękna noc.

– To dopiero – powiedział Mick – pamiętam, jak oglądałem
film o tak zwanej linii bojowej. Wyglądały jak parada dinozau-
rów. Przypuszczam, że pod Pearl ich era dobiegła końca.

– Wiesz, co ich musiało naprawdę zaboleć? – powiedział
Chudy. – Japończycy użyli zmodyfikowanych pocisków z pancerników, żeby zbombardować tych kolesi. Wyposażyli przeciwpancerne pociski czternasto- i szesnastocalowe w statecz-
niki, bo takimi można było przebić się przez ich opancerzenie.
Właściwie w pewnym sensie teraz zostali pobici swoją własną
bronią.

Mick patrzył, jak czerwono-biała flaga wznosi się do połowy wysokości fału nad wysepką, sygnalizując, że okręt przy-

313

gotowuje się do wypuszczenia samolotów. Obsługa zablokowała już skrzydła większości z nich. Piloci spacerowali wokół, sprawdzając ostatnie szczegóły, wycierali olej z masek, czyścili szyby. „Madison Bay" nie wykonał jeszcze zwrotu w kierunku słabego wiatru, Mick i Chudy podeszli więc do jednej z zamontowanych na pokładzie rur, służących jako urynały, i złożyli daninę ciemnogranatowemu morzu po raz ostatni przed trzygodzinną misją w powietrzu.

– Co to, do cholery, jest? – zapytał Chudy, zapinając suwak kombinezonu lotniczego.

Mick także usłyszał ten dźwięk, jego mózg sygnalizował, że słyszał go już wcześniej, nie był jednak w stanie go rozpoznać. W kolejnej sekundzie trzy niewielkie gejzery wykwitły po stronie sterburty, by po chwili przerodzić się w grzmiące erupcje dymu i wody, zabarwionej na jaskrawożółty kolor.

– Jasna cholera! – zawołał Chudy, gdy patrzyli na gigantyczne kolumny wody, opadające z powrotem na powierzchnię zaledwie pięćset jardów dalej. Mick zdał sobie niejasno sprawę, że lotniskowiec przyspiesza; z głośników nawoływano pilotów, by zajęli miejsca w samolotach; ogłoszono alarm bojowy. Wszyscy piloci. Na pokład. Stan zagrożenia.

Mick upuścił kubek i wspiął się trzy schodki wyżej, na pokład startowy, by podbiec do swego dauntlessa. Przez głośniki wciąż rozbrzmiewało nawoływanie „Wszystkie ręce na pokład!", z informacją, że nie chodzi o ćwiczenia. W chwili gdy Mick dopadał swego samolotu, wybuchło sześć kolejnych ogromnych pocisków, tym razem przed dziobem małego lotniskowca, wzbijając słup zabarwionej na czerwono wody na wysokość stu stóp, wystarczająco blisko, by Mick poczuł drżenie drewnianego pokładu. To z pewnością nie były cholerne ćwiczenia.

Chudy nadbiegł za nim; trzech techników pomagało mu właśnie wsiąść do kokpitu. Lotniskowiec przechylił się na sterburtę, kierując się na południowy wschód, by ustawić się odpowiednio do wiatru; Chudy, miotając przekleństwa, omal nie wypadł z kokpitu na drugą stronę.

Tymczasem Mick zapinał już pasy i uruchamiał silnik. Jego mózg zarejestrował wreszcie, co widzi: pociski pancerników. Gdy silnik się rozgrzewał, przepatrzył szybko horyzont, ale nie dostrzegł niczego oprócz majaczących w oddali strug deszczu. Po chwili przypomniał sobie, że pancerniki strzelają prawie z odległości osiemnastu mil, a widoczność wynosiła zaledwie jedenaście lub dwanaście. Spojrzał przed siebie i zobaczył myśliwiec Chudego na pokładzie startowym, wypluwający obłoki szaroniebieskiego dymu. Inne samoloty także warczały już silnikami; z pochyłych kominów lotniskowca wydobywały się czarne kłęby. Flaga została wciągnięta do końca; lotniskowiec wyrównał kurs. Trzęsło nim. Mick poczuł, że on także się trzęsie.

Chudy startował, ciągnąc za sobą wstążkę pary – na kilka chwil znikł z pola widzenia, zasłonięty przez dziób lotniskowca, po chwili pojawił się znów, nabierając prędkości, kierował się na rufę; śmigło samolotu zataczało spirale w ciężkim od wilgoci powietrzu. W tej chwili uderzyły trzy kolejne pociski. Mick poczuł jeden, potem drugi wstrząs. Obejrzał się i zobaczył, że na pokładzie panuje zgiełk. Od strony rufy wydobywał się dym – ciemnobrązowy, nie czarny jak dym z kominów. Zobaczył biegnących medyków, przeciskających się z noszami na kółkach wśród obracających się śmigieł. Technicy zamachali do niego, dając znak, by zajął miejsce przy katapulcie. Zwolnił hamulce i odpalił silnik, by ustawić dauntlessa w odpowiednim położeniu.

Pancerniki. Japońskie pancerniki. Tutaj?

Skąd do cholery się wzięły? I gdzie, do cholery, są nasze? Albo, skoro już o tym mowa, Halseya? Atak japońskich pancerników na małe lotniskowce oznaczał, że będzie rzeź.

Zapiął pasek hełmu i ustawił mikrofon na wysokości ust, podczas gdy technicy przygotowywali go do startu. Na częstotliwości startu i lądowania panowało istne pandemonium. Japońskie pancerniki od północnego zachodu. Linia krążowników japońskich nadciągająca od północnego wschodu. Niszczyciele eskortowe dostały rozkaz wytworzenia zasłony dymnej i rozpoczęcia ataku torpedowego. Załogi lotniskowców miały wysłać w powietrze jak najprędzej wszystkie samoloty, uzbrojone czy nie.

Sprawdził częstotliwość kontroli lotu. Dowódca kazał mu przełączyć się na częstotliwość taktyczną od razu po starcie, dołączyć do reszty eskadry i razem z innymi ruszać na tych skurwieli. „Głos ma raczej niespokojny – pomyślał Mick. – I ma powody". „Madison Bay" ciągnął się w ogonie razem z „Gambier Bay". Na szarej powierzchni morza wykwitały kolejne fontanny wody, coraz bliżej uciekających przed nimi lotniskowców.

Oficer katapulty sygnalizował, że ma wolną drogę. Sprawdził paski, rzucił okiem na pulpit sterowniczy, upewnił się, że klapy znajdują się w odpowiednim położeniu, docisnął hamulce i zwiększył maksymalnie moc silnika. Chwycił drążek, rozglądając się na prawo i na lewo, by upewnić się, że przyrządy reagują prawidłowo, i ustawił się na środku pasa. Spojrzał na oficera, zasalutował mu, ponownie chwycił drążek, zaczerpnął powietrza i ruszył. Już po chwili przelatywał nad dziobem z prędkością około stu węzłów. Jego głowa i tułów pochyliły się do przodu pod wpływem przeciążenia, gdy dauntless zaczął łagodnie wspinać się w górę, nabierając prędkości.

Dorwać skurwieli? Czym, dwustufuntowymi bombami i pięćdziesiątką? Przełączył się na taktyczną czwórkę i usłyszał Chudego.

– Gdzie oni są? – zapytał.

– Trzy jeden zero – odparł Chudy – jest ich cała chmara, a jeden to prawdziwe monstrum. Trzymaj się mnie, dopóki Maks nie wystartuje. Osiem tysięcy stóp.

Nabierając wysokości, zyskiwał coraz pełniejszy obraz sytuacji. Pod sobą widział lotniskowce – mknęły najszybciej, jak się dało, wyrzucając do góry kolejne samoloty i umykając przed salwami odległych pancerników. Za jego lotniskowcem ciągnęły się dwie strużki dymu – jedna wytwarzana celowo, by zasłonić się przed dalmierzami nieprzyjaciela, druga wskazująca, że okręt został trafiony. Gdy patrzył, jak „Madison Bay" lawiruje pomiędzy białymi kręgami piany, wokół wybuchło dziewięć kolejnych pocisków, dwa wystarczająco blisko, by zalać pokład kaskadami wody. Okręt wykonał lekki zwrot, próbując za wszelką cenę uciec przed następną salwą.

Z wysokości półtorej mili widział dwie grupy okrętów nieprzyjaciela. Okręty średniej wielkości nadciągały z południowego wschodu, zmierzając w kierunku wschodnim, jakby próbowały wyprzedzić lotniskowce i odciąć im drogę odwrotu. Za każdym z nich widniał biały, szeroki kilwater; płynąc, strzelały z dział dziobowych. „Gdyby to były ciężkie krążowniki – pomyślał Mick – dopadłyby ich w ciągu dwudziestu, może trzydziestu minut, osiągnęłyby zasięg strzału bezwzględnego i rozdarły na strzępy ośmiocalówkami".

W pewnej odległości za linią krążowników płynęły dwa, nie, trzy bardzo duże okręty, których nie był w stanie zidentyfikować w zamglonym powietrzu. Potem zobaczył grupę kilkudziesięciu okrętów o wyglądzie niszczycieli, podążających za nimi. „To są pancerniki" – pomyślał Mick, patrząc na błyskające czerwienią wyloty luf, spowite dymem. Zobaczył również amerykańskie niszczyciele eskortowe – wszystkie wytwarzały gęste dymne zasłony, by ukryć przed wzrokiem nieprzyjaciela lotniskowce, pierzchające we wszystkich kierunkach, ale przede wszystkim na północ. Mick potrząsnął głową: Co mają zrobić, kiedy wreszcie tam dotrą?

Dowódca odezwał się wreszcie na czwórce.

– No dobra, chłopaki, nie możemy czekać na wszystkich. Zapomnijcie o pancernikach – nic im nie zrobimy, zrzucając na nie popcorn. Może udałoby nam się dorwać krążowniki. Mamy więcej bombowców?

Zgłosiło się jeszcze dwóch pilotów dauntlessów. Maks, pilot myśliwca uzbrojonego w pociski rakietowe, polecił Mickowi, by objął nad nimi dowodzenie – mieli zaatakować krążownik płynący na przedzie. Sam miał poprowadzić myśliwce na koniec kolumny krążowników i stamtąd rozpocząć atak rakietowy.

– Zrzucajcie wszystko, co macie, chłopaki, a potem poprawcie jeszcze pięćdziesiątkami. Celujcie w pagody. Zabijcie oficerów na mostku, może uda się ich spowolnić.

– Zrozumiałem, dowódco – powiedział Mick – ale te bombki gówno im zrobią.

– Kupujemy sobie czas, Mick. Nie wiedzą, że macie małe bomby.

– Odebrałem, wykonam – odparł Mick i przełączył się wraz z pozostałymi dauntlessami na częstotliwość taktyczną numer dwa. Szybko streścił sytuację pilotom, którzy mieli zaatakować Japończyków z powietrza po raz pierwszy w życiu.

– Na górnych pokładach mają działa dwudziestopięciomilimetrowe, to artyleria przeciwlotnicza – powiedział. – To jak pięćdziesiątka razy dwa. Atakujemy od przodu. Spróbujcie zrzucić bomby na środek – nie po bokach, tam się możecie nadziać na kły.

– Na jakiej wysokości zrzucamy?

– Trzy tysiące stóp – powiedział Mick. – Jeśli wam się uda, jednocześnie strzelajcie. W ten sposób zajmiemy obsługę dział przeciwlotniczych. Przygotujcie zabawki.

Cztery minuty później znaleźli się w zasięgu strzału pierwszego krążownika, wystrzeliwującego regularne salwy w kierunku odległej formacji CVE. Wiedzieli, że są w zasięgu broni przeciwlotniczej – widzieli smugacze, podążające w ich kierunku przez cienką warstwę chmur. Zataczając kręgi, by znaleźć się w odpowiedniej pozycji do ataku, Mick przełączył się na częstotliwość numer cztery i zameldował Maksowi, że podchodzą do pierwszego krążownika.

– Przyjąłem – odpowiedział Maks – dowódca twierdzi, że dostali trzy razy i tracą prędkość. Niewykluczone, że nie będziemy mieli do czego wracać, musimy znaleźć Taffy Dwa.

– Macie z nimi łączność?

– Dowódca mówi, że samoloty Taffy Dwa są na kursie trzy jeden zero, czterdzieści mil stąd – odparł Maks – tak w każdym razie sądzi. Jesteśmy tuż za wami, celujemy w ostatniego.

– Przyjąłem, lecimy – odpowiedział Mick i przełączył się z powrotem na dwójkę. – No dobra, panowie klubowicze, na plecy, na brzuchy, lecimy i celujemy w kotwice.

Mick obrócił samolot i pociągnął za drążek, gdy horyzont zawirował za szybą. Linia horyzontu, oddzielająca niebo od morza, potem samo morze, potem czarne kropki z białymi śladami kilwaterów, zbliżające się w miarę, jak opadała wskazówka wysokościomierza. Kierując się na dziób statku płynącego na przedzie, dobrze już widocznego z tej odległości ciężkiego krążownika, który strzelał do jego lotniskowca, wysunął klapy, by ustabilizować lot, i skoncentrował całą uwagę na celu. Nie było lotniskowców – tylko lśniący krążownik, plujący ogniem w kierunku lotniskowców, co i rusz kierując też białe i czerwone smugacze w stronę jego samolotu.

Na wysokości pięciu tysięcy stóp opuścił mocno dziób, a na trzech tysiącach wypuścił śmiesznie małe bomby. Musiał szybko odzyskać wysokość – w przeciwnym razie jego dauntless wpadłby przez okno wprost do kabiny na mostku. Odczuwając skutki przeciążenia, starał się za wszelką cenę utrzymać ranną dłoń na drążku, aż poczuł pulsowanie i wilgoć, której z pewnością tam nie było, gdy zaczął się zniżać. Przez krótką chwilę widział konstrukcję w kształcie pagody, uruchomił więc serię z pięćdziesiątki i strzelał, dopóki nie stracił jej z oczu. Zaburzenia wzroku spowodowane przeciążeniem były tak silne, że nie był w stanie stwierdzić, czy trafił cokolwiek.

Zwiększył wysokość do pięciuset stóp. Nie widział, czy jego bomby odniosły jakikolwiek skutek, nie miało to jednak wielkiego znaczenia. Nawet gdyby trafił, pociski pewnie odbiłyby się od poszycia, unieruchamiając być może kilku działowych, jeśli przypadkiem któraś bomba spadłaby na podstawę działa. Zrobił unik, wyleciał ponad kilwater krążownika i uświadomił sobie, że ma przed sobą kolejny. Zobaczył, jak z nieba spada myśliwiec, zrzuca pociski rakietowe na tył linii krążowników, podrywa się do góry i wpada wprost na działo przeciwlotnicze na sterburcie. Sekundę później zamienił się w kulę ognia i runął do morza.

Mick miał ułamek sekundy na podjęcie decyzji: atakować jeszcze raz, czy wzbić się do góry? Zrobił kolejny unik na prawo i poderwał samolot, nie wiedząc, czy za moment nie nastąpi atak kolejnych myśliwców. Jeden z nich odezwał się właśnie na czwartej częstotliwości.

– Trafiłeś go, Mick, i ja też – powiedział – ale płynie dalej.

– Leć za mną do góry – powiedział Mick. – Osiem tysięcy stóp. Gdzie Benny?

– Jestem, Mick. Zafundowaliście mu pożar, ale nadal się trzyma. Dorwiemy go jeszcze raz?

– No pewnie – odparł Mick. – Tak jak poprzednio – podchodzimy od przodu, ostrzeliwujemy na całej długości. Potem poszukamy jakichś prawdziwych bomb.

Przegrupowali się na wysokości ośmiu tysięcy stóp, poza zasięgiem większości dział przeciwlotniczych, które wciąż strzelały do nich z pokładu krążowników. Na pierwszym z nich wybuchł pożar na śródokręciu, nie wyglądało to jednak zbyt poważnie. Drugi wypadł z linii i nie strzelał już do lotniskowców; trzy kolejne jednak dawały z siebie wszystko. Mick wciąż widział sylwetki dużo większych okrętów na północnym zachodzie i czerwonożółte błyski rozświetlające niebo regularnie raz na minutę, niczym mordercze zegary.

Po trzech minutach znaleźli się na odpowiedniej pozycji do kolejnego ataku na pierwszy krążownik. Mick obejrzał swoją prawą dłoń. Spod rękawiczki wydostawała się jasna krew, ściekająca po przedramieniu. Zastanawiał się, czy nie zdjąć rękawicy, ale rozmyślił się. Co dziwne, dłoń niespecjalnie go teraz bolała.

– Okay, chłopcy – powiedział. – Schodzimy, jak najszybciej wyrównujemy lot i zaczynamy strzelać na trzech tysiącach stóp. Krótkie serie, dopóki nie dosięgniecie celu, potem dajemy pełną parą. Odbijacie do góry znad pokładu i lecicie nad kilwaterem, zygzakując. Spotykamy się znowu na ośmiu tysiącach.

Mick położył prawą dłoń z powrotem na drążku. Miał wrażenie, że stała się gąbczasta, był jednak w stanie chwycić za drążek. Odsunął na chwilę maskę tlenową i powąchał dłoń. Po raz pierwszy poczuł zapach zgnilizny. Nigdy dotąd nie czuł zapachu gangreny, ale – jak wtedy, gdy człowiek pierwszy raz w życiu widzi grzechotnika – nie miał wątpliwości, z czym ma do czynienia.

„Nie jest dobrze" – pomyślał, ale już po chwili musiał skupić się na manewrach, by uniknąć pocisków z dział przeciwlotniczych.

Założył z powrotem maskę i wykonał kolejny obrót. Wydawało mu się, że tym razem poszło łatwiej, a ogień dział przeciwlotniczych jakby osłabł. Widział dym bijący ze śródokręcia, ale nie czarny, tylko biały. Coś łatwopalnego, ale nie śmiertelnie groźnego. A może para?

Zszedł na dwa tysiące stóp zamiast trzech. Co prawda kazał swoim chłopakom rozpocząć ostrzał na trzech tysiącach, żeby dać im dość czasu na odzyskanie wysokości. Sam jednak robił to nie pierwszy raz. Odczekał, aż odległość dzieląca go od krążownika zmalała do półtorej mili i otworzył pełen ogień; pociski waliły z pluskiem o wodę przed dziobem, kolejna seria poszła w pokład dziobowy, a potem w dziwaczną, przypominającą zamek konstrukcję nadbudówki. Przez kilka niebezpiecznych sekund zawisł przed oknami kabiny na mostku, patrząc, jak pociski przeszywają szyby i w środku odbijają się od ścian. W ostatniej chwili przechylił samolot na bok i przeleciał obok mostka, skręcając pod kątem prostym, by uniknąć kolizji. Zawrócił już za krążownikiem i opadł tuż nad pokład, robiąc unik pod gradem ostrzału broni przeciwlotniczej. Usłyszał, jak coś kilkakrotnie uderza o poszycie samolotu, a potem poczuł uderzenie o blachę siedzenia, ale już po chwili wzbijał się do góry.

Czekając na swoich chłopców, zmienił częstotliwość i wywołał Maksa. Nie było odpowiedzi. Wołał kolejnych pilotów, ale i oni milczeli. Sprawdził nadajnik, by upewnić się, że wybrał właściwą częstotliwość, a potem przełączył się z powrotem na komunikację z pilotami bombowców. Zgłosili się obaj.

– Nie mogę złapać dowódcy – powiedział Mick – wracamy do mamusi, żeby sprawdzić, czy jeszcze się trzyma. Jeśli nie, znajdziemy Taffy Dwa i dozbroimy się.

Potwierdzili, ustawiając się w szyku. Obaj zgłosili też, że nie mają już amunicji. Pod nimi pierwszy krążownik nadal płynął, ale działa zamilkły, przynajmniej chwilowo. Krążownik na końcu, ostrzelany przez Maksa i jego myśliwce, kierował się na północny wschód, chcąc najwyraźniej oddalić się z pola walki. Mick nie widział ognia ani pożaru, ale nie ulegało wątpliwości, że ktoś tu opuszcza przyjęcie. Rozejrzał się za „Madison Bay", nie mógł go jednak wypatrzyć wśród pozostałych lotniskowców, zmierzających jak najszybciej na południowy wschód; za nimi wybuchały pociski i kłębiła się para. Mick przełączył się na częstotliwość startu i lądowania „Madison Bay" i wywołał wieżę.

Bez skutku.

I wtedy go zobaczył, daleko w tyle za pozostałymi CVE. Okręt płonął na całej długości, przechylając się stopniowo na bok. Przez kłęby dymu widział numer okrętu, oświetlony pożarem szalejącym na pokładzie startowym. Dwa krążowniki zbliżyły się, ostrzeliwując kadłub z niewielkiej odległości; w morzu pogrążały się małe, czarne kropki. Szukał „Gambier

322

Bay", drugiego z lotniskowców płynących na końcu, ale nigdzie go nie dostrzegł.

Trzy pozostałe lotniskowce płynęły wciąż na południowy wschód, starając się utrzymać jak największy dystans do okrętów nieprzyjaciela. Mick zdał sobie sprawę, że na żadnym z nich nie zdoła wylądować; nie wiedział, gdzie są pozostałe grupy Taffy, czy w ogóle wiedzą, co się dzieje w pobliżu zatoki Leyte. Gdyby wraz ze swoimi pilotami ruszył teraz na poszukiwanie lotniskowców, musieliby oddalić się od pola walki na godzinę lub dłużej.

– Wiecie, jak stąd trafić do Tacloban? – zapytał Mick. Obaj potwierdzili. Wojska lądowe zdobyły to lotnisko dzień po pierwszym desancie. Było maleńkie, ale tam mogli dostać paliwo i amunicję do pięćdziesiątek, jeśli nie coś więcej.

– Została mi jeszcze kupa naboi. Lećcie do Tacloban, uzbrójcie się, na ile zdołacie, i wracajcie tutaj.

– Dokąd chcesz lecieć? – zapytał Benny.

– Z powrotem, wybiję im jeszcze parę szyb.

Mick zszedł z powrotem nad okręty japońskie. Jego piloci zawrócili na południowy zachód, w kierunku lotniska we wnętrzu zatoki Leyte. Mick widział, jak krążowniki płynące na czele pozostawiają „Madison Bay" własnemu losowi i kierują działa na najbliższy CVE, który także dymił już nie tylko z kominów. Na północnym zachodzie zobaczył pancerniki, majaczące za strugami deszczu; ich sylwetki potężniały coraz bardziej. Widząc, że nikt do niego nie strzela, Mick zwiększył nieco wysokość, by przyjrzeć się znów swojej prawej dłoni.

Trzymając drążek steru między kolanami, gdy dauntless piął się do góry, zdjął ostrożnie przemoczoną skórzaną rękawicę i westchnął. Skóra na wierzchu dłoni pękła niczym dojrzały pomidor; głębokie bruzdy biegły aż do przegubu. Widział ścięgna i żyły. Co dziwne, nie odczuwał bólu, tylko pieczenie, po chwili jednak zobaczył, że po wewnętrznej stronie przedramienia pojawiły się czerwone linie, przypominające siatkę dziwnego tatuażu. Ściągnął maskę, po chwili nałożył ją z powrotem. Nie było wątpliwości – gangrena dopadła go, a czerwony wąż, pełznący w górę ręki, nie wróżył nic dobrego.

Spróbował nałożyć rękawicę z powrotem, ale nie było na to szans. Rzucił okiem na przyrządy. Paliwo, wystarczy. Pozostałe wskazówki znajdowały się na dwunastej – wszystko było w normie. Wiedział, że samolot oberwał, ale pozostali piloci nie zgłosili wycieku paliwa ani oleju, przypuszczał więc, że nie doszło do poważnych uszkodzeń, a stery działały prawidłowo. Miał do dyspozycji jedną trzecią amunicji do pięćdziesiątek, działający samolot i niezły zapasik tłustych celów do ustrzelenia.

„Czego mi więcej trzeba? – pomyślał z uśmieszkiem. – Wystarczy wybrać jeden z nich”.

„Pestka – pomyślał, wspominając majora. – Ten dopiero byłby zachwycony”. Czuł, że jego prawa dłoń przypomina mokrą gąbkę. Postanowił nie zwracać na to uwagi.

ROZDZIAŁ PIĘTNASTY

Ciemny deszczowy szkwał szalał gdzieś na zachodzie; Marsh wykonał zwrot, by „Evans" mógł ukryć się choć na parę minut. Wpłynęli prosto w strugi ciepłego, tropikalnego deszczu; wokół okrętu kłębił się jednak czarny dym i Marsh zastanawiał się, czy Japończycy na pewno stracili ich z oczu. Wyglądało na to, że nie. Kolejna salwa pocisków przedarła się z wyciem przez deszczową zasłonę i na szczęście minęła ich bokiem. Kłęby pary, bijącej z kotłowni na dziobie, przerzedzały się w miarę opróżniania kotła. Marsh modlił się, żeby para poszła przez komin. W przeciwnym razie cała obsługa kotłowni usmażyłaby się w temperaturze ponad trzysta stopni. Byłoby to gorsze niż śmierć od pocisku.

Obsługa dział meldowała o sytuacji. Stracili działa numer pięćdziesiąt jeden i pięćdziesiąt trzy. Zespoły wszystkich dział przeciwlotniczych na sterburcie poniosły duże straty w ludziach. Marsh wiedział, że kotłownię dziobową trzeba będzie całkowicie wyłączyć z użytku. Centrala kontroli uszkodzeń zgłosiła, że jej zespół próbuje oszacować zniszczenia. Maszynownia dziobowa była podłączona także do kotłowni na rufie, dzięki czemu wciąż płynęli na dwóch silnikach, wiadomo było jednak, że nie zdołają osiągnąć prędkości dwudziestu siedmiu

325

węzłów, dopóki nie uda się podłączyć drugiego kotła na rufie. Wyglądało na to, że morska woda, wpadająca do środka, stłumiła pożar w kotłowni dziobowej. Marsh skontaktował się z maszynownią i przypomniał, że trzeba wzmocnić przegrodę dziobową. Odparli, że już się tym zajmują.

Rabin wszedł do sterówki ze wstępnym wykazem ofiar. Mundur miał poplamiony krwią; nie był ranny, ale zajmował się ofiarami, które umieszczono w kwaterze starszych oficerów. Dwadzieścia siedem osób zginęło, wiele innych odniosło rany zbyt poważne, by móc uczestniczyć w jakichkolwiek działaniach. Po raz pierwszy odkąd się poznali rabbi powitał Marsha bez uśmiechu; obaj byli poważni. Oznajmił, że wraca na sterburtę, by zająć się rannymi, którzy wciąż są przy działach. Marsh polecił mu, by uważał na siebie – dla „Evansa" walka jeszcze się nie skończyła. Tamten skinął głową z powagą, przekazał Marshowi zakrwawiony wykaz i ruszył ostrożnie, starając się nie pośliznąć na zalanym krwią mostku.

„Evans" wystrzelił sześć z dziesięciu torped; trzy spośród pięciu dział pięciocalowych nadal działały, choć nie wiadomo było, ilu ludzi z obsługi zginęło. Marsh czuł nieprzepartą pokusę, by choć na jakiś czas ukryć się wśród deszczowego szkwału, dopóki nie pozbierają się do kupy.

Wtedy przypomniał sobie o pancernikach.

Wykonał zwrot, zmniejszając prędkość do piętnastu węzłów, chcąc ułatwić zadanie technikom walczącym desperacko, by uruchomić na powrót wszystkie kotły. Wyłonili się zza deszczowej kurtyny i ujrzeli ponurą scenę. W odległości około pięciu mil jeden z niszczycieli powoli tonął. Krążowniki japońskie ciągle napierały na uciekające lotniskowce, otoczone teraz chmarą samolotów, które dwoiły się i troiły, zrzucając niewielkie bomby i ostrzeliwując nieprzyjaciela seriami z karabinów. Zadaniem lotniskowców miało być wsparcie lotnicze działań wojennych w obszarze Leyte, a nie walka na morzu; samoloty miały więc niewielkie możliwości działania. Marsh nie widział nigdzie pozostałych niszczycieli, pole widzenia było jednak ograniczone przez chmury chemicznego dymu i strugi deszczu.

Jeden z lotniskowców, prawdopodobnie „Gambier Bay", znajdujący się około dziesięciu mil od nich, od śródokręcia po rufę był ogarnięty pożarem. Inny okręt, którego Marsh nie rozpoznał, także płonął, stojąc w miejscu. Skierował lornetkę na północny zachód, by sprawdzić, dokąd odpłynęły pancerniki. Niestety, nigdzie nie odpłynęły.

Opuścił lornetkę i patrzył na dwa giganty, które płynęły w jego kierunku z eskortą niszczycieli, posyłając kolejne salwy ognia w stronę lotniskowców. Pocieszające było tylko to, że i wokół nich roiło się od samolotów. Marsh miał wrażenie, że wcześniej były trzy albo cztery, nie był jednak tego pewien. Dwa – to była wystarczająco zła wiadomość.

– Czas się stąd zabierać, XO – rozległ się cichy głos za jego plecami. Marsh odwrócił się. John Hennessy spoglądał przez lornetkę na nadpływające pancerniki.

W tej samej chwili, jakby potwierdzając słuszność jego słów, okrętem zatrzęsły trzy potężne eksplozje – jeden z pancerników wypuścił salwę wprost na nich; pociski wylądowały zaledwie dwieście jardów przed „Evansem". Potężne słupy wody, które wyrosły przed nimi, sięgały wyżej niż maszt niszczyciela. Japończycy celowali do nich z jednego działa. Gdyby trafili, otworzyliby ogień ze wszystkich sześciu dział, posyłając ich na dno. Marsh natychmiast wydał rozkaz zmiany kursu o dwadzieścia stopni w lewo, chcąc oddalić się jak najbardziej od okrętów nieprzyjaciela i ukryć na powrót za kurtyną deszczu.

– Sądzi pan, że będziemy w stanie go prześcignąć, płynąc na jednym kotle, z zalaną kotłownią? – zapytał.

– Możemy spróbować – powiedział Hennessy. To nie był żart. To było błaganie.

To było z pewnością kuszące. Postąpili zgodnie z rozkazem admirała. Ruszyli do walki, choć sytuacja wyglądała beznadziejnie, przeprowadzili atak torpedowy, który na krótko powstrzymał Japończyków, i trafili jeden krążownik. „Evans" był w stanie rozwinąć jedynie połowę swej maksymalnej prędkości, stracił również dwie trzecie głównego uzbrojenia. Na pokładzie po stronie sterburty, pośród dział dwudziesto- i czterdziestomilimetrowych piętrzyły się szczątki ciał. Krążowniki dały im potężnie popalić i zatopiły co najmniej dwa spośród pozostałych niszczycieli, teraz zaś nadpływały pancerniki, a jeden z nich był wyraźnie zainteresowany „Evansem".

Marsh rzucił okiem na sterówkę. Drzwi do nawigacyjnej zostały wyrwane; biurko, stojące w wąskim przejściu, było powalane krwią i ludzkimi wnętrznościami. Ciało oficera obsługującego 1JV było rozerwane na pół; na twarzach pozostałych przy życiu członków załogi na mostku malowała się świadomość czekającego ich nieuchronnie losu.

Niestety, właśnie w tej chwili wyobraził sobie Bestię McCarty'ego, siedzącego na schodkach kantyny. „Boisz się, prawda? Zawsze się bałeś. Ta wojna to sprawa mężczyzn. Wojowników. Pewnego dnia staniesz oko w oko z olbrzymem i nie wątpię, że wszystko wtedy spieprzysz".

W tej chwili rozumiał doskonale, co czuli żołnierze podczas wojny domowej, mówiąc o zmierzeniu się z olbrzymem: pewna śmierć nadciągała właśnie pod postacią dwóch czarnych gigantów ze stali – widzieli, jak zbliżają się nieuchronnie, widoczne coraz lepiej przez zrujnowane okna na mostku. Mick nie wspominał, że olbrzymy mają zwyczaj podróżować stadami.

Hennessy czytał w jego myślach. Oficer obsługujący torpedy wetknął głowę do sterówki, czekając na rozkazy.

– XO, musimy się stąd zwinąć – powiedział Hennessy.

Marsh przygryzł wargę. „Bóg wie – pomyślał – jak bardzo ja sam chcę stąd uciec".

„Wciąż się boisz, no nie? Boisz się za każdym razem, kiedy wypływacie z Wielką Błękitną Flotą. Boisz się od chwili, gdy pierwszy raz wypłynąłeś w morze".

„Tak, boję się – pomyślał. – Sram ze strachu". Odetchnął głęboko.

– Zostały nam cztery rybki? – powiedział, wydawszy sternikowi rozkaz zmiany kursu. Nie należy rzucać się w wir walki. Trzeba robić uniki.

Oczy Hennessy'ego rozszerzyły się, przełknął głośno ślinę.

– Nnno, tak, sir.

– Proszę zejść do Centrum Informacji Bojowej, przygotować nas do ataku torpedowego.

– Do ataku? – głos zamienił się w skrzek.

– Po to tu jesteśmy, John – powiedział Marsh tak łagodnie, jak tylko potrafił, starając się, by w jego głosie nie zabrzmiał strach. – Nie wiem, co to jest, ten gigant przed nami, ale musimy przynajmniej spróbować utrzeć mu nosa.

Hennessy rzucił mu zrozpaczone spojrzenie. – Kapitanie, to jest pieprzne samobójstwo – wyszeptał.

Kapitanie, a nie XO, zauważył Marsh. – Nie, John – powiedział – to nasz obowiązek. To, że tu w ogóle przypłynęliśmy – to było samobójstwem.

Odwrócił się do mężczyzn w sterówce, którzy słuchali tej rozmowy, biali jak papier ze strachu. Marsh podejrzewał, że jego twarz jest tak samo upiornie blada, ale z pewnością to nie był czas, by się do tego przyznawać, tu, przed tymi przerażonymi dzieciakami. – To ja jestem kapitanem – powiedział – ja zajmę się pokładem i nadbudówką. Sternik, kurs o dwadzieścia stopni w lewo.

Spojrzał znów na Hennessy'ego. – Proszę zejść z powrotem na dół. Będziemy strzelali na lewą burtę.

Hennessy odsunął się od niego jak od szaleńca, dyscyplina wzięła jednak górę – zszedł z powrotem do Bojówki, starając się nie dotknąć po drodze niczego w kabinie nawigacyjnej. Marsh kazał sternikowi wyrównać kurs; sam analizował relatywny kierunek ruchu dwóch pancerników, zbliżających się z każdą chwilą. Takiego jak ten pierwszy nie widział nigdy dotąd nawet na ilustracjach przedstawiających okręty nieprzyjaciela. Ten drugi był krążownikiem bojowym starszego typu, przerobionym na pancernik klasy Kongo, z działami czternastocalowymi. To ten zmierzał w kierunku „Evansa", celując w jego stronę. Zmienili kurs, tym razem w drugą stronę, w nadziei, że te manewry, choć dość żałosne, przynajmniej utrudnią Japończykom namierzenie celu. „Evans" wydawał się poruszać coraz bardziej ociężale. Trzeba było zakładać, że kotłownia dziobowa jest niemal całkowicie zalana. Zespołom kontroli uszkodzeń prawdopodobnie nie udało się dostać do środka; czarny dym, unoszący się z przechylonego pierwszego komina, gęstniał coraz bardziej. Wyobraził sobie płonące plamy oleju na powierzchni wody.

Trzy kolejne słupy wody tym razem wzniosły się w górę za nimi. Jako oficer działowy wiedział, co to oznacza. Przestrzeliwali specjalnie, potem nadmiernie redukowali odległość, dzielili różnicę na pół i strzelali ponownie. Wystarczy, żeby robili to dość długo i wreszcie trafią.

Ponownie wykonał zwrot i ustabilizował, tak aby przeciąć kurs pancernika płynącego na przedzie. Przeszedł na stronę lewej burty i spojrzał przez lornetkę. Nie widział pozostałych niszczycieli ani lotniskowców.

„Evans" został sam. Poczuł, jak ściska mu się żołądek. Sam przeciwko pancernikowi. Widział w oddali dwa ciężkie krążowniki zmierzające w ich kierunku. Admirał na pierwszym pancerniku musiał wezwać posiłki, widząc, jak „Evans" zawraca w ich kierunku; z jakiegoś powodu w każdym razie zostawił za sobą wszystkie niszczyciele eskortowe.

Marsh skontaktował się z Bojówką, powtórzył, że będą atakować na lewą burtę i poprosił o wyliczenie kursu przecięcia drogi z pierwszym pancernikiem, który wciąż posyłał salwy z głównego działa w kierunku lotniskowców.

– Przecięcia, kapitanie? – odkrzyknął Hennessy. Marsh zastanawiał się, czy oficer nie stracił jeszcze głowy.

– Tak, chcę znaleźć się tuż obok tego giganta. To jedyne bezpieczne miejsce w okolicy.

W Bojówce i na mostku zapanowała głucha cisza. Jeden z bosmanów flegmatycznie mył pokład w miejscu, gdzie wykrwawił się telefonista. Był to kolejny surrealistyczny obrazek tego poranka – dziewiętnastoletni marynarz w bojowym hełmie i kapoku, ze szczotką w dłoni, zmywający z pokładu kałuże krwi, podczas gdy na zewnątrz kolejna salwa pocisków czternastocalowych uderzyła jeszcze bliżej okrętu; tym razem „Evans" zatrząsł się od rufy aż po dziób. Słupy wody były tak potężne, że przez chwilę zdawało im się, że pada drobny deszcz. Marsh ponownie zmienił kurs, tym razem losowo, w nadziei, że rachunek prawdopodobieństwa zadziała na ich korzyść jeszcze raz, że będzie działał wystarczająco długo, by zdążyli wysłać w kierunku wroga ostatnie torpedy, jakie im zostały.

Marsh nawiązał łączność z głównym inżynierem, Kitem Carsonem, siedzącym w sterowni. – Powiedz tym z kontroli uszkodzeń, żeby dali sobie spokój z pierwszą kotłownią – rozkazał – potrzebuję was wszystkich bez wyjątku, chcę, żeby cały zespół natychmiast przeszedł do steru rufowego.

– Tak jest, kapitanie – zawołał Carson – umacniamy obie przegrody, dziobową i rufową, kotłowni numer jeden. Przypuszczam, że jest zalana aż do linii pływania – woda ścieka po linach dźwignic.

– Dobrze. Tutaj też daje się to odczuć. Przeprowadzimy atak torpedowy na pancernik Japończyków, znowu więc będzie dość głośno.

– Dajcie im popalić, kapitanie – odkrzyknął tamten. Nie zwracają się już do mnie per „XO", zauważył Marsh ponownie. Gdy ryzykujesz życiem wszystkich dookoła, nie nazywają cię zastępcą. Nawet technicy rozumieli, co zaraz nastąpi. Wyobrażał sobie, jaki zgiełk musi panować na wszystkich liniach okrętowych telefonów.

331

W tej samej chwili wybuchł wokół nich grad mniejszych pocisków. Marsh spojrzał ponad dziobem i zobaczył, że dwa ciężkie krążowniki ustawiły się w formacji eszelonowej. By zapewnić sobie czystą linię ostrzału, zwiększają prędkość. Najwyraźniej admirał na japońskim pancerniku domyślił się, co planuje „Evans", płynąc w ich kierunku.

Marsh przesunął okręt bardziej na prawo, by utrzymać stabilny kurs na pierwszy pancernik, który, jak się zdawało, osiągnął już prędkość około trzydziestu węzłów. „Evans", ze względu na niemożność rozwinięcia pełnej prędkości, musiał zatoczyć szeroki łuk, by przeciąć kurs nieprzyjacielowi, a to wystawiało go w coraz większym stopniu na pastwę ciężkich dział. Masywna wieża strzelnicza na rufie obracała się właśnie w jego kierunku. Marsh krzyknął oficerowi torpedowemu, że chce rozpocząć atak z odległości czterech tysięcy jardów w nadziei, że uda im się podpłynąć tak blisko. W tym momencie ocalałe działa pięciocalowe otworzyły ogień do pancernika. Drugi pancernik, klasy Kongo, który wcześniej celował do „Evansa", znajdował się tuż poza zasięgiem strzału bezwzględnego dział pięciocalowych. W tej właśnie chwili jednak to „Evans" znalazł się w zasięgu Kongo.

Jeden pocisk czternastocalowy wystarczył, by rozprawić się do końca z już przekrzywionym przednim kominem, który upadł z głośnym brzękiem. Drugi przeszył kadłub tuż nad linią wodną, przeleciał przez i tak już zrujnowaną doszczętnie kotłownię dziobową i wyleciał drugą stroną, nie wybuchając. Pociski pancerników były wyposażone w zapalniki opóźniające eksplozję do momentu przedarcia się przez opancerzenie okrętu nieprzyjaciela. Tyle, że „Evans" nie miał opancerzenia.

Trzeci pocisk przeleciał przez ściankę nadbudówki po stronie lewej burty, rozerwał na strzępy oficera torpedowego i obu jego podwładnych, rozbił ster i telegraf maszynowy, odciął Marshowi prawą stopę, by następnie wypaść na zewnątrz, zabierając ze sobą większość z tego, co zostało dotąd ze skrzydła mostka po stronie sterburty. Ostrzeżenie, skierowane przez Marsha do głównego inżyniera, sprawdziło się: było rzeczywiście głośno.

Siedział w swoim fotelu, pochylając się nad odbiornikiem usiłując rozeznać się w dźwiękach mimo szumiącego wiatru i terkotu jedynego ocalałego działa dziobowego, znajdującego się w odległości zaledwie piętnastu stóp. Prawą stopę opierał o podnóżek – w ten sposób było mu łatwiej dosięgnąć odbiornika. Nie poczuł bólu, tylko nagły wzrost ciśnienia. Oszołomił go zarówno widok dwóch marynarzy, dosłownie rozerwanych na krwawe strzępy, jak i świadomość, że sam został ranny. Obrócił się w fotelu, podniósł nogę do góry i przekonał się, że to, co znajdowało się poniżej kostki, przestało istnieć – tylko resztki czarnej skarpetki zwisały z golenia nad obnażoną nagle kością. Krwawił, ale nie tak bardzo, jak należałoby się spodziewać.

– Sześć tysięcy jardów, kapitanie – zawołał Hennessy z Bojówki. – Czy nadal czekamy?

– Już nie – odkrzyknął Marsh słabym głosem. – Proszę powiedzieć dowódcy wyrzutni, żeby przejął kontrolę. Ma strzelać, kiedy tylko namierzy cel. Wystrzelić dwie, odczekać trzydzieści sekund, ponownie namierzyć cel, jeśli wykona zwrot, i wystrzelić dwie pozostałe. Ustawcie je na dużą głębokość – powiedzmy, dwadzieścia stóp.

Młodszy medyk wyłonił się z kłębów dymu i kurzu, unoszących się we wnętrzu sterówki, i ukląkł obok kapitańskiego fotela z bandażami w rękach. Zignorował fakt, że klęczy pośród ludzkich wnętrzności. Zanim Marsh zdążył powiedzieć cokolwiek, chłopak wbił strzykawkę z morfiną w jego prawe udo, nałożył opaskę uciskającą pod kolanem i zabrał się za bandażowanie kikuta. Marsh nie czuł bólu do chwili, gdy medyk dotknął rany.

Wyjrzał przez okno, podczas gdy oficerowie zgromadzeni na mostku usiłowali zorganizować dalsze działania. Nie można już było sterować z mostka, przeniesiono się więc na ster rufowy; rozkazy miały być wydawane przez telefon. Marsh wiedział, że nie będzie już żadnych rozkazów poza tym, co już powiedział technikom: mieli otworzyć przepustnice i wyjść. Próbował pozbierać się i ocenić sytuację taktyczną, nie było to jednak łatwe. Mimo licznych uszkodzeń, wciąż zbliżali się do pancernika, który ogromniał przed ich oczami. Krążowniki znów do nich strzelały, wiadomo było jednak, że w ciągu kilku minut będą musiały przestać – w przeciwnym razie ryzykowały trafienie własnego okrętu flagowego – zakładając, że „Evans" do tego czasu w ogóle utrzyma się na powierzchni.

Marsh usłyszał krzepiący dźwięk dwóch wypuszczonych torped, który przedarł się przez bębnienie działa numer pięćdziesiąt dwa, ostrzeliwującego konstrukcję w kształcie pagody. Działa na rufie także ostrzeliwały giganta, nie czyniąc mu jednak krzywdy, niczym dziecinne zabawki. Marshowi wydawało się, że widzi krążące nad „Evansem" samoloty, ale działa przeciwlotnicze pancernika pracowały bez ustanku, trzymając większość w bezpiecznej odległości. Gdzie, u diabła, podziewał się Halsey z tymi wszystkimi nowiutkimi pancernikami klasy Iowa?

Kolejna salwa z czternastocalówek trafiła w forkasztel. Wstrząs odczepił jedyną pozostałą kotwicę, która przetoczyła się przez burtę w chmurze pyłu, wlokąc za sobą łańcuch, który po chwili się zerwał. Nie zatonęli dotąd tylko dlatego, że ogromne pociski artyleryjskie dalekiego zasięgu, przeznaczone do walki z pancernikami, przeszywały cienkie poszycie „Evansa", nie eksplodując. Marsh ledwie widział „Kongo" – „Evans" zbliżał się coraz bardziej do pancernika płynącego na przedzie, tak bardzo, że mniejsze działa otworzyły do niego ogień, choć gigant rozpoczął już zwrot, by uniknąć uderzenia torped.

Zwrot.

Mąciło mu się w głowie, prawdopodobnie z powodu morfiny.

Pancernik wykonywał zwrot, przestał też strzelać do lotniskowców, widocznych na horyzoncie. „Okay – pomyślał Marsh. – Po to tu jesteśmy". Wywołał Bojówkę, informując, że cel zbliża się do lewej burty.

– Namierzamy go, kapitanie – odkrzyknął Hennessy.

Dwa działa ośmiocalowe uderzyły znowu, wyrywając kolejną dziurę w nieszczęsnej pięćdziesiątce jedynce. Drugi pocisk uderzył gdzieś pod mostkiem, prawdopodobnie trafiając w kajutę na lewej burcie. Ten eksplodował z siłą wystarczającą, by podrzucić pokład mostku do góry o jakąś stopę, zwalić wszystkich z nóg i wprawić fotel Marsha w ruch obrotowy.

Wykrzyczał nowy kurs dla steru rufowego, chcąc znaleźć się w kilwaterze okrętu wykonującego zwrot, a następnie przyjąć ten sam kurs, co nieprzyjaciel, i maksymalnie zbliżyć się do niego, by zmusić pozostałe okręty do zaprzestania ostrzału. Choć pancernik płynął szybciej niż „Evans", prędkość, z jaką okręty zbliżały się do siebie, znacznie zmalała – ogromna, wielopoziomowa nadbudówka w kształcie pagody pochyliła się nad wodą. Marsh widział potężny dalmierz optyczny, zamontowany na wieży, obracający się, by namierzyć cel.

Dwie pierwsze torpedy minęły go w dużej odległości, czego Marsh właściwie się spodziewał; teraz jednak zwrot stworzył im okazję jedyną w swoim rodzaju. Marsh usłyszał, jak dwie ostatnie torpedy odbijają się od lewej burty; zasięg wynosił około dwóch tysięcy jardów. Gdy „Evans" wszedł w kilwater o szerokości jednej mili, Marsh czekał z sercem w gardle, zastanawiając się, czy go trafią. Potem zobaczył, jak pierwsza z nich obraca się bokiem pod wpływem gigantycznej fali ciśnienia, wytwarzanej przez okręt. Dosłownie wyskoczyła z wody i uderzyła w opancerzoną burtę z głośnym brzękiem, nie czyniąc jednak żadnej widocznej krzywdy. Druga uderzyła bliżej rufy po stronie sterburty i eksplodowała z głośnym, satysfakcjonującym grzmotem, wzbijając do góry słup wody.

Dziewięćdziesiąt sekund później „Evans" przeciął kilwater pancernika. Marsh wydał rozkaz zwrotu ostro w prawo, by utrzymać się po stronie lewej burty olbrzyma, potem zaś, podążając jego śladem, wykonał szeroki zwrot w lewo na północny wschód. Wywiązała się zażarta walka – „Evans" otworzył ogień ze wszystkich dział, które mu jeszcze zostały, Japończycy zaś usiłowali odpowiadać tymi, które byli w stanie skierować w dół – na szczęście nie dotyczyło to głównej baterii o lufach tak ogromnych, że wydawały się równe przekrojowi nowojorskiego Tunelu Lincolna.

Marsh wiedział, że z chwilą gdy „Evans" wyrówna kurs, podążając za gigantem, szybko pozostanie w tyle i będzie łatwym kąskiem dla czekającego Kongo. Przez kilka wyczerpujących minut ostatnie ocalałe dwudziestki i czterdziestki pluły pociskami w kierunku pokładu i dział przeciwlotniczych. Działowi „Evansa" byli w stanie strzelać do góry, Japończycy zaś nie mogli skierować swoich dział w dół, by dopaść nieprzyjaciela, choć bardzo się starali. Nad pokładem „Evansa" przelatywała nawałnica rozgrzanych do białości stalowych pocisków dział przeciwlotniczych. Obsługa działa numer pięćdziesiąt dwa obrała za cel górującą nad pokładem pagodę. Marsh wyobrażał sobie właśnie mostek olbrzyma, przygnieciony resztkami stalowej konstrukcji i załogę leżącą pod nimi pokotem, gdy japońska dwudziestopięciomilimetrówka dosięgła ich własnego mostka i musiał dołączyć do pozostałych oficerów; po chwili ogień umilkł dzięki interwencji działa czterdziestopięciomilimetrowego „Evansa".

Marsh doczłapał z powrotem do kapitańskiego fotela, który wydawał się najlepszą opcją, gdy została mu tylko jedna stopa. Kongo był widoczny około pięciu mil za nimi na lewej burcie „Evansa" i przechodził dalej na lewo. Marsh polecił torpedowym celować w jego kierunku. Załoga Kongo musiała ich obserwować – natychmiast zmieniła kurs i zniknęła z zasięgu wzroku Marsha, kryjąc się za dźwigami na rufie partnera.

336

Pięciocalówki „Evansa" otworzyły ogień w kierunku eliptycznej rufy pancernika, uderzając w samoloty i wyrzutnie, Marsh wiedział jednak, że nie są w stanie wyrządzić mu poważnej szkody. Jedyna torpeda, którą go trafili, nie zmusiła go nawet, by zwolnił. Po chwili poczuł silne uderzenie gdzieś z tyłu, w pobliżu steru, a potem kolejne i jeszcze jedno. Po minucie zrozumiał, co się stało: torpedyści na rufie wyrzucali bomby głębinowe, ustawione na głębokość pięćdziesięciu stóp, w kierunku burty pancernika. Każdy z nich miał moc pięćsetfuntowej bomby; eksplodowały w pobliżu lewej burty olbrzyma. Wstrząsy paraliżowały jednak działania stojących przy sterze, Marsh nakazał więc, by dali sobie z tym spokój.

W tym samym momencie na pogodnym, porannym niebie pojawił się samolot, ostrzeliwując pagodę. Niektóre pociski odbiły się rykoszetem, trafiając w nadbudówkę „Evansa", Marsh nie miał jednak nic przeciwko temu. Widział pociski i smugacze, wbijające się w górny pokład i sterówkę giganta. „Bez wątpienia mają tam już parę burgerów po japońsku" – pomyślał. Samolot wystrzelił w górę, po czym zawrócił, najwyraźniej chcąc powtórzyć manewr, tym razem od strony lewej burty olbrzyma. Marsh pomachał mu niemrawo; po chwili samolot zniknął za pagodą. Marsh dostrzegł biały rysunek na kadłubie; oprócz białej gwiazdy było tam coś jeszcze. Zastanawiał się, czy to może być Bestia. Ostrzeliwanie pancernika z karabinów maszynowych byłoby czymś w jego stylu.

Tak jak Marsh się spodziewał, pancernik wyrównał kurs i ruszył do przodu. Oznaczało to, że oba krążowniki zyskają niebawem czystą linię strzału i rzucą się na niego niczym tygrysy. Marsh żałował, że nie mają więcej torped, więcej amunicji, że nie są w stanie bardziej się rozpędzić; rozumiał jednak, że czas „Evansa" dobiega końca. „Tak samo jak mój" – uświadomił sobie. Gdy masywna rufa pancernika oddaliła się, mijając ich po stronie lewej burty, działo numer pięćdziesiąt dwa ostatecznie zamilkło, uderzając po raz ostatni w platformę jednego ze szperaczy. W tej samej chwili, gdy „Evans" wysunął się ze zbawczego cienia, Marsh zobaczył dwa ciężkie krążowniki, zmierzające w ich kierunku niczym czarne pantery; działa ośmiocalowe były wycelowane w sterburtę „Evansa" – nadchodził koniec.

Po stronie sterburty giganta pojawił się tymczasem kolejny japoński krążownik. Marsh nie widział nawet, jak nadpływa, ale jego cel nie budził wątpliwości: ustawić się poprzecznie do kilwateru i otworzyć ogień ze wszystkich dział ośmiocalowych. Marsh wiedział już, jak musiał się czuć francuski admirał Villeneuve, gdy patrzył, jak należący do admirała Nelsona okręt „Victory" ustawia się w poprzek kilwateru jego okrętu flagowego, by roznieść go w strzępy.

Położyć się, pomyślał. Położyć się. Był jednak zbyt zmęczony, by podnieść się z fotela.

Mick ostrzelał grupę krążowników i zbliżał się teraz do dwóch pancerników, za którymi płynęły niszczyciele, a być może także i inne krążowniki. Jego uwagę przykuł największy pancernik, o długości chyba tysiąca stóp. Z pewnością był dłuższy niż wielkopokładowe lotniskowce amerykańskie; wieżyczki dział dziobowych pluły ogniem i dymem w kierunku formacji lotniskowców, znajdujących się daleko na południowym wschodzie. Jak dotąd jednak Mick nie dostrzegł ognia dział przeciwlotniczych. Być może nie zauważyli jeszcze samotnego dauntlessa lecącego w ich kierunku. „Oddałbym prawą rękę za tysiącfuntową bombę – pomyślał. – A może lewą – prawa nikomu się już nie przyda". Roześmiał się i ruszył na gigantycznego skurwiela, schodząc z dziesięciu tysięcy stóp.

Gdy rozpoczął lot nurkowy, zauważył coś dziwnego: po stronie lewej burty pancernika znajdował sie drugi okręt. Przedzierając się przez chmury, co chwila tracił z oczu swój cel, mógłby jednak przysiąc, że ten mały strzela do dużego, zupełnie jak w czasach, gdy okręty otwierały do siebie ogień z odległości stu jardów. Czy to amerykański niszczyciel? Skupił się na tym większym. Widział smugacze z dział przeciwlotniczych, zamontowanych tuż przed ogromną nadbudówką w kształcie pagody, załoga popełniła jednak błąd, obliczając prędkość jego lotu. Kierował teraz lewą dłonią. To, co zostało z prawej, owinął rękawicą i trzymał na kolanach.

Wreszcie wyrównał lot i rozpoczął ostrzał w chwili, gdy przed jego oczami znalazła się gigantyczna chryzantema wyrzeźbiona na dziobie okrętu. Widział, jak jego pociski odbijają się od stalowych boków wieżyczek dziobowych, potem od podstawy pagody, kolejne zaś trafiają w okna mostka; w końcu skręcił w lewo, prześlizgując się tuż obok pagody w tempie, które omal nie obróciło go o trzysta sześćdziesiąt stopni.

Dwa enkaemy, wystrzeliwujące po siedemset pięćdziesiąt pocisków na minutę, dwa tuziny na sekundę, skierowane na cel przez trzy, może cztery sekundy. Co to oznacza? Siedemdziesiąt pocisków kalibru .50, które ostrzelały mostek. Musieli się przynajmniej wystraszyć, pomyślał.

Odleciał na tyle daleko, aby umknąć przed działami dwudziestopięciomilimetrowymi, po czym ze zdziwieniem zobaczył trzy gigantyczne eksplozje około dwóch mil przed sobą, nisko nad wodą; wokół rozprysły się odłamki, w niebo wystrzeliły kłęby dymu.

„Boże – pomyślał – strzelają amunicją przeciwlotniczą z głównego działa". Skręcił ostro w prawo i zaczął nabierać wysokości. Nie widział chmury smugaczy z własnych karabinów, sygnalizującej, że kończą się pociski, a to oznaczało, że ma jeszcze sporo amunicji. Skręcając w prawo, zobaczył znowu amerykański okręt, ciągle tak blisko trzymający się pancernika, że mógłby wziąć od niego paliwo; obie jednostki wykonywały właśnie szeroki zwrot w lewo. Bez wątpienia był to amerykański niszczyciel, który nieźle oberwał, jeden komin zniknął, antena radaru zwisała z noka rei, ale większość dział celowała w nadbudówkę czarnego giganta, wyrywając fragmenty stali z pagody i dział przeciwlotniczych na głównym pokładzie.

– Dorwij ich, tygrysie! – wrzasnął, patrząc, jak załoga dział przeciwlotniczych na lewej burcie Japońca usiłuje skryć się przed ogniem pięciocalówek, znajdujących się w zasięgu strzału bezwzględnego. Skręcił ostro, zszedł na dwieście stóp i pojawił się znowu po stronie lewej burty pancernika, mniej więcej na wysokości mostka nawigacyjnego. Zbliżył się na odległość nieco ponad mili i rozpoczął ostrzał – tym razem celując w mostek. Widział, jak pociski odbijają się we wnętrzu pagody, uderzając w opancerzoną wieżę na środku. Przelatując obok niej, poczuł liczne uderzenia w prawe skrzydło: dwudziestkapiątka dopadła go wreszcie. Coś uderzyło go też w prawą nogę, mocno, dwukrotnie.

„To nie pancernik" – pomyślał. Do giganta zbliżał się ciężki krążownik, najwyraźniej chcąc przeciąć jego kilwater. Mick zdał sobie sprawę, że mały niszczyciel zyska za chwilę towarzystwo w postaci dziesięciu dział ośmiocalowych, które obrócą go w perzynę. Zawrócił ponownie w gęstniejącym ogniu dział przeciwlotniczych, poczuł dziwne ciążenie po prawej stronie i na chwilę spojrzał w dół. Nie rozumiał, co widzi.

Jego prawa noga leżała na podłodze kokpitu, oderwana na wysokości kolana przez pocisk dwudziestopięciomilimetrowy. W kadłubie były cztery otwory po prawej stronie i trzy po lewej. Krew tryskała, pulsując, z tętnicy udowej. Uświadomił sobie, że za minutę straci przytomność, a za dwie – zginie. Po chwili silnik zakaszlał dwukrotnie, zgasł, udało się go uruchomić ponownie, ale towarzyszyły temu przeraźliwe wstrząsy.

„Ech, do cholery – pomyślał. – Małe skurczybyki w końcu mnie dopadły".

Znów skręcił ostro, walcząc z utratą świadomości, która stopniowo ogarniała mózg w miarę jak spadało ciśnienie krwi. Przynajmniej nie boli, mruknął do siebie. Krążownik wciąż do niego strzelał, podobnie jak kilka dział na rufie olbrzyma.

„To już nieważne – powtarzał sobie Mick. – Nic już nie jest ważne".

Czuł, jak prawa strona jego twarzy drętwieje, gdy chwycił mocno za drążek sprawną lewą ręką; skręcił po raz ostatni – przed oczami miał gęstniejącą czerwoną mgłę.

„Może zdołam pomóc temu niszczycielowi".

Kolejne pociski uderzyły w dauntlessa, gdy brał kurs na krążownik. Kopuła z pleksi rozpadła się w drobny mak, czuł, że uszkodziły mu hełm. Silnik zatarł się; śmigło stanęło, szarpiąc dziobem samolotu.

„Nieważne. Nieważne. Mam cię, gnojku".

Poczuł zapach dymu i zobaczył, że kadłub samolotu zapalił się tam, gdzie uderzały kolejne pociski.

„Skurczybyki – pomyślał. – Urwaliście mi nogę, a teraz chcecie ją ugotować?".

„No dobra, do cholery, w takim razie udławcie się nią".

Sekundę później ośmiotonowy dauntless zwalił się na śródokręcie krążownika, trafiając prosto w magazyn długich lanc i zabierając okręt ze sobą prosto do nieba.

Marsh mógł tylko patrzeć, jak „Evans" podąża na spotkanie nemezis, wyłaniającej się spoza pancernika z działami wycelowanymi w jego kierunku. Krzyknął do wszystkich, aby padli na ziemię, i już podnosił się z kapitańskiego fotela, gdy samotny dauntless, który ostrzelał olbrzyma od strony dziobu, wyłonił się nie wiadomo skąd. Ciągnął za sobą smugi białego dymu i chwiejąc się w powietrzu, wleciał prosto w nadpływający krążownik. Uderzył tuż przed śródokręciem, powodując gigantyczną eksplozję, o wiele za dużą jak na ośmiotonowy samolot, uderzający w opancerzony okręt o wyporności trzynastu tysięcy ton. Z komina krążownika wystrzelił strumień białej pary; okręt zawrócił na wschód. Uszkodzenia były najwyraźniej bardzo poważne – maszty kładły się jeden po drugim. Przez chwilę jeszcze osłaniał „Evansa" przed ogniem dwóch pozostałych okrętów na jego lewej burcie. Marsh odetchnął z ulgą.

Marsh zapomniał o pancerniku klasy Kongo, ten jednak nie zapomniał o „Evansie", kładąc ostatecznie kres jego istnieniu salwą pocisków czternastocalowych, które zasypały pokład. Okręt rozpadał się wśród szalejącego pożaru, dymu i fruwających wokół kawałków metalu. Pod wpływem potężnej siły uderzeń przechylił się mocno na bok i z trudem podnosił się z powrotem do pionu. Marsh czuł się paskudnie, zupełnie jak wtedy, gdy oddawał ducha „Winston". W tym momencie z góry spadło na niego coś ciężkiego i stracił przytomność.

Gdy ją odzyskał, stwierdził, że znajduje się na pogruchotanym pokładzie sterówki; padał deszcz. Bolało go całe ciało, oczy miał zapuchnięte. Próbował zrozumieć, skąd biorą się krople deszczu; po chwili uświadomił sobie, że dach nadbudówki przestał istnieć, podobnie jak stanowisko bojowe Sky One, celownik, maszt i wszyscy członkowie załogi znajdujący się na mostku. Spróbował wstać, ale ostry ból przeszył mu prawe ramię.

Prawe ramię? Coś tu się nie zgadza – to była stopa, nie ramię. Wypluł mieszankę słonej wody i czegoś jeszcze, zbyt okropnego, by się nad tym zastanawiać, zamrugał kilka razy oczami, by odzyskać ostrość wzroku i zdał sobie sprawę, że pokład jest przechylony. Spojrzał na swoją prawą rękę, a raczej na to, co z niej pozostało.

Prawa dłoń była urwana na wysokości nadgarstka, tak samo jak prawa stopa. Tym razem nie było medyka, który przyszedłby mu z pomocą, i stracił już sporo krwi. Mózg podpowiadał mu, że ranę należy podwiązać, ale ciągle oszołomiony przez dawkę morfiny i ostatnią serię uderzeń miał wrażenie, że przeżywa senny koszmar na jawie. Wreszcie zdołał dźwignąć się do pozycji półleżącej, zdjąć pas i zrobić z niego opaskę uciskową. Przekonał się przy tej okazji, że jest to niezwykle trudne, gdy ma się do dyspozycji tylko jedną rękę. Krwawienie ustawało powoli, nie był jednak w stanie zacisnąć paska naprawdę mocno. Zastanawiał się, ile czasu był nieprzytomny. Po chwili zadał sobie pytanie, czy to w ogóle ma jakieś znaczenie.

Siedząc na zrujnowanym stalowym pokładzie sterówki, czuł, że okręt nabiera wody, choć przechył nie był na razie zbyt mocny. „Evans" bez wątpienia zanurzał się od strony rufy i tracił prędkość. Pociski już nie padały, słyszał więc krzyki dobiegające z pokładu. Nie wydał rozkazu opuszczenia okrętu, najwyraźniej jednak zrobił to za niego ktoś inny – ci, którzy byli w stanie, jeden po drugim znikali za burtą. Linia wody dosięgała już prawdopodobnie lin ratunkowych.

We wnętrzu sterówki znajdowały się ciała, części ciał, zniszczony sprzęt, powyrywane kable, stalowe hełmy i mnóstwo krwi, rozmywanej przez padający deszcz w coś na kształt ohydnej zupy. Zaledwie dwóch ludzi stało na własnych nogach. Spojrzał jeszcze raz. Zdawało mu się tylko, że stoją: obaj zostali wbici na stalowe ożebrowanie kabiny, gdy uderzył w nią ogromny pocisk.

Kapitański fotel pozostał nietknięty, podczołgał się więc bliżej, chwycił zdrową ręką podnóżek i wspiął się na niego. Wyglądając przez wyrwy w ścianach, pozostawione przez pociski, widział przednią część okrętu. „Ich" pancernik odpływał majestatycznie w dal, zwrócony do nich rufą, ostrzeliwując niewidoczne z tej odległości lotniskowce. Na jego rufie płonął ogień, co sprawiło, że Marsh poczuł się odrobinę lepiej.

Pięciocalowe działo numer pięćdziesiąt jeden, najbardziej wysunięte do przodu, przestało istnieć: została po nim tylko dziura, przez którą nad pokładem wystawało kilka cali resztek barbety. Działo pięćdziesiąte drugie wylądowało na końcu mostka; prawy bok został podziurawiony niczym puszka sardynek, a poczerniała lufa celowała w niebo. Marsh cofnął się gwałtownie, widząc zakrwawione, poparzone zwłoki na podstawie. Gdy „Evans" wysunął się z cienia olbrzyma, skończyła im się amunicja – prawdopodobnie tylko dlatego nie eksplodował jeszcze żaden z magazynów. Patrząc na rozmiar zniszczeń, Marsh uświadomił sobie, że właściwie nie robi to żadnej różnicy.

Poczuł, że odchyla się do tyłu w fotelu, po czym zdał sobie sprawę, że to nie on się odchyla, ale cały okręt. Bez najmniejszych wątpliwości zanurzali się coraz głębiej od strony rufy, przechylając się zarazem na lewą burtę. Odetchnął głęboko kilka razy, potarł zapuchnięte oczy i rozwiązał pasek hełmu. Zastanawiał się, czy nie wstać z fotela, by ocenić rozmiar zniszczeń w części rufowej, po chwili jednak zadał sobie pytanie, jakie to ma właściwie znaczenie? Tak czy siak za kilka minut „Evans" i jego załoga przejdą do historii.

Pamiętał uderzenia. Czternastocalowe pociski przeciwpancerne przeszywały okręt na wylot, niektóre z nich przebiegały od rufy przez całą jego długość. Wydarły z niego życie. Wiedział, że okręt jest skazany na zagładę. Był strasznie zmęczony. Straciwszy dwie kończyny, nie miał właściwie po co schodzić do wody z pozostałymi członkami załogi. Ci, którym uda się stąd odpłynąć, nie potrzebują do towarzystwa krwawej przynęty dla rekinów.

Usłyszał znajomy dźwięk towarzyszący otwarciu zaworu bezpieczeństwa kotła – mechanicy w kotłowni numer dwa odprowadzali parę, by uniknąć eksplozji, gdy okręt zostanie zalany. Marsh zastanawiał się, czy John Hennessy jeszcze żyje. Może to on wydał rozkaz opuszczenia okrętu, widząc, co się stało ze sterówką. „Ja bym tak zrobił" – pomyślał. Nie miał już siły rozglądać się, by sprawdzić, czy jeszcze istnieje przejście do Bojówki. Spojrzał na swoją lewą dłoń. Kto odda Sally mój pierścień? – zastanawiał się.

Agonalny ryk kotła zagłuszył wszystkie pozostałe dźwięki; nie słyszał już, jak członkowie załogi opuszczają okręt. Zamknął oczy. Prawa stopa pulsowała, mimo że już jej nie miał. Prawe przedramię bolało straszliwie. Zastanawiał się mętnie, czy powinien po prostu rozwiązać opaskę i skończyć raz na zawsze z tym cholernym bajzlem. Nagle wymacał w kieszeni względnie czystą chusteczkę, owinął nią kikut i umocował koniec do paska od zegarka. Ciepły deszcz, spływający po jego twarzy, przynosił ukojenie; oprócz tego prawdopodobnie skrywał ich przed wzrokiem załóg dwóch ciężkich krążowników. Chusteczka szybko zabarwiła się na czerwono.

Jakiś fragment zmęczonego mózgu podpowiadał mu, że powinien coś zrobić.

Jesteś kapitanem.

Nie, nie jestem. Jestem zastępcą.

Powinieneś wydawać rozkazy, mówić ludziom, co mają robić.

Czyli co? Wracajcie na pokład i postawcie ten okręt na nogi?

Prawda brzmiała następująco: rozkazy nie są już potrzebne. Tak jak podczas bitwy, jeśli oficerowie i marynarze byli odpowiednio wyszkoleni, sami wiedzieli, co mają robić. Utrata łączności pomiędzy celownikiem Sky One a działem nie oznaczała, że ludzie przestaną strzelać. Widzicie japoński okręt? To do niego strzelajcie.

Co powiedział Nelson w 1805 roku? Żaden kapitan nie popełni wielkiego błędu, ustawiając swój okręt burta w burtę z okrętem nieprzyjaciela. Coś w tym rodzaju. Lord Nelson byłby dziś zadowolony z „Evansa". Teraz jednak, gdy wszystko się skończyło, kapitan przestał być potrzebny.

Poczuł, że z lewej strony przesuwa się nad nim cień. Otworzył oczy. Deszcz cofał się na południe. Jeden z ciężkich krążowników japońskich przepływał właśnie obok nich, bardzo blisko; dziwaczna nadbudówka w kształcie pagody przesłoniła na moment słońce.

Okręt był naprawdę blisko; płynął powoli, rozcinając martwą falę. Przez chwilę widział sterburtę, potem zobaczył cały pokład. Obsługa dział przeciwlotniczych w obszernych mundurach pokazywała sobie „Evansa" i ludzi unoszących się na wodzie pomiędzy burtami obu okrętów. Niektórzy wiwatowali, zapewne wznosili też radosne okrzyki, ale świst pary nadal zagłuszał inne dźwięki. Wszystkie działa ośmiocalowe były wycelowane w „Evansa". Marsh zamrugał, uświadamiając sobie, co się za chwilę stanie. Widział członków swojej załogi pływających pomiędzy okrętami, rozpaczliwie szukających schronienia przed oczekiwaną salwą.

Po chwili zauważył coś innego. Wysoko, na dziwacznej nadbudówce, stał jeden oficer. Miał na głowie hełm, z jego szyi zwisała lornetka; przede wszystkim jednak nosił białe rękawiczki. Marsh próbował wyprostować się w swym fotelu i omal z niego nie spadł. Dach sterówki „Evansa" przestał istnieć, mogli więc swobodnie mierzyć się nawzajem wzrokiem.

Ku jego zdumieniu japoński oficer uniósł dłoń w rękawiczce i zasalutował formalnym gestem. Po kilku sekundach Marsh uniósł kikut prawej dłoni, próbując odwzajemnić salut. Pulsujący ból sprawił, że opuścił rękę niemal natychmiast, był jednak pewien, że japoński oficer dostrzegł zakrwawioną chustkę. On również opuścił dłoń, skinął mu głową, a może nawet się skłonił, odwrócił się i wszedł do własnej sterówki. W następnej chwili ogromna, czarna bestia nabrała prędkości i odpłynęła, pozostawiając za sobą szeroki, biały kilwater, a wieżyczki dział ośmiocalowych skierowały się płynnym ruchem na południowy wschód, szukając bardziej smakowitych kąsków do upolowania.

Marsh opadł z powrotem na fotel i zastanawiał się, czy pancernik oddaliwszy się na bezpieczną odległość, następnie wystrzeli w ich kierunku jedną ze straszliwych długich lanc – ot tak, dla pewności – ale nim stracił go z oczu, krążownik otworzył ogień z dział przeciwlotniczych. Na niebie pojawiły się samoloty któregoś z lotniskowców.

Świst pary ucichł nagle z wilgotnym sapnięciem. Marsh słyszał teraz terkot działa automatycznego na japońskim krążowniku, które posyłało w niebo obłoczki czarnego dymu; tymczasem samolotów było coraz więcej. Okręt znajdował się kilka tysięcy jardów od nich; teraz zaczął raz za razem zmieniać kurs, próbując uciec przed nasilającym się atakiem. Patrzył, zafascynowany, jak znika za horyzontem, wlokąc za sobą chmurę czarnego dymu, wciąż otoczony przez rój samolotów.

„Pozostałe grupy Taffy musiały włączyć się do walki" – pomyślał. Dwanaście lotniskowców mogło pomieścić ponad setkę samolotów różnego typu. Można mieć nadzieję, że Japończycy są przekonani, iż wielkopokładowe lotniskowce Halseya także włączyły się do gry, choć akurat „Evansowi" było to już bez różnicy.

Przechył na lewą burtę się zwiększał. Marsha znów ogarnęło uczucie, że musi coś zrobić, nie był jednak w stanie skupić się na tyle, by zapanować nad bólem. Rozejrzał się ponownie – za lewą burtą widział członków załogi w szarych kapokach; wielu miało twarze pod wodą. Większość odpływała od okrętu, niektórzy ciągnęli za sobą kolegów, inni nie poruszali się w ogóle. Wielu zgromadziło się wokół tratw ratunkowych, co oznaczało, że rozkaz opuszczenia okrętu nie został wydany zbyt późno. Marsh poczuł nagle ostry zapach smaru. Pamiętał ten zapach. Tak wykrwawiają się okręty. Miał nadzieję, że bomby głębinowe zostały zabezpieczone.

Bomby głębinowe.

Oto coś, co mógł zrobić.

Zsunął się z fotela i usiłował delikatnie opaść na deski pokładu. Nie poszło mu zbyt dobrze – wylądował na brzuchu, usiłując złapać oddech i mrugając szybko oczami, do których napłynęły łzy, gdy trafił ranną ręką w podnóżek. Minęło kolejnych kilka minut, nim zdołał przeczołgać się wśród ciał na zewnątrz i dotrzeć do pozostałości po skrzydle mostka po stronie lewej burty. Przedostał się właśnie tu, ponieważ ta część znalazła się najniżej w wyniku przechyłu; teraz wreszcie mógł ogarnąć wzrokiem cały okręt. Nie było na co patrzeć. Ogromna dziura w przegrodzie lewej burty, tam gdzie kiedyś znajdowała się Bojówka. Stojaki na liny ratunkowe powoli pogrążały się w wodzie – jeśli więc miał zamiar zrobić jeszcze cokolwiek pożytecznego, musiał się pospieszyć. Żałował, że nie pozwolił obsłudze działa rufowego do woli nacieszyć się zabawą – z drugiej strony, gdyby temu nie zapobiegł, „Evans" dużo wcześniej straciłby także stery.

Nie był w stanie zejść po stalowej drabince ze skrzydła mostku. Leżał na pokładzie przez kolejną minutę, zbierając siły, i patrzył, jak to co zostało z jego prawego przedramienia broczy krwią prosto do morza. Był wyczerpany. Tak cudownie byłoby po prostu wystawić głowę na deszcz. Okręt już nie płynął. Pogrążał się w otchłani, przechylając się stopniowo coraz bardziej na lewo. Niedługo przechyli się po raz ostatni, by już się nie wyprostować.

Ruszaj się.

Dlaczego?

Bomby głębinowe.

Racja.

Wtedy zauważył, że skrzydło mostku jest już całkowicie pozbawione bocznych ścianek. Leżał na czymś w rodzaju deski surfingowej. Chwilę później ześliznął się do morza z wysokości około piętnastu stóp. Upadając, przypomniał sobie ten wielki dzień w akademii, gdy cały jego rocznik musiał wykonać znienawidzony skok z trampoliny, trenując opuszczanie okrętu. Udało mu się wtedy zrobić pełne salto, ale nie zaczerpnął dość powietrza. Zanurzywszy się, jak mu się wtedy zdawało, chyba na sto stóp, z trudem zdołał wrócić na powierzchnię oddaloną w rzeczywistości niecałe dwie stopy. Na szczęście morze było spokojne; po pierwszym szoku ciepła słona woda przyniosła mu ukojenie, obmywając oba kikuty. Próbował niemrawo płynąć wzdłuż burty tonącego okrętu, rejestrując kątem oka zakrwawione szczątki zwisające z lin ratunkowych. Wyrzutnie torpedowe przestały istnieć, podobnie działo numer pięćdziesiąt trzy i większość nadbudówki rufowej – prawdopodobnie wystarczył do tego zaledwie jeden pocisk czternastocalowy. Rozejrzał się dookoła, szukając Japończyków, ale deszcz sprawiał, że widział niewiele. Jeżeli nadpływał właśnie japoński niszczyciel, by wykończyć ostrzałem pozostałych przy życiu, lepiej było tego nie wiedzieć.

Pokonawszy z trudem dwieście stóp, wgramolił się z powrotem na pokład, a właściwie przeturlał się wśród lin ratunkowych, korzystając z tego, że „Evans" ponownie się przechylił, jakby sprawdzając, co czeka na niego w głębinie. Działo pięćdziesiąte piąte wciąż tkwiło na pokładzie rufowym, poczerniała lufa sterczała sztywno, jakby szukając kolejnego celu. Pięćdziesiąte czwarte zostało schludnie przecięte na pół jak gigantycznym toporem. Lufa odpadła. Rozróżniał leżące wokół oderwane członki ludzkie; błyszczące przewody hydrauliczne z brązu kontrastowały z barwą popalonych ciał.

Rufa pozostała nietknięta, ale pokład znajdował się już około sześciu cali pod wodą. Leżało tu około pół tuzina ciał, wszystkie w pobliżu rufowej windy kotwicznej; twarze pokryte były smarem jak w upiornym wodewilu. Marsh pełzał po pokładzie niczym foka, podpierając się zdrową dłonią i ocalałą stopą, by dotrzeć do stojaków na pociski głębinowe. Kapitan Hughes wyznawał zasadę, że dopóki okręt znajduje się na wodach nieprzyjaciela, zapalniki mają być ustawione na głębokość stu stóp. Musiał teraz użyć klucza maszynowego, żeby przekręcić wskaźnik każdej z bomb, ustawiając go w pozycji „zabezpieczona". W przeciwnym razie wszystkie wybuchłyby w chwili, gdy okręt zapadnie się na głębokość stu stóp, rozrywając na strzępy pozostałych przy życiu ludzi na powierzchni.

Miał trudności z koncentracją. Niewielkie fale, przesuwające się nad tarczami bomb, oślepiały go raz za razem. Morfina działała aż za dobrze, głusząc ból i otumaniając mózg. Zaczynało mu też brakować sił. Wykonanie najprostszej czynności stawało się zbyt trudne, szczególnie że nie miał już prawej dłoni; za każdym razem, gdy próbował podpierać się prawą nogą, okazywało się, że jest o stopę za krótka. Dosłownie.

Nagle wydało mu się, że słyszy krzyki.

„Przykro mi, chłopie – pomyślał. – Jestem tu zajęty. Nie mógłbym ci pomóc, choćbym nawet chciał".

Przyłożyć klucz. Obrócić w ruchu przeciwnym do wskazówek zegara, na pozycję ZABEZPIECZONA.

Kolejne krzyki, podniecone głosy. Znowu zaczął mieć problemy ze wzrokiem, był jednak zdeterminowany zakończyć dzieło.

Ignoruj hałasy. Przejdź do następnej. Otrzyj oczy. Znajdź tarczę. Wyjmij klucz spomiędzy zębów, przyłóż do tarczy. W kierunku przeciwnym do ruchu wskazówek zegara. W lewo. Oto wskaźnik. ZABEZPIECZONA.

Włóż klucz z powrotem między zęby. Przejdź do następnej. Otrzyj oczy. Znajdź tarczę. Wypluj klucz i przyłóż go do tarczy.

Poziom wody wokół podnosił się, „Evans" stopniowo pogrążał się w odmętach. To było dziwne uczucie – klęczał na stalowym pokładzie, choć woda sięgała już kołnierza jego kamizelki ratunkowej. Kapok właściwie utrudniał mu pozostawanie przy stojaku z pociskami.

Jeden stojak gotowy. Teraz na drugą stronę. „Musisz je dorwać wszystkie – pomyślał – zanim mózg zamieni ci się w papkę. Pięćdziesiąt procent to za mało".

Otrzyj czoło z soli i smaru. Znajdź tarczę. Wypłucz klucz. Pięćset funtów TNT. Dobra rzecz. Szybko wykańcza okręt podwodny. Pływaków jeszcze szybciej.

Kolejne głosy, coraz bliżej. Nie przeszkadzajcie mi. Muszę to zrobić, widzicie? Pięćset funtów, pogruchoczą wam kości, zamienią was w keczup. A ja nawet lubię keczup.

Mocne ramiona. Jeden z głosów brzmiał zupełnie jak głos Marty'ego Gormana. Odciągającego go od obowiązków.

Próbował protestować, w usta nalało mu się słonej wody. Trzech facetów krzyczało: w porządku, w porządku, unieruchomiłeś wszystkie. Zmywamy się stąd. On zaraz pójdzie na dno.

Na dno. Oto, co powinien zrobić kapitan, prawda? Pójść na dno razem ze swoim okrętem? Ale ty jesteś zastępcą, a nie kapitanem. Przed oczami stanęła mu widmowa twarz Bestii McCarty'ego. „Gratulacje, bracie", powiedział duch z krzywym uśmieszkiem. „Spotkałeś dzisiaj swojego olbrzyma. Dobrze się spisałeś".

„Ty też, Bestio" – pomyślał.

No dobra.

Po raz pierwszy od chwili, gdy wybuchła wojna, nie bał się już niczego; ta szczęśliwa myśl towarzyszyła mu, gdy ściągali go z pokładu wprost do przyjaznego morza. Za sobą usłyszał przeciągły, potężny, żałosny ryk.

Dobranoc, skarbie. Śpij dobrze.

Dokoła woda, woda. Deski paczyły się okropnie.
Dokoła woda, woda, ale do picia ani kropli[23].

Recytował w myślach słowa wiersza Coleridge'a, gdy tratwa unosiła się na niewielkiej fali pod palącym słońcem tropiku. Niewiele pamiętał z ostatniej nocy po tym, jak okręt zatonął, a oni znaleźli się sami w Morzu Filipińskim. Próbował się skupić, znów objąć dowództwo, ale jedyny medyk, który przeżył, dał mu kolejną dawkę morfiny, zamieniając go w coś w rodzaju łagodnego zombi. Gdy nastał świt, medyk chciał podać mu kolejną porcję, ale Marsh odmówił. Był przekonany, że niebawem zostaną uratowani, i nie chciał pozbawić go całego zapasu. To było o świcie.

Koło południa stało się jasne, że szybko nie zostaną uratowani. Widzieli odległe samoloty, a nawet jedną łódź latającą,

---

[23] Wiersz Samuela Coleridge'a *Pieśń o starym żeglarzu*, [w]: *Twarde dno snu. Tradycja romantyczna w poezji języka angielskiego*, oprac. i tłum. Z. Kubiak, Warszawa 2002.

zmierzającą tuż nad powierzchnią wody w kierunku południowym, ale nikt po nich nie przypłynął. Było tak, jak gdyby bitwa w ogóle się nie odbyła. Nie było Japończyków, lotniskowców, nikogo z wyjątkiem około setki rozbitków z „Evansa", uczepionych tratw ratunkowych lub pływających w pobliżu nich pod piekącym filipińskim słońcem. Nigdy dotąd nie słyszał takiej ciszy; a jednak skończyła się szybko – gdy nadpłynęły rekiny.

Tratw było cztery. Leżeli w nich najciężej ranni. Pozostali płynęli tuż przy nich, trzymając się lin i walcząc z nasiąkającymi wodą kapokami. Prawe ramię Marsha pulsowało bólem; prawa stopa piekła niczym ogień. Od czasu do czasu zanurzano rannych w morzu, panowało bowiem przekonanie, że morska woda zapobiega zakażeniom. Wydawało się, że to niezły pomysł, ale krwawe kikuty Marsha były dalekie od zachwytu. Nie był w stanie skupić się na niczym oprócz bólu – wreszcie medyk zrobił mu kolejny zastrzyk.

Marsh nie był do końca świadom tego, co zdarzyło się później, gdy nadpłynęły rekiny. Pierwszy z porwanych mężczyzn nie wydał ani jednego dźwięku, dwaj płynący obok niego zaczęli zaś wrzeszczeć, ile sił w płucach. Żaden z nich nie mógł nic zrobić. Nie było dokąd uciekać, nie było sposobu, żeby odstraszyć drapieżniki. Każdy, kto by spróbował, stałby się żywą przynętą. Otaczały kręgiem tratwy i płynących wokół ludzi, a potem wciągały ich pod wodę. Mężczyźni spoglądali w wodę, gotowi kopać, walczyć, zrobić wszystko, co możliwe, by uniknąć porwania w głębiny, ale żaden z tych, którzy padli ofiarą rekinów, nie zdążył zrobić niczego – otwierali szeroko usta i znikali w krwawym wirze. To było straszne, a grozę potęgowało jeszcze uczucie bezradności. Marsh poczuł się wreszcie winny, że płynie na tratwie, zastanawiał się też, czy nie wydać rozkazu, by się zmieniali, tak by każdy miał równą szansę przetrwania. W głębi duszy wiedział jednak, że to nie ma sensu: żaden z tych, którzy znaleźli się na tratwach, nie zamieniłby się z pozostałymi.

Gdzie podziali się wybawiciele? Nad morzem powinny latać samoloty, wypatrując rozbitków z niszczycieli, które popłynęły na północ, by paść ofiarą panaerników. Potem pojawiła się myśl: a może Japończycy zwyciężyli i wybili wszystkich. Być może tam, za horyzontem, nikogo już nie ma? Trzy może cztery pancerniki bez trudu mogły poradzić sobie nawet z osiemnastoma małymi lotniskowcami. Być może zatopili wszystkich i wrócili tam, skąd przypłynęli. Być może samoloty, które widzieli wcześniej, należały do Japończyków, może poszukiwano rozbitków po to, by ich rozstrzelać. Od pytań i wątpliwości kręciło mu się w głowie. Co cztery godziny ktoś dawał mu kilka łyków wody. Za każdym razem musieli niemal wyrywać mu kubek. Marsh wiedział, że niewielki zapas wody musi im wystarczyć na długo, ale pragnienie było nieznośne. Automatycznie sięgał po kubek prawą dłonią, której nie miał, oni zaś łagodnie odsuwali kikut na bok.

Gdy zapadła noc po drugim dniu, pozwolił sobie zrobić kolejny zastrzyk z morfiny. Pamiętał jeszcze, że powiedział medykowi: „Nie dawajcie mi więcej wody. I tak nie przeżyję". Młody chłopak o twarzy spalonej słońcem uśmiechnął się w ciemności.

– Ależ przeżyje pan, dowódco – powiedział. – Znajdą nas. Jutro z pewnością nas znajdą.

I znaleźli. Młody medyk miał rację. Latająca łódź PBY Catalina „Black Cat" pojawiła się na godzinę przed wschodem słońca, okrążyła ich dwukrotnie, zrzuciła niewielki zapas wody i cztery kolejne tratwy, po czym znikła w oddali. Niewielka grupka łodzi należących do wojsk Higginsa przypłynęła cztery godziny później, by rozpocząć akcję ratunkową; łódź latająca krążyła nad nimi, by upewnić się, że nikogo nie pozostawiono bez pomocy.

Było ich niewielu. Marsh nie był pewien, ilu ludzi znalazło się w wodzie, gdy „Evans" tonął; z pewnością jednak teraz było ich mniej. John Hennessy znajdował się na drugiej tratwie, a Szwed Bolser był żywy, choć mocno poparzony. Podczas drugiej nocy na morzu Marsha męczyły okropne sny, w których ponownie ustawiał swój okręt burta w burtę obok pancernika; miał przed oczami stalową konstrukcję, ogromną niczym góra, zbliżającą się do niego coraz bardziej.

Jako kapitan miał poczucie, że podczas akcji ratunkowej zawiódł na całej linii. Raz dziennie otrzymywał zastrzyk w udo i świat stawał się piękniejszy. W końcu znalazł się we wnętrzu tratwy, podczas gdy większość pozostałych musiała zadowolić się trzymaniem jej boków. Często jednak tracił przytomność, co było dobrodziejstwem, gdy medyk obmywał go słoną wodą. Za każdym razem, gdy zwalniał którąś z opasek uciskowych, krwawił niczym zarzynany prosiak. Podawali mu wodę i tabletki solne, na rany zaś nakładali pastę z wody morskiej zmieszanej z sulfonamidem. Chwilami był przekonany, że załoga powinna po prostu cisnąć jego bezużyteczne ciało do morza, by zrobić miejsce dla tych, którzy mieli większe szanse przetrwania. Był pewien, że o tym mówił – w końcu jeden z rozbitków położył mu na ustach zwilżoną szmatę, mówiąc, żeby się „uciszył", bo przywabi rekiny.

Chwilami jego myśli były zupełnie klarowne. Pamiętał fatalną decyzję, by wrócić i wystrzelić pozostałe torpedy. „Jaką cenę zapłacili wszyscy za ten błąd?" – myślał smutno. Oczy Johna Hennessy'ego, przerażone twarze oficerów na mostku, fałszywa brawura głównego inżyniera. – Dajcie im popalić, kapitanie! – zaufali mu, a on posłał wielu z nich na śmierć w ciągu zaledwie pół godziny, nie wyrządzając nawet specjalnie dotkliwych szkód Japończykom. On sam stał się tylko jednorękim, jednonogim uzurpatorem. Jeśli tak ma wyglądać dowodzenie, nie chciał więcej brać w tym udziału. To byli świetni ludzie, odważni i szczerzy, a on samolubnie poprowa-

354

dził ich na rzeź, tylko dlatego, że nie mógł zapomnieć o tym, jak został nazwany tchórzem przez mężczyznę, który odebrał mu wyśnioną kobietę. Tylko dlatego, że tamten dopiął swego, a on, Marsh, nie.

Płakał, gdy przenosili go nad górną krawędzią nadburcia łodzi Higginsa. Medyk wojskowy na pokładzie obejrzał jego rany, założył, że Marsh płacze, ponieważ straszliwie cierpi, i dał mu kolejną porcję morfiny. Marsh przyjął ją z radością, choć tym, co mu doskwierało, nie był ból fizyczny.

Rozdział szesnasty

Gloria Lewis była przygnębiona i nie wiedziała dlaczego. Poród i połóg przebiegły dobrze, nie gorzej niż u innych, jak wyraziły się miłe położne. Żadnych infekcji, zdrowe dziecko. Pozwoliły jej karmić chłopca przez trzy tygodnie, potem został przestawiony na butelkę. Następnie pozwolono jej karmić go jeszcze raz dziennie, a jedna z zakonnic zajęła się pozostałymi posiłkami dziecka.

– Musimy odstawić was oboje, rozumie pani – przypomniała jej matka przełożona – ponieważ ma pani zamiar oddać go do adopcji.

Gloria chciała nadać synkowi imię, ale nie pozwolono jej na to; na świadectwie urodzenia, obok jej imienia i nazwiska, widniały słowa: „bezimienne dziecko płci męskiej". Gdy zostanie adoptowany, nowa rodzina nada mu imię; tak to działało. Siostrzyczki, w większości pochodzące z Hawajów, były dla niej z reguły bardzo miłe.

Gloria coraz bardziej chciała zatrzymać przy sobie dziecko, ale trudności logistyczne ją przerosły. Nie miała męża ani mieszkania, w którym mogłaby opiekować się noworodkiem. Zdawało jej się, że wojna nigdy się nie skończy, że będzie wciąż i wciąż odbierać ludziom życie, rodziny, wszystko, co

356

wiązało się kiedyś z normalną egzystencją. Teraz, gdy Japończycy byli na Pacyfiku w odwrocie, ofiar było jeszcze więcej niż dotąd. Na każdej wyspie, zaatakowanej przez aliantów, Japończycy walczyli do ostatniego człowieka, a każdy z nich robił wszystko, żeby zabrać ze sobą z tego świata choć jednego żołnierza nieprzyjaciela. Zbyt wielu się to udawało.

Sally Adkins wyjechała na Guam z jedną z jednostek sił wsparcia, którą dowodził Stembridge, i trzy ostatnie miesiące ciąży Gloria spędziła na Hawajach sama, pozbawiona wsparcia najbliższej przyjaciółki. Gdy rozpoczynał się trzeci trymestr, przeniesiono ją do działu administracyjnego w głównym biurze szpitala. Codziennie znosiła prawdziwe lub wyimaginowane ukradkowe spojrzenia, którym obdarzali ją pracownicy biurowi. Tak jak się spodziewała, nikt poza dowódcą szpitala polowego nie podjął delikatnego tematu jej nieślubnego dziecka. Kapitan natomiast okazał zaskakującą życzliwość: proszę pracować na oddziale, dopóki pani zdoła, potem przeniesiemy panią do biura. Może pani urodzić dziecko tutaj, jeśli pani sobie życzy, o ile placówka nie zostanie wcześniej zamknięta. Postępuje pani słusznie, a gdy będzie pani miała to wszystko za sobą, proszę do nas wracać. Niestety, pracy nam nie brakuje. I niech pani się nie przejmuje tymi plotkującymi skurczybykami.

Gdy po raz pierwszy musiała wymienić uniform na większy, poszła do Stembridge'a i powiedziała mu, jak sprawy stoją. W końcu wcześniej włączył ją do swego projektu i wiedziała, że jeśli będzie musiała odejść, co bez wątpienie nastąpi, spowoduje to zakłócenia w pracy. Milczał długo w sposób dla siebie nietypowy, a gdy już się odezwał, zaskoczył ją. – Żałuję, że to nie moje – powiedział. Była zbyt zdumiona, by odpowiedzieć. Zapytał ją, kto jeszcze o tym wie; powiedziała mu. Wtedy zaskoczył ją ponownie. – Jeśli pani chce, będę ogromnie szczęśliwy, mogąc powiedzieć wszystkim, że to moje dziecko i że pobraliśmy się potajemnie w zeszłym roku. W ten sposób uniknie pani stygmatu społecznego. Wypadki i niespodziewane ciąże po prostu się zdarzają. Jestem pewien, że znaleźlibyśmy dla pani jakąś kwaterę w mieście. Jestem pewien, że...

Podniosła dłoń i zapewniła go, że wszystko będzie w porządku, że jest mu ogromnie wdzięczna za tak życzliwą ofertę. Nie miała zamiaru wychodzić za nikogo za mąż tylko dlatego, że zaszła w ciążę, a jeśli ma to oznaczać stygmat, niech tak będzie. Protestował, mówiąc, że nie miał na myśli faktycznego ślubu, że mogą udawać. W każdej chwili mogli odwołać go na zachodni Pacyfik, wojna kiedyś musi się skończyć, i... wreszcie zabrakło mu słów i chyba sam zrozumiał, że to niemożliwe. Ścisnęła jego dłoń i przeprosiła za swoje zachowanie tamtej nocy, podczas balu sylwestrowego. To była ich ostatnia osobista rozmowa przed jego wyjazdem na Guam, do nowego szpitala, tego samego, do którego trafiła Sally.

Tak więc została sama, naprawdę sama. Liczba personelu znacznie wzrosła – zarówno marynarka, jak i wojska lądowe miały teraz w bazie swoje szpitale – obiekty w Pearl Harbor zarezerwowano dla potrzeb długoterminowego leczenia najciężej rannych. Z dawnego zespołu przełożonych pielęgniarek, utworzonego po siódmym grudnia, została już tylko ona; czuła się dużo starsza od dziewcząt przybywających do pracy, choć miała tylko trzydzieści cztery lata. Po wyjeździe Sally przeniosła się do innego pokoju, w którym zamieszkała sama. Minęły dwa tygodnie od chwili, gdy widziała swoje dziecko po raz ostatni. Wiedziała, nie pytając, że gdy odwiedzi zakon następnym razem, powiedzą jej, że chłopiec zmienił już miejsce pobytu. Wydawało się to logiczne i właściwe, gdy odkryła, że jest w ciąży, teraz jednak wiedziała, że oddała obcym coś niezwykle cennego.

Spokój czuła wyłącznie podczas nocnych wycieczek do miejsca, w którym zatonęła „Arizona". Miejscowi z okolic Pearl Harbor rozwinęli w roku 1943 ożywioną działalność, o której władze nieoficjalnie wiedziały, ale przymykały na nią oko. Coraz więcej Amerykanów, przybywających do Pearl, chciało odwiedzić miejsce, gdzie zatonęły ich okręty. Właściciele niewielkich łódek cumowali wieczorami przy pirsie przed bazą i przy wale nadmorskim Hospital Point. Oferowali wycieczki na Ford Island, gdzie można było przyjrzeć się z bliska „Arizonie" i „Utah". W zamian dostawali wojskowe kartki lub karton papierosów.

Gloria zaprzyjaźniła się z jednym z rybaków o imieniu Manoea. Mogła kupić więcej papierosów, niż była w stanie wypalić, używała ich więc jako zapłaty, gdy chciała, by zabrał ją tam, gdzie spoczywały szczątki zatopionych okrętów. Rybacy nie podpływali zbyt blisko Ford Island, wciąż wykorzystywanej jako rezerwowe stanowisko lotnicze. Na dziobie każdej łodzi widniała pojedyncza zapalona lampa – wartownicy na wyspie wiedzieli, kim są rybacy i co tu robią, i nie traktowali ich jako zagrożenia.

Manoea lubił mówić, a Gloria przebywała na wyspie wystarczająco długo, by przynajmniej z grubsza rozumieć dialekt, którego miejscowi używali w rozmowach z *haole*, jak nazywali białych. Gdy dowiedział się, że ciało jej męża spoczywa na dnie jednego z okrętów, przestał brać od niej zapłatę, ona jednak zawsze zostawiała mu kilka papierosów na dnie łodzi, gdy odwoził ją z powrotem do Hospital Point. Zwykle zabierał ją w pobliże „Arizony" i wypalał papierosa, gdy łódź swobodnie dryfowała na wodzie, ona zaś siedziała zatopiona w swoich myślach. Marynarka usunęła już pozostałości nadbudówki, widać więc było tylko podstawy dział i ogromną wyrwę w części środkowej, tam gdzie dawniej znajdowała się wieża pancerna dowodzenia. Na wodzie unosiły się połyskujące plamy oleju. Niewielkie ławice drobnych rybek śmigały pomiędzy nieistniejącą już czołową częścią pomostu nadbudówki a przednią częścią okrętu, gdzie doszło do eksplozji magazynów z amunicją.

Gdy łódź kołysała się na wodzie, unoszona przez wiry i prądy wodne wokół Ford Island, Gloria wspominała swoje życie z Tommym, zadając sobie setki pytań, co by było, gdyby... Wiedziała, że to niezdrowe, zarazem jednak czuła, że życie przecieka jej między palcami, wszyscy wokół biegną do przodu, ona zaś stoi w miejscu, a nawet być może cofa się ku przeszłości. Pearl Harbor znalazło się w centrum uwagi świata tuż po siódmym grudnia, teraz jednak zapomniano o tych, którzy tu spoczęli. Baza marynarki miała istotne znaczenie, ale prawdziwa wojna przenosiła się coraz dalej na zachód i na północ, gdy alianci coraz silniej napierali na Japończyków.

Powtarzała sobie, że oddanie dziecka było najlepszym rozwiązaniem, przynajmniej dla niego, serce jednak bolało ją tak, jakby umarła przy porodzie. Nawet Hawaje ze swą niezmienną pogodą potęgowały jej depresję. Nie widziała się z Marshem ani z Mickiem od Nowego Roku, Stembridge odjechał na zachód, Sally również, a ciało Tommy'ego butwiało na dnie zatoki wraz z tysiącami trupów jego towarzyszy. Nic podczas radosnych dni spędzonych w Annapolis nie przygotowało jej na taki rozwój wypadków.

– Gotowa, chorąży Lewis?

Gloria spojrzała znad stolika na nową przełożoną pielęgniarek, Carolyn McPeak. Była pełnym porucznikiem i miała około czterdziestu pięciu lat. Dosłownie stała nad grobem.

– Tak – odparła. Czas wracać do pracy.

Szła za niewielką grupką pielęgniarek, zmierzających z powrotem do szpitala; ich plotki przestały ją interesować. Porucznik McPeak także zwolniła kroku, by zamienić z nią kilka słów.

– Wydaje mi się, że jest pani w złym stanie, chorąży Lewis. Wie pani, że to normalne, prawda? Po urodzeniu dziecka?

– Nie, nie wiedziałam – odparła Gloria. Nie była pewna, na ile przełożona jest zorientowana w jej sytuacji osobistej; od jakiegoś czasu jednak czuła, że nie robi jej to wielkiej różnicy.

– No cóż, tak to jest. Urodziłam trójkę i za każdym razem miałam uczucie, jakby ktoś wyrwał mi kawałek duszy. Któregoś ranka po prostu obudzi się pani z lepszym samopoczuciem i będzie po wszystkim.

– Przypuszczam, że jest tak, jak pani mówi – odpowiedziała Gloria.

– Przypuszcza pani?

– Mam na myśli, że wtedy, jeśli można zatrzymać przy sobie dziecko.

Starsza kobieta obdarzyła ją współczującym spojrzeniem i skinęła głową. – Aha – powiedziała – nie pomyślałam o tym. Proszę posłuchać, jeśli będzie pani chciała z kimś porozmawiać, proszę do mnie przyjść. Wiem, że przeszła pani bardzo trudny okres, ale, jak to mówią, trwa wojna i trzeba, żeby wszyscy dawali z siebie wszystko.

– Tak, proszę pani – powiedziała Gloria ze znużeniem, gdy wchodziły po schodach wiodących do bramy szpitala. Zastanawiała się, czy kiedykolwiek jeszcze odzyska pełnię sił. Zdarzały się wieczory, gdy marzyła tylko o tym, żeby zasnąć i nie obudzić się więcej.

Po frustrującym dniu wypełnionym kolejnymi operacjami – trzech pacjentów zmarło na stole operacyjnym – Gloria poszła na obiad do kantyny. Było późno i dość pustawo. Usiadła sama w kącie, by zjeść sałatkę i kurczaka o gumowym smaku, popijając białym winem. Stwierdziła przy tym, że wino interesuje ją dużo bardziej niż kurczak. Pięć operacji, trzy zgony, jeden niepewny, jeden, który z pewnością z tego wyjdzie. „Och, gdzie się podziewa nasz Superman?" – pomyślała. Nowi najwyraźniej nie byli zbyt dobrzy w swoim fachu.

Około dziewiątej do kantyny weszła grupa oficerów sztabowych z Makalapa, objuczonych drinkami, które kupili przy barze. Usiedli dość blisko niej, nie przerywając ożywionej rozmowy o najnowszych wydarzeniach na Filipinach. Gloria potrafiła z reguły odróżnić oficerów sztabowych od tych zaokrętowanych. Sztabowi z kwatery głównej floty zawsze toczyli dyskusje na temat tak zwanej szerszej perspektywy, dając do zrozumienia wszystkim wokół, jak bardzo są ważni. Rzucali nazwiskami, jak gdyby wszyscy admirałowie zaliczali się do grona ich najbliższych przyjaciół: Chester powiedział to, a John Towers tamto. Szybko przestała ich słuchać, zamówiła kolejny kieliszek wina, potem zmieniła zdanie i poprosiła jednak o kawę.

„Jestem tu już zbyt długo" – pomyślała nie po raz pierwszy. Jedzenie było tu proste i pożywne, dużo lepsze od tego, którym karmiono żołnierzy przedzierających się przez filipińską dżunglę, walczących z błotem, upałem, jadowitymi owadami i jeszcze bardziej jadowitą japońską armią. „Może powinnam zgłosić się do jednego z tych nowych szpitali w bazach na zachodzie, może na Guam, gdzie była Sally – ale Stembridge był tam także, a to skomplikowałoby sytuację".

Wtedy usłyszała, że jeden z oficerów sztabowych wymienił nazwę okrętu: „Evans". Nastawiła uszu. Była niemal pewna, że Ślicznotka Vincent jest nadal zastępcą kapitana na „Evansie".

Dość niesamowite – mówił właśnie ten z czterema paskami na rękawie – wyobraźcie to sobie: japońskie pancerniki i ciężkie krążowniki, wyskakujące jak diabeł z pudełka w rejonie Leyte. Pancerniki typu Iowa Halseya ścigają puste japońskie lotniskowce powyżej północnego wybrzeża Luzonu, a gruchoty Jessego Oldendorfa nie wydostały się jeszcze z cieśniny Surigao. Ziggy Sprague odchodzi od zmysłów, posyła więc trzy niszczyciele, żeby samotnie uderzyły na Japończyków. Dosłownie jak Dawid z Goliatem – jednym z tych japońskich okrętów był „Yamato", największy pancernik w historii, uzbrojony w osiemnastki.

– Osiemnastki?! – wykrzyknął komandor. – Jezu. Ile wytrzymali?

– Niezbyt długo – odparł kapitan – na wszystkich trzech zginęli wszyscy. Stracono też większość samolotów. Ale co w tym

362

wszystkim jest najbardziej niesamowite? W samym środku bitwy Japończy nagle się wycofali. Zatopili już ileś lotniskowców i wszystkie te nieszczęsne niszczyciele, zostało im na pożarcie tylko parę samolotów. Ziggy nie wierzył własnym oczom – Japończy zawrócili i uciekli do cieśniny San Bernardino.

– Które lotniskowce straciliśmy?

– „Madison Bay", „Gambier Bay" i chyba jeszcze jeden. Ciągle nie znamy wszystkich szczegółów. Po cieśninie Surigao sądziliśmy, że wszyscy się wycofali albo zostali zatopieni, ale najwyraźniej Japończy zapomnieli szepnąć słówko jednemu swojemu admirałowi, no i nadal napierał. Szkoda tych niszczycieli. Wyobrażacie sobie – zobaczyć na horyzoncie japońskie pancerniki i ruszyć do ataku? Ludzie!

Trzy stoliki dalej Gloria zamarła; była w szoku.

„Evans"? Wszyscy zginęli?

„To chyba musi być prawda – pomyślała. – Niszczyciel przeciwko pancernikowi?". Widziała, jak wyglądały nowe pancerniki klasy Iowa w Pearl Harbor po ataku, były ogromne. Dlaczego kapitan niszczyciela zrobił coś takiego? I gdzie były lotniskowce? Ile miał ich Halsey – dwadzieścia? Trzydzieści lotniskowców? Jak to się mogło stać?

Zdała sobie sprawę, że wciąż trzyma filiżankę z kawą. Odstawiła ją ostrożnie, oswajając się ze straszną wieścią. Nazwa „Madison Bay" także brzmiała znajomo. Była niemal pewna, że to okręt Micka. Usiłowała wyobrazić sobie jedno z tych powolnych, płaskich, brzydkich kaczątek, statków handlowych przebranych za lotniskowce, jak próbuje umknąć przed japońskimi pancernikami. Załogi nazywały je trumnami Kaisera. Samoloty, które zdołały wystartować, nie miały dokąd wracać, gdy skończyło się paliwo. To musiała być rzeź.

Nie, to była rzeź.

Wszyscy zginęli? Sądząc z tego, co mówili ci oficerowie, nikt nawet nie zawracał sobie głowy szukaniem rozbitków.

– To wszystko, proszę pani? – zapytał kelner. Zaskoczona, kiwnęła głową w milczeniu i podała mu bloczek z kartkami. Wydarł z niego dwa kupony i oddał jej książeczkę. Siedziała, próbując ogarnąć umysłem to, co właśnie usłyszała. Oficerowie sztabowi zmienili już temat na ich zdaniem istotniejszy; rozmawiali o czekających ich zadaniach.

– Oni wszyscy zginęli – powiedziała cicho.

Kelner odwrócił się. – Co takiego, proszę pani?

Potrząsnęła głową, próbując powstrzymać łzy.

Tommy. Bestia. Ślicznotka.

Wszyscy odeszli. Jej cały świat przestał istnieć.

Jej dziecko także odeszło.

Miała wrażenie, że świat wali się jej na głowę. Nie mogła złapać tchu. Policzki miała gorące, w uszach jej szumiało. Poczuła, że jest niczym duch, który chodzi, mówi, pracuje, ale nie ma już żadnych cech ludzkich.

Wszyscy odeszli.

Dokąd? Na bezbrzeżny zachodni Pacyfik, tysiące mil stąd, pewnie wiele mil pod wodą. Tam gdzie odeszły tysiące Amerykanów, którzy już nigdy nie wrócą – ich ciała spoczęły w morzu lub w płytkich grobach, wykopanych w ziemi bezimiennych atoli. Albo, co najgorsze, zostali po prostu „uznani za zaginionych."

Sally i Superman byli ostatnimi żyjącymi ludźmi, jakich znała; byli tak daleko, że docierały do nich tylko listy.

W jej głowie narodziła się decyzja.

„Dość tego – pomyślała. – Wszyscy odeszli. Równie dobrze i ja mogę odejść".

Wzięła torebkę i czepek pielęgniarki. Wstała i przeszła obok stolika oficerów sztabowych ze świadomością, że jest ukradkiem obserwowana. Słyszała nawet, że jeden z nich cicho gwizdnął. Szła dalej, wyprostowana, jakby próbując w ten sposób oddalić emocje.

Rozmawiają, ot tak, o okrętach, na których wszyscy zginęli, i gapią się na jej figurę. Niewyobrażalne. Siedzą tutaj, bezpiecznie i wygodnie, w eleganckim klubie dla oficerów, czekając na koniak i cygara, a tam, daleko stąd, japońskie monstra pożerają całe okręty. Chciała wykrzyczeć im to w twarze; zamiast tego uciekła.

Mano pojawił się o zwykłej godzinie, chwilę po wpół do jedenastej. Gloria czekała na niego, tym razem dzierżąc dwa kartony papierosów, cały swój zapas. Noc była ciemna, bo nadszedł nów, a niebo było zachmurzone. Gloria zajęła miejsce w maleńkiej łódce, uśmiechnęła się do wioślarza i wyciągnęła kartony papierosów. Podniósł je i umieścił za swoją ławką, skłaniając głowę w geście podziękowania.

– Panienka, wszystko dobrze? – zawołał ze swego siedzenia w tylnej części łódki.

– Wszystko dobrze, Mano – odparła – popłyńmy do dużego czarnego okrętu.

– Dobrze, panienka – odpowiedział jak zwykle. – Płyniemy.

Łódź miała mały jednocylindrowy silnik. Sądząc po zapachu spalin, była napędzana czymś naprawdę paskudnym, być może na przykład starym olejem po smażeniu ryb. Mano płynął, jak zawsze, okrężną drogą, przecinając zatokę w kierunku zachodniego wybrzeża wyspy, by po chwili skręcić łagodnie w stronę zatopionych okrętów. Białe cumy na nabrzeżu Ford Island były ledwo widoczne w przytłumionym świetle; spały na nich skulone pelikany.

Gloria słyszała bicie swego serca; kolejne uderzenia niemal dokładnie w takt włączonego silnika. Zacisnęła dłonie na śliskich deskach łodzi.

Wszyscy odeszli. Wszyscy, którzy byli jej drodzy lub bliscy, lub jedno i drugie, odeszli, zabrani na zawsze przez tę niekończącą się wojnę. Nie pozwolili jej nawet nadać imienia dziecku.

„Odeszli. Oto właściwe imię – pomyślała. – Chłopiec, Który Odszedł".

Mano zwolnił nieco, gdy podchodzili do zardzewiałej boi, oznaczającej miejsce, w którym pod wodą spoczywał zatopiony dziób „Arizony".

– Podpłyń bliżej – powiedziała do Mano z determinacją w głosie.

– O nie, panienka, ja nie mogę – odparł – marynarka mówią, nie dotykać.

– Nie, Mano – odpowiedziała – marynarka mówią: nie zabierać. Można podpłynąć bliżej.

– Ooo, panienka – odrzekł Mano – Mano dotyka statek- -duch, Mano ma kłopoty. Statek-duch jest tabu.

– Duchy są w środku, w wielkim, stalowym statku – powiedziała. – Duchy nie umieją pływać.

– Nie?

– Nie, duchy nie umieją pływać. Pokażę ci.

Łódeczka zatrzymała się już niemal w miejscu; Gloria włożyła dłoń do wody i wiosłowała nią lekko. Przepłynęli obok zardzewiałej barbety. Zanurzyła dłoń głębiej, zmuszając łódź do lekkiego zwrotu w lewo; znajdowali się teraz nad środkową częścią okrętu, na głębokości około trzech stóp.

– Widzisz, Mano? Nie ma duchów. Tylko wielki, czarny statek.

– Ooo, panienko – jęknął Mano, wypatrując nerwowo strażników na nabrzeżu Ford Island.

– Mano – powiedziała – papierosy, popatrz, mokną.

Mano odwrócił się, by sprawdzić, o czym mówi. Kiedy znów zwrócił się ku niej, Gloria stała wyprostowana. Zanim zdążył otworzyć usta, by zaprotestować, zrobiła krok naprzód i wpadła do wody, prosto do czarnej, ogromnej dziury pośrodku kadłuba, i zniknęła mu z oczu.

Mano wydał stłumiony okrzyk i rzucił się na prawo, by uchronić łódkę przed wywrotką. Niewielka fala tłustej wody wpadła przez burtę, niemal zalewając wnętrze. Chwycił czerpak i zaczął wylewać wodę jak szalony. Potem przypomniał sobie o szalonej *haole*. Rozejrzał się, ale nigdzie nie było jej widać.

Wyjrzał przez krawędź i wydało mu się, że widzi majaczący w wodzie blady kształt.

Duch! Idzie po niego.

Mimo że łódź była nadal w połowie wypełniona wodą, pociągnął gwałtownie za linkę silnika i ruszył w drogę powrotną.

– Głupia, cholerna *haole* – mruczał – oni nigdy nie słuchają, ci biali. Nie wierzą w duchy. Czy kiedykolwiek patrzyli w lusterko?

Obejrzał się za siebie w kierunku „Arizony", wielkiego *kapu*. Choć noc była ciepła i wilgotna, wstrząsnął nim dreszcz; płynął najszybciej, jak na to pozwalał mały silnik łodzi, przysięgając sobie, że nie powie nikomu o tym, co się stało. Wielkie *kapu*, ot co.

Cholerna głupia *haole*.

ROZDZIAŁ SIEDEMNASTY

Sally siedziała przy łóżku poparzonego marynarza, pisząc za niego list do żony. Mężczyzna został oślepiony przez wybuch kotła. Spalona skóra jego twarzy przybrała barwę ciemnoczerwoną, a oczy miał zasłonięte gazikami nasączonymi maścią. Obie dłonie także były owinięte grubymi warstwami gazy.

– Proszę nie pisać, że oślepłem – wychrypiał przez zaschnięte wargi. – Mogłaby mnie przez to zostawić, gdyby się dowiedziała.

– No cóż, z pana karty choroby wynika, że ta ślepota może być tylko przejściowa – skłamała Sally. Na karcie rzeczywiście było tak napisane, wiedziała jednak, że ma niewielkie szanse na odzyskanie wzroku, zważywszy że jego twarz doznała oparzeń trzeciego stopnia.

– Tak, mówili mi, ale, cholera, kiedy mrugam pod tymi bandażami, widzę tylko ogień.

– Chorąży Adkins?

Sally spojrzała w górę i zobaczyła dyżurnego stojącego w wejściu do baraku. Podniosła dłoń.

– Na izbie przyjęć potrzebna jest pomoc, przyjechało wielu rannych – powiedział.

– Dobrze, zaraz tam będę.

Sally spędziła na Guam już sześć miesięcy; coraz częściej zdarzało się, że przywożono „wielu rannych" w miarę, jak postępowała inwazja na Filipiny. Nadzorowała bezpośrednio dwa oddziały; na obu niemal wszystkie łóżka były zajęte. Coraz więcej rannych ewakuowano drogą powietrzną – dostali w tym celu nowe, lepsze samoloty. Guam uznawano obecnie za bezpieczne na dziewięćdziesiąt dziewięć procent – od czasu do czasu z oddali, ze wzgórz na północy, docierał tu pomruk dział artyleryjskich lub terkotanie karabinów. Doktor Stembridge, dowodzący obecnie szpitalem, powiedział im, że alianci ścigają już ostatnich japońskich maruderów.

Skończyła list, podpisała się za żołnierza i obiecała, że wyśle go jeszcze tego samego dnia. Potem zeszła do izby przyjęć, zostawiając list po drodze w biurze cenzora.

– Skąd oni są? – to było pierwsze pytanie, jakie padało z ust personelu szpitala. Jego pracownicy wiedzieli często więcej o działaniach floty, niż sztabowcy siedzący w Pearl.

– Z niszczyciela „Evans" – odparł jeden z lekarzy. – Zatonął gdzieś na Filipinach. Przy życiu zostali tylko ci tutaj; nie jest ich zbyt wielu. Okręt zatonął, a potem spędzili dwa dni i dwie noce, dryfując wśród rekinów.

– O, nie! – krzyknęła Sally, przyciskając dłoń do ust. Śmiertelnie bała się rekinów. Ale, czy on powiedział „Evans"?

– Zna pani tam kogoś?

– Tak, zastępcę kapitana.

Lekarz spojrzał na listę pasażerów lotu. – Przykro mi, Sally. Mamy tu kapitana, ale nie zastępcę.

Sally przygryzła wargę; w jej oczach zbierały się łzy. – Cholera, cholera, cholera! – powiedziała. – To był mój... korespondencyjny przyjaciel.

– No cóż, faktycznie, cholera. Naprawdę mi przykro. Proszę wziąć notatnik. Musimy ich posegregować.

Wróciła do pracy, starając się powstrzymać łzy, co niezbyt jej się udawało. Tak bardzo marzyła o wspólnej przyszłości, że teraz czuła się, jakby została wdową.

Rozbitkowie, około dziewięćdziesięciu sześciu ludzi, leżeli na noszach po obu stronach holu. Jeden zespół medyków szedł po jednej stronie, drugi, złożony z lekarza i towarzyszącej mu Sally, poszedł drugą stroną. U większości stwierdzano odwodnienie, wyczerpanie, oparzenia słoneczne i termiczne, złamania kończyn, amputacje i rany od szrapneli. Dwóch mężczyzn zmarło w drodze; ich ciała odesłano do kostnicy. Dyżurni oddziału chirurgii czekali, gotowi od razu zabierać najpilniejsze przypadki. Sally odprowadziła jednego z nich, trzymając butlę kroplówki, gdy wózek wepchnięto do windy. Mężczyzna był półprzytomny, mamrotał coś na temat pancernika. Rekin odgryzł mu sporą część prawego biodra, a sądząc po zapachu, bandaży nie zmieniano stanowczo zbyt długo. Dyżurny rozpoznał smród gangreny; gdy jechali na górę, marszczył nos i potrząsał głową.

Przez resztę dnia wraz z pozostałymi czterema pielęgniarkami uczestniczyła w przyjęciach; zakładały karty i zapewniały tych, z którymi dało się rozmawiać, że wszystko już będzie w porządku. Jeden z młodszych marynarzy powiedział jej, że „Evans" storpedował trzy pancerniki, zanim jeden z nich go zatopił. Mówił, że to była piekielna walka, że pociski japońskie przeszywające statek na wylot były ogromne jak lodówki. Sally dzielnie demonstrowała pogodną twarz, mimo ciężaru, który leżał jej na sercu. Listy, które wymieniała z Marshem, stawały się stopniowo coraz bardziej intymne, szczególnie po tych cudownych chwilach, które spędzili razem w Pearl po przyjęciu sylwestrowym. Zaczynała już marzyć, że pobiorą się po wojnie, choć wiedziała, jak kruche są to marzenia. Niszczyciele, jak jej często mówiono, celowo szukają guza. Sądziła, że to tylko melodramatyczne gadanie, ale oto była zmuszona uznać, że jednak nie.

Jej zmiana skończyła się o osiemnastej. Zeszła do kantyny szpitalnej, żeby coś zjeść, a potem wróciła na oddział, by pomóc kolejnej zmianie, przyjmującej nowych pacjentów. Pra-

370

cując, zauważyła, że jedna z czterech separatek na końcu korytarza jest zajęta. Zapytała stojącą obok pielęgniarkę, kto tam leży.

– Dowódca z „Evansa" – odparła tamta. – Nie jest z nim najlepiej. Podwójna amputacja, poparzenia drugiego stopnia, wciąż trochę w szoku. Dwa razy go operowali, a potem przenosili na pooperacyjną, ale teraz chyba już można tylko czekać.

– O rety – powiedziała Sally. – Chciałabym z nim porozmawiać, zapytać o mojego chłopaka.

– Nie dziś, moja droga – odparła pielęgniarka. – Może jutro, jeśli do tego czasu nie przeniesie się do lepszego świata. Oho, następna kroplówka.

Wróciły do pracy.

Kolejnego ranka, po niespokojnej i przygnębiającej nocy, stawiła się w pracy jak zwykle o siódmej. Gdy wychodziła wieczorem do domu, widziała chirurgów wchodzących do pokoju, w którym leżał dowódca „Evansa". „To nie wygląda dobrze – pomyślała. – Cholera". Po raz pierwszy od wybuchu wojny płacz ukołysał ją do snu.

Kolejnego dnia przeniesiono ją z powrotem na jej własny oddział – spędziła poranek, asystując przy obchodach, aktualizując karty chorych i pocieszając młodego żołnierza piechoty morskiej, który upierał się, że wróci do kolegów na froncie; główny problem polegał jednakże na tym, że nie miał już nóg. Trzech dyżurnych i duża dawka środka uspokajającego zaradziły kłopotom. Trudno było zachować łagodność, gdy niezbędna była siła. Reszta dnia upłynęła jej w smutnym milczeniu.

Kolejnego dnia, w porze śniadania, w kantynie zawrzało. Poprzedniej nocy z kwatery głównej Nimitza przyleciał jakiś admirał z oficerami sztabowymi. Mieli przeprowadzić dochodzenie w sprawie zatopienia „Evansa" i bitwy, którą stoczył. W szpitalu marynarki nieczęsto widywało się admirałów, choć plotkowano, że na początku przyszłego roku sam Nimitz ma zamiar przenieść swoją kwaterę główną na Guam. Dyżurni, stojący przed Sally w kolejce, oglądali właśnie odbity na powielaczu plan dnia, wydany jak co dzień przez administratora, w którym spisane były zaplanowane zadania.

– Czy mogę to zobaczyć? – poprosiła.

Podali jej kartkę i stali dalej, czekając, aż kolejka ruszy z miejsca. Najwyraźniej kucharzom skończyła się właśnie kolejna porcja jajecznicy.

Sally przebiegła wzrokiem pierwszą stronę i odwróciła kartkę. Na odwrocie widniała lista niedawno przyjętych – nazwisko, stopień, zakres odpowiedzialności. Na końcu listy zobaczyła nazwisko: Vincent, M., LCDR, USS „Evans", i gwiazdkę oznaczającą dowódcę.

– Och, dzięki Bogu! – wykrzyknęła, aż mężczyźni stojący przed nią w kolejce podskoczyli przestraszeni. Wręczyła jednemu z nich trzymaną w dłoniach tacę i pobiegła na schody.

Biegnąc przez oddział, zobaczyła, że drzwi do separatki są zamknięte. Zatrzymała się. O tej porze oznaczało to na ogół, że pacjent zmarł i personel czeka, aż ktoś z kostnicy przyjdzie po zwłoki. Ku jej nieopisanej uldze po chwili drzwi otworzyły się i z separatki wyszło dwóch lekarzy, debatując nad swymi notatkami. Jeden z nich zobaczył Sally, stojącą przy drzwiach z dłonią na ustach.

– Tak, siostro? – zapytał.

– Czy on...

– Myślę, że się z tego wyliże – powiedział lekarz. Sally rozpoznała jednego ze starszych internistów.

– Czy mogę z nim porozmawiać? – spytała.

– Byle niezbyt długo, Sally – odparł drugi z lekarzy. – Jest dość osłabiony. Znasz go?

Skinęła głową, obawiając się, że nie zdoła wydobyć z siebie głosu.

Pozwolili jej wejść do środka, przypięli notatki do karty pacjenta na drzwiach i odeszli. Weszła do środka.

Z trudem go poznała. Jego twarz łuszczyła się na skutek poważnego oparzenia słonecznego. Głowę ogolono, by pozszywać czaszkę, a usta były suche i spękane, czerwono-czarne. Kikut prawego ramienia podwieszono na wyciągu, prawe podudzie, a raczej to, co z niego pozostało, umieszczono na kilku poduszkach. Z jakiegoś powodu miał niebiesko-czarne sińce pod oczami, był jednak przytomny. Lewa dłoń spoczywała na klatce piersiowej. Pierścienia akademii na niej nie było.

– Ależ z ciebie ślicznotka – powiedziała.

Próbował się uśmiechnąć, ale z pękniętych warg natychmiast poleciała krew. Sally przysunęła sobie metalowe krzesło i usiadła przy łóżku. Wyjęła z pudełka kilka chusteczek i najdelikatniej, jak umiała, otarła mu usta.

– Przyszłabym tu już dawno, ale powiedzieli mi, że zastępca nie przeżył – powiedziała, nie próbując już ukrywać łez ulgi.

Skinął głową, nic nie mówiąc. Sięgnęła do jego piersi i chwyciła go za lewą dłoń. Widziała, że jest wychudzony, pod palcami czuła poszczególne żebra, a dłoń, którą ściskała, zwisała wiotko niczym mokra szmatka.

– Tak bardzo się cieszę, że cię widzę – powiedziała. – Byłam... – urwała nagle.

Już zasnął. Dotknęła palcem nadgarstka, sprawdzając tętno. Nitkowate, słabe, ale było. Oddychał spokojnie, choć płytko. Obejrzała kikut ręki, a potem upewniła się, czy śpi, i pochyliła się delikatnie, żeby go powąchać. Poczuła zapach bandaży, jodyny, sulfonamidu, ale nie zgorzeli. W prawej nodze wdała się gangrena i amputowali ją tuż poniżej kolana. Opatrunek także wyglądał na zrobiony porządnie. Chciała zabrać dłoń, ale zacisnął na niej palce.

Nie puszczając jego dłoni, drugą ręką gładziła go po czole najdelikatniej, jak umiała. Zobaczyła łzy w kącikach oczu i z zaskoczeniem stwierdziła, że na ten widok poczuła, że wszystko naprawdę będzie dobrze. Płakała razem z nim, bezgłośnie, nie chcąc go zdenerwować.

Gdy pół godziny później wyszła, zamknęła za sobą drzwi i powiesiła na nich napis „Wstęp tylko dla personelu medycznego". Na drugim końcu oddziału zobaczyła niewielką grupkę oficerów w mundurach w kolorze khaki, siedzących przy jednym z łóżek. Podeszła, żeby sprawdzić, co robią. Pielęgniarka nadzorująca oddział zastąpiła jej drogę.

– To admirał – powiedziała niemal bez tchu. – Ma gwiazdki i w ogóle. Trzej pozostali są kapitanami.

– No proszę – powiedziała Sally – tyle brązu w jednym miejscu. Co się dzieje?

– Jakieś wielkie dochodzenie. Chcą jak najszybciej rozmawiać ze wszystkimi. Zwłaszcza z kapitanem.

– To na pewno nie od razu – odparła Sally – może za kilka dni. Jest nieźle wykończony.

– Powiem im to. Słyszałam, że straciłaś kogoś na „Evansie"?

– Znalazłam go – odparła Sally z promiennym uśmiechem, ocierając oczy, nagle znów pełne łez. Pielęgniarka ścisnęła jej dłoń.

W ciągu kolejnych kilku dni w szpitalu wrzało od plotek na temat bitwy. Obecność wysokich rangą oficerów z Pearl sprawiła, że gadali wszyscy. Sally była zdania, że plotki muszą być ogromnie przesadzone, zważywszy że mówiono o pojedynczym niszczycielu, jeden z lekarzy stwierdził jednak, że do szpitala przyjęto również członków załóg lotniskowców eskortowych, którzy potwierdzają te informacje. Mówiono, że zaatakowały ich pancerniki japońskie, że Japończycy zostali odparci przez trzy czy cztery niszczyciele. Cała wiedza Sally na temat marynarki wojennej pochodziła z kantyny oficerów; nawet ona przyznawała jednak, że to brzmi nieprawdopodobnie. Widziała pancerniki amerykańskie w Pearl, te nowe, nie te zatopione – wydawało się, że mogłyby bez trudu roznieść w perzynę każdy niszczyciel, który ośmieliłby się zastąpić im drogę.

Widywała Marsha przynajmniej trzy razy dziennie, gdy tylko mogła uciec na chwilę od swoich obowiązków – było to coraz łatwiejsze dzięki dyskretnemu wsparciu ze strony pozostałych pielęgniarek. Jego stan poprawiał się powoli, ale stale; wciąż jednak musiała smarować mu wargi maścią znieczulającą, by mógł mówić. Nie pytała go o bitwę, ale trzeciego dnia powiedziała mu o delegacji z Pearl.

– Ja też mam do nich parę pytań – odparł.

Zamrugała, zdziwiona. – Jak to?

– Na przykład, chętnie się dowiem, dlaczego nas nie szukali. Chłopcy widzieli Cataliny wyławiające lotników, ale po nas nikt nie przybył.

– Mój Boże, mówisz poważnie?

– Ilu macie tu ludzi z „Evansa"?

– Dziewięćdziesięciu paru.

– Było nas więcej, kiedy opuszczaliśmy okręt – powiedział.

– Ale gdzie...

– Pozostałych dopadły rekiny. Musieliśmy na to patrzeć.

Krzyknęła cicho. Jak to możliwe, że ich nie szukano?

– Na razie im na to nie pozwalamy – powiedziała – ale oni bardzo chcą z tobą porozmawiać.

Skinął głową. – Jestem gotowy – wyszeptał – zadbaj tylko o to, żeby nie zabrakło mi znieczulenia.

Weszli do separatki wszyscy trzej – lotnik z dwiema gwiazdkami na rękawie i dwóch komandorów. Każdy przyniósł sobie po metalowym krześle. Z pewnością oswoili się z widokiem okaleczonych ciał po bitwie pod Samar – żaden z nich nawet nie mrugnął na widok jego twarzy. Nawet Sally, choć pielęgniarka w szpitalu polowym, była wstrząśnięta. Boże, on sam był wstrząśnięty, kiedy Sally przyniosła mu lusterko do golenia. Miał uczucie, że powinien nosić dzwonek, który ostrzegałby innych, że oto nadchodzi. Nieogolony, z twarzą poznaczoną czerwonymi szwami, czarnymi obwódkami oczu jak u szopa i z łuszczącą się skórą wyglądał jak kandydat do leprozorium w Molokai.

Admirał przedstawił się jako Bill Devereaux, zastępca szefa sztabu operacyjnego w kwaterze głównej Floty Pacyfiku. Marsh był zdania, że jest chyba za młody na admirała, uznał jednak, że z lotnikami pewnie już tak jest. Dwaj kapitanowie byli na oko o jakieś pięć lat od niego młodsi. Wyglądali na wilków morskich.

– Kapitanie, jestem zaszczycony, mogąc pana poznać – powiedział Devereaux.

– Dlaczego? – skrzeknął Marsh i tamten zamilkł na moment.

– No cóż – powiedział – wraz z załogą odparł pan flotę japońską pod Leyte. Mogli zniszczyć całą flotę inwazyjną MacArthura, a zamiast tego wykonali w tył zwrot i uciekli.

– Mieliśmy doskonałe wsparcie – odparł Marsh – samoloty z lotniskowców. Inne niszczyciele. Gniazdo szerszeni przy każdym z Japończyków.

– Tak, słyszeliśmy – odparł Devereaux. – Proszę pozwolić mi wyjaśnić, dlaczego tu jesteśmy i czego od pana chcemy. Przede wszystkim chcę prosić, żeby mówił pan tylko tak długo, jak długo będzie pan w stanie. Możemy przerwać w każdej chwili, jeśli tylko będzie pan chciał. Dobrze?

– Tak, sir – odparł Marsh. Usta już go bolały.

Admirał wyjaśnił, że otrzymali wstępne raporty operacyjne od grupy zadaniowej i jej dowódców, a także od dowódców poszczególnych lekkich lotniskowców z grupy Taffy Trzy, którzy przetrwali atak. Wszystkie trzy niszczyciele Taffy Trzy, które ruszyły do ataku na pancerniki, zostały zatopione, i tylko jeden z dowódców poza nim przeżył ten bój. Oczywiście, wszystkie rejestry nawigacyjne, inżynieryjne, kontroli uszkodzeń poszły na dno razem z okrętami; marynarka, odtwarzając przebieg wypadków, mogła więc polegać wyłącznie na zeznaniach rozbitków. Przyznał, że wiele ze zgromadzonych informacji należy uznać za mało wiarygodne – marynarze zawsze przesadzają w opowieściach. Z drugiej strony, niejeden wolał

376

z pewnością wyprzeć z pamięci przeżyte okropności, co jest zwykłą strategią obronną ludzkiego mózgu.

– Musimy więc działać szybko, traktować poważnie wszystko, co usłyszymy, a potem wrócić do Pearl i spróbować złożyć to wszystko do kupy.

– Jak to się stało? – spytał Marsh.

– Co takiego?

– Pancerniki japońskie w rejonie operacji desantowej? I ani jednego z naszych?

– To jest podstawowe pytanie, kapitanie – powiedział Devereaux z krzywym uśmieszkiem – ale odpowiedzi będą szukać osoby, które dostają znacznie wyższe pensje niż ja i pan. Czy to się nam podoba, czy nie, kwestia ta jest przedmiotem intensywnego dialogu pomiędzy admirałami Nimitzem i Halseyem. Nie zostanę zaproszony do udziału w tych rozmowach, podobnie jak pan.

Uśmiechnął się ponownie, dając Marshowi do zrozumienia, że nie miał zamiaru go strofować. Marsh zaczynał w sumie lubić tego faceta. Żadnego sztywniactwa, poczucia wyższości. Sally usiadła po drugiej stronie łóżka, regularnie nakładając wacikiem maść na jego wargi, by mógł mówić dalej.

– Musimy dowiedzieć się od pana, a także od pozostałych, w jaki sposób tak mała grupa zdołała odeprzeć atak trzech, może czterech pancerników, nie mówiąc o krążownikach. Na początek może opowie mi pan, jak to było, od samego początku, gdy nadeszły pierwsze informacje o pancernikach japońskich zmierzających w kierunku zatoki Leyte.

Opowiadał więc. Zajęło to kolejne trzy dni – przychodzili do niego codziennie rano i wieczorem. Marsh był w stanie mówić przez mniej więcej godzinę, potem był już zbyt wyczerpany. Pierwszego dnia po prostu zasnął przy nich w połowie zdania. Byli cierpliwi, uprzejmi i bardzo dociekliwi. Obawiał się, że jeśli zacznie o tym mówić, powrócą koszmary, które męczyły go od chwili, gdy nadszedł ratunek, stało się jednak odwrotnie. To było niczym *katharsis*, choć wtedy jeszcze nawet nie znał tego słowa. Kilka razy rozpłakał się – na przykład mówiąc o tym, jak po raz ostatni widział rabina, klęczącego przy lewej burcie, podtrzymującego, dopóki był w stanie, głowę umierającego marynarza nad wodą. Marsh nie potrafił ocenić ich reakcji w takich momentach; on sam przenosił się raz za razem z powrotem na pokład „Evansa". Chwilami zapadała długa cisza; nie przerywali jej.

Jeden z komandorów był szczególnie zainteresowany motywami jego decyzji, by zawrócić na pole walki po pierwszym ataku torpedowym. – Dlaczego nie uciekliście, kiedy jeszcze można było to zrobić? – zapytał. Miał akcent południowca.

– Mieliśmy jeszcze torpedy i cele – odparł Marsh.

Skinął głową i zapisał coś w notatniku. – A dlaczego ustawił pan „Evansa" burta w burtę z „Yamato"?

– Tak się nazywał? Nigdy wcześniej nie widziałem czegoś podobnego.

– Nikt nie widział, dopóki Halsey nie zatopił bliźniaczego okrętu, „Musashi", na morzu Sibuyan.

– Wielki skurczybyk. Właściwie „wielki" nie oddaje tego widoku. Ustawiłem „Evansa" burta w burtę, ponieważ strzelały do nas dwa, może trzy ciężkie krążowniki i jeden Kongo. Uznałem, że jeśli schowamy się za olbrzymem, będą musieli przestać strzelać, i tak się stało.

– Jak długo znajdowaliście się w tym położeniu?

– Może rok?

Uśmiechnęli się. Sally także, prawdopodobnie dlatego, że Marsh zaczął wreszcie wykazywać oznaki życia.

– Mieliśmy już dość poważne uszkodzenia, mogliśmy więc tylko trzymać się za rufą, kiedy wykonywali zwrot. Gdy wyrównali kurs, wysunęli się do przodu, a my znaleźliśmy się znów pod ostrzałem, zwłaszcza jeden krążownik dawał nam mocno popalić. Ostrzeliwał nas z ośmiocalówek. Ocalił nas jeden z bombowców.

– No właśnie, chciałem pana o to zapytać – powiedział admirał Devereaux. – Jeden z pana podwładnych poinformował nas, że dauntless specjalnie rozbił się o krążownik i wysadził go w powietrze.

– Właśnie tak to wyglądało – odparł Marsh – był poważnie uszkodzony, przypuszczam, że pilot musiał być ranny, bo miał spowolnione reakcje.

– Zrobił to specjalnie, czy po prostu tak wyszło z powodu tych uszkodzeń?

– Myślę, że zrobił to świadomie. W pewnym momencie zaczął wznosić się w górę, poza zasięg broni przeciwlotniczej, a potem zawrócił, jakby przygotowywał się do lotu nurkowego, po czym wleciał prosto w burtę krążownika. To był potężny wybuch.

– Czy widział pan bombę?

– Nie, sir. Żaden z tych samolotów nie miał bomby, jeśli już, to maleńkie. Większość ostrzeliwała okręty z karabinów. Niektórzy nie mogli robić nawet tego, pozorowali więc naloty bombowe, przez co Japończycy musieli robić uniki.

– Jak pan sądzi, skąd wzięła się eksplozja na krążowniku? – zapytał jeden z kapitanów.

– Nie potrafię powiedzieć, sir, ale faktycznie on wybuchł. Widziałem, jak tuż po eksplozji walą się maszty. To był śmiertelny cios.

– Twierdzi pan, że „Evans" dwukrotnie trafił „Yamato" torpedami?

– Tak było, admirale. Jedna zeszła z kursu, uderzyła w bok. Wybuchła, ale właściwie tylko zdrapała mu trochę farby. Druga uderzyła bliżej rufy, eksplodowała, ale Japończycy chyba nawet tego nie zauważyli.

– Panowie – powiedziała Sally, wskazując na zegarek.

– Oczywiście – powiedział admirał – dziękujemy bardzo. Przypuszczam, że jeszcze do pana wrócimy.

– Jedno pytanie do pana, admirale, kiedy wrócicie.

– Tak?

– Dlaczego musieliśmy dryfować po morzu przez trzy dni i dwie noce, zanim ktokolwiek zaczął nas szukać?

Admirał spojrzał na niego z ukosa; nagle przestał być miłym facetem i stał się bardziej admirałem. Po chwili jego rysy zmiękły, skinął głową. – Dobrze – odparł. – Teraz nie umiem panu odpowiedzieć, kapitanie, ale postaram się to zrobić. Czy zadowoli pana moja hipoteza?

– Oczywiście, sir.

– Stawiam na to, że admirał Sprague widział, jak znikacie za zasłonami dymnymi, zmierzając w kierunku grupy pancerników i ciężkich krążowników, po czym nikt stamtąd nie wrócił. Przypuszczam, że po prostu założył, że nikt nie mógł przetrwać tej masakry.

– Założył – powiedział Marsh.

– Tak, właśnie tak – odparł tamten. Zamilkł na chwilę. – Założenia na czas wojny – dodał. – Nigdy się nie sprawdzają.

– Tak, admirale. Straciłem tam wielu ludzi, a ci, którzy przeżyli, chcieliby wiedzieć, dlaczego nikt nie przybył nam na ratunek.

– Rozumiem to, kapitanie. Na początek może pan im powiedzieć, że wina leży w całości po naszej stronie.

To była szlachetna odpowiedź, której admirał nie musiał mu udzielić. Marsh chciał zapytać o coś jeszcze.

– Nazywa mnie pan kapitanem – powiedział – byłem tylko pełniącym obowiązki dowódcy. Prawdziwy kapitan zginął w wypadku. Ja...

– Czy dowodził pan okrętem w czasie, gdy ustawiał go pan burta w burtę z pancernikiem nieprzyjaciela?

Marsh zaczerpnął tchu. – Tak, sir, myślę, że tak.

– A więc był pan kapitanem. Zresztą, zwracamy się tak do pana z jeszcze jednego powodu.

Marsh czekał.

– Ktoś musi ponieść odpowiedzialność za zatopienie „Evansa". Kapitan.

– Tak – powiedział Marsh – oczywiście.

Nagle Devereaux uśmiechnął się szeroko. – Żartuję. No, może nie tak do końca. Proszę odpoczywać. Porozmawiamy jeszcze.

Tym optymistycznym akcentem zakończyła się ich wizyta. Marsh był wykończony. Mówienie było dla niego istną torturą. Popękane usta paliły ogniem. Amputowane członki bolały. Nie te kikuty, ale dłoń i stopa. Nie rozumiał tego. Bolało go, gdy oddychał, zastanawiał się więc, czy przypadkiem nie stracił też płuca. Po tej długiej sesji poprosił Sally o dawkę morfiny.

– Zobaczymy, co da się zrobić – powiedziała. Później dowiedział się, że tym, co mu przyniosła, była szklanka coli z dodatkiem kodeiny. – Wypij to – powiedziała – zanim znajdą dla ciebie morfinę.

Dziesięć minut później stracił świadomość.

Admirał i jego zespół zajęli się na razie innymi. Marsh spędził kolejnych kilka dni, pocąc się obficie w oczekiwaniu na kolejne dawki leków przeciwbólowych. Lekarze mówili mu, że to dobry znak, że jego tkanki pracują nad procesem gojenia. Zaproponował więc, żeby przynieśli jego tkankom trochę morfiny – rozsmakowały się w niej na tratwie ratunkowej.

Nocami śnił, że słyszy krzyki mężczyzn porywanych przez rekiny. Przypominał sobie podniecenie, jakie odczuwał, gdy „Black Cat" przelatywał tuż nad jego głową, słyszał znów ogłuszający ryk silników, wrzask ludzi na tratwach, a potem huk lądującego samolotu, który przyleciał po nich z nabrzeża Leyte. Załogi łodzi Szóstej Armii, wymiotujące na widok niektórych rannych. Wciąż słyszał turkot karabinów, z których strzelali do rekinów, gdy te stały się nieodłącznymi towarzyszami ich podróży. W jego snach zamieniały się w Japończyków i robiły to, co im wychodziło najlepiej – rozkoszowały się śmiercią bezbronnych rozbitków i pożerały ich ciała.

W kolejnych dniach po przesłuchaniu karmiono go papką. Odżywkami dla niemowląt, jak mówiła Sally. Z jakiegoś powodu bolały go wszystkie zęby. Cholera, bolało go wszystko, nawet włosy. Kilka razy z powodu gorączki tracił przytomność. Nie wiedział, jak Sally to robi, że jest w stanie stale do niego przychodzić, ale jakoś jej się to udawało. Opiekowały się nim także inne pielęgniarki, ale za każdym razem, gdy ktoś otwierał drzwi, mówił: „Sally?". Wreszcie załapały, o co chodzi, i umówiły się dyskretnie między sobą, że oddadzą go jej na wyłączność. Czasem budził się w nocy zlany zimnym potem, oddychając ciężko, i zastanawiał się, czy za chwilę nie wysiądzie mu serce. Każdej nocy wślizgiwała się do jego pokoju, siadała przy nim i głaskała go po ramionach. Tylko wtedy był w stanie zasnąć.

Zapadając w sen, zastanawiał się, czy nie byłoby lepiej, gdyby umarł. Tylu ludzi zginęło przez niego i przez jego „chwalebną" decyzję, żeby zawrócić i ruszyć do ataku na wielkie, czarne okręty. Admirał i kapitanowie czuli się „zaszczyceni". Marsh żałował, że nie mieli okazji poznać jego ludzi, tych, którzy pogrążyli się na wieki w czarnej otchłani Morza Filipińskiego. Dotyk łagodnej dłoni na ramieniu w ciemnościach bronił go przed rozpaczą, ale nie przed rosnącym poczuciem winy.

Był przekonany, że ich zabił, wszystkich, co do jednego. Pewnej nocy opowiedział Sally, dlaczego tak naprawdę zdecydował się zawrócić i stanąć do walki. Powiedział jej, że wstydzi się tego ukrytego powodu podjętej decyzji. Zabił połowę swojej załogi z powodu jednej obelgi.

– To nonsens – odparła. – Zabili ich Japończycy. Sam to mówiłeś: mieliście jeszcze torpedy. Spełniłeś po prostu swój obowiązek. Wysłali was tam, żebyście powstrzymali atak, i to się udało, prawda?

W głębi serca nie był tego taki pewien.

Pewnego dnia, podczas porannego obchodu, przy jego łóżku zjawił się nowy lekarz, doktor Stembridge, obecnie kapitan Stembridge, dowódca szpitala. Marsh rozpoznał go – widzieli się na balu sylwestrowym, gdy Gloria paradowała przed jego nosem z Bestią u boku. Pamiętał zaskoczenie, malujące się na twarzy Stembridge'a tamtej nocy, i myśl: „Wiem doskonale, jak się teraz czujesz, przyjacielu".

– Dzień dobry, kapitanie – powiedział Stembridge pogodnie.

– Może pan wstanie i przejdzie się troszkę?

– Absolutnie nie – odpowiedział Marsh.

– Super – odparł Stembridge, ignorując jego odpowiedź. – Już czas, wie pan. Nabawi się pan odleżyn od takiej wegetacji. Trzeba zmusić mięśnie do pracy, stanąć do pionu, może nawet zaczerpnąć trochę świeżego powietrza.

Marsh spojrzał na niego jak na szaleńca. Kikut ramienia nadal ropiał; co do nogi, nie był nawet w stanie sprawdzić samodzielnie, co się z nią dzieje. Spojrzał na pozostałych lekarzy, szukając ratunku.

– No cóż, hm, potrzebujemy tej separatki – powiedział cicho jeden z nich.

– Aha – odparł Marsh – to brzmi rozsądniej. Ale jak?

Jak na zawołanie do środka weszła pielęgniarka, prowadząc przed sobą wózek inwalidzki. Minęło dziesięć minut, nim zdołali go na nim posadzić. Marsh nie był zbyt pomocny – zemdlał w połowie manewru. Stembridge był jednak zdeterminowany; odzyskawszy świadomość, Marsh przekonał się, że wózki inwalidzkie bywają wyposażone w pasy. Czuł się jak meduza; dostał mdłości, w chwili gdy pielęgniarka ruszyła przed siebie, popychając wózek. Jadąc przez oddział, usłyszał głosy.

– Hej – powiedział ktoś – to dowódca.

Pielęgniarka zwolniła, przejeżdżając wśród rzędów łóżek, i po raz pierwszy od chwili, gdy znalazł się w szpitalu, Marsh miał okazję pożałać się nad kimś oprócz siebie. Wciąż walcząc z mdłościami, witał kolegów, starając się nie patrzeć na bandaże, opaski na oczach, oparzenia błyszczące od maści, nogi w gipsie podwieszone na upiornych wyciągach, zdeformowane kończyny, rysujące się pod kocami. Oni za to gapili się otwarcie na jego amputowane członki; nagle ktoś zaczął bić brawo.

Choć miał wobec nich tak ogromne poczucie winy, oni najwyraźniej cieszyli się na jego widok, gotowi niemal z entuzjazmem wspominać lanie, jakie sprawili japońskiemu pancernikowi, szyby okien na mostku rozpryskujące się pod ogniem dział, samoloty strącane z pokładu wprost do płonącego morza.

Po raz pierwszy Marsh poczuł, jak przepaść dzieląca kapitana i załogę wypełnia się czymś bardziej istotnym niż oficjalne, poprawne stosunki. Ci młodzi ludzie przefiltrowali starannie swoje wspomnienia, chcieli już tylko pamiętać, że dali popalić tym skurwysynom, i że to Marsh poprowadził ich do zwycięstwa. Marsh wiedział lepiej, pamiętał te trzy dni na tratwie, gdy nikim już nie był w stanie dowodzić. Nie przyjmowali tego do wiadomości – ich kapitan powrócił. Znów byli załogą, tyle że bez okrętu. To szczegół.

Wtedy zdał sobie sprawę, że musi wreszcie wziąć się w garść i wrócić do pracy. Musiał dowiedzieć się, kto przeżył, a kto zginął. Trzeba było napisać listy kondolencyjne, złożyć wnioski i rekomendacje do odznaczeń. Musiał odtworzyć hierarchię dowodzenia, nawet jeśli miała okazać się przerzedzona. Poczuł, że się uśmiecha, gdy zdał sobie sprawę, czego mu tak naprawdę potrzeba: potrzebował zastępcy.

Tak upłynęły kolejne trzy tygodnie. Personel szpitala był niezwykle pomocny, mimo że codziennie przybywały nowe transporty rannych. Większość rozbitków z „Evansa" przeniesiono do oddziałów ambulatoryjnych, żeby zrobić więcej miejsca dla niekończącego się strumienia rannych. Marsh rzadziej widywał Sally – należała do personelu głównego szpitala, a on przestał być ich pacjentem. Przychodziła do ich budynku najczęściej, jak mogła, czasami jednak nie widzieli się przez cały dzień i tęsknił za widokiem jej uśmiechniętej twarzy. Był dość mądry, by jej to mówić za każdym razem, gdy się spotykali.

Widok Stembridge'a przywoływał wspomnienia o Glorii; pewnej nocy zebrał się na odwagę i zapytał Sally, czy miała jakieś wieści z Pearl, nie wymieniając jednak imienia Glorii.

– Nic nie wiem – odparła; nawet przez chwilę nie dała się jednak oszukać.– Wymieniałyśmy listy, odkąd tu przyjechałam, ale potem jakoś straciłam z nią kontakt. Wiesz, jak to jest, nowe obowiązki, ciągle jakieś sytuacje awaryjne. Nie byłam w stanie prowadzić regularnej korespondencji. Wiesz, wyglądasz już dużo lepiej.

Marsh rozumiał to wszystko, zastanawiał się jednak, czy Sally nie próbuje go zbyć – może pokłóciły się z Glorią, zanim Sally ruszyła na Guam. Pamiętał wciąż wyraz twarzy Sally, gdy Gloria stanęła przed nimi kompletnie pijana. Nie była zachwycona. Bóg jeden wie, co malowało się na jego własnej twarzy, gdy zobaczył ją półnagą, wiele tygodni później uświadomił sobie jednak, że romantyczny wizerunek Glorii Hawthorne został tamtej nocy mocno nadszarpnięty.

Czy Sally właśnie zmieniła temat?

Kolejnego ranka odwiedził go Marty Gorman. Właściwie nic mu się nie stało, wyglądał lepiej niż którykolwiek spośród pacjentów szpitala. Irlandzkie szczęście najwyraźniej wciąż go chroniło. Powiedział Marshowi, że jego tratwa oddzieliła się od pozostałych i że przenosił się z jednego okrętu na drugi, próbując dołączyć do załogi na Guam. Nie było mu łatwo, ponieważ nie był ranny, a nikt nie przyjeżdżał na Guam, jeżeli był zdrowy.

– Pewnie musiał pan nieźle czarować – stwierdził Marsh.

– Jasne, kapitanie – odparł tamten – tu łapóweczka, tam obietnica, od czasu do czasu szepnąłem tu i ówdzie słówko podczas musztry. Mam doświadczenie, jak pan wie.

– Wszyscy mamy, Marty – odparł Marsh – dużo się zmieniło od tamtej nocy na „Winstonie".

– To na pewno, dowódco. Ostatnio przedstawiam się jako Jonasz.

– To akurat mój tekst – odparł Marsh – tyle że ja czekam na posiedzenie komisji, która ma mnie ukarać za utratę kolejnego okrętu.

Gorman roześmiał się. – Słyszałem, że admirałowie mają na ten temat rozmawiać z innymi admirałami – powiedział. – My, małe kurczaczki, po prostu znaleźliśmy się na złym okręcie w złym czasie.

Co jeszcze pan słyszał?

– Słyszałem, że mamy tu komandora, który szuka swojej załogi.

– Benson? Jest tutaj? Przychodził?

– Słyszałem, że dowodzenie niszczycielem to dla was, oficerów, coś w rodzaju świętego Graala. Tak, przychodził i jest gotów spotkać się z panem.

Marsh poczuł rozczarowanie. Oczywiście. Miał przed sobą przyszłość, którą należało się zająć. Marsh jej przed sobą nie miał. Gorman dostrzegł, że zmieniła mu się twarz.

– Wygląda na fajnego faceta – powiedział – nie taki krzykacz, jak ten cały Hughes, Panie świeć nad jego duszą. Czy mogę go wprowadzić, kapitanie?

Marsh skinął głową bez słowa. Zapomniał już o prawdziwym, oficjalnym następcy komandora Hughesa.

Gorman wprowadził do sali komandora L.J. Bensona, przyszłego dowódcę USS „Evans", lub też byłego przyszłego dowódcę byłego USS „Evans". Marsh uścisnął zdrową, lewą dłonią prawą dłoń Bensona; obaj się uśmiechnęli. Komandor był wysoki, miał ponad sześć stóp wzrostu, i był niezwykle chudy, co odróżniało go od większości sztabowców, których Marsh widział w Pearl. Miał siwiejące blond włosy, bystre niebieskie oczy i szczery uśmiech. Marsh czuł, że Gorman się nie myli: załoga polubi tego gościa. On sam już go polubił.

Gorman przeprosił ich i wyszedł. – Nadal się tego wszystkiego uczę – powiedział Marsh – przepraszam, że zatopiłem pański okręt, komandorze.

– Mam na imię Larry, a jeśli choć połowa opowieści krążących na twój temat jest prawdziwa, czuję się zaszczycony tym spotkaniem. Pracują tu nad tobą?

– Mówią coś o protezach, ale w tym celu muszę wrócić do Pearl. Nie wiem, jak się to wszystko ułoży. Dziwię się, że ciebie jeszcze stąd nie zabrali.

– Ja też – odparł Benson, opadając na zbyt małe dla niego metalowe krzesło – ale dostałem nowe rozkazy. Biurokratycznie rzecz ujmując, mam zrobić spis ocalałych członków załogi, oddzielić tych, którzy zostali trwale okaleczeni, od tych, którzy mogą wrócić do służby, a potem zabrać ich do Bostonu jako zaczątek załogi nowego USS „Evans". W stoczni mamy już nowiutkiego komandora-porucznika, który na nich czeka.

Marsh skinął głową. Spodziewał się czegoś w tym rodzaju.

– Załogę „Winstona" rozbili, kiedy zatonął – powiedział. – Nie byłem pewien, co zrobią z moimi chłopakami. To znaczy, już z twoimi.

– W teorii można dołożyć im paru weteranów, wtedy robota idzie dwa razy szybciej i okręt rozpoczyna służbę o tyleż wcześniej. Będę potrzebował twojej pomocy przy tym małym projekcie. Kto tu jest doświadczony, czy ktokolwiek powinien zostać wykluczony z zespołu, który będzie nadzorował budowę okrętu, takie tam.

Marsh zdał sobie sprawę, że Benson już przemawia do niego tonem dowódcy. – Wielu doświadczonych chłopaków powędrowało do Davy'ego Jonesa – powiedział.

– Rozumiem – odparł Benson – to musi być dla ciebie bolesne.

Marsh westchnął. – Są chwile, kiedy żałuję z całego serca tego, co się stało. Potem spotykam się z załogą na oddziale i robi się lepiej. Nie potrzebujesz przypadkiem zastępcy?

Tamten się uśmiechnął. – Chciałbym móc ci to zaproponować – odpowiedział – ale twoja kariera w marynarce jest już skończona. Wiesz o tym, prawda?

– Nie patrzyłem na to w ten sposób – odparł Marsh, zdziwiony bezpośredniością Bensona. – Chyba nie chciałem się przyznać sam przed sobą, że to nieuniknione. Jedna ręka, jedna noga. Jeden hak i jeden drewniany kołek, już niebawem. Przypuszczam, że taki widok wystraszyłby młodych rekrutów jak cholera.

Benson roześmiał się. – Owszem, też mi się tak zdaje. Z drugiej strony, nikt nie zadzierałby z zastępcą kapitana, no nie?

– Wszyscy, którzy przeżyli, znajdują się na tym oddziale – powiedział Marsh. – Spotkajmy się z nimi, powiesz im, o co chodzi, i zaczniemy. – Zamilkł na chwilę. – Wiesz, oni wszyscy będą chcieli do ciebie dołączyć.

– Miałem taką nadzieję – odparł Benson.

Pomógł Marshowi wdrapać się na wózek i wyprowadził go na oddział. Pojawiając się razem, ściągnęli na siebie uwagę wszystkich; Marsh przedstawił im chudzielca. Widział, że mierzą go badawczym wzrokiem, a on odpłaca im tym samym. Marsh skończył mówić i wzrokiem pokazał Bensonowi, że teraz jego kolej, jeśli ma coś do dodania. Miał.

– Panowie – powiedział – Japończycy wykończyli „Evansa", ale nowy egzemplarz, prawie gotowy, stoi już w Beantown, a ja mam zostać jego kapitanem. Mam nadzieję, że wielu z was wyruszy tam razem ze mną. Potrzebuję doświadczonych ludzi, którzy mogliby nauczyć nowych, włącznie ze mną, wszystkiego, co wiedzą. Widzieliście rzeczy, o których ja wyłącznie czytałem, ale zrobię wszystko, co w mojej mocy, żeby zadbać o wasze bezpieczeństwo, gdy ruszymy razem na kolejne polowanie. Co wy na to?

Chłopcy wydali cichy, ale szczery pomruk aprobaty. To już jego chłopcy, upomniał siebie Marsh. Komandor Benson obrócił się, założył czapkę obszywaną złotem, wyprostował się i zasalutował Marshowi, siedzącemu na wózku.

– Kapitanie Vincent, jestem gotów pana zmienić, sir.

Marsh był pod wrażeniem. To była naprawdę piękna scena. Próbował wstać, ale nie był w stanie. Próbował odpowiedzieć Bensonowi salutem, ale podniósł kikut i uświadomił sobie, że tego także nie może zrobić. Z reguły odchodzący dowódca wygłaszał krótką mowę, dziękując załodze za służbę. Marsh nie mógł znaleźć odpowiednich słów; rozejrzał się wokół, kilkakrotnie mówiąc cicho „dziękuję", a potem głośno wypowiedział słowa, na które czekał komandor Benson: – Zdaję służbę, sir.

Potem już tylko siedział na wózku, próbując powstrzymać łzy. Widok załogi, bijącej brawo i wznoszącej ze swych łóżek okrzyki godne uczniaków, niezbyt mu w tym pomagał.

Od momentu gdy Sally zobaczyła nazwisko Marsha na liście pacjentów kierowanych z Guam do Pearl, wiedziała, że musi powiedzieć mu o ciąży Glorii. Unikała dotąd odpowiedzi na zawoalowane pytania z jego strony – jak Gloria sobie radzi, czy były od niej jakieś wieści, czy powinien do niej napisać; i była pewna, że Marsh to zauważył. Jesteśmy niemal jak stare dobre małżeństwo, pomyślała ze smutkiem.

Bardzo się do siebie zbliżyli, wymieniając listy, z konieczności niejasne, bo tego wymagali cenzorzy. Żadne z nich nie mogło pisać o tym, co robi; Marsh nie mógł napisać jej, gdzie się znajduje, pozostały więc wyłącznie tematy osobiste – uczucia, upodobania, plany na przyszłość. Teraz, tutaj, gdy znaleźli się razem, słowa przelane na kruchy papier nabierały życia. Sally czuła się dużo swobodniej niż Marsh, z czasem jednak i on się otworzył – w rezultacie byli sobie coraz bliżsi, a ich przyjaźń przeradzała się stopniowo w coś więcej, w coś bardziej treściwego. To, że bezpośrednio się nim opiekowała, gdy wraz z resztą załogi znalazł się na Guam, tylko wzmocniło tę więź – ale na ile? – zastanawiała się. Wyjawienie prawdy na temat Glorii mogło okazać się pierwszym sprawdzianem.

Któregoś wieczoru przyszła do niego i zabrała go na werandę, by obejrzeć z nim zachód słońca. Większość budynków szpitalnych była położona na wzgórzach Agana, nad zatoką, z widokiem na północ i zachód, jak gdyby przypominając pacjentom o obowiązkach, do których powinni niebawem powrócić.

– Muszę ci coś powiedzieć – rzekła, niepewna, jak zacząć.

Spojrzał na nią z zaciekawieniem. – To zabrzmiało złowieszczo – powiedział.

– To coś poważnego, a nie złowieszczego – odparła – chodzi o Glorię Lewis.

Wyprostował się na wózku i mrugnął, porażony przez ból fantomowy. – Wszystko u niej w porządku?

Sally skinęła głową i opowiedziała mu całą historię. Tak, jak oczekiwała, był zaszokowany. Zrozumiała, choć niechętnie, że wyidealizowany obraz Glorii w jego umyśle oddala się z każdym jej słowem.

– Pytałeś o nią ostatnio, a ja unikałam odpowiedzi – powiedziała. – Przepraszam cię za to, skoro jednak za dwa dni masz jechać do Pearl, uznałam, że powinieneś się o tym dowiedzieć.

Wziął ją za rękę. – Nie przepraszaj. W zupełności cię rozumiem. Czy wiemy, hmm...

– Nigdy mi tego w sumie nie powiedziała – odparła Sally. – Powiedziała tylko, że wie na pewno, kto jest ojcem, i że nikt inny tego wiedzieć nie musi.

– Rany – powiedział po minucie milczenia. – Jak traktował ją personel szpitala? – zapytał. – Oficer na służbie z nieślubnym dzieckiem nieznanego ojca – wyobrażam sobie, ile było przy tym kociej muzyki.

– Trochę było – powiedziała Sally – ale większość pielęgniarek starszych stażem traktowała ją z sympatią, opiekowały się nią. Na zebraniach dostawała fotel zamiast metalowego krzesła. Troszkę zmieniono jej zakres zadań, żeby nie musiała dźwigać ciężarów. Jedna z przełożonych dała jej swoją obrączkę, by uciąć gadanie mężczyzn na oddziale. Nosiła ją.

– A lekarze?

– Byli zbyt zajęci, żeby plotkować. Stembridge był w szoku, jak możesz się domyślić, ale dowódca szpitala bardzo ją wspierał, powiedział jej, że może nawet urodzić na miejscu.

– I tak zrobiła?

– Nie, na ostatnie cztery tygodnie pojechała do zakonu w Honolulu. To było niemal jak w średniowieczu, ale była zdrowa, silna, dobrze odżywiona, a na miejscu czekał na nią tuzin położnych. Tam było chyba bezpieczniej niż w szpitalu.

– A potem?

– Zakonnice przejęły inicjatywę. To był chłopiec; napisała mi, że bez problemu znajdą dla niego rodzinę, choć trochę w to powątpiewałam – to w końcu Hawaje, no i jest wojna. Chłopiec *haole*? Kolejna gęba do wyżywienia?

– Chłopiec – powiedział Marsh w zamyśleniu – o rany.

Przyglądała się uważnie jego twarzy. Wyglądał, jakby właśnie sam został ojcem. – Marshu Vincencie – powiedziała – czy jest coś, o czym mi nie powiedziałeś?

Spojrzał na nią, zdziwiony i zaczerwienił się. – Dobry Boże, nie – odparł . – To znaczy, przez tyle lat o niej marzyłem, zastanawiałem się, jak by to było ożenić się z nią. Potem myślałem o Tommym i miałem ochotę skopać samego siebie za głupotę. A więc jednak masz z nią jakiś kontakt?

– Właściwie nie – odparła Sally, starając się ukryć rozczarowanie w głosie. Wymarzona miłość wciąż miała nad nim władzę. – Ostatnie wieści miałam w okresie, gdy już wróciła do pracy, podobno wszystko było w porządku. Wyjechałam na Guam przed jej porodem, ale dziewczęta z Pearl pisały do mnie. Á propos, miałeś jakieś wiadomości od Micka McCarty'ego?

Potrząsnął głową. – Był na jednym z lotniskowców, chyba na „Madison Bay". Zatopili go koło wyspy Samar, ale słyszałem, że wszystkie samoloty wystartowały, zanim się to stało. Na niebie było ich pełno, przypuszczam więc, że znaleźli inne miejsca do lądowania. Na morzu było jeszcze około dwunastu lotniskowców, sierotki miały się gdzie podziać.

– A więc jest nadal gdzieś na Filipinach?

– Tak przypuszczam – odpowiedział – krąży tyle plotek, że kto wie. Jakby nie było, przypuszczam, że to już nie moja sprawa.

– Co? O czym ty mówisz?

– Jestem skończony, Sally, moja droga – odparł, ściskając jej dłoń. – Wyślą mnie na emeryturę, gdy tylko uznają, że jestem już „zdrowy". Nie ma wielkiego popytu na jednorękich i jednonogich komandorów.

– Boże – powiedziała – w ogóle o tym dotąd nie myślałam.

– Ja też nie – odparł. – Czekałem na rozkazy. Teraz muszę zastanowić się, dokąd pójść i co ze sobą zrobić.

– Nie mogę uwierzyć, że oni, że po prostu ot tak cię wyrzucają. Odkąd dorosłeś marynarka była całym twoim życiem.

– Nie mogę narzekać – odpowiedział – lepiej wylądować na śmietniku historii i cieszyć się zwycięstwem, niż skończyć jako mokra plama w szczękach rekina.

– Marsh! – krzyknęła.

– Taki jest wybór, moja miła, kiedy przegra się bitwę morską. – Zaczerpnął tchu. – Za każdym razem, kiedy się nad sobą użalam, myślę o tych, którzy tam zostali. Może umieszczą mnie w sztabie w Pearl. Bóg jeden wie, ilu tam jest sztabowców. Jak długo tu zostaniesz?

Wzruszyła ramionami. – Do końca, jak sądzę, albo do chwili, gdy zbudujemy kolejny szpital, gdzieś bliżej linii frontu.

– No tak – powiedział – i znowu zostają nam listy, prawda?

– Jeśli będziesz tego chciał – odparła, patrząc w bok.

– Jeśli będę chciał? – zdziwił się. – A to co znowu?

– Jedziesz do Pearl, z powrotem do niej – wykrztusiła.

– Do niej – powiedział cicho. – Och, Sally. Nic nie rozumiesz. Przyznaję, że durzyłem się w Glorii Lewis przez wiele lat, ale to wszystko siedziało wyłącznie w mojej głowie. Uświadomiła mi to bardzo jasno, mimo że powiedziałem jej wiele niemądrych rzeczy po śmierci Tommy'ego. Założę się, że to Gloria zasugerowała, abyś zaczęła do mnie pisywać.

Zarumieniła się, gdy to powiedział, a potem skinęła głową.

– No widzisz. Byłem kawalerem przez długi czas. Gloria była kimś, o kim mogłem marzyć, ale wydaje mi się, że jeszcze przed siódmym grudnia wiedziałem, że nic więcej z tego nie będzie – to były tylko marzenia, bezpieczne, bo nie do spełnienia. Ten sam los dzieliłem pewnie z tuzinem innych, i w duszy – jak sądzę – każdy z nas wiedział, że to tylko pożywka dla wyobraźni. Zresztą, te śliczne usteczka skrywają też ostre ząbki. Pamiętasz, co zrobiła biednemu Stembridge'owi?

– Tak – odrzekła. – Co w takim razie będzie z nami?

– Zaczniemy tam, gdzie skończyliśmy pierwszego stycznia 1944 roku – odparł. – Będziemy kontynuować zaloty, listownie, jeśli to konieczne. Pamiętaj, że to ty jesteś panią mego serca, i to nie jest żadna mrzonka. Choć być może wolałabyś faceta, który nie stracił żadnej kończyny.

Spojrzała na niego; posłał jej zawstydzony uśmiech. – Tylko nie zamieniaj się w mazgaja – powiedziała. – Jestem teraz od ciebie silniejsza, i będę chować przed tobą drewnianą nogę, jeśli będziesz niegrzeczny.

– Jaką drewnianą nogę? – spytał.

– Tę, którą będę cię biła, Marshallu Vincent.

– Czy zanim to nastąpi, możemy po prostu potrzymać się za ręce?

– Pomyślę o tym – odparła, przytulając się do niego w mroku.

Rozdział osiemnasty

Po długim wyczerpującym locie z Guam do Honolulu z postojem na wyspie Wake, Marsh został skierowany do ośrodka rehabilitacji w bazie Pearl Harbor. Przez pierwszy dzień uczył się samodzielnie korzystać z wózka inwalidzkiego, pobrano też miarę do tymczasowych protez. Produkowano je w Stanach Zjednoczonych i wysyłano do Pearl; następnie miał wrócić do ośrodka, by nauczyć się z nich korzystać. Kolejnego dnia przeszedł przez przygnębiająco znajomą, rutynową procedurę – musiał zaopatrzyć się w rzeczy osobiste, przede wszystkim w ubrania, odpowiednie do jego sytuacji. Oznaczało to koszule z długim rękawem, by ukryć kikut ręki, i długie spodnie, które miały zakryć kikut nogi. W sklepie z zaopatrzeniem dla marynarzy spełniono jego prośbę i sprzedano mu dwa lewe buty. Najwyraźniej nie był jedyny, który miał takie potrzeby.

Po raz kolejny odtwarzał przebieg służby, rejestry płac i badań medycznych. Były one przechowywane gdzieś w Waszyngtonie, musiał jednak mieć dokumenty na miejscu, by otrzymać nowy identyfikator, zakwaterowanie i książeczkę z kartkami na żywność. Oczywiście żadne biuro w bazie nie byłoby w stanie wydać mu wszystkich niezbędnych dokumentów, spędził więc wiele czasu, podróżując autobusami; pomagali mu przygodnie napotkani marynarze.

Był boleśnie świadom faktu, że unika skontaktowania się z Glorią. Gdyby ktoś go o to zapytał, przedstawiłby wiele wymówek: Był ogromnie zajęty. Wymagał rehabilitacji. Był tak okaleczony, że jego męska duma dotkliwie ucierpiała. Co gorsza, gdyby odwiedził Glorię, musiałby powiedzieć o tym Sally, a to złamałoby jej serce. Złamanie serca Sally nie wchodziło w grę.

Jednak myślał o tym każdego wieczoru. Potem wyobraził sobie, jak światło w oczach Sally gaśnie na samą myśl, że jest nadal zainteresowany Glorią. Sally była jego przyszłością. Kim była Gloria? Wdową po Tommym, przygodą Bestii na jedną noc?

Nie, to zbyt niesprawiedliwe. Gloria była inteligentną i piękną kobietą. Po prostu – nie jego liga. Przyszłość z nią była jedynie mrzonką, jeśli miał być ze sobą szczery. Sally to również nie była jego liga, ale kochała go, a on kochał ją. Nic innego się nie liczyło. Wojna musiała się kiedyś skończyć; chciał, żeby dotrwali do tego dnia, i chciał spędzić resztę życia z Sally.

A więc: nie kontaktować się z nią. Proste.

Jasne.

Trzeciego dnia w Pearl dostał wezwanie do oficera administracyjnego w głównej kwaterze bazy. Wyprowadził wózek zdrową ręką na korytarz i klucząc, dotarł do biura administracji, gdzie kazano mu poczekać. Miał już w tym ogromną wprawę. Nowy mundur był sztywny i kłujący, a amputowana stopa jak zwykle bolała. Był zaskoczony, gdy drzwi otworzyły się i zobaczył komandora, także siedzącego na wózku, który podjechał do niego.

– Witamy na pokładzie, panie Vincent – powiedział – nie wiem, czy ktokolwiek pana poinformował, że został pan moim asystentem. Jestem Hugo Oxerhaus.

– Komandorze, miło mi pana poznać, i nie, nie poinformowali mnie o tym.

– Czy się to panu podoba, czy nie, jest pan teraz jednym z „nich" – odparł tamten. Uśmiechnął się. – Ale widzę, że jest pan niewłaściwie ubrany.

– Tak? – powiedział Marsh. Sprawdził kołnierzyk koszuli, by upewnić się, że nie zapomniał przypiąć do niego złotych dębowych liści.

– Bez wątpienia tak – odparł tamten. – Proszę za mną, zaraz temu zaradzimy.

Obrócił wózek z dużo większą wprawą niż Marsh – miał obie dłonie. Miał też obie nogi, ale najwyraźniej bezwładne. Minęła minuta, nim Marsh również zdołał się obrócić; jeden z podoficerów spytał, czy nie potrzebuje pomocnej dłoni.

– Przydałaby mi się dłoń, jeśli macie jakąś na zbyciu – odpowiedział – jeśli jednak żadnej nie macie, muszę sam się tego nauczyć. W każdym razie dziękuję.

Podążył za Oxerhausem do frontowej części budynku, gdzie mieściły się biura komandora bazy marynarki. Dwie ładne, młode kobiety w stopniu podoficera wstały, gdy wózki wjechały do środka. Jedna z nich zniknęła za drzwiami biura admirała. Chwilę później wróciła, anonsując, że dowódca jest gotów ich przyjąć. Ten powitał Marsha na pokładzie, po czym podniósł jakiś dokument, leżący na biurku.

– Mam coś dla pana, komandorze – powiedział. Marsh sądził, że zwraca się w ten sposób do Oxerhausa, admirał jednak patrzył na niego. Następnie odczytał rozkaz awansu, na którym najwyraźniej widniało jego nazwisko. Oxerhaus podał mu małe pudełko z odznaką w kształcie srebrnych liści dębu, a admirał przypiął mu je do kołnierzyka koszuli.

– Gratuluję, komandorze Vincent – powiedział.

– Nie wiem, co powiedzieć, sir – odparł Marsh. – Sądziłem, że następne oficjalne pismo, jakie dostanę, będzie pochodziło od Komisji Śledczej.

Admirał uśmiechnął się. – Z tym na razie koniec – powiedział. – Jest pan ocalałym dowódcą jednego z niszczycieli, które zaatakowały pancerniki japońskie koło Samar. Stał się pan czymś w rodzaju idola Floty Pacyfiku. Pewnego dnia spotka się pan z admirałem Nimitzem.

– Byłbym zaszczycony – odparł Marsh.

– Większość ludzi tak to postrzega – odparł tamten. – To rzeczywiście niezwykły człowiek. No cóż, na razie umieścimy pana tutaj, dopóki marynarka nie zdecyduje, co z panem dalej zrobić.

– Sądziłem, że wyślą mnie na emeryturę.

– Być może – usłyszał. – Ma pan coś pilnego na głowie?

– Nie, sir, chyba że ma pan wolną posadę zastępcy dowódcy okrętu.

Admirał się uśmiechnął. – Spodziewam się, że Biuro Nawigacji coś dla pana znajdzie. Tymczasem wojna jeszcze się nie skończyła.

– Czyżbym wyglądał na kogoś, kto o tym nie wie – powiedział Marsh; nie miało to brzmieć żartobliwie. Oxerhaus i admirał zaczęli się śmiać, i w końcu on też się roześmiał.

Oxerhaus ruszył w drogę powrotną do swego biura, holując Marsha za sobą. Streścił mu zakres jego obowiązków – brzmiały znajomo dla kogoś, kto pełnił funkcję zastępcy dowódcy na okręcie. Fakt awansu na komandora na razie do niego nie docierał. Wciąż zerkał za siebie przez ramię, spodziewając się, że lada chwila jakiś kapitan o ponurym wyrazie twarzy wezwie go przed oblicze komisji czy sądu za „utratę" „Evansa". Komandor Oxerhaus zapewnił go, że nie będzie się nudził, udając, że pracuje. Baza morska w Pearl stała się punktem zbornym większości rannych żołnierzy marynarki, a to oznaczało, że stos papierkowej roboty rośnie nieustannie – do czego i on, Marsh, się przyczynił.

– Przynajmniej nie będzie pan musiał biegać za mną, popychając wózek – taką zaszczytną funkcję pełnił jeden z pana poprzedników na tym stanowisku, niejaki McCarty.

– Mick McCarty? – zapytał Marsh. – To kolega z roku. On zresztą też był pod Leyte, na jednym z lotniskowców.

– Doprawdy – rysy Oxerhausa ściągnął grymas niezadowolenia. – W każdym roczniku znajdzie się miejsce dla paru czarnych owiec. Wysłałem nieoficjalne zapytanie do Biura Personelu, które od miesiąca próbuje go zlokalizować. Na którym okręcie?

– „Madison Bay". Ten okręt został zatopiony, ale z tego co wiem, wszystkie samoloty zdążyły wystartować, zanim poszedł na dno. Niewykluczone, że został zestrzelony tamtego dnia, ale prawdopodobnie jest gdzieś tutaj z którąś Taffy.

– Co to jest Taffy? – padło pytanie i Marsh objaśnił pokrótce, jak brzmiały radiowe sygnały wywoławcze zespołów lotniskowców eskortowych. Zrewanżował się pytaniem, dlaczego Oxerhaus szuka Bestii.

– Ma to związek z jedną z pielęgniarek marynarki, służących w Hospital Point – odparł zwierzchnik.

Tym razem to Marsh z trudem opanował zaskoczenie. – Z jaką pielęgniarką? – spytał. – Czy może nazywa się Lewis?

To zdziwiło Oxerhausa. – Tak, właśnie tak. Zna ją pan?

– Bardzo dobrze – powiedział Marsh. – Co się stało?

Oxerhaus odetchnął głęboko i zaproponował małą przejażdżkę. Minęła dłuższa chwila, nim Marsh zrozumiał, o co mu chodzi, wreszcie jednak załapał. Wyjechali przed budynek, naprzeciw porannemu słońcu. Marsh był nieco zdziwiony, widząc, że dwóch komandorów na wózkach inwalidzkich nie przyciąga niczyjej uwagi, ale w Pearl pełno było rekonwalescentów.

– Chorąży Lewis zniknęła pewnej nocy około trzech tygodni temu – powiedział Oxerhaus. – Nikt nie widział, żeby wychodziła, nie zwierzała się też nikomu z żadnych planów wyjazdowych. Po prostu zniknęła.

Marsh poczuł, jak strach ścina mu krew w żyłach. – Czy przeprowadzono dochodzenie? – zapytał.

398

– O, tak – odrzekł Oxerhaus – od razu włączyliśmy w to Wydział Kryminalny HASP; była podobno piękną kobietą, wszyscy są zdania, że padła ofiarą napaści. Poza tym zaistniały szczególne okoliczności.

– Fakt, że niedawno urodziła dziecko.

Marsh po raz kolejny zdołał zadziwić swego nowego szefa. Wyjaśnił, skąd o tym wie.

– No dobrze – powiedział Oxerhaus – rozmawiałem z jej przełożoną w szpitalu, porucznik jakąś tam. Twierdzi, że zaobserwowała u niej pewne oznaki depresji poporodowej, ale nie było to nic szczególnego. Podobno po urodzeniu dziecka wszystkie kobiety przez to przechodzą.

Marsh nigdy nie słyszał o niczym poporodowym, ale nie miał zamiaru kwestionować tej informacji. – Jej najlepszą koleżanką w szpitalu była chorąży Adkins – powiedział Marsh – została wysłana na Guam, do nowego szpitala. Ja też tam wylądowałem po Leyte, i to ona powiedziała mi, że chorąży Lewis od jakiegoś czasu przestała do niej pisywać.

– No cóż, HASP wróciła z pustymi rękami. Kontaktowali się z policją w Honolulu, ale tamci z reguły nie mieszają się do spraw wojskowych. Obiecali, że sprawdzą swoich informatorów, ustalą, czy ktokolwiek słyszał o porwaniu *haole* czy czymś w tym rodzaju, ale niczego się nie dowiedzieliśmy.

– Mój Boże – powiedział Marsh – to przecież taka mała dziura. Jak mogła tak po prostu zniknąć?

– Może pan wie, czy umiała pływać?

– Nie umiała – odparł Marsh – zawsze unikała głębokiej wody.

– Zaskakująco dużo ludzi tonie w tych okolicach – powiedział Oxerhaus. – Ludzie zapominają, że Oahu to góra wulkaniczna, wyrastająca z dna na głębokości dwunastu tysięcy stóp pod wodą. Niektóre plaże pokrywa czarny pył. Pod wodą grzęźnie się w nim jak w ruchomych piaskach. Stopy grzęzną w piasku, potem człowiek zapada się po kolana, a później przychodzi wielka fala – nie można ruszyć się z miejsca, więc się tonie. Ostrzegamy wszystkich, na plażach są tablice, ale wiele osób nie zwraca na nie w ogóle uwagi. Oni wszyscy chcą tylko siedzieć nad morzem, pić drinki i podrywać kobiety.

– Ona nie poszłaby pływać w morzu.

– Czy miała tutaj kogoś, jakiś romans?

Marsh postanowił pominąć milczeniem relację łączącą Micka i Glorię. Gdyby wspomniał o Micku, Oxerhaus zrobiłby z niego podejrzanego numer jeden. Wiedział bardzo dobrze, że nie ma sposobu, by Mick mógł stać za zniknięciem Glorii. W dodatku był przekonany, że to Mick wleciał swoim dauntlessem prosto w japoński krążownik. – Z pewnością miała jakąś przygodę, co najmniej jednorazową – to było wszystko, co udało mu się wykrztusić.

– Aha, właśnie – potaknął Oxerhaus – co najmniej. Inne pielęgniarki wspominały, że to mógł być McCarty, ale wyjechał z Pearl na długo przed tym, jak to się stało. Tym gorzej, byłby znakomitym podejrzanym.

„No, to jesteśmy w domu" – pomyślał Marsh. – Dlaczego?

– Ten pana kolega z roku, McCarty, był niezłym opojem. Wdał się w bójkę z HASP, z nietrudnym do przewidzenia skutkiem. W cudowny sposób ocalał jako jedyny pasażer samolotu transportu medycznego, który został zestrzelony niedaleko Guadalcanal. Jeśli chodzi o mnie, mogę panu powiedzieć, że szarżował jak szaleniec w czasach, kiedy byłem oficerem odpowiedzialnym za ruch lotniczy na „Yorktown". Przyskrzyniliśmy go tutaj po incydencie z HASP, i wyznam panu, że miałem szczery zamiar doprowadzić do tego, żeby go zdegradowali. Jak się okazuje, dziś nie wystarczy wdać się w bójkę w barze z patrolem nabrzeżnym, żeby wylecieć z lotnictwa marynarki.

Marsh potrząsnął tylko głową, nic nie mówiąc. Wjechali z powrotem do biura i Oxerhaus zawołał dyżurnego, by wprowadził Marsha w nowe obowiązki.

Tego wieczoru po raz pierwszy od czasu swego poprzedniego pobytu w Pearl Marsh jadł obiad w kantynie oficerskiej. Niewiele się tu zmieniło; było chyba jeszcze bardziej tłoczno niż poprzednio. Nowa bufetowa, urodziwe dziewczę w hawajskim kostiumie, posadziła Marsha w kącie głównej sali jadalnej, zwanym – jak się miał później dowiedzieć – kącikiem kalek. Stoły przystosowano tu do wózków inwalidzkich; siedziało przy nich czterech oficerów. Musieli już trochę wypić, zważywszy na hałas, jaki panował przy ich stoliku.

Gdy kelner podprowadził wózek do pustego miejsca, Marsh zdał sobie sprawę, że jest wśród obecnych najstarszy stopniem; pozostali byli porucznikami. Siedzący obok niego stracił całą nogę, od biodra, co mogło, choć nie musiało, tłumaczyć chwiejność jego postawy. Gapił się na nowiutkie, błyszczące srebrne liście dębowe na kołnierzu Marsha i kręcił głową. Marsh najwyraźniej wyglądał zbyt młodo jak na trzy paski.

– Komandor? – zagaił nieco bełkotliwie. Siedzący obok niego szturchnął go w żebro; chłopak zamrugał, beknął i zamknął oczy.

– Proszę wybaczyć, sir – powiedział drugi porucznik – Harry troszkę już dzisiaj przesadził.

– Nie ma sprawy – odparł Marsh – skąd jesteście, chłopaki?

Wszyscy byli lotnikami, ze śpiącą królewną włącznie. Poinformowali Marsha, że Harry wylądował po akcji na swoim lotniskowcu, złapał aerofiniszer, zatrzymał samolot, podniósł kopułę, sięgnął po coś do kokpitu, po czym rzucił na pokład resztki swojej nogi i zanim zemdlał zdążył jeszcze poprosić o medyka. Nie ulegało wątpliwości, że jego historia zdołała już urosnąć do rozmiarów legendy.

Kelner przyniósł Marshowi szkocką i menu. Jeden z poruczników zebrał się na odwagę, by zapytać, co przytrafiło się jemu. Marsh wyjaśnił, że przegrał dość kosztowną bitwę morską z japońskim pancernikiem. – Kosztowną? – zdziwił się młody człowiek. – Kosztowała mnie rękę i nogę – odparował Marsh. Roześmiali się i pili dalej, sądząc zapewne, że Marsh kłamie albo zwariował, albo jedno i drugie. Harry wciąż drzemał; Marsh uznał, że w jego wypadku jest to rozsądne rozwiązanie. Sącząc szkocką, zastanawiał się nad zniknięciem Glorii. Nie był w stanie tego zrozumieć. Przerabiał w myślach kolejne prawdopodobne scenariusze. Została porwana, zgwałcona, zabita i wrzucona do morza. Wyjechała do miasta, wykradła swoje dziecko i ukryła się gdzieś na wsi, u hawajskiej rodziny. Miała dosyć piętna matki nieślubnego dziecka i uciekła z transportem wojskowym albo medycznym do Ameryki.

Żadna z tych teorii nie wydawała się prawdopodobna. Oficer, który, no cóż, zaliczył wpadkę: ta sytuacja musiała być dla niej upokarzająca. Z drugiej strony, miała dość odwagi cywilnej, żeby stawić temu czoło. Jako doświadczona pielęgniarka, pracująca na oddziale chirurgicznym, mogła zapewne bez większego trudu pozbyć się „problemu". Sally twierdziła jednak, że po prostu spuściła głowę, ignorując ironiczne spojrzenia i uszczypliwe komentarze, i wróciła do pracy. Gdyby miała zamiar uciec z Pearl, zachowywałaby się inaczej.

Czy to możliwe, że popełniła samobójstwo? Tego nie można było wykluczyć, ale z reguły po samobójcy pozostawał list pożegnalny i ciało. Straciła męża w grudniu 1941 roku, w dodatku ciało Tommy'ego spoczywało we wraku nie dalej niż pół mili od miejsca, gdzie pracowała, od drogi, którą chodziła każdego dnia. Skoro była w stanie to znieść, mimo ogromnego stresu, jaki wiązał się z pracą w szpitalu polowym, niespecjalnie pasowała do profilu potencjalnej samobójczyni.

W takim razie co, u diabła, się z nią stało?

Zdecydował, że dopóki pozostaje w Pearl, będzie robił wszystko, żeby odkryć prawdę. Któraś z pielęgniarek musiała przecież coś wiedzieć. Tymczasem musiał napisać do Sally. Z nich dwojga, stwierdził, to ona zafundowała mu mniej przykrą niespodziankę, kiedy powiedziała mu o ciąży Glorii; z pewnością wiadomość od niego zmartwi ją dużo bardziej.

Przez cały kolejny miesiąc w kwaterze głównej wdrażał się w swoje nowe obowiązki, grzęznąc w dokumentach – ilość papieru, z jaką miał do czynienia, przekraczała jego dotychczasowe wyobrażenia co do sumy łącznych światowych zasobów tego surowca. Choć Oxerhaus cieszył się w biurze zasłużoną opinią niezrównoważonego krzykacza, Marsh sądził, że zwierzchnik nie wyżywa się na nim dlatego, że obaj są przykuci do wózków. Radził sobie coraz lepiej, posługując się tylko jedną ręką i jedną nogą – był już w stanie dbać samodzielnie o higienę osobistą, czytelnie pisać lewą ręką, poruszać się po budynkach nieprzystosowanych w żaden sposób do potrzeb inwalidów na wózkach i mozolnie ćwiczył w ramach programu rehabilitacji, który miał przygotować go do używania protez. Nigdy natomiast nie doczekał się osobistego spotkania z admirałem Nimitzem.

W wolnym czasie zdobył kopię protokołu HASP z dochodzenia w sprawie zniknięcia Glorii i wieczorami studiował dokumentację przesłuchań. Wydawało się, że odwalili kawał solidnej roboty – rozmawiali ze wszystkimi, którzy mieli kontakt z Glorią, nie tylko w bazie, ale nawet w zakonie. Potwierdzili też, że widzieli jej dziecko – wciąż przebywało w zakonnym żłobku, nie zostało stamtąd porwane przez pogrążoną w szaleństwie matkę. Protokół opatrzono nadzwyczaj zwięzłą konkluzją: oficjalnie sprawa pozostawała otwarta. Zważywszy że przez Hawaje przewijały się tysiące ludzi, a wielu z nich popadało w takie czy inne konflikty z miejscowymi patrolami policji, „otwarta" oznaczała w praktyce tyle co „zamknięta".

Sally pisała do niego stale, zwłaszcza odkąd Marsh poinformował ją o zniknięciu Glorii. Starała się uzyskać przeniesienie z powrotem do Pearl, żeby mogli być razem, i miał nadzieję, że jej się to uda. Wieczorami, gdy ból kikutów się nasilał, a perspektywy na przyszłość stawały się bardziej ponure, często zamartwiał się, że Sally wycofa się z rozkwitającego między nimi romansu i porzuci go dla kogoś, kto zdołał nie stracić na wojnie połowy kończyn. O takich przypadkach często rozprawiano w kąciku kalek w kantynie. Zadręczał się pytaniami: Czy została z nim z litości i przez lojalność? Czy obiecywał sobie zbyt wiele po tym związku, zbudowanego na wymianie korespondencji, a nie na wspólnie spędzonym czasie? Czy powinien w kolejnym liście wyjawić jej swoje wątpliwości?

Na szczęście trzymał się starej zasady, zaczerpniętej z małej książeczki dla pierwszoroczniaków akademii, w której opisano tak zwane Prawa Marynarki: najlepiej wiedzie się tym, którzy o poranku palą listy napisane w nocy. Gdy słońce wschodziło nad Hawajami, przy pierwszej filiżance kawy wszystko wyglądało bardziej optymistycznie. Nawet Oxerhaus zachowywał się dość miło przez pierwszą godzinę pracy biurowej, dopóki coś nie wyprowadziło go z równowagi. Marsh dość szybko przekonał się, że byle co jest w stanie go z niej wytrącić.

Pewnego poniedziałku tym czymś stał się wykaz ofiar koło wyspy Samar. Pod nazwą „Madison Bay", w raporcie dotyczącym eskadry lotniczej, widniało nazwisko Micka McCarty'ego, opatrzone informacją, że został uznany za zaginionego w akcji. Reakcja Oxerhausa, gdy Marsh pokazał mu raport, przekroczyła jego najśmielsze oczekiwania. Spodziewał się, że tamten wzruszy ramionami i powie: no cóż, trudno. Zamiast tego Oxerhaus pieklił się, że Mick wymknął mu się z rąk i nie ma możliwości dobrania mu się do tyłka.

– Został uznany za zaginionego w akcji – przypomniał mu Marsh – niejeden taki już się znalazł, kiedy zrobiono porządek w papierach.

– Znając go, leży do góry brzuchem na jakiejś wyspie, otoczony wianuszkiem cycatych miejscowych dziewczyn – warknął Oxerhaus. – Proszę dowiedzieć się, kto był dowódcą VC-Eleven; proszę uzyskać oficjalne potwierdzenie, że ten mistrz w szukaniu kłopotów po prostu nie leży gdzieś ranny.

– Tak jest, sir.

Marsh wypełnił ten rozkaz w kolejnym tygodniu. Okazało się, że dowódca Jedenastej Połączonej Eskadry jest w Pearl i czeka na rozkazy, by niebawem zebrać resztkę swoich ludzi na pokładzie nowego CVE, który miał po nich przypłynąć za trzy tygodnie. Marsh zaprosił go do budynku kwatery głównej na spotkanie. Tego popołudnia dyżurny zajrzał do jego biura, mówiąc, że czeka na niego komandor Campofino.

– Maks Campofino – przedstawił się komandor, wchodząc przez rozsuwane drzwi. Marsh rozpoznał go – w 1932 roku był jednym z najlepszych futbolistów na uczelni. Przedstawił się, wymienili typowe uprzejmości adeptów Akademii Marynarki Wojennej.

Campofino potwierdził, że Mick wystartował z pokładu wraz z dwoma innymi pilotami; szybko skończyła im się amunicja. Mick kazał im dozbroić samoloty na lotnisku na Leyte. Wtedy widzieli go po raz ostatni, sam zawrócił i poleciał dalej przeszkadzać Japończykom.

– Przeszkadzać?

– Musi pan zrozumieć, Marsh, lecąc na nich mieliśmy właściwie tylko karabiny, ewentualnie mogliśmy rzucać w nich ziemniakami i jajkami. Niewiele z tego, co znajdowało się na pokładzie mateczki „Madison Bay", mogło się przydać do walki z pancernikiem, a proszę mi wierzyć, mieliśmy zero czasu na zastanawianie się. Gdy startowaliśmy, japońskie krążowniki dziurawiły nam burty.

– I Mick nie wrócił?

– Nie, ja wylądowałem na jednym z tych małych lotniskowców Taffy Jeden, dozbroiłem się, poleciałem jeszcze raz, a potem było już po wszystkim. Japońcy skulili ogony i uciekli pod Bernardino. Pięć dni minęło, zanim udało mi się pozbierać moje kurczaczki z powrotem do kupy. Piętnastu wystartowało z pokładu, dziewięciu udało mi się odnaleźć.

– Czy takie straty były we wszystkich eskadrach?

– Większe, niż mogliśmy się spodziewać, ale musi pan pamiętać, że mieliśmy dużo młodzików, chłopaków, którzy mieli wcześniej do czynienia wyłącznie z japońskimi snajperami czającymi się za krzakiem. Ciężki krążownik, ostrzeliwujący samoloty z dział przeciwlotniczych, to trochę inna bajka, szczególnie gdy trzeba robić pozorowane naloty bombowe. To było surrealistyczne. Szkoda, że pan tego nie widział.

– Właściwie widziałem – powiedział Marsh.

– Tak? Pan tam był? Pod Leyte? – chyba dopiero teraz zwrócił uwagę na to, że Marsh siedzi na wózku.

– W ten sposób straciłem skrzydełko i nóżkę – odparł Marsh.

– Byłem dowódcą „Evansa".

– Jezu, naprawdę? Pan tam był.

– A potem już nas nie było – powiedział Marsh z krzywym uśmieszkiem. – Tak się kończy iganie z pancernikami.

Maks usiadł z powrotem na krześle. – Jasna cholera – powiedział – słyszeliśmy, że jakieś puszki wpłynęły pomiędzy lotniskowce i Japońców, i że żadna z nich nie wróciła. Jeden z naszych chłopaków mówił, że widział, jak jeden niszczyciel ustawił się praktycznie burta w burtę z japońskim olbrzymem i strzelał do niego, a tamten próbował odpłynąć dalej. Mówił, że główne działo było nacelowane na niszczyciela, ale był za blisko.

– To nasz – powiedział Marsh – ustawiłem się w ten sposób, bo dzięki temu krążowniki nie mogły do nas strzelać, nie ryzykując uszkodzenia własnych okrętów. Przynajmniej taką miałem teorię. Nie trwało to długo, ale i tak byliśmy już właściwie ugotowani.

Maks skinął głową, choć widać było, że w myślach przeniósł się do tamtego poranka. Marsh rozpoznał to spojrzenie.

– Proszę powiedzieć mi jedną rzecz – poprosił. – Widziałem, jak dauntless rozbija się o ciężki krążownik tuż przed tym, jak Kongo zadał nam ostatni cios. Uderzył w śródokręcie i spowodował potężną eksplozję. Czy to mógł być Mick?

– Słyszałem tę historię – powiedział Maks. – Jeden z naszych ruszył ponoć do samobójczego ataku. Nie wierzyłem w to, przede wszystkim dlatego, że nie potrafię sobie tego wyobrazić. Gdybym był w stanie lecieć, wolałbym wodować.

– Może nie mógł – odparł Marsh – widziałem go tylko przez kilka sekund, ale zdawało się, że ma jakieś problemy, może był ranny.

– Samolot dymił? Palił się?

Marsh przymknął oczy, próbując przywołać ten obraz. – Nie, nie palił się, ale dymu było sporo – powiedział. – Leciał niezdarnie, jakby z trudem próbował zapanować nad sterami. Wszystko zajmowało mu zbyt wiele czasu.

– To brzmi jakby koleś dostał serią, spojrzał w dół i ni stąd, ni zowąd przekonał się, że ma wnętrzności na wierzchu. Podobno, kiedy z człowiekiem jest już naprawdę źle, przez minutę czy dwie ciało tego nie czuje. Ale mózg wie.

– Może i tak – powiedział Marsh.

– To mógł być on – powiedział Maks – Mick mógłby zrobić coś takiego, gdyby uznał, że w ten sposób zdoła ich rozwalić. Zabawna rzecz, następnego dnia Japończycy zrobili dokładnie to samo. Jakiś pilot dosłownie przeciął „St. Lo" na pół, a ci, którzy to widzieli, twierdzili, że to musiał być zaplanowany, samobójczy atak. Różnica polega na tym, że Japoniec najwyraźniej przyleciał z takim zamiarem. Nie zrzucał bomb ani torped, po prostu wyleciał nagle, nie wiadomo skąd, i ruszył prosto na nich. Rozwalił pokład startowy i wpadł do hangaru. Wybuchł taki pożar, że po chwili było już po okręcie.

Marsh skinął głową z roztargnieniem. Teraz to nim zawładnęły wspomnienia; znów patrzył na czternastocalowe pociski przeszywające na wylot ściany sterówki, kładąc trupem jego oficerów.

– Marsh?

Potrząsnął głową. – Przepraszam – powiedział – czasami...

– Rozumiem. Prawdę mówiąc, nie miałem pojęcia, że ktokolwiek z załóg puszek wrócił żywy. Mówili, że wszyscy trafili do Davy'ego Jonesa.

– Nic dziwnego – odrzekł Marsh. – Chwilami sam myślałem, że jestem już po tamtej stronie.

Maks skinął głową i wstał. – Popytam, spróbuję dowiedzieć się, czy ktokolwiek widział, jak ten pilot wbija się w krążownik. Plotek nie brakuje, ale spróbuję wycisnąć z nich ziarno prawdy.

– Ostatnie pytanie: czy Mick miał jakiś malunek na swoim samolocie, z boku? Coś białego?

– Tak, rzeczywiście. Mówił, że to lotnicza wersja Samotnego Strażnika z Teksasu, jeden z podoficerów namalował mu białego konia na kadłubie. Czemu pan pyta?

– Ten, który wleciał w japoński krążownik, miał na boku coś białego. Nie widziałem kształtu, wiem tylko, że kolor był biały.

– A niech mnie. Zdaje się, że odpowiedział pan na swoje pytanie, i na kilka moich przy okazji.

– Czy mógłby pan mimo to sprawdzić? – poprosił Marsh. – Mam wciąż nadzieję, że się mylę.

– Oczywiście – odparł tamten.

– Będę wdzięczny – powiedział Marsh i wyciągnął lewą dłoń.

– Jest pan z rocznika trzydziestego drugiego, i już komandor? Ktoś musiał pana docenić.

– Nie jestem pewien, dlaczego – odparł Marsh – ciągle czekam, aż wezwą mnie przed jakiś sąd. Najśmieszniejsze, że „Evans" nie był nawet moim okrętem – pełniłem obowiązki dowódcy, czekając, aż nowy kapitan dotrze na miejsce.

– No, pięknie – powiedział Maks – czuję się zaszczycony, że mogłem pana poznać, dowódco.

Tego wieczoru Marsh skierował swój wózek na opaskę brzegową przy Hospital Point. Miał stąd doskonały widok na kolejny, przygnębiająco piękny, hawajski zachód słońca. W oddali kręciły się jakieś pielęgniarki, ale on chciał zostać sam. Dotarł do końca ulicy, przy której znajdowały się kwatery pielęgniarek, po czym zaciągnął hamulec. Pearl Harbor było ostatnio bardziej rozświetlone – dzięki aliantom wojna przenosiła się coraz bliżej domowego ogródka Japończyków. Na Ford Island znów zapłonęły latarnie, a w budynkach bazy nie obowiązywało już zaciemnienie. Wszystko wyglądało zupełnie inaczej niż wtedy, na początku 1942 roku, gdy przypłynął tu na „Winstonie"; wszyscy wpatrywali się z niepokojem w niebo, spodziewając się inwazji. Odruchowo szukał wzrokiem „Arizony", ale okręt leżał gdzieś pod powierzchnią migoczącej wody – tylko wierzchołek barbety i dwie samotne boje wskazywały miejsce jego wiecznego spoczynku.

Tego dnia otrzymał list od Sally; pisała, że robi wszystko, żeby wrócić do Pearl na stałe. Bez zaskoczenia przyjął uczucie radości, jaką przepełniła go ta wiadomość. Bardzo za nią tęsknił i powoli oswajał się z myślą, że są w sobie zakochani. Nie zmniejszyło to jego determinacji, by dowiedzieć się, co stało się z Glorią Lewis, wiedział jednak, że będzie musiał działać ostrożnie, aby Sally nie odczytała błędnie jego intencji. Zdążył już popytać o nią w bazie powietrznej Hickam i przejrzał manifesty okrętowe, szukając jej nazwiska. Odwiedził też kwaterę główną HASP w centrum, by porozmawiać z tamtejszymi detektywami. Nie mógł zarzucić im obojętności – rzeczywiście się starali. Nie mając żadnych dowodów, że doszło do przestępstwa, nie namierzywszy nikogo, kto mógłby chcieć zrobić jej krzywdę lub ją porwać, po prostu nie mieli punktu zaczepienia. Jednego dnia była w Pearl, a następnego już jej nie było. Większość rozpatrywanych wcześniej przez Marsha hipotez została uwzględniona w sporządzonej przez nich dokumentacji.

Sprawę prowadził jeden z miejscowych – tak wojskowi w Pearl nazywali ludzi urodzonych i wychowanych na wyspie. Olbrzymi Samoańczyk wyglądał, zdaniem Marsha, niczym rasowy zawodnik sumo. Musieli zestawić dla niego dwa biurka, żeby mógł oprzeć łokcie na blacie. Przedstawił się jako George Kamehaohno, proponując, by Marsh zwracał się do niego „Kam".

– Ja myślę, że ona jest w wodzie – powiedział, zamykając segregator. Ostatnie słowo wymówił „wozie". – Tak ludzie znikają z wyspy. Nie miała zazdrosnego męża albo kochanka, kłopotów z pieniędzmi? Tacy trafiają do morza.

– Ale dlaczego nie ma ciała? – zapytał Marsh, po czym zdał sobie sprawę, że odpowiedź na to pytanie jest oczywista. Rekiny. Nie musiał nawet tego mówić. Pokiwał głową, sam sobie odpowiadając.

– Będziesz szukał?

– Tak.

– Rozmawiaj z kobietami w szpitalu. Kobiety wiedzą różne rzeczy. Czasami same nie wiedzą, co wiedzą. I są z marynarki. Może nie chcą rozmawiać z HASP, rozumiesz?

– Dobry pomysł – odparł Marsh, ruszając z powrotem do bazy.

Problem nie polegał na tym, że pielęgniarki nie chciały rozmawiać z HASP. Chodziło o to, że żadna z nich nie znała Glorii zbyt dobrze. Pierwsza grupa pielęgniarek zatrudnionych w Pearl została odesłana na zachodni Pacyfik. Mimo to każdego wieczoru przemierzał wózkiem okolice nabrzeża ze szklanką szkockiej umieszczoną w prowizorycznym uchwycie, przyklejoną taśmą do poręczy. Pielęgniarki lubiły tam przesiadywać, rozkoszując się wieczorną bryzą i świeżym powietrzem po całym dniu upiornej pracy w szpitalu. W jego oczach wszystkie wyglądały niezwykle młodo, choć w rzeczywistości był od nich starszy nie więcej niż około dziesięciu lat – przynajmniej wiekiem. Słysząc, że jest komandorem, otwierały szeroko oczy, częstując go grzecznym „tak, sir" lub „nie, sir". Były w końcu nie tylko pielęgniarkami, ale i chorążymi, a przecież komandor to ktoś naprawdę ważny. Gdyby tylko wiedziały, myślał Marsh.

Słyszały o zniknięciu Glorii, ale tylko kilka wiedziało, że była w ciąży. Wśród tych ostatnich żadna nie miała pojęcia, co mogło się stać, wszystkie jednak milcząco dawały mu do zrozumienia, że musiało to mieć związek z faktem, że urodziła nieślubne dziecko. Marsh z trudem powstrzymywał się, by nie zapytać, czy nosiła może szkarłatną literę. Rozmawiał z nimi przez chwilę w obłoku papierosowego dymu, a potem odjeżdżał gdzieś na bok, by w spokoju pomyśleć o Glorii i Sally.

Pewnego wieczoru przeszkodził mu jakiś głos. – Popłynąć łódką? Szef chce płynąć łódką?

Marsh nie był w stanie zlokalizować źródła głosu do chwili, gdy znad wody wychynęła czyjaś głowa. – Popłynąć łódką? – powtórzył mężczyzna, po czym dostrzegł wózek inwalidzki. – O, przepraszam, tak się nie da, bracie.

To był miejscowy, ubrany w wypłowiałą hawajską koszulę i szorty w kolorze khaki. Jego łódź wyglądała jak przerośnięty sampan; do poprzecznej belki przytwierdzony był zardzewiały silnik.

– Popłynąć łódką? – spytał Marsh. – Dokąd?

– Do przystani – odparł mężczyzna – bardzo ładnie. Dużo można zobaczyć. Pięć dolarów albo dasz mi papierosy. – Potem zmarszczył się, patrząc znów na wózek. – Możesz chodzić? Wstać, żeby wsiąść do łodzi?

– Obawiam się, że nie – odrzekł Marsh – pływanie też nie idzie mi ostatnio najlepiej. Marynarka pozwala ci tu bywać?

Wzruszył ramionami. – Nie obchodzi ich, pod warunkiem że nie zbliżamy się do wielkiego okrętu *kapu*.

411

Kapu. To było jedyne hawajskie słowo, które Marsh znał, oprócz *aloha*. Amerykanie powiedzieliby „tabu". Chodziło mu z pewnością o „Arizonę". Marsh spytał, dlaczego okręt jest tabu.

– Duchy – odparł tamten. – Tam jest dużo duchów. Podpłyniesz za blisko, wciągną cię do środka. Umrzesz. Wielkie *kapu*.

– To ma sens – powiedział Marsh, wierząc niezbicie, że na okręcie musi straszyć, zważywszy że w jego wnętrzu znajduje się nadal ponad tysiąc ciał.

– No cóż, żałuję, że nie mogę z tobą popłynąć – powiedział – ale... – wskazał na swoje półtorej nogi i wzruszył ramionami.

– Masz papierosa? – zapytał miejscowy.

Marsh nosił przy sobie papierosy w nadziei, że dzięki nim łatwiej przełamie lody w rozmowach z pielęgniarkami – większość z nich paliła. Poczęstował mężczyznę, po chwili podał mu ogień. Miejscowy pachniał lekko rybami i węglem. Podziękował i usiadł na ławeczce łodzi. – Poszukam pielęgniarek – powiedział – one lubią tam pływać łódkami. Wielu ludzi z marynarki tam pływa. Widzisz światła?

Marsh spojrzał na przystań; rzeczywiście, w ciemnościach jarzyły się niewielkie światełka łódek.

– Pielęgniarki są tam – powiedział, wskazując kierunek. – One też mają papierosy.

Miejscowy miał już odpłynąć, gdy Marsh zatrzymał go, tknięty pewną myślą. – Mówiłeś, że zabierasz na wycieczki dużo pielęgniarek?

– Tak, tak – odparł tamten. – Ciągle chcą pływać. Wszystkie panie z marynarki chcą zobaczyć wielkie *kapu*, ale my tam nie pływamy. Oglądamy drugi okręt, za Ford Island. Mówią na niego *Oo-tah*. Tam nie ma *kapu*. Nie jak *Ah-zona*. Jeden taki z Aiea, popłynął jednej nocy do *Ah-zona*. Mówił, że szalona *haole* go zmusiła. Duchy próbowały go złapać, ale uciekł. Następnego dnia on połamał sobie nogi. *Ah-zona* duże *kapu*. Złe *kapu*.

Pomachał ręką, wycofał łódkę za krawędź opaski brzegowej i odpłynął w poszukiwaniu potencjalnych pasażerów. Marsh dokończył swoją szkocką i ruszył z powrotem do kwatery. Nagle się zatrzymał.

Szalona *haole* zmusiła go? Żeby popłynął do „Arizony"?

Odwrócił wózek, by zobaczyć, czy mężczyzna jest jeszcze w pobliżu, ale było już całkiem ciemno. Chciał dowiedzieć się, jak miał na imię „jeden taki", który zabrał szaloną białą kobietę łódką do wraku „Arizony". Nie chciał nawet myśleć o tym, co mogło się stać, ale cichy głos w jego głowie podpowiadał mu, że być może właśnie udało mu się rozwiązać zagadkę. Zwłaszcza gdy miejscowy nazwał kobietę szaloną.

Zdał sobie sprawę, że będzie potrzebował pomocy kogoś stąd. Pomyślał o Kamie.

Trzy dni później olbrzymi Samoańczyk pojawił się w biurze Marsha w swym mundurze HASP. Obok niego stał przerażony miejscowy, drobny, starszy mężczyzna, który obok wielkoluda wyglądał jak marionetka. Ubrany był podobnie jak tamten pierwszy – w szorty khaki, klapki i wypłowiałą hawajską koszulę. Miał przybrudzone gipsowe opatrunki na obu nogach i poruszał się sztywno, wsparty na dwóch laskach.

Marsh poprosił staruszka, żeby usiadł. Opadł na krzesło, nerwowo oblizując usta, oglądając się na stojących wokół *haole* w mundurach. Samoańczyk stanął za krzesłem z pałką w ręku, uderzając nią cicho o potężną dłoń. Zanim Marsh zdążył powiedzieć cokolwiek, Kam szturchnął starego końcem pałki.

– Powiedz im to samo, co powiedziałeś mnie – polecił.

Stary kiwnął głową, spojrzał na Marsha i odwrócił wzrok, odchrząknął i zaczął mówić. Gdy opowiedział, jak *haole* wsiadła do jego łódki, żądając, by zawiózł ją do „Arizony", zamiast do „Utah", i zapłaciła podwójną stawkę papierosami, Marsh nie miał już wątpliwości.

Gdybym mogła, powiedziała kiedyś. Gloria wróciła do Tommy'ego, wybrała jedyną dostępną drogę.

Marsh nie mógł sobie wyobrazić, dlaczego się na to zdecydowała. Długo sądził, że pogodziła się z odejściem Tommy'ego, a tamten wieczór sylwestrowy stał się czymś w rodzaju przełomu, momentem, gdy postanowiła na powrót obudzić się do życia.

Siedział, próbując ogarnąć umysłem ogrom tego, co usłyszał, nie zdając sobie sprawy, że wokół panuje cisza. Do Kama najwyraźniej dotarło, że trafił na coś, co *haole* nazywają ciężkim orzechem do zgryzienia, i widać było, że najchętniej zmyłby się stąd czym prędzej. „Ja też" – pomyślał Marsh.

– Chcesz, żebyśmy go zamknęli? – zapytał Kam.

– Nie – odparł Marsh. – Myślę, że mówi prawdę. Twoim zdaniem to była jego wina?

Kam zastanowił się. Jako HASP z reguły miewał do czynienia ze skurczybykami winnymi jak jasna cholera, ale potrząsnął głową. – Nie.

– W takim razie puśćcie go – powiedział Marsh – myślę, że sprawę Lewis można ostatecznie uznać za zamkniętą.

Kam przytaknął. – A ty, co teraz zrobisz? – zapytał.

– Nie mam najbledszego pojęcia.

Kam uśmiechnął się szeroko i bez zbędnej delikatności szturchnął starego pałką. – Możesz iść – powiedział – i ani słowa nikomu o tej *haole*.

Stary popatrzył na niego tępo, jak gdyby nie rozumiejąc. Kam przeszedł na terkoczący hawajski dialekt, co zostało przyjęte gorączkowymi potakiwaniami. Gdy przygotowywali się do wyjścia, Marsh spytał, o co chodziło.

– Powiedziałem mu, że duch tej *haole* wie, gdzie on mieszka. Będzie opowiadał o *haole*, duch przyjdzie do jego domu i zje jego dzieci.

– To powinno wystarczyć – powiedział Marsh.

Tego popołudnia on i Oxerhaus spotkali się z admirałem. Marsh opowiedział mu całą historię i zamilkł, czekając na tyradę, nie doczekał się jednak.

– Myśli pan, że ona tam jest? Wewnątrz „Arizony"?

– Nie sądzę, żeby stary to sobie wymyślił – odparł Marsh – dowiedziałem się wcześniej, że pielęgniarki wypływają czasem z miejscowymi na zatokę. Płacą papierosami, to by się zgadzało. Jeśli wyskoczyła z łódki tuż obok tej wyrwy, wpadła do wraku na wysokości kotłowni.

– Jezu Chryste – powiedział admirał cicho – i nie umiała pływać?

– Nie, sir – odparł Marsh. – Tommy Lewis, jej mąż, był mechanikiem na „Arizonie" i siódmego grudnia znajdował się na pokładzie. Miał dyżur.

Twarz admirała wykrzywił grymas. – Pytanie brzmi, czy powinniśmy wysłać nurków, żeby znaleźli jej ciało.

– Myślę, że musimy to zrobić – powiedział Oxerhaus. – Ciało jest zapewne, hm, w nie najlepszym stanie, ale znajdziemy pewnie kobiecą odzież, cokolwiek...

– Nie zgadzam się – powiedział Marsh. Spojrzeli na niego zaskoczeni. – Po pierwsze, to byłoby bardzo niebezpieczne. Kiedy wybuchł magazyn, przez cały okręt przeleciała kula ognia, która dotarła do sekcji wyrzutni pocisków rakietowych. Przeszła przez kotłownię i maszynownię. Bóg jeden wie, w jakim stanie są przegrody i pokłady.

– Proszę mówić dalej.

– Po drugie, wszyscy mówią o „Arizonie" jak o swego rodzaju świątyni, pomniku, który ma nam przypominać o japońskim ataku i o tysiącach ludzi, którzy zginęli tamtego dnia. To piękny plan. Czy naprawdę chcemy spaskudzić go sprawą tego samobójstwa?

– Ale... – zaczął Oxerhaus. Marsh uniósł palec do góry, by mu przerwać; niewielu ludzi ośmieliłoby się zrobić coś takiego.

– Jeśli rzeczywiście chcemy się dowiedzieć, co się z nią stało, oczywiście będziemy musieli przeszukać wrak. Ale chcę powiedzieć, że to brzmi jak całkiem rozsądne wyjaśnienie jej zniknięcia. Miała depresję po urodzeniu nieślubnego dziecka, prawdopodobnie w związku z tym stroniła od innych pielęgniarek, i załamała się. A jeśli wyślemy tam nurków i coś się stanie? Pokład zapadnie się, kocioł spadnie na nich, gdy będą jej szukać? Jeśli się zabiła, czy warto tracić kolejnych ludzi na tym okręcie tylko po to, by dowieść słuszności tezy, która i bez tego wydaje się słuszna? A co najważniejsze, czy ktokolwiek oprócz nas zadaje pytania?

Admirał obrócił się na krześle i wyjrzał przez ogromne okno. Z biura widać było miejsce, gdzie spoczywała „Arizona"; nad wrakiem wciąż unosiły się na wodzie plamy ropy.

– Mówi pan słusznie, komandorze – powiedział cicho. – Sugeruje pan, abyśmy uznali sprawę za zamkniętą na podstawie naszej wiedzy i przypuszczeń?

– Tak jest, sir. Marynarka nie potrzebuje w tej chwili takiej historii.

– A być może nie potrzebuje jej w ogóle – powiedział admirał. – Hugo?

– Jakoś to przeżyję, admirale.

Admirał skinął głową. – Niech tak zostanie, panowie.

– Tak jest, sir! – odparli obaj i opuścili biuro.

– To coś osobistego, prawda? – zapytał Oxerhaus, gdy popychali wózki w kierunku wyjścia.

– Tak, to prawda – odparł Marsh. – Bardzo.

– No dobrze. Marynarka co nieco panu zawdzięcza. Wesprę pana. Czy była piękna?

Marsh poczuł, że traci ostrość widzenia; zbliżali się do swych pokoi. Oxerhaus udał, że niczego nie zauważył.

– Wyjątkowo, komandorze – powiedział wreszcie Marsh – wyjątkowo.

Tego wieczoru Marsh pojechał do kantyny, skierował się wprost do głównego baru i oznajmił barmanowi, że musi się upić. Tamten rzucił okiem na jego twarz, zawołał kelnera i wręczył mu butelkę szkockiej oraz szklankę. Kazał barmanowi przewieźć go do kącika kalek i upewnić się, że w ciągu kolejnej godziny coś zje. Marsh sięgnął do portfela, barman jednak machnął ręką. – Czasami, komandorze, zdarza nam się upuścić butelkę, butelka się rozbija i musimy ją spisać na straty. Zdaje się, że jedna właśnie mi upadła.

Sally przyjechała dwa tygodnie później, akurat wtedy, gdy Marsh miał dostać pierwszą protezę – sztuczną dłoń z palcami niczym kleszcze. Zgodnie z planem rehabilitacji miał ją nosić do czasu, gdy nauczy się chwytać i trzymać kule, a następnie miał przejść do kolejnego etapu: protezy nogi. Po wszystkich przebytych operacjach zostało mu około trzech cali przedramienia, co wystarczyło, by założyć protezę. Mechanizm chwytający można było obsługiwać dwojako. Aby coś podnieść, mógł owinąć elementy chwytające wokół przedmiotu, a potem zamknąć je wokół niego lewą dłonią. Aby puścić, wystarczyło uderzyć przyciskiem po spodniej stronie protezy, by uruchomić sprężynę.

Protezę można było zdejmować do czyszczenia. Pierwszego dnia, gdy ją założył, udało mu się zrzucić z biurka praktycznie wszystko, co na nim leżało, i stłuc nie jeden, ale dwa kubki z kawą. Oxerhaus oznajmił mu, że jeśli to wszystko, na co go stać, niech założy także opaskę na jedno oko, bo najwyraźniej stracił również zdolność percepcji głębi.

Sally zjawiła się w kwaterze głównej punkt szesnasta, zaskakując Marsha w jego biurze. Miała na sobie mundur, tym razem podporucznika, i jego zdaniem wyglądała wspaniale, choć była szczuplejsza, niż ją zapamiętał. Przedstawił ją Oxerhausowi i dyżurnym oficerom, których natychmiast oczarowała promiennym uśmiechem. Następnie uparła się, że będzie pchała jego wózek przez całą drogę powrotną na kwaterę oficerów. Jego pokój znajdował się na parterze, ponieważ budynek nie był wyposażony w windy. Gdy znaleźli się w środku, zaciągnęła zasłony, zdjęła czapkę i usiadła na jego kolanie.

– Hej, marynarzu – powiedziała i pocałowała go. Gdy na chwilę oderwali się od siebie, zaczęła rozpinać mu koszulę. Po chwili rozpięła bluzkę i zrzuciła ją na ziemię. Poleciła, by Marsh zdjął jej stanik.

Marsh zaśmiał się. – Jeden hak czy dwa? – zapytał, machając jej przed nosem protezą z nierdzewnej stali.

– Lewą ręką, bardzo proszę.

– Nie jestem pewien, czy umiem to zrobić jedną ręką.

– Pora się nauczyć – odparła, więc to zrobił. Pomagała mu, przyciskając piersi do jego twarzy.

– Nie mogę oddychać – wymamrotał.

– W takim razie umrzesz szczęśliwy – odparowała. – Ale najpierw... podjedź do łóżka, zaciągnę hamulec. Inaczej zaraz polecimy na podłogę.

Marsh nigdy by o tym nie pomyślał. Prawdę mówiąc, niewiele myślał w tym momencie. Już po chwili żadne z nich nie zawracało sobie głowy myśleniem.

Dużo później wybrali się na obiad do kantyny. Sally przystawiła jego wózek do zwykłego stołu i poprosiła kelnera o poduszkę, by mógł wygodnie oprzeć ręce o stół. Pomachał do chłopców siedzących w kąciku kalek i objaśnił Sally, kim są.

– To okropne – zaprotestowała – robią z was trędowatych tylko dlatego, że jeździcie na wózkach.

– Nam to nie przeszkadza – odparł Marsh. – No i mamy lepszą obsługę. Ale w sumie miło znaleźć się znowu wśród normalnych ludzi.

– Będziesz wobec mnie odgrywał męczennika? – spytała.

418

– Przy każdej okazji – odpowiedział.

Kelner przyniósł napoje i menu. Wzniósł toast za Sally i zapytał, czy wyjdzie za niego. Piła właśnie kolejny łyk, gdy spuścił tę niewielką bombę. Odstawiła kieliszek i przekrzywiła głowę.

– Poważnie?

– Kocham cię bardzo – odparł Marsh, dziwiąc się, jak łatwo mu to przyszło. – Mam dość samotnego życia, a po Leyte doceniam życie bardziej niż kiedykolwiek. Chciałbym je dzielić z tobą.

Spojrzała na swoją lewą dłoń i wskazała na jego hak. – Pod jednym warunkiem – powiedziała – będziesz zdejmował to okropieństwo, idąc do łóżka.

– Oho, a ja zaczynałem właśnie lubić ten hak.

– Ja nie polubię twojego haka z przyczyn, których nie muszę chyba wyjaśniać.

– Czy mam go zdjąć tu i teraz? – zapytał? – Może pomacham trochę do ludzi krwawym kikutem? Pewnie dostalibyśmy od razu lepszy stolik.

– Nawet o tym nie myśl – zachichotała.

– Czy odpowiedź brzmi „tak"?

– Odpowiedź brzmi „tak". Szaleńczo chcę za ciebie wyjść.

– Może jutro?

– Znakomicie.

– Oj – powiedział – zapomniałem o pierścionku zaręczynowym.

– Jakoś to przeżyję – odparła.

– Może moglibyśmy zrobić użytek z tego – ściągnął z palca pierścionek akademii. Włożył go na jej serdeczny palec. Natychmiast spadł. Podniosła go, założyła z powrotem i podniosła dłoń do góry. – Tak może być – powiedziała – ale, jak widzisz, ja go zaraz zgubię, więc może lepiej go dla mnie przechowaj.

Tej nocy, gdy leżeli w łóżku w jego pokoju, opowiedział jej o wnioskach z dochodzenia w sprawie Glorii. Zesztywniała na moment, potem westchnęła i otarła łzy.

– Często się zastanawiałam, czy to nie było przypadkiem coś w tym rodzaju. Wydawała się taka smutna, gdy wyjeżdżałam na Guam. Martwiłam się o nią.

– Bestia McCarty także zaginął – opowiedział jej, jak to Oxerhaus uparł się, że odnajdzie Micka i odbierze mu stopień.

– Opowiadają, że to on rozwalił się o ten japoński krążownik. Chyba ci o tym opowiadałem. Nie wiemy, jak było naprawdę, i pewnie nigdy się nie dowiemy, chyba że znajdzie się jakiś bardziej wiarygodny świadek.

– To chyba on był ojcem, jak sądzisz? – zapytała.

– Tak, oczywiście – odparł Marsh po chwili – ja też tak myślę.

Milczała przez kilka minut. Temat Glorii był nadal drażliwy, niczym obosieczna broń. Obawiał się, że jeśli zacznie jej opowiadać, co się z nią stało, zinterpretuje to jako oznakę wciąż jeszcze niewygasłej miłości.

– Co byś powiedział – odezwała się – gdybyśmy, kiedy już się pobierzemy, odnaleźli to dziecko?

– O rany – mruknął Marsh – to wspaniały pomysł. Moglibyśmy go adoptować, wychować jak swoje.

– Tak – odparła – moglibyśmy.

– I może zafundować mu gromadkę braci i sióstr?

– Możesz na to liczyć – zapewniła go.

Przytulił ją mocno. Przygarnąć dziecko Glorii i wychować je w rodzinie, którą właśnie mieli założyć – to był jedyny sposób, by jej duch mógł zaznać spokoju, i duch Micka także.

Półtora roku po zakończeniu wojny Marsh nadal pracował jako oficer administracyjny w bazie marynarki wojennej. Hugo Oxerhaus zdążył tymczasem przekroczyć dopuszczalny limit napadów złości i pewnego dnia po prostu padł w swoim biurze, rażony apopleksją, po wyjątkowo gwałtownym napadzie furii. Nowy komandor bazy zapytał Marsha, czy mógłby zająć jego miejsce. Innych perspektyw na pracę w marynarce nie było, w Stanach nasilała się recesja, a Marsh miał od niedawna na utrzymaniu żonę i małe dziecko, dlatego bez wahania wyraził zgodę.

Marynarka wojenna ogłosiła, że oficerowie ze stopniem komandora lub wyższym otrzymają zgodę na wcześniejszą emeryturę, już po piętnastu latach służby. Trzeba było jakoś zniwelować nieproporcjonalnie wysoki odsetek starszych oficerów. W połączeniu z przysługującą mu rentą inwalidzką, emerytura była niemal tak wysoka, jak gdyby odsłużył pełne dwadzieścia lat, ostatecznie więc jednak zdecydował, że wycofa się, zanim zmienią zdanie. Sally była uszczęśliwiona. Chciała wreszcie wrócić „do świata", jak mówili o Ameryce ci, którzy od dawna już przebywali na Hawajach. Hawaje były całkiem miłym miejscem na wycieczkę, o ile wiedziało się, że będzie można wyjechać, gdy tylko się tego zapragnie. Po czterech latach wojny to pragnienie było u nich obojga bardzo silne. Mając jego emeryturę i jej potencjalne zarobki jako pielęgniarki, byli w stanie poradzić sobie bez problemu, dopóki Marsh nie znajdzie intratnej posady.

Na papierze wojna toczyła się dalej, choć Japończycy poddali się jesienią 1945 roku. Flotę demobilizowano – liczbę dziesięciu tysięcy okrętów redukowano do jednej dziesiątej; większość z nich przebywała w Ameryce, a infrastruktura operacyjna Pearl Harbor stopniowo się kurczyła. Kolejnym istotnym problemem była repatriacja szczątków Amerykanów, którzy zginęli gdzieś na odległych wysepkach i atolach Pacyfiku na nowiutki Cmentarz Poległych w Wojnie na Pacyfiku. Był on położony we wnętrzu krateru Puowaina, wygasłego wulkanu, ze względu na charakterystyczny kształt nazywanego przez rodowitych Hawajczyków „Punchbowl"[24]. Armia uruchomiła

---

[24] Punchbowl (ang.) – waza do ponczu.

tymczasem projekt gromadzenia danych w szpitalu Tripler, ponieważ repatriacja stwarzała możliwość ostatecznego rozliczenia liczby zaginionych i poległych. Była to ponura i niezwykle czasochłonna praca – oceniano, że potrwa co najmniej przez kolejną dekadę, jeśli nie dłużej.

Cmentarz Punchbowl miał zostać formalnie otwarty nie wcześniej niż w roku 1949. Tymczasem Sally i Marsh osiedlili się w San Diego, byli więc dość zaskoczeni, gdy w roku 1948 nadeszło oficjalne zaproszenie z Departamentu Marynarki Wojennej, skierowane do nich obojga, w związku z uroczystością pochówku około siedmiuset ofiar japońskiego ataku z siódmego grudnia.

Marsh nie miał najmniejszej ochoty wracać do Pearl Harbor, z którym wiązało się tyle bolesnych wspomnień. Wciąż miewał napady depresji, podczas których rozmyślał bez końca o wszystkim, co się wydarzyło. Niepełnosprawność fizyczna okazała się dla niego mniej uciążliwa, niż się spodziewał, ale wspomnienia często go prześladowały. Jego koledzy cywile nie byli w stanie zrozumieć, dlaczego ni stąd, ni zowąd milknie w trakcie rozmowy, wpatrując się w dal nieobecnym wzrokiem. Używał protezy nogi i poruszał się o lasce, ale nie odstawił całkowicie wózka do lamusa. Wiedział dobrze, że decydując się na studiowanie prawa, jako niepełnosprawny weteran może liczyć, że otworzą się przed nim drzwi, które być może pozostałyby zamknięte dla kogoś, kto ma obie ręce i nogi. Postanowił, że nie przyjmie zaproszenia.

Zdawało mu się, że Sally zaakceptowała tę decyzję, ale tydzień później najwyraźniej zmieniła zdanie. Twierdziła teraz, że muszą jechać. Najlepszym sposobem, by stawić czoło duchom wojny, było złożenie ich szczątków w poświęconej ziemi. Poza tym, argumentowała, będzie tam prezydent. Podobno chciał zobaczyć Punchbowl przed oficjalnym otwarciem, które miało nastąpić za rok. Trwała właśnie pierwsza kampania prezydencka Trumana, bo wcześniej został zaprzysiężony po śmierci Roosevelta w roku 1945. Marsh był zaskoczony, że chce mu się jechać taki kawał drogi, na skrawek ziemi należący do Stanów Zjednoczonych, gdzie nie mógł liczyć na poparcie wyrażone głosami wyborców. Sally odparła na to, że najwyraźniej Marsh nie ma pojęcia o zasadach rządzących polityką w cywilnym świecie.

To nie rozwiązywało jednak podstawowego problemu. Marsh nie był pewien, czy zniesie ten powrót. Nie było go w Pearl Harbor siódmego grudnia, ale widział wraki okrętów niedługo potem. Co gorsza, Pearl wiązało się z Mickiem i Glorią – to był jeden z tych małych, rozżarzonych do czerwoności węgielków, które ni stąd, ni zowąd zaczynają człowieka palić prawdziwym ogniem. Nie chciał przeżywać tego na nowo, zarówno ze względu na siebie, jak i na Sally; oczywiście, nie mógł jej tego po prostu powiedzieć. Po trzech latach małżeństwa, z dwójką dzieci – adoptowanym chłopcem i ich własną córeczką, Sally umiała już postawić na swoim. Powiedziała mu, że nie oszuka nikogo, oprócz siebie, unikając wspomnień. Wreszcie uległ.

Wysłali odpowiedź do Departamentu Marynarki Wojennej i otrzymali oficjalny manifest podróżny – mieli wsiąść na jeden z ostatnich kursujących jeszcze transportowców, by dotrzeć na wyspy po pięciu dniach rejsu. Matka Marsha przyjechała do nich, żeby zająć się maluchami. Na tydzień przed podróżą Marsh dowiedział się, że zaproszono dwustu weteranów wraz z żonami. Sally stwierdziła, że to wszystko ułatwi – na pokładzie spotkają tylko ludzi, którzy mają za sobą podobne doświadczenia jak oni.

To nie pocieszyło Marsha. Miewał już do czynienia z weteranami tej wojny, którzy najwyraźniej postawili sobie za cel spędzić resztę życia na użalaniu się nad sobą. Wrażenie, gdy znalazł się znów na otwartym morzu, choć tym razem na pokładzie liniowca, było tak silne, że musiał mieć się na baczności, stale zajmować czymś umysł, żeby nie pogrążyć się w rozpamiętywaniu losów przyjaciół, kolegów, towarzyszy, którzy pozostali na zawsze daleko. Gdy dopływali do Hawajów, nie mógł opędzić się od myśli, że jeszcze niedawno, na tej samej trasie, oddawano morzu szczątki poległych marynarzy.

Dzień ceremonii był pogodny i jasny. Wszyscy wsiedli do busów w centrum Honolulu – do znajomych, szarych busów marynarki; ci na wózkach zajęli miejsca z przodu. Musieli wyruszyć godzinę wcześniej ze względu na zaplanowaną obecność prezydenta. Nikomu specjalnie to chyba nie przeszkadzało. Punchbowl, którego Marsh nie widział ani razu podczas poprzednich pobytów na Hawajach, wyglądał wspaniale. Tubylcy zapewne też byli o tym przekonani, nadali mu bowiem nazwę „wzgórza honoru lub poświęcenia". To miejsce uważano za święte już od dawna. Czekając na rozpoczęcie ceremonii, zastanawiał się, czy zakładając cmentarz akurat tutaj, *haole* nie naruszyli przypadkiem jakiegoś potężnego *kapu*.

Sally musiała zdawać sobie sprawę z tego, jak trudny będzie dla niego ten dzień, bo trzymała go za rękę od chwili, gdy usiedli, by posłuchać, jak gra orkiestra Floty Pacyfiku. Marsh siedział ze wzrokiem wbitym przed siebie, usiłując skupić się na muzyce. Na kilka minut przed przybyciem oficjalnych gości kapitan marynarki wojennej stanął na podium i objaśnił protokół wizyty prezydenta. Po kilku muzycznych ozdobnikach, odpowiednich na tę okazję, orkiestra miała odegrać utwór *Hail to the Chief*[25] – w tym momencie wszyscy mieli obowiązek wstać. W tej samej chwili spojrzał na rząd stojących przed nim wózków inwalidzkich. – To znaczy, wstają ci, którzy mogą – poprawił się z uśmiechem. – Jeśli ktoś nie może, jestem przekonany, że prezydent to zrozumie.

Potem oficjalna delegacja miała usiąść i wysłuchać powitania, a następnie miał przemówić prezydent. Później, powie-

---

[25] *Hail to the Chief* – utwór wojskowy odgrywany na powitanie prezydenta Stanów Zjednoczonych.

dział kapitan, nastąpi krótka ceremonia wręczenia odznaczeń wojskowych.

To zaskoczyło Marsha. Większość weteranów miała już przypięte medale i odznaczenia, zwłaszcza ci na wózkach. Marsh nie przypiął swoich, bo nie miał na sobie munduru. Rozejrzał się wokół, zastanawiając się, kto zostanie odznaczony. W tej samej chwili zagrzmiała orkiestra, szczęknęły bagnety żołnierzy salutujących na powitanie głowy państwa, i oto zobaczył prezydenta – szedł wyprostowany, w białym garniturze z charakterystyczną muchą; szkła jego okrągłych okularów migotały w blasku słońca. Tuż za nim szedł admirał floty Chester Nimitz. Marsh się uśmiechnął. Dla obecnych tu ludzi z marynarki uczestnictwo w ceremonii z udziałem samego prezydenta było bez wątpienia zaszczytem, ale admirał floty Chester W. Nimitz? To zupełnie jakby sam Bóg zstąpił do nich z niebios na ziemię.

Truman mówił krótko i rzeczowo. „Jeśli kiedykolwiek mieliśmy prezydenta, który nie folguje swoim zapędom krasomówczym, to właśnie on" – pomyślał Marsh. Gdy skończył, nagrodzono go rzęsistymi oklaskami; sporo hałasu czynili przy tym ci spośród obecnych, którzy mogli jedynie postukiwać metalowymi hakami o poręcze wózków. Prezydent mówił celnie i z przekonaniem. Marsh był z niego dumny.

Wtedy na podium wszedł admirał Nimitz. Nie zmienił się od czasów wojny – wyglądał tak samo jak na fotografiach z tamtego okresu. „A jednak nigdy nie zostałem mu przedstawiony" – przypomniał sobie. Panowała cisza; Nimitz stał na podium i szeleścił papierami, jakby na coś czekając. Potem spojrzał gdzieś nad głowami zgromadzonych i skinął głową. Dlaczego? – zastanawiał się Marsh. Sally ścisnęła mocniej jego dłoń. W tej samej chwili przed Marshem stanęło dwóch rosłych żołnierzy korpusu marines – wyprężyli się w postawie na baczność, zasalutowali i zapytali, czy mogą zająć się jego wózkiem.

– Ależ tak, oczywiście – pospieszył z zapewnieniem Marsh, chcąc czym prędzej usunąć się z drogi tego, kto miał wystąpić na podium jako następny. Odwrócił się w lewo, by spojrzeć na Sally; z jakiegoś powodu miała oczy pełne łez. Marines zapanowali tymczasem nad sytuacją, i oto Marsh, siedząc w swym wózku, jechał w kierunku podium; jego zwierzchnicy tymczasem wstali ze swoich miejsc. Nadal nie domyślał się, co się święci. Rozejrzał się rozpaczliwie, szukając Sally, ale nie dostrzegł jej; nagle znów opanował go strach. Jeden ze stojących za nim żołnierzy piechoty morskiej musiał to wyczuć – ogromna, ciepła dłoń wylądowała na jego lewym ramieniu, poklepując go dyskretnie.

Zatrzymali się przed Trumanem, który także wstał. Zapanowała cisza. Słychać było łopot flag i szum bryzy, poruszającej źdźbłami trawy na zboczach Punchbowl. Truman patrzył na niego z wyraźną sympatią. W dłoni dzierżył czarne pudełko, i wreszcie Marsh pojął, co się dzieje. Poczuł, jak krew odpływa mu z twarzy; nie spadł z wózka tylko dzięki podtrzymującej go przyjaznej dłoni. Zrozumiał teraz, dlaczego Sally tak bardzo nalegała, żeby przyjechali jeszcze raz na Hawaje. Uprzedzili ją.

– W imieniu Kongresu Stanów Zjednoczonych Ameryki i całego wdzięcznego narodu – zaczął Truman – wręczam niniejszym Medal Honoru komandorowi Marshallowi Stearnsowi Vincentowi, emerytowanemu oficerowi Marynarki Wojennej Stanów Zjednoczonych, w uznaniu dla jego bohaterskiej służby i męstwa, wykraczającego poza ramy zwykłego obowiązku, zgodnie z następującym rozkazem.

Zaczął czytać rozkaz; Marsh miał w uszach jedynie szum. Nie słyszał ani jednego słowa. W jego głowie rozbrzmiewały krzyki marynarzy, rozszarpywanych w ciemnościach przez rekiny. Znów widział rabina, klęczącego na pokładzie 01 na połamanych nogach przy jednym z poległych, gdy okręt pogrążał się w odmętach; z oczu płynęła mu krew, czerwone

426

strużki na policzkach wyglądały niczym indiańskie barwy wojenne. Oficera torpedowego i telefonistę, przygwożdżonych do przegrody sterówki przez pocisk czternastocalowy. Bestię McCarty'ego w samolocie z białym koniem wymalowanym na kadłubie; samolot skręcił powoli, niemal leniwie, w kierunku ostrzeliwującego go bezlitośnie krążownika i runął na niego niczym nemezis, przecinając go niemal na pół. Glorię Lewis o pięknych oczach, pełnych rozpaczy, siedzącą na werandzie kwatery pielęgniarek, tak zawstydzoną, jak tylko kobieta potrafi się wstydzić.

I nagle zdał sobie sprawę, że Harry Truman pochyla się nad nim, mówiąc coś przyciszonym głosem. Marsh potrząsnął głową, usiłując uciszyć duchy, i zamrugał oczami.

– Doskonale wiem, co pan teraz widzi – powiedział prezydent cicho, tak cicho, że chyba nie słyszał go nikt z obecnych poza dwoma podtrzymującymi go żołnierzami. – Widzi pan wszystkich, którzy nie wrócili i nigdy nie wrócą – mówił – i to właśnie powinien pan mieć teraz przed oczami. Medalu Honoru się nie „wygrywa". Jego się przechowuje, na pamiątkę tych wszystkich, którzy byli z nami, a którzy odeszli. Gdybyśmy nie płakali, nie bylibyśmy ludźmi. Jeśli to pana pocieszy, ja sam nieustannie ich opłakuję, podobnie jak was wszystkich. Składam panu najszczersze podziękowania w imieniu Kongresu Stanów Zjednoczonych i wdzięcznego narodu.

Tak ciepłe słowa padły z ust człowieka, który był dość nieugięty, by wypalić do cna dwa miasta japońskie, i podjął ponoć decyzję w tej sprawie w ciągu dziesięciu minut.

– Tak jest, sir – wyszeptał Marsh – rozumiem. Dziękuję.

Truman skinął głową, przełożył wstęgę medalu przez jego głowę i zawiesił go na jego piersi. Potem cofnął się o krok i położył rękę na sercu, gdy orkiestra marynarki zagrała *My Country, 'Tis of Thee*. Przez kolejnych kilka minut Marsh czuł jedynie silną dłoń żołnierza marines na swoim ramieniu; miał uczucie, że gdyby nie to, chyba rozpłynąłby się w powietrzu.

427

Dużo później zdał sobie sprawę, że jednak i tym razem nie udało mu się spotkać z Chesterem Nimitzem. Sally zapewniała go, że to nie szkodzi. To Nimitz złożył wniosek o odznaczenie go Medalem Honoru, powiedziała, a nie miał w zwyczaju zakłócać innym ich momentów chwały.

Zmierzch nawigacyjny dobiegał końca, gdy dotarłem do kresu mojej opowieści. Mój syn, który nie jest moim synem, siedział w swoim fotelu; jego oczy, szeroko otwarte, miały nieodgadniony wyraz. Gdzieś w pobliżu bazy marynarki zabrzmiał gwizdek niszczyciela. Echo tego dźwięku niosło się po wodach zatoki, budząc pelikany drzemiące na poplamionych cumach okrętów.

– Masz tam jeszcze kawę? – spytałem, chcąc przerwać ciszę.

Skinął głową, pogrążony w myślach; po dłuższej chwili dotarło do niego, o co proszę.

– Racja – powiedział – za chwilę.

Wstał, przeciągnął się i spojrzał na mnie. – Nie wiem, co powiedzieć – mruknął. – Czuję się... cholera, nie mam pojęcia, co czuję.

– Zrób nam kawy – powiedziałem – a ja pójdę do steru. Mamy jeszcze jedną rzecz do zrobienia.

– Co takiego?

– Zobaczysz – odparłem. Znowu spoważniał.

– To nie będzie nic złego – powiedziałem.

Wygramoliłem się na mostek i odpaliłem silniki. Gdy zamruczały radośnie, zacząłem wyciągać kotwicę. Łódź się zakołysała. Po drugiej stronie zatoki niszczyciel wypuścił jeden długi i trzy krótkie kłęby pary, a potem zaczął oddalać się od nabrzeża. Rysowały się przy nim szare sylwetki co najmniej dziesięciu okrętów, migających czerwonymi światłami ostrzegawczymi; teraz jedna z nich oderwała się od pozostałych.

Po kilku minutach mój syn wrócił, niosąc dwa kubki pełne kawy, jeden dla siebie, a drugi dla mnie.

– Dokąd? – zapytał.

– Tam – odparłem, wskazując podbródkiem na pomnik „Arizony". – Mam tam coś do zrobienia. My mamy tam coś do zrobienia.

– Przywoziłem tutaj tuziny gości – powiedział. – Każdy, kto przypływa na wyspy, chce odwiedzić to miejsce. A ty mówisz mi teraz, że tam jest pogrzebana moja matka?

Skinąłem głową. Kotwica uderzyła o pokład, łańcuch zagrzechotał; wrzuciłem bieg. Słońce jeszcze nie wstało, więc mój syn sięgnął do pulpitu i włączył światła.

Milcząc, płynęliśmy w kierunku białego pomnika w kształcie mostu. Czułem, że jest przestraszony, ale sam już się nie bałem. Spełniłem swój obowiązek i opowiedziałem mu jego historię. To wszystko stało się tak dawno, że już się we mnie wypaliło, a przynajmniej tak sobie mówiłem. Sally wiedziała, że przyjechałem tu zarówno dla siebie, jak i dla niego. Dziękowałem Bogu, że znalazła dość siły, by pozwolić mi na to, choć powtarzałem sobie, że robię to wyłącznie dla jego dobra.

Podpłynęliśmy do pomostu. Światła nabrzeża wciąż odbijały się w wodzie. Śpiący pod powierzchnią okręt nie był w ogóle widoczny. Przez lata osiadał coraz głębiej; szkielety – ludzi i okrętu – ulegały stopniowemu rozkładowi. Wrzuciłem luz; podpłynęliśmy do miejsca, gdzie niegdyś znajdowała się lewa burta. Brama na pomoście była zamknięta. Na powierzchni wody kołysały się dwie boje, sygnalizujące: Coś-tu-jest. Coś-tu-jest. Trzymaj się z dala.

Zwróciłem twarz w kierunku pomnika, wziąłem mojego syna za rękę i przepływając obok grobowca, wyrecytowałem te słowa:

Matkę morskie tulą fale,
I z jej kości są korale

Perła lśni, gdzie oko było;
Każda cząstka tego ciała
W drogi klejnot się przebrała
Oceanu dziwną siłą.
Nimf pogrzebny słyszysz dzwon?[26]

Kilwater łodzi wprawił w ruch jedną z boi. Zadźwięczał dzwonek, mogłem więc dokończyć:

Ha! Czy słyszysz, don, dyn don!

Popatrzyłem na niego oczami pełnymi łez i ścisnąłem jego dłoń.
– A na imię miała Gloria – powiedziałem.

---

[26] W. Szekspir, *Burza*, akt I, scena 2, w: W. Szekspir. *Dzieła dramatyczne*, t. I, opracowanie S. Helsztyński, R. Jabłkowska, A. Staniewska, przeł. S. Koźmian i S. Ulrich, PIW, Warszawa 1980, str. 187.

NOTA OD AUTORA

Po raz pierwszy usłyszałem opowieść o bitwie niszczycieli w zatoce Leyte od mojego ojca, który był dowódcą dywizjonu w zgrupowaniu Halseya, gdy doszło do bitwy. Ojciec ukończył akademię morską w roku 1927, a przechodząc na emeryturę, po czterdziestu dwóch latach służby, doszedł do stopnia wiceadmirała. Jak wielu oficerów z tego rocznika, miał ugruntowane poglądy na temat bitwy, a spór o Leyte toczy się po dziś dzień.

Uczyłem się o tej bitwie na ostatnim roku studiów w akademii morskiej. Pamiętam, że cytowałem wówczas zasłyszane od ojca opinie podczas debaty z profesorem E.B. Potterem (profesor w stanie spoczynku, wykładowca historii w akademii i autor biografii Nimitza, Halseya i Burke'a), który uznał, że wygłaszam niesłychane herezje. Wychodziłem z założenia, że skoro tata tam był i widział, co się działo, jego wersja jest zapewne najbliższa prawdy.

Gdy po raz pierwszy zawitałem do San Francisco na pokładzie niszczyciela w roku 1964, dowiedziałem się, że admirał floty Chester Nimitz znajduje się w bazie marynarki wojennej na Treasure Island, gdzie zawinął właśnie mój okręt. Tata powiedział mi, że jeśli kiedykolwiek będę miał okazję spotkać się z Nimitzem, powinienem koniecznie to zrobić. Zadzwoniłem więc do bazy i poinformowałem asystenta admirała, że podporucznik Deutermann chciałby złożyć pięciominutową formalną wizytę admirałowi, który być może pamięta jeszcze mojego ojca. Asystent był chyba zbyt zaskoczony tą prośbą, żeby odmówić. Godzinę później w galowym mundurze, dzierżąc w dłoni bilet wizytowy, udałem się złożyć uszanowanie admirałowi, który dowodził marynarką podczas wojny na Pacyfiku.

Nimitz wyglądał tak samo jak na wszystkich zdjęciach, które wcześniej oglądałem, choć włosy miał może nieco bardziej przyprószone siwizną; nie znałem wtedy znaczenia słowa gravitas, ale od tego dnia wiedziałem, co ono oznacza. Skinął z powagą, abym usiadł. Steward wniósł kawę, a ja robiłem wszystko, co w mojej mocy, by jej nie rozlać. Admirał podzielił się ze mną nieznaną mi dotąd historyjką o moim ojcu, a następnie oznajmił, że chętnie odpowie na moje pytania. Spytałem, jaka była najwspanialsza bitwa marynarki na Pacyfiku.

Tylko aspirant mógł zadać takie pytanie, szczególnie używając słowa „najwspanialsza", ale admirał był człowiekiem uprzejmym. Odparł, że na myśl przychodzą mu dwie: bitwa o Midway i ta koło wyspy Samar – tym mianem określa się dzień, gdy niszczyciele stanęły do walki z pancernikiem „Yamato" i jego eskortą. Midway nie budziło wątpliwości, spytałem jednak, jak mogło dojść do zdarzeń koło wyspy Samar. Asystent admirała, przerażony moją impertynencją, zesztywniał na krześle, i już szykowałem się, by wycofać się jakoś z tego pytania, gdy Nimitz podniósł dłoń, iście królewskim gestem nakazując mi milczenie.

Proszę nigdy nie robić odgórnych założeń – powiedział z pewnym smutkiem. – Ja poczyniłem pewne założenia, i tak właśnie doszło do bitwy koło Samar.

Nie powiedział: Bill Halsey to schrzanił. Powiedział: Ja to schrzaniłem. Tak wielka była pokora C. W. Nimitza, a ja nigdy o tym nie zapomniałem, jak również o jego radzie, by nie robić założeń.

Napisałem tę książkę, ponieważ zawsze zastanawiałem się, jak by to było znaleźć się tam wraz z nimi, tamtego dnia. Jako dowódca niszczyciela, a później dowódca eskadry niszczycieli, często zastanawiałem się, co bym zobaczył, co usłyszał, a co najważniejsze – co bym zrobił, gdybym to ja otrzymał rozkaz odciągnięcia pancerników japońskich i znalazł się pod ostrzałem osiemnastocalowych pocisków.

Niektóre nazwy okrętów wymyśliłem – do tych należy „Winston"; nie chciałem bowiem opisywać losów prawdziwych okrętów i ich załóg. Musiałem również wprowadzić pewne zmiany w toku prawdziwych wydarzeń co do ich dokładnego czasu i miejsca. Odświeżywszy wiedzę na podstawie opracowań nowszych niż te, które były dostępne w roku 1963, stwierdziłem, że piloci z lotniskowców odegrali tak samo istotną rolę w walce z Japończykami jak niszczyciele. Niektórzy historycy i autorzy stoją na stanowisku, że to właśnie samoloty stały się elementem decydującym – to one sprawiły, że admirał Kurita błędnie założył, iż flota Halseya, która poturbowała już dość porządnie jego siły zmierzające w kierunku Leyte, znajduje się tuż za horyzontem. Tak mogło być, ale to nie samoloty sprawiły, że okręt flagowy Kurity zawrócił w połowie walki i wycofał się z niej – stało się to pod wpływem zagrożenia ze strony torped niszczycieli.

Kurita znajdował się na pokładzie „Yamato", siostrzanego okrętu „Musashi". Te dwa gigantyczne potwory były największymi pancernikami, jakie kiedykolwiek zbudowano. Admirał Kurita otrzymał obietnicę wsparcia z lotnisk na wyspie Luzon. Wsparcie to nigdy jednak nie nadeszło. Dlatego postanowiłem wprowadzić postać Micka „Bestii" McCarty'ego, by czytelnicy mogli dowiedzieć się, co działo się z lotnikami marynarki tamtego straszliwego poranka. „Bestia" odegrał w książce większą rolę niż się spodziewałem, ale tak to już jest z lotnikami marynarki.

Jako źródło wiedzy na temat wydarzeń w zatoce Leyte mogę polecić cztery książki, dwie z nich wydane niedawno. The Last Stand of Tin Can Sailors autorstwa Jamesa D. Hornfishera to wyjątkowy, precyzyjny opis tego, co stało się z niszczycielami. Sea of Thunder Evana Thomasa przedstawia bitwę zarówno z punktu widzenia Japończyków, jak i admirała Halseya. Książka Thomasa Cutlera z roku 1994, The Battle of Leyte Gulf, zawiera imponującą bibliografię, dzięki której można zostać prawdziwym ekspertem w dziedzinie tej bitwy. Nie można też oczywiście zapomnieć o klasyku Theodore'a Roscoe'a z roku 1953, United States Destroyer Operations in World War II – książce, którą czytałem setki razy jako nastolatek, wychowujący się w rodzinie z solidnymi tradycjami służby w marynarce wojennej.

Chcę tutaj prosić o wyrozumiałość zawodowych historyków, jak i amatorów, których zbulwersują bez wątpienia wprowadzone przeze mnie odstępstwa od prawdy historycznej. Na przykład, gdy piszę o Pearl, można wnioskować, że szpital, kantyna należąca do bazy i pomieszczenia kwatery głównej znajdują się blisko siebie. (Szpital od dawna już nie istnieje). Napisałem też, że budowę cmentarza Punchbowl ukończono w roku 1948 – w rzeczywistości zakończyła się ona w roku 1949. Okręt, na którym służył Marsh Vincent, „Evans", nazwałem tak na cześć dowódcy USS „Johnston", komandora marynarki wojennej E.E. Evansa. USS „Johnston" był jednym z niszczycieli, które zatonęły pod Samar po spotkaniu z pancernikiem. Komandor Evans pochodził z plemienia Czirokezów i został odznaczony Medalem Honoru za swoje męstwo tamtego dnia. Pośmiertnie. W tamtych czasach nie było okrętu, który nazywałby się USS „Evans" – ostatni okręt marynarki wojennej, noszący tę nazwę, „pożyczono" Anglii na mocy ustawy Lend-Lease na początku wojny.

Być może czytelników zainteresuje również fakt, że prochy kilkudziesięciu weteranów marynarki wojennej pogrzebano w morzu, w miejscu, gdzie spoczywa wrak „Arizony". Zgodnie z dekretem, każdemu, kto przeżył atak na ten okręt, przyznano prawo do pogrzebu w miejscu jego zatopienia. Weterani z „Arizony", którzy nie znajdowali się na pokładzie tamtej strasznej niedzieli, mogą korzystać z tego przywileju.

Zakończywszy książkę, wciąż zastanawiam się, czy zdołałbym zrobić to, co zrobili wtedy tamci dowódcy, szczególnie komandor Evans, który, decydując się na powrót do walki, skazał swój już uszkodzony okręt, przetrzebioną załogę, a wreszcie siebie samego na nieuchronną zagładę. Po dwudziestu sześciu latach służby w marynarce, osiągnąwszy trzy kolejne stopnie dowodzenia, stwierdziłem, że nikt nie jest w stanie tego odgadnąć do chwili, gdy przyjdzie na niego czas, a wróg wyłoni się spoza horyzontu.

Dowódcy niszczycieli, które wzięły udział w bitwie koło wyspy Samar, nie mieli najwyraźniej wątpliwości, co należy zrobić. „Chwała" to słowo, które niezbyt pasuje do wojny, do związanych z nią straszliwych cierpień ludzkich, ale załogi tych samolotów i niszczycieli z pewnością przeżyły swoją chwilę chwały, dając dowód niezrównanej odwagi. Ich męstwo budzi mój nieustający podziw po dziś dzień.

Znakomita współczesna powieść sensacyjno-przygodowa, akcja przenosi się z miejsca na miejsce. Ponad siedemset lat temu w wiosce Megiddo wykopano z ziemi skrzynię wykonaną ze szczerego złota. Skrzynia ta zniknęła niebawem w tajemniczych okolicznościach. Przez kolejne stulecia skarb ten rozpalał wyobraźnię wielu poszukiwaczy zabytku mogącego doprowadzić wytrwałego poszukiwacza do największego skarbu na ziemi – Arki Przymierza.

Fotoreporterka Edie Miller jest współczesnym świadkiem morderstwa i kradzieży hebrajskiego zabytku zwanego Kamieniami Ognia. Prosi o pomoc historyka Caedmona Aisquitha.

Razem starają się odszyfrować zagadkowe wskazówki, by odkryć prawdę i ugasić zarzewie pożaru, który ogarnąć może całą naszą cywilizację.

www.ksiegarnia.bellona.pl

1316 roku mistrz budowniczy z Perpignan dostaje od rady miejskiej katalońskiego miasteczka Besalú propozycję nadzorowania odbudowy lokalnego mostu, zniszczonego licznymi powodziami i trzęsieniami ziemi. Most w Besalú miał nie tylko ułatwić przeprawę przez rzekę Fluvià i umożliwić łatwiejszy dostęp do miasta, ale przede wszystkim miał pełnić ważną funkcję obronną. Mistrz budowniczy i jego syn podczas pobytu w mieście poznają jego mieszkańców, lokalne zwyczaje i panujące w nim stosunki. Bogatemu i ważnemu w regionie hrabstwu Besalú grozi niebezpieczeństwo. Okazuje się, że nadciąga ono nie tylko z zewnątrz, w postaci wojsk wrogiego hrabstwa d'Empúries, ale również czai się wewnątrz. Spiski uknute przez poddanych Bernata Drugiego i chrześcijańskich duchownych są równie niebezpieczne i mogą doprowadzić do upadku oblężonego miasta.

Fabuła książki przepełniona jest intrygami, zdradami, ale również opowiada o lojalności i współpracy zamieszkujących Besalú chrześcijan i Żydów, którzy pomimo różnic i odwiecznych konfliktów jednoczą się, stawiając czoła wspólnemu wrogowi.

Powieść Strzały nienawiści to kontynuacja przygód młodego centuriona Marcusa Valeriusa Aquili, zbiegłego z Rzymu przed cesarzem Kommodusem. Ukazuje kolejny etap zmagań o Wał Hadriana. Mimo wygranej bitwy „utraconego orła" okoliczne ziemie nie są bezpieczne. Plemiona buntują się przeciwko rzymskiemu panowaniu. Nowy rzymski zarządca Brytanii musi zdławić rebelię plemion północnych, inaczej straci prowincję. Przeciwnicy imperium znów ruszają na południe pod niezmordowanym przywództwem Calgusa. Walczą o ziemie przodków, nie żałując ognia ani mieczy. Naprzeciw stają legiony i oddziały pomocnicze. Wśród nich jest I kohorta Tungrów pod dowództwem Marcusa, kryjącego się pod mianem centuriona Corvusa. Znów musi on przygotować oddziały na szarżę barbarzyńców; tym razem dwie centurie syryjskich łuczników. Lecz nie tylko z tym zagrożeniem przyjdzie mu się zmierzyć. Nowy prefekt II kohorty Tungrów odkrywa jego sekret. Marcusa i ludzi, którzy mu pomagali, może ocalić od hańby i śmierci jedynie cud.

www.ksiegarnia.bellona.pl

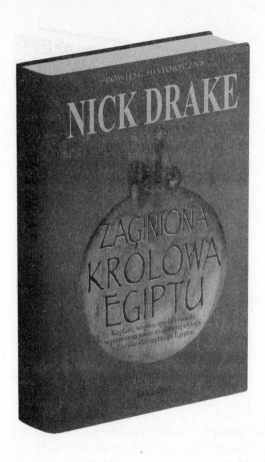

Sensacyjna powieść z czasów starożytnego Egiptu z okresu religijnego przewrotu za faraona Amenhotepa IV, noszącego teraz imię Echnaton. Detektyw Rahotep zostaje niespodziewanie wezwany królewskim rozkazem do nowej stolicy, by przeprowadzić śledztwo w sprawie zaginięcia samej królowej Egiptu; pięknej i tajemniczej Nefretete. Potężni kapłani będą próbowali przeszkodzić mu za wszelką cenę. Pojawiają się kolejne ofiary, sam Rahotep cudem uchodzi z kolejnych zamachów na swoje życie. Kim jest bezlitosny zabójca? Czy uda się odnaleźć i ocalić królową? Rahotep ma tylko dziesięć dni na rozwiązanie zagadki...

Pierwsza część trylogii historycznej z dziejów starożytnego Egiptu.